校注古典叢書
新装版

平家物語

上

山下宏明校注

明治書院

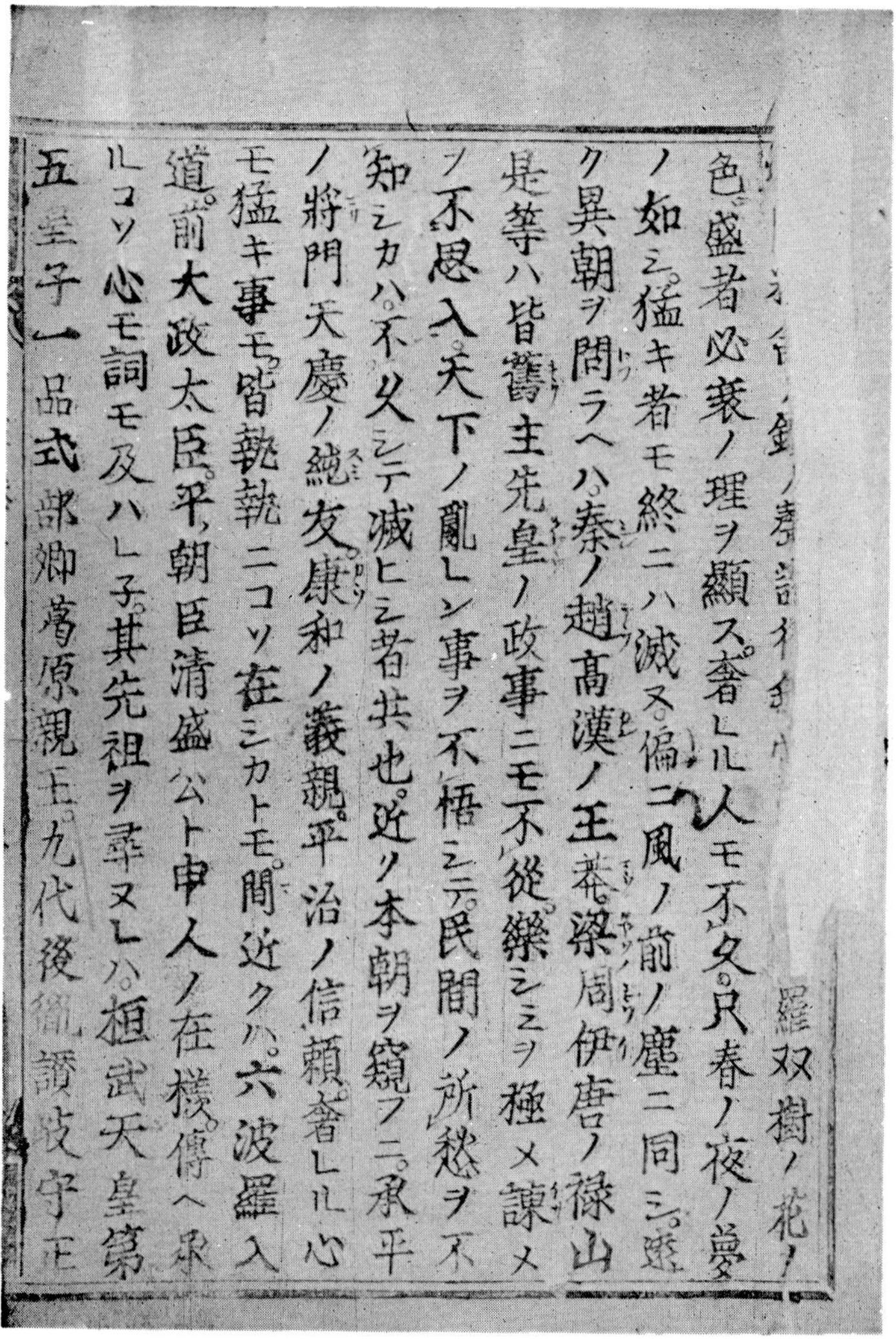

羅双樹ノ花ノ
色。盛者必衰ノ理ヲ顯ス。奢レル人モ不久。只春ノ夜ノ夢
ノ如シ。猛キ者モ終ニハ滅ヌ。偏ニ風ノ前ノ塵ニ同シ。遠
ク異朝ヲ問ラヘハ。秦ノ趙高漢ノ王莽梁ノ周伊唐ノ禄山
是等ハ皆舊主先皇ノ政事ニモ不從。樂シミヲ極メ諫メ
ヲモ不思入。天下ノ亂レン事ヲ不悟シテ。民間ノ所愁ヲ不
知シカハ。不久シテ滅ヒシ者共也。近ク本朝ヲ窺フニ。承平
ノ將門天慶ノ純《スミ》友康和ノ義親。平治ノ信頼。奢レル心
モ猛キ事モ。皆執々ニコソ在シカトモ。間近クハ六波羅入
道前太政太臣平ノ朝臣清盛公ト申人ノ在樣。傳ヘ承
ルコソ心モ詞モ及ハレ子。其先祖ヲ尋ヌレハ。桓武天皇第
五皇子一品式部卿葛原親王。九代後胤讃岐守正

十二行古活字本平家物語（東京芸術大学蔵）

平家物語巻第一

殿上闇討

そもそも忠盛未だ備前守たりし時
鳥羽長壽院を造して三十三間の御堂の内
一千一躰の御佛を造り奉る供養は天承
元年三月十三日勸賞には闕國を賜ふへき
よし仰下さるゝ折節但馬の國のあきたりけるを
ぞそひ賜ふ上皇猶御感のあまりに内

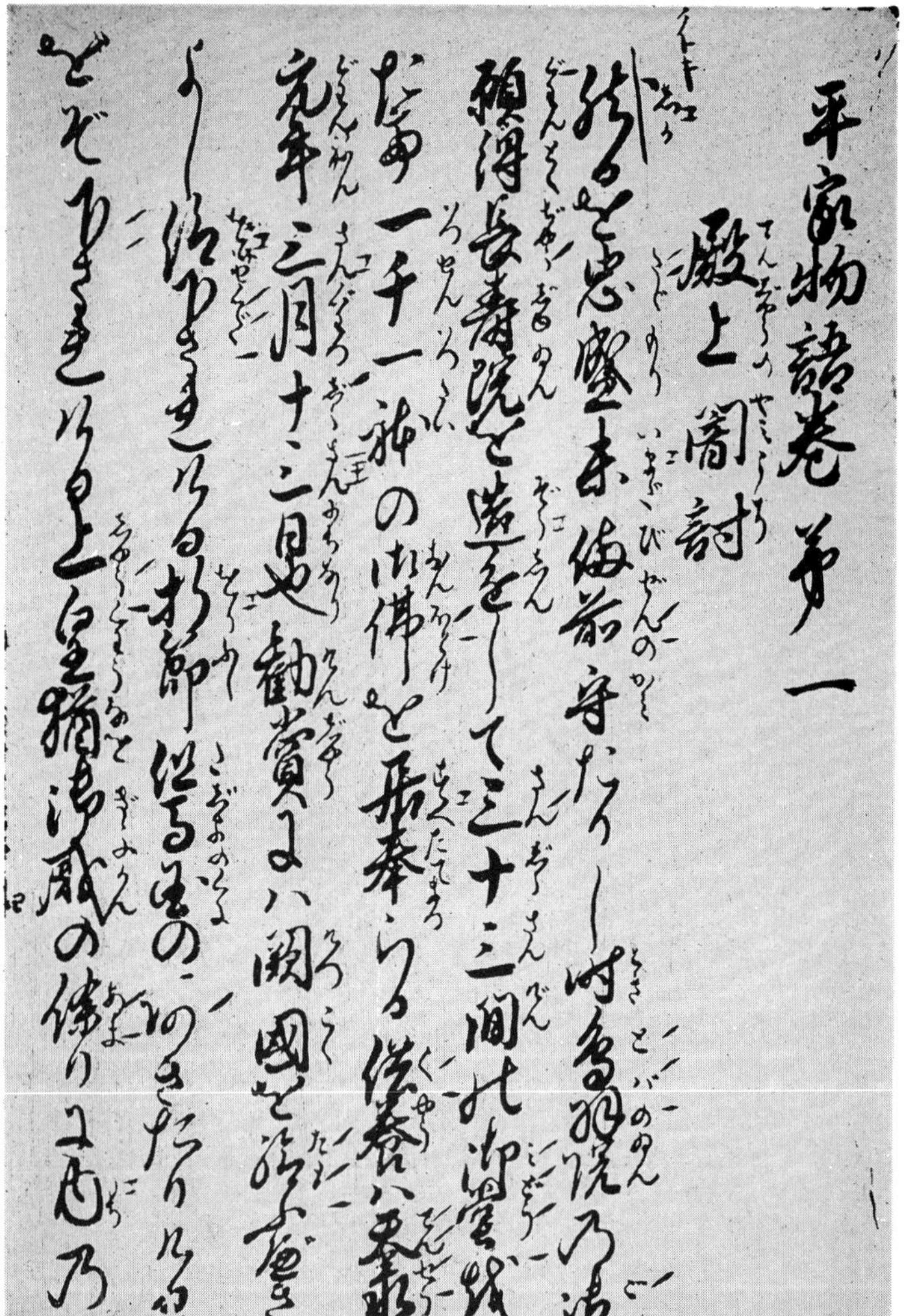

波多野流譜本（東京大学附属図書館蔵）

目次

①目録「華」
②目録「祇王祇女」
③目録「額」が切損。
④目録「鵜河軍」
⑤目録「後」が切損。

平家巻第二

平家巻第三

①目録、この項を立てず。
②目録「去」なし。
③目録「幷」を「付」とする。
④目録、ここに「法印問答」の項あり。
⑤目録「殿」あり。

①目録「貁」
②目録「長兵衛」
③目録「南都囚返牒」
④目録「付 矢切之但焉」
⑤目録「浄妙房」
⑥目録、次の三項を立つ。「足利付 宇治川先陣」「頼政最後」「宮之被御討」
⑦目録「通乗沙汰」の項を立つ。
⑧目録「語」
⑨目録「付」
⑩目録「亭」
⑪目録、以下四字なし。

①目録「付」
②目録「墨」
③目録「法皇日吉御幸」の六字あり。

凡例

一　本書の底本には、東京芸術大学蔵かたかな交じり十二行古活字の覚一本を用い、同系統の覚一本諸本により校訂を加えて、これを〔　〕内に記した。その校異を①②③など丸囲みのアラビア数字で示した。

一　底本はかたかな交じりであるが、読みやすくするために、かたかなは、ひらがなに改めた。

一　かなづかい・送りがなは、歴史かなづかいに改めた。なお、読みの上で加えた撥音・促音は（　）でくくった。

一　漢字は、新字体に改めた。

一　会話文などに「　」を施した。句読点については、底本に旧蔵者の付したものがあるが、それには拘束されず、適宜付した。

一　目次は、本文にたてられた章段名を掲げた。原本の目次に見えるものと異同があるので、その校異を示した。

一　底本には、旧蔵者の手になるふりがなが見られるが、それには拘束されず、適宜ふりがなを付し、これを歴史かなづかいで示した。よみ・清濁の別を決める資料として、波多野流の語り本・平家正節などを用いた。なお『日本古典文学大系平家物語下』（高木市之助氏・小沢正夫氏・金田一春彦氏・渥美かをる氏編）の「平家読み方一覧」『平家物語総索引』（金田一春彦氏・清水功氏・近藤政美氏編）を参照した。

一　平家物語は、平家琵琶として語られた。本書ではこの事実を重視し、少なくとも近世初期の語りを探るのに有力な手がかりを与える波多野流譜本（東京大学附属図書館蔵本。一部、同大学国語研究室本をも参照）をもって大旋律型（曲節）を付した。ただし譜本の本文と覚一本本文とは、かなりのずれがある。したがって本書に付した大旋律型は、便宜的なもので、あくまでも参考資料にとどまる。けれども内容を語りとの関連においてとらえる上で手がかりを与えるだろう。

一　主な大旋律型を示し、それぞれ次の略号を用いてゴチック体で示し、本文と区別した。なお、ユリ・スエ・サゲなど小旋律型は、煩雑になるので省略した。大旋律型については、巻末の解説を見られたい。

白声→**白**　口説→**口**　位口説→**位口**　しおり口説→**シロ**　歌口説→**歌口**　口説吟→**口吟**
怒り口説→**怒口**　拾→**拾**　強の声→**強**　初重→**初**　中音→**中**　初重中音→**初中**　重音→**重音**
三重→**重**　三重下り→**下**　走り三重→**走重**　折声→**折**　色声→**色**　峯声→**峯**
指声→**指**　歌→**歌**　間の物→**間**　読み物→**読**

一　頭注は、本文読解上必要なものにとどめ、それをアラビア数字で示した。

一　おわりに、本書の本文原稿の作成、校正にあたり、服部幸造氏を煩わした所大であることをおことわりしておく。

平家巻第一

①祇《ぎ》園《をん》精《しやう》舎《じや》

中 ②〔祇園精舎の鐘の声、諸行無常[1]の響《ひびき》あり。娑《しや》〕羅《ら》双樹《さうじゆ》の花の色、盛者必衰《じやうしやひつすい》の理《ことわり》を顕《あらは》す。初 奢《おご》れる人も不レ久《ひさしからず》、只春の夜の夢の如し。重初 猛き者も終《つひ》には滅《ほろび》ぬ[2]、偏《ひとへ》に風の前の塵に同じ。重初 遠く異朝を問《とぶ》らへば、秦《しん》の趙高《てうかう》、漢の王莽《わうまう》、梁《りやう》の周伊《しうい》[3]、唐の禄山《ろくさん》、是等は皆旧主先皇《せんくわう》の政事《まつりごと》にも不レ従《したがはず》、楽しみを極め、諫《いさ》めを不レ思入《おもひいれず》、天《てん》下《が》の乱れん事を不レ悟《さとらず》して、民間《みんかん》の所レ愁《うれふるところ》を不レ知《しらざり》しかば、不レ久《ひさしからず》して③滅びし者共也。位口 近く本朝を窺《うかが》ふに、承平《しようへい》の将門《まさかど》、天慶《てんぎやう》の純友《すみとも》、康和《かうわ》の義親《ぎしん》、平治《へいぢ》の信頼《しんらい》、奢れる心も猛き事も、皆執執《とりどり》にこそ在《あり》しかども、間近《まぢか》くは、六波羅入道前《さきの》④〔太政大臣〕平朝臣《のあつそん》清盛公と申人《まうししひと》の在様《ありさま》、伝へ承るこそ心も詞《ことば》も及ばれね。

重 其《その》先祖を尋ぬれば、桓武天皇第五[4]⑤の皇子、一品《いつぽん》式部卿葛原《かづらはらの》親王九代《くだいの》後胤、下 讃岐守正盛《まさもり》が孫《そん》、刑部卿忠盛《ただもり》朝臣の⑥嫡子也。彼《かの》親王の御子《おんこ》[5]高視《たかみ》の王、無官無位にして失《うせ》⑦させたまひぬ。其御子高望《たかもち》の王の時、始めて平姓《たひらのしやう》を給て、上総介《かづさのすけ》に成り

1 古く『祇洹図経』に近い文が見え、『往生要集』にも「或は復た大経の偈に言はく、諸行無常なり。是れ生滅の法なり。生滅滅し已って寂滅を楽と為す」とある。
2 「ぬ」は完了。滅びてしまうの意。
3 朱异が正しい。
4 事実は第三の皇子。
5 高見王。王は、皇族でありながら、親王宣下のない男子の称。

①原本なし。この句は秘曲のため、波多野流は大旋律型を付記せず。よって平家正節により旋律型を示す。
②原本切損。
③諸本「亡じにし」
④原本「大政太臣」
⑤原本「の」なし。
⑥諸本「嫡男」
⑦諸本「させ」なし。

給しより、忽に1王氏《わうし》を出〔で〕①て人臣に連なる。初 其子鎮守府将軍義茂《よしもち》、後には国《くに》香《か》と改む。国香より正盛に至る迄六代は、諸国の受領《じゆりやう》たりしか共、2殿上《てんじやう》の仙籍《せんせき》をば未レ被レ許《いまだゆるされず》。

②殿《てん》上《じやうの》暗《やみ》討《うち》

口 然《しか》るを忠盛未《いま》だ備前守《の》たりし時、鳥羽院の御3〔願〕③《ごぐわん》、4得長寿院《とくちやうじゆゐん》を造進《ざうしん》して、三十三間の御堂《みだう》を建て、一千一体の御仏《おんほとけ》を奉レ居《すゑたてまつる》。供養は5天承元季《ぐわんねん》三月十三日也。勧賞《けんじやう》には闕国《けつこく》を可レ給《たまふべき》由を被二仰下一《おほせくだされ》ける。6折節《をりふし》但馬国のあきたりけるを給りけり。上皇御感《しやうくわうぎよかん》の余りに、内《うち》の昇殿を被レ許《ゆるさる》。忠盛三十六にて始て昇殿す。雲の上人《うへびと》是を嫉《そね》み、同年《おなじきとし》の十一月二十三日7五節豊明《ごせつとよのあかり》の節会《せちゑ》の夜《よ》、忠盛を闇討にせんとぞ被レ擬《ぎせられ》ける。

折 忠盛是を伝へ聞て、「我れ8右筆《いうひつ》の身にあらず、武勇《ぶよう》の家に生れて、今不慮の恥に逢《あは》ん事、家の為《ため》身の為心可レ憂《ためこころうかるべし》。指 所レ詮《せんずるところ》、9身を全《まつたう》して君に仕〔ふ〕④と云本文《いふほんもん》在り」とて、兼《かね》て用意を〔致す〕⑤。口 参内《さんだい》の始めより、大《おほき》なる鞘巻《さやまき》を用意して、

1 王（皇室）を「源氏」のように言ったことば。
2 殿上の間へ昇ることを許された者の名札。
3 勅願寺のこと。
4 今の京都市左京区聖護院の辺にあったと言われる、白河千体観音堂。
5 天承二年が正しい。
6 当時、宇多源氏の有賢が但馬守で、闕国ではなかった。
7 毎年十一月下旬に、四日にわたり行われる。その最終日が「豊明の節会」で、種々の芸が行われ、無礼講が許された。
8 文官。
9 貞観政要の公平篇に「親二忠臣一厚二諫士一付二讒慝一遠二佞人一者誠欲レ全レ身保レ国遠二避滅亡一者也」とある。
10 けらい。郎等。

束帯《そくたい》の下にしどけなげにさし、火のほの暗《ぐら》き方《かた》に向いて、やはら此《この》刀を抜出し、鬢《びん》に被ニ引当《ひきあてられ》一けるが、氷なんどの様にぞ見えける。諸人《しよにん》目をすましけり。白 其上《そのうへ》忠盛の郎僮《らうどう》[10]、もとは一門たりし木工助《むくのすけ》、平貞光《さだみつ》〔が〕⑥孫《まご》、しんの三郎大夫《たいふ》[11]家房[12]⑦〔が〕子、左兵衛尉家貞《いへさだ》と云者在《いふものあり》けり。薄青《うすあを》の狩衣《かりぎぬ》の下に、萠黄威《もよぎをどし》の腹巻を著《き》、弦《つる》[13]袋《ぶくろ》つけたる太刀脇に挟んで、殿上の小庭《こには》に畏《かしこまつ》てぞ侍《さぶらひ》ける。貫首以下《くわんじゆいげ》[14]怪しみを成し、口「空蒲《うつぼ》[15]ばしらよりうち、鈴の綱の辺に、布衣《ほうい》の者の候《さぶらふ》は何者ぞ。⑧狼籍なり、罷出《まかりいで》よ」と六位を以《もつ》て云《いは》せければ、家貞申しけるは、強「相伝主《さうでんのしゆ》備前守殿《の》今夜闇討にせられ可レ給由承候間《たまふべきよしうけたまはりさうらふあひだ》、其成《なら》ん様《やう》を見んとて角《かく》て候。口えこそ罷《まかり》出《いつ》まじ〔けれ〕⑨」とて畏て候ければ、初 是等を無レ由《よしなし》とや被レ思《おもはれ》けん、其夜の闇討無りけり。

指 忠盛御前のめしに舞《まは》れければ、人人拍子を替《かへ》て、「伊勢平氏《いせへいじ》は、すがめなりけり」[16]とぞ被レ拍《はやされ》ける。中 此人々はかけまくも忝《かたじけな》く柏原《かしはばら》天皇の御末《おんすゑ》とは乍レ申《まうしながら》、中比《なかごろ》[17]は都の住居《すまゐ》も疎疎敷《うとうとしく》、地下《ぢげ》にのみ振舞《ふるまひ》なつて、伊勢国に住国《ぢゆうこく》深かりしかば、其国の器《うつはもの》に事寄《ことよ》せて、伊勢平氏とぞ申ける。初 其上忠盛目の眇《すが》まれたりければ、加様には被レ拍《はやされ》けり。口 如何《いか》にすべき様も無《なく》して、御遊《ぎよいう》も未レ終《いまだをはらざるに》 竊《ひそか》に被ニ罷出《まかりいでらるる》一

11 ここは右京職の三等官「進」。
12 季房が正しい。
13 予備の弦を入れておく袋。この場合、衛府の官人たるしるしとして携えたもの。
14 蔵人頭。
15 空柱。禁腋秘抄に「(殿上ノ)末ノ柱ヨリ校書殿ノ後ニ縄ヲ張テ鈴ヲ付、鈴ノ綱ト言、蔵人(ガ)小舎人ヲ召ス時ナラス。小壁ノ外ニ南ヘ向タル脇戸女官ノ戸ト云、女官是ヨリ小庭ヲ通道也、其前ニウツホ柱有」とある。雨水を流す樋の機能をはたす。
16 すが眼と酢甕とをかけたことば。
17 当時の中世を表す語。

①原本「し」
②原本なし。
③原本「時」
④原本「る」
⑤原本「不レ致」
⑥原本なし。
⑦原本なし。
⑧原本「と」あり。
⑨原本「き」

とて、横だへ差たる刀をば、紫宸殿《ししんでん》[1]の御後《ごご》にして、かたへの殿上人の被レ見《みられ》ける所にて、主殿司《とのもづかさ》[2]を召て預け置てぞ被レ出《いでられ》ける。家貞待うけたてまつて、**強**「さて如何《いかが》候〔①つ〕る」と申ければ、角《かう》とも〔②言《いは》まほしう〕被レ思《おもはれ》けれ共《ども》、**ロ**言《いひ》つる者ならば、殿上迄もやがて切り上らんずる者にて在間《あるあひだ》、「別《べつ》の事無《なし》」とぞ被レ答《こたへられ》ける。

中　五節には「白薄様《しろうすやう》[3]こぜんじ[4]の紙巻上《まきあげ》の筆、〔③鞆絵《ともゑ》〕かいたる筆の軸」なんど、様様《さまざま》面白き事を④こそ被二歌舞一《うたひまはるる》に、中比《なかごろ》太宰権帥《だざいごんのそつ》季仲《すゑなかの》卿と言人《いふひと》在けり。余りに色の黒かりければ、見る人黒帥《こくそつ》とぞ申ける。**初**其人未だ蔵人頭《くらんどのとう》なりし時、五節に被レ舞《まはれ》ければ、其も拍子を替《かへ》て、「あな黒々《くろぐろ》黒き頭哉《とうかな》。如何なる人の漆《うるし》塗けん」とぞ被レ拍《はやされ》ける。**ロ**又花山院前《くわさんのゐんさきの》太政大臣忠雅公《ただまさこう》いまだ十歳と申〔⑤し〕し時、父中納言忠宗卿に後《おく》れたてまつて、孤《みなしご》にておはしけるを、故中《の》御門藤中納言家成《とうちゆうなごんかせいの》卿、いまだ播磨守たりし時、聟に執《とつ》て声花《はなやか》に被二持成一《もてなされ》ければ、其も五節に「播磨よねはとくさかむくの葉か。人の〔⑥きらを〕磨《みがく》は」とぞ被レ拍《はやされ》ける。「上古《しやうこ》には加様《かやう》に在しかども事出《いで》こず、末代如何《まつだいいかが》在んずらん。無二覚束一《おぼつかなし》」とぞ人申ける。

白　如レ案《あんのごとく》五節はてにしかば、殿上人一同に被レ申《まうされ》けるは、「夫雄剣《それゆうけん》[5]を帯して公宴《くえん》に列し、兵杖《ひやうぢやう》[6]を給て宮中《きゆうちゆう》を出入《しゆつにふ》するは、皆格式《かくしき》の礼を守る、綸命有レ由《りんめいよしある》先規《せんぎ》也。

1　紫宸殿の北廂。
2　後宮十二司の一つで、灯油・薪炭・火燭のことなどを司る女官。
3　『綾小路俊量卿記』にこのはやしが見える。
4　「濃染紙」か。
5　すぐれた剣。
6　武具を帯びた随身。

然《しかる》を忠盛朝臣、或は相伝の郎従と号し〔て〕⑦布衣兵《ほういのつはもの》を殿上の小庭に召置き、或は腰刀を横《よこだ》へさいて、節会の座に列る両条、希代《きたい》未レ聞《いまだきかざる》狼籍也。事既に重畳《ちようでふ》せり。罪科尤難レ遁《もつとものがれがたし》。口早く御札《7みふだ》を〔けづつて〕⑧、闕官可レ被二停〔任〕一《けつくわんちやうにんせらるべき》⑨由、各訴へ被レ申《まうされ》ければ、上皇大に驚き思食《おぼしめし》、忠盛を召て御尋《おんたづね》在り。陳じ申けるは、折「先づ郎従小庭に祠候の由、全く覚悟不レ仕《つかまつらず》。但し近日《きんじつ》人〔々〕⑩被二相巧一《あひたくまるる》子細在歟《あるか》の間、年来《ねんらい》の家人《けにん》事を伝へ聞くかに依て、其恥を扶《たす》けんが為に、忠盛に不レ被レ知《しられず》して、竊に参候の条、力不レ及《およばざる》次第也。口若《も》し猶其咎可レ在《とがあるべ》くは、彼身を可二召進一《めしまゐらすべく》候歟《か》。次に刀の事、主殿司に預け置畢《おきをはんぬ》。是を被二召出一《めしいだされ》刀の実否《じつぷ》に付《つい》て、咎《とが》の左右《さう》可レ在歟《あるべきか》」と被レ申《まうされ》けり。⑪其刀を召出して叡覧あれば、上は鞘巻の黒く塗《ぬつ》たるが、中は木刀《きがたな》に銀薄《ぎんばく》をぞ〔おしたりける。〕⑫中「当座の恥辱を逃れん為に、刀を帯する由あらはすと云へ共、後日《ごにち》の訴詔を存知して、木刀を帯しける用意の程こそ神妙なれ。弓箭《きゆうせん》に携《たづさは》らん者策《のはかりこと》は、尤角《もつともかう》こそ在《あら》まほしけれ。兼《かね》て又郎従小庭に祠候の条、且《かつう》は武士の郎等の習也。忠盛が咎に非ず」とて、却《かへつ》て叡感に預る上は、敢て罪科の沙汰も無りけり。

口⑬其子共は諸衛《8しよゑ》の佐《すけ》になる。昇殿せしに殿上の交りを人嫌《きらふ》に不レ及《およばず》。其比忠盛

7　昇殿を許された者の名札。

8　六衛府の次官。

①原本「へ」
②原本「言ましうそ」
③原本「鞆の絵」
④諸本「のみ」あり。
⑤原本「せ」
⑥原本「きぎを」
⑦原本なし。
⑧原本「付て」
⑨原本「止」
⑩原本「に」
⑪諸本「しかるへしとて」あり。
⑫原本「そ貼たりけるか」
⑬葉子本・流布本・語り本など、これより「鱸」

備前の国より都へ上りたりけるに、鳥羽院「明石浦は如何に」と御尋《おんたづね》在ければ、

歌　在明《ありあけ》の月も明石の浦風に浪計《ばかり》こそよる[1]と見えしか

指　と申たりければ、御感在け①〔り。〕此歌は、金葉集にぞ被レ入《いれられ》ける。

ロ　忠盛又仙洞に、最愛の女房を②〔もつ〕て被レ通《かよはれ》けるが、或時其《その》女房の局《つぼね》に、妻[2]に月出したる扇を忘て被レ出《いでられ》ければ、片辺《かたへ》の女房達「是は何くより[3]③〔の〕月影ぞや。出処《いでどころ》無二覚束《おぼつかなし》一」と、笑《わらひ》あはれければ、彼女房、

歌　雲井よりただもり[4]きたる月なればおぼろけにては不レ言《いはじ》とぞ思ふ

初　と読たりければ、いとど[5]不レ浅《あさからず》ぞ被レ思《おもはれ》ける。薩摩守ただのりの母是《これ》也。似るを友とかやの風情《ふぜい》に、忠盛もすいたりければ、彼女房も優なりけり。白　角て忠盛刑《ぎやう》④〔部《ぶ》〕卿に成て、仁平《にんべい》三年正月十五日、歳五十八にて失せにき。清盛嫡男たるに依て其迹を継ぐ。

鱸《すずき》⑤

保元元年七月に宇治[6]の左府《さふ》、代《よ》を乱り給し時、安芸守とて御方《みかた》[7]にて勲功在し

1　寄ると夜とをかける。

2　扇の端。

3　この扇にかかれた月はどこから出たものでしょうか。扇の出所はどこですか。

4　唯洩りと忠盛とをかけたことば。

5　忠盛と女房との仲はいよいよ深くなった。

6　宇治に別荘を持っていた左大臣藤原頼長。

7　後白河天皇の御方。

かば、播磨守に成て⑥、同三年太宰大弐《だざいのだいに》に成る。ロ 次に平治元年十二月、信頼卿謀叛の時、御方に成て賊徒を討平《うちたひらげ》、勲功一つに不《あら》レ在《ず》、恩賞是可《これおもかるべし》レ重とて、拾 次の年正三位《じやうざんみ》に被《じよせられ》レ叙、打続き宰相衛府督《さいしやうゑふのかみ》、検非違使《の》別当、中納言、大納言に歴上《へ》て、剰《あまつさへ》[8]丞相《しようじやう》の位に至る。左右《さう》を不レ歴《へず》して、内大臣より太政大臣・従⑦〔一〕位に上《あが》る。大将《だいしやう》に在《あら》ね共《ども》、兵杖を給て随身《ずいじん》を召具す。牛車輦車《ぎつしやれんじや》の宣旨《せんじ》を蒙て、乗ながら宮中を出入《しゆつにふ》す。偏《ひとへ》に執政《しつせい》の臣《しん》の如し。重 [9]太政大臣は、一人《いちじん》に師範として四海に[10]ぎけいせり。治レ国論レ道《くにををさめみちをろんじ》、陰陽《いんやう》を和げをさむ。下 其人に不《あら》レ在《ず》は即《すなはち》かけよと云《いへ》り。されば即闕の官共名付たり。其人ならでは可《けがすべき》レ汚官ならね共、一天四海を掌《たなごころ》の中に被《にぎられ》レ握しかば不《しさいにおよばず》レ及二子細一。

ロ 平家加様《かやう》に被《はんじやうせられ》二繁昌一けるも、熊野権現の御利生《ごりしやう》とぞ聞えし。其故《そのゆゑ》は、古《いにし》へ清盛公いまだ安芸守たりし時、伊勢の海より舟にて熊野へ被《まゐられ》レ参けるに、大《おほき》なる[11]鱸《すずき》の舟に躍入《をどりいり》たりけるを、先達《せんだつ》申けるは 折 「是は権現の御利生也。急ぎ可《まゐらるべし》レ被レ参」と申ければ、清盛曰《のたまひ》けるは[12]「昔周の武王の舟にこそ、白魚躍入《をどりいり》たりけるなれ。是は吉事《きちじ》なり」とて、指 さしも十戒を持《たもつ》て精進潔斎の道なれ共、調味《てうび》して家の子郎僮《らうどう》どもに被《くはせられ》レ食けり。初 其故にや、吉事《きちじ》而已《のみ》打続いて、太政大臣迄極《きは》め給へり。

8 大臣の唐名。清盛は、永万二年に、内大臣に任ぜられている。
9 職員令に見えることば。一人は天子。
10 儀刑。師範となること。
11 幼魚を〈せいご〉、少し成長したものを〈ふっこ〉と言う。出世魚の一。
12 史記の周本紀に見える。

①原本「る」
②原本「以」
③原本なし。
④原本なし。
⑤諸本、たてず。
⑥諸本「移て」
⑦原本「二」

子孫〔の〕①官途《くわんど》[1]も龍《りよう》の雲に上《のぼる》よりは猶すみやか也。九代《くだい》[2]の先蹤《せんじよう》を越《こえ》たまふこそ目《め》出《でた》けれ。

②清《きよ》盛《もり》出《しゆっ》家《け》

ロ角《かく》て清盛公、仁安《にんあん》三年十一月十一日、歳五十一にて病に被《をかされ》レ侵、存命《ぞんめい》の為に忽に出家入道す。法名《ほふみやう》は浄海《じやうかい》とこそ名乗《なのり》けれ。其験《そのしるし》にや宿病[3]立処《たちどころ》に愈《いえ》て、天命を全《まつたう》す。人の順《したが》ひ付事《つくこと》、吹風の草木を靡《なびかす》が如し。世の普《あまね》く仰《あふげ》る事、降る雨の国土を潤《うるほす》に同じ。

③我《わが》身《み》栄《えい》花《ぐわ》

六波羅殿の御一家の君達《きんだち》と云て〔ン〕しかば、華族《くわぞく》[4]も栄耀《えいゆう》も面《おもて》を迎《むか》へ肩を比《ならぶ》る人無し。されば入道相国のこじうと[5]平大納言時忠《ときただ》卿ののたまひけるは、「此一門に不レ在人《あらざらんひと》は、皆人非人《にんぴにん》[6]なるべし」とぞのたまひける。懸《かか》りしかば、如何なる人

1　官位昇進の次第。
2　清盛は高望王より九代目に当たる。
3　永く苦しめられた病。
4　栄耀は英雄が正しい。華族に同じ。摂関家に次ぐ家柄。
5　清盛の妻時子の兄。
6　八部の鬼神。もと非人であったのが人として現れ、説法を聴聞したのでこの称がある。ここは、転じて、人でなし。

も、相構《あひかまへ》て其ゆかりに結④〔ぼほ〕れんとぞしける。7衣文《えもん》のかき様《やう》、8烏帽子《えぼし》のため様より始⑤〔め〕て何事も六波羅様と云けれぱ、一天四海の人、皆是を学ぶ。

折 又如何なる賢王賢主の御政《まつりごと》も、摂政関白の御成敗《せいばい》にも、世に余《あま》されたる徒《いたづら》者《もの》な（ン）どの、人の不レ聞処《きかぬところ》にて、何と無く誹《そし》り傾け申事《まうす》は、常の習なれ共、此禅門世盛《よざか》りの程は、聊忽《いささかゆるかせ》にも申《まうす》者無し。口 其故は、入道相国の策《はかりこと》に、十四五六の童部《わらんべ》を三百人逃《あつめ》て髪を9禿《かぶろ》に截《き》りまはし、赤き直垂《ひたたれ》を著《きせ》て被二召仕一《めしつかはれ》けるが、京中に満満《みちみち》て往反《わうへん》しけり。自《おのづから》平家の事悪しざまに申者あれば、10一人聞出さぬ程こそ在けれ、⑥〔余〕党に触廻《ふれめぐら》して其家に乱入し、資財雑具《しざいざふぐ》を追捕《ついふく》し、剰其奴《あまつさへそのやつ》を搦捕て、六波羅へ11いてまゐる。されば目に見、心に知《しる》と云へ共、詞に顕《あらは》れて申《まうす》者無し。六波羅の禿《かぶろ》と云て（ン）しかば、道を過《すぐ》る馬車も、よぎて⑦〔ぞ〕通りける。12禁門を出入《しゆつにふ》すと云へ共、初 姓名を不レ及レ被レ尋《たづねらるるにおよばず》。京師《けいし》の長吏、是が為に13目を側《そばむ》と見えたり。

⑧中 我身の栄花を究《きはむ》るのみならず、一門共に繁昌して、嫡子重盛内大臣《の》左大将、次男宗盛中納言《の》右大将、三男14具《とも》盛三位《の》中将、嫡孫維盛卿四位《の》少将、都《すべ》て一門の公卿《くぎやう》十六人、殿上人《びと》三十余人、諸国の受領《じゆりやう》・⑨〔衛《ゑ》〕府《ふ》・諸司、都合《つがふ》六十余人也。

7 着物の着様。
8 折烏帽子の折り様。
9 短く切り揃え、結ばずに垂らした髪形。
10 一人でも聞き出そうものならすぐさまに。
11 連行する。
12 長恨歌伝に見える文句。
13 目をそらして見ぬふりをする。
14 知盛が正しい。

①原本なし。
②諸本、たてず。語り本、これより「禿童」
③語り本などたてず。
④原本「を」
⑤原本「まつ」
⑥原本「強」
⑦原本なし。
⑧語り本、これより「我身栄花」
⑨原本「御」

世には又人無《なく》ぞ被レ見《みえられ》ける。

ロ　昔奈良[1]御門《のみかど》の御時神亀《じんき》五年、朝家《てうか》に中衛《ちゆうゑ》の大将を始め被レ置《おかれ》、大同四年《しねん》に中衛を近衛《こんゑ》と被レ改《あらためられ》しより以降《このかた》、兄弟左右《さう》に相並《ならぶ》事、僅に三四箇度《さんしかど》也。重　文徳天皇の御時は、左《ひだん》に良房左大臣《の》①左大将、右に良相《よしあふ》大納言の右大将、是は閑院の左大臣冬嗣《ふゆつぎ》の御子《おんこ》也。下　朱雀院《しゆしやくゐん》の御宇《ぎよう》には、左《ひだん》に実頼《さねより》小野の宮殿、右に師輔《もろすけ》九条殿、貞[2]《てい》仁公《じんこう》の御子也。初　後冷泉院《ごれんぜいゐん》の御時は、左に教通大《のりみちおほ》二条殿、右に頼宗《よりむね》堀河〔殿〕②、御[3]《み》堂《だう》の関白《くわんばくの》御子也。初中　二条院の御宇には、左には基房松殿《もとふさまつどの》、右に兼実月輪殿《かねざねつきのわどの》、法[4]《はふ》性寺殿《しやうじどの》の御子也。初　是皆摂禄《せつろく》の臣の御子息《ごしそく》、凡人《はんじん》に取《とつ》ては、無二其例一《そのためしなし》。殿上の交りをだに被レ嫌《きらはれし》人の子孫にて、[5]禁色雑袍[6]《きんじきざつぱう》をゆり、綾羅錦繡《りようらきんしう》を身に纒《まと》ひ、大臣の大将に成て、兄弟左右に相並《ならぶ》事、末代《まつだい》とは云ながら不思議なりし事共也。

ロ　其外《そのほか》、御娘八人御《お》はしき。皆執執《とりどり》に幸《さいは》ひ給へり。③〔一人《いちにん》は〕桜町中納言重[7]《しげ》教卿《のりの》の北の方にて御《お》はすべかりしが、八歳の時約束計《ばかり》にて、平治の乱れ以後引《ひき》ちがへられ、[8]花山院《くわさんのゐんの》左大臣殿の御台盤所《みだいばんどころ》に成《なら》せ給て、君達余《きんだちあま》たましましけり。[9]抑《そもそも》此重教卿を桜町中納言と申ける事は、勝《すぐれ》て心数奇《すき》給へる人にて、常は吉野山をこひ、町に桜を栽《うゑ》並べ、其内に屋を立て住たまひしかば、来《く》る年の春ごと

1　聖武天皇。

2　藤原忠平。

3　藤原道長。

4　藤原忠通。

5　宮中で着用を禁ぜられた色の衣。

6　直衣。宮中では束帯を着するを原則とした。

7　成範が正しい。

8　藤原兼雅。

9　この桜町中納言の話を、琵琶法師は祝言の曲として語った。

に、見る人桜町とぞ申ける。中 桜は笑《さい》て七箇日に散《ちる》を、名残を惜み、天照御神《あまてるおんかみ》に祈り被レ申《まうされ》ければ、三七日《さんしちにち》迄名残在けり。君も賢王にてましませば、神も神徳《しんとく》を耀《かかやか》し、花も心の在ければ、二十日《はつか》の齢《よはひ》を保《たもち》けり。初 一人《いちにん》は后《きさき》に立《たた》せたまふ。王《わう》子《じ》御誕生在て、皇太子に立《たち》、位に即《つか》せ給しかば、院号を蒙《かうむら》せ給て、建礼門院とぞ申ける。入道相国の御娘なるうへ、天〔下〕④の国母《こくも》にてましましければ、兎角《とかく》不レ被レ申及《まうすにおよばれず》。白 一人は六条[10]《の》摂政殿の北政所《きたのまんどころ》に成《なら》せ給ふ。高倉院御在位の時、御《おん》母代《ははしろ》とて、准三后《じゆんさんごう》の宣旨を蒙り、白川殿《しらかはどの》とて重き人にてましましけり。一人は[11]普賢寺殿《ふげんじどの》の北の政所に成せ給ふ。一人は冷泉《れんぜい》大納言隆房卿の北の方、一人は七条《の》修理大夫《だいぶ》信隆《のぶたか》卿に相具《あひぐ》し給へり。口 又安芸国厳島の内侍《ないし》が腹に一人《いちにん》おはせしは、後白河法皇へ参《まゐら》せた〔ま〕⑤ひて、女御の様にぞましましける。其外、九条院[12]の雑仕《ざふし》常葉《ときは》が腹に一人《いちにん》、是は花山院殿[13]に上臈女房にて、廊の御方《おんかた》とぞ申ける。

重 日本《につぽん》秋津《あきつ》島《しま》は僅に六十六箇国、平家知行の国三十余箇国、既に半国《はんごく》に超《こえ》たり。其外〔荘〕⑥園、田畠《でんばく》幾等《いくら》と云数を不レ知《しらず》。下 綺羅《きら》充満して、[14]堂上《たうしやう》花の如し。軒騎《けんき》群集《くんじゆ》して、門前成レ市《いちをなす》。楊州の金《こがね》、荊《けい》州の珠、呉《ご》郡《きん》の綾、蜀江の錦、七珍《しつちん》万宝一つとして闕《かけ》たる事無し。初[15] 歌堂舞閣の基《もとゐ》、魚龍爵馬《ぎよりようしやくば》の翫物《もてあそびもの》、恐らくは帝闕も

10 藤原基実。
11 藤原基通。
12 近衛天皇の中宮呈子。
13 藤原兼雅。
14 本朝文粋六、橘直幹の状に見える。軒は車、騎は馬。
15 文選十一、蕪城賦に見える。歌舞を行うための御殿。魚竜爵馬は未詳。

①諸本「右」
②原本「院」
③原本なし。
④原本「天子」
⑤原本なし。
⑥原本「床」

仙洞も是には不レ過《すぎじ》とぞ見えし。①ロ 入道相国、加様に天下《てんが》を掌の中に握りたまひし間、代《よ》の謗《そし》りをも不レ憚《はばからず》、人の嘲りをも不レ顧《かへりみず》、不思議の事を而已《のみ》したまへり。

義《ぎ》王《わう》義《ぎ》女《によ》

②譬《たと》へば、其比《そのころ》都に聞えたる白拍子《しらびやうし》の上手、義王《ぎわう》・義女《ぎによ》とて兄弟在《おとといあり》。とぢと云白拍子が娘也。姉の義王を入道相国最愛せられけり。依レ之《これによつて》妹の義女《ぎによ》をも世の人持成《もてなす》事不レ斜《なのめならず》。母とぢにも好屋《よきや》作りてとらせ、毎月百斛《まいぐわつひやつこく》百貫を被レ贈《おくられ》ければ、家内冨貴《けないふつき》して③頼《たの》も敷《し》き事不レ斜《なのめならず》。

中 抑《そもそも》吾朝に白拍子の始まりける事は、昔鳥羽院の御宇《ぎよう》に、島の千歳・和歌の前、是等二人《ににん》が舞出《まひいだ》したりける也。始めは、1水干《すいかん》に立烏帽子《たてゑぼし》、2白鞘巻《しらざやまき》をさいて舞ければ、男舞とぞ申ける。初 然るを、中比《なかごろ》より烏帽子刀を被レ除《のけられ》、水干計《ばかり》を用たり。去《さ》てこそ3白拍子とは名付けれ。

ロ 京中の白拍子共、義王が幸《さいはひ》の目出度《めでた》き様《やう》を聞て、羨む者も在り、猜《そね》む者も在りけり。羨者共《うらやむものども》は、「あな目出度《めでた》の義王御前の幸や。同じ遊女《あそびをんな》ならば、誰《たれ》もあ

1 類似の伝承が徒然草二二五段に見える。
2 外側を銀でかざった鞘巻。
3 白拍子は素拍子、すなわち伴奏なしの拍子の意から転じた語か。

の様にこそ在《あり》たけれ。如何様《いかさま》是は義と云文字《いふもじ》を名に〔ついてかくは〕④目出度《めでたき》やらん。いざ我等も付《つい》て見ん」とて、或は義一と付き、義二と付き、或は義福・義徳な（ン）どと云者も多く有けり。猜者《そねむ》共は、「何《な》ん条《でう》名により文字にはよるべき。幸《さいはひ》は只前世《ぜんぜ》の生れ付《つき》にてこそあるなれ」とて、付《つか》ぬ者も多かりけり。

白 角《かく》て三年《みとせ》と申時、都に又聞えたる白拍子の上手一人《いちにん》出来《いできた》⑤りたり。加賀国の者也。名をば仏とぞ申ける。年十六とぞ聞えし。自レ昔《むかしよりおほく》多の白拍子在しか共、かかる舞をば未レ見《いまだみず》とて、京中の上下《じやうげも》4持て成《な》す事不レ斜《なのめならず》。仏御前《ほとけごぜん》申けるは、「我天下《われてんが》に聞えたれ共、5当時さしも目出度《めでたく》栄えさせたまふ平家の太政入道殿へ不レ被レ召《めされぬ》事こそ無二本意一《ほいなけれ》。遊者《あそびもの》のならひ、〔なにかくるしかるべき〕⑥推参《すいさん》して見ん」とて、或時車に乗て、西八条殿へぞ参じたる。ロ 人まゐ（ツ）て「当時都に聞え候《さうらふ》仏御前こそ参て候へ」と申ければ、入道「何条左様《なんでうさやう》の遊者《あそびもの》は、人の召《めし》に随てこそ参れ。6無二左右一《さうなう》推参する様やある。義王が在ん処へは、神共《とも》7云へ、仏共《とも》云へ、叶間敷《かなふまじき》ぞ。とうとう罷出《まかりいで》よ」とぞ曰《のたまひ》ける。仏御前無二主計一《すげなう》8いはれ奉て、已《すで》に出んとしけるを、義王、入道殿に申けるは、折 「遊者《あそびもの》の推参は常の習でこそ候《さぶら》9へ。其上歳《とし》も未だ少候《をさなうさぶらふ》なるが、偶《たまたま》思立て参て候《さぶらふ》を、無二主計一《すげなう》被レ仰《おほせられ》て帰させ給はん

4 もてはやす。
5 現在。
6 とかくの打ち合わせもなく簡単に。
7 仏御前の名にひっかけて言ったことば。
8 つれなく。
9 女のことばとして「さぶらふ」とにごった。

①原本「きを」とあり。諸本、これより「祇王」とするもの多し。語り本もしかり。「きを」はこの「祇王」と誤るものか。以下、覚一本の古本は「祇王」説話をのせぬものあり。
②語り本など、前より続く。
③諸本「たのしき」
④原本「付近くは」
⑤諸本「出来たり」
⑥原本「なしかは」

事こそ不便《ふびん》なれ。初如何計愧敷《はづかしう》片腹《かたはら》痛くもさぶらふらん。我が立《たて》し道なれば、人の上共不レ覚《おぼえず》。指縦ひ舞を御覧じ歌をこそ不二聞食一《きこしめさず》共《とも》、御対面計《ばかり》さぶらひて帰させ給ひなば、難レ在《ありがたき》御情にてこそさぶらはんずれ。只理《り》を枉《まげ》て召還《めしかへ》し、御対面さぶらへ」と申ければ、口入道「いでいでさらば、わ御前が余り云事なれば、見参《げんざん》して返さん」とて、御使を立てぞ被レ召《めされ》ける。仏御前車に乗て出けるが、被二召帰一《めしかへされ》て参りたり。入道やがて出合《いであひ》対面して、「今日《けふ》の見参《げんざん》は在《ある》まじかりつれ共、義王が、何とやらん余りに申し進むる間《あひだ》見参しつ。見参する程では、いかで声をも聞《きか》で可レ在《あるべき》ぞ。今様一《いまやうひと》つ歌へかし」と曰《のたま》へば、仏御前「承り候《さぶらふ》」とて、今様一つぞ歌《うたう》たる。

重[1]君を始て見るをりは千代も歴《へ》①〔ぬ〕べし姫小松《ひめこまつ》
御前《おまへ》の池なる亀岡に鶴こそ群居《むれゐ》て遊ぶめれ

と、下推返《おしかへ》し推返し三反《さんべん》歌ひすましたりければ、見聞《けんもん》の人人、皆耳目《じぼく》を驚《おどろか》す。口入道も面白げに思ひ給て、「わ御前は、今様は上手で在けるや。[2]此定《このぢやう》では舞も定めて好《よか》るらん。一番見ばや、鼓打《つつみうち》めせ」とて被レ召《めされ》けり。②初仏御前は、髪姿《かみすがた》より始めて、眉目形《みめかたち》世に勝《すぐ》れ、初中音好《こゑよ》く節《ふし》も上手也ければ、なじかは舞も可レ損《そんずべき》、心

1　これと類似の今様が、梁塵秘抄・増鏡九に見える。
2　この分では。

も不レ及《およばず》舞すましたりければ、入道相国、舞にめで給て、仏に心を被レ移《うつされ》けり。

口 仏御前「こはされば何事候ぞや。自レ元《もとより》わらはは、推参の者にて被レ出《いだされ》[3]まゐらせさぶらひつるが、義王御前の申状《まうし》に依てこそ被二召返一《めしかへされ》ても候に、③加様に被二召《めしおかる》置《る》一ならば、義王御前の思ひ給はんずる処愧敷《はづかしう》さぶらふべし。早早《はやはや》暇を給て出④〔さ〕せおはしませ」と申ければ、入道「努々《ゆめゆめ》其儀在まじ。⑤義王をこそ出さめ」と曰《のたま》へば、仏御前「其れ又いかでかさる御事可レ候《さぶらふべき》。諸友《もろとも》に被二召置一《めしおかるる》だに[4]片腹痛くさぶらふべきに、義王御前を被レ出《いだされ》まゐらせて、わらはが一人被二留置一《いちにんとどめおかれ》まゐらせなば、⑥いとど心憂可レ候《こころうくさぶらふべし》。初[5]自後迄《おのづからのちまで》忘ぬ御事ならば、被レ召《めされ》て又は参る共、今日⑦〔は〕暇を給《たまはら》ん」とぞ申ける。指 入道「総《すべ》て、其儀在まじき。義王とうとう罷出よ」と、御使重ねて三度《さんど》迄こそ被レ立《たてられ》けれ。

中 義王本より思設《まう》けたる道なれ共、さすが昨日今日とは不二思寄一《おもひよらず》。可二急出一《いそぎいづべき》由頻に曰《のたま》ふ間、⑧〔掃〕拭塵拾《はきのごひちりひろは》せ、見苦《みぐるしき》敷物共執《とり》[6]したためて可レ出《いづべき》にこそ定まりけれ。

初[7] 一樹《いちじゆ》の影に宿り合ひ、同じ流れを結《むすぶ》だに、別れは悲敷《かなしき》習ひぞ。まして此二三年が間住《すみ》馴し処なれば、名残も惜う悲しくて、無二甲斐一《かひなき》涙ぞ翻《こぼ》れける。指 去《さ》ても可レ在《あるべき》事ならねば、今は角《かう》とて既に出んとしけるが、無《なか》らん迹の忘れ形見に

3 一たんは追い出されましたのが。
4 心苦しい。
5 万一、これから後もわたくしのことをお忘れないのでしたら。
6 かたづけて。整理して。
7 説法明眼論に見えることば。当時、ことわざとして多く用いられた。

①原本なし。
②諸本「うたせて一ばんまふたりけり」あり。
③高野本「加様に……愧敷さぶらふべし」を傍書す。
④原本なし。
⑤諸本「但祇王があるをはばかるか。その儀ならばぎわうをこそいださめ」
⑥高野本「ぎわうごぜんの心のうち、はづかしうさぶらふべし」
⑦原本なし。
⑧原本「帰」

もとや思ひけん、[1]障子《しやうじ》に泣泣《なく》一首の歌をぞ書付ける。

歌　萠出《もえいづ》るも枯《か》るるも同じ野辺の草何《いづ》れか秋に逢はで果《はつ》べき

中　去《さ》て車に乗て宿所《しゆくしよ》へ帰り、障子の内に倒臥《たふれふ》し、泣《なく》より外の事ぞ無き。母や妹是を見て、「如何にや如何に」と問けれど、兎《と》角《かく》の返事にも不《およばず》レ及。具したる女に尋てぞ、[2]去《さ》る事あり共知て〔ン〕げる。口　去る程に、毎月《まいぐわつ》に被レ送《おくられ》ける百斛《こく》百貫を、も、今は被レ留《とどめられ》て、仏御前の①ゆかりの者共〔ぞ〕②始て楽しみ栄えける。「義王こそ入道殿より暇給て出でたんなれ。[3]いざ見参して遊ばん」とて、京中の上下、或は文を遣し、或は使者を立《たつ》る者も在けり。義王、今更人に見参して遊び戯るべきにも非ずとて、文を取入《とりい》るる事も無し。まして使に応答《あひしらふ》迄も無りけり。是に付ても悲敷《かなしく》て、いとど涙にのみぞしをれける。

白　角《かく》て今年も暮ぬ。春の比《ころ》、入道相国、義王が許《もと》へ使者を立てて、「如何に義王、[4]其後何事か在る。去《さ》ては仏御前が余りにつれづれげに見ゆるに、参て今様をも歌ひ、舞な〔ン〕ども舞て仏慰よ」と〔ぞ〕③曰《のたまひ》ける。義王兎《と》角《かう》の返事にも不《およばず》レ及、涙を押へて臥にけ〔り〕④。入道相国重ねて「など義王返事をばせぬぞ。参る間《ま》敷歟《じいか》。参るまじくは其様を申せ。浄海も[5]計らふ旨在《あり》」とぞ曰《のたまひ》ける。口　母とぢ是を聞くに

1　ふすま障子。

2　そうしたこと。

3　出たそうだ。

4　その後はどうしているのか。

5　考えがある。

悲敷《かなしく》て、如何なるべし共思ほえず。泣《なく》泣教訓しけるは、「如何に義王御前、兎《と》も角《かく》も御返事を申せかし。加様に被レ呵《しかられ》まゐらせんよりは」と云へば、義王涙を押《おさへ》て、折「参らんと思ふ道ならばこそ、軈《やが》て参る共申さめ。不レ参《まゐらざら》ん者故《ものゆゑ》に、何と御返事を可レ申共不レ覚《まうすべしともおぼえず》。中 此度召んに不レ参《まゐらず》は計らふ旨在《あり》と被レ仰《おほせらる》るは、都の外へ被レ出歟《いださるるか》、さらずは、命を被レ召歟《めさるるか》、是二つにも不レ過《すぎじ》。縦ひ都を被レ出共《いださるるとも》、非レ可レ嘆《なげくべきにあらず》。縦《たとひ》命を被レ召共可レ被レ惜又我身《めさるるともをしかるべきまたわがみ》かは。初 一度《いちど》憂き者に被レ思《おもはれ》まゐらせて、6二度《ふたたび》面《おもて》を非レ可レ向《むかふべきにあらず》」とて、尚《なほ》御返事をも不レ申《まうさ》ざりけるを、口 母とぢ重ねて教訓しけるは、「天《あめ》が下に住ん間は、兎《と》も角も、入道殿の仰をば背く間敷事《まじきこと》にて在《ある》ぞ。7男女《をとこをんな》の縁宿世《えんしゆくせ》⑤今に始めぬ事ぞかし。折 千年万年《せんねんばんねん》と契れ共、8軈《やが》て離るる中もあり。白 9白地《あからさま》とは思へ共、長らへ果《はつ》る事も在《あり》。代《よ》に無レ定《さだめな》き者は、男女《をとこをんな》の習ひ也。其れにわごぜんは、三年《みとせ》迄被レ思《おもはれ》まゐらせたれば、難レ在《ありがたき》事にこそあれ。又召んに参らねばとて、命を被レ召《めさるる》迄はよもあらじ。都の外へぞ被レ出《いだされん》ずらん。縦ひ都を被レ出共《いださるるとも》、わごぜたちは年少《わか》ければ、如何ならん岩木《いはき》のはざまにても過さん事可レ安《やすかるべし》。但し、我身年老《おい》衰て、都の外へや被レ出《いだされん》ずらん。習《ならは》ぬ旅の住居こそ、兼て思《おもふ》も悲しけれ。只我を都の内にて住果《すみはて》させよ。其れぞ今生⑥後生の10孝養《けうやう》

6　重ねてお目にかかろうとも思わない。
7　男女の縁は前世からの因縁で そのはかないことは。
8　たちまち。
9　しばらくの間のみ。
10　供養。

①諸本「が」
②原本なし。
③原本なし。
④原本「る」
⑤原本「に」あり。
⑥原本「の」あり。

1　居所。

2　この今のわたくしの居所が、今迄祇王の召し出された所でなければやむを得ませんが。ここは今迄祇王をお召しになった所ではございませんか。

3　類似の今様が梁塵秘抄に見える。

にて在んずらん」と云へば、義王、憂しと思し道なれ共、親の命《めい》を不レ背《そむかじ》と、泣《なく》泣又出立《いでたち》ける、心の中こそ無慚《むざん》なれ。

　独り参れば余りに懶《ものう》しとて、妹の義女をも相具しけり。其外白拍子二人《ににん》、惣じて四人《しにん》、一つ車《くるま》に取乗て、西八条へぞ参《まゐり》たる。口日比《ひごろ》被レ召《めされ》ける処へは不レ被《いれられ》レ入《ず》して、遙に下《さがりたる》処に[1]座敷《ざしき》しつらうて被レ置《おかれ》たり。義王「こはされば何事ぞや。我身に誤まつ事は無けれ共、奉レ被レ捨《すてられたてまつる》だに在に、座敷をさへ被レ下《さげらるる》事の口惜さよ。如何にせん」と思ふを、人に知せじと、押《おさ》ふる袖の隙《ひま》よりも、余りて涙ぞ翻《こぼれ》ける。仏御前是を見て、余りに哀れに思ければ、入道殿に申けるは、「①[2]日比被レ召《めされ》さぶらはぬ処でもさぶらはばこそ。是へ被レ召《めされ》さぶらはずは、わらはに暇をたべ。出て見参をせん②」と申ければ、入道「惣じて其儀在まじ」と曰《のたまふ》間、力及ばで不レ出《いでざり》けり。入道は義王が心の内をば知たまは③〔ず〕、「義王其後《そののち》は何事かある。④去《され》ば舞をも見たけれ共、其は次の事。今様一つ歌へかし」と曰《のたま》へば、義王、参る程では、兎《と》も角《かく》も仰せをば、背《そむく》まじき事と思ければ、落る涙を押へて、今様一つぞ歌ける。

重[3]
仏も昔は凡夫《ぼんぷ》也我れも終《つひ》には仏也

何《いづ》れも仏性具《ぶつしやうぐ》せる身を隔つるのみこそ悲しけれと、下泣《なく》泣二返歌うたりければ、其座に幾等も並居たる平家の一門公卿《の》・殿上人・諸大夫《しよだいぶ》[4]・侍《さぶらひ》に至迄《いたる》、有レ心《こころある》も無レ心《こころなき》も皆感涙をぞ被レ流《ながされ》ける。ロ入道も面白げに思給て、「時に取ては神妙[5]にも申たり。去《さら》〔ば〕[⑤]舞も見たけれ共、今日は紛《まぎ》るる事出来たり。此後は不レ被レ召共《めされずとも》、常に参りて今様をも歌ひ、舞な(ン)どをも舞て仏慰めよ」とぞ曰《のたまひ》ける。義王、兎角《とかう》の返事にも不レ及《およばず》、涙を押《おさへ》て出にけり。

「親の命《めい》を不レ背《そむかじ》と、つらき道に趣《おもむい》て、二度《ふたたび》憂目を見つる事の口惜さよ。角て此世に在《ある》ならば、又も憂目を見んずらん。今は只身を投ん」と言へば、妹の義女も是を聞て、「姉が身を投げば、我身も倶《とも》に身を投ん」と言。母とぢ是を聞に悲歎《かなしく》て、如何なるべし共不レ覚《おぼえず》。泣《なく》泣教訓しけるは、「誠にわごぜの恨るも理《ことわり》也。左様《さやう》の事可レ在共《あるべしとも》不レ知《しらず》して、教訓して参せつる事の心憂さよ。但《ただ》しわごぜの身を投げば、妹も供《とも》に投んと言。角て二人《ににん》の娘共《むすめども》に後《おく》れなば、年老《としおい》衰たる母留ま(ッ)ても何かはせんなれば、我も共に身を投んとする也。未だ死期《しご》も不レ来《こぬ》親に身を投《なげ》させんずる事、五逆罪《ごぎやくざい》[6]にてぞ在んずらん。慚《はぢ》[7]ても慚《はぢ》でも何《なに》ならず。此世計《ばかり》[8]の宿《やど》り也。只長き闇こそ心憂けれ。今生《こんじやう》[9]でこそ在め、後生《ごしやう》でだに悪道に

4　摂関家などの家司になり得る家柄。四位もしくは五位。
5　当座の芸としては。
6　父・母・阿羅漢を殺す罪、仏身から血を出す罪、和合僧を破る罪の五罪。この罪を犯す者は、無間地獄に落ちるとされた。
7　恥じようと恥じまいと問題でない。
8　「此の世は仮りの宿り也」とよむべきところ。
9　今生のみならともかく、後生でまでも。

①高野本「あれはいかに」あり。
②諸本「を」なし。
③原本「ん」
④諸本「去は……次の事」を「さては仏御前があまりにつれづれげに見ゆるに」とする。
⑤原本「も」

趣んずる事の悲しさよ」とて、袖を顔に押当て、小雨《さめ》小雨《ざめ》とかき口説《くどき》ければ、義王、「①一旦憂目を見つる口惜さにこそ、身を投んとは申たれ。誠に加様にさぶらはば、五逆罪無《うたがひなし》レ疑。去《さら》ば自害は思留まりさぶらひぬ。角《かく》て都に在ならば、又も憂目を見んずらん。今は只都の内を出ん」とて、中 義王二十一にて尼に成り、嵯峨野の奥なる山里に、柴の菴を曳結《ひきむす》び、念仏してぞ居たりける。妹の義女も是を見て、「姉身を投げば我も供《とも》に身を投んと②〔こ〕そ契りしか。まして世を厭《いと》はんに、誰《たれ》かは可《おとるべき》レ劣」とて、十九にて様をかへ、姉と一処《いつしよ》に籠居《こもりゐ》て、後世《ごせ》を願ぞ哀なる。初 母とぢ是を見て、「若き娘共だに様《さま》を替《かふ》る世の中に、年老衰《おい》たる③〔母〕白髪《しらが》を着《つけ》ても何かはせん」とて、初中 四十五にて髪を剃《そり》、二人《ににん》の娘ともろともに、1一向専修《いつかうせんじゆ》に念仏して、偏《ひとへ》に後世をぞ願ける。

重 角て2春過夏闌《はるすぎたけ》ぬ。秋の初風《はつかぜ》吹ぬれば、星会《ほしあひ》の空を詠《ながむ》れば、3天《あま》の渡《と》渡《わた》る梶《かぢ》の葉に、思事書比《かくころ》なれや。下 夕日《ゆふひ》の影の、西の山の端《は》に隠るるを見ても、日の入《いり》たまふ④〔所〕は西方浄土《さいはう》にてあんなり。⑤〔いつか〕我身も彼《かし》こに生れて、物思はで過さんずらんと、懸《かか》るに付《つけ》ても過にし方《かた》の憂き事共思ひ続けて、只尽せぬものは涙なり。初 たそかれ時《どき》も過ぬれば、竹の編戸を閉塞ぎ、燈《ともしび》幽《かす》かにかき立て、初中 親

1　ひたすら称名念仏を行うこと。
2　和漢朗詠集下丞相付執政の詩に類句が見える。
3　後拾遺集秋上に「天の河とわたる船の梶の葉に思ふことをもかきつくるかな」とある。

子三人念仏して居たる処に、竹の編戸をほとほと打扣《うちたた》く者出来た〔り〕⑥。指其時尼ども胆《きも》を消《けし》て、「哀れ是は、4無二云甲斐一《いふかひなき》我等が念仏して居たるを妨げんとて、魔縁《まえん》の来るにてぞ在《ある》らん。折昼だにも人も問ひ来ぬ山里の、柴の菴の中《うち》なれば、夜深《よふけ》て誰《たれ》かは可レ尋《たづぬべ》き。僅《わづか》の竹の編戸なれば、不レ開共《あけずとも》推《おし》破らん事安かるべし。5中中只開て入れんと思也。指其れに情《なさけ》を不レ懸《かけず》して、命を失なふ者ならば、年比《としごろ》奉レ頼《たのみたてまつっ》たる弥陀の6本願を深く信じて、無レ隙名号《ひまなくみやうがう》を可レ奉レ唱《となへたてまつるべし》。初声を尋て迎へたまふなる、聖衆《しやうじゆ》の来迎《らいかう》にてましませば、初中などか7引接可レ無《いんぜふなかるべき》。相構《あひかまへ》て、念仏怠りたまふな」と、互に心を戒しめて、竹の編戸を開《あけ》たれば、魔閻にては無《なかり》けり。仏御前ぞ出来る。白義王「あれは夢かや現《うつつ》か。仏御前と奉レ見《みたてまつる》は」と云へば、仏御前申けるは、「加様の事申せば事8新敷《あたらしう》さぶらへ共、申さずは又思ひ知《しら》ぬ身とも成ぬべければ、始よりして申す也。本《もと》よりわらは推参の者にて、被レ出《いだされ》まゐらせさぶらふを、義王御前の申状に依てこそ、被二召返一《めしかへされ》てもさぶらひしに、女の無二甲斐一《かひなき》我身を、心に不レ任《まかせず》して、被二押留一《おしとどめられ》まゐらせし事、如何計《いかばかり》心憂くさぶらひしか。⑦わごぜの加様《かやう》に成り給を見しに付《つけ》ても、早晩《いつ》か我身の上ならんと思へば、嬉しとは更に不レ思《おもはず》。障子に又『何《いづ》れか秋に逢はで可レ果《はつべき》』と書置たまひし

4 その資格のない。罪深いわれわれ。

5 いっそのこと。

6 阿弥陀仏が衆生を救うべく立てた四十八願。ここは特にその第十八願を指す。

7 仏が衆生を浄土へ導く。

8 今更めいたことですが。

①諸本「一旦……とは申たれ」なし。

②原本なし。

③原本なし。

④原本「比」

⑤原本「早く晩」。「早晩」を読み誤ったもの。

⑥原本「る」

⑦諸本「わごぜ……付ても」を「いつぞや又めされまゐらせていまやうたひ給ひしにも思ひしられてこそさぶらへ」とする。

筆の迹、恠《げに》もと思ひさぶらひしぞや。①口何《いつ》ぞや又被《め》レ召《され》まゐらせられて、今様歌ひたまひしも、被《おもひしられ》二思知一てこそさぶらひしか。其後《そののち》は在所《ざいしよ》を何《いづ》くにと知りまゐらせざりつるに、加様に様を替て一処《ひとつところ》にと承て後は、如《い》何計羨《かばかりうらやましく》敷て、常は暇《いとま》を申〔②し〕しか共、入道殿御用《ごもち》ひ更にましまさず。折突突《つくづく》物を案ずるに、娑婆《しやば》の栄花は夢の夢、楽みに栄えて何《なに》かせん。[1]人身《にんじん》は難《うけがたく》レ受、仏教には難《あひがたし》レ遇。此の度[2]乃犁《ないり》に沈《しづみ》なば、多生曠劫《たしやうくわうごふ》をば隔つ共、浮み上らん事難《かた》し。指年の若きを可《たのむべきに》レ憑あらず。老少不定のさかひ、出《いづ》る息の入《いる》を不《まつべからず》レ可レ待。影《かげ》ろふ稲妻よりも尚無《はかなし》レ墓。白一旦の楽に誇りて、後生を不《しらざら》レ知ん事の悲しさに、今朝紛れ出て、角《かく》成てこそ参りたれ」とて、かづいたる衣《きぬ》を打除《のけ》たるを見れば、尼に成りてぞ出来たる。「加様に様を替て参たれば、日比《ひごろ》の咎《とが》をば許し給へ。許さんと被《おほせらるれ》レ仰ば、諸倶《もろとも》に念仏して、[3]一《ひと》つ蓮《はちす》の身とならん。其にも尚《なほ》心不《ゆかざら》レ行んは、是より何地《いづち》へも迷行《まよひゆき》、如何なる苔の席《むしろ》、松が根にも倒れ臥し、命の在ん限り念仏して、往生の素懐を遂ん」と、③袖を顔に押当て、小雨小雨《さめざめ》とくどきければ、義王涙を押て、口「わごぜの加様に思ひ給とは夢だに不《しらず》レ知、浮世の中の[4]嵯峨《さが》なれば、身の憂《うき》とこそ可《おもふべき》レ思に、ともすれば、わごぜの事のみ恨め敷《しく》て、往生の素懐を遂ん事、可《あるべしとも》レ在共不《おぼえず》レ

1　この句、六道講式に見える。
2　泥梨が正しい。地獄のこと。
3　極楽で同じ蓮華の上に生まれ会う身。
4　「嵯峨」は当て字。ならわし。

覚。今生も後生もし損じたる心地にてこそ在つるに、今加様に様《さま》を替ておはしたれば、日比《ひごろ》の咎《とが》は露塵《つゆちり》も不ㇾ残《のこらず》。今は往生無ㇾ疑《うたがひなし》。此度素懐を遂んこそ、何よりも又嬉しけれ。我等が尼に成りしをこそ、世に難ㇾ在《ありがたき》事の様《やう》に人も云ひ、我身にも④〔又思しか〕、⑤5其れは世を恨み身を恨みて成しかば、様を替《かふ》るも6理《ことわり》也。今わごぜの出家にくらぶれば、事の数にても数ならず。わごぜは恨《うらみ》も無し、嘆きも無し。今年は僅に十七にこそ成る人の、是程《これほど》に穢土《ゑど》を厭《いと》ひ、浄土を願はんと深く思入《おもひいり》給こそ、実《まこと》に大道心《だいだうしん》とは覚たれ。嬉しかりける7善知識哉《ぜんぢしきかな》。中 いざ諸共《もろとも》に願はん」とて、四人《しにん》一処に籠居て、朝夕《あさゆふ》仏前に花香《はなかう》を備へ、無ニ余念《よねんなく》一願ひければ、遅速《ちそく》こそ在けれ、四人の尼共皆往生の素懐を遂⑥〔け〕ると⑦〔ぞ〕聞えし。去《され》ば後白河法皇の8長講堂《ちやうがうだう》の過去帳にも、義王・義女・仏・とぢ等《ら》が尊霊と被ㇾ入《いれられ》けり。哀なりし事共也。

二《に》代《だい》后《のきさき》

ロ⑧ さるほどに、自ㇾ昔《むかしより》今に至る迄、源平両氏《りやうし》朝家《てうか》に9被ニ召仕《めしつかはれ》一て、不ㇾ随ニ王化《わうくわにしたがはざるに》一

5 「我等が尼に成りし」を指す。

6 もっとも。自然。

7 仏道に導くきっかけ、またそのきっかけとなる名僧。

8 法華長講阿弥陀三昧堂。今、河原町五条下ルにあるのは当時のものではない。

9 皇室。

①二一ページ⑦を見よ。

②原本「せ」

③高野本「と袖を顔に押当て」を「とおもふなり」とする。

④原本「思不知れ共」

⑤高野本「其れは……成しかは」なし。

⑥原本なし。

⑦原本「こそ」

⑧諸本「さるほどに」なし。

自《おのづから》朝権を軽ろんずる者には①誡《いましめ》を加しかば、世の乱〔れ〕②は無りしに、保元《ほうげん》に為義被レ截《きられ》、平治に義朝被レ誅《ちゆうせられ》て後は、末末《すゑずゑ》の源氏共、或は被レ流《ながされ》、或は失はれ、今は平家の一類而已《のみ》繁昌して、頭《かしら》を差出す者無し。如何ならん末の世迄も何事[1]か在んとぞ見えし。白③〔去《され》ども〕鳥羽院御晏駕《ごあんが》の後《のち》は、兵革《ひやうがく》[2]打続き、死罪・流刑・闕官・停任《ちやうにん》常に被レ行《おこなはれ》、海内《かいだい》も不レ静《しづかならず》、世間も未二落居一《いまだらくきよせず》。就レ中《なかんづく》[3]永歴・応保《おうほう》の比《ころ》よりして、院[4]の近習者《きんじゆしや》をば、内[5]《うち》より御誡《おんいまし》め在在《ましまし》、内《うち》の近習者をば、院より被レ《いましめ》誡《らるる》間《あひだ》、上下恐て安い心も無し。只臨二深淵一履二薄氷一《しんえんにのぞんではくひようをふむ》[6]に同じ。主上《しゆしやう》、上皇父子《しやうくわうふし》の御間《おんあひだ》には、何事の御隔てか可レ在《あるべき》なれども、思ひの外《ほか》の事共在けり。是も代澆季《よげうき》に及んで、人梟悪《ひとけうあく》を先《さき》とする故也。ロ主上、院の仰せを常に申替《まうしかへ》[7]させおはしましける中《なか》にも、人耳目《ひとじぼく》を驚《おどろか》し、世以《もつて》大きに傾け申事《まうすこと》在けり。

中故《こ》近衛院《こんゑのゐん》の后《きさき》、④皇太后宮《くわうだいごうぐう》と申〔し〕⑤しは、大《おほ》〔炊《ひの》〕⑥御門《みかど》右〔大〕⑦臣公能公《きんよしこう》の[8]御娘也。先帝《せんてい》に後《おく》れ奉《たてまつ》らせたまひて後《のち》は、九重《ここのへ》の外《ほか》、近衛川原《このゑかはら》の御所にぞ移り住《すま》させ給ける。ロ先の〔后《きさき》〕⑧の宮にて、幽《かすか》なる御在様にて渡せたまひしかば、永《えい》歴《りやく》の比ほひは、御歳二十二三にもや成せたまひけん、御盛《おんさか》りも少し過《すぎ》させおはします程也。然共天下《しかれどもてんが》第一の美人《びじん》の聞えましましければ、主上色《いろ》にのみ染める

1　平氏の繁昌に何の不安があろうか、何の不安があろうとも見えなかった。
2　いくさ。
3　永暦が正しい。
4　後白河院。
5　二条天皇。
6　詩経の小雅に見える。
7　反対申し上げる。
8　藤原多子。徳大寺実定の姉。
9　高力士が正しい。長恨歌伝に宦官で、玄宗の命をうけ外宮に探して楊貴妃をえたことが見える。ここは、それをたとえとし

御心《おんこころ》にて、竊《ひそか》[9]に行力使《かうりよくし》に詔《ぜう》じて、外宮《ぐわいきゆう》[10]にひきもとめしむるに及《およん》で、此大宮へ御艶書《ごえんしよ》在《あ》り。大宮敢て聞食《きこしめし》も⑨不レ入《いれざれ》ば、⑩主上[11]ひたすらはや⑪〔ほ〕に露《あらは》れて、后御入内可レ在《ごじゆだいあるべき》由《よし》、右大臣家《うだいじんげ》に宣旨《せんじ》を被レ下《くださる》。此事天下に於て異《こと》なる笑止《せうし》[12]なれば、公卿僉議《くぎやうせんぎ》あり。各《おのおの》異見を云《いふ》。「先づ異朝の先蹤《せんじよう》を問《とぶらふ》に、震旦《しんだん》の則天皇后は、唐の太宗《たいそう》の后、高宗皇帝の継母《けいぼ》也。太宗崩御の後《のち》、高宗の后に立たまへる事在《あり》。是は異朝の先規《せんぎ》たる上、別段《べつだん》の事也。然共《しかれども》吾朝には、神武天皇より以降《このかた》人皇《にんわう》七十余代に及迄《およぶまで》、いまだ二《に》代《だい》の后に立《たた》せ給へる例を不レ聞《きかず》」と、諸卿一⑫〔同〕に被レ申《まうされ》けり。上皇も不レ可レ然由《しかるべからざるよし》[13]こしらへ申させ給へば、主上仰せなりけるは、「天子に無《なし》二父母《ふぼ》一。吾れ十善戒功《のかいこう》に依て、万乗の宝位を保つ。是程の事、などか叡慮に可レ不レ任《まかせざるべき》」と、聴《やが》て御入内の日被二宣下一《せんげせられ》ける上は、⑬上皇も力及ばせ不レ給《たまはず》。

大宮角《かく》と被二聞食一《きこしめされ》けるより、御涙に沈ませおはします。先帝に後《おくれ》⑭させ参らせ⑮〔にし〕、久寿《きうじゆ》の秋の始、同じ野原の露と消え、家をも出《いで》、世をも遁れたりせば、懸《かか》る憂き⑯〔耳〕をば聞《きか》ざらましとぞ、御嘆き在《あり》ける。父のおとどこしらへ申させ給けるは、「[14]不レ従レ世為二狂人一《よにしたがはざるをきやうじんとす》」と見えたり。已《すで》に詔命被レ下《ぜうめいくださるる》上《うへ》は、子細を無レ所レ申《まうすにところなし》。只速《ただすみやか》に参《まゐら》せ給べき也。若し王子御誕生在て、⑰御位に即《つか》せたまは

て引いたもの。
10 宮殿の外。
11 いちずに公けになる。
12 勝事が正しい。大変な事、の意。
13 なだめすかす。
14 方丈記、沙石集五末に類句が見える。

①諸本「互に」あり。
②原本「り」
③原本「去は後」
④諸本「太皇太后宮」
⑤原本「せ」
⑥原本「煩」
⑦原本補入。
⑧原本「姫」
⑨諸本「いれずされば」
⑩諸本「主上」なし。
⑪原本「外」
⑫原本なし。
⑬諸本「上皇も」なし。
⑭諸本「させ」なし。
⑮原本「しに」
⑯原本「目」
⑰諸本「御位に即せたまはば」なし。

1 いたましい。
2 上達部。三位以上のものと参議。大臣は除く。
3 出衣をした車。いだしぐるま。
4 以下、馬形の障子まで、清涼殿にある。
5 鬼の間は、清涼殿の一室。
6 七廻は、七度の意。

ば、君も国母《こくも》といはれ、愚老《ぐらう》も外祖《ぐわいそ》と可ㇾ被ㇾ仰《あふがるべき》瑞相《ずいさう》にてもや候らん。是偏《ひとへ》に愚老を扶《たす》けさせおはします御孝行の至り成《なる》べし」と申《まうし》給へ共、御返事《おんぺんじ》も無りけり。

大宮、其比《そのころ》何と無き御手習《おんてならひ》の次《つい》でに、

歌
　うきふしに沈《しづみ》もやらで川竹《かはたけ》のよにためし無き名をや流さん

初
世には如何《いか》にして漏れけるやらん、哀れに[1]優敷《やさし》き本《ためし》にぞ人々申あへりける。

口
　已《すで》に御入内の日に成しかば、父のおとど、供奉《ぐぶ》の[2]かんだちめ、[3]出車《しゆつしや》の儀式な(ン)ど心ことにだしたて参せ給けり。大宮懶《ものうき》御出立《いでたち》なれば、とみにも不ㇾ奉《たてまつらず》、遙に夜も深け、小《さ》夜も半《なかば》に成て後、御車《おんくるま》にたすけ乗せ〔られ〕①給けり。御入内の後は、麗景殿《れいけいでん》にぞましましける。ひたすら朝政《あさまつりごと》を進め申させ給ふ御在様也。重 彼紫《し》宸《しん》殿《でん》の皇〔居〕②には、賢聖《げんじやう》の障子を被ㇾ立《たてられ》たり。伊尹《いゐん》・第五《ていご》倫《りん》・虞世南《ぐせいなん》・太公望・③〔角〕《ろく》里《り》先生《せんせい》・李《り》勣《せき》・司馬《しば》・[4]手なが、足なが・馬形《うまがた》の障子・[5]鬼《おに》の間《ま》・李将軍が質《すがた》をさながら写せる障子也。下 尾張守小野《をのの》道風《たうふう》が、[6]七廻《しちくわい》賢聖《げんじやう》の障子と書《かけ》るも理《ことわり》とぞ見えし。彼清涼殿の画図《ぐわと》の御障子《みしやうじ》には、昔金岡《かなをか》が書《かい》たりし、遠山《ゑんざん》の在明《ありあけ》の月も在《あり》とかや。指 故《こ》院《ゐん》のいまだ幼主《えうしゆ》にましましけるそのかみ、何と無き御手まさぐりの次《つい》でに、かきくもらさせ給しが、在しながらに少しも違《たが》はぬを御覧じ

て、先帝の昔もや御恋敷被二思召一《おんこひしうおぼしめされ》けん、

歌
7 思きや憂身ながらに廻来《めぐりき》て同《おなじ》雲井の月を見んとは

初
其間《あひだ》8の御ながらへ、云不レ知《いひしらず》哀れに優敷《やさしき》御事也。

口
④去程《さるほど》に永万《えいまん》元年の春の比《ころ》より、主上御不予《しゆしやうごふよ》の御事《おんこと》と聞《きこえ》させ給しかば、夏初《の》に成り、事の外《ほか》に被レ重《おもら》せ給《たまふ》。是に依て、大蔵大輔《おほくらのたいふ》9伊吉兼盛《きのかねもり》が娘の腹、10今上一宮《きんじやういちのみや》の二歳に成せ給がましましけるを、太子に立〔まゐ〕⑤らせ可レ給《たまふべし》と聞えし程に、同《おなじき》六月二十五日、俄に親王《しんわう》の宣旨を被レ下《くだされ》て、軈《やが》て其夜受禅在《じゆぜんあり》しかば、天下何《てんがなに》と無くあわてたる様《さま》也。其時〔の〕⑥有職《いうしよく》の人人申あはれけるは、

折
「本朝に11童体《どうたい》の例を尋ぬれば、清和天皇、九歳《くさい》にして文徳《もんどく》天皇の御禅《おんゆつり》を受させ給。是は彼の周公旦〔の成王〕⑦に替り、南面にして一日万機の政事《まつりごと》を治《をさ》め給し〔に〕⑧準《なぞら》〔へ⑨て〕外祖12忠仁公《ちゆうじん》幼主《えうしゆ》を扶持《ふち》し給へり。是は⑩摂政の始也。⑪

指
鳥羽院〔五歳〕⑫・近衛院三歳にて践祚在《せんそあり》。彼れをこそ〔いつ〕⑬しかなりと申〔し〕⑭しに、是は二歳に成せ給。先例無し。物噪《ものさわが》しとも愚《おろか》也。

7 この歌、今鏡六、玉葉集十四に見え、後者はその詞書に「月あかかりける夜おぼしいづる事ありて」とある。
8 未詳。御境遇か。
9 伊岐が正しい。
10 後の六条天皇。
11 童帝が正しい。
12 藤原良房。

①原本なし。
②原本「后」
③原本「角」
④高野本などこれより「額打論」。語り本もしかり。
⑤原本なし。
⑥原本なし。
⑦原本なし。
⑧原本なし。
⑨原本なし。
⑩諸本「ぞ」
⑪諸本「也」を「なる」とする。
⑫原本なし。
⑬原本「言」
⑭原本「せ」

額《がく》①打《うち》論《ろん》

中
去程《さるほど》に同《おなじき》七月二十七日、上皇竟《つひ》に崩御《ほうぎよ》なりぬ。御歳二十三歳、つぼめる花の散れるが如し。玉の簾《すだれ》、錦の帳《ちやう》の中《うち》、皆御涙に咽《むせ》ばせ給《たまふ》。初軈《やが》て其夜香隆寺《かうりゆうじ》の艮《うしとら》、蓮台野《れんだいの》の奥、船岡山《ふなをかやま》に奉レ収《をさめたてまつる》。口御葬送《ごさうそう》の時、延歴寺[1]・興福寺《こうぶくじ》の大衆《だいしゆ》、額打論と云事し出《いだ》して、互に狼籍に及ぶ。一天の君崩御な〔ッ〕て後、御墓所《ごむしよ》へ奉レ渡《わたしたてまつる》時の作法は、南北《なんぼく》二京の大衆悉《ことごと》く供《ぐ》②〔奉《ぶ》〕して、御墓所《ごむしよ》のめぐりに、我寺寺《わがてらでら》の額を打事在《うつことあり》。重先づ聖武天皇の御願、可レ争《あらそふべき》寺の無《なけ》れば東大寺の額を打《うつ》。次に淡海《たんかい》公[2]の御願とて興福寺《こうぶくじ》の額を打《うつ》。北京《ほくきやう》には興福寺に向《むか》へて延歴寺の額を打《うつ》。拾次に天武《の》御願③〔教待《けうだい》〕和尚《くわしやう》・智証大師の草《さう》④〔創《さう》〕とて、園城寺《をんじやうじ》額を打《うつ》。怒口然《しかる》を山門の大衆如何が思けん、先例を背《そむい》て、東大寺の次《つ》ぎ、興福寺の上に、延歴寺の額を打間《うつあひだ》、歌口南都の大衆、兎《と》やせまし角《かく》やせましと僉議する処に、興福寺西金堂《さいこんだう》の衆《しゆ》、観音房・勢至房《せいしばう》とて、聞えたる大悪僧二人《ににん》在けり。観音房⑤〔は〕黒糸威《くろいとをどし》の腹巻に、白柄《しらえ》の長刀茎短《なぎなたくきみじか》[3]に取り、勢至房は萠黄威《もよぎをどし》の腹巻に、黒漆《こくしつ》の⑥〔大太刀〕持て

1 延暦寺が正しい。

2 藤原不比等。

3 柄を短く、刃の近くを握る。

二人充《ににんつ》と走出《はしりいで》て、延歴寺の額を截《きつ》て落し、散散《さんざん》に打破り「嬉[4]しや水、なるは瀧の水、日は照る共不レ絶《たえず》」と、歌ひ拍《はや》しつ⑦〔つ〕、南都⑧〔の〕衆徒の中へぞ入にける。

清《きよ》水《みづ》炎《えん》上《しやう》

ロ 山門の大衆《だいしゆ》狼籍を致さば、南都の衆徒《しゆと》も手向《てむか》へすべき処に、心深《ふか》うねらふ方《かた》もや在けん、一詞《ひとことば》も不レ出《いださず》。御門蔵《みかどかくれ》させ給ては、無レ心草木《こころなきさうもく》迄も愁《うれへ》たる色にてこそ可レ在《あるべき》に、此騒動⑨〔の〕あさましさに、高《たかき》も賤《いやしき》も肝魂《きもたましひ》を失て四方へ退散す。同き二十九日午の刻計《ばかり》、山門の大衆隠便多多敷《おびたたしう》下洛《げらく》すと聞《きこえ》しかば、武士検非違使、西坂本[5]に馳向⑩〔て〕、防《ふせ》きけれ共事共《こととも》せず、押破て乱入す。何者《なにもの》の申出しけるやらん、「一院山門の大衆《だいしゆう》に仰せて、平家を可レ被二追討一《ついたうせらるべし》」と聞えし程に、軍兵《ぐんびやう》共内裡[6]に参じて、四方の陣頭《ぢんどう》を警固《けいご》す。平氏⑪〔の〕一類皆六波羅へ馳集る。一院も急ぎ六波羅へ御幸成る。清盛公いまだ大納言にておはしけるが、大きに恐被レ噪《おそれさはがれ》けり。小松殿「何《なに》に依てか、只今さる事可レ在歟《あるべきか》」と被レ静《しづめられ》けれ共、上《じやう》下訁噪事《げのしりさわぐこと》隠便多多《おびたた》し。拾 山門の大衆、六波羅へは不レ寄《よせず》[7]、すぞろなる清水寺《せいすいじ》に

4 梁塵秘抄二に見える、当時の歌謡。
5 比叡山の東麓の東坂本（大津市）に対し、西麓、京都市左京区修学院の辺を言う。
6 内裡の四方の門にある警士の詰め所のあたり。
7 何の理由もない。

①語り本、前に続き、ここで切れず。
②原本「養」
③原本「大」
④原本「剣」
⑤原本なし。
⑥原「太刀刀」
⑦原本なし。
⑧原本なし。
⑨原本なし。
⑩原本「処に」。
⑪原本なし。

押寄て、仏閣僧房一宇《いちう》不レ残《のこさず》焼掃ふ。是は去《さん》ぬる御葬送の夜《よ》の会稽《くわいけい》[1]の恥《はぢ》を雪《きよ》めんが為とぞ聞えし。清水寺《せいすいじ》は、興福寺《こうぶくじ》の末寺《まつじ》なるに依て也。清水寺焼たりける朝《あした》、何者の態《しわざ》にや在《あり》けん、①「観音火坑変成池《くわんおんくわげいへんじやうち》は如何《いか》に」[2]と札を書て、大門《だいもん》の前に立置《たておき》ければ、次の日又「歴劫不思議力不レ及《りやくごふしぎちからおよばず》」と、返《かへし》の札《ふだ》をぞ打たりける。

指
衆徒返り上りければ、一院自二六波羅一《ろくはらより》還御《くわんぎよ》なる。重盛卿計ぞ御伴《おんとも》には被レ参《まゐられ》けり。父の卿は不レ被レ参《まゐられず》、尚用心《なほようじん》の為かとぞ聞えし。口 重盛卿御送より被レ帰《かへられ》たりければ、父の大納言曰《のたまひ》けるは、「一人《いちじん》[3]の御幸《ごかう》こそ大きに恐〔②おぼゆれ〕。兼《かね》ても寄二思召一被レ仰旨《おぼしめしよりおほせらるるむね》あればこそ、角《か》うは聞ゆらめ。其れにも打解《うちとけ》給まじ」と曰《のたま》へば、重盛卿被レ申《まうされ》けるは、折「此事努努《ゆめゆめ》御気色《みけしき》にも、御詞《おんことば》にも出《いで》させ給べからず。人《ひと》[4]に心付《つ》けがほに、中中悪敷《なかなかあしき》御事也。指 其れに付《つけ》ても、叡慮に背き給はで、人の為に御情《おんなさけ》を施させましまさば、神明三宝《しんめいさんぼう》の加護可レ在《あるべし》③。初 さらんに取ては、御身《おんみ》の恐れ候まじ」とて被レ立《たたれ》ければ、「重盛卿は幽幽《ゆゆ》敷大様《しうおほやう》なる者哉《ものかな》」とぞ、父の卿も被レ謂《いはれ》ける。

口
一院還御の後、御前《ごぜん》に疎《うと》からぬ近習者達《きんじゆしやたち》、余《あま》た被レ候《さぶらはれ》けるに、「去《さて》も不思議の事を申出したる者哉《かな》。露も不レ寄二思召一《おぼしめしよらざる》者《もの》を」〔④と〕仰ければ 院中《ゐんぢゆう》のきり者[5]に、

1　越王勾践が会稽山で呉王夫差に敗れて屈辱的な和を乞うたが、後日范蠡の策を用いて復讐をとげた故事を踏まえたことば。

2　後の「歴劫不思議力不及」ともども、法華経普門品の偈に見えることば。坃は「坑」が正しい。

3　天皇のこと。諸本は「一院」とある。

4　世の人々に変な印象を与えそうで。

5　切り廻している者。実力者。

西光法師と云者在《あり》。境節《をりふし》御前《ごぜん》近く候けるが、「[6]天に無レ口《くちなし》、人を以て言せよと申《まうす》。平家以外《もつてのほか》に過分《くわぶん》に候間《あひだ》、天の御計《おんばか》らひにや」とぞ申ける。初 人人「此事無《よし》レ由《なし》、[7]壁に有レ耳《みみあり》、畏《おそろ》し畏し」とぞ、申あはれける。

⑤御《ご》即《そく》位《ゐの》沙《さ》汰《た》

白 去程《さるほど》に、其年は諒闇《りやうあん》なりければ、御禊《ごけい》、大嘗会《だいじやうゑ》も不レ被レ行《おこなはれず》。同《おなじき》十二月二十四日、建春門院、其比《そのころ》はいまだ、東《ひんがし》の御方《おかた》と申ける御腹《おんばら》に、[8]一院の宮の⑥二歳に成せ給《たまふ》がましましけるに、親王の宣旨被レ下給《くだされたまふ》。明《あく》れば改元在て、仁安《にんあん》と号《かう》す。同年の十月八日、去年親王の宣旨を蒙せ給《たまふ》皇子、東三条《とうさんでう》にて春宮《とうぐう》に立《たた》せ給。春宮は御伯父六歳、主上《しゆしやう》は御甥三歳《さんざい》、[9]詔目《ぜうもく》に不二相叶一《あひかなはず》。口 但寛和《ただしくわんわ》二年⑦〔一〕条院七歳にて御即位、三条院十一歳にて春宮に立せ給ふ。非レ無二先例一《せんれいなきにあらず》。[10]此君は、二歳にて父の御跡の御禅《おんゆづり》を受させ給て、僅に五歳と申《まうす》二月十九日、東宮践祚《せんそ》在しかば、位をすべらせ給て新院とぞ申ける。重 いまだ御元服も無して、太上天皇の尊号在《あり》。漢家・本朝是や始ならん。

6 文徳実録に類句がある。当時の諺か。

7 平治物語に類句がある。当時の諺か。

8 後の高倉天皇。

9 昭穆が正しい。ここは、父子長幼の順序。

10 六条天皇。

①諸本「や」あり。
②原本「多き」
③原本「と」あり。
④原本なし。
⑤語り本たてず、前に続く。
⑥諸本「二歳に成せ給が」なし。
⑦原本「二」

仁安三年三月二十日、新帝[1]大極殿にて御即位《ごそくゐ》在り。此君位に即《つか》せ給ぬるは、弥《いよいよ》平家の栄花とぞ見えし。拾御母儀《ぼぎ》建春門院と申は、平家〔の〕①一門にてましま す上、取分《とりわき》入道相国の北の方、二位殿[2]の御妹也。ロ平大納言時忠卿と申も、女院の御せうと[3]なれば、内《うち》の御外戚《ごぐわいせき》也。内外《ないげ》に付けて執権《しつけん》〔の〕②臣とぞ見えし。叙《じよ》位除目《ゐぢもく》と申も、偏《ひとへ》に此時忠卿のまま也。中楊貴妃[4]《やうきひ》が幸《さいはひ》し時、楊国忠《やうこくちゆう》が盛《さか》えしが如し。代《よ》[5]の覚《おぼ》え、時の〔きら〕③目出度《めでた》かりき。入道相国、天下《てんが》の大小事《だいせうじ》を曰被㆑合《のたまひあはれ》ければ、時の人平関白《へいくわんばく》とぞ申ける。

殿《てん》下《が》乗《の》合《のりあひ》

ロ去程《さるほど》に嘉応《かおう》元年七月十六日、一院[6]御出家在り。御出家の後《のち》も、万機《ばんき》[7]の政事《まつりごと》を被㆓聞召㆒《きこしめさるる》〔あひだ、院内《ゐんうち》わく方《かた》なし。院中にちかくめしつかはるる〕④公卿殿上人、上下の北面《ほくめん》[8]に至迄《いたる》、官位俸禄《ほうろく》皆身に余る計《ばかり》也。され共人の心の習ひなれば、尚飽《なほあ》き不㆑足《たらず》、「其人《ひと》の亡《ほろび》たらば、其国は明《あき》なん。⑤其人失せたらば、其官には成りなん」と、疎《うと》[9]からぬどちは、寄り合寄合《よりあひ》囁《ささや》きあへり。白法皇も内内《ないない》仰也《なり》ける

1　高倉天皇。
2　時子。
3　兄。
4　玄宗皇帝の妃。
5　世評。
6　後白河院。
7　よろずのまつりごと。
8　名目抄に「上北面　諸大夫
下北面　五六位皆譜代侍」
9　気のおけない、仲間同志。

は、「自レ昔代代《むかしよりだいだい》の朝敵《てうてき》を平らぐる者多しと云へ共、いまだ加様の事無し。貞盛《さだもり》・10秀里《ひでさと》が将門《まさかど》を討《うち》、頼義《よりよし》が貞任《さだたふ》・宗任《むねたふ》を亡《ほろぼ》し、義家《よしいへ》が武平《たけひら》・家平《いへひら》を責《せめ》たりしも、勧賞行れし事、受領《じゆりやう》には不レ過《すぎず》。清盛が、かく心のままに振舞こそ然るべからね。是も代末《よすゑ》に成て、王法の尽ぬる故也」と仰せなりけれ共、11次《つい》で無《なけ》れば御禁《いま》しめ無し。平家亦別而《べつして》朝家を奉レ恨《うらみたてまつる》事も無《なかり》しに、口代《よ》の乱れ⑥初《そ》めける12根本《こんぼん》は、去《さる》13嘉応二年十月十六日、小松殿《こまつどの》の次男の新三位中将資盛《すけもり》卿、其時はいまだ越前守とて、十三に成《なら》⑦〔れ〕けるが、中雪は14葉垂《はだ》れに降たりけり、枯野の気色《けしき》誠に面白かりければ、⑧〔若〕き侍共三十騎計《ばかり》召具して、15蓮台野《れんだいの》や紫野《むらさきの》、⑨16右近馬場《うこんのばば》に打出《うちいで》て、拾鷹《たか》共余《あま》た居《すゑ》させ、鶉雲雀《うづらひばり》を、追立《おつたて》追立終日《ひねもす》に狩暮し、及二薄暮一《はくぼにおよび》六波羅へこそ被レ帰《かへられ》けれ。口其時の御摂禄《ごせふろく》は、17松殿《まつどの》⑩〔にて〕ましましけるが、中御門⑪〔東〕洞院の御所より御参内在て、郁芳門《いうはうもん》より入御可レ在《じゆぎよあるべき》にて、東洞院《ひんがしのとうゐん》を南へ大炊御門《おほひのみかど》を西へ御出なる。資盛朝臣、大炊御門猪熊《ゐのくま》にて、殿下《てんが》の御出に18鼻突《はなづき》に参合《まゐりあ》ふ。御伴《とも》の人人「何者《なにもの》ぞ狼籍《らうぜき》也。御出なるに乗物《のりもの》より下《おり》候へ下候へ」と、⑫云て〔ン〕げれども、拾余に誇り勇み、世を世《よ》共《とも》せざりける上、召具したる侍共皆⑬〔はたち〕より内の若⑭〔者〕共なりければ、19礼儀《れいぎ》骨法《こつぱふ》弁《わきまへ》たる者一人《いちにん》も無し。殿下の御

10 秀郷が正しい。
11 機会。
12 根源。
13 史実は同年の七月三日。
14 雪の薄く降り敷いたさま。
15 史実は、忍び歩きしていたらしいことが愚管抄に見える。
16 北野神社の東南にあった。
17 藤原基房。
18 突然、ぶつかりあうさま。
19 作法。

①原本なし。
②原本なし。
③原本「聞き」。
④原本「仕」のみ。
⑤原本「ら」あり。
⑥原本「そ」あり。
⑦原本「せ」
⑧原本「青」
⑨原本「の」あり。
⑩原本「迄」
⑪原本なし。
⑫諸本「云て」を「いらて」とする。
⑬原本「はせ」
⑭原本「モノ」と書き込み。

出とも不レ云《いはず》、[1]一切下馬《いつせつげば》の礼儀にも不レ及《およばず》、かけ破て通らんとする間、暗さは①〔暗〕し、②〔つやつや〕入道の孫共《まごとも》不レ知《しらず》、又少少は知たれども③〔空《そら》〕不レ知《しらず》して、資盛朝臣を始として、侍ども皆馬より取て引落し、④散散に陵礫《りようりやく》[2]し、[3]頗《すこぶ》る恥辱に及けり。口 資盛朝臣、這這《はうはう》六波羅へおはして、祖父《おほぢ》の相国禅門に此の由訴被レ申《うつたへまうされ》ければ、[4]入道大きに怒て、「縦《たと》ひ殿下なりとも、浄海⑤〔が〕あたりをば、[5]憚り給ふべきに、少者《をさなきもの》⑥〔に〕無二左右一《さうなく》恥辱を被レ与《あたへらるる》こそ遺恨《ゐこん》の次第《しだい》なれ。懸《かか》る事よりして人には[6]被レ欺《あざむかる》。此事思ひ知せ奉ら⑦〔で〕は、えこそ在間敷《あるまじ》けれ。殿下を奉レ恨《うらみたてまつら》ばや」と曰《のたま》へば、重盛卿被レ申《まうされ》けるは、折「是は少しも苦しう候まじ。頼政・光基な〔ン〕ど申源氏共に被レ欺《あざむかれ》候はんは、実《まこと》に一門の恥辱にても可レ候《さうらふべし》。指 重盛が子共とて候はんずる者の、殿《との》の出御に参合て、乗物より下候《おりさうらは》ぬこそ尾籠《びろう》に候へ」とて、口 其時事に逢《あう》たる侍共召寄《めしよせ》、「自レ今《いまより》以後も汝等能能可二心得一《よくよくこころうべし》。初[7]誤て殿下へ無礼の由を申《まうさ》ばやとこそ思へ」とて被レ帰《かへられ》け⑧〔り〕。

白 其後入道相国、小松殿には被レ仰《おほせられ》も⑨〔あはせ〕ず、片田舎の侍どもの、[8]こはらか⑩〔に〕て、入道殿の仰せより外《ほか》は又怖敷事無《おそろしきことなし》と思《おもふ》⑪〔者〕ども、難波《なんば》・瀬《せ》の尾《を》を始として、都合六十余人召寄せ、「来《きたる》二十一日、主上[9]御元服の定《さだ》めの為に、殿

1 全く。
2 凌轢が正しい。
3 大いに。
4 史実は、怒って殿下に報復行為に及んだのは重盛であることが愚管抄に見える。
5 一族。
6 軽蔑される。
7 誤って殿下に無礼を働いたことを。
8 荒く、無骨な。
9 御元服の儀式のための準備の会議。
10 貴人の外出に、武装してこれを護衛した近衛府の役人。
11 元服の儀が了って後、吉日を選んで宴を群臣に賜り、位階を進める儀。
12 大臣らの、宮中における宿所。
13 装束したるの音便化した形。
14 ここは近衛府の官で、随身の代表格。

下御出在《ぎよしゆつある》べかん也。何くにても待かけ奉て、前駈《せんぐ》・10御随身共《みずいじんども》が髻《もとどり》を切て、資盛が恥辱を雪《すすげ》」とぞ曰《のたまひ》ける。⑫兵者共承て罷出《まかりいづ》。ロ 殿下是を夢にも不㆓知召《しろしめさず》㆒。主《しゆ》上《しやう》、明年御元服《おんげんぷく》、御加冠《ごかくわん》11拝官の御定《おんさだめ》の為に、12御直盧《ごちよくろ》に暫く可㆑有㆓御座《ぎよざあるべき》㆒にて、常の御出よりも、被㆓引繕《ひきつくろはれ》㆒給。今度は待賢門《たいけんもん》⑬より、入御可㆑在《じゆぎよあるべき》にて、中御《の》門を西へ御出なる。拾 猪熊《ゐのくま》堀川の辺に、六波羅の兵共、直冑《ひたかぶと》三百余騎奉㆓待受《まちうけたてまつり》㆒、殿下を中に取籠《とりこめ》参せて、前後より一度に、時を吐《どつ》とぞ作ける。前⑭〔駈〕・御随身共に、今日を晴《はれ》13としやうぞいたるを、あそこ⑮〔に〕追懸《おひかけ》、爰に追詰《おひつめ》、馬より取て引落し、散散に陵礫《りようりやく》して、一一に髻を截《きり》、随身十人が中、右《みぎ》の14府生武基《ふしやうたけもと》が髻も被㆑截《ら》れけり。其中に藤蔵人大夫《とうくらんどたいふ》隆教《たかのり》が髻を切《きる》とて、「是は汝が髻と不㆑可㆑思《おもふべからず》。主《しゆ》の髻と可㆑思《おもふべし》」と云含て〔き⑯(ツ)て(ン)〕げり。怒ロ 御車《おんくるま》の内へも、弓の筈《はず》を突入《つきいれ》な(ン)どして、簾《すだれ》操《かなぐり》落し、御《み》牛《うし》の鞦《しりがい》胸懸《むながい》切破《きりやぶつ》て、散散にし散して、悦《よろこび》の時を吐《どつ》と作り、六波羅へこそ参け⑰〔れ〕。入道「神妙也」とぞ曰《のたまひ》ける。シロ 御車副《おんくるまぞ》ひには、因幡《いなば》の15さい使鳥羽の⑱〔国《くに》〕久丸《ひさまる》と云をのこ、下臈なれ共有㆑情者《なさけある》にて、泣泣《なく》御車つか⑲〔ま(ツ)て〕、中御《の》門御所迄《まで》還御なし奉る。束帯の御袖にて御涙を押《おさへ》つつ、還御の儀式浅猿《あさまし》さ、⑳〔申すも〕中中《なかなか》愚也。中 16大織冠《たいしよくわん》・17淡海公《たんかいこう》の御事は挙《あげ》て不㆑及㆑申《まうすにおよばず》、18忠仁《ちゆうじん》

15 先使い。国司が赴任の際にその国の在庁官人に、仰せを先につかわすための使者。
16 藤原鎌足。
17 藤原不比等。
18 藤原良房。

①原本「黒」
②原本「はやはや」
③原本なし。
④諸本「散散に陵礫し」なし。
⑤原本「に」
⑥原本なし。
⑦原本「ん」
⑧原本「れ」
⑨原本「せ」
⑩原本「う」
⑪原本なし。
⑫諸本「兵者共承て罷出」なし。
⑬原本「院」あり。
⑭原本「駐」
⑮原本なし。
⑯原本なし。
⑰原本「り」
⑱原本なし。
⑲原本「迄」
⑳原本なし。

公、昭宣公《せうせんこう》[1]より以降《このかた》、摂政関白《せつしやうくわんぱく》の懸《かか》る御目に逢せ給事、未《いまだ》二承《うけたまはり》及《およばず》一。是こそ平家の悪行《あくぎやう》の始①〔なれ〕。

ロ小松殿こそ大に被レ噪《さわがれ》け②〔れ〕。行向《ゆき》ひたる侍共、皆勘当《かんだう》[2]せらる。「縦《たと》ひ入道如何なる不思議[3]を下知し給とも、など重盛に夢をば不レ見《みせざり》けるぞ。凡《およそ》は資盛③〔奇〕怪也。折栴檀《せんだん》[4]は二葉《ふたば》より香《かうば》しとこそ見えた④〔れ〕。已《すで》に十二三歳に成らんずる者が、今は礼儀を存知てこそ可二振舞《ふるまふべき》一に、加様に尾籠《びろう》を現じて、入道の悪名《あくみやう》[5]を立つ。指不孝《ふかう》の至《いた》り、汝独《ひとり》に在《あり》」とて、暫く伊勢国に被二追下《おひくださる》一。初されば此大将をば、君も臣も御感在けるとぞ聞えし。

⑤ロ因レ茲《これによつて》、主上御元服の御定《おんさだ》め、其日は延《のび》させ給ぬ。同《おなじき》二十五日院の殿上[6]にてぞ、御元服の定めは在ける。摂政殿さても渡せ給べきならねば、同十一月九日、兼宣旨《かねせんじ》を蒙り、十四日、太政大臣に上《あがら》せ給。軈て同十七日、慶申《よろこびまう》し在しかども、世の中苦苦敷《にがにがしう》ぞ見えし。

鹿《しし》谷《のたに》謀《む》叛《ほん》

1 藤原基経。
2 追放される。
3 納得しがたいこと。
4 保元物語にも見える。当時の諺。
5 悪評。
6 法住寺殿にあった後白河院の御所の殿上の間。

⑥去程《さるほど》に今歳《ことし》⑦〔も〕暮ぬ。明《あく》れば嘉応三年白正月五日、主上御元服あり。⑧主上御歳十一。同十三日院御所へ[7]朝覲《てうきん》の行幸《ぎやうがう》在け〔り〕⑨。法皇[8]・女院[9]待受《まちうけ》まゐらせ給⑩て、[10]叙《うひ》爵《かうぶり》の御粧《おんよそほひ》も、如何《いか》計《ばかり》らうたく被ニ思召《おぼしめされ》一けん。入道相国の御娘[11]、女御《にようご》に参せ給けり。御年十五歳、法皇御猶子《おんいうし》の儀也。

其比《そのころ》[12]妙音院殿、太政のおほいどの、内大臣の左大将にてましましける、大将を辞《じ》し申させ給事在けり。ロ時に徳大寺大納言実定卿、[13]其仁《そのじん》に当り給由《たまふよし》聞ゆ。又花山院《くわさんのゐん》中納言兼雅《かねまさ》卿も、所望在り。其外《そのほか》故《こ》中御門《なかのみかど》藤中納言〔家〕⑪《か》成《せい》卿の三男、新大納言成親《なりちか》卿も、ひらに被レ申《まうされ》けり。院の[14]御気色《ごきしよく》好《よか》りければ、様様の祈をぞ被レ始《はじめられ》ける。[15]八幡《やはた》に百人の僧を籠て、[16]信読《しんどく》の大般若を七日被レ読《しちにちよませらるる》最中に、強[17]甲良《かぶら》大明神の御前《おんまへ》なる橘の木へ、男山《をとこやま》の方《かた》より、山鳩《やまばと》三《みつ》飛来て、食合《くひあひ》てぞ死にける。白鳩は八幡大菩薩の第一の仕者《ししや》也。[18]宮寺《みやてら》に懸《かか》る不思議無《なし》とて、時の検校《けんげう》匡清《きやうせい》法印《ほふいん》奏聞す。神祇官《じんぎくわん》にして御占在《みうらあり》。天下の噪ぎと占ひ申。但し君の慎みにあらず、臣下の慎みとぞ申ける。ロ新大納言、是に恐れをも不レ致《いたさず》、昼は人目の滋《しげ》ければ、夜な夜な歩行《ほかう》にて、中御門烏丸の宿所より、[19]賀茂の上《かみ》の御社へ、七夜《ななよ》つづけて被レ参《まゐられ》けり。七夜満ずる夜、宿所に下向して、苦しさに打臥目睡《うちふしまどろみ》給へる夢に、

7 年始に、天皇が上皇、母后の御所へ行幸あること。
8 後白河院。
9 建春門院。
10 初冠が正しい。元服のこと。
11 平徳子。後の建礼門院。
12 藤原師長。
13 その職に相当する人。
14 院のお気に入りなので。
15 石清水八幡宮。
16 真読が正しい。大般若六百巻をていねいに読誦すること。
17 高良大明神が正しい。石清水八幡宮の一隅にある。
18 神宮寺。
19 賀茂別雷神社。

①原本「となる」
②原本「る」
③原本「寄」
④原本「り」
⑤諸本、語り本などこれより「鹿谷」
⑥語り本など前より続き、ここで切れず。
⑦原本なし。
⑧「主上御歳十一」諸本なし。
⑨原本「る」
⑩諸本「させ」あり。
⑪原本「実」

賀茂の上の社へ参りたると覚敷《おぼしく》て、[1]御《ご》宝殿《ほうでん》の御戸《みと》を推開《おしひら》〔き〕①、[2]幽幽《ゆゆ》敷《しく》気《け》高《だか》き御《おん》声《こゑ》にて、

歌　桜花《さくらばな》賀茂《かも》の川風恨むなよ散るをばえこそ留めざりけれ

指　新大納言、尚《なほ》恐れをも不レ致《いたさず》、賀茂の上の社に在聖《あるひじり》[3]を籠《こめ》て、御宝殿の御後《おんうしろ》なる杉《すぎ》の洞《ほら》に壇[4]を立てて、口　拏吉尼《だきに》[5]の法を百日被レ行《おこなはるる》最中に、彼の大杉に、雷《いかづち》落懸り、雷火《らいくわ》穏《お》便《び》多多《たた》敷《しう》燃上《もえあがつ》て、宮中已《すで》に危く見えけるを、宮人《みやうど》[6]共多く走集て是を打消つ。彼外《げ》法《ほふ》行《おこなひ》給ける聖〔を追《おひ》〕②出《いだ》さんとしければ、「我れ当社に百日参籠の大願在り。今日は七十五日《しちじふごにち》に成る。全く出まじ」とて不レ働《はたらかず》[7]。此由を社家《しやけ》より内裡へ奏聞しければ、「只法に任せて〔追〕③出せよ」と宣旨を被レ下《くださる》。其時神人《じんにん》杖を以て、彼聖がうなじをし〔ら〕④げ、[8]一条の大路《おほち》より南へ追出《おひだ》して〔〕げり。重　神不レ受二非礼一《かみはひれいをうけず》と申に、此大納言非分《ひぶん》の大将を祈り被レ申《まうされ》ければにや、懸《かか》る不思議も出きにけり。

其比《そのころ》の叙位《じよゐ》除目《ぢもく》と申は、院内《ゐんうち》の御計《おんぱからひ》にも非ず、下　摂政関白の[9]御成敗《ごせいばい》にも不レ及《およばず》。只一向《いつかう》平家のままに在しかば、徳大寺《とくだいじ》・花山院《くわさんのゐん》もなり不レ給《たまはず》。入道相国の嫡男小[10]松殿、⑤右大将にておはしける〔が〕⑥、左《ひだん》に移りて、次男宗盛中納言にておはせし

1　神殿。
2　大変。
3　ここは、特に山伏のこと。
4　密教の修法のために諸仏をすえる、木または土の壇。
5　狐をまつる呪術。
6　神官。
7　頑として動かない。
8　一条以北が賀茂の神領であった。
9　とりはからい。
10　重盛。

が、数輩《すはい》の上臈[11]を超越《てうをつ》して右《みぎ》に被レ加《くははられ》けるこそ、申《まうす》計《ばかり》も無《なかり》しか。指 中にも徳大寺殿は、一《いち》の大納言にて、花族《くわそく》[12]栄耀、才学《さいかく》[13]雄長《ゆうちやう》[14]、⑦家嫡《けちやく》にてましましけるが、被レ越《こえられ》給けるこそ遺恨なれ。定めて御出家な〈ン〉どや在んずらんと、人人内内は申あへりしか共、暫く世のならん様をも見んとて、大納言を辞し申て籠居とぞ聞えし。

口 新大納言成親卿曰《のたまひ》けるは、「徳大寺・花山院に被レ越《こえられ》たらんはいかがせん。平家の次男に被レ超《こえらるる》こそ安からね。是も万づ思ふ様なるが所レ致也《いたすところなり》。如何にもして平家を滅し、本望を遂《とげ》ん」と曰《のたまひ》けるこそ怖しけれ。父の卿⑧〔は〕中納言迄こそ被レ至《いたられ》しか、其末子《ばつし》に⑨〔て〕位正二位《じやうにゐ》、官大納言に上《あがり》、大国《だいこく》余《あま》た給て、子息・所従[15]朝恩に誇れり。何の不足に懸る心被レ付《つかれ》けん。是偏《ひとへ》に天魔の所為《しよゐ》とぞ見えし。平治にも越後中将とて、信頼卿に同心の間、既に可レ被レ誅《ちゆうせらるべかり》しを、小松殿やうやうに申て頸を続《つぎ》給へり。[16] 中 然に其恩を忘れて、外人《ぐわいじん》[17]も無き処に、兵具《ひやうぐ》を調《ととの》へ、軍《ぐん》兵《びやう》を語らひ置き、其営《いとなみ》の外《ほか》は無二他事一《たじなし》。

白 東山《ひんがしやま》の麓鹿谷《ししのたに》と云処は、後は三井寺に続いてゆゆしき城郭《じやうくわく》[18]にてぞ在ける。俊寛僧都の山庄在《さんざうあり》[19]。彼れに常は寄合《よりあひ》寄合、平家滅さんとする謀をぞ回《めぐら》しける。或時法皇も御幸《ごかう》なる。故小納言入道信西《しんせい》が子息《しそく》、[20]浄憲《じやうけん》法印御伴仕《おんともつかまつ》る。其夜の酒宴

11 上位の官。
12 英雄が正しい。華族に同じ。
13 学問によって得る学識。
14 優長。すぐれていること。
15 朝廷の恩。
16 斬罪になるところを助ける。
17 他人。関係のない人。
18 堅固な。
19 別邸。
20 静憲とも。

①原本「く」
②原本「逐」のみ。
③原本「逐」
④原本「し」
⑤諸本「大納言の」あり。
⑥原本「は」
⑦原本「の」あり。
⑧原本なし。
⑨原本なし。

に此由を浄憲法印に被二仰合《おほせあはせられ》一ければ、「あな浅猿《あさま》しや、人余《あま》た承ぬ。只今漏聞《もれきこえ》て、天下《てんが》の大事に及候なんず」と、大に噪ぎ申ければ、新大納言気色《けしき》替《かはつ》て、さ(ッ)と被レ立《たたれ》けるが、御前《ごぜん》に候ける瓶子《へいじ》を、狩衣《かりぎぬ》の袖に懸て引被レ倒《ひきたふされ》たりけるを、法皇「あれは如何に」と仰せければ、大納言立帰り、「平氏《へいじ》[1]倒れ候ぬ」とぞ被《まう》レ申《され》ける。法皇ゑつぼ[2]に入せおはしまして、「者共《ものども》参て猿楽仕れ《さるがくつかまつれ》[3]」と仰せければ、平判官康頼参て、「ああ余りに平氏の多候《おほう》に、もて酔《ゑひ》て候」と申。俊寛僧都「さて其をば如何《いかが》仕らんずる」と被レ申《まうされ》ければ、西光法師「頸《くび》を取には不レ如《しかじ》」とて、瓶子《へいじ》の頸を取てぞ入にける。[ロ] 浄憲法〔印〕[①]余りの浅間《あさま》しさに、つやつや物も不《まう》レ被《され》レ申《ず》。返返《かへすがへす》も怖しかりし事共也。[拾] 与力《よりき》[4]の輩《ともがら》誰誰《たれたれ》ぞ。近江中将入道蓮浄俗名成《ぞくみやうなり》正《まさ》、法勝寺《ほつしようじ》[5]執行俊寛僧都、山城守基兼《もとかぬ》、式部大輔《しきぶのたいふ》雅綱《まさつな》、平判官康頼《へいはうぐわんやすより》、宗《そう》判官信《のぶ》房《ふさ》、新平判官資行《すけゆき》[6]、摂津国《つのくに》源氏多田蔵人行綱《ゆきつな》を始として、北面《ほくめん》の輩多く与力《よりき》したりけり。

鵜《う》川《かは》合《かつ》戦《せん》

1 瓶子に平氏をかけた秀句。
2 会心の笑みをうかべる。
3 当意即妙の、詞のやりとりを主とする滑稽な芸。
4 荷担する者。
5 執行が正しい。
6 玉葉の安元三年六月四日の条に「平佐行」と見える。正すべきか。

ロ此《この》法勝寺脩行と申は、京極《きやうごくの》[7]源大納言雅俊《がしゆん》卿の孫、木寺《きでら》の法印寛雅《くわんが》には子[②]〔なり〕けり。祖父《そぶ》大納言指《させ》る弓矢を取《とる》家には在《あら》ね共、余《あまり》に腹悪《はらあし》き人にて、三条坊門京極の宿所の前をば、人をば安く不レ通《とほさず》。中門《ちゆうもん》に倘佯《たたず》み[③]〔歯をくひしばり〕、怒てぞおはしける。懸《かか》る人の孫なればにや、此《この》俊寛も、憎なれ共心[8]も猛《たけ》く、奢《おご》れる人にて、無レ由《[9]よしなき》謀叛にも与《くみ》しけるにこそ。

白新大納言成親卿は、多田蔵人行綱を呼て、「御辺をも一方の大将に憑《たの》む也。此事し課《おほ》せつる者ならば、国をも庄をも所望に可レ依《よるべし》。先づ弓袋《[10]ゆぶくろ》の料《れう》に」とて、白布《しろぬの》五十端被レ送《おくられ》けり。

安元《あんげん》三年三月五日、妙音院殿、太政大臣に転じ給へる替りに、大納言定房《さだふさ》を越て、小松殿内大臣に成給《なりたまふ》。[11]大臣の大将目度《めでた》かりき。やがて大饗被レ行《たいきやうおこなはる》。尊者《そんじや》には、大炊御門右大臣経宗《つねむね》公とぞ聞えし。ロ[12]一《いち》のかみこそ[13]先途《せんど》なれ共、父[14]宇治の悪《あく》左府《さふ》の御例有レ憚《ごれいはばかりあり》。

北《ほく》面は上古《しやうこ》には無りけり。白河院の御時、被二始置一《はじめおかれ》てより以降《このかた》、[15]衛府共余《ゑふどもあま》た候けり。為俊《ためとし》・盛重《もりしげ》、童より千手丸・今犬丸とて、是等は無二左右一《さうなき》[16]きり物にてぞ在け[④]〔る〕。鳥羽院の御時も、季教《すゑのり》・季頼《すゑより》父子共に、朝家《てうか》に被二召仕一《めしつかはれ》[17]伝奏《てんそう》する

7 村上源氏。
8 心もたかぶり、慢心の人。
9 無意味な。
10 弓を入れる袋。大将のしるしとして、これを郎等に持たせた。
11 職原鈔下に「大将……総ノ取二将軍之称ヲ一也、非二譜第之花族ニ一者更不レ任セレ之ニ、多ハ是大納言中譜第ノ上臈任レ此、於二執柄之息一者越テレ次ヲ所レ任也、又多ハ被レ任セレ左也、至二大臣ニ一帯スレ之ヲ為二規模ト一、又中納言任スレ之ニ、於二凡人ニ一弥為二眉目ト一」とある。
12 左大臣。
13 限界。
14 藤原頼長。
15 六衛府に、北面の者が多く詰めた。
16 実力者。
17 上皇に事を伝え奏する。

①原本「師」
②原本「在」
③原本「切歯」
④原本「り」

折《をり》も在しな〈ン〉ど聞えしかども、皆身の程をば振舞てこそ在しに、此御時の北面の輩は、もつての外に過分にて、公卿殿上人をも物共《ものとも》せず、礼儀礼節も無し。下[1]《げ》北面《ほくめん》より上北面《しやうほくめん》[2]に上《あが》り、上北面より殿上の交りを被レ許者《ゆるさるるもの》もあり。角而已被レ行《かくのみおこなはるる》間《あひだ》、奢《おご》れる心倶《ども》①〔も〕出でき、無レ由《よしなき》謀叛にも与《くみ》しけるにこそ。指②中にも故少納言信西《しんせい》が許《もと》に召仕ける、師光《もろみつ》・成景《なりかげ》と云者在《あり》。師光は阿波国の在庁、成景は京の者[3]熟根賤《じゆつこんいや》しき下臈《げらふ》也。[4]健児童《こんでいわらは》若《もしくは》格勤者《かくごしや》[5]な〈ン〉どにて、被ニ召仕一《めしつかはれ》けるが、賢賢《さかざか》しかりしに依て、師光は左衛門尉、成景は右衛③〔門〕尉とて、二人《ににん》一度に靫負尉《ゆぎへのじよう》[6]に成ぬ。折信西が事[7]に逢し時、二人共に出家して、左衛門入道④〔西光、右衛門入道〕西敬《さいけい》とて、是等出家の後も院の御倉《みくら》預りにてぞ在ける。ロ彼西光が子に師高と云者在《あり》。是もきり者にて、検非違使五位尉⑤〔に〕歴上《へあがつ》て、安元元年十二月二十九日、[8]追儺《ついな》の除目《ぢもく》に加賀守にぞ被レ成《なされ》ける。中国務《こくむ》を行間《おこなふあひだ》、非法非礼《ひれい》を張行《ちやうぎやう》し、神社仏寺、権門勢家《せいけ》の庄領を没倒《もつたう》し、散散の事共にてぞ在ける。縦《たと》ひせうこう[9]が迹《あと》を隔《へだつ》と云共《いふとも》、穏便《をんびん》の政事可レ行《おこなふべかり》しが、⑥心のままに振舞し程に、同二年夏の比、国司師高が弟近藤判官師経《もろつね》、加賀の目代《もくだい》⑦〔に補せらる。ロ目代〕下著の始、国府《こふ》の辺に鵜川と云山寺《やまでら》在。寺僧共折節《をりふし》湯を沸《わかい》てあびけるを、乱入て逐上《おひあげ》、我身《わがみ》浴《あび》、

1　北面の中、四位五位の者を上北面、六位の者を下北面と言う。
2　語り本、清点あり。
3　素姓。
4　兵部省に属し諸国に配置された衛士のことだが、ここはその力仕事に従事した召使い。
5　親王摂関家などに仕え、雑役に従事した召使い。
6　衛門府の三等官。
7　信西が平治の乱で殺された時。
8　大晦日に行われる。
9　周の武王の子の召公。兄の周公と善政を行った。

雑人共下《おろ》し、馬洗せな〔ン〕どしけり。寺僧怒を成《なし》て、「自《むかしより》レ昔此処《ここ》は[10]国方《こくはう》の者入部《にふぶ》する事無し。速《すみやか》に先例に任《まか》せて、入部の押妨《あふばう》を停止せよ」とぞ申ける。強「先先《せんせん》の目代は、不覚でこそ賤《いやし》まれたれ。当目代は其儀在まじ。口只法に任せよ」と云程に、寺僧共は国方の者を追出《おひいだ》さんとす。国方の者共は、次《つい》でを以て乱入せんとす。打合《うちあひ》、はり合ひしける程に、目代師経が秘蔵しける馬の足をぞ打折ける。拾其後は互に弓箭兵杖《きゆうせんひやうぢやう》を⑧〔帯〕して、射合截合《いあひきりあひす》数刻《こく》戦ふ。目代不《かなはじ》レ叶とや思けん、入《よにいり》レ夜逃退く。其後当国の在庁共、⑨〔催〕し集め、其勢一千余騎、鵜川山に押寄せて、坊舎一宇《ばうしやいちう》も不《のこさず》レ残焼払ふ。鵜川と云は、白山の末寺也。此事訴へんとて進む老僧誰誰《たれたれ》ぞ。智釈《ちしやく》・学明《かくみやう》・宝台房《ほうだいばう》・正智《しやうち》・学音《がくおん》・土佐阿闍梨《とさあじやり》ぞ進みける。白山[11]三社[12]⑩〔八〕院の大衆《だいしゆ》悉く起り合ひ、都合其勢二千余人、七月九日の晩《くれ》方《がた》に、目代師経が館《たち》近うこそ押寄けれ。初今日は日暮ぬ、明日の軍《いくさ》と定めて、其日は寄せでゆらへたり。重露⑪〔吹〕むすぶ秋風は、[13]いむけの袖を翻《ひるがへ》し、雲井を照す稲妻は、[14]冑《かぶと》の星を耀《かかやか》す。拾目代も不《かなはじ》レ叶とや思けん、夜逃にして京へ上《のぼ》る。明る卯刻《うのこく》に押寄て、ときを吐《どつ》とぞ作ける。城《じやう》の中《うち》には音もせず。人を入て見せければ、「皆落て候」と申す。大衆力及ばで引退く。さらば山門に訴へんとて、

10 くにがたのもの。国府の役人。
11 富山・石川・岐阜県にまたがる山。白山本宮があった。
12 別宮・佐羅・中宮の三社。その三社の末寺、隆明寺・涌泉寺・長寛寺・善興寺・昌隆寺・護国寺・松谷寺・蓮華寺を八院と言う。
13 射向けの袖。鎧の左の袖。
14 冑の鉢に打った鋲。

①原本「に」
②語り本「是迄間ノモノヌクトキハココヨリクトキ」と欄外に記す。
③原本なし。
④原本なし。
⑤原本なし。
⑥原本「は」あり。
⑦原本なし。
⑧原本「対」
⑨原本「促」
⑩原本「は」
⑪原本「踏」

白山中宮の神輿《しんよ》を奉レ貫《かざりたてまつり》、比叡山へ振上《ふりあげ》奉る。同《おなじき》八月十二日午刻《のうまの》計《ばかり》、白山の神輿已《すで》に、比叡山東坂本に著《つか》せ給と云程こそあれ、北国《ほつこく》の方《かた》より、雷《いかづち》大多敷鳴《おびたたしうなつ》て都を指《さし》て鳴上《なりのぼ》る。白雪降《はくせつくだつ》て地を埋み、山上洛中押並《おしな》めて、常〔葉〕①の山の梢迄、皆白妙《しろたへ》に成にけり。

初② 神輿をば[1]客人宮《まらうどの》へ奉レ入《いれたてまつる》。客人と申は、本地《ほんぢ》白山妙理《はくさんめうり》権現《ごんげん》にておはします。

初中 申せば父子《ふし》の御中《おんなか》也。先づ沙汰[2]の成否《じやうふ》は不レ知《しらず》、生前《しやうぜん》の御悦《よろこび》、只此事に在り。

初 浦島が子の七世《しつせ》の孫《まご》に逢へりしにも過ぎ、[3]胎内《たいない》の者《もの》の[4]霊山《りやうぜん》の父を見しにも超たり。三千の衆徒継レ踵《くびすをつぎ》、七社《しちしや》の神人《じんにん》袖を列ね、時時刻刻の法施《ほつせ》祈念、言語《ごんご》道断《だうだん》の事共也。ロ 山門の大衆、国司加賀守師高を流罪《るざい》に被レ処《しよせられ》、目代《もくだい》近藤判官師経を可レ被二禁獄一《きんごくせらるべき》由《よし》奏聞す。御裁断《ごさいだん》遅かりければ、さも可レ然《しかるべき》公卿殿上人は、「哀れと〔く〕③御裁断可レ在者《あるべきもの》を。自レ昔《むかしより》山門の訴訟は異レ他《たにことなり》。[5]大蔵卿為房・[6]太宰権帥《ださいごんのそつ》季仲は、さしも朝家《てうか》の重臣《ちようしん》なりしか共、山門の訴訟に依て被二流罪一《るざいせられ》〔に〕④き。況《いはんや》師高な〔ン〕どは、事の数もやは可レ在《あるべき》に、子細にや可レ及《およぶべき》」と申合れけれ共、初[7] 大臣は禄を重んじて不レ諫《いさめず》、小臣《せうしん》は罪に恐れて不レ申《まうさず》と云事なれば、各《おのおの》口を閉《とぢ》給へり。⑤ロ「賀茂川の水、双六《すごろく》の賽《さい》、山法師《やまぼふし》、是ぞ我心に不レ叶《かなはぬ》物」と、白河院も被レ《おほせ》

1　山王七社の一。白山本宮の白山妙理大菩薩を遷したものと言う。
2　訴訟。
3　母の胎内に六年も宿ったという羅睺羅。
4　霊鷲山に説法した釈迦。
5　寛治六年の事件。
6　長治二年の事件。
7　本朝文粋二保胤の詔に見える。

仰《られ》ける。鳥羽院の御時、越前の[8]平泉寺《へいせんじ》を山門へ被レ付《つけられ》けるには、「[9]当山《たうざん》の御帰依《ごきえ》不レ浅《あさからず》、[10]以レ非為レ理《ひをもつてりとす》」とこそ被二宣下一《せんげせられ》、院宣をば被レ下《くだされ》け⑥〔り〕。江帥匡房卿《がうそつきやうばうきやう》の被レ申《まうさるる》様に、「神輿を陣頭《ぢんどう》へ奉レ振《ふりたてまつつて》訴へ申さんには、君如何御計《おんぱから》ひ可レ候《さうらふべき》」と被《まう》レ申《され》ければ、「佐《げに》も山門の訴訟《そしよう》は難レ黙《もだしがたし》」とぞ仰ける。

後二条関白立願《ごにでうくわんばくりふぐわん》

⑦去程《さるほど》に、去《いん》じ嘉保二年三月二日、美濃守源義綱朝臣、当国新立庄《しんりふの》を倒す間、[11]山の久住者円応《くぢゆうしやゑんおう》を殺害《せつがい》す。因レ茲《これによりて》、日吉の社司《しやし》、[12]延歴寺の寺官、都合三十余人、申文《まうしぶみ》をささげて[13]陣頭へ参じけるを、[14]後二条関白殿、大和源氏中務権少輔頼春《やまとげんじなかつかさのごんのせうよりはる》に被レ防《ふせかせらる》。頼春が郎⑧〔等〕矢を放つ。矢庭に被二射殺一《いころさるる》者八人、被レ疵者《きずをかうむるもの》十余人、社司諸司四方《しはう》へ散ぬ。山門の上﨟等《じやうらふ》、子細を奏聞の為に下洛《げらく》すと聞えしかば、武士検非違使、西坂本《にしざかもと》に馳向て、皆⑨〔お(ッ)かへす〕。

山門には御裁断の遅遅《ちち》の間《あひだ》、[15]七社の神輿を[16]根本中堂《こんぽんちゆうだう》に振上《ふりあげ》けり。其御前《おんまへ》にて信読《しんどく》の大般若《だいはんにや》を七日読《しちにちよう》で、関白殿を奉二呪咀一《しゆそしたてまつる》。結願《けちぐわん》の導師《だうし》には、仲胤《ちゆういん》法印、其比《ころ》

8 白山の南麓にあった。
9 比叡山延暦寺。その帰属をめぐって三井寺との間に争いがあった。
10 無理をも理として認める。
11 没収する。
12 延暦寺が正しい。
13 内裡の四方の門にある陣の前。
14 藤原師通。
15 山王七社。
16 東塔の一乗止観院。

①原本「時」
②高野本、これより「願立」とする。語り本「アイノ物」あり。
③原本「そ」
④原本なし。
⑤語り本など、これより「願立」とする。
⑥原本「れ」
⑦語り本、前に続き、ここで切れず。
⑧原本「徒」
⑨原本「を帰す」

1　幼く小さいことのたとえ。
2　矢じりの一種。合戦開始の合図などに用いられた。また、この場面のように神意を示すものとしても見られる。
3　七社の一。
4　芝田楽が正しい。
5　祭礼の行列に列ね示した一様のかざりをしたもの。
6　仏像の高さをはかる単位。一搩手は、親指と中指を一ぱいにひろげた時の長さ。

はいまだ仲胤供奉《ぐぶ》と申①〔し〕しが、高座《かうざ》に上《のぼ》り銅《かね》打鳴し、表白《へうびやく》の詞《ことば》に云《いはく》、折「我等なたね[1]の二葉《ふたば》よりおほしたて給ふ神達《かみたち》、②〔後〕二条の関白殿に鏑箭《かぶらや》[2]一《ひとつ》③〔はなち〕当て給へ。大八王子権現」と、高らかにこそ祈誓《きせい》したりけ④〔れ〕。中 軈《やが》て其夜不思議の事在《あり》。八王子[3]の御殿《ごてん》より、鏑矢の声出て、王城を指《さし》て⑤〔な（ッ）て〕行《ゆく》とぞ、人の夢には見えたりける。其朝《そのあした》関白殿⑥〔の〕御所の御格子《みかうし》を明《あけ》けるに、只今山より⑦〔と〕（ッ）て来たる様に、露に湿《ぬれ》たる樒一枝《しきみひとえだ》た（ッ）たりけるこそ怖《おそろ》しけれ。白 軈《やが》て山王《さんわう》の御咎《とが》めとて、後二条関白殿重き御病《やまう》を受させ給しかば、母上大殿北《ははうへおほとののきたの》政所《まんどころ》大に嘆かせ給つつ、御様《おんさま》を窶《やつ》し賤しき下臈《げらふ》のまねをして、日吉⑧〔社〕に御参籠在て、七日七夜《しちにちしちや》の間被㆓祈申《いのりまうされ》㆒給けり。あらはれての御祈願には、百番の止魔田楽《しばでんがく》[4]、百番の一《ひと》つ物《もの》[5]、競馬・流鏑馬《やぶさめ》・相撲、各百番、百座の仁王講《にんわうこう》、百座の薬師講、一搩手半《いつちやくしゆはん》[6]の薬師百体、等身《とうじん》の薬師一体、⑨〔並《ならび》〕に釈迦阿弥陀の像、各造立被㆓供養《ざうりふくやうせられ》㆒けり。ロ 又御心中《ごしんちゆう》に三つの御立願在《あり》。御心《おんこころ》の中《うち》の事なれば、人争《いか》でか可㆑奉㆑知《しりたてまつるべき》。其れも不思議なりし事は、七日《しちにち》に満ずる夜、八王子の御社《おんやしろ》に幾《いく》等《ら》も在ける、参《まゐり》の人共の中《なか》に、陸奥《みちのく》より遙遙《はるばる》と上《のぼつ》たりける童神子《わらはみこ》、夜半計《ばかり》に俄に断《た》え入にけ⑩〔り〕。遙に舁出《かきいだ》して祈りければ、無㆑程《ほどなく》息出て、軈《やが》て立《たつ》て舞かなづ。

人奇《ひとき》特《どく》の思を成《なし》て是を見る。[7]半時《はんじ》計《ばかり》舞て後、山王《さんわう》下《おり》させ給て、⑪〔やうやう〕御託宣こそ怖しけれ。折「衆生等《しゆじやうら》たしかに承れ。大殿《の》政所、今日七日我が御前《おんまへ》に奉レ被レ籠《こめられたてまつつたる》御立願三つ在。⑫指〔一つには〕今度殿下《てんが》の寿命《じゆみやう》をたすけてたべ。さも候はば、[8]したど⑬〔の〕に諸《もろもろ》のかたは人《うど》と交て、一千日が間《あひだ》朝夕宮仕《みやづか》ひ申さんと也。中大殿《の》北政所にて、世《よ》を代共《とも》思食《おぼしめ》さで過《すぎ》させ給御心《おんこころ》に、子を思ふ道に迷《まよひ》ぬれば、いぶせき事も忘れて、あさましげ⑭なる片は⑮〔う〕人《ど》に交《まじはつ》て、一千日が間、朝夕宮⑯〔づか〕ひ申さんと被レ仰《おほせらるる》こそ、実《まこと》に哀れに思食《おぼしめ》せ。ロ二つには、[9]大宮の橋爪《はしづめ》より、八王子の御社迄、廻廊作て参らせんと也。三千人の大衆、降《ふる》にも照《てる》にも社参の時、痛《いたは》しう覚ゆるに、回廊被レ造《つくられ》たらば、如何に目出《めで》たからん。三つには、今度の殿下の寿命を助《たすけ》させ給はば、八王子の御社にて、[10]法花《はつけ》問答講《もんだふかう》毎日無ニ退転一《たいてんなく》可レ行《おこなふべし》と也。何れも愚《おろか》ならね共《ども》、上《かみ》二つはさ無共《なくとも》在なん。毎日法花問答講は、誠に在《あら》まほしうこそ思召⑰〔せ〕。但し今度の訴訟は、むげに安かりぬべき事にて在つるを、御《ご》⑱裁許無《さいきよなく》して、神人宮仕《みやじ》被ニ射殺一《いころされ》被レ疵《きずをかうぶり》、なくなく参て訴申《うつたへまうす》事、余り心憂て、如何ならん代《よ》迄も可レ忘共不レ覚《わするべしともおぼえず》。其上《そのうへ》彼等が当る処の矢は、[11]併《しかしなが》ら和光垂迹《わくわうすいしやく》の御膚《おんはだへ》にた〔ッ〕たる也。中[12]誠に虚言《そらごと》か是を見よ」とて、肩脱《かたぬい》だるを見れば、

7 約一時間。
8 下殿。
9 大宮の前にかかる大宮橋のたもと。
10 法華経について問答する講説。
11 すべて。
12 「に」は「か」とあるべきか。

①原本「せ」
②原本なし。
③原本「羽はちり」
④原本「り」
⑤原本「なん」
⑥原本なし。
⑦原本「し」
⑧原本「宮」
⑨原本「再」
⑩原本「る」
⑪原本「やらやら」
⑫原本なし。
⑬原本なし。
⑭原本「に」あり。
⑮原本「ら」
⑯原本なし。
⑰原本なし。
⑱原本「せ」あり。

左《ひだん》の脇の下、大なる瓦《かはらけ》[1]の口計《ばかり》[2]うげのいてぞ見えたりける。「是が余りに心憂ければ、如何に申〔す〕①共始終《しじゆう》の事は叶まじ。法花問答講一定可レ在《いちぢやうあるべく》は、三年《みとせ》が命《いのち》を奉レ延《のべたてまつらん》。其れを不足に思召さば力不レ及《ちからおよばず》」とて、山王上《あがら》せ給けり。白 母上は御立願の事人《ひと》にも被レ語《かたられ》給はね共、誰れ漏しつらんと少も疑ふ方《かた》もましまさず。御心の中の事共在のままに御託宣《ごたくせん》在ければ、心肝《しんかん》に添て、殊に貴《たつと》く思食《おぼしめし》、泣泣《なく》申させ給けるは、「縦ひ〔一日《ひとひ》〕②片時《かたとき》にて候とも、難レ在《ありがたく》〔こ〕③そ候《さぶらふ》べきに、増《まし》て三《み》年《とせ》が命《いのち》を延《のべ》給らん事可レ然《しかるべくさぶらふ》候」とて、泣泣《なく》御下向在《おんげかうあり》。ロ 急ぎ都へ入せ給て、殿下《てんが》[3]の御領《ごりやう》紀伊国《きのくに》、田中庄[4]と云処、八王子の御宮へ永代被二寄進一《えいたいきしんせらる》。自レ其《それより》して、法花問答講今の世に至迄、毎日無二退転一《まいにちたいてんなし》とぞ承〔る〕④。

重 かかりし程に、後二条関白殿御病軽《おんやまうかる》ませ給て、如レ元《もとのごとく》成せ給。上下悦《じやうげよろこび》あはれし程に、三年《みとせ》の過るは夢なれや、永長《えいちやう》[5]二年に成にけり。下 六月二十一日、又後二条関白殿、御髪《おんぐし》の際《きは》に、悪敷御瘡《あしきおんかさ》出きさせ給、打臥させ給しが、同二十七日御歳三十八にて、竟《つひ》に蔵《かくれ》させ給ぬ。初 御心の猛《たけ》さ、理《り》[6]のつよさ、幽幽敷《ゆゆしき》人にてましましけれ共、真《まめ》[7]やかに事の急《きふ》に成しかば、御命を被レ惜《をしまれ》給ける也。初中 誠に可レ被レ惜《をしかるべし》。四十《しじふ》にだに満たせ給はで、大殿に先立《さきだち》まゐらせ給こそ悲しけれ。必《かならず》しも父

1　土器。
2　えぐりとられている。
3　関白。
4　和歌山県那賀郡打田町にある。
5　百錬抄によれば、師通は康和元年六月二十八日、三十八歳で腫物で薨じている。
6　道理を通そうとする性格の強いこと。
7　現実に、いよいよ。

を可《さきだつべし》二先立一と言事には無《なけ》れども、生死《しやうじ》のおきてに順《したが》〔ふ〕⑤習ひ、万徳円満《まんどくゑんまん》の世尊《そん》、8十地究竟《じふちくきやう》の大士《だいじ》だにも、力及給《ちからおよびたまは》ぬ事共也。初慈悲《じひ》具足《ぐそく》の山王、9利物《りもつ》の方便《はうべん》にてましませば、御咎《とが》めな〔か〕⑥るべしとも不《おぼえ》レ覚《ず》。

御《み》輿《こし》振《ふり》

口去程《さるほど》に山門の大衆、国司加賀守師高を被《るざいにしよせられ》レ処二流罪一、目代近藤判官師経を可《きん》レ被《ごくせらるべき》二禁獄一由、奏聞⑦度度《どど》に、雖《およぶといへども》レ及、御裁許無りければ、日吉《ひよし》の祭礼を打留て、安《あん》元《げん》三年四月十三日、辰《たつ》の一点に、十禅師・客人《まらうど》・八王子三社の神輿《しんよ》を奉《かざりたてまつつ》レ貴て、陣頭《ぢんどう》へ奉《ふりたてまつる》レ振。拾下《さが》り松《まつ》・10きれづつみ11・賀茂の川原・12⑧〔糺《ただす》〕・梅ただ・柳原《やなぎはら》・13東北院《とうぼくゐん》の辺に、大衆・神人《じんにん》・宮仕《みやじ》・14専当《せんだう》満満《みち》て、幾等《いくら》と云不《かずをしらず》レ知レ数。神輿は一条を西へ入せ給に、御神宝《じんぼう》天《てん》に耀《かかやい》て、日月《にちぐわつ》地に落給かと被《おどろかる》レ驚。怒口依《これによつて》レ之、源平の両家《りやうか》の大将軍、四方《しはう》の陣頭《ぢんどう》を堅《かた》めて、大衆可《ふせくべき》レ防由、被《おほせくださる》二仰下一。平家には小松内大臣左大将重盛公、其勢三千余騎にて、大宮面《おほみやおもて》の陽明《やうめい》・待賢《たいけん》・郁芳《いうはう》三つの門を堅《かため》給《たまふ》。弟宗盛・具盛《とももり》15・重衡《しげひら》⑨・伯父《をぢ》頼盛《よりもり》・教盛《のりもり》・経盛な〔ン〕どは、西南《にしみなみ》の陣を被《かためられ》レ固

8 十地は、仏より一段階下の十種類の悟りの境地。それをきわめた菩薩。
9 衆生を導き救うための方便。
10 今の左京区一乗寺にこの地名がある。
11 高野川堤の一部か。
12 糺の森。
13 拾芥抄に「東北院、一条南京極東、上東門院御所、元法成寺内東北角也、後移レ之」とある。
14 雑事に従事する下役の僧。
15 知盛が正しい。

①原本「せ」
②原本なし。
③原本なし。
④原本「ん」
⑤原本「る」
⑥原本なし。
⑦原本「に」あり。
⑧原本「紀」
⑨原本「卿」あり。

けり。源氏には大内《たいだい》守護源三位頼政卿、渡辺のはぶく・さづくを旨《むね》として、其勢僅に三百余騎、[1]北の門縫殿《ぬひどの》のぢんを固め給。処は広し勢は少なし、間原《まばら》にこそ見えたりけれ。

白 大衆依レ為二無勢一《ぶせいたるによって》、北の門ぬひ殿のぢんより、神輿を欲レ奉レ入《いれたてまつらんとす》。頼政卿さる人にて、馬より下《おり》、冑《かぶと》を脱《ぬぎ》て①手水《てうづ》鵜飼《うがひ》をして、神輿《しんよ》を奉レ拝《はいしたてまつる》。兵共皆如レ此《かくのごとし》。衆徒の中へ使者を立てて、申送る旨在《あり》。其使は、渡辺長七唱《ちやうじつとなふ》と云者也。口 唱其日は[2]きちんの直垂《ひたたれ》に、[3]小桜《こざくら》を黄《き》にかへいたる鎧《き》著て、赤銅作《しやくどうづく》りの太刀を帯《は》き、白羽《しらは》の箭《や》負ひ、滋藤《しげどう》の弓脇に挾み、冑をば脱ぎ[4]高紐《たかひも》に懸《かけ》、神輿の御前《おんまへ》に畏《かしこまつ》て申けるは、「衆徒の御中《おんなか》へ源三位殿の申せと候。強 今度山門の御訴訟、理運の条《でう》、勿論に候。口 御成敗遅遅《ちち》こそ、よそにても遺恨《ゐこん》に覚《おぼえ》②候へ。去《さ》ては神輿奉レ入事不レ及二子細一《いれたてまつらんとしきいにおよばず》。但《ただし》頼政無勢候《に》。其上あけて奉レ入《いれたてまつる》陣より入せ給て候はば、山門の大衆[5]目だりがほしけりな(ン)ど、京童部《きやうわらんべ》が申候はん事、後日《ごにち》の難にや候はんずらん。折 神輿を奉レ入《いれたてまつ》らば似レ背二宣旨一《せんじをそむくににたり》。又奉レ防《ふせきたてまつ》らば、年来《ねんらい》医王山王に奉レ傾レ首《かうべをかたむけたてまつつ》て候身が、自二今日一後《けふよりのち》、弓箭《ゆみや》の道に別れ候なんず。彼《かれ》と云此《いひこれ》と云《いひ》、旁《かたがた》難治の様に候。口 [6]東の陣は、小松殿大勢にて被レ固《かためられ》候。自二其陣一《そのぢんより》被レ入《いれられ》給べきや候らん」と、云送たり

1 内裡の北正面の門である朔平門。その北に縫殿寮がある。
2 麹塵。萠黄のさらに黄ばんだ色で、模様を黄色に染め出したもの。
3 小さい桜を数多く染め出した染革を更に黄に染めたもの。
4 鎧のわたがみにあり、胸板につなぎかけて胴をつるための紐。
5 目尻をたれさげた締まりのない顔。
6 待賢門の陣。

ければ、唱が角《かく》③〔申〕《まうす》に被レ防《ふせかれ》て、神人宮仕《じんにんみやじ》暫くゆらへたり。強若大衆《わかだいしゅ》共は、「何《なん》条《でう》其儀可レ在《あるべき》。只此門より神輿を可レ奉レ入《いれたてまつるべし》」と云族多《やからおほく》ありけれ共、ロ老僧の中に、7三塔一の僉議者《せんぎしや》と聞えし摂津《つの》竪者《りつしや》豪運、進出て被レ申《まうされ》けるは、拾「尤《もつとも》さ謂《いは》れたり。神輿を先④〔だて〕参せて訴訟を致さば、大勢《おほぜい》の中を打破てこそ、後代《こうたい》の聞えも在んずれ。ロ就レ中《なかんづく》に此頼政卿は、8六孫王《ろくそんわう》より以降《このかた》、源氏嫡嫡の正統《しやうとう》、弓箭《ゆみや》を取て未レ聞二其不覚一《いまだそのふかくをきかず》。凡《およそ》武芸にも不レ限《かぎらず》、歌道にも勝《すぐ》れたり。近衛院《こんゑのゐん》御在位の時、当座の御会在《ごくわいあり》しに、深山花《しんざんのはな》と云題を被レ出《いだされ》けるを、人人読煩ひしに、⑤〔此〕頼政卿、

歌 深山木《みやまぎ》の其梢《こずゑ》とも不レ見《みえざり》し桜は花に露《あらは》れにけり

拾 と云名歌仕て、御感に預る程の優敷《やさしき》男に、時臨《ときにのぞん》で如何無レ情《なさけなく》恥辱をば可レ与《あたふべき》。此神輿を奉二舁返一《かきかへしたてまつれ》や」と僉議しければ、数《す》千人《せんにん》の大衆、自《より》二先陣《せんぢん》一後陣迄《ごぢんまで》、皆尤《もつとも》⑥〔々〕と同じける。

去《さ》て神輿を先立《さきだて》まゐらせて、東《ひんがし》の陣頭待賢門より奉レ入《いれたてまつらん》としければ、狼籍《らうぜき》忽に出来《いでき》て、武士共散散《さんざん》に奉レ射《いたてまつる》。十禅師の御輿《みこし》にも、矢共余《あま》た射立《いたて》たり。神人宮仕被二射殺一《いころされ》、衆徒多く被レ疵《きずをかうむり》、をめき叫声《さけぶこゑ》、梵天《ぼんでん》迄も聞え、9堅牢地神《けんらうぢじん》も⑦驚《おどろく》らんとぞ覚ける。初大衆神輿をば陣頭に奉二振棄一《ふりすてたてまつり》、泣泣《なくなく》本山《ほんざん》へ帰り上る。

7 東塔・西塔・横川。

8 清和源氏の祖、経基王。

9 土地守護の神。

①諸本「手水鶏飼をして」なし。
②原本「て」あり。
③原本なし。
④原本なし。
⑤原本なし。
⑥原本なし。
⑦原本「被」あり。

1　左京区修学院にあり、東坂本の日吉神社と並んで叡山の守護神。

2　澄憲が正しい。

3　貞観政要君道篇に「人怨則神怒、神怒則災害必生」とある。

4　腰輿が正しい。

5　箱型の胡簶で、儀式用に用いた。

ロ①蔵人左少弁兼光《かねみつ》に仰せて、殿上《てんじやう》にて俄に僉議《せんぎ》在《あり》。保安四年《ほうあんしねん》七月、神輿入洛《じゆらく》の時は、座主《ざす》〔に〕②仰せて赤山社《せきさんのやしろ》[1]へ奉レ入《いれたてまつる》。又保延四年《ほうえんしねん》四月神輿入洛の時は、祇園《ぎをん》の別当に課《おほせ》て、祇園の社へ奉レ入《いれたてまつる》。今度は保延の例たるべしとて、祇園別当権大僧都澄兼《ちようけん》[2]に課《おほせ》て、秉燭《へいしよく》に及〔ン〕で祇園社《の》へ奉レ入《いれたてまつる》。神輿に所レ立《たつところ》の箭をば、神人《じんにん》③して是を被レ抜《ぬかせらる》。山門の大衆、日吉の神輿を陣頭へ奉レ振《ふりたてまつる》事、自二永久一《えいきうより》以降《このかた》、治承《ちしよう》迄は六箇度也。毎度に武士を召てこそ被レ防《ふせかせらる》れ共、神輿奉レ射《いたてまつる》事、是始とぞ承る。初「霊《れい》[3]神《しん》怒りをなせば、災害岐《ちまた》に満《みつ》と云《いへ》り。怖し怖し」とぞ人人申あはれけ〔る〕④。

大《だい》内《り》炎《えん》上《しやう》

⑤ロ同十四日夜半《のやはん》計に、山門の大衆又下洛《げらく》すと聞えしかば、夜中《やちゆう》に主上要輿《しゆしやうえうよ》[4]に召て、院御所法住寺殿へ行幸《ぎやうがう》なる。中宮は御車《おんくるま》にたてまつて行啓在《ぎやうけいあり》。小松〔大臣〕⑥直衣《なほし》に箭《や》負《おう》て被二供奉一《ぐぶせらる》。嫡子権亮少将維盛《ごんのすけぜうしやうこれもり》、束帯《そくたい》に平胡簶《ひらやなぐひ》[5]負《おう》て被レ参《まゐられ》けり。関白殿を奉レ始《はじめたてまつり》、太政大臣以下《いげ》の公卿殿上人、我も我もと馳せ参る。凡《およそ》京中の貴賤禁中《きんちゆう》の上下、噪《さわ》ぎ訇訇事生便敷《ののしることおびたたし》。折山門には神輿に箭立て、神人宮仕《じんにんみやじ》被二射殺《いころされ》一、

衆徒多く被ㇾ疵《きずをかうぶり》しかば、6大宮《おほみや》・二宮以下《いげ》、講堂・中堂7都《すべ》て、諸堂一字《いちう》も不ㇾ残《のこさず》焼払て、山野《さんや》に可ㇾ交由《まじはるべきよし》、三千一同に僉議しけり。指因ㇾ茲《これによって》大衆の所ㇾ申《まうすところ》、可ㇾ有二御計一《おんばからひあるべし》と聞えしかば、山門の上綱等《じやうかうら》、子細を衆徒に触んとて、登山《とうざん》したりけるを、⑦自二西坂本一《にしざかもとより》皆追還《おつかへ》す。

ロ平大納言時忠卿、其時はいまだ左衛門督《さゑもんのかみ》にておはしけるが、8上卿《しやうけい》に立つ。大講堂の庭に⑧三塔会合《くわいがふ》して、上卿を取て⑨〔ひっぱらん〕とす。「しや冠《かぶり》打落せ。其身を搦《からめ》て湖に沈めよ」とぞ僉議しける。既に角《か》うと見えけるに、時忠卿「暫く被ㇾ静《しづまられ》候へ。衆徒の御中《おんなか》へ有二可ㇾ申事一《まうすべきことあり》」とて、自ㇾ懐《ふところより》小硯《こすずり》畳紙《たたうがみ》を取出し、一《ひと》筆《ふで》書て大衆の中へ遣す。是を披《ひらい》て見れば、折「衆徒の濫悪《らんあく》を致すは、魔縁《まえん》の所行《しよぎやう》也。明⑩〔王の制止〕を加《くはふ》るは、9善政《ぜんぜい》の加護《かご》也」とぞ被ㇾ書《かかれ》ける。中是を見て、ひ〔ッ〕ぱるに不ㇾ及《およばず》「尤尤《もつとももつとも》」と同じて、谷谷へ⑪〔お〕り、坊坊へぞ入にける。一紙《いつし》一《いつ》句《く》を以て、三塔三千の憤《いきどほり》を息《やすめ》、公私の恥《はぢ》を逃れ給へる時忠こそ幽《ゆゆ》しけれ。白人も「山門の衆徒は、発向《はつかう》の喧敷《かまびすしき》計《ばかり》かと思たれば、理《ことわり》も存知《ぞんぢ》したりけり」とぞ被ㇾ感《かんぜられ》ける。

同⑫〔二十〕日花山院《くわさんのゐん》⑬〔権〕中納言忠親《ただちか》卿を上卿《しやうけい》にて、国司加賀守師高つひに

6 大宮、二宮ともに山王七社の中。
7 根本中堂。
8 ここは大衆をしずめる役の頭。
9 善逝が正しい。仏の十号の一。

①高野本、語り本など、これより「内裡炎上」とする。
②原本なし。
③原本「と」あり。
④原本「り」
⑤語り本、前より続き、ここで切れず。
⑥原本空白。
⑦諸本「大衆おこて」あり。
⑧原本「立つ」あり。
⑨原本「奪はん」
⑩原本「主の制上」
⑪原本「送」
⑫原本「四日」
⑬原本なし。

被ニ闕官《けつくわんぜられ》一、尾張井戸田《ゐどた》[1]へ被レ流《ながされ》けり。目代近藤判官師経被ニ禁獄《きんごくせらる》一。又去《さんぬる》十三日神輿奉レ射《いたてまつし》武士六人被ニ獄定《ごくぢやうせらる》一。左衛門尉藤原正能《まさよし》①・右衛門尉正季《まさすゑ》・大江家兼《いへかね》・右衛門尉同家国《いへくに》・左②衛門尉清原康家《やすいへ》・右兵衛尉康友《やすとも》、是等はみな小松殿の侍也。

ロ

同二十八日亥《ゐの》刻計《ばかり》に、樋口冨小路《ひぐちとみのこうぢ》より火出来て、辰巳《たつみ》[2]の風烈しう吹《ふき》ければ、京中多く焼《やけ》にけり。大《おほき》なる車輪の如《ごとく》なるほむらが、三町を隔て③て、戌亥《いぬゐ》[3]の方へすぢかへ[4]に、飛越《とびこえ》飛越焼行けば、怖しな（ン）ども愚《おろか》也。重 或は具平《ぐへい》親王の千種殿《ちくさどの》、或は北野天神紅梅殿《こうばいどの》、橘逸勢《きついつせい》のはひ松殿《まつどの》、鬼殿《おにどの》・高松殿・鴨居殿《かもゐどの》、東三条冬嗣《とうさんでうふゆつぎ》の④〔おとどの〕閑院⑤〔殿〕、昭宣公の堀川殿、下 是を始めて、昔今《むかしいま》の名所三十余箇所、公卿の家だにも十六箇所迄焼にけり。拾 其外殿上人、諸大夫《しよだいぶ》の家家は、不レ及レ注《しるすにおよばず》。はては大内《たいだい》に吹付《ふきつけ》て、朱雀門《しゆしやくもん》より始めて、応田門《おうでんもん》[5]・会昌門《くわいしやうもん》・大極殿・豊楽院《ぶらくゐん》・諸司八省の朝⑥〔所〕《あいたんどころ》、一時が中《うち》に[6]⑦〔灰〕《くわい》燼《ぢん》の地と成《なる》。家家の日記、代代《だいだい》の文書《もんじよ》、七珍万宝《しつちんまんぼう》さながら塵灰《ちりはひ》と成す。其間の費《つひ》へ如何計《いかばかり》ぞや。人の焼死《やけしぬる》事数百人、牛馬《ぎうば》の類はかずしらず。是ただ事にあらず、山王の御咎めとて、比叡山より大《おほき》なる猿共が二三千おり降て、手手《てんで》に松火《まつび》[7]を燃《ともい》て、京中を焼《やく》とぞ人の夢には見えたりける。

1 名古屋市瑞穂区にその地名がある。

2 東南の風。

3 西北へ。

4 ななめに。

5 応天門が正しい。

6 語り本、「くわいしん」とし、「し」に清点あり。

7 たいまつ。

中

大極殿は、清和天皇の御宇《ぎよう》、貞観《ぢやうぐわん》十八年に始めて焼たりければ、拾 同十九年正月三日、陽成院《やうぜいゐん》の御即位《ごそくゐ》は、豊楽院《ぶらくゐん》にてぞ在ける。8 元慶《げんけい》元年四月九日事始《ことはじ》め在て、同二年十月八日にぞ被二造出一《つくりいだされ》ける。後冷泉院《ごれんぜいの》御宇、天喜《てんき》五年二月二十六日、又や⑧〔け〕にけり。治暦《ぢりやく》四年八月十四日事始め在しか共、不レ被二造出一《つくりいだされず》して後《ご》冷泉院《れんぜい》崩御なりぬ。後三条院《ごさんでうの》御宇、延久《えんきう》四年四月十五日造り出して、9 文人《ぶんじん》詩を奉レ作《つくりたてまつり》、10 伶人奏レ楽《がくをそうし》遷幸 奉レ成《なしたてまつる》。今は世末《よすゑ》に成て、国の力も衰《おとろへ》たれば、其後は終《つひ》に不レ被レ造《つくられず》。

平家巻第一

8 諸本「ぐわんきやう」とよむ。
9 文章生。
10 れいじん。無楽を奏する人。

① 諸本「正純」
② 諸本「左兵衛尉」
③ 諸本「五町」
④ 原本「弟」
⑤ 原本なし。
⑥ 原本「臣」
⑦ 原本「炎」
⑧ 原本「き」

平家巻第二

西①《さい》光《くわうの》沙《さ》汰《た》

ロ治承元年五月五日、天台座主明雲《めいうん》大僧正、1公請《くじやう》を被ニ停止《ちやうじせらるる》一上《うへ》、蔵人を御使にて、2如意輪の御本尊を召還《めしかへ》いて、3御持僧《ごぢそう》を被ニ4改易《かいえきせらる》一。即《すなはち》使庁の使を付て、今度、神輿内裡へ奉レ振《ふりたてまつる》衆徒の張本《ちやうぼん》を被レ召《めされ》け〔り〕②。加賀国に、座主の御坊〔領〕③在《あり》。国司師高是を停廃《ちやうはい》の間、其《その》宿意に依て、大衆《だいしゆ》を語らひ被レ致ニ訴訟《そしようをいたさる》一。既に、朝家の御大事に及《およぶ》由、西光法師父子が讒訴に因《よつ》て、法皇大に逆鱗在けり。殊に可レ被レ行ニ重科《ちゆうくわにおこなはるべし》一と聞〔ゆ〕④。明雲は、法皇の御気色悪《ごきしよくあし》かりければ、5印鎰《いんやく》を奉レ返《かへしたてまつり》、座主を辞し申けり。中同十一日、鳥羽院《の》七宮覚快法親王座主〔に〕⑤被レ成《ならせ》給。是は青蓮院《しやうれんゐん》の大僧正行玄《ぎやうげん》の御弟子也。ロ同十二日、6先座主被レ停ニ所職《しよしよくをとどめらるる》一上《⑥うへ》、検非違使二人《ににん》を付て、井に蓋《ふた》をし火に水を懸け、7水火の責《せ》めに及ぶ。是に依て大衆猶参洛すべき由聞《きこえ》しかば、京中又噪ぎあへり。

同十八日、太政大臣以下《いげ》の公卿十三人参内して、8陣の座に付、先の座主罪科

1 公けの法会に召される資格。
2 山門の護持僧は、宮中で如意輪法を修した。そのため本尊を預かることがあった。
3 護持僧が正しい。
4 他にとりかえられる。
5 座主の印と宝蔵のかぎ。
6 明雲のこと。
7 水と火を断つ責め。
8 宜陽殿にあり、公卿が参集して公事を議するところ。

①諸本「座主流」
②原本「る」
③原本なし。
④原本「ゆる」
⑤原本なし。
⑥原本「の」あり。

の事を議定在《ぎぢやうあり》。八条中納言長方卿、其時はいまだ左大弁宰相にて、末座《ばつざ》に被《さぶら》レ候《はれ》けるが被《まう》レ申《され》けるは、「折法家《ほつけ》[1]の勘状に任せて、死罪一等を減じて、可《をんるせらるべし》レ被二遠流一と見えて候へ共、前座主《さきの》明雲大僧正は、顕密兼学[2]して、浄行持律《じやうぎやうぢりつ》の上、大乗指[3]妙経を公家[4]《くげ》に奉《さづけたてまつり》レ授、菩薩浄戒を法皇に〔①たもたせ奉る〕。御経《おんきやう》の師、御戒師、重科に被《おこなはれんこと》レ行事、冥[5]《みやう》の照覧難《はかりがたし》レ計。ロ還俗《げんぞく》遠流を可《なだめらるべき》レ被レ宥」〔②歟と〕無《はばかるところなくまうされ》レ所レ憚被レ申ければ、当座の公卿、皆長方の儀に同ずと申〔③合はれけれ共〕、法皇の御憤《いきどほり》深かりしかば、猶遠流に被《さだめらる》レ定。太政入道も此事申さんとて、院被《へさんぜられ》レ参けれ共、法皇④御風の気《け》とて、御前《ごぜん》へも被《めされ》レ召給ねば、無《ほいなげ》二本意一にて被《たいしゆつせらる》二退出一。中僧を罪する習《ならひ》とて、土[6]《ど》園《ゑん》を召還し、還俗せさせ奉り、大納言大輔《たいふ》藤井松枝《まつえだ》と俗名《ぞくみやう》をぞ被《つけ》レ付《られ》ける。

初此《この》明雲と申は、村上天皇第七の皇子、具平《ぐへい》親王より六代の御末、久我《こが》大納言顕通卿御子《のおんこ》也。誠に無双《ぶさう》の積徳《せきとく》、天下《てんが》第一の高僧にておはしければ、君も臣も貴《たつ》とみ給に依て、天王寺・六勝寺の別当をも懸け給へり。ロ去共《されども》陰陽頭安陪泰親[7]《やすちか》申けるは、「さばかりの智者〔⑤の〕、明雲と被《なのられ》二名乗一給こそ心得ね。上に月日の光を並て、下に雲在《あり》」とぞ難じける。仁安《にんあん》元年二月二十日、天台の座主に成《なら》せ

1　罪名について明法家が判断を下した条条。
2　天台、真言の両宗を兼ねおさめる。
3　法華経のこと。
4　天皇。
5　仏。
6　度縁が正しい。出家認可の証状。
7　安倍が正しい。

給。同三月十五日御拝堂在《あり》[8]。中堂の宝蔵を被《ひらかれ》レ開けるに、種種の重宝共の中に、方一尺の箱在《あり》。白き布にて被《つつまれ》レ包たり。一生不《ふ》⑥〔犯《ぼん》〕の座主、彼箱を開て見給に、[9]黄紙に書《かけ》る文一巻在《あり》。色 伝教大師《だいし》未来の座主の名字《みやうじ》を兼て被二注置《しるしおかれ》一たり。指 我名の在処《あるところ》迄見て、自《それより》レ其奥をば不《み》レ見《ず》、如《もとのごとくまきかへ》レ元巻還して被《おかるる》レ置習也。初 去《され》ば此《この》僧正も、さこそおはしけ⑦〔め〕。⑧〔かかる〕貴《たつ》き人なれ共、先世《ぜんぜ》の宿業を免れ不《たまはず》レ給。哀なりし事也。

白 同二十一日、配所伊豆国と被《さだめらる》レ定。人人様様《やうやう》に申あはれけれ共、西光法師父子が讒訴に依て、加様に被《おこなはれ》レ行けり。軈て今日都の中を可《おはるべし》レ被レ追とて、追立《おつたて》の官人《くわんにん》、[10]白川の御坊に向て追奉る。僧正泣泣《なくなく》御坊を出て、あは田口の辺は⑨[11]一切経《いつさいきやう》の別所へ被《いらせたまふ》レ入給。山門には「詮ずる処我等が敵《かたき》には、西光父子に過たる者無《なし》」とて、彼等親子が名字を書て、根本《こんぽん》中堂⑩〔におはし〕ます十二神将⑪〔の〕中、金毘羅《こんびら》大将の左《ひだん》の御足《みあし》の下に奉《ふませたてまつり》レ踏、折「十二神将《じんじやう》、[12]七千夜叉、時刻不《じこくをめぐらさず》レ廻西光父子が命を召取給《たまへ》や」と喚叫《をめきさけん》で被二呪咀《しゆそせられ》一けるこそ怖しけれ。

口 同二十三日、一切経の別所より配所へ趣き給⑫〔けり〕。さばかんの法務の大僧正ほどの人を、追立の[13]⑬〔欝《うつ》〕使《し》を先に立《たて》させ、今日を限りに都を出て、関の東

8 新任の座主が根本中堂の本尊を礼拝する儀。
9 経文などを書くのに用いる、きはだ染めの紙。
10 白川にある、延暦寺の別院青蓮院。
11 一切経谷にあった別院。
12 十二神将の眷属。
13 庁使とあるべきか。

①原本「奉レ持ち」
②原本「事」
③原本「合なれ共」
④原本「の」あり。
⑤原本なし。
⑥原本「凡」
⑦原本「る」
⑧原本なし。
⑨諸本「は」なし。
⑩原本「を置れ」
⑪原本なし。
⑫原本「い」
⑬原本「爵」

へ趣けん心の中被二推量一《おしはかられ》て哀也。中 大津打出浜《のうちでのはま》にも成しかば、[1]文殊樓の軒端《のきば》の、①〔しろしろ〕として見《みえ》けるを、二目共見給はで、袖を顔に押当て涙に咽《むせび》給けり。口 山門に宿老積徳多《せきとくおほし》と云へ共、澄憲《ちようけん》法印其時いまだ僧都にておはしけるが、余に名残を奉レ惜《をしみたてまつり》粟津迄送まゐらせ、去《さて》も可レ在《あるべき》ならねば、自レ其《それより》暇申て被レ帰《かへられ》けるに、僧正志の切なる事を感じて、年来御心中に被レ秘《ひせられ》たりし[2]一心三観の血脈《けつみやく》相承《さうじよう》を被レ授《さづけらるる》。重 此法は釈尊の[3]附属、[4]波羅奈国《はらないこく》の馬鳴比丘《めみやうびく》、南天竺《なんてんぢく》の龍樹菩薩《りゆうじゆぼさつ》より次第に相伝し来れるを、今日の情に授けらる。下 有繫《さすが》吾朝は粟散辺地《そくさんへんぢ》の境、濁世《ぢよくせ》末代と云ながら、澄憲是を附嘱《ふぞく》して、法衣《はふえ》の袂を絞りつつ、都へ被二帰上一《かへりのぼられ》ける心の中こそ貴《たつと》けれ。

口 山門には大衆起て僉議す。「義真《ぎしん》和尚より以降《このかた》、天台座主始《はじまつ》て五十五代に至《いたる》迄、いまだ流罪の例を不レ聞《きかず》。倩《つらつら》事の心を案ずるに、延②〔暦〕のころほひ、皇帝は帝都を立て、[5]大師は当山に攀上《よぢのぼつ》て、[6]四明《しめい》の教法《けうぼふ》を此所に弘め給しより以降《このかた》、五障の女人《によにん》跡絶て、三千の浄侶《じやうりよ》居をしめたり。中 嶺《みね》には[7]一乗読誦《どくじゆ》③事古《ふり》て、麓には④〔七社の〕霊験日新《ひにあらた》也。[8]月氏《ぐわつし》⑤〔の〕霊山は、王城の東北《とうぼく》大⑥〔聖〕の幽堀《いうくつ》也。此日域《じちゐき》の叡岳《えいがく》も、帝都の鬼門に峙《そばだつ》て、護国の霊地也。拾 代代の賢聖智臣、此処に壇場を占《しむ》。

1 根本中堂の東にあり、文殊菩薩像を安置した楼。

2 俗人であるわれわれの心を、空・仮・中の三様に観ずること。

3 教えを説き伝えること。

4 中インド。

5 伝教大師最澄。

6 中国の四明山に比叡山を擬して云う。つまり比叡山のこと。

7 法華経のこと。

8 インドのこと。

末代ならん⑦〔から〕に如何《いか》んが当山に瑕《きず》をば可レ付《つくべき》。心うし」とて喚叫《をめきさけぶ》と云程⑧〔こ〕そ在けれ、満山の大衆皆東坂本へおり降る。ロ「抑我等粟津に行向て、貫首[9]を奪ひ可レ奉レ留《とどめたてまつるべし》。但し追立《おつたて》の⑨〔欝〕使・両送使《りやうそうし》[10]あんなれば、無二事故一《ことゆゑなく》奉二執得一《とりえたてまつらん》事難レ在《ありがたし》。山王大師の御力の外《ほか》に無二憑方一《たのむかたなし》。誠に無二別子細一《べつのしさいなく》奉レ取《とりたてまつる》べくは、爰《ここ》にて先《まづ》瑞相を見《みせ》しめ給へ」と、老僧達肝胆をくだいて祈念しけり。爰に無動寺[11]の法師乗円律師が童鶴丸《わらはつるまる》とて、生年《しやうねん》十八歳になるが、身心《しんじん》苦しみ、五体に汗を流して、俄に狂ひ出《いで》たり。折「我十禅師のりゐさせ給へり。末代と云共、争か吾貫首《わがくわんじゆ》をば、他国へは可レ被レ遷《うつさるべき》。生生世世《しやうじやうせせ》心憂し。指さらんに取ては、我《われ》此麓に迹を留ても何にかはせん」とて、左右の袖を顔に押当て涙をはらはらと流す。ロ大衆是を怪て、「実《まこと》に十禅師権現の御託宣にてあらば、我等験《しるし》を参らせん。少しも不レ違《たがはず》元の主《ぬし》に返し給べ」とて、老僧共四五百人手手《てんで》に持たる数珠共を、十禅師の大床《おほゆか》の上へぞ被二投上一《なげあげられ》たる。中此者狂走《ものぐるひ》まはって拾ひ集め、少しも不レ違《たがへず》一一に元の主《ぬし》⑩へぞ賦《くばり》ける。大衆、神明の霊験新なる事の貴《たつと》さ⑪〔に〕、皆掌を合せて随喜の感涙をぞ促《もよほ》しける。初「其儀ならば行向て奉二奪留一《うばひとどめたてまつ》れ」と云程こそあれ、如二雲霞一《うんかのごとく》発向《はつかう》す。重或は志賀辛《から》さき⑫〔の〕浜路に歩《あゆみ》つづける大衆も在《あり》。或は[12]山田矢《や》

9　ここは天台座主。
10　領送使が正しい。流罪人を配所へ送る役人。
11　東塔の五谷の一つ。
12　ともに現在の大津市内。

①原本「しつしつ」
②原本「延歴」
③諸本「事」を「年」とする。
④原本なし。
⑤原本なし。
⑥原本「底」
⑦原本「由」
⑧原本「に」
⑨原本「爵」
⑩諸本「に」
⑪原本「せ」
⑫原本なし。

橋《ばせ》の湖上に舟推出《おしいだ》す衆徒も在《あり》。下是を見てさしも緊《きびし》げなる追立の〔①鬱〕使・両走使、四方へ皆逃去ぬ。

口大衆国[1]分寺《こくぶんじ》へ参向ふ。前座主大に驚て、「[2]勅勘の者は月日《つきひ》の光にだにも不レ当《あたらず》とこそ申せ。如何にいはんや、急ぎ都の中を可レ被二逐出一《おひいださるべき》院宣宣旨の成たるに、暫しも不レ可レ息《やすらふべからず》。衆徒とくとく帰り上《のぼり》給へ」とて、はし近う出て曰《のたまひ》けるは、折「三[3]台槐門《くわいもん》の家を出でて、四明幽〔②渓〕の窓に入しより以降《このかた》、広く円[4]宗の〔③教〕法を学《がく》して、顕密両宗を学《まなび》き。指只吾山の興隆を而已《のみ》思へり。又国家を奉レ祈《いのりたてまつる》事不レ疎《おろかならず》。衆徒を育《はぐくむ》志も深かり〔④き〕。両[5]所山王定めて照覧し給らん。口我身に誤まつ咎は無れ共、無実の罪に依て遠流の重科を蒙れば、世をも人をも神をも仏をも奉レ恨《うらみたてまつる》事無し。是迄訪ひ来給ふ衆徒の芳恩こそ、初難二申尽一《まうしつくしがた》けれ」とて、香[6]《かう》〔⑤染《ぞめ》〕の御衣の袖を絞りもあへさせ給ねば、大衆も皆涙をぞ流しける。口御輿差寄て、「とうとう可レ被レ召《めさるべく》候」と申ければ、「我昔《むかし》こそ三千の衆徒の貫首たりしか、今は懸《かか》る流人の身と成て、如何《いか》んがや事無《ごとな》き修学者《しゆがくしや》、智恵深き大衆達に、〔⑥かきささげられてのぼるべき〕。縦ひ可レ上《のぼるべき》なり共、鞋《わらん》づな〔ン〕ど云物縛着《しばりはき》、同じ様に歩み続いてこそ上《のぼら》め」とて、⑦乗物な〔ン〕どは思も不レ寄《よらず》と仰在《おほせあり》し。口爰《ここ》に西塔の住

1 石山にあった。
2 禁秘抄下に「勅勘 無二風情一《シテ》不レ見二天気一、閉門之外無レ他」とある。
3 大臣になりうる家柄。
4 天台宗の別名、円頓宗。
5 山王七社の中の大宮と二宮。
6 丁子染め。茶褐色。僧衣では最高の色。

侶、戒浄房《の》阿闍梨祐慶と云悪僧在《あり》。長《たけ》七尺計《ばかり》在けるが、黒革威の鎧の大荒目[7]にかねまぜたるを、草摺長《くさずりなが》に着成《きなし》て、冑をば脱《ぬいで》法師原に持《もたせ》つつ、白柄の長刀《なぎなた》杖につき、「被レ開《あけられ》候へ」一とて、大衆の中を推分《おしわけ》推分《おしわけ》、⑧〔前〕座主のおはしける所へつつと参たり。大《だい》の眼《まなこ》を見いからかし、暫《しんば》しにらまへ奉り、強「其御心でこそ懸《かか》る御目にも逢せ給へ。ロとうとう可レ被レ召候《めさるべうさうらふ》」一と申ければ、怖しさに急ぎ乗給ふ。

拾大衆奉二取得一《とりえたてまつる》嬉しさに、賤敷《いやしき》法師原にはあらで、無二止事一《やんごとなき》修学⑨〔者〕共が奉《かきさ》二昇捧《さげたてまつり》一、喚叫《をめきさけ》んで上けるに、人はかはれ共祐慶は不レ替《かはらず》、さ[8]⑩〔き〕輿昇て、長刀の柄《え》も、輿の轅《ながえ》も砕よと取まに、さしも嶮敷《さがしき》東坂本、平地⑪〔を〕如レ行也《ゆくがごとくなり》。

ロ大講堂の庭に輿昇居《かきすゑ》て、僉議しけるは、「抑《そもそも》我等粟津に行向て、貫首を奉二奪《うばひとりとど》取留一《めたてまつり》ぬ。既に勅勘を蒙て被二流罪一《るざいせられ》給人を奉二取《とりとどめ》⑫〔留〕一《たてまつり》、貫首に用ひ申さん事可レ有二如何一《いかがあるべからん》」と僉議す。戒浄房阿闍梨、又如レ先《さきのごとく》進出て僉議しけるは、折「夫《それ》当山は日本無双の霊地、鎮護国家の道場、山王の御威光盛《さかん》にして、仏法王法牛角《ごかく》也。ロ去れば衆徒の意趣に至《いたる》迄無レ双《ならびなく》、賤敷《いやしき》法師原迄も、代以不レ軽《よもってかろしめず》。況《いはんや》智恵高貴にして、三千の貫首たり。徳行《とくぎやう》を⑬泄《ほどこ》して、一山の和尚《わじやう》たり。無レ罪而蒙レ罪《つみなくしてつみをかうむる》、拾是山王⑭洛中⑮の憤り、非二興福園城之嘲一乎《こうぶくをんじやうのあざけりにあらずや》。此時顕密の主を失て、数輩《すはい》の学侶、

7 札（さね）のとじ方が荒く、しかも間に鉄板をあわせとじた鎧。
8 輿のながえをかくのに、その前方に立ってかくこと。

①原本「爵」
②原本「漢」
③原本なし。
④原本「て」
⑤原本「深」
⑥原本「被昇可捧」
⑦諸本「乗物などは……仰在し」を「のり給はず」とする。
⑧原本「先つ」
⑨原本なし。
⑩原本「て」
⑪原本「の」
⑫原本なし。
⑬諸本「泄して」を「重うして」とする。
⑭諸本「王」を「上」とする。
⑮原本「より」あり。

[1]螢雪の勤め怠事心可《うかるべし》レ懶。所《せんずるところ》レ詮祐慶被《ちやうぼんにしようせられ》レ称二張本一、禁獄流罪にもせられ、被《くびを》レ①〔刎〕《はねら》レ首事《れんこと》、今生の面目可《めいどのおもひでたるべし》レ為二冥途思出一」とて、自《さうがんより》二双眼一涙をはらはらと流す。大衆「尤《もつともも》尤《つとも》」と同ず。自《それより》レ其してこそ、祐慶はいかめ房とは被《いはれ》レ云けれ。其弟子に、恵《ゑ》慶《けい》律師をば、時の人小《こ》いかめ房とぞ申ける。

②口 大衆、先座主をば東塔《とうだふ》の[2]南谷、妙光房へ奉《いれたてまつる》レ入。去れば時の[3]横災《わうざい》は、[4]権化《ごんげ》の人も逃れ不《たまはざる》レ給やらん。昔大唐の一行阿闍梨は、玄宗皇帝の御持僧にておはしけれ共、玄宗の后楊貴妃に[5]名を立《たち》給へり。昔も今も大国も小国も、人の口のさがなさは、無《あとかたなき》二迹方一事也しか共、其疑に依て、果羅国へ被《ながされ》レ流給。件の国へは三《みつ》の道在《あり》。輪池《りんち》道とて御幸《の》道、幽地道とて雑人の通路、暗穴《あんけつ》道とて重科の者を遣す道也。去れば彼《かの》一行阿闍梨は、大犯《だいぼん》の人なればとて、暗穴道へぞ遣しける。七日七夜《しちにちしちや》が間、月日の光を不《み》レ見《ず》して行《ゆく》道也。重 冥冥《みやうみやう》として人も無く、③〔行歩〕に先途迷ひ、④森森として山深し。只[6]磵谷《かんこく》に鳥の一声計《ばかり》にて、苔の湿衣《ぬれぎぬ》ほしあへず。下 無実の罪に依て、蒙《をんるのぢゆうくわをかうむり》二遠流重科一給ふ事を、天道憐み給て、[7]九曜《くえう》の形を現じつつ、一行禅師を守り給。初 時に一行右の指嚙《くひ》切て、左の袂に九曜の形を被《うつされ》レ写けり。和漢両朝に真言の本尊たる、九曜の曼陀羅是《これ》也。

1　勉学のこと。
2　東塔五谷の一。
3　不慮の災難。
4　仏が仮に人間として現れた。
5　浮名を立つ。その間の話が盛衰記巻二「一行流罪事」に見える。
6　谷間。
7　日・月・火・水・木・金・土の七曜星に羅睺・計都の二星を加えた九星。

⑤新《しん》大《だい》納《な》言《ごん》沙《さ》汰《た》

ロ大衆、先座主を取留《とりとどむる》⑥由法皇聞召《きこしめし》て、いとど不レ安《やすからず》〔ぞ〕⑦被二思召一《おぼしめされ》ける。西光法師申けるは、「山門の大衆乱れがはしき⑧訴仕事《つかまつること》、不レ始レ于レ今《いまにはじめず》と申ながら、今度は以《もつて》の外に覚候。是程の狼籍未二承及一《いまだうけたまはりおよばず》。能能《よくよく》御誡《いましめ》候へ」とぞ申ける。身の只今滅びんずるをも不レ顧《かへりみず》、山王大師の神慮にも不レ憚《はばからず》、加様に申て、8 神禁《しんきん》を奉レ悩《なやましたてまつる》。9 中 讒臣は国を乱ると云《いへ》り。誠哉《まことなるかな》10 叢蘭茂からんとすれ共、秋風是を敗《やぶ》り、王君明《あきらか》ならんとすれば、讒臣是を暗ますとも、⑨加様の事をや可レ申《まうすべき》。ロ此事、新大納言成親卿以下近習《きんじゅ》の人人に被二仰合一《おほせあはせられ》、可レ被レ責レ山《やまをせめらるべし》と聞《きこえ》しかば、山門の大衆「さのみ、王地に孕まれて⑩非レ可レ背二詔命一《ぜうめいをそむくべきにあらず》」とて、内⑪〔々〕奉レ順二院宣一《ゐんぜんにしたがひたてまつる》衆徒も在な〔ン〕ど聞《きこえ》しかば、前座主明雲大僧正は、妙光房におはしけるが、大衆有二二心一《ふたごころあり》と聞て、終に如何なる目にか逢んずらんと、心細げにぞ曰《のたまひ》ける。去《さ》れ共罪科の沙汰は無《なかり》けり。

新大納言成親卿は、山門の騒動に依て、私の宿意をば暫《しばらく》被レ押《おさへられ》けり。そも

8 宸襟が正しい。
9 詩経の小雅に見える。
10 貞観政要の杜讒編に見える。

①原本「劆」。以下ことわらず。
②語り本、これより「一行阿闍梨」
③原本「江浦」
④諸本「森森」を「深々」とする。
⑤諸本・語り本「西光被斬」
⑥原本「の」あり。
⑦原本なし。
⑧諸本「れ」を「り」とする。
⑨諸本「ま」を「う」とする。
⑩原本「さ」あり。
⑪原本「に」

内儀支度は様様なりしかども、義勢計《ぎせいばかり》[1]にては、此《の》謀叛叶べう共不レ見《みえざり》しかば、
白
さしも被レ憑《たのまれ》ける、多田蔵人行綱、〔此事〕①無益《むやく》[2]也と思《おもふ》心付にけり。弓袋《ゆぶくろ》〔の〕②料
に被レ送《おくられ》たりける布共をば、直垂帷《かたびら》[3]に裁縫《たちぬ》はせて、家子郎等共に着せつつ、目[4]
うちしば扣《たたい》て居たりけるが、倩《つらつら》平家の繁昌する在さまを見るに、当時輙《たやす》く難《かたむけ》レ
傾《がたし》。無レ由《よしなき》事に与《くみ》して〔ン〕げり。若し此事泄《もれ》ぬることならば、行綱先づ被レ失《うしなはれなん》ず。
他人の口より漏ぬ先に廻《かへり》忠して、命いかうど思ふ心ぞ付にける。
同五月二十九日の小夜《さよ》深方《ふけがた》に、多田蔵人行綱、入道相国の西八条の亭に参て、
「行綱こそ可レ申《まうすべき》事候間《あひだ》、参て候」と云せければ、入道「常にも参ぬ者が参じ
たるは何事〔ぞ〕③。あれ聞け」とて、主馬判官[5]盛国を被レ出《いだされ》たり。「人伝《づたへ》には申
間敷事《まじきこと》也」と云間《あひだ》、さらばとて入道自《みづから》中門の廊へ被レ出《いでられ》たり。「夜《よ》は遙に深ぬら
ん。唯今如何に、何事ぞや」と、曰《のたま》へば、「昼は人目の繁く候間《あひだ》、夜に紛れ参て
候。此程に院中の人人の兵具《ひやうぐ》を調へ、軍兵《ぐんぴやう》を被レ召《めされ》候〔を〕④ば、何とか被二聞召《きこしめされ》一
ロ
候。」「其れは山可レ被レ責《せめらるべし》とこそ聞け」と、いと事も無げにぞ曰《のたまひ》ける。行綱近
く倚《よ》り、小声に成て申けるは、「其儀にては不レ候《さうらはず》。一向御一家の御上とこそ承
候へ。」「去て其をば法皇も被二知召《しろしめされ》一たるや。⑤」「子細に[6]〔や〕⑥及《および》候。成親卿の軍

1　計画だけで実現しそうにもない勢。
2　無意味。
3　裏を付けないふだんの下着。
4　不安な動作。
5　主馬署の長官。
6　申すまでもありません。

兵被レ召《めされ》候も、院宣とてこそ被レ召《めされ》候へ。」俊寛がと振舞て、[7]康頼が角《かう》申て、西光がと申て、なんど云こと⑦〔共〕、始より在のままにはさし過て云散し、「暇申⑧〔て〕」とて出にけり。入道大に驚て、大声を以て侍共喚罵《よびののしり》給事、聞も生便《おびたた》敷《し》。行綱[8]なまじひなること申出て、証人にや被レ引《ひかれん》ずらんと怖しさに、大野に火を放たる心地して、人も追《おは》ぬ⑨〔に〕[9]執袴《とりばかま》して、急ぎ門外へぞ逃出⑩〔け〕る。

入道先づ貞能を召て、「当家傾んとする謀叛の輩《ともがら》、京中に満満《みちみち》たん也。一門の人人にも触れ申《まうせ》。侍共促《もよほ》せ」と曰《のたま》へば、馳廻《はせ》りて催す。拾 右大将宗盛卿・三位中将[10]具盛・頭《とうの》中将重衡卿・左馬頭行盛以下《いげ》の人人、甲冑を鎧ひ、[11]弓箭を対し馳集る。其外軍兵共、雲霞の如に⑪〔馳〕つどふ。其夜の中に西八条には、兵ども六七千騎もあらんとこそ見えたりけれ。

ロ 明れば六月一日也。いまだ暗かりけるに、入道、検非違使安陪資成《あべのすけなり》を召て、[12]「急度《きつと》院御所へ参れ。信成を招《よび》て申さうずる様は⑫[13]〔よな〕、近習の人人、此一門を滅して、天下を乱らんとする企在《あり》。一一に召取て、尋ね沙汰可レ仕《つかまつるべし》。[14]其れをば君も被レ知召《しろしめさる》まじくと候、と申せ」とこそ曰《のたまひ》けれ。資成急ぎ⑬〔御所へ〕馳参り、大膳大夫信成喚出《よびいだい》て此由申すに、色を失なふ。御前に⑭参りて、此由奏

7 下の「角」とともに「あれ」「これ」の意。
8 気の進まない、なまなかなこと。
9 急いで逃げるさまを滑稽に描いたことば。
10 知盛が正しい。
11 帯しが正しい。
12 急いで。
13 念をいれて確かめる意のことば。
14 成親の企てをさす。

①原本なし。
②原本「を」
③原本なし。
④原本なし。
⑤諸本「や」を「か」とする。
⑥原本「は」
⑦原本「も」
⑧原本なし。
⑨原本なし。
⑩原本なし。
⑪原本「駝」
⑫原本「皆」。
⑬原本なし。
⑭諸本「に」を「へ」とする。

聞しければ、法皇「あは、是等が内内計らひし事の泄《も》れけるよ」と思召に、あ①さましし。[1]去るにても「こは何事ぞ」と計被レ仰《ばかりおほせられ》て、分明《ふんみやう》の御返事《おんぺんじ》も無りけり。資成急ぎ馳帰て、入道相国に此由申せば、[2]「さればこそ、行綱は実《まこと》を云けり。此事行綱不レ知《しらせず》は、浄海安穏に可レ在《あるべき》や」とて、②飛騨守豊家[3]・筑前守[4]③〔貞〕能に仰て、謀叛の輩可二搦取一《からめとるべき》之由、被二下知一《げちせらる》。仍《よって》、二百余騎、三百余騎、あすこ爰に、押寄《おしよせ》押寄、搦取《からめとる》。

太政入道先づ以二雑色一《ざつしきをもつて》[5]中《なかの》御門烏丸④〔の〕新大納言成親卿の許へ、「可二申合一《まうしあはすべき》事在。[6]き〔ッ〕と、立寄給へ」と云ひやりたりければ、大納言吾身の上とは露不レ知《しらず》、「哀れ是は法皇の山可レ被レ責《せめらるべき》事、御結構あるを⑤〔申留められんずるにこそ〕。御憤深《ふかげ》也。如何にも叶まじき物」とて、中[7]ないきよげなる布衣《ほうい》[8]たをやかに着成し、鮮《あざやか》なる車に乗り、侍三四人召具して、雑色牛飼に至迄《いたる》、常より被二引繕一《ひきつくろはれ》たり。⑥〔そも〕最後とは、後⑦〔に〕こそ被二思知一《おもひしられ》⑧〔けれ〕。ロ西八条近く成て見給へば、四五町に兵満《みち》満たり。「あな生便敷《おびたた》し、何事やらん」と、胸打噪ぎ車より下《おり》、門の中へ⑨差入て見給へば、内にも、兵共隙はざまも無⑩〔うぞ〕満満たる。中門の口に怖し気なる武士共余《あま》た待受て、大納言の左右の手を取《とり》引張り、「[9]可レ戒《いましむべう》⑪〔や〕

1 内心ぎくりとしながら。
2 それ見たことか。
3 景家が正しい。
4 筑後守とあるべきか。
5 京童あがりの雑役夫。
6 はやく。
7 のりをつけない、やわらかな生地で仕立てた。
8 優雅に。
9 縛りましょうか。
10 間口一間のせまい所。
11 一体何を奏聞しようというのか。

侯らん」と申。入道相国簾中より見出《みいだし》て、「在べうも無《なし》」と曰《のたま》へば、武士共前後左右に立囲み、縁の上に引⑫〔きのぼせて〕、10一間なる処に押籠て〔ン〕げり。大納言夢の心地して、つやつや物も仰せ⑬不レ給《たまはず》。伴⑭しつる侍共被二押隔一《おしへだてられ》、散散《ちりぢり》に成⑮〔ぬ〕。雑色牛飼色を失ひ、牛車を棄《すて》逃去ぬ。

拾 去程に近江《の》中将入道蓮浄・法勝寺執行俊寛僧都・山城守基兼・式部大輔《たいふ》正綱・平判官康頼・宗判官信房・新平判官資行も被レ捕《とらはれ》て出来たり。指 西光法師此事を聞て、我身の上とや思けん、鞭を挙《あげ》、院⑯〔の〕御所法住寺殿へ馳参る。平家の侍共道にて馳向ひ、「西八条へ被レ召《めさるる》ぞ。急度《きつと》参れ」と云ければ、「口可レ奏《そうすべき》事在て、法住寺殿へ参る。軈《やが》てこそ参らめ」と云ければ、「憎《にっく》い入道哉。11何事をか可レ奏《そうす》奏《べ》かんなるぞ⑰」とて、馬より取て引落《ひきおとし》、12中《ちゆう》に⑱括《くくつ》て西八条へさげて参る。自二日《ひのはじめ》始一《より》13根元与力の者也ければ、殊に⑲〔つ〕よう禁《いまし》めて、坪の内にぞ引居《すゑ》たる。入道相国14大床《おほゆか》に立て、拾「入道欲レ傾《かたぶけんとする》奴が、成れる質《すがた》よ。強 しやつ爰へ引寄《ひきよせ》よ」とて、縁の際にひきよせさせて、物は⑳〔き〕ながら、しや〔ッ〕頬《つら》を、むずむずとぞ被レ踏《ふまれ》ける。「口自レ元《もとより》己等が様なる下﨟のはてを、君の召仕ひ給て、被レ成《なさるる》間敷《まじき》官職を成し給《た》び、父子共に過分の振舞すると見し15に合せて、不レ過《あやまたぬ》天台の座主流

12 宙につるして。
13 主謀者。
14 広廂。
15 見ていたのであるが、更に。

①諸本「あさまし」とする。
②語り本、これより「搦取」まで、ここになし。
③原本「真」
④原本なし。
⑤原本「被二申留一ぬるこそ」
⑥原本なし。
⑦原本なし。
⑧原本「たり」
⑨諸本「へ」を「に」とする。
⑩原本「き事そ」
⑪原本なし。
⑫原本「かせて」
⑬諸本「仰せ」を「覚え」とする。
⑭諸本「し」を「なり」とする。
⑮原本「す」
⑯原本なし。
⑰諸本「さないはせそ」あり。
⑱原本「て」あり。
⑲原本なし。
⑳原本「着」

罪に①〔申〕行ひ、天下の大事引出して、剰《あまつさへ》此《この》一門を可レ滅《ほろぼすべき》謀叛に与《くみ》して〔ン〕げる奴《やつ》也。在のままに申せ」とこそ曰《のたまひ》け②〔れ〕。西光自レ元《もとより》勝《すぐれ》たる大剛《だいかう》の者なれば、少共《ちつとも》色も不レ変《へんぜず》③悪ろびれず、居なほりあざ笑て申しけるは、白[1]「さもさうず。入道殿こそ過分の事をば曰《のたま》へ。他人の前は不レ知《しらず》、西光が聞ん処に左様の事をば、えこそ[2]曰間《のたまふま》じけれ。院中に被二召仕一《めしつかはるる》身なれば、[3]執事《しつし》別当成親卿の院宣とて被レ促事《もよほされしこと》に、不レ与《くみせず》と可レ申《まうすべき》様無し。其れは与《くみ》したり。但し耳に留まる事をも[4]曰者哉《のたまふものかな》。御辺は故《こ》刑部《ぎやうぶ》卿忠盛の子にておはせしか共、十四五迄は出仕もし不レ給《たまはず》。故中《の》御門藤中納言家成《かせい》卿の辺に立入給しをば、京童部は、例の④高平太《たかへいだ》とこそ云しか。然るに保延の比、⑤海賊の張本《ちやうぼん》三十余人被二搦取一《からめとられし》賞に、四品《しほん》して四位の兵衛佐と申⑥〔し〕しをだに、過分とこそ、時の人人は申合れしか。殿上の交りをだに被レ嫌《きらはるる》人の子孫にて、太政大臣迄成り上たるや、過分なるらん。侍程の⑦〔者の〕、受領検非違使に成事、非レ無二先例一《せんれいなきにあらず》。なじかは過分なるべき」と、無レ所レ憚《はばかるところなく》申ければ、入道余りに怒て、物も不レ曰《のたまはず》して、暫し在て、「しやつが頸無二左右一《さうなう》切な。能能《よくよく》戒《いましめ》よ」とぞ曰《のたまひ》ける。口松浦《まつら》太郎重俊承て、足手を挾み、様様に痛め[5]問《とふ》。自レ本《もとより》争《あら》がひ申さぬ上、⑧〔糺〕問は緊《きび》しかりけり、無レ残《のこりなく》こそ申け

1　「さも候はず」の略。とんでもない。
2　とてもおっしゃれますまい。
3　院の事務を総理する長官を別当と言い、後にこれを執事と執権に分けた。
4　聞き捨てならぬ。
5　拷問する。

れ。白状四五枚に被レ記《きせられ》、軈《やが》て「しやつが口を裂《さけ》」とて、被レ裂レ口《くちをさかれ》、五条⑨〔西〕

朱雀にして被レ截《きられ》けり。

嫡子前《さきの》加賀守師高、尾張の井戸田《ゐどた》へ被レ流《ながされ》たりけるを、同国《じき》の住人小胡麻郡《をぐまの》司維季《これすゑ》に仰て討⑩〔たれ〕ぬ。次男近藤判官師経、被二禁獄一《きんごくせられ》けるを、自レ獄《ごくよりひきいだ》被二引出一《され》、六条河原にて被レ誅《ちゆうせらる》。其弟左衛門尉師平《もろひら》、郎等《らうどう》三人、同《おなじく》被レ⑪〔刎〕レ首《くびをはねられ》けり。中

是等は無二云甲斐一《いふがひなき》者の秀《ひい》でて、いろふ[6]まじき事にいろひ、不レ誤《あやまたぬ》⑫天台の座主を流罪に申行なひ、果報[7]や尽にけん、山王大師の神罰冥罰立処《たちどころ》に蒙て、懸《かか》る目に逢へり。

小《こ》教《げう》訓《くん》

ロ　新大納言は、一間《ひとま》なる処に被二押籠一《おしこめられ》、汗水に成つつ、「哀れ是は、日比《ひごろ》の在増《あらまし》[8]の事の泄《も》れ聞えけるにこそ。誰れ泄《もら》しつらん。定めて北面の者共が中にこそ在らん」など思は[9]ん⑬事無《なう》、案じつづけ⑭〔て〕おはしけるに、後の方《かた》より、足おとの高らかにしければ、唯今我命を失はんとて、者《もの》[10]の武共《ふども》が参《まゐる》にこそと待給に、入

6　関与する。
7　幸運。運。
8　計画。
9　思わぬこと無う、いろいろと思い続ける。
10　もののふ。武士。

①原本なし。
②原本「る」
③諸本「悪ろびれず」を「悪ひれたるけいきもなし」とする。
④諸本「例の」なし。
⑤諸本「大将軍承り」あり。
⑥原本「せ」
⑦原本なし。
⑧原本「紀」
⑨原本なし。
⑩原本なし。
⑪原本「劇」
⑫原本「ら」あり。
⑬諸本「ん」を「じ」とする。
⑭原本なし。

道自《みづから》板敷高らかに踏鳴し、大納言のおはしける後《うしろ》の障子を颯《さつ》と被レ開《あけられ》たり。[1]素絹《そけん》の衣《ころも》の短からかなるに、白き[2]大口踏《おほくちふみ》くくみ、ひじり[3]鞆《づか》の刀押甘《くつろげ》て差《さす》ままに、強以外《もつてのほか》に怒れる気色《けしき》にて、大納言を暫《しんば》しにらまへ、「抑《そもそも》御辺は、平治にも已《すで》に可レ被レ誅《ちゆうせらるべかり》しを、[4]内府が身に替て奉レ宥《なだめたてまつり》、続レ頸《くびをつぐ》は如何に。白以二何遺恨一《なにのゐこんをもつて》此《この》一門可レ滅《ほろぼすべき》由御結構は候けるやらん。恩を知《しる》を人とは云①〔ぞ〕。恩を知《しら》ぬをば畜生とこそ云へ。然れ共当家の②〔運命〕不レ尽《つきざらん》に依て、迎へたてまつたり。日ごろの御結構の次第、[5]直《ちき》に承らん」と③〔ぞ〕曰《のたまひ》ける。大納言「全くさる事不レ④〔候〕《さうらはず》。人の讒言にてぞ候らん。能能《よくよく》御尋候へ」と被レ申《まうされ》ければ、入道云せも不レ果《はてず》、[6]「人や在在《あるある》」と被レ召《めされ》ければ、貞能参たり。「西光めが白状参せよ」と被レ仰《おほせられ》ければ、持て参たり。是をと〔ツ〕て二三返⑤〔おし返しおし返し〕読聞《よみきか》せ、「あな⑥〔にくや〕、此上は何と可レ陳《ちんずべき》」とて、大納言の顔に颯《さつ》と投懸、障子をちやうど立てぞ被レ出《いでられ》ける。入道猶腹をすゑかねて、「経遠、兼康」と召せば、瀬尾太郎・難波次郎参たり。ロ「あの男取て庭へ引落せ」と、曰《のたま》へば、是等は[7]さうなうもし不レ奉《たてまつらず》畏て「小松殿の御気色如何候はんずらん」と申ければ、入道相国大に怒て、「よしよし己等は、内府が命《めい》をば重《おもん》じて、入道が仰せをば軽《かろん》じける[8]御《ご》さんなれ。其《それ》

1 模様のない白絹の衣。
2 大口ばかま。
3 皮をかけない、木地のままのつか。
4 内大臣重盛。
5 直接。
6 「人や在人や在」とあるべきところ。
7 左右なう。そう簡単には。
8 「にこそあるなれ」のつづまった形。

ならば力不レ及《ちからおよばず》」と曰《のたま》へば、此事悪しかりなんとや思けん、二人《ににん》の者共立上《たちあがつ》て、大納言を庭へ奉二引落一《ひきおとしたてまつる》。其時入道心地よげにて、「取て臥せて、をめかせよ」[9]と⑦〔ぞ〕曰《のたまひ》ける。初 二人の者共左右の耳に口を充《あて》て、「⑧如何様《いかさま》にも御声の出《いづ》べう候」と、囁《ささやい》て奉レ引臥《ひきふせたてまつ》れば、二声三声ぞをめかれける。重 其体《そのてい》、冥途にて娑婆世界の罪人を、或は業《ごふ》の[10]秤《はかり》に懸《かけ》、或は[11]浄頗梨《じやうはり》の鏡に引向《ひきむけ》て、罪の軽重《きやうぢゆう》に任《まか》せつつ、[12]阿房羅刹《あはうらせつ》が呵責《かしやく》すらんも是には不レ過《すぎじ》とぞ見えし。[13]下 蕭樊《せうはん》とらはれ、とらはれて、韓彭《かんばう》にらぎすされたり。晁錯《てうそ》戮《りく》を受て、[14]周儀《しうぎ》被レ罪《つみせらる》。譬へば蕭何《せうが》・樊噲《はんくわい》・韓信・彭越《はうゑつ》、是等は高祖の忠臣なりしか共、少人《せうじん》の讒に依て、過敗《くわはい》の恥を受⑨〔とも〕、加様の事をや可レ申《まうすべき》。

初 新大納言は、我身の角成《かくなる》に付《つけ》ても、子息丹波少将成経以下《いげ》⑩[15]少《をさな》き人人如何なる目にか逢らんと、想像《おもひやる》にも無二覚束一《おぼつかなし》。さばかり熱き六月に、装束だにも不レ寛《くつろげず》、熱さも難レ堪《たへがた》⑪〔け〕れば、胸せき上る心地して、汗も涙も争ひてぞ流ける。白「さり共小松殿は、[16]思召不レ放者《はなたじもの》を」と曰《のたま》へ共、誰して可レ申共覚不レ給《まうすべしともおぼえたまはず》。

小松⑫〔大臣〕は、其後遥に程歴《へ》て、嫡子権亮少将車の《の》しりに載《のせ》つつ、衛府四五人、随身《ずいじん》二三人召具して、兵《つはもの》一人も不レ被二召具一《めしぐせられず》、殊に大様げにておはした

9 わめかせよ。
10 秤が正しい。
11 生前の罪業がうつるという透明の水晶の鏡。
12 地獄の獄卒。
13 文選四十一の李陵「蘇武に答ふる書」に見える。「とらはれ、とらはれて」は、その「蕭樊囚縶」の訓読である。
14 周魏が正しい。
15 幼き。
16 お見捨てにはなるまい。

①原本なし。
②原本なし。
③原本なし。
④原本「候」
⑤原本「二三返」と重ねるを、諸本により訂す。
⑥原本なし。
⑦原本なし。
⑧諸本「大納言の」あり。
⑨原本なし。
⑩原本「を」あり。
⑪原本「な」
⑫原本「乙人」とあるを諸本により訂す。以下同じ。

り。入道を奉レ始《はじめたてまつり》、人人皆不レ思《おもはず》[1]①〔げ〕にぞ見給ける。自レ車《くるまより》下給処に、貞能つ〔ツ〕と参て、「②〔など〕是程の御大事に、軍兵《ぐんびやう》をば被レ召具《めしぐせられ》候ぬぞ」と申せば、「大事とは天下の大事をこそ云へ。加様《かやう》の私事《わたくしごと》を大事と云様や在《ある》」と曰《のたま》へば、兵杖[2]を帯したりける者共、[3]そぞろい③てぞ見えける。

口

「そも大納言をば、何くに被レ置《おかれ》たるやらん」とて、爰彼《ここかし》この障子引開《ひきあけ》引開見給へば、在《ある》障子の上に、蛛手ゆうたる④〔所〕在《あり》。爰やらんとて被レ開《あけられ》たれば、大納言おはしけ⑤〔り〕。涙に咽《むせび》うつ臥《ぶし》て、目も合せ不レ給《たまはず》。「如何にや」と曰《のたま》へば、其時奉二見付一《みつけたてまつり》、嬉しげに被レ思《おもはれ》たる気色、地獄にて罪人共が地蔵菩薩を奉レ見《みたてまつる》ならんも、角やと覚て哀也。「何事にて候やらん、懸《かか》る目に逢候。さて被レ渡《わたらせ》給へば、さり共とこそ奉レ憑《たのみたてまつ》てこそ候へ。平治にも既に可レ被レ誅《ちゆうせらるべき》にて候しが、以二御恩一《ごおんをもつて》頸を被レ⑥〔継〕《つがれ》まゐらせ、正《じやう》二位《の》大納言に上て、歳既に四十に余り候。御恩こそ生生世世《しやうじやうせせ》にも、難二報尽一《ほうじつくしがたう》こそ候へ。今度も同じくは、無二甲斐一《かひなき》命を助させおはしませ。命だに生て候はば、出家入道して、高野・粉川に閉籠《とぢこもり》、⑦後世菩提の勤めを、営み候はん」と被レ申《まうされ》ければ、「さは候共、御命奉レ失《うしなひたてまつる》迄はよも不レ候《さうらはじ》。縦《たと》ひさは候共、重盛角《かく》て候へば、御命にも奉レ替《かはりたてまつる》べし」とて被レ出《いでられ》け

1 意外に。
2 武器。
3 そわそわした。

り。父の禅門の御前におはして、「あの成親卿被レ失事《うしなはれんこと》、能《よく》能御計可レ候《さうらふべし》。折 先祖脩理大夫《しゆりのだいぶ》顕季《あきすゑ》、白河院に被二召仕一《めしつかはれて》より以降《このかた》、家に無二其例一《そのれいなき》正二位《の》大納言に上て、当時君無双の御い[4]と⑧〔ほ〕しみ也。聽て被レ⑨〔刎〕レ首事《くびをはねられんこと》、如何可レ候《さうらふべき》。指 都の外《ほか》へ被レ出《いだされ》たらんに、ことたり候なんず。中[5] 北野《の》天神は、時平《しへい》大臣《の》の讒奏に依て、憂名を四海の波に流し、[6]西宮《の》の大臣は、多田満仲《ただのまんぢゆう》⑩〔が〕讒言にて、恨を山陽《せんやう》の雲に寄す。各無実なりしか共、被二流罪一《るざいせられ》給にき。初 是皆延喜[7]の聖代《せいたい》、安和[8]の御門⑪〔の〕御僻事《ひがこと》とぞ申伝たる。初中 上古《しやうこ》猶如レ此《かくのごとし》。況んや末代に於《おいて》をや。⑫〔賢王猶御あやまりあり、況や凡人においてをや。〕指 既に被二召置一《めしおかるる》上《うへ》は、急ぎ不レ被レ失共《うしなはれずとも》、何んの苦みか可レ候《さうらふべき》。色[9] 刑の疑し⑬〔き〕をば軽んぜよ。功の疑しきをば重んぜよとこそ見えて候へ。口 事新敷《ことあたらしう》候へ共、重盛、彼の大納言が妹に相具して候。[10] 維盛又聟也。加様に親しく成て候へば、申とや被二思召一《おぼしめされ》候はん。其の儀にては不レ《さうら》候《はず》。為レ世《よのため》為レ君《きみのため》為レ家《いへのため》事を以て申候。[11] 一年《ひととせ》故少納言入道信西が執権の時に当て、吾朝には嵯峨《の》皇帝の御時、右兵衛督藤原仲成を被レ誅《ちゆうせられ》てより以降《このかた》、保元迄は君二十五代の間、不レ被レ行《おこなはれざりし》死罪始めて執行《とりおこなひ》、[12] 宇治悪左府《の》の死骸を掘起《ほりおこし》、被二実検一《じつけんせら》《れし》事な（ン）どは、余りなる御政事とこそ覚候しか。されば古《いにしへ》の人人も、[13] 死罪

4 御寵愛。
5 菅原道真。
6 左大臣源高明。
7 醍醐天皇。
8 冷泉天皇。
9 尚書の大禹謨に見える句。
10 結婚している。
11 いつぞや。
12 藤原頼長。
13 保元・平治物語にもこの類句が見えるが、出典未詳。

①原本なし。
②原本なし。
③原本「ひ」あり。
④原本「燈籠」
⑤原本「る」
⑥原本「読」
⑦諸本「一向」あり。
⑧原本なし。
⑨原本「劇」。以下同じ。
⑩原本なし。
⑪原本なし。
⑫原本なし。
⑬原本なし。

を行へば、海内《かいだい》に謀叛の輩不レ絶《たえず》①〔と〕こそ申伝へてこそ候へ。[1]此詞に就て、中《なか》二年在て、②〔平〕治に又世乱て、信西が被レ埋《うづまれ》たりしを掘出し、首を刎て大路を被レ渡《わたされ》候③〔にき〕。保元に申行し事、無二幾程《いくほどなく》一身の上に報きと思へば、怖敷くこそ候しか。[2]是はさせる朝敵にも非ず。方方《かたがた》可レ有レ恐《おそれあるべし》。御栄花無レ所レ残《のこるところなけ》れば、思召置事在《ある》まじけれ共、子子孫孫《そんぞん》迄も繁昌こそ在ま④〔ほ〕しう候へ。色 父祖の善悪⑤〔は〕、必《かならず》子孫に及と見えて候。[3]積善家必有二余慶一《しやくぜんのいへにかならずよけいあり》、中 積悪門必有二余殃一《せきあくのかどにはかならずよわうあり》。如何《いか》様《さま》にも今夜可レ被レ刎レ首《くびをはねらるべき》事可レ然《しかるべく》も不レ候《さうらはず》」と被レ申《まうされ》ければ、入道相国怙《げに》もとや被レ思《おもはれ》けん、死罪は思留ぬ。

白 其後大臣中門に出て、侍共に曰《のたまひ》けるは、「仰せなればとて、大納言無二左《さうな》右《く》一失なふこと、不レ可レ在《あるべからず》。入道腹の立ままに、物噪敷《ものさわがしき》ことし給ては、其後悔《くや》しみ可レ給《たまふべし》。僻《ひが》ことして、⑥〔われ〕恨むな」と曰《のたま》へば、兵共皆舌を振て、怖慄《おそれおのの》く。「去《さて》も経遠・兼康が、今朝大納言に無レ情《なさけなく》あたりける⑦〔こ〕と、返返《かへすがへす》も奇怪《きつくわい》也。重盛がかへり聞かん処をば、などかは可レ不レ怖《おそれざるべき》。⑧片田舎人の者は、懸《かか》るぞとよ」と、曰《のたま》へば、難波も瀬尾⑨〔も〕ともに、恐入たりけ⑩〔り〕。大臣は加様に曰《のたまひ》て、小松殿へぞかへられける。

1　このことば通りに。

2　今回の成親は。

3　易経の文言伝に見える句。

口去程《さるほど》に大納言の伴《とも》なりつる侍ども、中御門《なかのみかど》烏丸の宿所へ走帰り、此由申せば、北方以下《いげ》の女房達、声も不レ惜泣《をしまず》叫ぶ。「既に武士の向候。少将殿を始《はじめ》まゐらせて、[4]君達もとられさせ可レ給《たまふべし》とこそ聞え候⑪〔へ〕。急ぎ、何《いづ》くへも[5]忍ばせ給へ」と申ければ、初「今は是程の身と成て、残り留まる身とても、安穏にて何《なに》かはせん。唯同じ一夜《ひとよ》の露と消《きえ》ん事こそ本意なれ。去《さて》も今朝を⑫〔限〕りと不レ知《しらざり》ける悲しさよ」とて、臥〻《ふしまろび》てぞ被レ泣《なかれ》ける。中既に武士共の近付由聞しかば、角て又恥がましくうたてき目を見んもさすがなればとて、十に成給《なりたまふ》女子、八歳の男子《なんし》、車に取のせ、何《いづ》くを指共《さすとも》なく遣出《やりいだ》す。去《さて》も可レ在《あるべき》ならねば、[6]大宮を上りに、北山の辺[7]雲林院《うんりんゐん》へぞおはしける。初其辺なる僧房に奉二下置一《おろしおきたてまつり》、送る者は身のすてがたきに暇申て帰けり。今は少《いとけなき》人人計《ばかり》のこり居て、又事問ふ人も無しておはしけん、北の方の心の中、被二推量一《おしはかられ》て哀也。重暮行陰[8]を見給に付ては、大納言のつゆの命、此夕べを限なりと思遣《おもひやる》にも可レ消《きえぬべし》。女房・侍多かりけれども、物をだに不二取認一《とりしたためず》門をだに不二推立一《おしたてず》。下馬共は厩に並立《なみたて》たれども、草飼《くさかふ》⑬〔者〕《もの》一人も無し。夜明たれば、馬車門に立並《たちなみ》、賓客坐に列て遊び戯れ舞《まひ》跳り、世を世共不二思給一《よともおもひたまはず》、[9]近きあたりの人は、[10]物をだに高く不レ云《いはず》怖ぢ畏れてこそ、昨日迄も在しに、夜《よ》の間に

4 子息たち。
5 かくれる。
6 大宮大路。
7 紫野大徳寺の東南、船岡山の東北にあった。
8 夕日。
9 本朝文粋十二、慶滋保胤の池亭記に類句が見える。
10 権威におそれて声高く言わない。

①原本なし。
②原本「字」
③原本「とて」
④原本なし。
⑤原本なし。
⑥原本なし。
⑦原本なし。
⑧諸本「片田舎人の者は」を「片田舎の者共は」とする。
⑨原本「を」
⑩原本「る」
⑪原本なし。
⑫原本「恨」
⑬原本なし。

替る在様、盛者必衰《じやうしやひつすい》の理《ことわ》りは、目の前にこそ露《あらは》れけれ。初[1]楽み尽て悲み来《きたる》と被《かか》レ書《れ》たる江相公《がうしやうこう》[2]の筆の跡、今こそ被《おもひしられ》二思知一けれ。①

ロ 丹波少将成経は、其夜《よ》しも院《の》御所法住寺殿にうへぶし[3]して、未《いまだいでられざり》レ被レ出けるに、大納言の侍ども、急ぎ御所へ馳参て、少将殿を奉《よびいだしたてまつり》二喚出一此由申に、「などや宰相の許《もと》[4]より、今迄知せぬやらん」と、曰《のたまひ》も果ねば、自《さいしやうどのより》二宰相殿一とて使在《あり》。此《の》宰相と申は、入道相国の弟也。宿所〔は〕②六波羅の惣門[5]の内なれば、門脇《かどわきの》宰相とぞ申ける。丹波少将にはしうと也。「何事にて候やらん、入道相国の、急度《きつと》西八条へ奉《ぐしたてまつりまう》レ具申せ③〔と候〕」と云《いは》せたりければ、少将此事心得て、近習の女房達奉《よびいだしたてまつり》二喚出一、折「夜部《よべ》無《なんとなく》レ何世の物噪《ものさわがし》敷う候しを、例の山法師《やまぼふし》の下《くだるか》哉と、余所《よそ》に思て候へば、早《はや》成経が身の上にて候けり。大納言夕去《よさり》可《きらるべく》レ被レ截候なれば、成経も同罪にてこそ候はんずらめ。ロ 今一度御所へ参て、君をも見参せ度《たう》候へ共、既に懸《かか》る身に罷成《まかりなつ》て候へば、憚存《はばかりぞんじ》〔候〕④」と⑤ぞ被《まうされ》レ申ける。女房達御前へ参り、此由被《そうせられ》レ奏ければ、法皇大に被《おどろかせ》レ驚給ひ、「さればこそ、今朝の入道相国が使に、早《はや》御心得在《あり》。あは是等が内内計りし事の泄《も》れにけるよ」と思召《おぼしめす》に浅増《あさま》し。「去《さる》[6]にても是へ」と、[7]御気色在ければ、被《まゐられ》レ参たり。法皇も御涙を流させ給

1 和漢朗詠集に見える。
2 大江朝綱。
3 院に宿直して。
4 参議平教盛。
5 外構えの大門。
6 それにしても。
7 御意向をお示しになったので。

て被二仰下《おほせくださるる》一旨も無し。少将も涙に咽て、申上る旨も無し。稍《やや》在て、さて可レ在《あるべき》ならねば、少将袖を顔に押当てて、泣泣被二罷出《まかりいでられ》一けり。法皇は後《うしろ》を遥に御覧じ被レ送《おくらせ》給て、「末代《まつだい》こそ心憂けれ。是が限りで又御覧ぜぬ事もや在《ある》⑥らん」とて、御涙を流させ給ぞ忝き。中院中《ゐんちゅう》の人人、少将の袖を引《ひか》へ袂にすが（ッ）て、名残を惜み涙を不レ流《ながさぬ》は無りけり。

姑《しうと》の宰相の許《もと》へ被レ出《いでられ》たれば、北方は近う可レ〔産〕《さんすべき》⑦人にておはしけるが、今朝より此なげきを打添て、既に命も絶入《たえいる》心地ぞせられける。初少将御所を罷出づるより、流るる涙不レ尽《つきせぬ》に、北方の在様を見給ては、8いとど無二為方《せんかたなげ》一にぞ被レ見《みえられ》ける。白乳母《めのと》に六条と云女房在り。「御乳に参り始めさぶらひて、君を乳《ち》の中《なか》より抱き上参《あげまゐらせ》て、月日《つきひ》の重なるに随て、我身の年の行末9⑧をばなげかずして、君10長《おと》なしう成せ給事を而已《のみ》嬉敷《うれしく》奉レ思《おもひたてまつり》、11白地《あからさま》とは思へ共、既に二十一年、片時も離れ不レ参《まゐらせず》。12院内《ゐんうち》へ参《まゐら》せ給て、遅《おそ》う出させ給だにも、無二覚束《おぼつかなく》一思ひ参〔らするに〕⑨、既に如何なる御目にか逢せ給はんずらん」とてなく。少将「13労《いたう》な泣《なき》そ。宰相さておはすれば、命計《いのちばかり》は、さり共乞請《こひうけ》給はんずらん」と慰《なぐ》さめ給へ共、人目も不レ知《しらず》泣悶《もだ》へけり。

8 いよいよ、どうにもしようがなく思われた。
9 老いて行くのを。
10 成長される。
11 ごく暫くお仕えしようと思っていたのが。
12 院と内。院の御所と内裡。
13 いたくなくな。

①原本一字分空白あり。諸本、これより「少将乞請」
②原本なし。
③原本なし。
④原本なし。
⑤原本「こ」あり。
⑥原本「と」あり。
⑦原本「参」
⑧諸本「末」を「事」とする。
⑨原本「せ」

1 しきりに。

2 はやくも。

3 自分の娘が、成経に具している、その娘が。

4 まぎれもなく。

指自㆓西八条㆒《にしはちでうより》使頻次《しきなみ》[1]に在ければ、宰相「行向てこそ、兎《と》も角《かう》も成め」とて出給へば、少将も宰相の車の後に乗てぞ被㆑出《いでられ》ける。中 保元平治より以降《このかた》、平家の人人楽み栄《さかえ》① のみ在て、愁へなげきはなかりしに、此宰相計《ばかり》こそ、無㆑由《よしなき》婿故に、懸《かか》るなげきをばせられけれ。ロ 西八条近う成て停㆑車《くるまをとめられ》、先づ案内〔を〕② 被㆓申入㆒《まうしいれられ》ければ、太政入道、「丹波少将をば此内へは不㆑〔可〕③㆑被㆑入《いれらるべからず》」とのたまふ間《あひだ》、其辺近き侍の家に下置《おろしおき》つつ、宰相計《ばかり》門の内へは入給《いりたまふ》。少将をば何鹿《いつしか》[2]兵共打囲んで奉㆓守護㆒《しゆごしたてまつる》。被㆑憑《たのまれ》つる宰相殿には離れ給ぬ、少将の心中さこそは無㆑便《たよりなかり》けめ。白

宰相中門に居給たれば、入道対面もし不㆑給《たまはず》。源大夫判官季貞を以て被㆓申入㆒《まうしいれられ》けるは、「無㆑由《よしなき》者に親しう成て、返《かへすがへす》返も悔敷《くやし》う候へ共、甲斐も不㆑候《さうらはず》。相具[3]しさせて候者が、此程悩〔む〕④ 事の候なるが、自㆓今朝㆒《けさより》此なげきを打添《そへ》て、既に命も絶《たえ》なんず。何かは苦敷可㆑候《くるしうさうらふべき》。少将をば暫く教盛に被㆑預《あづけられ》おはしませ。教盛角《かう》て候へば、なじかは僻事《ひがこと》せさせ可㆑候《さうらふべき》」と被㆑申《まうされ》ければ、ロ 季貞参て此由申《まうす》。「哀れ例の宰相が、物に不㆓心得㆒《こころえず》」とて、とみに返事もし不㆑給《たまはず》。良《やや》在て入道曰《のたま》ひけるは、「新大納言成親、此《この》一門を滅して、天下《てんが》を欲㆑乱《みだらんとする》企《くはたて》在《あり》。此少将〔は〕⑤ 既[4]に彼《かの》大納言が嫡子也。疎うもあれ親敷《したしう》もあれ、えこそ申し宥むま

じけれ。若《も》し此謀叛遂げましか〔ば〕⑥、御辺とても[5]穏敷《おだしう》やおはすべきと、申せ」とこそ曰《のたま》ひけ〔れ〕⑦。ロ季貞帰り参て、此由宰相殿⑧へ申ければ、誠《に》本意なげにて重而被ㇾ申《かさねてまうされ》けるは、折「保元平治より以降《このかた》、度度の合戦にも、御命に替り参せんとこそ存候へ。此後も荒き風をば、先づ防き参せんずるに、縦ひ教盛こそ年老《おい》て候共《さうらふとも》、若き子共余《あま》た候へば、一方の御固《かため》には〔などか〕⑨ならで可ㇾ候《さうらふべき》。ロ其れに成経暫くあづからうど申を、無ㇾ被二御許一《おんゆるされなき》は、教盛を一向有二二心《ふたごころある》一者と思《おぼし》召《めす》にこそ。初是《これ》程後めたう被ㇾ思参《おもはれまゐら》せては、世に在ても何かはし可ㇾ候《さうらふべき》。今は只身の暇を給て、出家入道し、片山里に籠て、一筋に後世菩提の勤めを営なみ候はん。初中無ㇾ由《よしなき》憂世の交り也。代《よ》にあればこそ望もあれ、望の叶はねばこそ恨もあれ。不ㇾ如《しかじ》、厭二憂世一《うきよをいとひ》実《まこと》の道に入なんには」とぞ曰《のたま》ひける。ロ季貞参て「宰相殿は、早思召《はやおぼしめし》切て候。兎《と》も角《かう》も好《よ》き様に、御計《ばから》ひ候へ」と申ければ、其時入道大に驚き、「去ればとて出家入道迄は〔あまりに〕⑩不ㇾ怯《6けしからず》。其儀ならば、少将をば暫く御辺に奉ㇾ預《あづけたてまつる》と可ㇾ云《いふべし》」とこそ曰《のたま》ひけれ。季貞帰《かへり》参て宰相殿に此由申せば、色「哀れ人の子をば持間《もつま》じかりける者哉《ものかな》。指我子の縁に結《むすぼ》ほ〔れ〕⑪られざらんには、是程心を不ㇾ砕《くだかじ》者《もの》を」とて被ㇾ出《いでられ》けり。

5 平穏無事でいらっしゃれますか。
6 ひどい。

①原本「て」あり。
②原本なし。
③原本なし。
④原本「ふ」
⑤原本なし。
⑥原本なし。
⑦原本「る」
⑧諸本「殿」なし。
⑨原本なし。
⑩原本なし。
⑪原本なし。

ロ少将奉ニ待受一《まちうけたてまつり》、「如何《いかが》候つる」と被レ申《まうされ》ければ、「入道余りに腹を立てて、教盛には終に対面もし不レ給《たまはず》。叶間敷由《かなふまじきよし》頻に曰《のたま》ひつれ共、出家入道まで申たればにやらん、暫く宿所に奉レ置《おきたてまつれ》と曰《のたまひ》つれども、[1]始終《しじゆう》可レ被レ好共《よかるべしとも》不レ覚《おぼえず》」。少将「さ候へばこそ、成経も御恩を以て、しばしの命も延び候はんずるにこそ。其れに付ては、大納言が事をば、如何被ニ聞食一《きこしめされ》候」。「其までは思も不レ寄《よらず》」と曰《のたま》へば、其時涙をはらはらと流いて、折「誠に御恩を以て、しばしの命も生《いき》候はんずる事は、可レ然《しかるべく》候へども、命の惜きも、父を今一度見ばやと思ふ為也。大納言が於ニ被レ截候一《きられさうらふにおいては》、成経[2]認《とて》も無ニ甲斐一《かひなき》命を生て、何にかはし可レ候《さうらふべき》。[3]只一所にて如何にも成るやうに、申て給《た》ばせ可レ給《たまふべう》①〔や〕候らん」と、被レ申《まうされ》ければ、ロ宰相世《よ》にも心苦しげにて、「[4]いさとよ、御辺の御事をこそ兎角《とかく》申つれ。其《それ》迄は思も寄《よら》ね共、大納言殿の御事をば、今朝大臣《おとど》[5]のやうやうに被レ申《まうされ》ければ、其れも暫しは、心安いやうにこそ承《うけたまはれ》」と曰《のたま》へば、少将泣《なく》泣手を合てぞ被レ悦《よろこばれ》ける。重「子ならざらん者は、誰か唯《ただ》今我身の上を閣《さしお》きて是程までは可レ悦《よろこぶべき》。誠の契り②〔は〕親子の中にぞ在ける。子をば人の可レ持《もつべかり》ける者哉《ものかな》」と③〔ぞ〕、軈《やが》て被ニ思返一《おもひかへされ》ける。下《さ》去て今朝の如くに同車して被レ帰《かへられ》けり。宿所には女房達、死んだる人の生還《いきかへり》たる心

1　いつまでも。
2　としても。
3　同じ所でともに処刑されるように。
4　はてさて。
5　いろいろと。

地して、差しつどひて、皆悦び泣きどもせられけり。

④大《だい》教《けう》訓《くん》

ロ太政入道は、加様に人人余《あま》た[6]警《いまし》めおいても、猶《なほ》心ゆかずや被レ思《おもはれ》けん、既に赤地の錦の直垂に、黒糸の威《をどし》の腹巻に、白金物《しろかなもの》打〔ツ〕たる[7]胸板《むないた》せめて、先年安芸守たりし時、神拝《じんばい》の次《ついで》にて、霊夢を蒙て、厳島《いつくしま》大明神より現《うつつ》に被レ給《たまはられ》たりし[8]銀《しろかね》のひるまきしたる小長刀《こなぎなた》、常の枕を不レ放《はなたず》被レ立《たてられ》たりしを脇《わき》挾み、中門の廊へぞ被レ出《いでられ》ける。其《その》気色大方《おほかた》幽幽《ゆゆしう》敷ぞ見えし。白 貞能を召〔す〕⑤。筑後守貞能、[9]木蘭地《むくらんぢ》の直垂に、火威の鎧著て、御前《おんまへ》に畏《かしこまつてさぶらふ》候。良《やや》在て入道曰《のたまひ》けるは、「貞能此事如何《いかが》思ふ。保元に[10]平馬助《へいうまのすけ》を始として、一門半《なかば》過て、新院の御方《みかた》へ参りにき。[11]一宮の御事は、[12]故刑部卿殿の養君にて在在《ましまつ》しかば、旁《かたがた》見放難レ参《まゐらせがたかり》しか共、[13]故院の御遺誡《ゆいかい》に任《まか》せて、[14]御方《みかた》にて先を懸《かけ》たりき。是一の奉公也。ロ次《に》平治元年十二月、信頼・義朝が[15]院内《ゐんうち》を奉レ取《とりたてまつり》、大内《たいだい》に楯籠《たてごもつ》て、天下黒闇《くらやみ》と成しにも、入道身を捨て凶徒を追落《おひおと》し、経宗・惟方を[16]召警《いましめ》しに至《いたる》まで、既に君の御為に命を失は

6 捕縛しておいても。
7 腹巻の胸板を胸にぴたりとつくようにつけて。
8 銀の帯状にしたものを、蛇が巻きつくように巻いたもの。
9 黒みをおびた黄赤色。
10 清盛の叔父、平右馬助忠正。
11 崇徳上皇の第一皇子重仁親王。
12 平忠盛。
13 鳥羽院。
14 後白河天皇の御方。
15 後白河院と二条天皇。
16 捕縛する。

①原本なし。
②原本「も」
③原本なし。
④諸本「教訓状」、語り本は「教訓」
⑤原本「し」

1 道理に合わぬことをする奴。
2 鳥羽の離宮。北殿、南殿、東殿に分かれていた。その北殿。
3 鎧の異名。
4 北九州。

んとする事、及《どどに》二度度《およぶ》一。縦《たとひ》人なんと申すとも、七代までは此一門をば、争《いか》でか捨させ可《たまふべき》レ給。其れに、成親と云無用の徒《いたづ》ら者、西光と云下賤《げせん》の[1]不当人《ふたうじん》めが申事に就《つか》せ給て、此一門を可《ほろぼすべき》レ滅之由《よし》、法皇の御結構《ごけつこう》こそ、遺恨の次第なれ。強 此後も讒奏する者あらば、当家追討の院宣被《くだされ》レ下つと覚《おぼゆ》るぞ。口 朝敵と成ては如何に悔共《くゆとも》益在《ある》まじ。世を靖《しづめん》ほど、法皇を鳥羽[2]北《の》殿へ奉《うつしたてまつる》レ移か、不《しからず》レ然は是へまれ、御幸を成し参らせんと思ふは如何に。其の儀ならば、北面の輩箭《や》をも一《ひとつ》射んずらん。侍共に其《その》用意せよと可《ふるべし》レ触。大方は入道、院方《ゐんがた》の奉公思《おもひ》き（ツ）たり。①鞴《くら》馬せよ」とぞ曰《のたまひ》ける。

白 主馬《しゆめの》判官盛国、急ぎ小松殿へ馳参て、「世は既に角《かう》候《ざうらふ》」と申ければ、大臣聞もあへず、「あははや成親卿が被《くびをはねられ》レ刎レ首②〔たるな〕」と曰《のたま》へば、「さは候はねども、入道殿[3]着長《きせなが》被《めされ》レ召候。侍共皆討立て、法住寺殿へ寄《よせ》んと出《いで》たち候。法皇をば鳥羽殿へ押籠《おしこめまゐ》参らせうど候が、内内《ないない》は鎮西[4]の方へ、流し参《まゐ》らせうど、被《ぎせられ》レ擬候」と申せば、大臣争《いかで》か去る事可《あるべき》レ在と思へ共、今朝の禅門の気色《きしよく》、さる物狂《ものぐるはしき》事も在んとて、車を飛《とば》して西八条へぞ③〔おはし〕たる。門前《もんぜん》にて車より下《おり》、門の中へ指入《さしいつ》て見給へば、拾 入道腹巻を着給《きたまふ》上《うへ》は、一門のけい相雲客④〔数十《すじふ》〕人《にん》、各色色《おのおの》の直垂に、思思《おもひおもひ》の鎧を着て、中門の廊に二行に着座せられたり。其外諸国の受領・[5]衛府《ゑふ》・[6]諸司《しよし》な(ン)どは、縁に居翻《あこぼれ》、庭にもひしと並居《なみ》たり。旗竿共[7]引欹《ひきそば》め引欹め、馬の腹帯《はるび》を固め、縮二冑緒一《かぶとのををしめ》、只今立んずる気色共なるに、小松殿、烏帽子直衣《なほし》に[8]大文《だいもん》の差貫《さしぬき》そば取て、[9]ざやめき入給へば、[10]事《こと》の外《ほか》にぞ被レ見《みえられ》ける。白 入道ふし目に成て、哀れ⑤内府《だいふ》が世を[11]評する様に振舞を、大に諫《いさ》めばやとぞ被レ思《おもはれ》ける。有繫乍レ子《さすがこながら》も内には[12]五戒を持《たもつ》て慈悲を先とし、外《ほか》には[13]五常を不レ乱《みだらず》、正二礼儀一《れいぎをただしう》し給《たまふ》人なれば、あの姿に腹巻を着て向はん事、面《おも》ばゆう愧敷《はつかし》うや被《おも》レ思《はれ》けん、障子を少しひき立て、素絹《そけん》の衣を、腹巻の上にあわて着にき給たりけるが、胸板の金物少し外《はつ》れて見《みえ》けるを、蔵《かく》さうど頻に衣の胸を引違《ひきちがへ》引違ぞし給ける。

ロ 大臣は、舎弟宗盛卿⑥〔の〕、座上《ざしやう》に著《つき》給。入道も曰不レ出《のたまひいださず》、大臣も被二申出一《まうしいださるる》事もなし。良《やや》在て入道曰《のたまひ》けるは、「成親卿が謀叛は、事の数にも不レ在《あらず》。一向法皇の御結構にても在《あり》けるぞや。代《よ》を靖《しづめ》んほど、法皇を鳥羽の北殿へ奉レ遷《うつしたてまつる》⑦〔か〕、不レ然《しからず》は、是へまれ御幸をなし参らせんと思ふは如何に」と曰《のたま》へば、大臣聞《きき》もあへず、はらはらとぞ被レ泣《なかれ》ける。入道「如何如何《いかにいかに》」と[14]明《あき》れ給。大

5 六衛府の役人。
6 もろもろの役人。
7 身にひきつけて。
8 大きな模様のあるさしぬき袴。
9 ざわざわと音をたてて。
10 場違いに見えた。
11 僄するが正しい。世をばかにする。
12 仏教で禁じられた五つの戒。
13 仁・義・礼・智・信。
14 あきれる。

①諸本「驧馬せよ」を「馬にくらをかかせよきせ長とり出せ」とする。
②原本なし。
③原本「被レ逐」
④原本「十レ数」
⑤諸本「れいの」あり。
⑥原本なし。
⑦原本なし。

臣押レ涙《なみだをおさへて》被レ申《まうされ》けるは、折「此《この》仰せ承り候に、御運は早末《すゑ》に成ぬと覚候。人の〔①運命の〕傾かんとては、必《かならず》悪事《あくじ》を思立《おもひたち》候也。指又御在《あり》様更に現共《うつつとも》不レ覚《おぼえず》候。中有繋《さすが》吾朝は、辺地《へんぢ》[1]粟散《ぞくさん》の境と乍レ申《まうしながら》、天照大神の御子孫、国の主《あるじ》として、天児《あまのこ》屋《や》根《ねの》尊の末、朝《てう》の政事《まつりごと》を司《つかさ》どり給しより以降《このかた》、太政大臣に至る人の、甲冑を鎧《よろふ》事、非レ背ニ礼儀一乎《れいぎをそむくにあらずや》。口就レ中《なかんづく》御出家の御身也。夫三世《それさんぜ》の諸仏、[2]解脱幢相《げだつだうさう》の法衣《ほふえ》を脱捨《ぬぎすて》、忽に甲冑を鎧ひ弓箭《きゆうせん》を帯しましまさん事、内《うち》には既に破レ戒《かいをやぶり》、[3]無慚《むざん》の罪を招くのみならず、外《ほか》には又仁儀礼智信の法をも②背き候なんず。旁有レ恐事《かたがたおそれある》にて候へ共、心の底に旨趣《しいしゆ》を非レ可レ遺《のこすべきにあらず》。先づ世に有ニ四恩一《しおんあり》。天地《の》恩、国王《の》恩、父母《の》恩、衆生《しゆじやう》の恩、是也。其の中《なか》に尤《もつとも》重きは朝恩也。普天《ふてん》の下王地《わうち》に非《あらず》と云事なし。重去れば彼の[4]穎川《えいせん》の水に耳を洗ひ、首陽山《しゆやうざん》に蕨《わらび》を折し賢人《けんじん》も、勅命難レ背《そむきがたき》礼《れい》儀《ぎ》をば存知《ぞんぢ》すとこそ承れ。何況《いかにいはんや》先祖にも未レ聞《いまだきかざる》太政大臣を極めさせ給、下所謂《いはゆる》重盛が無才愚闇《むざいぐあん》の身を以て、[5]蓮府槐門《れんぷくわいもん》の位に至る。口加之《しかのみならず》、国郡半《なか》ば一門の所領と成り、田園悉《でんをんことごと》く一家《いつけ》の[6]進止《しんじ》たり。是希代《きたい》の朝恩に不レ在《あらずや》哉。今是等の莫太《ばくたい》の御恩を忘て、濫敷《みだりがはしく》法皇を傾け参せ給はん事、天照大神・正八幡宮の神慮にも背き候なんず。日本《につぽん》は是《これ》神国也。神は非礼《ひれい》を不ニ受給一《うけたまはず》。然れば君の思召立処《おぼしめしたつところ》、道理半《なかば》

1 語り本「そ」に清点を付す。

2 解脱のしるしとしての法衣。

3 恥を知らない。

4 史記の伯夷伝に見える伯夷、叔斉。

5 大臣。

6 進退許否を思うがままに処理できる。

無《なき》に非ず。中にも此《この》一門は代代の朝敵を平げて、四海の逆浪を静むることは、無双《ぶさう》の忠なれども、其賞に誇候《ほこりさうらふ》事は、傍若無人とも可レ申《まうしつべし》。聖徳太子十七箇条の御憲法《ごけんぽふ》に、「人皆有レ心《こころあり》、心各執《おのおのしふ》あ〔り〕③。彼を是《ぜ》し我を非《ひ》し、我を是《ぜ》し彼を非《ひ》す、是非の理《ことわり》誰能可レ定《かよくさだむべき》。相《あひ》共に賢愚《けんぐ》也。7環《たまき》の如《ごとく》にして無レ端《はしなし》。是を以て縦《たとひ》人怒ると云共《いふとも》、還《かへつ》て我咎を恐れよ」とこそ見えて候らへ。然れ共御運不レ尽《つきぬ》に依て、謀叛既に露《あらはれ》ぬ。其上被二仰合一《おほせあはせらるる》成親卿被二召置一《めしおかるる》上は、縦《たとひ》君如何なる不思議を思召《おぼしめし》立せ給共、何《な》んの恐れか可レ候《さうらふべき》。8所当《しよたう》の罪科被レ行《おこなはるる》上は、退き、ことの由を陳じ申させ給て、君の御為には弥《いよいよ》奉公の忠勤を尽し、民の為には益《ますます》撫育《ぶいく》の哀憐《あいれん》を致させ給はば、神明の加護に預り、仏陀の冥慮《みやうりよ》に不レ可レ背《そむくべからず》。神明仏陀感応あらば、君も思召なほすこと争か可レ不レ候《さうらはざるべき》。君と臣と双《なら》〔ぶ〕④るに、親疎9無二別方一《わくかたなし》。道理と僻事《ひがこと》とを並べんに、争か道理に可レ不レ就《つかざるべき》。⑤是《これ》は君の御理《ことわり》にて候へば、〔かなは〕⑥ざらん迄も、院御所法住寺殿を守護し参せ候べし。其故は、重盛10叙爵《じよしやく》より今〔大臣の〕⑦大将に至《いたる》迄、併《しかしなが》ら君の御恩ならずと云事無し。其恩の重事《おもき》を思へば、11千顆万顆《せんくわ》の玉にも越《こえ》、其恩の深き色を案ずれば、12一入《いちじふ》再入の紅《くれなゐ》にも過たらん。然れば院中にも参り籠り候べし。其儀にて候はば、重盛

7 是非の論は、循環論のようなものだ。
8 相当する。
9 親しいか疎いかなどといった規準によるべきではない。当然君に従うべきだ。
10 五位に叙せられること。
11 本朝文粋十、和漢朗詠集におさめる菅原文時の詩序にこの句あり。顆は粒。
12 入は染料に入れる回数。

①原本なし。
②諸本「を」を「に」とする。
③原本「る」
④原本「つ」
⑤諸本、語り本はこれより「烽火之沙汰」
⑥原本なし。
⑦原本なし。

が身に替り命に替らんと契りたる侍共、少少候らん。是等を召具して、院御所法住寺殿を守護し申さば、有繋《さすが》以《もつて》の外《ほか》の御大事にてこそ候はんずらめ。重悲哉《かなしきかな》、君の御為に奉公の忠を致さんとすれば、[1]迷盧《めいろ》八万の頂《いただき》よりも猶高き父の恩、忽に忘んとす。痛敷哉《いたましきかな》、不孝の罪を逃れんと思へば、君の為に既《に》不忠の逆臣《ぎやくしん》と成ぬべし。進退《しんだい》惟《これ》窮《きはま》れり。是非如何にも難《わきまへがたし》レ弁。口申受《まうしうく》る所、詮は只重盛が頸を被《めされ》レ召候へ。院中をも守護し不《まゐらすべからず》レ可レ参。院参《ゐんざん》の御供をも不《つかまつるべからず》レ可レ仕。彼《かの》[2]蕭何《せうが》は、大功《たいこう》かたへに越たるに依て、官①〔大相国〕に至り、劒を帯し、沓《くつ》を着《はき》ながら、殿上《てんじやう》に昇ることを被《ゆるされ》レ許しかども、叡慮に背《そむく》ことあれば、高祖重く禁《いましめ》て深く被《つみせられ》レ罪き。加様の先蹤を思にも、富貴《ふつき》と云《いひ》、栄花と云、朝恩と云《いひ》、重職《ちようじよく》と云、旁《かたがた》極めさせ給ぬれば、御運の尽んことも非《かたかるべきにあらず》レ可レ難。折[3]富貴《ふつき》の家には禄位重畳《ちようでふ》せり。再実《ふたたびみ》なる木は、其根必痛《いたむ》と見えて候。心細《こころぼそう》②〔こ〕そ覚候へ。口何迄《いつまで》か命生て、乱れん世をも見候べき。只末代《まつだい》に生を受て、懸《かか》る憂目に逢ふ重盛が、果報の程こそ拙《つた》なう候へ。只今侍一人に仰付て、御坪《おつぼ》の内に被《ひきいだされ》二引出一、重盛が首を被《はねられん》レ刎事は、安い程の事にこそ候へ。初是各聞給へ」とて、初中直衣《なほし》の袖も絞る計《ばかり》に涙を流し、掻口説《かきくど》か③〔れ〕ければ、一門の人人有《こころある》レ心も無《こころなき》レ心も、皆袖を被《ぬらされ》レ湿ける。

1　海上八万由旬の高さがあると云う須弥山。

2　漢書の蕭何伝に詳しい。

3　後漢書の明徳馬皇后紀にこの句が見える。

白
太政入道も、憑切《たのみきつ》たる内府《だいふ》は加様に曰《のたまふ》、力も無げにて、「いやいや是迄は思も寄《より》[4]さうず。悪党共が申事に着《つか》せ給て、僻事《ひがこと》な（ン）どや出来《いでこ》（ン）ずらんと、思《おもふ》計《ばかり》にこそ候へ」と曰《のたま》へば、大臣「縦《たと》ひ如何なる僻事出《いで》き候共、君をば何と④〔か〕し参せ可レ給《たまふべき》」とて[5]衝《つい》立て、中門に出て、侍共に被レ仰《おほせられ》けるは、「唯今重盛が申つる事をば汝等不レ承乎《うけたまはらずや》。自二今朝《けさ》一《より》是に候て、加様の事共申静めんと存《ぞんじ》つれ共、余りに[6]ひた噪《さわぎ》に見えつる間、帰りたりつる也。院参の御供に於ては、重盛が頸⑤〔の〕被レ召《めさるる》を見て仕れ。さらば参れ」とて小松殿へぞ被レ帰《かへられ》ける。

ロ
主馬判官盛国を召て、「重盛こそ、天下《てんが》の大事を別して聞出したれ。我を我れ[7]と思はん者どもは、皆物の具して馳参れと披露せよ」と曰《のたま》へば、此由披露す。[8]おぼろけにて⑥〔は〕噪がせ不レ給《たまはぬ》人の、懸《かか》るひろうの在《ある》は、別の子細の在《ある》にこそとて、皆物の具して⑦馳参る。拾淀・羽束志《はつかし》・宇治・岡屋《をかのや》・日野・勧脩寺《くわんじゆじ》・醍醐・小黒栖《をぐるす》・梅津・桂・⑧〔大原〕・静原・芹生《せれうの》里に溢《あぶ》れ居たる兵共、或《あるひは》鎧着て、いまだ冑を不レ着《きぬ》も在《あり》。或は箭《や》負《おう》て、いまだ弓を不レ持《もたぬ》も在。片鐙踏《ふむ》や不レ踏《ふまず》にて、あわて噪ぎ馳《はせ》参る。

小松殿に噪《さわぐ》事在《あり》と聞《きこえ》しかば、西八条に数千騎在ける兵共、入道に角《か》う共申《まうし》も

4 「候はず」の略。
5 「つい立って」のあて字。
6 むやみと騒ぐばかりに見えたので。
7 この重盛を重盛と思ってくれるものどもは。
8 簡単なことでは。

①原本「太国」
②原本なし。
③原本「り」
④原本なし。
⑤原本「を」
⑥原本なし。
⑦諸本「我も我もと」あり。
⑧原本なし。

1 がやがやと騒ぎあい、連れだって。

2 屋代本に「向ケンスラム」とある。従うべきか。

3 念誦が正しい。

4 参集した者の名簿。

5 この話は史記の周本紀に見える。

不レ入《いれず》、ざざめき[1]列《つ》れて、皆小松殿へぞ馳たりける。ロ少しも弓箭に携る程の者は、一人《いちにん》も不レ残《のこらず》。其時入道大に驚き、貞能を召て、「内府は何と思て、是等をば呼たるやらん。是《これ》にて云つるやうに、入道が許《もと》へ討手な（ン）どや迎へんずらん[2]」と曰《のたま》へば、貞能涙をはらはらと流し、折「人も人にこそ依らせ給候へ。争《いかで》か去る事可レ候《さうらふべき》。是にて申させ給つる事共〔も〕①、皆御後悔ぞ候らん」と申ければ、白入道内府に中違《たがひ》ては、悪しかりなんとや被レ思《おもはれ》けん、法皇迎へ参せん事も、はや思留《とど》まり、腹巻脱《ぬぎ》置き、素《そ》絹《けん》の衣にけさ打〔掛《かけ》〕②て、いと心にも不レ起《おこらぬ》念珠[3]《ねんじゆ》してこそおはしけれ。

小松殿には、盛国承て着到[4]付《つけ》けり。〔馳《はせ》〕③参《さんじ》たる勢共、一万余騎とぞ注《しる》いたる。着到披見の後、大臣中門に出で侍共に曰《のたまひ》けるは、「日比《ひごろ》の契約を不レ違参《たがへずまゐり》たるこそ神妙なれ。ロ[5]異国に去《さ》る本在《ためしり》。周幽王《しうの》、褒姒《ほうじ》と云最愛の后持給へり。天下《てんが》第一の美人也。去れ共幽王の意《こころ》に不レ称《かなはざり》けることは、褒姒不レ含レ笑《ゑみをふくまず》とて、惣《すべ》て此后の笑事をし不レ給《たまはず》。異国の習ひには、天下〔に〕④兵革起る時、所所《しよしよ》に火を挙げ、大鼓を撃《うつ》て兵を召す謀《はかりこと》在り。是を烽火《ほうくわ》と名付たり。或時天下に兵《ひやう》乱《らん》起て、烽火を挙《あげ》たりければ、后是を見給て、『あな不思議、〔火も〕⑤あれほ

ど多かりけるな』とて、其時始て笑給《わらひ》へり。此后一度笑《ひとたびゑ》めば、百《もも》の媚在《こびあり》。幽王
嬉敷《うれしき》事にして、其事となう常に烽火を挙給《あげたまふ》。色[6]諸侯来《きた》るに[7]無レ寃《あたなし》、指無レ寃《あたなけ》れば即《すなはち》
去んぬ。加様にする事度度《どど》に及べば、参る者も無りけり。怒口或時自二隣国一《りんごくより》凶賊起《おこつ》
て、幽王の都を攻るに、拾烽火を挙《あぐ》れ共、例の后の火に慣て兵も不レ参《まゐらず》。其時都
傾て、幽王終《つひ》に滅《ほろび》にけり。去《さ》て此后は[8]野干《やかん》と成て、走り失《うせ》けるぞ怖敷《おそろ》し⑥〔き〕。
白加様《かやう》の事在《ある》なれば、自今以後《じこんいご》も、自レ是《これより》召さんには、如レ此可レ参《かくのごとくまゐるべし》。重盛不思議
の事を聞出して召つる也。され共此事聞な⑦〔ほ〕しつ。僻事《ひがこと》にて在けり。とう
とう帰れ」とて、皆被レ帰《かへされ》けり。
口誠には、させる事をも不レ被二聞出一《ききいだされざり》けれ共、父を諫被レ申《いさめまうされ》つる詞に順《したが》ひ、我身に
勢⑧〔の〕着くか、着《つか》ぬかの程をも知り、又父子軍《いくさ》せんとには在《あら》ねども、角《かう》して入
道相国の謀叛の心をも、和らげ給との謀也。重[9]君雖レ不レ君、臣不レ可二以不一レ臣《きみきみたらずといへどもしんもってしんたらずんばあるべからず》。
父雖レ不レ父、子不レ可二以不一レ子《ちちちちたらずといへどもこもってこたらずんばあるべからず》。下君の為には忠在て、父の為には孝ありと、[10]文《ぶん》
宣王《せんわう》の曰《のたまひ》けるに不レ違《たがはず》。君も此由聞召《きこしめし》て、「今に不レ始《はじめぬ》事なれ共、内府が心の内
こそ愧《はづか》しけれ。怨《あた》をば恩を以て被レ報《ほうぜられ》たり」とぞ仰ける。初「果報こそ目出度《めでたく》て、
大臣の大将にこそ至らめ、容儀[11]体拝《たいはい》人に勝《すぐ》れ、才智[12]才学《さいかく》さへ、世に超たるべし

6 もろもろの地方行政官。
7 外敵はない。
8 きつね。
9 古文孝経の孔安国序に見える。
10 孔子のおくり名。ここは孔安国の語を誤ったもの。
11 帯佩が正しい。
12 才覚が正しい。
①原本「に」
②原本「桂」
③原本「駝」
④原本なし。
⑤原本なし。
⑥原本なし。
⑦原本なし。
⑧原本なし。

やは」とぞ、時の人人感じ合れける。中[1]国に諫《いさむ》る臣あれば、其国必《かならず》安く、家に諫る子あれば、其家必正《かならずただし》と云り。上古《しやうこ》にも、末代にも、難㆑在《ありがた》かりし大臣《だいじん》也。

新《しん》大《だい》納《な》言《ごん》被《なが》流《され》

口同《おなじき》六月二日、新大納言成親卿をば、[2]公卿《くぎやう》の座へ奉㆑出《いだしたてまつり》、御物《おんもの》参せたりけれ共、胸せき塞《ふさがつ》て、御箸をだに不㆑被㆑立《たてられず》。御車を寄せて、「とうとう」と申せば、心ならず乗り給。軍兵共前後左右に打囲《うちかこみ》たり。我方《かた》の者は一人も無し。「今一度小松殿に奉㆑見《みえたてまつら》ばや」と曰《のたま》へ共、其れも不㆑叶《かなはず》。「縦《たとひ》重科を蒙て、遠国へ行《ゆく》者も、人一人《ひといちにん》身に不㆑順《そへぬ》者や在〔る〕①」と、車の内にて被㆓播口説㆒《かきくどかれ》ければ、守護の武士共、皆鎧の袖をぞ湿《ぬら》しける。中西朱雀《にしのしゆしやか》を南へ行《ゆけ》ば、[3]大内山《おほうちやま》も、今は余所《よそ》にぞ見給ける。年比奉㆓見馴㆒《みなれたてまつりし》雑色牛飼《ざふしきうしかひ》に至迄《いたるまで》、涙を流し袖を不㆑絞《しぼらぬ》は無《なかり》けり。増《まし》て都に残り留り給、北方少《をさな》き人人の心の中、被㆓推量㆒《おしはかられ》て哀也。初[4]鳥羽殿を過ぎ給にも、「此御所へ御幸成しには、一度も御伴に不㆑外者《はづれざりしもの》を」とて、わが[5]山荘洲《さんざうす》浜殿《はまどの》とて在《あり》しをも、余所《よそ》に見てこそ被㆑通《とほられ》けれ。指[6]南の門へ②出て、舟遅《ふねおそし》とぞ被㆑急《いそがれ》ける。「こは何《いづ》

1 古文孝経の諫争章に見える。
2 寝殿の客間。
3 内裡。
4 鳥羽の離宮。城南の離宮とも。
5 別邸。
6 鳥羽殿の南門。

地《ち》へやらん。同じう③可レ被レ失《うしなはるべく》④〔は〕、都近き此辺にても在れかし」と、曰《のたまひ》けるぞ責《せめ》ての事なる。口近う副《そひ》たる武士を「誰《たそ》」と曰《のたま》へば、「難波《なんばの》次郎経遠」と申。「若《も》し此辺に我方様《わがかたさま》の者や在《ある》。舟に不レ乗《のらぬ》先に、可二云置《いひおくべき》一事在《あり》。尋て参《まゐら》せよ」と曰《のたまひ》ければ、其辺を走廻て尋けれ共、我こそ大納言殿の方と云者一人《いちにん》も無し。折「我が世《よ》成《なり》し時は、従がひ⑤〔つい〕たりし者共、一二千人も在つらん。今は余所《よそ》にてだにも、此在様を見送る者も無《なかり》ける⑥悲しさよ」とて被レ泣《なかれ》ければ、初猛き武士共も袖を⑦〔ぞ〕湿《ぬら》しける。身に添物《そふもの》とては涙計《ばかり》也。中熊野詣《まう》で、天王寺詣な〔ン〕どには、二[7]つ瓦《かはら》の三棟《みつむね》に作たる舟に乗り、次の舟二《に》三十艘漕《さんじつさうこぎ》続けてこそ在しに、今はけし[8]かるかき[9]する屋形舟《やかたぶね》に、大幕《おほまく》引せ⑧兵者《つはもの》に被レ具《ぐせられ》て、今日を限りに都を出でて、波路遥に被レ趣《おもむかるる》心の中、被二推量《おしはかられて》一哀也。其日は摂津国大物浦《だいもつのうら》[10]に着給《つきたまふ》。

白 新大納言、既に死罪に可レ被レ行《おこなはるべき》人の、流罪に被レ宥《なだめられ》ける事は、小松殿のやうやうに被レ申《まうされ》けるに依て也。⑨此人いまだ中納言にておはせし時、美濃国を知行し給しに、嘉応元年の冬、目代右衛門尉正友が許《もと》へ、山門の領平野庄の神人《じんにん》が、葛[11]を売てきたりけるに、目代酒に飲酔て、葛に墨をぞ着《つけ》たりける。神人悪

7 竜骨が二本あり、屋形が三段から成る豪華な舟。
8 そまつな。
9 普通の舟に屋形をかりにすえた舟。
10 今の尼崎の海岸。
11 葛の繊維で織った布。

①原本「り」
②諸本「へ」を「に」とする。
③原本「は」あり。
④原本なし。
⑤原本「居」
⑥原本「哉」あり。
⑦原本なし。
⑧諸本「見もなれぬ」あり。
⑨これより次頁13行目まで、語り本はなし。

口に及ぶ間、「さな云《いは》せそ」とて、散散に陵礫《りようりやく》す。去程《さるほど》に神人共数百人、目代が許《もと》へ乱入す。目代法に任せて防きければ、神人等十余人被㆓打殺《うちころさる》㆒。依㆑之《これによつて》、同年十一月三日、山門の大衆生便敷《おびたたしく》蜂起して、国司成親卿を被㆑処㆓流罪《るざいにしよせられ》㆒、目代右衛門尉正友を、可㆑被㆓禁獄《きんごくせらるべき》㆒之由《よし》奏聞す。既に成親卿、備中国へ可㆑被㆑流《ながさるべき》にて、西七条迄被㆑出《いだされ》たりしを、君如何被㆓思召《おぼしめされ》㆒けん、中《なか》五日在て被㆓召返《めしかへさる》㆒。山門の大衆生便敷呪咀《おびたたしくしゆそ》すと聞《きこえ》しか共、同二年正月五日、右衛門督を兼じ①〔て〕、検非違使の別当に成給。其時[1]資方・兼雅卿被㆑越《こえられ》給へり。資方は[2]ふる人長《おとな》にておはしき。兼雅卿は栄華の人也。[3]家嫡《けちやく》にて被㆑越《こえられ》給けるこそ遺恨なれ。是は三条殿造進の賞也。同三年四月十三日、正二位に被㆑叙《じよせらる》。其時は中《の》御門中納言宗家卿被㆑越《こえられ》給へり。安元元年十月二十七日、前中納言より権大納言に上給。人嘲て「山門の大衆には、可㆑被㆓呪咀《しゆそせらるべかり》㆒ける者を」と②〔ぞ〕申ける。去れ共③〔今〕は其故にや、④〔かかる〕憂目《うきめ》に逢《あひ》給へり。神明の罰も人の呪咀も、疾《とき》も在《あり》、遅《おそき》も在、不同なる事也。

同三日、大物浦へ自㆑京《きやうより》御使在《あり》とて[4]ひしめきけり。新大納言是にて失へとにや⑤〔と〕聞給へば、さは無して、備前の児島へ可㆑流《ながすべし》との御使也。自㆓小松殿《こまつどのより》㆒御

1　資賢が正しい。
2　資賢の方が年長であった。公卿補任によれば、嘉応元年当時、資賢は五十七歳、成親は三十二歳であった。
3　本家の嫡子。
4　騒いだ。

文在《あり》。「如何にもして都近き片山里に奉レ置《おきたてまつら》ばやと、さしも申つれ共、不レ叶《かなはぬ》事こそ、世に在甲斐《あるかひ》も候はね。乍レ去《さりながら》も御命計《ばかり》は申請《まうしうけ》て候」とて、難波が許へも、「⑥〔構てよく〳〵宮仕へ〕御心に違《たがふ》な」と被二仰遣一《おほせつかはされ》、⑦旅の粧《よそほ》ひ細細《こまごま》と沙汰し被レ送《おくられ》たり。中新大納言は、さしも忝《かたじけ》なう被二思召一《おぼしめされ》ける君にも離れ参らせ、つかの間も難レ去《さりがたう》被レ思《おもはれ》ける北方、少き人人にも別れ果て、「こは何地へとて行やらん。被レ流《ながさるる》を二度《ふたたび》故郷へ帰て、妻子を相見ん事も難レ在《ありがたし》。初一年《ひととせ》山門の訴訟により、君惜ませ給て、自二西七条《にししちでうより》一被二召還一《めしかへされ》ぬ。初中是は去れば君の御誡《いましめ》にも不レ在《あらず》。こは如何にしつる事ぞや」と、仰レ天臥レ地《てんにあふぎちにふして》泣悲め共、無二甲斐一《かひぞなき》。初明ぬれば既舟《に》を遥出《おしいだい》て下給《くだり》に、道すがらも只涙に咽て、可レ永共《ながらふべしとも》覚ねど、有繋《さすが》露の命の消やらず、重5⑧〔迹《あと》〕の白波隔《へだつ》れば、都は次第に遠ざかり、日数様様重れば、遠国は近付きけり。下備前の児島《こじま》に漕寄《こぎよせ》て、民の家の浅間《あさま》しげ⑨〔な〕る柴の菴に奉レ置《おきたてまつる》。6島の⑩〔ならひ〕、後は山、前は海、いその松風・浪の音は、何れも哀れは不レ尽《つきせず》。

ロ⑪大納言一人《いちにん》にも不レ限《かぎらず》、禁《いましめ》を蒙る輩多かりけ⑫〔り〕。近江中将入道蓮浄佐渡国、山城守基兼《もとかね》伯耆国、式部大輔《たいふ》正綱播磨国、宗《そう》判官信房阿波国、新平判官資行美《みま》作国《さかのくに》とぞ聞えし。

5　拾遺集、沙弥満誓「世の中を何にたとへん朝ぼらけ漕ぎ行く舟のあとの白波」
6　島の一般として。

①原本「き」
②原本なし。
③原本「命」
④原本なし。
⑤原本なし。
⑥原本「構て構て宦は」
⑦原本「し」あり。
⑧原本「邇」
⑨原本なし。
⑩原本「並」
⑪諸本、これより「阿古屋松」
⑫原本「る」

丹波少将被流《たんばのせうしやうながされ》

其比《そのころ》入道相国、福原[1]の別業[2]におはしけるが、同二十日、摂津左衛門盛①〔澄〕を使者として、門脇《かどわき》宰相の許へ、「存ずる旨在《あり》。丹波少将急ぎ是へ給べ」と曰被《のたまひつかは》レ遣《され》たりければ、宰相「さらば唯在し時[3]、兎《と》も角《かう》も被レ成《なされ》たりせば如何せん。今更物を思は②〔せ〕んこそ悲しけれ」とて、福原へ下り可レ給由曰《たまふべきよしのたま》へば、少将泣《なく》泣出立《いでたち》給けり。女房は「[4]不レ叶者故《かなはざらんものゆゑ》に、猶も唯宰相の被レ申《まうされ》よかし」とぞ被レ嘆《なげかれ》ける。宰相「存ずる程の事は申しつ。世を棄《すつ》るより外は、今は何事をか可レ申《まうすべき》。されども縦何《たとひいづ》くの浦におはせよ、我命③〔の〕在ん限りは[5]奉レ吊《とぶらひたてまつる》④〔べし〕」とぞ曰《のたまひ》ける。

少将は今年三《こんねんみつ》に成給《なりたまふ》⑤〔をさなき人を持給へり。日ごろわかき人にて〕、君達な〔ン〕どの事も、さしも濃《こまや》かにもおはせざりしか共、いまはの時に成しかば、有繫《さすが》心にや被レ懸《かかられ》けん、「少者《をさなきもの》を今一度見ばや」とこそ曰《のたまひ》けれ。乳母抱て参《まゐり》たり。少将膝の上に置き、髪掻撫《かきなで》、涙をはらはらと流《ながし》折、「哀れ汝七歳にならば、男[6]に

1 神戸市兵庫区にその地名あり。
2 別邸。
3 預けられる以前に。
4 かなわないことだろうが。「故に」は、この場合逆接。
5 安否をお尋ねしましょう。
6 元服させて。

成して君へ参らせんとこそ思つれ。去《さ》れ共今は無二云甲斐《いふがひなし》一。若し命生ておひ立《たち》たらば、法師に成り、我後の世を弔《とぶら》へよ」と曰《のたま》へば、いまだ幼《いとけ》なき心に何事をか聞分可レ給《ききわきたまふべき》なれども、打うなづき給へば、少将を奉レ始《はじめたてまつり》、母上・乳母の女房、其座に並居たる人人、有レ心《こころある》も無レ心《こころなき》も皆袖をぞ湿しける。福原の御使、軈て今夜鳥羽迄出させ可レ給《たまふべき》由申ければ、「幾程7〔も〕⑥不レ延者故《のびざらむものゆゑ》に、今夜計《こよひばかり》は都の内にて明さばや」と曰《のたま》へ共、頻に申せば鳥羽へぞ被レ出《いでられ》ける。宰相余りの悲しさ⑦に、今度はのりも具し不レ給《たまはず》。

同二十二日福原へ下着《くだりつき》給ければ、太政入道、瀬尾太郎兼康に仰て、備中国へぞ被レ下《くだされ》ける。兼康は宰相のかへり聞給はん処を恐れて、路終《みちすがら》も漸漸《8やうやう》に痛《いたは》り奉レ《なぐさめ》慰《たてまつる》。去《さ》れ共少将慰さみ給事も無し。夜《よ》る昼《ひ》る只仏の御名をのみ唱て、父の事をぞ被レ嘆《なげかれ》ける。⑧

ロ 阿《あ》古《こ》耶《や》松《のまつ》

新大納言は、備前の児島におはしけるを、預りの武士難波次郎経遠《つねとほ》、「是は

7 どれほど延びるわけでもないのだから、せめて今夜ぐらいは。

8 様々にが正しい。

①原本「隆」
②原本なし。
③原本なし。
④原本なし。
⑤原本なし。
⑥原本なし。
⑦諸本「悲しさ」を「うらめしさ」とする。
⑧諸本、ここで切らず。

猶舟津近て悪《あし》かりなん」とて、地[1]《ぢ》へ奉《わたしたてまつり》レ渡、備前・備中両国の境[2]①〔にはせの〕郷《がう》、有木《ありき》の別所と云②〔山寺におき奉る。備中の瀬尾[3]と備前の有木の別所〕の間僅に五十町に不《たらぬ》レ足処なれば、丹波少将そなたの風も、有繋《さすが》馴敷《なつかしう》や被《おもはれ》レ思けん。或時③兼康を召て、「従《これより》レ是大納言殿《の》御渡りあんなる備前有木《ありきの》別所へ④〔は〕、如何《いか》程の道ぞ」と問給へば、すぐに知せたてまつつては悪しかりなんとや思けん、「片路《かたみち》十二三日にて候」と申。其時少将涙をはらはらと流し、折「日本は、昔三[4]十三箇国にて在けるを、中比六十六箇国に被《わけられ》レ分たん也。⑤〔さ云ふ〕備前・備中・備後も本は一国にて在ける也。指又あづまに聞ゆる出羽《では》・陸奥《みちのく》両国も、昔は六十六郡が一国にて在けるを、其時十二郡を割分《さきわかつ》て、出羽国とは被《たてられ》レ立たり。シロ去ればこそ実方《さねかた》中将奥州《あうしう》へ被《ながされ》レ流たりける時、『此国の名所に、阿古耶[5]の松と云処⑥〔を見ばやとて、国のうち尋ありきけるが、尋かねて帰りける道に、老翁の一人逢たりければ、「やゝ御辺はふるい[6]人とこそ見奉れ。当国の名所あこやの松と云処〕や知たる』と問に、『全《まつ》たく⑦〔当国のうちには〕不《さうらはず》レ候。出羽国にや候らん』。『去ては御辺不《しらざり》レ知けり。世末に成て、名所を早く呼《よび》失たるにこそ』とて、空しく過んとしければ、老翁中将の袖引《ひかへ》て、『哀れ君は、

1　陸地。
2　今の岡山市にある。
3　岡山市妹尾。
4　三十三か国云々については未詳。延喜式に六十六国の名をあげる。
5　今の山形市にある千歳山の古称。この地に関する説話が古事談二に見える。
6　土地に明るい故老。

歌 道のくの阿古耶の松に木隠《こがく》れて可レ出《いづべき》月の出《いで》もやらぬか

指 と云 歌の意《こころ》を以て、当国の名所阿古耶の松とは被レ仰《おほせられ》候乎《か》。其れは両国が一国なりし時、読侍る歌也。中 十二郡を割《さき》分て後は、出羽国にや候らん』と申ければ。『去《さら》ば』とて、実方中将も出羽国に越てこそ、阿古耶の松をば見たりけれ。

初7 築紫の太宰府《ださいふ》より都へはらか8の使の上《のぼる》こそ、⑧歩路《かちぢ》十五日とは被レ定《さだめられ》たれ。既に十二三日と云は、従レ此《これより》殆《ほとんど》鎮西《ちんぜい》へ下向ごさんなれ。遠しと云共、備前・備中の間、両三日にはよも不レ過《すぎじ》。初中 近きを遠う申《まうす》は、大納言殿の御渡りあんなる処を、成経に不レ知《しらせじ》とてこそ申すらめ」とて、其後は、恋しけれ共不二問給一《とひたまはず》。

⑨鬼界島三人被流《きかいがしまへさんにんながされ》

ロ 去程《さるほど》に法勝寺執行俊寛僧都、平判官康頼、此《この》少将相具して薩摩潟鬼界島へぞ被レ流《ながされ》ける。彼島は、都を出《いで》遥遥と浪路を忍《しのい》で行処也。9おぼろけにては舟も不レ通《かよはず》。島には人少《まれ》也。10自《おのづから》人はあれ共、此土の人にも不レ似《にず》、色黒して牛の如し。身には頻に毛生《おひ》つつ、云⑩〔詞〕も不二聞知一《ききしらず》。男は烏帽子もせず、女は髪も下《さげ》ず。無二

7 筑紫が正しい。
8 鰚の使。正月の節会に、太宰府より魚を献上した、その使。
9 普通には。たやすいことでは。
10 まれに。

①原本「に長谷」と誤る。
②原本誤り落す。
③原本「に」あり。
④原本なし。
⑤原本「左右」
⑥原本誤り落とす。
⑦原本なし。
⑧諸本「歩路」を「片路」とするものあり。
⑨諸本「新大納言死去」
⑩原本「事」

衣裳《もなけ》一〔れば〕①人にも不《に》レ似《ず》。食する物も無れば、只殺生《せつしやう》をのみ先とす。重 賤[1]が山田を畊《かへ》さねば、米穀《べいこく》の類も無く、桑を不レ採《とらざれ》ば、絹布《けんぷ》の類無りけり。下 島の中には、高き山在《あり》。鎮《とこしなへ》に火《ひ》燃《もえ》、硫黄と云もの在充満《ありみちみて》り。故《かるがゆゑ》に、硫黄島共名付たり。初 雷《いかづち》常に鳴上《のぼ》り、鳴下《くだ》り、麓には雨滋《しげ》し。一日片時〔人〕②の命絶て可レ在《あるべき》様も無《なし》。

口 去程に新大納言は、少し[2]③くつろぐ事もやと被レ思《おもはれ》けるに、子息丹波少将成経も、早《はや》鬼界島へ被レ流《ながされ》給ぬと聞て、今はさのみ難面《つれなく》[3]何事をか可レ期《ごすべき》とて、出家の志の候由、便《たより》に告《つけ》[4]て小松殿へ申ければ、此由法皇に窺《うかがひ》申て有二御免《ごめんあり》一けり。軈《やが》て出家し給ぬ。栄華の袂を引《ひき》〔か〕④へて、憂世を余所《よそ》の墨染の袖にぞ窶《やつ》れ⑤給。

中 大納言の北方は、都の北山雲林院《うんりんゐん》の辺に忍てぞおはしける。去《さら》ぬだに不二住《すみ》馴《なれぬ》一処は懶《ものうき》に、いとど被レ忍《しのばれ》ければ、過行《すぎゆく》月日も明しかね、暮し煩《わづ》らふ様《さま》なりけり。初 女房侍多かりけれ共、或は世を恐れ、或は人目を包む程に、問ひ訪らふ者一人も無し。口 去れ共、其中に、源左衛門尉信俊と云侍一人《いちにん》、情《なさけ》殊に深かりければ、常には奉レ訪《とぶらひたてまつる》。或時、北方、信俊を召て、「⑥哀れ是《これ》[5]には備前の児島と聞えしが、此程聞けば有木《ありき》の別所とかやにおはせし也。如何にもして今一度、無レ墓《はかなき》筆の迹をも奉り、御音信《おんおとづれ》も聞《きか》ばや」とこそ曰《のたまひ》けれ。信俊涙を押へ申けるは、

1 農夫。
2 自分が流刑にあったので、平氏の追及も少しはおだやかになるかと思われたのに。
3 頑固に。
4 「つけて」とあるべきところ。便について。
5 おっと。

折「自《えうせうより》二幼少一御哀みを蒙て、片時も離れ参せ候はず。指御下《おんくだり》の時も、6何共《なにとも》して御伴《とも》仕らうど申せしが、自二六波羅《ろくはらより》一被レ許《ゆるされ》ねば、不二力及《ちからおよばず》一。口7被レ召《めされ》候し御声も耳に留り、被レ諌《いさめられ》参らせし御詞も、肝に銘じて片時も忘れ参らせ不レ候《さうらはず》。縦ひ此《この》身は如何なる目にも逢《あひ》〔候へ〕⑦、疾疾《とくとく》御文給て参り〔候〕⑧はん」とぞ申ける。北方不レ《なのめ》斜《ならず》悦給、軈て書てぞ給《たう》だりける。少人人《をさなきひとびと》も面面《めんめん》に御文在《あり》。

信俊是を給て、遙遙《はるばる》備前有木《の》別所へ尋下る。預りの武士難波次郎経遠に、案内を云ければ、志の程を感《かんじ》、軈《やが》て見参に入《いれ》たりけり。白大納言入道殿は、唯今も都の事を曰《のたまひ》出し、嘆き沈でおはしける処に、「自レ京《きやうより》信俊が参て候」と申入ければ、「是は夢かや」とて聞もあへず起なほり、「是へ是へ」と被レ召《めされ》ければ、信俊参て奉レ見《みたてまつ》るに、先づ御住居の心憂さも8去《さ》る事にて、墨染の御袂を奉レ見《みたてまつる》〔に〕⑨ぞ、信俊目も眩《くれ》、心も消て覚ける。口北方の仰《おほせ》蒙し次第細細《こまごま》と申て、御文取出上《とりいだしたてまつ》る。是を開て見給へば、中9水茎《みづぐき》の跡は涙にかきくれて、そこ共⑩みえね共、「少《をさ》なき人人余《あまり》に恋悲しみ給在様《ありさま》、我身も不レ尽《つきせぬ》思に堪へ可レ忍《しのぶべく》も無し」と被レ書《かかれ》たれば、日比の恋しさは、事の不レ数《かずならず》とぞ悲み給。

白角《かく》て四五日過ければ、信俊「是に候て、最後の御在様見参らせん」と申けれ

6　どうかして。
7　お呼びになったお声。
8　そうだったけれども、さらに。
9　筆の跡。文字のこと。

①原本なし。
②原本なし。
③原本「も」あり。
④原本なし。
⑤原本「し」
⑥諸本「哀れ」を「まことや」とする。
⑦原本「参せ」
⑧原本「侯」と誤る。
⑨原本なし。
⑩諸本「そこ共」を「そこはかとは」とする。

ば、預の武士難波次郎経遠、叶まじき由頻《しきり》に申せば、力及ばで、「去らば上れ」とこそ曰《のたまひ》けれ。「我れは近う被レ失《うしなはれ》①〔なんず〕。此世に無き者と聞かば、相構て我後世を弔《とぶら》へ」とぞ曰《のたまひ》ける。御返事給《たう》だりければ、信俊是を給て、「又こそ参り候はめ」とて、暇申て出ければ、「汝が又来ん度も②可ニ待着一《まちつくべし》共不レ覚《おぼえぬ》ぞ。

初 余りに③〔慕《したはしく》〕敷覚ゆるに、暫し暫し」と曰《のたまひ》て、度度被ニ喚返一《たびたびよびかへされ》ける。

ロ 去ても可レ在《あるべき》ならねば、信俊涙を押《おさへ》つつ、都へ帰り上けり。北方④〔に〕文参らせたりければ、是を開《あけて》御覧ずるに、早出家し給たると覚敷て、御髪《おんぐし》の一房《ひとふさ》、文の奥に在けるを、二目《ふため》共不ニ見給一《ともみたまはず》。形見こそ今は[1]寃《あた》なれとて、臥辷《ふしまろび》てぞ被レ泣《なかれ》ける。少《をさな》き人人も声声に⑤泣悲み給けり。⑥

新《しん》大《だい》納《な》言《ごんの》死《し》去《きよ》

中 去程に、大納言入道殿をば、同八月十九日、備前・備中両国の境に[2]はせ郷《がう》、吉備《きび》の中山と云処にて、終に奉レ失《うしなひたてまつる》。最後の在様やうやうに聞えたり。⑦酒に毒を入て勧たりけれ共不レ叶《かなはざり》ければ、⑧[3]〔岸〕の二丈計《ばかり》在ける下に、[4]ひしを栽《うゑ》

1 語り本、「た」に清点。
2 岡山市に庭瀬の地名がある。
3 がけ。
4 鋭い刃物で、二またに分かれたもの。
5 例。
6 菩提寿院の略。京都市左京区神楽岡の東にあったと言う。
7 未詳。
8 院のお気に入り。
9 仏前に供える水。
10 この実定の厳島参詣の話は、実定の左大将任官が治承元年十

二月であること、古今著聞集一によれば大将になってのお礼参りにおもむいたものであること、などから平家物語の虚構であることが明らか。
11 涅槃経などに見える。天人が死ぬ時に現すという五つの死相。

①原本なし。
②諸本「も」を「を」とする。
③原本「傷」
④原本なし。
⑤原本「こそ」あり。
⑥諸本、ここで切らず。
⑦諸本「たり」を「けり」とする。
⑧原本「蜂」
⑨諸本「憂多敷事」を「うたてき」とする。
⑩原本なし。
⑪原本なし。
⑫諸本「次に」なし。
⑬原本なし。
⑭原本「放」
⑮諸本、ここで切れず。
⑯諸本、これより「徳大寺之沙汰」とする。

て、上より奉ニ突落一《つきおとしたてまつ》れば、ひしに被レ貫失《つらぬかれうせ》給ぬ。初無下に⑨憂多敷《うたてしき》事共也。5本少《ためし》
〔ぞ〕⑩覚えける。
ロ大納言の北方は、此代に無き人と聞給て、如何にもして、今一度不レ替《かはらぬ》姿を見⑪〔もし〕見えんとてこそ、今日迄様をも不レ替《かへざり》つれ。今は何《な》にかせんとて、菩提院6と云寺におはして様を替《かへ》、如レ形《かたのごとく》の仏事を営なみ、後世をぞ弔《とぶらひ》給ける。次に⑫〔此〕中⑬北方と申は、山城守⑭〔敦〕7方の娘也。勝《すぐれ》たる美人にて、後白河法皇御最愛無レ双《ならびなき》御思ひ人にておはしけるを、成親卿難レ在《ありがたき》8御寵愛の人にて、被レ給《たまはられ》たりけるとぞ聞えし。少人人《をさなきひとびと》も花を手折《たをり》、9閼伽の水を掬《むすん》で、父の後世を弔《とぶらひ》給ぞ哀なる。⑮

10徳《とく》大《だい》寺《じ》殿《どの》

去程に時移《うつり》事去て、世の替行《かはりゆく》在様は、只天人の五衰に11不レ異《ことならず》。

ロ⑯爰《ここ》に徳大寺大納言実定卿は、平家の次男宗盛卿に、大将を被レ越《こえられ》、暫く籠居し給へり。出家せんと曰《のたま》へば、諸大夫侍共、如何せんと嘆きあへり。其中に藤蔵人重兼《しげかね》と云諸大夫《しょだいぶ》あり。諸事《しょじ》に心得たる人にて、或月の夜実定卿、南面の格子

上《あげ》させ、只独《ひとり》1月に嘯《うそぶい》ておはしける処に、慰《なぐ》さめまゐらせんとや思けん、藤蔵人参たり。「誰《た》そ」「重兼候」。「如何に何事ぞ」と曰《のたま》へば、「今夜《こよひ》は特に月寒《さえ》て、万《よろ》づ心のすみ候ままに参て候」と①〔ぞ〕申ける。大納言「神妙に参たり。余りに何とやらん意細《こころ》②〔うて〕徒然《とぜん》なるに」③〔とぞ〕被レ仰《おほせられ》ける。其後何と2無い事共申て奉レ慰《なぐさめたてまつる》。大納言曰《のたまひ》けるは、「倩《つらつら》此世の中の在様を見に、平家の世は弥《いよいよ》盛也。入道相国の嫡子・次男、④〔左右の〕大将にて在り。軈て三男知盛、嫡孫惟盛も在ぞかし。彼も是も次第にならば、他家の人人、大将をいつ当り可レ付共不レ覚《つくべしともおぼえず》。⑤〔され〕ば、3つひの事也。出家せん」とぞ曰《のたまひ》ける。白 重兼涙をはらはらと流《ながし》申けるは、「君の御出家候なば、御内《みうち》の上下、皆惑ひ者に成り候なんず。重兼珍敷《めづらしき》事⑥〔をこそ〕案じ出て候へ。4譬へば安芸の厳島をば、平家不レ斜被二崇敬一《なのめならずあがめうやまはれ》候に、何かは可レ苦《くるしかるべき》、彼宮《の》へ御まゐりあり、御祈誓候へ。⑦七日計《ばかり》御参籠あらば、彼社には内侍《ないし》とて幽《5いう》なる舞姫共多《おほく》候。珍《めづらしく》敷思まゐらせて、持成《もてなし》⑧〔参らせ候はんずらん〕。何事の御祈誓に、御参籠候やらんと申なば、在《あり》のままに仰せ候へ。去《さ》て御上《のぼり》の時、御名残惜みまゐらせ候はんずらん。宗徒《6むねと》の内侍共召具して、都迄御上候へ。都へ上《のぼり》なば、西八条へぞまゐり候はん⑨〔ずらん〕。徳大寺殿は、何

1　月を見て、詩歌を口ずさんでいる。

2　何やかやと。

3　結局は、出家することだ。

4　と申しますのは。

5　優なるが正しい。

6　主だった。

事の御祈誓に厳島へは参らせ給たりけるやらんと被レ尋《たづねらるる》時、内侍共在のままに申候はんずらん。入道相国は特に物目《め》7でし給人⑩⑪〔にて〕、我崇《あが》め給御神へ参、被《いのりまうさるる》ニ祈申一こそ嬉敷《うれしけれ》とて、好《よ》き様なる計《はから》ひもあんぬと覚候」と申ければ、徳大寺殿「是こそ思も不《よらざり》レ寄つれ。難《ありがたきはかりごとかな》レ在策哉。軈て参らん」とて、俄に精進を始つ、厳島へぞ被《まゐられ》レ参ける。

指 誠に彼《かの》宮には、内侍共とて幽《いう》なる女共多かりけり。七日被《さんろうせられ》ニ参籠一けるに、夜昼着副《つきそひ》たてまつり持成《もてなす》事無《かぎりなし》レ限。七日七夜の間、舞楽共三度在けり。琵琶琴引《ひき》神楽舞《まひ》歌ひな(ン)ど遊ければ、実定卿も面白き事に思召《おぼしめし》、8神明法楽の為、今様朗詠歌ひ、風俗催馬楽な(ン)ど難《ありがたき》レ在9詠曲共在けり。口 内侍共「当社へは平家の君達こそ御まゐり候《さぶらふ》に、此御物詣でこそ、珍敷《めづらしく》候へ。何事の御祈誓に、御参籠やらん」と申ければ、「大将を人人に被《こえられ》レ越たる間、其いのりの為」と⑫〔ぞ〕被《おほせられ》レ仰ける。

中 去て七日参籠畢《をはつ》て、大明神に暇申て都へ上らせ給けり。名残惜みたてまつて、宗徒《むねと》の若内侍共十余人舟を⑬〔したてて〕、10一日道《ひとひぢ》奉《おくりたてまつる》レ送。暇申けれども、去りとては余りに名残惜きに今一日路、今二日路と被《おほせられ》レ仰、都迄こそ被《ぐせられ》レ具けれ。徳大寺の亭へ入させ給、様様《やうやう》に持成《もてなし》、様様の引手物《ひきでもの》共給《たう》で被《かへされ》レ還けり。

7 感激しやすい。
8 神をたのしませるために。
9 郢曲が正しい。宴会の余興にあそばれる歌曲。
10 一日の航程。

①原本なし。
②原本「き」
③原本「そと」
④原本「右」
⑤原本なし。
⑥原本なし。
⑦諸本「かし」あり。
⑧原本「参せん」
⑨原本なし。
⑩原本「し」を重ねる。
⑪原本なし。
⑫原本「こそ」
⑬原本「認」

ロ　内侍共、「是迄上《のぼる》程では、我等が主の太政入道殿へ、争《いか》で参らで可レ在《あるべき》」とて、西八条へぞ参たる。入道相国急ぎ出合給て、「如何に内侍共は、何事の列参ぞ」。「徳大寺殿の御まゐり候て、七日被二参籠《さんろうせられ》一給て御上り候を、一日路《ひとひぢ》送りまゐらせて候へば、去りとては余りに名残をしきに、今一日路、二日路と被《おほせ》レ仰《られ》て、是迄被二召具《めしぐせられ》一候《さぶらふ》」。「徳大寺は、何事の祈誓に厳島までは被レ参《まゐられ》たりけるぞや」と曰《のたま》へば、「大将の御祈の為とこそ被レ仰《おほせられ》候しか」。其後①入道打俯《うな》づいて、折[1]「あないとほし、王城[2]に、さしも尊《たつ》とき霊仏霊社の幾等もましますを閣《さしおい》て、我が崇《あがめ》〔奉る〕②御神へ参り、被二祈申《いのりまうされ》一けるこそ難レ在《ありがた》けれ。初是程志《こころざ》しの切《せつ》ならん上は」とて、初中嫡子小松殿、内大臣左大将にてましましけるを〔辞せさせ奉り〕③、次男宗盛大納言右大将にておはしけるを、越《こえ》させて、徳大寺を左大将にぞ被レ成《なされ》ける。あはれ目出度かりける策《はかりこと》也。初新大納言も、加様に賢《さか》しき計らひ④をばし不レ給《たまはず》、無レ由《よしなき》謀叛起て、我身も滅び、子息所従に至迄《いたるまで》、懸《かか》る憂目を見せ給こそうたてかりけれ。

1　ああいじらしい。
2　都。

法⑤《ほふ》皇《わう》灌《くわん》頂《ちやう》

ロ去程に、法皇は、三井寺の公顕《こうけん》僧正を御師範《ごしはん》とて、真言《しんごん》の秘法を伝受⑥〔せさせましましけるが〕、大日経《だいにちきやう》・金剛頂経《こんがうちやうきやう》・蘇悉地経《そしつぢきやう》、此三箇の秘法を受させ給て、[3]九月四日三井寺にて御[4]灌頂可レ在《あるべし》とぞ聞《きこえ》ける。山門の大衆憤り申《まうし》、「自レ昔《むかしより》灌頂御受戒、皆当山にて被レ遂《とげられ》まします事先規《せんぎ》也。就レ中《なかんづく》山王の[5]化導《けだう》は、受戒灌頂の為也。然《しかる》を今三井寺にて遂させましまさば、寺を一向可二焼払一《やきはらふべし》」とぞ申ける。是無益《むやく》也とて、御[6]加行《けぎやう》を[7]結願して被二思召留一《おぼしめしとどまらせ》給ぬ。猶御本意《ごほんい》なればとて、三井寺の公顕僧正を召具して、天王寺へ御幸成て、[8]五智光院《ごちくわうゐん》を立《たて》、亀井の水を[9]五瓶《ごびやう》の智水として、仏法最初の霊地にてぞ、伝法の灌頂は、遂《とげ》させましましける。

白 山門の騒動を為レ被レ静《しづめられんがために》、三井寺にて御灌頂は無《なかり》しか共、山上には、堂衆学生《だうじゆがくしやう》不快の事出《いで》きて、合戦度度に及《およぶ》。毎度に[10]学侶うちおと⑦〔され〕て、山門の滅亡、朝家《てうか》の御大事《おんだいじ》とぞ見えし。堂衆と申は、学生の所従《しよじゆう》也。童部《わらんべ》が法師に成たるや、若《もし》は[11]中間法師原《ちゆうげんぼふしばら》にて在けるが、金剛寿院《こんがうじゆゐん》の[12]座主[13]学尋《がくしん》権僧正、治山《ちさん》の時より三塔

3 史実は治承二年二月のことである。
4 この場合、秘法を伝受するための密教の儀式。
5 教え導くこと。
6 受戒、灌頂の前の修行。
7 加行のみで結願（修行の最終）として。
8 灌頂堂とも言う。
9 灌頂のための水を入れる五個の瓶。
10 学生のこと。
11 雑用に従事する法師。
12 天台座主。
13 覚尋が正しい。

①諸本「後」を「時」とする。
②原本「たる」
③原本「奉レ辞」
④原本「在」あり。
⑤諸本「山門滅亡」
⑥原本「せり」
⑦原本「し」

1 順番で勤めて。

2 西塔の一坊。

3 大津市下坂本の古称。

4 現在の早尾坂。

5 城墎を構えて。

6 史実は治承三年七月以後の事件である。

7 今度はまさかと思っていたのに。

8 石をおとすためのしかけ。これをはずして石をおとす。

9 三昧堂で、順番をきめて不断経を修する十二人の僧。

10 四教・五時ともに、仏の説教の分類。

11 一日六回に分けてたかれる香。

に[1]結番《けつばん》して、夏衆《げしゆ》と号《かう》して、仏に花を被レ参《まゐらせし》者〔共〕①也。近年行人《ぎやうにん》とて、大衆《だいしゆ》をも事と〔も〕②せざりしが、角度《かくど》度《ど》の軍に討勝〔ぬ〕③。堂衆等《だうじゆら》師主の命《めい》を背て、合戦を企《くはた》つ。速可レ被二誅罰一由《すみやかにちゆうばつせらるべき》、大衆公家《だいしゆくげ》へ奏聞し、武家へ触《ふれ》訴ふ。□因レ茲《これによつて》太政入道院宣を承はり、紀伊国《きいの》住人、湯浅権守宗重以下《むねしげいげ》、畿内《きない》の兵二千余騎、大衆に差副《さしそへ》て、被レ攻二堂衆一《だうじゆをせめらる》。〔堂衆〕④日比は、[2]東陽坊《とうやうばう》に在しが、近江[3]三箇庄《さんがのしやう》に下向《げかう》して、数多《あまた》の勢を〔率〕⑤し、又登山して、[4]さう井坂に[5]城《じやう》をして楯籠る。

⑥山《さん》門《もん》滅《めつ》亡《ばう》

拾[6]同九月二十日辰《たつ》の一点に、大衆《だいしゆ》三千人、官軍二千余騎、都合其勢五千余人、さう井坂に押寄たり。今度は[7]去《さ》り共と思けるに、大しゆは官軍を先だてんとし、官軍は又大しゆを先立《だて》んと争ふ程に、心心にて墓墓敷《はかばかしく》も不レ戦《たたかはず》。城《じやう》の内より[8]石《いし》弓《ゆみ》はづしかけたりければ、大しゆ官軍数を尽して被レ討《うたれ》にけり。堂衆に語らふ悪党と云は、諸国の竊盗《せつたう》・強盗《がうだう》・山賊・海賊等《ら》也。慾心熾盛《しじやう》にして、死生不知《ししやうふち》の奴原なれば、我一人《いちにん》〔と〕⑦思切《おもひきり》戦ほどに、今度〔も〕⑧学生軍《いくさ》に負にけり。

中 其後は、山門弥《いよいよ》荒果て、十二禅じゅ[9]の外は、止住《しぢゆう》の僧侶も希《まれ》也。谷谷の講演《かうえん》摩滅《まめつ》して、堂堂の行法《ぎやうぼふ》も退転《たいてん》す。初 修学《しゆがく》の窓を閉《とぢ》、坐禅の床《ゆか》を空《むなしう》せり。四教五時[10]の春の花も不レ香《にほはず》、三諦即是《さんたいそくぜ》の⑨〔秋の〕月も曇れり。⑩〔三〕百余歳の法燈を挑《かかぐ》る人も無く、[11]六時不断《ふだん》の香《かう》の烟も、絶《たえ》やしぬらん。重 堂舎高く聳て、三重の⑪〔構《かまへ》〕を[12]青漢《せいかん》の内にさしはさみ、棟梁遥《はるか》に秀《ひいで》て、四面の椽《たるき》を白霧《はくぶ》の間に懸《かけ》たり⑫〔き〕。下 去れ共、今は供仏《くぶつ》を嶺の嵐に任せ、金容《きんよう》を[13]紅瀝《こうれき》に湿《うるほ》す。夜《よ》るの月燈《ともしび》を挑《かかげ》て、⑬〔檐《のき》〕の隙《ひま》より漏《も》り、暁の露珠を垂て、蓮座の粧《よそほひ》を添《そふ》とかや。初 夫《それ》末代の俗《ぞく》に至ては、三国の仏法も次第に衰微せり。遠く天竺に仏迹《ぶつせき》を弔《とぶ》らへば、昔仏の法を説給し竹林精舎給孤独園《ぎつこどくをん》も、此比は孤狼野干《こらうやかん》の栖家《すみか》と成て、礎《いしずゑ》のみや残るらん。重 [14]白鷺池《はくろち》⑭〔に〕は水絶て、草のみ深く蕃《しげれ》り。[15]退梵下乗《たいぼんげじよう》の卒都婆も、苔のみむして傾きぬ。下 震旦《しんだん》にも、天台山・五台山・白馬寺・玉泉寺も、今は無二住侶一《ぢゆうりよなき》様《さま》⑮〔に〕荒果て、大小乗の法門も、箱の底にや朽ぬらん。初 吾朝にも、南都の七大寺荒果て、[16]八宗九宗も跡絶え、初中 愛宕高雄も、昔は堂塔檐《のき》を並《ならべ》たりしか共、一夜の中に荒にしかば、天狗の住家と成果ぬ。初 去ればにや、さしもや〔ン〕事無りつる天台の仏法も、治承の今に及で、⑯〔亡《ほろび》〕はてぬるにやと、有レ心人無レ不レ悲《こころあるひとかなしまずといふことなし》。指 離山

12 大空。
13 瀝はしたたり。ここは雨露のこと。
14 竹林園にあったと言われる池。
15 これより奥へは、聖者でなければ行けず、王者も下馬しなければならぬという。
16 倶舎・成実・律・法相・三論・天台・華厳・真言を八宗と言い、これに禅を加えて九宗と言う。

①原本なし。
②原本なし。
③原本「す」
④原本なし。
⑤原本「卒」
⑥諸本、ここで句をたてず、続く。
⑦原本「にして」
⑧原本なし。
⑨原本なし。
⑩原本なし。
⑪原本「楼」
⑫原本なし。
⑬原本「簷」
⑭原本なし。
⑮原本「様」
⑯原本なし。

しける僧の房の柱に、歌をぞ一首書たりける。

歌 祈〔こ〕①し我立つそまの引替て人無き嶺と成や果なん

指 是は伝教大師、当山草創の昔、1阿耨多羅三藐三菩提《あのくたらさんみやくさんぼだい》の仏達に、被二祈申《いのりまうされ》一ける事を、思出し読たりけるにや。いと優敷《やさし》うぞ聞えし。中 八日は薬師の日なれ共、南無と唱る声もせず。卯月は2垂跡《すいしやく》の月なれ共、幣帛《へいはく》を捧《ささぐ》る人もなし。朱《あけ》の玉墻《たまがき》神蕭《さび》て、しめなはのみや残《のこる》らん。

②善《ぜん》光《くわう》寺《じ》炎《えん》上《しやう》

口 3其比《そのころ》善光寺炎上の由其聞え在《あり》。彼如来と申は昔天竺舎衛《しやゑ》国に五種の悪病起て、人多く滅し時、月蓋長者《ぐわつかいちやうじや》③〔が〕致請《ちじやう》に依て、自二竜宮城《りゆうぐうじやうより》一閻浮壇金《えんぶだごん》を得たり。釈尊4目連長者一レ心《こころをひとつ》にして、鋳《い》現したる5一ちやく手半の弥陀の三尊、閻浮提第一の霊像也。中 仏滅度《ぶつめつど》の後、天竺に留まり給《たまふ》事五百余歳、仏法東漸の理にて百済《はくさい》国に被レ移《うつらせ》給て、一千歳の後、百済の帝6斉明王《せいめいわう》、吾朝の帝欽明天王の御宇に及で、彼国より此国へ移らせ給て、摂津国難波浦にて、星霜を被レ送《おくらせ》給。初 常は金色の

1 新古今集二十「阿耨多羅三藐三菩提の仏たちわが立つ杣に冥加あらせ給へ」
2 日吉山王が垂跡の。
3 史実は、治承三年三月の事件。
4 日蓮長者が正しい。釈迦の十大弟子の一人。
5 一搩手半。
6 聖明王が正しい。

光を放たせましましければ、因《これによりて》レ茲年号を金光[7]と号す。次《つぎに》同三年三月上旬、信濃国の住人[8]大海の本太善光《よしみつ》と云者、都へ上たりけるに、彼如来に奉《あひたてまつり》レ逢、聽て倡《いざなひ》参らせて、初中 昼は善光《よしみつ》如来を④〔おひ奉り〕、夜は善光如来に被《おはれ》レ負奉て、信濃国へ下、水内《みのち》郡に奉《あんちしたてまつり》二安置一しより以降《このかた》、星霜既に⑤五百余歳、炎上の例は是《これ》始とぞ承る。初 王法尽なんとては、仏法先づ亡ずと云《いへ》り。去《さ》ればにや、⑥〔さしもや〔ン〕ごと〕無りつる霊寺霊山の多く滅び失するは、平家の末に成ぬる先表やらんとぞ申ける。

卒⑦《そ》都《と》婆《ば》流《ながし》

ロ 去程に、鬼界島の流人共、[9]露の命草葉《くさば》の末に懸りて、可《をしむべき》レ惜事に在《あら》ね共、丹波少将の舅平宰相《へいざいしやう》の領、肥前国[10]鹿瀬《かせの》庄より、衣食を常に被《おくられ》レ贈ければ、其にてぞ俊寛僧都も康頼も命を生て過しける。康頼は被《ながされし》レ流時、周防《すはう》の[11]室津《むろづ》水《み》にて出家しければ、法名《ほふみやう》は性照《しやうせう》とこそ被《つけられ》レ付けれ。出家は従《もとより》レ本の望《のぞみ》成ければ

歌 終《つひ》に角背果《かくそむきはて》ける世の中を疾《とく》捨ざりし事ぞ悔敷《くやしき》

7 私年号。
8 麻績（おみ）とあるべきか。
9 はかない命のたとえ。
10 今の佐賀市内にある。
11 室積。今の山口県光市内にある。

①原本「に」
②語り本、秘曲としてこれをのせず。よって正節本により旋律型を示す。
③原本なし。
④原本「奉抱」
⑤「五百余歳」を諸本は「五百八十余歳」とする。
⑥原本「事」
⑦諸本「康頼祝詞」

白 丹波少将・康頼入道は、従レ本《もとより》熊野信心の人なれば「如何にもして此島の中に[1]熊野三所権現を奉ニ勧請一《くわんじやうしたてまつつ》て、帰洛の事を祈申《いのりまうさ》ばや」と云に、僧都は天性《てんぜい》[2]不信第一の人にて不レ用《もちひず》。口 二《に》人《にん》は同心にして、若し熊野に似《にた》る処や在《ある》と、島の中を尋まはるに、中 或は[3]林塘《りんたう》の妙《たへ》なる在、[4]紅錦繍《こうきんしう》の①〔粧《よそほひ》〕しなじなに、或は雲嶺《うんれい》怪敷《あやしき》在り。碧羅綾《へきらりよう》の色一つに非ず。山の気色《けしき》木の木《こ》②〔だち〕に至迄、外《ほか》よりも猶勝《すぐ》れたり。初 南を望めば、海《かい》漫漫として雲の浪《なみ》烟の波深く、初中 北を顧れば、又山岳《さんがく》の峨峨《がが》たるより、百尺《はくせき》の瀑漲《たきみなぎ》り落たり。瀑の音殊に冷《すさま》じく、松風神蕭《かみさび》たる栖居《すまゐ》、[5]飛瀧権現《ひりゆうごんげん》のおはします那智のお山にさも似たり。初 去てこそ軈《やが》てそこらをば、那智の御山《おやま》とは名付け③〔れ〕。指 此嶺は本宮、彼《かれ》は新宮、是は[6]そんぢやう其《その》王子、彼《かの》王子な〔ン〕ど、王子王子の名を申て、康頼入道先達《せんだつ》にて、丹波少将相具して、毎日熊野詣《まうで》のまねをして、帰洛の事を④〔ぞ〕祈ける。折「南無権現金剛童子、願くは憐みを垂させおはしまして、古郷へ帰し入させ給へ。妻子共を今一度見せ給へ」とぞ祈ける。口 日数積て、たちかふべき浄衣も無《なけ》れば、麻の衣を身に纒《まと》ひ、沢辺の水を垢離《こり》に掻《かい》ては、初 岩田川の清き流れと思遣《おもひやり》、高き処に上ては、[7]発心門《はつしんもん》とぞ観じける。指 参る度ごとに、康頼入道祝言《のつと》を申に、御幣紙《ごへいがみ》も無れば、花を手《た》

1 熊野の熊野坐・熊野速玉・那智の三社。
2 大変な不信者。
3 林の堤。
4 和漢朗詠集上に「著イテレ野ニ展敷ス紅錦繍 当テハレ天ニ遊織ス碧羅綾」とある。
5 那智の地主神。
6 どこそこの。
7 本宮の総門。

折《をつ》て捧《ささげ》つつ、

読

維《ゐ》当《あた》れる歳次《さいし》、治承元年丁酉《ひのとのとり》、月のならび十《と》月二月《つきふたつき》、日の数三百五十余箇日、吉日良辰《きちにち》を択《えらん》で、かけまくも忝《かたじけ》なく、日本第一大領験[8]、熊野《ゆや》三所権現、飛瀧大薩埵の教りやう、うづの広《ひろ》[⑤]〔前《まへ》〕にして、信心の大施主、羽林《[10]うりん》藤原成経、并《に》[⑥]沙弥性照、一心清浄《しやうじやう》の誠を致し、[11]三業相応《さんごふさうおう》の志を抽《ぬきんで》て、謹で、以 敬 白《もつてうやまつてまうす》。夫[12]証 誠《しようじやう》大菩薩は済度苦海《さいどくかい》の教主、[13]三身《さんじん》円満の覚王也。或は東方《とうぼう》浄瑠璃医王の主《しゆ》、衆病悉除《しゆびやうしつぢよ》の如来《によらい》也。或南方補陀落能化《はふだらくのうけ》の主、入《にふ》重玄《ぢゆう》門の大士《だいじ》。[14]若王子《にやくわうじ》は娑婆世界の本主《ほんじゆ》、施無畏者《せむゐしや》の大士《だいじ》、頂上の仏面を現じて、衆生《しゆじやう》の所願を満《み》て給へり。因レ茲上一人《これによつてかみいちじん》より下万民に至迄《いたるまで》、或は現世《げんぜ》安穏の為、或は後生善処の為に、朝《あした》には浄水を結で、煩悩の垢《あか》を濯《すす》ぎ、夕には深山に向て宝号を唱《となふ》るに、感応 無レ怠《おこたることなし》。峨峨《がが》たる嶺の高《たかき》をば神徳の高きに喩《たと》へ、嶮嶮《けんけん》たる谷の深《ふかき》をば、弘誓《ぐぜい》の深《ふかき》に 準《なぞらへ》て、雲を分て上り、露を忍《しのい》で下る。爰に不レ憑二利益地一《りやくのちをたのまずんば》[15]如何《いか》んが歩《あゆみ》を嶮難の路に運《はこば》ん。不レ仰二《ごんげんのと》権 現 徳一何 必《くをあふがずんばなんぞかならずしも》幽遠の境《さかひ》にましまさん。仍《よつて》証誠大権現、飛瀧大薩埵、青《しやう》蓮《れん》慈悲の眸《まなじり》を相双《あひなら》べ、小鹿《をしか》の御耳を振立てて、我等が無二の丹誠《たんぜい》を知見し

8 霊験が正しい。
9 尊い。
10 近衛府の唐名。成経は右近衛少将であった。
11 身・口・意のなす所。
12 熊野第一宮の本地、阿弥陀如来。
13 法身・報身・応身。
14 第四宮の本地、十一面観音。
15 大地のように広大な、衆生を利益する菩薩。

①原本なし。
②原本「高」
③原本「り」
④原本なし。
⑤原本「処」
⑥原本「小」あり。

て、一一の懇志を納受し給へ。然《しかれば》則《すなはち》結ぶ早玉の両所《りやうじよ》権現、各《おのおの》随機《ずいき》有《う》縁《えん》の衆生を導き、無縁の群類を救《すくは》ん〔が〕①為に、七宝《しつぽう》荘厳《しやうごん》の栖家《すみか》を捨て、八万四千の光を和げ、六道[1]三有《さんう》の塵に同《どう》じ給へり。故《かるがゆゑ》に[2]定業亦能転《ぢやうごふやくのうてん》[3]求長寿得長寿《ぐぢやうじゆとくぢやうじゆ》の礼拝《らいはい》の袖を連ね、幣帛礼奠《へいはくれいてん》を捧事無レ隙《ささぐることひまなし》。[4]忍辱《にんにく》の衣を重ね、走重覚道の花をささげ、神殿の床《ゆか》を動《うごか》し、信心の水を澄《すまし》て、利生の池を湛《たたへ》たり。神明納受《しんめいなふじゆ》し給《たまは》ば、所願何んぞ不ニ成就《じやうじゆせざらん》一。仰《あふぎ》願くは、十二所権現、利生の翅《つばさ》を比《ならべ》て遙に苦海の空《くう》に翔《かけ》り、拾左遷の愁《うれへ》を息《やす》めて、帰洛の本懐《ほんぐわい》を遂《とげ》しめ給へ。再拝《さいはい》

とぞ康頼祝言《のつと》をば申ける。

口②丹波少将・康頼入道常に③三所権現の御前に参《まゐ》り、通夜《つや》する折も在けり。或時二《に》人《にん》通夜して夜終《よもすがら》今様をぞ歌ひける。暁方《あかつきがた》に、康頼入道ち（ッ）と目睡《まどろみ》たりける夢に、沖より白帆《しろい》懸けたる小船《こぶね》一艘寄《よせ》て、船の中《うち》④〔より〕紅の袴着たる女房二三十人上《あが》り、鼓を撃《うち》声を調《ととのへ》て、今様をぞ歌《うたひ》ける。

中[5]万《よろ》づの仏の願よりも　[6]千手の誓ぞ憑敷《たのもしき》
枯たる草木も忽に　花笑《さき》実なるとこそ聞け

1　欲有・色有・無色有。
2　法華文句記に見える。
3　薬師本願功徳経に見える。
4　辱を忍んで怒らないこと。
5　梁塵秘抄に近い今様が見える。
6　千手観音。

と、三反《さんべん》歌ひすまして、搔消《かきけ》〔つ〕⑤やうにぞ失にける。指 夢覚《さめ》て後、寄特[7]⑥の思《おもひ》を成し、康頼入道申けるは、折「是は竜神の化現と覚たり。三所権現の内に、西の[8]御前《ごぜん》と申は、本地千手観音にてまします。竜神は即《ち》[9]千手の二十八部衆の、其一つなれば、御納受こそ憑《たのも》しけれ」。口 又或夜二人《ににん》通夜して、同じく目睡《まどろみ》ける夢に、奥《おき》より吹来る風の便りに、二人が袂に、木葉《このは》を二つ吹懸たり。何《なに》と無《なう》つて見ければ、御熊野《みくまの》の南木《なぎ》[10]の葉に⑦

歌 千《ち》葉《は》破《やぶ》る神に祈りの滋《しげ》ければなどか都に⑧帰らざるべき

指 康頼入道古郷の恋敷《こひしき》ままに、責《せめ》[11]ての謀《はかりこと》に、千本の卒都婆を造り阿字《あじ》の梵字《ぼじ》、年号月日《つきひ》・仮名実名《けみやうじつみやう》[12]、二首の歌を〔ぞ〕⑨書たりける。

歌 薩摩潟沖の小島に我在りとおやには告よ八重《やへ》の塩風

歌 想像《おもひや》れ暫しと思ふ旅だにも猶古郷は恋敷《こひしき》物を

是を浦に持て出て、折「南無帰命頂礼《きみやうちやうらい》、梵天帝釈《ぼんでんたいしやく》、四大《しだい》[13]天王、王城《の》鎮守諸大明神、殊には、熊野権現、厳島《の》大明神、責《せめ》ては一本成共《なりとも》、都へ伝て給へ」とて、初 沖津《おきつ》白浪の寄せては帰る度ごとに、中 卒都婆を海にぞ浮めける。卒都婆を造り出すに随て、海に入ければ、日《ひ》数積《かずつも》れば、卒都婆の数も積《つも》りけり。思ふ心や便《たより》の

7 奇特が正しい。
8 結宮のこと。
9 千手観音の眷属である守護神。
10 マキ科の喬木。
11 思いにあまっての。
12 通称と実名。平判官康頼。
13 帝釈天の臣の、持国・増長・多聞・広目の四天王。

①原本なし。
②諸本、これより「卒都婆流」
③諸本「に」を「は」とする。
④原本なし。
⑤原本「か」
⑥諸本「特」を「異」とする。
⑦諸本「てぞ有ける。彼の二の南木の葉に一首の歌を虫ぐひにこそしたりけれ」あり。
⑧諸本「に」を「へ」とする。
⑨原本なし。

風と成《なり》たりけん、又神明仏陀もや送らせ給けん、千本《せんぼん》の卒都婆の中《なか》に一本、安芸国、厳島大明神の御前《おんまへ》の渚①〔に〕打上《あげ》たり。ロ康頼がゆかり在ける僧の、可《しかる》レ然便《べきたより》もあらば、如何にもして彼島へ渡つて、其行末《そのゆくへ》を聞んとて、西国修行に出たりけるが、厳島へぞ参ける。爰に宮人《みやうど》と覚敷《おぼしく》て、狩衣装束なる俗一人出来《ぞくいちにんいできたり》。此僧何と無き物語しけるに、折「其れ和光同塵[1]の利生様様成《まちまちなり》と申せ共、如何なりける因縁を以て、此御神《おんがみ》は海漫《かいまん》の鱗《うろくづ》に縁をば結ばせ給らん」と、奉《とひたてまつる》レ問。宮人答けるは、指「是はよな、娑竭羅竜王《しやかつらりゆうわう》[2]の第三姫宮、胎蔵界[3]の垂跡《すいしやく》也」。此島《へ》②御影《ごやう》中向在《がうあり》し始めより、済渡[4]利生の今に至迄、甚深《じんじん》奇特の御事共をぞ語け③〔る〕。去ればにや、八社の御殿いらかを双べ、社はわだづみの辺《ほとり》なれば、塩の満晞《みちひ》に月ぞ住《すむ》。塩満来れば、大鳥居緋《あけ》の玉垣瑠璃《るり》の如し。しほ晞《ひき》④〔ぬ〕れば夏の夜なれ共、御前の白洲《しらす》に霜ぞ置く。白弥貴《いよいよたつ》とく覚て、法施[5]《ほつせ》参せて居たりけるに、漸く日暮《れ》月指出《さしいで》て、しほ満《みち》けるが、そこはかと無き藻《も》くづ⑤〔共〕の淘《ゆら》れける中に、卒都婆の形の見えけるを、何と無うとつて見ければ、奥《おき》の小島に我在《われあり》と、書流せる言の葉也。文字をば彫入《ゑりい》れ、刻《きざ》み付たりければ、波にも不《あら》レ被《はれ》レ洗《ず》、鮮鮮《あざあざ》としてぞ見《みえ》ける。ロあな不思議やとて、是を負《おひ》[6]の肩に差し、都へ上り、康頼が老

1 仏が光を和らげ、この俗塵に神として現れたその御利益。
2 八大竜王の中の第三番目の竜王。
3 胎蔵界の大日如来の垂跡。
4 済度が正しい。
5 経を読んでいると。
6 笈が正しい。

母の尼公《にこう》妻子共が、一条の北、紫野と云処に忍《しのび》つつ住けるに、見せたりければ、初「さらば此卒都婆が、唐《もろこし》の方《かた》へも、⑥不《ゆかず》レ行して、何《なに》しに是迄伝来《つたへき》て、今更物を思はすらん」とぞ悲みける。ロ遙《はるか》の叡聞に及で、法皇是を御覧じて、「あな無慚や。去ればいまだ此者共は、命の生て在《ある》にこそ」と御涙を流させ給ぞ忝き。小松大臣の許《もと》へ被《おくられ》レ送給しかば、是を父の入道相国に奉《みせたてまつりたまふ》レ見給。重柿本人丸は、7島隠れ行く舟を思ひ、山辺赤人は、8芦辺《あしべ》の田鶴《たづ》を詠《なが》め給。下9住吉明神は、かたそぎの思を成し、10三輪明神は、杉立《たて》る門をさす。昔素盞烏尊《むかしそさのをのみこと》、三十一字の大和《やまと》歌《うた》を初置給《はじめおきたまひ》しより以来《このかた》、諸《もろもろ》の神明仏陀も、彼の詠吟以《を》て百千万端《はくせんばんたん》の思ひを伸《のべ》給《たまふ》。⑦

蘇《そ》武《ぶ》

初入道も岩木《いはき》ならねば、有繋《さすが》哀れげにぞ宣ける。ロ⑧入道相国の哀み給上《うへ》は、京中⑨〔の〕上下《じやうげ》、老たるも若きも、鬼界島の流人の歌とて口号《くちずさ》まぬは無りけり。去《さて》も千本迄造ける卒都婆なれば、さこそは小さうも在《り》けめ。薩摩⑩〔潟〕より遙遙《はるばる》

7 古今集。羇旅の部に「ほのぼのと明石の浦の朝霧に島がくれゆく舟をしぞ思ふ　このうたは或人の云はく、柿本人麿が歌也」とある。

8 万葉集六に「和歌の浦に塩満ちくれば潟をなみ芦辺をさして鶴鳴き渡る」とある。

9 新古今集、神祇の部に「夜や寒き衣や薄きかたそぎのゆきあひの間より霜やおくらん、住吉の御歌となん」とある。

10 袋草子に「三輪明神御歌、恋しくばとぶらひ来ませわが宿は三輪の山もと杉立てる門」とある。

①原本「の」
②諸本「に」あり。
③原本「り」
④原本なし。
⑤原本「せ」
⑥諸本「ゆられ」あり。
⑦諸本・語り本ここで切らず続ける。
⑧諸本・語り本これより「蘇武」とする。
⑨原本なし。
⑩原本なし。

と、都まで伝へけるこそ不思議なれ。余りに思事《おもふこと》は、かく験《しる》し在にや。

古《いにしへ》漢王胡国[1]を被レ責《せめられ》けるに、初は李少卿《りせうけい》を大将にて、三十万騎被レ向《むけられ》たりけるが、漢の軍《いくさ》弱く、胡国の戦強《つよく》して官軍皆被二討滅《うちほろぼさる》一。剰《あまつさへ》、大将軍李少卿為《こわうの》二胡王《ために》一被二生捕《いけどらる》一。白 次に、蘇武[2]を大将軍①〔にて〕五十万騎を被レ向《むけらる》。猶漢の軍弱《よわく》、夷《えびす》の戦《いくさ》強して、官軍皆滅にけり。兵六千余人、被二生捕《いけどらる》一。其中に大将軍蘇武を始として、宗徒《むねと》の兵六百三十余人勝《すぐ》り出し、一一に片足を切て追放《おつぱな》つ。即死《すなはちし》[3]する者も在《あり》、程歴《へ》て死する者も在。其中に、去《さ》れ共蘇武は不レ死《しなざり》けり。片足きられながら山に上ては、木《こ》の実《み》を拾ひ、春は沢の根芹《ねぜり》を摘《つみ》、秋は田面《たづら》の落穂を拾《ひろ》ひな（ン）ど して②〔ぞ〕、露の命を過《すご》しける。ロ 田に幾等《いくら》も在ける鴈共、蘇武に見馴《みなれ》て不レ恐《おそれざり》ければ、是等は皆我故郷へ通ふ物ぞかしと馴《なつか》しさに、思ふことを一筆《ひとふで》書て、「相構へて是《これ》漢王に上《たてまつ》れ」と云含めて、鴈の翅に結付《むすびつけ》てぞ放《はなち》ける。中 甲斐甲《かひが》斐《ひ》敷《しく》も、田《た》の面《も》の鴈、秋は必《かならず》③〔こし地〕より都へ来る物なれば、漢の昭帝上林《しやうりん》[4]苑《ゑん》に御遊《ぎよいう》在しに、夕ざれの空、薄曇て、何と無う物哀れなりける折節、一行《ひとつら》の鴈飛渡る。其中にがん一つ飛下《さがり》、己《おの》が翅に結付《むすびつけ》たる玉章《たまづさ》を噛《く》ひ切てぞ落しける。指 官人是を取て帝に上《たてまつ》る。開て叡覧あれば、折「昔は岩崛の洞《ほら》に被レ籠《こめられ》て、三春[5]

1　北国の蕃族、匈奴。
2　この蘇武の話は、漢書 五十四 に見える。
3　たちまち。
4　武帝の築いた園。
5　三年。

の愁嘆を送り、今は[6]曠田《くわうでん》の畝《うね》に被レ捨《すてられ》て、[7]胡敵《こてき》の一足と成れり。ロ縦ひ屍《かばね》は胡の地に散《ちら》すと云共、魂は二度返て君辺《くんぺん》に仕へん」とぞ書たりけ④〔る〕。初其よりしてぞ、文をば鴈書共《とも》、鴈札共云《ともいふ》。ロ「あな無慚《むざん》や、蘇武が誉《ほまれ》の跡なりけり。いまだ胡国に在《ある》にこそ」とて、今度は[8]李広《りくわう》と云将軍に仰せて、百万騎を差遣《さしつかは》す。今度は漢の戦《たたか》ひ強《つよく》して、胡国の軍《いく》さ破れにけり。御方《みかた》戦ひ勝《かち》ぬと聞《きこえ》しかば、蘇武は曠野の中《なか》より⑤〔はひ出て〕、「是こそ古《いにしへ》の蘇武よ」とぞ名乗る。白蘇武十六の歳より胡国十九年の星霜《せいざう》を送て、片足は乍レ切《きられながら》、輿に被レ舁《かかれて》故郷へぞ帰ける。身を不レ放《はなたず》⑦〔持〕たりけり。今取出して帝の見参に入ければ、君も臣も感嘆不レ斜《なのめならず》。君の為大⑧〔功〕無レ双《ならびなかり》しかば、大国余《だいこくあま》た給り、其上[9]典属国《てんしよくこく》と云官を被レ下《くだされ》けるとぞ聞えし。

李少卿《りせうけい》は、胡国に留まり竟《つひ》に不レ帰《かへらず》。如何にもして、漢朝へ帰らんとのみ嘆け共、胡王許さねば不レ叶《かなはず》。漢王是をば不ニ知給一《しりたまはず》、君の為に不忠者《の》也とて、[10]無レ墓《はかなく》成れる二親の⑨死骸を掘出て被レ打《うたせらる》。其外[11]六親をも皆被レ罪《つみせらる》。ロ李少卿是を伝聞て恨深く⑩〔ぞ〕成にける。乍レ去《さりながら》猶故郷を恋ひつつ、君に無ニ不忠一様《ふちゆうなきやう》を一巻の書に

6 広い田地。
7 胡狄が正しい。
8 李少卿（李陵）の祖父。武帝に仕えた。したがってここに登場させるのは時代が合わない。
9 属国のことを司る官。
10 なくなってしまった。
11 父母・兄弟・妻子。

①原本なし。
②原本なし。
③原本「塞」
④原本「り」
⑤原本なし。
⑥原本「案し」
⑦原本「侍」
⑧原本「切」
⑨諸本「の」を「が」とする。
⑩原本なし。

作て参せたりければ、「去ては不便《ふびん》の事ごさんなれ」とて、父母が屍を①被レ打《うたせられたる》事〔②をぞ〕悔《くや》しみ給ける。

重

漢家《かんか》の蘇武は、書を鴈の翅に付て故郷へ送り、本朝の康頼は、波の便《たよ》りに歌を故郷に伝《つたふ》。下 彼は一筆《いつぴつ》のすさみ、是は、二首の歌、彼は上代、是は末代、胡国、鬼界島境を隔て、世世《よよ》は替れ共、風情《ふぜい》は同じ。③難レ在《ありがた》かりし事共也。

平家巻第二

①諸本「掘いだいて」あり。
②原本なし。
③諸本「風情」あり。

平家巻第三

①許《ゆるし》文《ぶみ》

ロ 治承二年正月一日、院御所には[1]拝礼《はいらい》被レ行《おこなはれ》て、四日朝覲《てうきん》の行幸在けり。例に換《かは》りたる事は無れ共《ども》、去年《こぞ》の夏新大納言成親卿以下《いげ》近習《きんじゆ》の人人多く被レ失事《うしなはれしこと》、法皇の御憤《いきどほ》り未レ休《いまだやまず》、世の政事をも懶《ものう》く被二思召一《おぼしめされ》、御心不レ好《よからぬ》事にてぞ在ける。太政入道も、多田蔵人行綱が被二告知一《つげしらせて》後は、君[2]をも御後[3]《うしろ》めたき事に奉レ思《おもひたてまつつ》て、上《うへ》には〔事無き〕②様なれ共《ども》、下《し》たには用心して苦笑《にがわらひ》てのみぞ在ける。

同正月七日、[4]彗星《せいせい》東方《とうばう》に出づ。[5]蚩尤気《しいうき》と申。又赤気《せつき》共《とも》申。十八日増レ光《ひかりをます》。

去程に、入道相国の御娘建礼門院[6]、其比はいまだ〔中宮〕③と聞えさせ給しが、御悩《ごなう》とて雲の上天《あめ》が下の嘆《なげき》にてぞ在ける。諸寺に御読経始まり、諸社へ官[7]《くわん》〔幣〕④《べい》を被レ立《たてらる》。医家《いけ》薬を尽し、陰陽《おんやう》術を究《きは》め、大法秘法《だいほふひほふ》一つとして無レ所レ残被レ修《のこるところなくしゆせられ》けり。白去れ共御悩只にも渡らせ不レ給《たまはず》、御懐妊とぞ聞えし。主上は今年《こんねん》十八、中宮は二十二に成せ〔給〕⑤ふ。然れ共《ども》いまだ皇子も姫宮も出きさせ不レ給《たまはず》。若《も》

1 元旦の拝賀。
2 後白河法皇。
3 不安で警戒すべきこと。
4 ほうき星。
5 蚩尤旗が正しい。
6 平徳子。
7 官幣使とあるべきところ。神祇官より諸社へ幣帛を奉納する使者。

①この句の名、原本なし。
②原本「無き事」
③原本「春宮」
④原本「弊」
⑤原本「行」

し皇子にて渡せ給はば如何に目出度からんとて、平家の人人は、只今皇子御誕生の在様《あるやう》に勇み被レ悦《よろこばれ》けり。他家《たけ》の人人も「平氏《へいじ》の御繁昌折《をり》を得たり。皇子御誕生無レ疑《うたがひなし》」とぞ申しあはれける。御懐妊被レ定《さだまらせ》給しかば、有《う》験《げん》の高僧貴僧に仰せて大法秘法を修《しゆ》し、[1]星宿《しやうしゆく》・仏菩薩に付て①皇子御誕生と被二祈誓一《きせいせらる》。ロ六月一日、中宮御着帯在けり。仁和寺の御《お》②〔室《むろ》〕守覚法親王有二御参内一《ごさんだいあり》、以二孔雀経法一《くじやくきやうのほふをもつて》有二御加持一《おんかぢあり》。天台の座主覚快法親王、同じく参せ給て被レ修二変成男子法一《へんじやうなんしのほふをしゆせらる》。

中懸《かかり》し程に、中宮は月の重なるに随て御身を苦しうせさせ給。[2]一度《ひとたび》笑めば百《もも》の媚《こび》在けん漢の李夫人の、[3]昭陽殿の病の床《ゆか》も角《かく》やと覚え、唐の楊貴妃、[4]梨花一枝春の雨を帯《おび》、芙蓉の風にしをれ、③女郎花《ぢよらうくわ》の露重《おも》げなるよりも猶痛敷《いたはしき》御様也。指懸《かか》る御悩の折節《をりふし》に合せて、強《こは》き御物怪《もののけ》共、取入奉る。[5]よりまし明王《みやうわう》の縛《ばく》に懸けて、霊顕れたり。ロ殊には讃岐院の御霊《ごれい》、宇治の[6]悪左府の憶念《おくねん》、新大納言成親の死霊《しりやう》、西光法師が悪霊《あくりやう》、鬼界島の流人共《ども》が生霊《しやうりやう》なんどぞ申ける。因レ茲《これにより》太政入道、生霊も死霊も可レ被レ宥《なだめらるべし》とて、[7]其比軈《やが》て讃岐院の御追号在て、崇徳《しゆとく》天皇と号《かう》す。宇治悪左府、贈官贈位被レ行《おこなはれ》て、太政大臣正《じやう》一位被レ贈《をおくらる》。勅使は少内記《せうないき》惟基《これもと》とぞ聞えし。重件《くだん》の墓所《むしよ》は、大和国添上郡《そうのかんのこほり》河上《かはかみ》の村般若野《はんにやの》の[8]五三昧《ごさんまい》也。保元の秋④〔掘〕

1 星。

2 白氏文集、長恨歌に「回レ眸一笑百媚生」とある。ただしこれは楊貴妃に関する描写である。

3 白氏文集、新楽府の李夫人に「不レ似二昭陽寝レ疾時一」とある。

4 白氏文集、長恨歌に「雲髩花顔金歩揺、芙蓉帳暖度二春宵一、玉容寂寞涙闌干、梨花一枝春帯レ雨」とある。

5 物の怪をのりうつらせる人。

6 藤原頼長。

7 治承元年七月二十九日。このくだりは編年体をみだしている。

8 畿内にあった五個所の葬場。

起して被レ捨《すてられし》後は、死骸路野辺《みちのほとり》の土と成て、年年《としどし》に只春の草のみ茂れり。下今勅使尋来て、宣命《せんみやう》[9]を読けるに、亡魂如何に嬉しと思召⑤しけん。怨霊はかく怖敷《おそろしき》事也。指されば早良《さはら》[10]廃太子を崇道《しゆだう》天皇と号《かう》し、井上《ゐかみ》[11]内親王をば、皇后職位《しきゐ》に服す。[12]是皆被レ宥二怨霊一策《をんりやうをなだめらるるはかりこと》也。白冷泉院《れんぜいゐん》の御物狂《おんものぐるほし》敷うましま〔し〕⑥、花山院《くわさんの》⑦の十善万乗の帝位をすべらせ給しは、基方《もとかた》[13]民部卿が霊とかや。三条院の御目も不レ被二御覧一《ごらんぜられざりし》は、寛算供奉《くわんざんぐぶ》[14]が霊《れい》也。

ロ門脇《かどわき》[15]宰相、加様のこと共伝聞《どもつたへきい》て、小松殿[16]に被レ申《まうされ》けるは、「中宮御産の御祈様《さま》様《ざま》に候也。何と申候共《とも》、非常の赦《しや》に過たること可レ在共覚不レ候《あるべしともおぼえさうらはず》。中にも鬼界島の流人ども被二召返一《めしかへされ》たらん程の功徳善根《ぜんごん》、争か可レ候《いかでさうらふべき》」と被レ申《まうされ》ければ、小松殿父の禅門の御前《おんまへ》に御《お》はして「あの丹波少将が事を、宰相の強《あながち》に嘆き申《まうし》候が不便《ふびん》に候。中宮御悩の御事承及如《およぶごと》くんば、殊更《ことさら》成親卿が死霊な（ン）どと聞《きこえ》て候。大納言が死霊を宥めんと思食《おぼしめさ》んに付けても、生て候少将をこそ被二召返一《めしかへされ》候はめ。折人の念《おも》ひを止《やめ》させ給はば、思召す事も叶ひ、人の願を叶《かなへ》させ給はば、御願も即《すなはち》成就して中宮軈《やが》て皇子御誕生在て、家門の栄花弥《いよいよ》盛に可レ候《さうらふべし》」な（ン）ど被レ申《まうされ》ければ、

ロ入道相国、日来にも不レ似《にず》事の外《ほか》に和《やはらぎ》て、「去去《さてさて》俊寛と康頼法師が事は如何に」。

9 宣命体で書かれた詔勅。
10 桓武天皇の皇弟。
11 聖武天皇の皇女で光仁天皇の皇后。
12 復すが正しい。
13 藤原元方。
14 大鏡によれば桓算。
15 平教盛。
16 平重盛。

①諸本「つげて」
②原本「至」
③原本「枝折」
④原本「堀」
⑤諸本「召」なし。
⑥原本「す」
⑦諸本「法皇」

「其も同じう被二召返一《めしこそかへされ》候はめ。若し一人《いちにん》も被レ止《とどめられん》は、中中可レ為二罪業一《ざいごふたるべく》①〔候〕」と被レ申《まうされ》ければ、「康頼法師が事はさることなれ共、俊寛は随分入道が口入《こうじふ》[1]を以て②長《ひと》となりたる者ぞかし。其れに処《ところ》しも多けれ、我山荘鹿谷《さんざうししのたに》に城墎を構へて触レ事《ことにふれ》奇怪の振舞共《ども》が在けんなれば、俊寛をば思も不レ寄《よらず》」とぞ曰《のたまひ》ける。小松殿帰て伯父の宰相殿奉レ喚《よびたてまつり》、「少将は既に赦免候は③〔ん〕ずるぞ。御心安く被二思召一《おぼしめされ》候へ」と曰《のたま》へば、宰相手を合せてぞ被レ悦《よろこばれ》ける。折「下《くだり》候し時も、などか不二申請一《まうしうけざらんと》思たりげにて、教盛を見候度ごとに流レ涙《なみだをながし》候しが不便《ふびん》に候」と被レ申《まうされ》ければ、

指 小松殿「誠にさこそ被二思召一《おぼしめされ》候らめ。子は誰《たれ》とても悲しければ、能能《よくよく》申候はん」とて入給ぬ。

ロ 去程《さるほど》に、鬼界島の流人共《ども》④〔可レ被二召返一《めしかへさるべしと》〕被レ定《さだめられ》、入道相国許し文被レ下《くだされ》けり。

中 御使既に都を立つ。宰相余りの嬉しさに、御使に私の使を副《そへ》てぞ被レ下《くだされ》ける。夜《よ》[2]るを昼にして急ぎ下りしか共《ども》、心に不レ任《まかせぬ》海路《かいろ》なれば、波風を凌で行程に、都をば七月下旬に出たれ共、長月《ながつき》二十日比《ごろ》にぞ鬼界島へは著《つき》にける。

ロ⑤ 御使は、丹左衛門尉《たんざゑもんのじよう》[3]基康と云者也。舟より上《あがつ》て、「是⑥〔に〕都より被レ流《ながされ》給し丹波少将殿、⑦平判官入道殿⑧〔や〕おはする」と、声声にぞ尋ける。二人の人人は、

1　口添え。

2　昼夜兼行で急ぎ下って行ったが。

3　典薬頭丹波基康か。諸本により人名が異なる。

例の熊野詣《まうで》して無りけり。俊寛僧都一人被レ残《のこられ》たりけり。是を聞き「余りに思へば夢やらん。又天《てん》〔⑨魔《ま》〕波旬《はじゆん》の我心を誑《たぶらか》さんとて云やらん。現《うつつ》共不レ覚者《おぼえぬもの》哉《かな》」とて遽《あわて》ふためき、走る共無《なく》倒るる共無《なく》急ぎ御使の前に走り向ひ、「何ごとぞ。是こそ従レ京被レ流《みやこよりながされ》たる俊寛よ」と名乗給へば、雑色《ざつしき》が頸に懸させたる小袋《ぶくろ》[4]より、入道相国の許文《ゆるしぶみ》取出て奉る。披《ひらい》て見れば折[5]「重科《ちゆうくわ》は免二遠流一《をんるにめんず》。早可レ成二帰洛思一《はやくきらくのおもひをなすべし》。依二中宮御産御祈一《ちゆうぐうごさんのおんいのりによつて》、被レ行二非常赦一《ひじやうのしやおこなはる》。然間《しかるあひだ》鬼界島流人少将成経、康頼法師赦免」と計被レ書《ばかりかかれ》て、俊寛と云文字は無し。中[6]礼紙《らいし》にぞ在《あるら》んとて、礼紙を見《みる》にも不レ《みえ》見《ず》。従レ奥《おくより》端《はし》へ読み、自レ端《はしより》奥へ読けれども、二《に》人《にん》と計被レ書《ばかりかかれ》て、三人とは不レ被レ読《よまれず》⑩。

初 去程に、少将や判官入道も出で来《きた》り。少将のと〈ツ〉て読《よむ》にも、康頼入道《が》読けるにも、二《に》人《にん》と計被レ書《ばかりかかれ》て、三人とは不レ被レ書《かかれざり》けり。重 夢にこそ懸《かか》ることはあれ、夢かと思ひ成さんとすれば現《うつつ》也。現かと思へば又夢の如し。下 其上二《に》人《にん》の人人の許《もと》へは自レ都《みやこより》こと伝《づて》文共幾等も在《あり》けれども、俊寛僧都の許《もと》へは、こと問ふ文一つも無し。初「抑《そもそも》我等三人は罪も同じ罪、配所も一つ処《ところ》也。如何なれば赦免の時、二人は被二召返一《めしかへされて》一人《いちにん》爰《ここ》に可レ残《のこるべき》。初中 平家の思ひ忘れかや、執筆《しゆひつ》の誤か。こは如何

4 文袋。
5 重科は、これまでの遠流によって免ずの意。
6 上包みの紙。

①原本なし。
②諸本「人」
③原本「し」
④原本「被可召返」
⑤諸本、これより「足摺」をたつ。
⑥原本「は」
⑦諸本「法勝寺執行御房」あり。
⑧原本「は」
⑨原本「磨」
⑩諸本「書」

にしつる事どもぞや」①〔と〕、仰レ天臥レ地《てんにあふぎちにふし》、泣②〔悲〕めども甲斐《かひ》ぞ無き。少将の袂にすが〔ッ〕て折「俊寛が角《かく》成ると云も、御辺の父故大納言殿無レ由《よしなき》謀叛の故也。去れば余所《よそ》の事と不レ可レ覚《おぼすべからず》。無レ被レ許《ゆるされなければ》、都迄こそ不レ叶云《かなはずといふ》とも、此舟に載《の》せて[1]九国《くこく》の地へ着け給へ。白各の是《これ》におはしつる程こそ、春は燕《つば》くらめ、秋は田《た》の面《も》の鴈の音信《おとづ》る様に、自《おのづから》故郷《こきやう》の事をも伝へきいつれ。自レ今《いまより》後何としてかは可レ聞《きくべき》」とて、悶え焦《こが》れ給けり。少将「誠にさこそは被二思召一《おぼしめされ》候らめ。我等が被二召返一《めしかへさるる》嬉しさは、去る事なれ共、御在様を奉二見置一可レ行《みおきたてまつるにゆくべき》空も不レ覚《おぼえず》。打載《の》せたてまつても上度《のぼりたう》候が、都の御使も叶③〔ま〕じき由申上《まうすうへ》、無レ被レ許《ゆるされなき》三人ながら、出レ島《しまをいで》たりな〔ン〕ど聞えなば、中中悪しう申④し候なん。成経先づ罷上て、人人にも申合せ、入道相国の気色《きしよく》をも窺《うかがう》て迎へに人を奉らん。其間は此日比おはしつる様に思成て待給へ。何としても命は大切《たいせつ》の事なれば、今度こそ漏させ給ふ共、終《つひ》にはなどか赦免⑤〔なうて〕可レ候《さうらふべき》」と慰さめ給へ共、人目も不レ知《しらず》泣悶えけり。

口
既に舟可レ出《いだすべし》とて⑥[2]〔ひしめきあへば〕、僧都乗ては下つ、下《おり》ては乗《のつ》つ、[3]在《あら》まし事をぞし給ける。中少将の形見には夜《よ》るの衾《ふすま》、康頼入道⑦〔が〕形見には一部の

1　九州。
2　騒ぎあう。
3　希望する事。すなわちここは、舟に乗せよという願い。

法華経を留《とどめ》ける。纜《ともづな》解て推出せば、僧都纜に取付き、腰になり脇になり、長《たけ》の立つ迄は被レ引出《ひかれていで》て、長も不レ及《およばず》成ければ、舟に取付《とりつき》、初「去て如何に各、俊寛をば竟《つひ》に捨果て給歟《か》。是程とこそ不レ思《おもはざり》つれ。日来《ひごろ》の情⑧〔も〕今は何ならず。初中只理を枉《まげ》て乗せ給へ。責《せめ》ては九国《くこく》の地迄」と、被二口説《くどかれ》一けれ共《ども》、都の御使「如何にも叶まじき」とて、取付給へる手を引のけて、ふねは竟《つひ》に漕出す。初僧都無二為方《せんかたなさに》一渚に上倒臥《あがりたふれふ》し、少者《をさなき》の乳母や母な〔ン〕どを慕ふ様に、足ずりをして、「是れ載せて行け、具して行け」と、喚噪《をめきさけ》べ共、[4]漕行《こぎゆく》舟の習ひとて、跡は白波計《ばかり》也。重いまだ不レ遠《とほからぬ》舟なれ共、涙にくれて不レ見《みえざり》ければ、僧都高き処に走り上《あがり》、沖の方をぞ招ける。下[5]彼松浦《かのまつら》小夜姫《さよひめ》⑨〔が〕、唐土《もろこし》船を慕《したひ》つつひれふりけんも、是には不レ過《すぎ》とぞ見えし。初舟も漕蔵《こぎかく》れ日も暮《くる》れ共、怪しのふしどへも不レ帰《かへらず》。浪に足打濯《あらは》せて、露にしをれて、其夜はそこにてぞ被レ明《あかされ》ける。[6]初去り共少将は情深き人なれば、好《よ》き様に申事も在んずらんと憑みを懸て、そ[7]⑩〔の〕瀬にも身をも不レ投《なげざり》ける心の程こそ無レ墓《はかな》けれ。初中[8]昔壮里《さうり》・息里⑪〔が〕海岩山《かいがんさん》へ被レ放《はなたれ》けん悲みも、今こそ被二思知《おもひしられ》一た⑫〔れ〕。

4 拾遺集、沙弥満誓「世の中を何にたとへん朝ぼらけ漕ぎ行く舟のあとの白波」
5 万葉集五の憶良の歌などに見える。任那に赴く大伴佐提比古を佐用姫が見送った。
6 「重初重」か。
7 その時。
8 南天竺の兄弟。宝物集二などに見える。

①原本なし。
②原本「憑」
③原本なし。
④諸本「申し」なし。
⑤原本「ならで」
⑥原本なし。
⑦原本なし。
⑧原本「は」
⑨原本「も」
⑩原本「れ」
⑪原本なし。
⑫原本「り」

御《ご》産《さん》

ロ去程《さるほど》に、此人人は鬼界島を出て、平宰相の領、肥前国鹿瀬庄《かせのしやう》[1]に著給《つきたまふ》。宰相京《きやう》より人を下《くだ》して、「年の内には波風烈敷《はげしく》、道の間《あひだ》も無ニ覚束《おぼつかなく》一〔候に〕①、それにて能く身を労《いたはつ》て、春に成て上り給へ」と在ければ、少将鹿瀬庄にて年を暮す。

拾去程《さるほど》に、同年十一月十二日自ニ寅刻《とらのこくより》一、中宮御産の気《け》ましますとて、京中六波羅ひしめきあへり。御産所は六波羅池殿《いけどの》[2]にて在けるに、法皇も御幸成る。関白[3]殿を奉レ始《はじめたてまつり》、太政大臣[4]以下《いげ》の公卿殿上人、惣《すべ》て世に人と被レ数《かぞへられ》、官加階に望みを懸け、所帯・所職《しよしよく》[5]を帯する程の人の一人《いちにん》も漏るるは無りけり。ロ先例、女御后《にようごきさき》御産の時に臨《のぞ》んで、被レ行ニ大赦一事在《だいしやおこなはるることあり》。大治《だいぢ》二年九月十一日、待賢門院御産の時有ニ大赦一《だいしやありき》。其例とて、今度も重科の輩多く被レ許《ゆるさるる》中に、俊寛僧都一人無ニ赦免一《いちにんしやめんなかりける》こそ憂《う》多《た》てけれ。御産平安に在ならば、八幡・平野・大原野な（ン）どへ行啓《ぎやうけい》なるべしと、御立願《ごりふぐわん》在けり。仙源《せんげん》[6]法印是を敬白《けいはく》す。神社は奉レ始ニ大神宮一《だいじんぐうをはじめたてまつり》二十余箇所、仏寺《ぶつじ》は東大寺・興福寺《こうぶくじ》〔已〕②《い》下《げ》十六箇所に有ニ御誦経一《みじゆぎやうあり》。拾御誦経の御使は、宮

1 今の佐賀市にある。
2 六波羅にあった頼盛の邸。
3 藤原基房。
4 藤原師長。
5 身におびた官職。
6 全玄が正しい。

7 種々の色で紋様を染め分けたもの。
8 対が正しい。対の屋のこと。
9 平維盛。
10 門院の父、藤原道長。
11 入内の時、清盛が出家していたので、重盛が代わって父となった。
12 藤原邦綱。
13 寮の馬が正しい。
14 四手。ぬさの一種。
15 ボロンの一字を真言とする一字金輪仏頂法のこと。
16 六字可臨の法。
17 仏像を造る仏師の住む所。

①原本なし。
②原本「巳」
③原本に「乙人」とあり。ただす。以下同じ。
④諸本「ひたてたり」
⑤原本なし。

の侍の中に有官《うくわん》の輩勤レ之《これをつとむ》。7平紋《ひやうもん》の狩衣に帯剣したる者共が、色色の御誦経物《みじゆぎやうもつ》・御剣《ぎよけん》・御衣《ぎよい》を持《もち》つづいて、東《ひんがし》の8台《たい》より南庭を渡て、西の中門に出づ。目出度《めでた》かり見物《けんぶつ》也。

白 小松③〔大臣《おとど》〕は、善悪に不レ噪《さはがぬ》人にておはしければ、其後遥に程歴て、9嫡子権助少将《ぜうしやうい》以下《げ》公達《きんだち》の車共皆遣《やり》続させ、色色の絹四十領《しじふりやう》、銀剣七つ、広蓋《ひろぶた》に置せ、御馬十二疋引せて参り給。寛弘に上東門院《しやうとうもんゐん》御産の時、10御堂殿《みだうどのおん》御馬《うま》を被レ参《まゐらせられし》其例とぞ聞えし。口 此大臣は、中宮の御せうとにておはしける上、11父子の御契りなれば、御馬参せ給も理《ことわり》也。五条大納言国綱卿、12御馬二疋被レ進《まゐらせらる》。「志《こころざ》しの至か、徳の余《あまり》か」とぞ、人申ける。拾 猶従二伊勢一《いせより》始めて、安芸の厳島に至る迄、七十余箇所へ神馬《じんめ》を被レ立《たてらる》。大内《おほうち》にも、13龍《れう》の御馬にしでつけて、14数十疋《すじつぴき》被二④引立一《ひきたてらる》。仁和寺御室⑤〔は〕孔雀経の法、天台座主覚快法親王は七仏薬師の法、寺の長吏円慶《ゑんけい》法親王は金剛童子《どうじ》の法、其外五大虚空蔵《ごだいこくうざう》・六観音・15一字金輪《きんりん》・五壇の法・16六字加《ろくじか》輪《りん》・八字文殊・普賢延命《ふげんえんめい》に至迄《いたるまで》、無レ所レ残被レ修《のこるところなくしゆせられ》けり。怒口 護摩の烟御所中に満、鈴の音雲を響し、修法《しゆほふ》の声身の毛も弥立《よだつ》て、如何なる御物怪成共《なりとも》、可レ向レ面《おもてをむかふべし》とも不レ見《みえざり》けり。猶仏所の17法印に仰せて、御身等身《ごじんとうじん》の七仏薬師、并《ならびに》五大尊の像を被ニ造始《つくりはじめらる》一。

懸《かかり》しかども、中宮は無レ隙《ひまなく》頻《しき》らせ給計《ばかり》にて、御産もとみに成《なり》やらず。白入道相国、二位殿①胸に手を置て「こは如何《いかに》せん、②〔いかにせん〕」とぞあきれ給ふ。人の物申けれ共《ども》、只「兎《と》も角《かう》も善き様に」③〔とぞ〕曰《のたまひ》ける。「去り共軍《いく》さの陣ならば、是程浄海《じやうかい》は臆《おく》せじものを」と後には被レ仰《おほせられ》ける。拾御験者《おんげんじや》は、房覚・[1]性運《しやううん》両僧正、[2]春堯法印、豪禅・[3]④実尊両僧都、[4]各僧伽《そうが》の句共《ども》あげ、本寺本山の三宝、年来所持の本尊達、責伏責伏《せめふせせめふせ》被《も》レ⑤〔揉《まれ》〕けり。誠にさこそと覚て尊かりける中に、法皇は折しも新熊野《いまぐまの》へ御幸可レ成《なるべき》にて御精進《おんしやうじん》の次《つい》で成ける間、錦帳近く有ニ御坐《ぎよざあつ》一て、千手経を打上被レ遊《あそばされ》けるにこそ、今一きは事替《かは》つて、さしも跳り狂ふ御よりましどもが[5]ばくも、暫らく打静めけれ。口法皇仰せ成けるは、「如何なる御物怪成《なり》共《とも》、此老法師が角《かく》て候はんには、争か可レ奉ニ近付《ちかづきたてまつるべき》一。就レ中《なかんづく》今所レ顕《あらはるるところの》怨霊共は、皆吾が朝恩にて長《ひと》と成⑥せし者どもぞかし。折縦ひ報謝の心をこそ不レ存《ぞんぜず》とも、豈《あに》[6]しやうげなす⑦〔べき〕や。速に罷退《まかりしりぞ》き候へ」とて、「女人生産《しやうさん》しがたからん怒口時に臨んで、邪魔[7]邪生《しやしやう》し、苦《く》忍《しのび》がたからんにも、心を致して拾[8]大悲呪《だいひしゆ》を称誦《しようじゆ》せば、鬼《き》神《じん》退散して、安楽に生ぜん」と遊ばし、皆水《ずい》しやうの御珠数推揉《おしもま》せ給へば、御

1 昌雲が正しい。
2 俊堯が正しい。
3 実全が正しい。
4 本尊をよびさますためにとなえる文句。
5 縛。
6 障碍。
7 遮障が正しい。
8 千手経に説かれる陀羅尼。

産平安のみならず、皇子にてこそましましけれ。

白 頭中将〔重衡〕⑧、其時いまだ中宮亮《すけ》にておはしけるが、御簾《ぎよれん》の中《うち》よりつ〔ッ〕と出て、「御産平安、皇子御誕生候ぞ」と、高らかに被レ申《まうされ》ければ、法皇を始め参せて、関白殿以下の大臣、公卿殿上人、各[9]助修《じよじゆ》、数輩《すはい》の御験者、陰陽頭・典薬《てんやくの》頭《かみ》、惣《すべ》て堂上堂下《たうしやうたうか》一同にあつと悦《よろこび》あへる声、門外迄どよみて、暫しは静まり不《やまざ》レ止《り》けり。口 入道余りの嬉しさに、声を揚てぞ被レ泣《なかれ》ける。悦び泣《なき》とは是をこそ可《いふ》レ云《べき》にや。小松殿、中宮の御方に参せ給て、金銭九十九文《くじふくもん》、皇子の御枕に置き、

中 「天を以て父とし、地を以て母と定め給へ。御命は、方士東方朔[10]《とうばうさく》が齢《よはひ》を持《たもつ》て、御心には天照大神《てんせうだいじん》入被レ替《いれかはらせ》給へ」とて、桑の弓[11]、蓬の矢にて、天地四方を射させらる。

口⑨ 御乳[12]《おんち》には前《さきの》右大将宗盛卿の北方と被レ定《さだめられ》しが、去《さんぬる》七月に難産にて失せ給しかば、御乳母平大納言時忠卿の〔北方〕⑩御乳に被レ参《まゐらせ》給けり。後には〔帥の〕⑪典侍《すけ》とぞ申ける。法皇聴《やが》て還御、御車を門前に被レ立《たてられ》たり。入道相国嬉しさの余りに、砂金《しやきん》千両、富士の綿[13]二千両、法皇へ被レ進上《しんじやうぜらる》。不レ可レ然《しかるべからず》とぞ、人人内内は囁《ささや》きあはれける。

9 修法の助けをする僧。
10 漢の武帝に仕え、神仙術を司った。
11 礼記の内則篇に「子生、男子設二弧於門左一……射人以二桑弧蓬矢一射二天地四方一」とある。
12 乳母。
13 静岡県富士郡で産する真綿。

①原本「の」あり。
②原本「せん」
③原本「そと」
④諸本「実全」
⑤原本「掇」。以下同じ。
⑥諸本「なつし」
⑦原本「べし」
⑧原本「重衡」
⑨諸本、これより「公卿揃」をたてつ。
⑩原本なし。
⑪原本「輔の」

1 大変なことがら。
2 甑。
3 ころがし落す。
4 大祓の祝詞を千度となえること。
5 安倍時晴。
6 たけのこ。
7 法華経の方便品に「如二稲麻竹葦一、充二満十方刹一」とある。
8 反閇が正しい。
9 藤原経宗。

今度の御産に①1〔勝事《しようし》〕余《あま》た在《あり》。先づ法皇の御験者。次に后御産の時、御殿《ごてん》の棟《むね》より2こしきを3丸《まる》ばかす事在。皇子御誕生には南へ落し、皇女《くわうぢよ》誕生には北へ落すを、是は北へ落したりければ、「こは如何に」と被レ噪《さわがれ》、取上《とりあげ》落し②なほしたりけれ共、悪《あし》き御事に人人申しあへり。白をかしかりしは入道相国のあきれざま、目出度かりしは小松大臣の振舞。無二本意一《ほいなかり》しは、右大将宗盛卿最愛の《の》北方に奉レ後《おくれ》て、大納言・大将両職を辞して被二籠居一《ろうきよせられ》し事。兄弟共に出仕あらば、如何に目出度からん。次には七人の陰陽師を被レ召《めされ》、4千度《せんど》の御祓《はらひ》仕るに、其中に掃部頭《かもんのかみ》5時晴と云老者在《あり》。所従なんども乏少《ぼくせう》成けり。余りに人参りつどひて、6たかむなをこみ、7稲麻《たうま》竹葦《ちくゐ》の如し。「役人ぞ、被レ開《あけられ》よ」とて、押分《おしわけ》押分参る程に、右の沓を踏脱《ふみぬか》れぬ。そこにてち(ツ)と立やすらふが、冠をさへ被二衝落一《つきおとされ》ぬ。さばかりの砌《みぎり》に、束帯正《ただし》敷き老者が髻《もとどり》放て出たりければ、若き殿上人不レ怺《こらへず》して、一同に③笑ひあへり。ロ陰陽師な(ン)ど云は、8反陪《へんばい》とて足をも他《あだ》に不レ踏《ふまず》とこそ承れ。其れに懸る不思議の在ける、其時は何共不レ覚《なにともおぼえざりしかども》共、後にこそ思合すること共多かりけれ。

拾

御産に依て六波羅へ参らせ給人人は、関白松殿・太政大臣妙音院・左大臣大9

炊御門・[10]右大臣月輪殿《つきのわ》・内大臣小松殿・左大将実定《さねさだ》・源大納言定房《さだふさ》・三条大納言実房《さねふさ》・五条大納言国綱《くにつな》・藤《とう》大納言実国《さねくに》・按察使《あぜつし》[11]資方《すけかた》・中御門《なかみかど》中納言宗家《むねいへ》・花《くわ》山院《さんゐんの》中納言兼雅《かねまさ》・源中納言雅頼《がらい》・権中納言実綱《さねつな》・藤中納言資長《すけなが》・池中納言頼盛《よりもり》・左衛門督時忠《ときただ》・別当忠親《ただちか》・左《ひだんの》宰相中将実家《さねいへ》・右宰相中将実宗《さねむね》・新宰相中将通《みち》親《ちか》・平宰相教盛《のりもり》・六角宰相家通《いへみち》・堀河宰相頼定《よりさだ》・左大弁宰相長方《ながかた》・右大弁三位俊経《としつね》・左兵衛督[12]重教《しげのり》・右兵衛督光能《みつよし》・皇太后宮大夫《だいぶ》朝方《ともかた》・左京大夫[13]長教《ながのり》・太宰《ださいの》大弐[14]親宣《ちかのぶ》・新三位実清《さねきよ》、以上三十三人、右大弁の外は[15]直衣《ちよくい》也。不参の人人、花山院前《さきの》太政大臣忠雅《ただまさ》公・大宮大納言隆季《たかすゑ》卿以下《いげ》十余人、後日《ごにち》に布衣《ほうい》着《ちやく》して、入道相国西八条亭へ被レ向《むかはれける》とぞ聞えし。

大《だい》塔《たふ》建《こん》立《りふ》

間物

口

御修法《みしゆほふ》[16]の結願に勧賞共被レ行《おこなはる》。仁和寺の御室《おむろ》は東寺可レ被二修造一《しゆざうせらるべし》、[17]幷後七日《ならびにごしちにち》の御修法、[18]大元の法、[④]灌頂可レ被二興行一《こうぎやうせらるべき》之由被二仰下一《おほせくださる》。御弟子[19]覚誓僧都、法印に被レ挙《きよせらる》。座主の宮は、二品幷《ならび》に牛車の宣旨を申させ給。[⑤]〔仁和寺御室ささへ申さ

10 藤原兼実。

11 宇多源氏の資賢。

12 成範が正しい。

13 脩範が正しい。

14 親信が正しい。

15 「なほし」が正しい。

16 立願のしめくくり、最終日。

17 正月八日より七日間、宮中真言院で行われる修法。

18 大元帥明王をまつる修法。

19 覚成が正しい。

①原本「笑止」

②原本「たり」あり。

③諸本「はッと」あり。

④原本「の」あり。

⑤原本「に依て」のみ。誤脱あり。

せ給ふによつて」法眼円良、被レ成二法印《ほふいんになさる》一。其外の勧賞共、不レ暇二毛挙《もうきよにいとまあらず》一とぞ聞えし。
是迄間 口 中宮は日《ひ》数歴《かずへ》にければ、自二六波羅《ろくはらより》一内裡へ参せ給け〔り〕①。此御娘后に立せ給しかば、入道相国夫婦ともに「哀れ、如何にもして皇子御誕生あれかし。位に奉レ即《つけたてまつり》、[1]外祖父外祖母と被レ仰《あふがれん》」とぞ被レ願《ねがはれ》ける。我が奉レ崇《あがめたてまつる》安芸の厳島に申さんとて、月詣でを始めて被二祈申《いのりまうされ》一ければ、中宮軈て御懐妊在て、如レ思《おもひのごとく》皇子にてましましけるこそ目出度けれ。

白 抑《そもそも》平家安芸厳島を信じ被レ始《はじめられ》ける事は如何にと云に、鳥羽院の御宇に、清盛公いまだ[2]安芸守たりし時、安芸国を以て、高野の大塔《だいたふ》を修理せよとて、渡辺遠藤六郎頼方を被レ付二雑掌《ざつしやうにつけられ》一、六年に修理畢《をはん》ぬ。修理畢て後、清盛高野へ上り、大塔を拝み、奥院へ被レ参《まゐられ》たりければ、口 従レ何来《いづくよりきたる》とも無き老僧の、眉には霜の垂れ、額には波を畳み、鹿杖《かせづゑ》の二股《ふたまた》なるに扶《すがつ》て出き給へり。稍久《ややひさしく》御物語せさせ給。折「自レ昔至レ今迄《むかしよりいまにいたるまで》、此山は密宗を[3]引へて無二退転《たいてんなし》一。天下に又も不レ候《さうらはず》。大塔既に修理畢候〔たり〕②。口 去ては安芸〔厳島〕③、越前[4]気《け》比《ひ》宮《の》は、[5]両界の垂跡《すいしやく》候が、気比宮《の》は盛えたれども、厳島は若レ無《なきがごとく》にて荒果《あれはて》候。此次《つい》でに奏聞して、修理せさせ給へ。さだにも候はば、官加階は比レ肩《かたをならぶる》人も在〔まじ〕④」とて、被レ立《たたれ》けり。中 此老

1　母方の祖父母。

2　公卿補任によれば、清盛は、久安二年二月二日安芸守となり、保元元年七月十一日播磨守に転じた。

3　保って。伝えて。

4　敦賀市にある。

5　金剛、胎蔵両界の大日如来の垂迹。

僧の居給へる処に異香薫《いきやうくん》じたり。人を付て見せ給へば、三町計《ばかり》は見え給て、其後はかき消す様に失給《うせ》ぬ。初 唯人にはあらず、大師《たいし》にてましましけ⑤〔り〕と、弥《いよいよ》尊《たつとく》思召し、初中 娑婆世界の思出にとて、高野の金堂に曼陀羅をかかれけるが、西曼《さいまん》陀羅《だら》をば常明《じやうみやう》法印と云絵師《ゑし》に被㆑画《かかせらる》。東曼陀羅をば清盛絵《かか》んとて自筆に⑥〔書かれ〕けるが、何とか被㆑思《おもはれ》けん、6八葉中尊《はちえふちゆうぞん》の宝冠をば我首《わがかうべ》の血を出いて被㆑画《かかれける》とぞ聞えし。

ロ 去《さ》て都へ上り、院参して此由被㆓奏聞《そうもんせられ》㆒ければ、君もなのめならず在㆓御感《ぎよかんあり》㆒、猶任を被㆑宣《7のべられ》、厳島を被㆓修理《しゆりせらる》㆒。⑦〔鳥居〕も立替《たてかへ》宮を造換《つくりかへ》、百八十間の廻廊をぞ被㆑造《つくられ》ける。修理畢て、清盛厳島へ参り被㆓通夜《つやせられ》㆒ける夢に、御宝殿の内よりびんづらゆうたる天童の出て、「是は大明神の御使也。汝⑧〔この〕剣《けん》を以て一天四海を静め、朝家の可㆑為㆓御守《おんまもりたるべし》㆒」とて、銀《8しろかね》のひるまきしたる小長刀《こなぎなた》を給ると云夢を見て、覚《さめ》て後見給へば、現《うつつ》に枕がみにぞた〈ツ〉たりける。大明神の御託宣在て、中「汝知れりや、忘れりや、或る聖を以て云《いは》せし事は。但悪行《あくぎやう》あらば子孫迄は叶《かなふ》まじきぞ」とて、大明神被㆑上《あがらせ》給ぬ。目出度かりし御事也。

6 八葉院の中尊、大日如来。

7 被㆑延が正しい。延長され。

8 長刀の柄を、銀と籐で間隔をおいて巻いたもの。

①原本「る」
②原本なし。
③原本「国」
④原本「まじてそ」
⑤原本「る」
⑥原本「せら」
⑦原本「花表」
⑧原本「の」

頼豪死去《らいがうしきよ》

ロ
白河院御在位の御時、[1]京極大殿《のおほとの》の御娘の后に立せ給て、賢子《けんし》の中宮とて、御最愛在けり。主上此御腹《おんばら》に皇子御誕生在《あら》まほしう思召《おぼしめし》、其比有験《うげん》の僧とて三井寺の頼豪阿闍梨を召て、「汝此后の腹に、皇子御誕生祈り申せ。御願成就せば、勧賞は①〔乞《こふ》〕に可レ依《よるべし》」とぞ仰ける。「安《やす》う候」とて、三井寺に帰り、百日摧二肝《かんたんを》膽一被二祈申一《くだきいのりまうされ》ければ、中宮軈《やが》て百日の内に御懐妊在て、承保《しようほう》元年十二月十六日[2]御産平安、皇子御誕生在けり。白君なのめならず御感在て、三井寺の頼豪阿闍梨を召て、「汝が所望の事は如何に」と被二仰下一《おほせくだされ》ければ、三井寺に戒壇建立の事を奏す。主上《しゆしやう》「是こそ存《ぞん》の外《ほか》の所望なれ。[3]一階僧正な（ン）どをも可レ申《まうすべき》かとこそ思召《おぼしめし》つれ。凡《およそ》は皇子御誕生在て、皇祚《くわうそ》をつが②しめん事も、海内無為《かいだいぶゐ》を思ふ為也。今汝が所望達せば、山門憤りて世上不レ可レ静《しづかなるべからず》。両門合戦して、天台の仏法滅びなんず」とて被二御許一《おんゆるされ》も無りけり。

ロ
頼豪口惜《くちをしき》事也とて、三井寺に帰てひ[4]死《じ》にせんとす。主上大に驚かせ給て、江《がう》

1　藤原師実。
2　十一月二十六日が正しい。
3　定まった順序を経ないでただちに僧正に昇ること。
4　干死。

帥匡房卿《そつきやうばうのきやう》、其比はいまだ美作守《みまさかのかみ》と聞えしを召て、「汝は頼豪と師檀[5]の契約あんなり。行て拵《こしらへ》て見よ」と仰ければ、美作守綸言を蒙て、頼豪が宿坊に行向ひ、勅定の趣《おもむき》〔を〕③仰せ含めんとするに、以外《もつてのほか》に煤《ふすぼつ》たる持仏堂に立て籠て、怖し気なる声して、強[6]「天子には戯れの言無し、[7]綸言如レ汗《あせのごとし》とこそ承はれ。ロ是程の所望於レ不レ叶者《かなはざらんにおいては》、我が祈り出したる皇子なれば、奉レ取《とりたてまつり》魔道へこそ行かんずらめ」とて、遂に対面もせざりけり。美作守帰り参りて此由を奏聞す。頼豪は軈て〔干《ひ》〕④死《じに》に死《しに》けり。君如何せんずると、叡慮を驚させおはします。中皇子やがて御悩付せ給て、様々《さまざま》の御祈共在しかども、可レ叶共見《かなふべしともみえ》させ不レ給《たまはず》。白髪なりける老僧の、[8]錫杖《しやくぢやう》を以て皇子の御枕にいで、人人の夢にも見え、幻に〔も立けり〕⑤。怖敷《おそろし》な〔ン〕ども愚《おろか》也。

初去程《さるほど》に、承暦《しようりやく》元年八月六日、皇子御歳四載《さい》遂《つひに》蔵《かく》れさせ給ぬ。〔敦文《あつふん》〕⑥親王是也。白主上なのめならず有ニ御歎一《おんなげきあり》。山門に又西京[9]の座主良信[10]大僧正、其比は、円融房僧都とて、有験《うげん》僧と聞《きこえ》しを、内裡へ召て「こは如何せんずる」と仰ければ、「いつも、吾山の力にてこそ加様の御願は成就する事にて候へ。九条右丞[11]相《じやう》、慈慧《じゑ》大僧正に契り申させ給しに依てこそ、[12]冷泉院《れんぜいゐん》の皇子御誕生は候《さうらひ》しか。

5 師僧と檀那。
6 史記の晋世家に「成王曰、吾与レ之戯耳、史佚曰、天子無ニ戯言一」とある。
7 礼記の緇衣に「王言如レ綸、其出如レ綍」とある。
8 錫製の頭部に環をかけた杖。
9 西の京に住んだ天台座主。
10 良真が正しい。
11 藤原師輔。
12 村上天皇の皇子、憲平親王。後の冷泉天皇。

①原本「功」
②原本「わ」あり。
③原本「そ」
④原本「晞」
⑤原本なし。
⑥原本「敦輔」

安い程の御事候《ざうらふ》」とて、比叡山に帰り上り、山王大師に百日肝膽を摧《くだい》て被二祈《いのりまう》申《され》一ければ、中宮軈て百日の内に有二御懐妊《ごくわいにんあり》一、承暦三年七月九日、御産平安、皇子御誕生在けり。堀川天皇是也。口死霊《しりやう》は昔も角怖敷《かくおそろしき》事也。今度さしも目出度《めでた》き御産に、大赦雖《おこなはるといへども》レ為レ被レ行、俊寛僧都一人無二赦免《いちにんしやめんなかりける》一こそうたてけ〔れ〕①。

拾 同十二月八日[1]、皇子東宮に立せ給。傅《ふ》[2]には小松内大臣、大夫[3]には池中納言頼盛卿とぞ聞えし。

少《せう》将《しやう》都《みやこ》入《いり》

口明《あく》れば治承三年正月下旬に、丹波少将成経、肥前国鹿瀬庄《かせのしやう》を立て都へと被《いそ》レ急《がれ》けれ共、余寒猶烈敷《はげしく》、海上も痛く荒ければ、浦伝ひ島伝ひして、衣更著《きさらぎ》十日比にぞ備前の児島に著《つき》給。其より父大納言殿の住給ける処を尋て見給に、竹の柱、古《ふ》りたる障子な（ゾ）どに被二書置《かきおかれ》一たる筆[4]の号《すさみ》を見給て「人のかたみには手跡に過たる物ぞ無き。書置不《たまはず》レ給は、争か是をみるべき」とて、康頼入道と二人《ににん》、読《よん》では泣き、泣ては読む。「安元三年七月二十日出家、同二十六日信俊下向」

1　十五日が正しい。
2　東宮の輔佐役。
3　東宮大夫。
4　筆の遊びの跡。筆跡。

と被《かかれ》レ書たり。去てこそ源左衛門尉信俊が参りたりけるも被《しられ》レ知けれ。中 壁には「[5]三尊来迎便《たより》あり、[6]九品《くほん》往生無《うたがひなし》レ疑」とも被《かかれ》レ書たり。此かたみを見給てこそ「有繋《さすが》欣求浄土《ごんぐじやうど》の望みもおはしけり」②と、無《かぎりなき》レ限嘆の中にも聊《いささ》か憑《たのも》し気には曰《のたまひ》け③〔れ〕。

ロ 其墓を尋見給へば、松の一村《ひとむら》在る中に、甲斐甲斐《かひがひ》敷《しく》壇を築《つい》たることも無し。泣泣《なく》被《まうされ》レ申けるは折[7]「遠き御まぼりと成せおはしまして候ことをば、島にて幽《かす》かに伝承《つたへうけたまはり》しかども、心に不《まかせぬ》レ任憂世《うきよ》なれば、急ぎ参ることも不《さうらはず》レ候。ロ 成経彼島④へ流されて、露の命消やらずして二年《ふたとせ》を送りて被《めしかへさるる》二召返一嬉しさは、さることにて候へ共、此世に渡せ給をも見参せて候はばこそ、命の長き甲斐も在《あら》め。是迄は急がれつれ共、初 自《いまより》レ今後は可《いそぐべしともおぼえず》レ急共不レ覚」と掻口説てぞ被《なかれ》レ泣ける。中 誠に存生《ぞんじやう》の時ならば、大納言入道殿こそ、如何にとも可《のたまふべき》レ曰に、隔《しやうをへだて》レ生たる習ひ程、恨めしかりける物は無し。初 苔《こけ》の下には誰《たれ》か可《こたふべき》レ答。只嵐に噪《さわ》ぐ松の響計《ばかり》也。ロ 其夜は⑤〔終夜《よもすがら》〕康頼入道と二《に》人《にん》、墓の廻《めぐ》りを[8]行道《ぎやうだう》して念仏申し、明ぬれば新しう壇《だん》を築《つ》き、[9]くぎぬきをせさせ、前に仮屋《かりや》作り、七日七夜《しちにちしちや》念仏申《まうし》経を書、結願には大《おほき》なる卒都婆を立て、

5 阿弥陀如来・観音菩薩・勢至菩薩。
6 九品の浄土へ往生すること。
7 都から遠く離れた土地で亡くなられたことを。
8 仏を敬礼するために、仏座のまわりを廻り歩くこと。ここは念仏を唱えながら廻ること。
9 立て並べた柱に、横木を渡して作った柵。

①原本「る」
②原本「れ」あり。
③原本「り」
④原本「被」あり。
⑤原本「終に」

1 過去・現在・未来・四方・四維・上下のあらゆる仏菩薩。

2 鳥羽殿の築山の一つ。

3 和漢朗詠集の源順の詩序にこの句が見える。

折「過去聖霊《しやうりやう》、出離生死《しゆつりしやうじ》、証大菩提」と書て、年号日付の下に「孝子《かうし》成経」と被《かか》レ書《れ》たれば、初賤山賤《しづやまがつ》の無レ心《こころなき》も、子に過たる宝は無しとて、流レ涙《なみだをながし》袖を絞《しぼら》ぬは無りけり。重年去り年来《きた》れ共、難レ忘《わすれがたき》撫《はぶ》育《いく》の昔の恩、如レ夢《ゆめのごとく》如レ幻《まぼろしのごとし》。難レ尽《つきがたきは》恋慕の今の涙也。下[1]三世《さんぜ》十方《じつぱう》の仏陀の聖衆《しやうじゆ》も憐み給ひ、亡魂尊霊《そんりやう》も如何に嬉しと覚しけん。初「今暫く念仏の功をも可レ積《つむべう》候へ共、都に待人共の無二心元一《こころもとなく》候らん。初中又こそ参り候はめ」とて、亡者《まうじや》に暇申つつ、泣《なく》泣そこをぞ被レ立《たたれ》ける。草の陰にても名残惜うや被レ思《おもはれ》けん。

ロ

三月十八①日、少将殿鳥羽へ著《つき》給ふ。故大納言の山荘洲《さんざうす》浜殿《はまどの》とて鳥羽に在り。棲《すみ》荒して年歴にければ、築地は在れ共、覆《おほ》ひも無《なく》、門は在れ共扉《とび》らも無②〔し〕。庭に立入給へば、人跡《じんせき》絶て苔深し。初池の辺を見給へば、[2]秋の山の春風に、白浪頻《しきり》にをりかけ、[3]紫鴛白鷗《しゑんはくおう》逍遥《せうえう》す。興ぜし人の恋しさに、尽《つき》せぬ物は涙也。シロ家は在れ共、欄門《らんもん》破れ、蔀遣戸《しとみやりど》も断《たえ》て無し。「爰《ここ》には大納言殿の③〔とこ〕そおはせしか、此妻戸をば角《かう》こそ出入《いでいり》給しか。あの木をばみづからこそ④〔植ゑ〕給しか」なんど云て、言の葉に付けても、父の事を恋しげにぞ曰《のたま》ひけ⑤〔る〕。中弥生中の六日《むゆか》なれば、花はいまだ名残在り。楊梅桃李《やうばいたうり》の梢こそ、折《をり》知りがほに色色な

れ。初 昔の主《あるじ》は無れども、春を不レ忘《わすれぬ》花なれや。少将花の下に立倚《よつ》て、

色[4] 桃李不レ言《たうりものいはず》春幾《いくばくかくれぬる》暮 烟霞無レ跡《あとなし》昔誰棲《たれかすみ》[⑥]〔し〕

歌[5] 故郷の花の言《ものい》ふ世《よ》成《なり》せば如何に昔の事を問はまし

指 此古き詩歌《しいか》を口号《くちずさび》給へば、康頼入道も折節哀れに覚えて、墨染の袖をぞ湿《ぬら》しける。中 暮る程とは待れけれども、余に名残惜くて、夜深《ふく》る迄こそおはしけれ。深行《ふけゆく》ままに、荒たる宿の習ひとて、古き檐《のき》の板間より、漏《も》る月影ぞ闇《くま》も無き。初[6] 鶏籠《けいろう》の山明《あけ》なんとすれども、家路《いへぢ》は更に不レ被レ急《いそがれず》。口 去《さて》しも可レ在《あるべき》ことならねば、「迎へに乗物共遣て待らんも無レ心《こころなし》」とて泣泣《なく》洲浜殿を出つつ、都へ帰り入《いり》給けん人人の心の中、さこそは哀れにも嬉しうも在けめ。康頼入道が迎へにも乗物在けれ共、其れには不レ乗《のらず》、「[7]今更名残の惜きに」とて、少将の一[⑦]つ車に乗て、七条河原迄は行く。其れより行き別れけるに、猶[⑧][8]行きもやらざりけり。

重 花の下《もと》の半日[⑨]〔の〕客《かく》、月の前の一夜の友、旅人《りよじん》が一村雨《ひとむらさめ》の過行に、一樹の陰に立倚て、別る名残[⑩]〔も〕惜きぞかし。下 況んや是はうかりし島の住居、舟のうち、波の上、[9]一業所感《いちごふ》の身なれば、前世《ぜんぜ》の芳縁も、不レ浅《あさからず》や被二思知一《おもひしられ》けん。

口 少将は、姑平宰相《しうとへいざいしやう》の宿所へ立入給《たちいりたまふ》。少将の母上は[10]霊山《りやうぜん》におはしけるが、従《きのふ》二

4 和漢朗詠集の菅原文時の詩の一節。
5 後拾遺集二、出羽弁の歌。
6 新撰朗詠集の紀斉名の詩序にこの句が見える。
7 今になって一層。
8 別れ行くのを惜しんだ。
9 複数の人が、前世での同じ宿業により現実界で同じ結果を得ること。ここは康頼と成経の両人の関係を言う。
10 霊鷲山とも言う。東山区にある正法寺。

① 諸本「六」
② 原本なし。
③ 原本「床」
④ 原本欠脱。
⑤ 原本「れ」
⑥ 原本「き」
⑦ 諸本「車の尻に」
⑧ 原本「に」あり。
⑨ 原本なし。
⑩ 原本「の」

昨《より》日ニ宰相の宿所におはして被《また》レ待《れ》けり。少将の立入給姿を一目見て、色「命あれば」と計《ばかり》①〔ぞ〕曰《のたまひ》ける。引かづいてぞ臥《ふし》給。白宰相の内の女房、侍共指《さし》つどひて、皆悦び泣共しけり。増て少将の北方、乳母の六条が心の中、さこそは嬉しかりけめ。六条は尽せ②〔ぬ〕物思ひに、黒かりし髪も白く成、北方さしも花やかに美敷《うつくしく》おはせしか共、何鹿《いつしか》痩《やせ》衰て、其の人共見え不レ給《たまはず》。被レ流《ながされ》給し時、三歳《さんざい》にて別れし少人《をさなき》、長敷《おとなしう》成て髪ゆふ程也。又其御傍《そば》に、三つ計《ばかん》なる少人《をさなきひと》のおはしけるを、少将の「あれは如何に」と③曰《のたま》へば、六条「是こそ」と計《ばかり》申て、袖を顔に当て涙を流しけるに、④〔さては〕、下りし時、心苦しげなる在様を見置しが、無ニ事故《ことゆゑなく》一ぞ育立《そだち》けるよと思出ても悲しかりけり。ロ少将は如レ元《もとのごとく》院に被ニ召《めしつかは》仕《れ》ニて宰相中将[1]に上《あがり》給。

康頼入道は、東山双林寺《さうりんじ》に我が山荘《さんざう》の在ければ、其れに落著⑤思続けけり。

歌

故郷の檐《のき》の板間⑥の苔むして思し程は泄《もら》ぬ月哉《かな》

初

聽てそこに籠居して、憂《うか》りし昔を思続けて宝《ほう》⑦〔物《ぶつ》〕集《しふ》とニ云物語を書ける⑧〔とぞ〕聞えし。

1　公卿補任によると、成経は、元暦二年六月十日に右中将、文治六年十月二十六日に参議に上っている。

有《あり》王《わう》

ロ 去程《さるほど》に鬼界島へ三人被レ流《ながされ》たりし流人、二《に》人《にん》は召返⑨〔され〕都へ上りぬ。俊寛僧都一人《いちにん》、うかりし島の島守《しまも》りに成にけるこそうたてけれ。僧都の少《をさ》なうより不便《ふびん》にして被二召仕一《めしつかはれ》ける童在《あり》。名をば有王とぞ申ける。鬼界島の流人、今日既に都へ入と聞えしかば、鳥羽迄行向て見けれ共、我が主は見え不レ給《たまはず》。「如何に」と問へば、「其れは猶罪深しとて島に被レ残《のこされ》給ぬ」と聞て、心うし2な〔ン〕ども愚か也。常は六波羅辺に3倘佯《たたずみ》ありいて聞《きき》けれども、可レ有二赦免一《しやめんあるべし》共《とも》不二聞出一《ききいださず》。僧都の御娘の忍びておはしける処へ参りて「此世《せ》4にも漏させ給て御上《おんのぼ》りも不レ候《さうらはず》。如何にもして彼島へ渡りて御行末を尋ね参らせんと⑩〔こそ〕思立て候へ。御文給り⑪候はん」と申ければ、泣泣書て給《たう》だりけ⑫〔り〕。暇を乞共《こふとも》よも不レ許《ゆるさじ》とて、父にも母にも不レ知《しらせず》、中 唐土船《もろこしぶね》の纜《ともづな》は、卯《う》月五《さ》月にも解《とく》⑬なれば、夏衣たつを遅5⑭〔く〕や思けん、弥生の末に都を出て、多くの波路を凌ぎ過、薩摩潟へぞ下ける。初 薩摩より彼島へ渡る舟津《ふなつ》にて、人怪しみ、身に著たる物を剝取なんどし⑮けれ共、少し

2 心うしと云ふも愚か也。心ういなどといった一通りのことではない。
3 あちこち出かけ、たちどまって探索する。
4 この度。
5 拾遺集夏に「花ちるといとひしものを夏衣たつや遅しと風を待つかな」とある。

①原本「の」
②原本「ず」
③原本「の」あり。
④原本「去年迄は」
⑤諸本「先」あり。
⑥諸本「に」
⑦原本「持」
⑧原本「ぞと」
⑨原本「し」
⑩原本「そ」
⑪諸本「給はらん」
⑫原本「る」
⑬諸本「も」なし。
⑭原本「そ」
⑮原本「て」あり。

も不㆓後悔㆒《こうくわいせず》。姫御前の文計り、人に不㆑見《みせじ》とて、もとゆひの中に隠したり。初中 去て商人舟《あきんどぶね》に乗て、件の島へ渡て見るに、都にて幽《かすか》に伝え聞しは事の数にもあらず。田も無《なし》、畠も無し。村も無《なし》、里も無し。初 [1]自人《おのづからひと》はあれ共、云詞《いふことば》も不㆓聞知㆒《ききしらず》。

口 若し加様の者共の中に、我が主の行末知たる者や在んと、「物申〔さ〕①う」ど云へば、「何事」と答ふ。「②自㆑都《みやこより》流され給し法勝寺執行御房と申人の行末《ゆくへ》や知たる」と問ふに、法勝寺共、執行とも、知たらばこそ返事もせめ、掉㆑頭《かしらをふり》「不㆑知《しらず》」と云。其中に在者の心得て、③[2]「いさとよ、左様の人は三人是に在しが、二《に》人《にん》は被㆓召返㆒《めしかへされ》都へ上りぬ。今一人被㆑残《いちにんのこされ》、あそこ此《ここ》に惑ひありけども、行末も不㆑知《しらず》」と〔ぞ〕④云ける。重 山の方の無㆓覚束㆒《おぼつかなさ》に、遥に分入峯に攀《よぢ》上り谷に下れども、[3]白雲《はくうん》迹を埋で往来《ゆきき》の路も定〔か〕⑤ならず。青嵐[4]夢を破て、其面影も不㆑見《みえざり》けり。下 山にては終に尋ねも不㆑合《あはず》。海の辺に付て尋るに、[5]沙《さ》頭《とう》に印《いん》を刻《きざむ》鷗、沖の白洲にすだく浜千鳥の外は、跡問ふ物も無りけり。

初 ある朝《あした》礒の方よりかげろふ[6]なんどの様に痩《や》せ衰へたる者、よろぼひ[7]出来《いできた》〔り〕⑥。元は法師にて在けりと覚えて、髪はそらざまへ生上《おひのぼ》り、万《よろ》づの藻くづ取付《つい》て棘《おどろ》を戴《いただい》たるが如し。初中 [8]つぎめ顕れて皮ゆたひ[9]、身に著たる物は絹布《きぬぬの》の分《わ》き

1 まれに。
2 返答に躊躇することば。
3 和漢朗詠集の紀斉名の詩に「山遠雲埋㆓行客跡㆒、松寒風破㆓旅人夢㆒」とある。
4 青葉を吹き渡る風。
5 和漢朗詠集の大江朝綱の詩に「沙頭刻㆑印鷗遊処、水庭摸㆑書雁度時」とある。
6 とんぼ。
7 よろめき歩く。
8 関節。
9 たるみ。

も不ㇾ見《みえず》。片手には荒布《あらめ》を拾ひ持ち、片手には⑦〔網《あみ》〕人に魚《うど》をもらうて持ち、歩むやうにはしけれ共、はかも不ㇾ行《ゆかず》、よろよろとして出《いで》きたり。指 都にて多《おほく》の[10]乞丐人《こつがいにん》見しか共、懸《かか》る者をば未ㇾ見《いまだみず》。折 [11]諸阿修羅等故在大海辺《しょあしゅらとうこざいだいかいへん》とて、修羅の[12]三悪四趣は深山大海《しんざんだいかい》の辺《ほとり》に在と、仏の説置《ときおき》給へ⑧ば、不ㇾ知《しらず》、我れ餓鬼道に尋来るかと思ほどに、彼も是も次第に歩み近付く。口 若し加様の者も、我主の行末《ゆくへ》知たる事や在んと、「物申さう」ど云へば、「何事」と答ふ。「是は従ㇾ都被ㇾ流《みやこよりながされ》給し法勝寺執行⑨〔御〕房と申人の、御行末や知りたる」と問に、童は見忘れたれ共、僧都は、何とてか可ㇾ忘《わするべき》なれば、「是こそそよ」と云もあへず、手に持てる物を投《なげ》棄《すて》、砂の上に倒れ臥す。初 去てこそ我主の行末も知て〔ン〕げ⑩〔れ〕。白 軈て[13]消入《きえいり》給を、膝の上に搔載《かき》せ⑪〔奉り〕、「有王が参て候。多くの波路を凌《しのい》で是迄尋参たる甲斐も無く、軈て憂目をば見せさせ給ふぞ」と泣泣申ければ、良《やや》在て少《すこし》人心地出き、扶け被ㇾ起《おこされ》、「誠に、汝⑫〔が〕是迄尋ね来たる志の程こそ神妙なれ。口 明ても暮ても都の事のみ思ひ居たれば、恋敷《こひしき》者どもが面影は、夢に見る折も在り、幻に立時も在。身も痛く疲れ弱て後は、夢も現も思不ㇾ分《おもひわかず》。初 去れば汝来れ共、只夢とのみこそ覚ゆれ。若《もし》此事の夢ならば、覚《さめ》ての後は如何がせん」。折 有王「現《うつつ》にて候

10 乞食。
11 法華経の法師功徳品に見える。
12 地獄・餓鬼・畜生の三悪道、これに修羅道を加えて四悪趣と言う。
13 失神する。

①原本「せ」
②諸本「是に」あり。
③諸本「が」
④原本なし。
⑤原本「め」
⑥原本「る」
⑦原本「綱」
⑧諸本「ひたれば」
⑨原本なし。
⑩原本「り」
⑪原本なし。
⑫原本なし。

1 俊寛のことばを受け、今までの緊張がとけた心のゆるみもあるだろう、せきを切った如くに今までの辛苦のなみなみでなかったことを語り出すことば。

2 相手に対し、強く念をおす意を表す終助詞。

3 手段。世はあて字。

4 海岸に流れ寄った竹。

5 防ぐ。

6 寺務を執行する職。

7 荘園をとりしまる事務。

8 信者から布施を受けながら、これを償う功徳をせず、しかもそれを心に恥じることもしない。

也。此御在様にて、今迄御命の延させ給て候こそ、不思議には覚候へ」と申せば、「去れば指[1]、①〔こそ。去年《こぞ》〕、少将や判官入道に被《すてられて》レ棄後の便《たより》無さ、心の内をば只可《おしはかるべし》二推量一。その瀬に身をも投げんとせしを、無《よしなき》レ由少将の『今一度都の音信《おとづれ》をも待てかし[2]』な〔ン〕ど、慰さめ置しを、口憑《たのみ》に若《もし》やと憑つつ、長らへんとはせしか共、此島には人の食物絶て無き処なれば、身に力の在しほどは、山に上て硫黄と云物を掘り、九国《くこく》より通ふ商人《あきんど》に逢ひ、物に換へな〔ン〕どせしか共、日に添て弱り行けば、今は其②〔態《わざ》〕もせず。中加様に日の長閑《のどか》なる時は、礒に出て③〔網〕人・釣人に、手をすり膝をかがめて、④〔魚を〕もらひ、塩干《しほひ》の時は貝を拾ひ、荒布《あらめ》を採《とり》、礒の苔に露の命を懸てこそ、今日迄も長らへたれ。初さらでは憂世を渡る世《よ》[3]すがをば、如何にしつらんとか思らん。⑤口爰《ここ》にて何事も云《いは》ばやとは思へ共、いざ我家《いへ》へ」とのたまへば、此御在様にても、家を持給へる不思議さよと思て行《ゆく》程に、松の一村在る中に、より竹[4]を柱にして、蘆をゆひ、桁梁《けたはり》に渡し、上にも下にも松の葉をひしと取懸たれば、雨風たまる[5]べうも無し。昔は、法勝寺の[6]寺務職《じむしき》にて、八十余箇所の庄務[7]を被《つかさどられ》レ司しかば、棟門《むねかど》・平門《ひらかど》の中に、四五百人の所従⑥にて被《ゐねうせられ》二囲繞一てこそおはせしか。目《ま》のあたり懸《かか》る憂目を見給けるこそ不思議なれ。

折
業に様様在《さまざまあり》。順現・順生《じゆんしやう》・順後業《じゆんごごふ》と云へり。僧都一期《いちご》の間、身に所レ奉《もちゐるところ》、大伽藍の寺物《じもつ》仏物《ぶつもつ》に無レ不レ在《あらざるなし》。指 されば、彼[8]信施《しんぜ》無慚《むざん》の罪に依て、今生《こんじやう》に被レ感《かんぜられ》けりとぞ見えた⑦〔る〕⑧。

9白 僧都現《うつつ》にて在と思定《さだめ》、「抑去年《こぞ》少将や判官入道が迎へにも、是等が文と云事も無し。今汝が[10]便りにも音信の無きは、角共不レ云《かうともいはざり》[11]けるか」。有王涙に咽び打臥《うつぶし》にて、暫しは物も不レ云《いはず》。良《やや》在て起揚《おきあがり》、涙を押《おさへ》て申けるは、「君の西八条へ出させ給しかば、軈て[12]追捕《ついほ》の官人《くわんにん》参て、[13]御内の人人搦捕、御謀⑨〔反〕の次第を尋て失なひはて候ぬ。北方は少人《をさなきひと》を隠しかね給て、鞍馬の奥に忍ばせ給て候しに、此童計《ばかり》こそ、時時参て宮仕⑩〔仕〕り候が、⑪何れも御嘆きの愚かなる事は不レ候《さうらはず》。少人《をさなきひと》は余りに恋参らさせ給て、参り候毎レ度《たびごと》に、『有王⑫〔よ〕、鬼界島とかや⑬〔へ〕我れ具して参れ』とむつからせ給[14]⑭〔候〕しが、過にし二月《きさらぎ》、もがさと申事に失《うせ》させ給ぬ。北方は、其嘆と申、是の御事と申、一方《ひとかた》ならぬ御思ひに沈ませ給ひ、日に添へて弱らせ給しかば、同三月二日、遂に無レ墓《はかなく》成せ給ぬ。ロ 今姫御前計《ばかり》、奈良の伯母御前の御許《おんもと》に御渡り[15]候。是に御文給て参て候」とて、取出て⑮〔奉〕る。開て見給へば、有王が申すに不レ違《たがはず》被レ書《かかれ》たり。[16]奥には折「などや、三人流さ

9 この所、前から続かない。構成上の改編の跡を物語るか。
10 ついで。
11 「云ふ」の主語は家族。
12 捕縛。
13 親しい人々。
14 だだをこねる。
15 「ゐる」の敬語。
16 手紙の終わりの方。

①原本「去年今年」と誤る。
②原本「熊」
③原本「綱」
④原本なし。
⑤語り本、これより「僧都死去」
⑥諸本「眷属」あり。
⑦原本「り」
⑧諸本（語り本を除く）これにて切り、以下「僧都死去」とする。
⑨原本なし。
⑩原本なし。
⑪諸本「しか」
⑫原本「に」
⑬原本なし。
⑭原本「へ」
⑮原本「上つ」

れたる人の、二人《ににん》は被㆓召返《めしかへされ》㆒て候《さぶらふ》に、今迄御上り不㆑候《さぶらはぬ》ぞ。指 哀れ高《たかき》も賤《いやしき》も、女の身計《ばかり》心うかりける者は無し。男子《をのこご》の身にて候はば、渡らせ給島へも、などか参らで可㆑候《さぶらふべき》。ロ 此有王御伴にて、急ぎ上らせ給へ」とぞ被㆑書《かかれ》たる。「是見よ有王、此子が文の①無㆑墓《はかなさ》よ。己《おのれ》を伴《とも》にて、急ぎ上れと書たる事こそ恨しけれ。心に任《まかせ》たる俊寛が身ならば、何とてか三年《みとせ》の春秋《はるあき》をば可㆑送《おくるべき》。中 今年は十二②〔に〕成とこそ思ふに、是程無㆑墓《はかなく》ては、[1]人にも見え、③〔宮仕〕をもして、[2]身をも可㆑扶《たすくべき》か」とて被㆑泣《なかれ》けるこそ、[3]人の親の心は闇に在らね共、子を思ふ道に迷ふ程も被㆑知《しられ》けれ。初「此島へ被㆑流《ながされし》後は、暦も無④けれぱ、月日の換《かは》り行をも不㆑知《しらず》。重 只自《おのづから》花の散り、葉の落るを見て春秋を弁《わき》まへ、[4]蟬の声麦秋《ばくしう》を送れば夏と思ひ、雪の積るを冬と知る。下 [5]白月黒月《びやくぐわつこくぐわつ》の換《かは》り行を見て、三十日を弁《わきま》へ、指を折て算《かぞ》ふれば、今歳《ことし》は六つに成と思つる少者《をさなきもの》も、はや先立けるごさんなれ。白 西八条へ出し時、此子が我も行かうど慕しを、軈て帰らうずるぞと拵《こしらへ》置しが、今の様に覚ゆるぞや。其れを限りと思はましかば、今暫しもなどか不㆑見《みざらん》。親と成り、子と成り、[6]夫婦の契を結ぶも、皆此世⑤〔一つ〕に不㆑限《かぎらぬ》契りぞかし。など去《さ》らば、其等が左様に先立けるを、今迄夢幻《ゆめまぼろし》にも不㆑知《しらざり》けるぞ。人目も不《は》㆑⑥〔恥《ぢず》〕如何にも

1 結婚し。
2 暮らしをたてる。
3 後撰集十五に「人の親の心は闇にあらねども子を思ふ道にまどひぬるかな」とある。
4 和漢朗詠集の李嘉祐の詩に「五月蟬声送㆓麦秋㆒」とある。
5 月が満ちて行く十五日までを白月、かけて行く晦日までを黒月と言う。
6 諺苑に「夫婦ハ二世師ハ三世親子ハ一世」とある。

7 相手の立場を考えない。
8 たまにとる。
9 「此世には姫御前計こそ御渡候へども、後世を弔ふたよりにすべき人も不レ候」の意。
10 僧都が姫君に伝えたいと思った事がら。
11 現世も来世も。

①諸本「書きやうの」あり。
②原本なし。
③原本「宦」
④原本「り」あり。
⑤原本なし。
⑥原本「偲」
⑦原本「こ」
⑧原本「なれ」
⑨原本なし。
⑩原本なし。

して、命を生《いか》うど思しも、是等を今一度見ばやと思ふ為也。姫が事こそ心苦しけれ共、其れも生身《いきみ》なれば、乍レ嘆《なげきながら》も過さんずらん。さのみ長《なが》へて、己《おのれ》に憂目を見せんも乍レ我身《われながら》も7可レ難レ面《つれなかるべし》」とて、8自《おのづから》の食事をも止《とど》め、偏《ひとへ》に弥陀の名号を唱へて、臨終正念《しやうねん》⑦〔を〕ぞ被レ祈《いのられ》ける。有王わた〔ッ〕て二十三日と云に、其庵の内にて遂に終り給ぬ。歳三十七とぞ聞えし。ロ有王空しき質《すがた》に取付《とりつき》、仰レ天俯レ地《てんにあふぎちにふして》泣悲め共無二甲斐一《かひぞなき》。心の行程泣あきて、「軈て後世の御伴可レ仕《つかまつるべう》候へ共、9此世には姫御前計《ばかり》こそ⑧〔御渡《おんわたり》候へ〕。後世を弔《とぶら》ふべき人も不レ候《さうらはず》。暫し長らへて⑨〔後世〕弔《とぶら》ひ参せん」とて、中ふしどを不レ改《あらためず》、庵《いほり》を切懸、松の枯枝、葦の枯葉を取掩ひ、藻塩《もしほ》の烟と成し、荼毗《だび》事終へにければ、白骨を拾ひ、頸に懸け、又商人舟の便《たよ》りに九国《くくに》の地へぞ著にける。

ロ僧都の御《お》娘の御はしける処に参り、在しやう始めより細細《こまごま》と申。「中中《なかなか》御文を御覧じてこそ、いとど御思ひは増らせたまひて⑩〔候しか〕。硯も紙も候はねば、御返事にも不レ及《およばず》。10被二思召一《おぼしめされ》し御心の中、さながら空敷《むなしく》て止《やみ》候にき。今は11世《せ》世生生《せしやうじやう》を送り、多生曠劫《くわうごふ》を隔つ共、争か御声をも聞き、御質《おんすがた》をも見参せ可レ給《たまふべき》」と申ければ、俯《ふ》し辷《まろ》び、声も不レ惜《をしまず》泣給。中軈て十二の歳尼に成り、奈良の法華寺に行《おこなひ》すまして、父母《ぶも》の後世を吊給《とぶらひ》ぞ哀なる。初 有王は、俊寛僧都の遺骨《ゆいこつ》を頸に懸け、高野へ上り奥院に収めつつ、蓮華谷[1]にて法師に成、初中 諸国七道修行して、主の後世をぞ吊ける。加様に人の思ひ嘆きの積ぬる、平家の末こそ怖しけれ。①

拾 同五月十二日午刻計《ばかり》、京中には辻風便生敷《おびたたしう》吹て、人屋《じんをく》多く顚倒《てんだう》す。風は自二《なか》中御門京極《みかどきやうごくより》一〔起こつ〕②て、未申《ひつじさる》の方へ吹て行に、棟門《むねかど》・平門《ひらかど》を吹抜て、四五町十町吹持て行き、桁・長押《なげし》・柱な（ン）どは虚空に散在す。檜皮《ひはだ》[2]・葺板《ふきいた》の類、冬の木葉の風に乱るるが如し。事事敷《おびたたしう》鳴りどよむ事、彼《かの》[3]地獄の業風《ごふふう》なり共是には不レ過《すぎじ》とぞ見えし。舎屋の破損のみならず、命を失なふ人も多し。牛馬の類数を尽して被二打殺《うちころさる》一。是ただ事にあらず、可レ有二御占《みうらあるべし》一とて、[4]神祇館《じんぎくわん》にして御占《みうら》在《あり》。「今百日の中に重レ禄《ろくをおもうする》大臣の慎み、別しては天下《てんが》の大事、幷《ならび》に仏法王法ともに傾て、兵革可二相続《ひやうがくさうぞくすべし》一」とぞ、神祇館《じんぎくわん》・陰陽寮《おんやうれう》ともに占申《うらなひ》ける。

③小松殿熊野参詣同夢想金渡《こまつどのくまのさんけいおなじくむさうこがねわたし》

ロ 小松《こまつの》〔大臣《おとど》〕④、加様の事共聞給て、万《よろ》づ心細くや被レ思《おもはれ》けん、其比熊野参詣の

1　高野山には、もともと世にいれられぬ人々の来り隠れるものが多かったことから、源平動乱期にも、そうした敗残の人々が集まり有力な上人を中心に幾つかの念仏集団をなしていた。蓮華谷には蓮華三昧院を中心とする明遍の一派が住み修行していた。

2　ひのきの皮を屋根にふいたもの。

3　往生要集一に「一切の風の中には業風を第一とす。かくの如き業風、悪業の人を将ゐ去りて、かの処に到る。既にかしこに到り已れば、閻魔羅王、種々に呵嘖す」とある。

4　神祇官が正しい。

事在《あり》。本宮証誠殿《しやうじやうでん》の御前《ごぜん》にて、夜終《よもすがら》被二敬白一《けいひやくせられ》けるは、「親父《しんぷ》入道相国の体《てい》を見《みる》に、悪逆無道にして、動《やや》もすれば奉レ悩レ君《きみをなやましたてまつる》。重盛為二長子一《ちやうしとして》頻雖レ致レ諫《しきりにいさめをいたすといへども》、身[5]不肖《ふせう》之間、彼以不二服膺一《かれもつてふくようせず》見二其振舞一《そのふるまひをみるに》一期《の》栄華猶危《あやふし》。枝葉連続して[6]顕レ親揚レ《おやをあらはしなを》名難《あげんことかたし》。当二此時一《このときにあたり》重盛苟《いやし》くも謂《おも》へり。忝《なまじひ》に[7]列して浮二沈於世一《よにふちんせんを》、不二敢良臣孝子《あへてりやうしんかうしのほふに》法一《あらず》。不レ如《しかじ》、遁レ名退レ身《なをのがれみをしりぞき》、投二棄今生名望一《こんじやうのめいぼうをなげすて》求二来世菩提一《らいせのぼだいをもとめんには》。但凡夫《ただしぼんぷ》[8]薄地《はくち》、惑二《ぜひに》是非一《まどへるが》故に不レ恣レ志《こころざしをほしいままにせず》。中 南無権現金剛童子、願《ねがはく》は子孫繁栄不レ断《たえずして》、使可レ交二《つかへててうていに》朝廷一《まじはるべくは》和二入道之悪心一《にふだうのあくしんをやはらげ》令レ得二天下安全一《てんかのあんぜんをえしめ》給へ。初 栄耀《えいえう》又限二一期一《いちごをかぎつて》[9]後《こう》⑤〔昆〕《こん》可レ及レ《はぢにおよぶ》恥《べくんば》、縮二重盛運命一《しげもりがうんめいをつづめて》扶二来世苦輪一《らいせのくりんをたすけよ》。初中 両箇の求願《ぐぐわん》偏に仰二冥助一《めいじよをあふぐ》」と肝膽を砕き被二祈念一《きねんせられ》けるに、燈籠の火の様なる物、大臣の御身より出て、ばつと如レ消《きゆるがごとく》して失にけり。初 人余《あま》た奉レ見《みたてまつり》けれ共、恐れて是を不レ申《まうさず》。

口 又下向の時、岩田川を渡られけるに、嫡子権助少将《ぜうしやう》維盛以下《いげ》の君達、浄衣《じやうえ》の下に薄色の衣《きぬ》を著て、夏の事なれば、何と無く川の水に戯《たはぶ》れ給程に、浄衣の湿《ぬれて》、衣にうつ（ッ）たるが、偏に[10]色の如くに見えければ、筑後守貞能是を見咎めて、「何とやらん、あの御浄衣の世に忌敷《いまはし》きやうに見えさせおはしまし候。可レ被二召替一《めしかへらるべう》や候らん」と、被レ申《まうされ》ければ、大臣「我が所願既に成就しにけり。其浄衣敢て

5 わたしが愚かなため。
6 父母の名をあらわす。
7 重臣に列して。
8 薄は逼。もろもろの苦にせまられる地位。
9 子孫。
10 喪服の薄墨色。

①諸本、これにて切り、以下「颺」とする。
②原本「越へ」
③諸本「医師問答」
④原本「乙人」とあり。ただす。以下同じ。
⑤原本「昆」

不レ可レ改《あらたむべからず》」とて、別して自二岩田川一《いはたがはより》熊野へ悦《よろこび》の奉幣《ほうへい》をぞ被レ立《たてられ》ける。初人怪しと思けれども、其心を不レ得《えず》。白然《しかる》に此公達、無レ程《ほどなく》真《まこと》の色を著給けるこそ、不思議なれ。

下向の後、幾《いくばく》の日数を不レ歴《へず》して、病付《やまひつき》給ふ。権現既に有二御納受一《ごなうじゆある》にこそとて、療治《れうぢ》もしたまはず、祈禱をも不レ被レ致《いたされず》。其比自二宋朝一《そうてうより》勝《すぐれ》たる名医渡て、本朝に憩《やす》らふ事在。境節《をりふし》入道相国福原の別業におはしけるが、越中守盛俊を使にて小松殿へ被レ仰《おほせられ》けるは、「所労弥《いよいよ》大事なる由其聞え在り。兼又《かねては》自二宋朝一《そうてうより》勝《すぐれ》たる名医渡れり。境節為レ悦《をりふしよろこびとなす》。是を召請《めししやう》じて医療を加《くはへ》しめ給へ」と、曰被レ遣《のたまひつかはされ》ければ、小松殿、被二扶起一《たすけおこされ》、盛俊を御前へ召て、ロ「先づ医療の事畏《かしこまつ》て承候ぬと可レ申《まうすべし》。但し汝も承れ。折延喜[1]《の》御門はさばか①〔ん〕の賢王にてましましけれども、異国[2]の相人[3]《さうにん》を都の中へ被レ入《いれられ》給けるをば、末代迄も賢王の御誤り、本朝の恥とこそ見えたれ。況や重盛程の凡人が、異国の医師を王城へ入れん②〔事〕、国の恥に不レ在《あらず》や。ロ漢[4]《の》高祖は三尺の剣を提《ひつさげ》て天下《てんが》を治めしか共、淮南《わいなん》の黥布《げいふ》を討し時、流れ矢に当て被レ疵《きずをかうむる》。后《きさき》呂太后、良医を迎へて見せしむるに、医曰《のいはく》『此疵可レ治《ちすべし》。但五十斤《ただしごじつきん》の金《きん》を与へば、治《ぢ》せん』と云。高祖曰《のたまはく》『我れ守りつよかつし程は、

1　醍醐天皇。
2　この話は古事談六に見える。
3　人相を見る人。
4　この話は、史記の高祖本紀に見える。

多くの戦に逢て被レ疵《きずをかうむり》しか共、其痛み無し。運既に尽ぬ。命《めい》は即《すなはち》天に在り。縦《たとひ》[5]雖二扁鵲一《へんじやくといへども》何の益か在ん。然れば金を惜《をしむ》に似たり』とて、五十斤の金《こがね》を医師に与ながら遂に不レ治《ちせざり》き。[6]先言在レ耳《せんげんみみにあり》、今以《て》[7]甘心《かんじん》す。中 重盛は、苟《いやし》くも[8]九卿《きうけい》に列して[9]三台《さんたい》に登る。其運命をはかるに、天心に在。何にぞ天心を不レ察《さつせず》して、愚かに医療を労敷《いたはしう》せんや。若し定業たらば、療治を加ふ共無レ益歟《えきなきか》。又非業たらば、雖レ不レ加二療治一《れうぢをくはへずといへども》可レ得レ扶《たすかることをうべし》。初 彼[10]耆婆《ぎば》が医術不レ及《およばず》して、大覚世尊《だいかくせそん》、滅度を跋提河《ばつだいが》の辺《ほとり》に唱ふ。是即《これすなはち》定業の病不レ瘉《いやさざる》を示さんが為也。定業猶《なほ》医療にかかはるべくんば、釈尊豈有二入滅一《あにふめつあらん》〔や〕③。定業又治するに不レ堪《たへざる》旨明らけし。折 治するは仏体也。療するは耆婆也。然《さ》れば重盛が身非二仏体一《ぶつたいにあらず》、名医又不レ可レ及二耆婆一《ぎばにおよぶべからず》。指 縦ひ四部《しぶ》の[11]書を鑑《かんが》みて、百療に長ずと云共、争か[12]有待《うだい》の穢身《ゑしん》を救療《くれう》せんや。口 縦ひ五[13]経の説を詳《つまびらか》にして衆病《しゆびやう》を瘳《いや》すと云共、豈前世《ぜんぜ》の業病を治せんや。若《もし》彼医術に依て存命《ぞんめい》せば、本朝の医道無《なき》に似《にた》り。医術無二効験一《かうげんなく》んば、面謁無二所詮一《めんえつしよせんなし》。就レ中《なかんづく》本朝[14]鼎臣《ていしん》の外相を以て異朝富有の来客に見《まみえ》ん事、且《かつう》は国の恥、且は道の[15]陵遅《りようち》也。初 縦ひ重盛命は亡ずと云共、争か国の恥を思心を不レ存《ぞんぜざらん》。此由を申せ」とこそ曰《のたまひ》けれ。

5 この人物は史記の扁鵲伝に見える。中国の名医として著名。
6 古人のことば。
7 肝に銘じている。
8 中国の官名。公卿の異称。
9 大臣。
10 インドの名医として著名。
11 医書。
12 いろいろのたすけを待って成り立つ現世のこの肉体。
13 医書の中の五経。
14 大臣としての外貌。
15 政道の衰退。

①原本なし。
②原本なし。
③原本なし。

白
盛俊福原に帰て此由泣泣《なくなく》申ければ、入道相国「是《これ》程国の恥を思ふ大臣《だいじん》、上古《しやうこ》にも未レ聞《いまだきかず》。増《まし》て末代に可レ在共《あるべしとも》不レ覚《おぼえず》。日本に不二相応一《さうおうせぬ》大臣なれば、如何にも今度失《うせ》なんず」とて、泣泣急ぎ都へ被レ上《のぼられ》けり。

同七月二十八日、小松殿出家し給ぬ。法名浄蓮と〔こそ〕①付《つき》給へ。軈て八月一日、臨終正念〔に住して〕②、遂に失せ給ぬ。御歳四十三、盛《さかり》と見えつるに哀成《あはれ》し事共也。口「入道相国のさしも横紙をやられつる[1]も、此人のなほし被レ宥《なだめられ》つればこそ、世も穏《お》だしかりつれ。此後天下に、如何なる事か出来んずらん」とて、京中の上下嘆きあへり。前右大将宗盛卿の方様《かたさま》の人は、「世は只今大将殿へ参りなんず」とぞ悦ける。重 人の親の子を思ふ習ひは愚かなるが[2]先立だにも悲敷ぞかし。況や是は当家の棟梁、当世の賢人にておはしければ、恩愛の別《わかれ》、家の衰微、悲しうても猶余り在。初 去れば世には良臣を失なへる事を嘆き、家には武略の廃《すた》れぬる事を悲しむ。初中 凡此大臣は文章[3]うるはしうして、心に忠を存じ、才芸勝《すぐ》れて、詞に徳を兼給へり。③

口 天性此《てんせいこの》大臣は、不思〔議〕④の人にて、未来の事をも兼て悟り給けるにや。去《さんぬ》る四月七日の夢に見給けるこそ不思議なれ。譬へば[4]、何く共不レ知《しらぬ》浜路を遥遥と

1 横紙を破るように無理を押し通す。

2 主格を表す格助詞。

3 論語の公冶長に「子貢曰、夫子之文章、可二得而聞一也」とある。人がら。

4 具体的に言うと。

歩行《あゆみゆき》給に、道の傍《かたはら》に、大成《おほきなる》鳥居在《あり》。「あれは、如何成華表《いかなるとりゐ》やらん」と問給へば、5「春日大明神の御鳥居也」と申。人多く群集したり。其中に法師の頭《かう》べを一つ指挙《さしあげ》たり。「去てあの頭《くび》は如何に」と、問給へば、「是は、平家⑤〔太政入道〕殿の御頭《くび》を、悪行超過し給へるに依て、当社大明神の被㆓召取《めしとら》㆒せ給て候」と、申と覚て夢打覚《さめ》ぬ。折当家は、保元平治より以降《このかた》、度度の朝敵を平げて、勧賞身に余り、忝《かたじけな》く一天の君の御外戚として一族の昇進《しようじん》六十余人。二十余年の以降《このかた》は、楽《たのしみ》栄え申計《ばかり》も無りつるに、指入道の悪行超過せるに依て、一門運命既に尽んずるにこそと、こし方行末の事共、思召続けて、御涙に咽《むせ》ばせ給。

折節、妻戸をほとほと打扣《たた》く。口「誰ぞ。あれ聞け」と曰《のたま》へば、「瀬尾太郎兼康が参て候」と申。「如何に、何事ぞ」と曰《のたま》へば、「只今不思議の候て、夜の明る間が遅く覚《おぼえ》⑥〔候〕間、申さん為に参《まゐる》也。御前《ごぜん》の人を被㆑逃《のけられ》候へ」と、申ければ、大臣人を遙にのけ御対面在り。去て兼康が見たる夢の様を自㆑始《はじめより》終り迄委敷《くはしく》語り申けるが、大臣の御覧じたる御夢に少も不㆑違《たがはず》。初去てこそ瀬尾太郎兼康をば、神《しん》にも通じたる者にて在けりと、大臣も感じ給け⑦〔れ〕。

白其朝《あした》嫡子権亮少将維盛、院御所へ参らんとて出させ給けるを、大臣奉㆑喚《よびたてまつつ》て、

5　古本には三島明神とある。三島明神を頼朝が尊崇していた。

①原本なし。
②原本なし。
③諸本、これにて切り、以下「無文」とする。
④原本「儀」
⑤原本「入道太政」
⑥原本「の」
⑦原本「り」

1　それにしても。
2　柄や鞘が黒塗りで、紋・彫刻のない太刀。
3　顔色。
4　なくなられた時。

「人の親の身として加様の事を申せば、究《きは》めてをこがましけれ共、御辺は人の子共の中には勝《すぐ》れて見え給也。[1]但し此世中の在様、如何在んずらんと、心細①こそ覚ゆれ。貞能は無歟《なきか》。少将に酒勧めよ」と曰《のたま》へば、貞能御酌《おんしやく》に参たり。「此盞《さかづき》をば、先づ少将にこそ取せ度《たけ》れ共、親より先にはよも飲不レ給《のみたまはじ》なれば、重盛取挙て、少将にささん」とて三度受て少将にぞさされける。少将又三度受給《たまふ》時、「如何に貞能、引出物《ひきでもの》せよ」と曰《のたま》へば、畏て承はり、錦の袋に入たる御太刀を取出す。「哀れ、是は家に伝はる小烏《こがらす》と云太刀やらん」な（ン）ど、世に嬉気《うれしげ》に思て見給処に、さは無《なく》して、大臣葬の時用る[2]無文《むもん》の太刀にてぞ在ける。ロ其時少将気色[3]〔②はつ〕と替《かはつ》て、世に忌《いま》はしげに見給ければ、大臣涙をはらはらと流し、「如何に少将、其れは貞能が咎にも不レ在《あらず》。其故如何にと云に、此太刀は大臣葬の時用《もちふ》る無文の太刀也。入道如何[4]にもおはせん時、重盛が帯《はい》て伴せんとて持たりつれ共、今は重盛、入道殿に先立《さきだち》奉らんずれば、御辺に奉るなり」とぞ曰《のたまひ》ける。中少将是れを聞給て、兎角《とかく》の返事にも不レ及《およばず》、涙に咽びうつ俯《ぶし》て、其日は、出仕もし不レ給《たまはず》、引かづきてぞ臥給。其後大臣熊野へ詣《まゐり》、下向して病付《つき》、〔③幾〕程も無く遂に失させ給けるこそ、げにもと思被レ知《しられ》け〔④れ〕。

⑤燈《とう》籠《ろう》幷《ならびに》大《だい》地《ぢ》震《しん》

ロ 総《すべ》て此大臣《おとど》は、滅罪生善《めつざいしやうぜん》の御志《こころざし》深くおはしければ、当来[5]の浮沈を嘆いて、東山の麓に、[6]六八弘誓《ぐぜい》の願に準《なぞらへ》て、四十八間の精舎を立、一間に一つ充《づつ》の、⑥⑦四十八の燈籠を被《かけられ》レ懸ければ、[7]九品《くほん》の台《うてな》目の前に耀き、[8]光耀鸞鏡《らんけい》を磨て、浄土の砌《みぎり》に[9]望めるが如し。毎月⑧〔十四五〕を点じて、当家他家の人人の御方より、眉《み》目《め》好う、若う盛んなる女房達を多く請じ聚《あつ》め、一間に六人充《づつ》、四十八間に二百八十八人、[10]時衆《じしゆ》に定め、彼《かの》両日《にち》が間は一心称名声《の》不《たえず》レ断。折 誠に来迎引接《いんぜふ》の願も此所に影向《やうがう》を垂れ、[11]摂取不捨《せつしゆふしや》の光も此大臣を照し給らんと⑨〔ぞ〕見えし。中 十五日の日中を結願にて大念仏在しに、大臣自《みづから》彼行道の中に交て、向《さいはうにむかひ》二西方一、「南無安養世界教主弥陀善逝《ぜんぜい》、三界六道衆生を普《あま》ねく済度《さいど》し給へ」と、廻向発願《ゑかうほつぐわん》せられければ、見る人慈悲を起し、聞者《きくもの》感涙を催けり。懸《かかり》しかば、此大臣をば燈籠大臣とぞ人申ける。

⑩ロ 又大臣「我朝には如何なる大善根《ぜんごん》をし置たり共、子孫相続て被《とぶらはれ》レ弔ん事難《ありがたし》レ在。

5 将来の幸福や不幸。
6 弥陀が衆生を救おうとする四十八の願。
7 極楽の九品の蓮台。
8 往生講式に「荘厳鏤二七宝一光耀瑩二鸞鏡一」とある。
9 臨めるが正しい。
10 不断念仏を唱える僧俗。
11 観無量寿経に「念仏衆生、摂取不レ捨」とある。

①原本「事」あり。
②原本「い」
③原本なし。
④原本「り」
⑤諸本「燈爐之沙汰」
⑥諸本「の」なし。
⑦諸本「四十八間に」あり。
⑧原本「十四十五」
⑨原本「こそ」
⑩諸本、これより「金渡」をたてる。

他国に如何なる善根をして、後世《ごせ》を被レ弔《とぶらはれ》ばや」と、安元の頃ほひ、自二鎮西《ちんぜいより》一妙典《めうでん》と云船頭[1]を召上せ、人を遙にのけて御対面在。金《こがね》を三千五百両召寄せて、「汝は大正直の者にてあんなれば、五百両をば汝に給《た》ぶ。三千両を宋朝へ渡し、育王山《いわうさん》[2]へ参せて、千両を僧に引き、二千両を帝へ参せ、田代《でんだい》を育王山へ申寄て、我後世を弔《とぶら》はせよ」と曰《のたま》ふ。重 妙典是を給《たまはり》、万里《ばんり》の烟浪を凌《しのぎ》つつ大宋国へぞ渡ける。育王山の方丈仏照禅師徳光[3]《ぜんじとくくわう》に奉レ逢《あひたてまつり》、此由申ければ、下 随喜感嘆して、千両を僧に引、二千両をば御門へ参らせ、①〔大臣の申されける旨を〕、具《つぶさ》に被二奏《そうもん》〔聞〕[2]《せられ》一ければ、帝大に感じ思召し、五百町の田代《でんだい》を育王山へ③〔ぞ〕被レ寄《よせられ》ける。去れば日本《の》大臣平朝臣重盛公の後生[4]《ごしやう》善処と祈事、于レ今《いまに》不レ断《たえず》とぞ承る。④

初 入道相国の小松殿に後《おく》れ給て、万づ心細くや被レ思《おもはれ》けん、福原へ馳下、閉門してこそおはしけれ。⑤口 同十一月七日夜戌刻計《ばかり》、大地大に動て良久《やや》し。陰陽頭安[5]陪泰親、急ぎ内裡へ馳参て「今度の地震、占文の所レ指《さすところ》、其《その》慎不レ軽《かろからず》。当道三経の中に、坤儀経[6]《こんききやう》の説を勘《かんがふ》るに、『[7]年を得ては不レ出レ年《としをいでず》、得レ月不レ出レ月《つきえてはつきをいでず》、得レ日《ひをえては》不レ出レ日《ひをいでず》』と見えて候。以外《もつてのほか》に火急に候」とて、はらはらとぞ泣ける。伝奏《てんそう》の人も失レ色《いろをうしなひ》、君も叡慮を驚かせおはします。若き公卿殿上人は、「[8]けしからぬ泰

1 南都北嶺で、下役をつかさどる妻帯の法師を専当と云う。それか。専当を船頭、宣道とも書く。
2 阿育王山の略。中国五山の一。
3 中国南宋の高僧。
4 後生、善処に生まれるようにの意。
5 安倍が正しい。
6 金匱経が正しい。
7 年としては一年、月としては一と月、日としては一日の中に。
8 納得し難い。

親が泣《なき》やうや。何事の可レ在《あるべき》」とて、笑ひあはれけり。中 去れ共、此泰親は晴明《せいめい》五代の苗裔《べうえい》を受て、天文は淵源を究め、推[9]⑥〔条〕掌《たなごころ》を指《さす》が如し。一事も不レ違《たがはざり》ければ、指《さす》の神子《みこ》とぞ申ける。初⑦〔雷の落かゝりたりしか共〕、為二雷火一《らいくわのために》狩衣の袖は午レ焼《やけながら》、其身は恙《つつが》も無りけり。上代にも末代にも、難レ在《ありがたかり》し泰親也。

ロ 同十四日、相国禅門、此日比福原におはしけるが、何とか被レ思《おもはれ》けん、数千騎の輩をたな引て、都へ入給〔ふ〕⑧由聞えしかば、京中何と聞分《ききわき》たる事は無れ共、上下怖《おそれ》⑨をののく。何者の申出したるやらん、「入道相国、可レ奉レ恨二朝家一《てうかをうらみたてまつるべし》[10]と披露を成す。[11]関白殿も内内被二聞召一《きこしめさるる》旨もや在けん、急ぎ有二御参内一《ごさんだいあり》、「今度相国禅門入洛の事は、偏に基房可レ滅《ほろぼすべき》結構にて候也。如何なる憂目にか可レ奉レ逢《あひたてまつるべき》やらん」と奏せさせ給へば、主上大きに驚せ給て、「そこに如何なる憂目にも逢《あは》んは、偏に只我が逢《あふ》にてこそ在んずらめ」とて、御涙を被レ流《ながされ》給ぞ忝なき。中 誠に天下の御政《まつりごと》は、主上摂禄《せふろく》の御計《ばからひ》にてこそ在に、こは如何にしつる事共ぞや。天照大神・春日大明神の神慮の程も難レ量《はかりがたし》。

白 同十五日、入道相国可レ奉レ恨二朝家一事《てうかをうらみたてまつるべきこと》必定と聞えしかば、法皇大に被レ驚《おどろかせ》給て、故少納言入道信西の子息、静憲法印を御使にて、入道相国の許《もと》へ遣す。「近《きん》

9 推論するところ。
10 この場合の「恨む」は、恨みをはらす実際行動に出る意。
11 藤原基房。

①原本「をけとて」とあり。誤りがあるか。
②原本「問」
③原本なし。
④諸本、これにて切り、以下「法印問答」とする。
⑤原本一字あき。句の切れ目を意識するものか。語り本はこれより「法印問答」。
⑥原本「調」と誤る。
⑦原本なし。誤脱があるか。
⑧原本「の」
⑨原本「に」あり。

年《ねん》朝廷不《しづかならず》レ静して、人の心も不《ととのほらず》レ調、世間も不《らくきよせぬ》二落居一さまに成行事、[1]惣別に付《つけ》て嘆き思食《おぼしめ》せ共、さてそこにあれば、万事は憑み思食《おぼしめし》てこそ在に、①〔天下を〕静むる迄こそ無らめ、[2]嗷嗷《がうがう》なる体《てい》にて、剰《あまつさへ》朝家を可《うらむべし》レ恨な〈ン〉ど聞召②〔は〕何事ぞ」と被《おほせつかはさる》二仰遣一。ロ　静憲法印御使に西八条の亭へ向ふ。自《あしたより》レ朝夕に及迄被《またれ》レ待けれ共、無音《ぶいん》成ければ、去ればこそと、無益《むやく》に覚えて、源大夫判官季貞を以て、勅使の趣き云入《いひいれ》させ、「暇申て」とて被《いでられ》レ出ければ、其時入道「法印喚《よ》べ」とて被《いでられ》レ出たり。強[3]「やや法印御房、浄海が所《まうすところ》レ申は僻事《ひがごとか》歟。ロ　先づ[4]内府《だいふ》が身罷ぬる事、当家の運命を計《はかる》に、入道随分悲涙を押へてこそ罷過《まかりすぎ》候へ。御辺の心にも推察し給へ。保元以後は、乱逆《らんげき》打続いて、君安い御心も渡せ不《たまはざり》レ給しに、入道は只[5]大形《おほかた》を取行なふ計《ばかり》にてこそ候へ。内府こそ手を下《おろし》身を砕いて、度度《どど》の逆鱗《げきりん》をば休《や》すめ参せて候へ。其外臨時の御大事、朝夕の政務、内府程の功臣難《こうしんありがたう》レ在こそ候らめ。折　以《ここをもつていにしへをおもふ》レ此憶レ古に、[6]唐の太宗《たいそう》は魏徴《ぎちよう》に後《おく》れて、悲みの余りに、『昔の殷宗《いんそう》は、夢の中に得《りやうひつをえ》二良弼一、今の朕《ちん》は、さめての後、賢臣を失ふ』と云碑文を自《みづから》書て、廟《べう》に立てこそ悲み給けるなれ。指　吾朝にも間近く候し事ぞかし。顕頼民部卿逝去したりしをば、[7]故院殊に御嘆き在て、八幡《やはた》の行幸《ぎやうがう》延引し、御遊無りき。ロ　総じて臣下

1　全般に。
2　騒々しいさまで。
3　人に呼びかけるためのことば。
4　内大臣平重盛。
5　大方が正しい。
6　以下、白氏文集、新楽府の自注に「魏徴疾亟、太宗夢与レ徴別、既寤流レ涕、是夕徴卒、故御親制レ碑云、昔殷宗得二良弼於夢中一今朕失二賢臣於覚後一」とある。
7　亡き鳥羽院。

の卒《そつ》するをば、代代《だいだい》の御門皆御嘆き在る事にてこそ候へ。去ればこそ、親よりも馴敷《なつかし》う、子よりもむつまじきは、君与《と》臣の中とは申事にて候らめ。去れ共、内府が中陰[8]に八幡の有二御幸一《ごかうあつて》御遊び在き。御嘆きの色、一事《いちじ》も不レ見レ之《これをみず》。設《たとひ》入道が悲を無二御憐一《おんあはれみなく》とも、などか内府が忠を思食忘させ可レ給《たまふべき》。縦ひ内府が忠を思召忘させ給ふ共、争《いかで》か入道が嘆きを御憐み無らん。父子共に叡慮に背ぬる事、於レ今失二面目一《いまにおいてめんぼくをうしなふ》、是一《ひとつ》。白 次に越前国をば子子孫孫迄御変改《へんがい》在まじき由、御約束在て給て候しを、内府に後れて後軈《やが》て被レ召《めさるる》事は、何んの過怠《くわたい》にて候やらん、是一《ひとつ》。次に中納言闕《けつ》の候し時、二位中将[9]の所望候しを、入道随分執《と》り申しか共、遂に無二御承引一《ごしようゐんなく》して、関白の息[10]を被レ成《なさるる》事は如何に。設《たとひ》入道非拠[11]を申行③ふ共、一度はなどか④〔可レ〕不二聞召入一《きこしめしいれざるべき》。⑤家嫡[12]《けちやく》と云、位階と云、理運左右に不レ及《およばぬ》事を引違させ給事は、無二本意一《ほいなき》御計らひとこそ存候へ、是一《ひとつ》。ロ 次に新大納言成親卿〔以下《⑥いげ》〕、鹿谷に倚合《よりあひ》て、謀叛の企候しこと、全く私の計略にあらず、併《しかしなが》ら君依レ有二御許容一《ごきよようあるによつて》也。[13]今めかしき申ごとにて候へ共、七代迄は此一門をば、争か被レ捨可レ給《すてられたまふべき》。其れに入道七旬に及で、余命幾ばくならぬ一期の中《うち》にだにも、動《ややも》すれば、可レ滅由御計《ほろぼすべきよしおんぱか》らひ在。[14]申候《まうしさうら》はんや、子孫相続《あひつづいて》朝家に被二召仕一《めしつかはれ》んこ

8 人の死後四十九日。
9 藤原基通。
10 藤原師家。
11 理に合わぬこと。
12 基通の家嫡（本家の嫡子）であることと言い、その位階と言い。
13 改った申しようですが。
14 「況んや」のていねい語。

①原本なし。
②原本なし。
③原本「ほ」あり。
④原本なし。
⑤諸本「申し候はんや」あり。
⑥原本なし。

と難《ありがたし》レ在。中 凡《およそ》老て失レ子《こをうしなふ》は、枯木《こぼく》の無レ枝《えだなき》に不レ異《ことならず》。今は無レ程《ほどなき》浮世に、費レ心《こころをつひやし》ても何かはせんなれば、いかでも在なんとこそ、思ひ成て候へ」とて、且《かつう》は腹立《ふくりふ》し、且は落涙し給へば、法印怖敷《おそろしく》も、又哀れにも覚えて、汗水《あせみづ》に成り①〔給〕ぬ。口 此時は如何なる人も、一言《いちごん》の返事に難レ及《およびがたき》ことぞかし。其上我身も近習《きんじゆ》の仁《じん》也、鹿谷に倚合たりしことは、正《まさ》しう被二見聞一《けんもんせられ》しかば、其人数《にんじゆ》とて、只今も召や被レ籠《こめられん》ずらんと思ふに、[1]龍鬚《りようのひげ》をなで、虎の尾をふむ心地はせられけれ共、法印も去る怖《おそろし》い人にて、ちつとも不レ噪《さわがず》、被レ申《まうされ》けるは、「誠に度度《どど》の御奉公不レ浅《あさからず》。[2]一旦恨み申させましますも旨、其[3]謂《いは》れ在《あり》。但し官②〔位〕云《といひ》、俸禄云《といひ》、御身に取ては悉く満足す。然れば、功の莫太《ばくたい》なるを君有二御感一《ぎよかんあるで》こそ候へ。然るを近臣ことを乱り、君御許容在りと云こと③〔は〕、謀臣の[4]凶害にてぞ候らん。[5]耳を信じて目を疑ふは、俗《しよく》の常の弊《へい》也。小人《せうじん》の浮言《ふげん》を重《おもく》して、朝恩の他に異なるに、君を背き参させ給はんこと、冥顕《みやうけん》につけて其恐不レ少《すくなからず》。色 [6]凡天心は蒼蒼として難レ量《はかりがたし》。指 叡慮定て此儀でぞ候らん。下《しも》として上《かみ》に逆《さかふ》ること、豈人臣の礼たらんや。初 能能《よくよく》御思惟可レ候《さうらふべし》。所レ詮《せんずるところ》、此趣をこそ披露仕《つかまつり》候はめ」とて被レ出《いでられ》ければ、初中 幾等も並居たる人人、拾「あな怖し。入道のあれ程怒《いか》り給へるに、ちつとも不レ恐《おそれず》、返事うちして

1 尚書の君牙篇、史記の韓非列伝などに類句が見える。
2 即時に考えれば。
3 その道理。
4 中傷。
5 噂のみを信用する。
6 荘子の逍遥遊に「天之蒼蒼、其正色邪」とある。

被レ立事《たたる》よ」とて、法印を不レ褒《はめぬ》人こそ無りけれ。

大《だい》臣《じん》被流《ながされ》

ロ 法印御所へ参り此由被ニ奏聞一《そうもんせられ》けれは、法皇も道理至極《[7]しごく》して、被ニ仰下一《おほせくださるる》方も無し。同十六日、入道相国此日比《ひごろ》思立給へる事なれば、関白殿を奉レ始《はじめたてまつり》、太政大臣以下の公卿殿上人四十三人が官職を停めて被ニ追籠一《[8]おつこめらる》。関白殿《くわんぱくどの》をば太宰帥《だざいのそつ》に遷《うつ》して、鎮西へ奉レ流《ながしたてまつる》。「かからん世には、認《とて》も④〔かく〕ても在なん」とて、鳥羽の辺古川と云処にて有ニ御出家一《ごしゆつけあり》。御歳三十五。「礼儀能く知《しろ》し召し、無レ曇《くもりなき》鏡にて渡せ給つる者を」とて、世の奉レ惜《をしみたてまつる》事なのめならず。遠流《をんる》の人の道にて出家しつるをば、約束の国へは不レ遣《つかはさぬ》事にて在間《あるあひだ》、始めは日向国《ひうが》と被レ定《さだめられ》たりしか共、御出家の間、備前国府《こふ》辺、[9]井ばさまと云処に奉レ留《とどめたてまつる》。

中 大臣流罪の例は、左大臣曽我赤兄《あかえ》[10]・右大臣豊成《とよなり》・左大臣魚名《うをな》・右大臣菅原[11]・左大臣高明公《[12]かうめいこう》・内大臣藤原伊周公《いしうこう》に至迄、⑤〔既に六人〕。去れ共摂政関白流罪の例は是始《これはじめ》とぞ承る。故中殿《指[13]なかどの》の御子二位中将基通は、入道のむこにておはしけれ

7 もっともなことで。
8 追放される。
9 今の岡山市湯迫。
10 蘇我赤兄。
11 菅原道真。
12 源高明。
13 藤原基実。
①原本「候」
②原本「泣」
③原本なし。
④原本「隠れ」
⑤原本なし。誤脱か。

ば、大臣関白に奉《なしたてまつる》レ成。□去《さん》ぬる円融院の御宇、天禄三年十一月一日、一条摂政[1]謙徳公失《うせ》させ給しかば、御弟堀河関白[2]仲義公《ちゆうぎこう》、其時はいまだ従二位中納言にてましましけり。其弟[3]法興《ほご》院の大入道殿、其比は大納言右大将にておはしける間、仲義公は御弟に加階被レ越《こえられ》給しか共、今又越え返し奉り、内大臣正二位に上て、[4]内覧の宣旨《せんじ》被レ蒙《かうむられ》給しをこそ、人耳目《じぼく》を驚したる昇進《しようじん》とは申せしに、是は其れには猶超過せり。非参議二位中将より大①〔中〕納言を不レ歴《へず》して大臣関白に成給事、いまだ承②〔及〕ばず。[5]普賢寺殿《ふげんじどの》の御事也。上卿《しやうけい》の宰相・大外記《だいげき》・大夫史《たいふのし》に至迄、皆あきれたる様にぞ見えたりける。

中

太政大臣師長は、司《つか》さを停めて東《あづま》の方へ被レ流《ながされ》給ふ。去《さん》ぬる保元に父悪左[6]大炊《おほひ》殿《どの》の縁座に依て、兄弟四人被二流罪《しにんるざいせられ》一給しが、御兄右大将兼長・御弟左中将隆長・範長禅師三人は不レ待二帰洛《きらくをまたず》一、配所にて失《うせ》給ぬ。是は、土佐の畑にて九回《ここのかへ》りの春《はる》秋《あき》を送り迎へ、長寛二年[7]八月に被二召返《めしかへされ》一、③〔復〕二本位《ほんゐにふくし》一、次の年正月二位して、仁《にん》安《あん》元年[8]十月に前中納言より権大納言に上《あがり》給。

初

折節大納言あかざりければ、[9]数《かず》の外《ほか》にぞ被レ加《くははられ》ける。大納言六人に成事是始め也。又自二前中納言《さきのちゆうなごんより》一権大納言に成事も、後山階《ごやましな》大臣躬守《みもり》公、宇治大納言隆国卿の外は未二承及《いまだうけたまはりおよばず》一。管絃の道に達し、

1　藤原伊尹。
2　忠義が正しい。藤原兼通。
3　藤原兼家。
4　太政官より出す文書を天皇より前に目を通すこと。摂政関白には、必ずこれを行うよう宣旨が下った。
5　藤原基通。
6　大臣殿が正しい。頼長。
7　正しくは六月。
8　正しくは十一月。
9　員外。ここは、権大納言のこと。

才芸勝《すぐ》れてましましければ、次第の昇進不レ滞《しようじんとどこほらず》、〔太政大臣〕④迄極め給て、初中又如何なる罪の報にや、重ねて被レ流《ながされ》給らん。保元の昔は南海土佐へ被レ遷《うつされ》、治承の今は東関尾張国とかや。[10]初自レ元無レ罪《もとよりつみなく》して配所の月を見んと云事は、有レ心《こころある》きはの人の願《ねがふ》ことなれば、おとど敢て事ともし不レ給《たまはず》。重彼唐の太子賓客《ひんかく》[11]白楽天、潯陽《じんやう》の江《え》のほとりに憩《やすらひ》給けん其古へを想像《おもひや》り、鳴海[12]〔潟〕⑤塩路遥に遠見《ゑんけん》して、常は朗月を望み、浦風〔に〕⑥嘯《うそぶ》き、下琵琶を弾じ、和歌を詠じて、等閑《なほざり》[13]がてらに月日を送らせ給けり。初或時、当国第三の宮熱田明神に参詣在り。其夜神明《しんめい》[14]法楽の為に、琵琶引《ひき》朗詠し給に、処従レ元《もとより》無智の境なれば、情を知る者も無し。初中邑老《いふらう》・村女・漁人《ぎよじん》・野叟《やそう》、頭《かうべ》を低《うなだれ》、耳を〔欹〕⑦《そばたつ》と云へ共、更に清濁を分ち、呂律を知ること無し。初去れ共、[15]胡巴《こは》琴《きん》を弾ぜしかば、魚鱗躍り逆《ほとばし》る。[16]虞公《ぐこう》歌を発せしかば、梁塵動き揺《ゆる》ぐ。物の妙を極る時は、自然に感を摧す物なれば、諸人身の毛〔よだつ〕⑧て、満座奇異の思を成す。漸漸《やうやう》の深更に及で、折[17]ふがうでうの中には、花芬馥《ふんぷく》の気を含み、流泉の曲の間には、月清明の光を争ふ。中[18]「願くは今生《こんじやう》世俗〔文字《もんじ》の〕⑨業、狂言綺語《きぎよ》の誤りを以て」と云朗詠をして、秘曲を引給へば、神明不レ堪二感応一《かんおうにたえず》して、宝殿大に震動す。「平家の悪行無りせば、今此瑞相を争《いかで》

10 逢坂の関の東。
11 唐書の白居易伝に見える。
12 現在の愛知県愛知郡。古くは今と地形が異なり、その海辺が歌枕として知られた。
13 真剣に思いつめることなく、こだわらないで。
14 神を慰めるために。
15 楚の琴の名人。列子の湯問篇に見える。
16 漢の唱歌の名人。この句、劉向七略別録に見える。
17 風香調。この句、教訓抄七に見える。
18 この句、白氏文集に見える。

①原本なし。
②原本なし。
③原本「複」
④原本「大政太臣」
⑤原本なし。
⑥原本なし。
⑦原本「歌」
⑧原本「靠」
⑨原本「文の字」

か可レ拝《をがむべき》」とて、大臣感涙をぞ被レ流《ながされ》ける。

□按察《あぜち》大納言資方[1]卿、子息右近衛少将兼讃岐守源資時《すけとき》、両《ふた》つの官を被レ留《とどめらる》。参議皇太后宮権大夫《だいぶ》兼右兵衛督藤原光能、大蔵卿右京大夫兼伊予守高階康経《たかしな》[2]、蔵人左少弁兼中宮権大進《だいしん》藤原基親《もとちか》、三官共に被レ留《とどめらる》。「按察大納言資方卿、子息右近衛少将雅方《まさかた》[3]、是三人を驄て都の中を可レ被二追出一《おひいださるべし》」とて、上卿藤大納言《しやうけいとうだいなごん》実国、博士判官中原範貞《なかはらのりさだ》に仰て、其日都の中を被二追出一《おひいださる》。大納言曰《のたまひ》けるは、「三界[色]雖レ広《ひろしといへども》、五尺の身置所無し。一生雖レ無レ程《ほどなしといへども》、一日難レ暮《くれがたし》」とて、夜中[中]《やちゆう》に九重《ここのへ》の中を紛《まぎれ》出て、八重立つ雲の外《ほか》へぞ被レ趣《おもむかれ》ける。彼大江山生野[4]の道にかかりつつ、丹波の村雲[5]と云所に暫しは憩《やす》らひ給ける。自レ其《それより》終には被二尋出一《たづねいだされ》、信濃国とぞ聞えし。

①中山行高出仕《なかやまゆきたかしゆつし》

□爰《ここ》に前関白松殿[6]《さきの》の侍に、江大夫判官《がうのたいふの》[7]遠成《とほなり》と云者在《あり》。是も平家心不レ善《よからざり》ければ、既に自二六波羅一《ろくはらより》押寄て可二搦捕一《からめとるべし》と聞えし間、子息江左衛門尉家成打具して、何《いづ》

1　資賢が正しい。
2　泰経が正しい。
3　雅賢が正しい。
4　金葉集九「大江山生野の道の遠ければまだふみも見ず天の橋立」
5　兵庫県多紀郡にある。
6　藤原基房。
7　大江遠業。

地《ち》とも無く落行けるが、稲荷山《いなりやま》[8]に打上《あが》り、馬より下て、親子云二合せ一けるは、「東国の方へ落下《おちくだり》、伊豆国の流罪人前兵衛佐頼朝を憑《たのま》ばやとは思へ共、其れも当時は勅勘の人にて、身一つだにも難レ叶《かなひがたく》おはす也。日本国《につぽんこく》に平家の庄園ならぬ処や在る。認《とて》も不レ逃《のがれざら》ん者故に、年来《としごろ》住馴たる所を人に見せんも恥がましかるべし。只自レ是《これより》帰て、従二六波羅一《ろくはらより》召仕《めしつかひ》あらば、腹掻切て不レ如レ死《しなんにはしかじ》。河原坂《かはらざか》[9]の宿所へ」とて取て返す。如レ案《あんのごとく》自二六波羅一《ろくはらより》源大夫判官季定[10]・摂津《つの》判官盛澄、直《ひた》[11]冑《かぶと》三百余騎、河原坂の宿所へ押寄て鬨《とき》を吐《どつ》とぞ作りける。江大夫判官縁に立出て、「是御覧ぜよ各《おのおの》。六波羅にて此様申させ給へ」とて、館《たち》に火を懸、父子共に腹かき切て、焔の中にて焼死ぬ。

ロ抑《そもそも》加様に上下多の人の亡び損ずる事を如何にと云に、当時関白に被レ成《なら》せ給へる二位中将殿[12]と、前《さき》の殿《との》の御子三位中将[13]と、中納言御相論《さうろん》の故と申す。去らば関白殿[14]御《ご》[15]一所《いつしよ》こそ如何なる御目にも逢せ給〔め〕[②]、四十余人迄の人人の事に可レ逢《あふべし》やは。去年《こぞ》讃岐院御追号、宇治悪左府《うぢのあくさふ》の贈官在しか共、世間猶不レ静《しづかならず》。凡是にも限るまじかん也。「入道相国の心に天魔入替て、腹をすゑかね給へり」と聞えしかば、「又天下に如何なる事か出でこん」とて、京中上下怖れをののく。

8 伏見区にある。
9 瓦坂か。東山区にある。
10 季貞が正しい。
11 全員が甲冑に身を固めて。
12 藤原基通。
13 藤原師家。
14 基房。
15 お一人。

①諸本「行隆之沙汰」
②原本「ぬ」

其比前左少弁行高[1]と聞《きこえ》しは、故中山中納言顕時卿の長男也。中 二条院の御代には、[2]弁官に加てゆゆしかりしか共、此十余年は官を被《とどめられ》レ停て、夏《か》冬《とう》の衣換《ころもがへ》にも不《およばず》レ及、朝暮《てうぼ》の湌《さん》も不《こころにまかせず》レ任レ心。白 有《ある》か無かの体《てい》にておはしけるを、太政入道「可《まうす》レ申《べき》事在《あり》、き(ッ)と立倚《より》給へ」と、曰《のたまひ》つかはしければ、行高「此十余年は何事にも不《まじはらざり》レ交つる者を。人の讒言《ざんげん》しつる者の在にこそ」とて、大に怖れ被《さわがれ》レ噪けり。北方君達も「如何なる〔目〕①にか逢はんずらん」と泣悲しみ給に、自《にしはちでうより》二西八条一使頻《しき》なみに在ければ、力不《ちからおよばず》レ及、人に車借つて西八条へ被《いでられ》レ出たり。思ふには不《に》レ似《ず》、入道軈て出向うて対面在り。「御辺の父の卿は、大小事《だいせうじ》申合せし人なれば、愚《おろそ》かに不《おもひたてまつらず》レ奉レ思。年来籠居の事も、いとほしう奉《おもひたてまつり》レ思しか共、法皇御政務の上は力不《およばず》レ及。今は出仕し給へ。官途の事も沙汰可《つかまつるべし》レ仕。去らば疾《とう》被《かへられ》レ帰よ」とて入給ぬ。被《かへられ》レ帰たれば、宿所には女房達、死んだる人の生返たる心地して、さしつどひて、皆悦泣②にこそせられけれ。

ロ
太政入道、軈て源大夫判官季貞を以て、知行し可《たまふべき》レ給庄園状共余《あま》た遣す。先づさこそ在らめとて、百足百両に米《よね》を積んでぞ被《おくられ》レ贈ける。[3]出仕のれうにとて、雑色《ざつしき》・牛飼・牛《うし》・車《くるま》迄沙汰し被《つかはさる》レ遣。行高[4]手の舞、足の踏事を不《しらず》レ知。「是は夢

1 行隆が正しい。
2 太政官所属の重職で、八省を分掌し、諸国、諸省と太政官との連絡を司った。
3 出仕のための用意として。
4 詩経の大序などに見られる。ここは喜ぶさまを表す。

かや、夢か」とぞ③〔驚かれける〕。中同十七日、五位侍中《じちゆう》[5]に被レ補《ふせられ》て、左少弁に成廻《なりかへ》④り給。今年《こんねん》五十一、今更若やぎ給けり。只片時《へんし》の栄華とぞ見えし。⑤

ロ同《おなじき》二十日、院御所法住寺殿《ほふぢゆうじどの》をば、軍兵《ぐんびやう》四面を打囲む。「平治に信頼が三条殿[6]をしたりしやうに、火を懸て人を皆可レ被二焼殺《やきころさるべし》一」と聞《きこえ》し間、⑥局《つぼね》の女房達あやしめのわらはに至る⑦〔まで〕、物をだに打かづかず、遽《あわ》て噪《さわい》で走出《はしりいづ》。法皇も大に驚かせまします。前右大将宗盛卿御車《おんくるま》を寄せて、「疾疾《とうとう》可レ被レ召《めさるべし》」と被レ奏《そうせられ》ければ、法皇「こは去《さ》れば何事ぞや。御咎可レ在共《あるべしとも》不二思召《おぼしめさず》一。成親・俊寛が様に、遠き国遙《はるか》の島へも遷しやらんずるにこそ。主上《しゆしやう》さて渡せ給へば、政務《せいむ》に口入《こうじふ》する計《ばかり》⑧〔也〕。[7]其れもさらずは、自今以後《じごんいご》さらでこそ在らめ」と仰せければ、宗盛卿「其儀では不レ候《さうらはず》。世を静めん程、鳥羽殿へ御幸なし参らせんと、父入道申⑨〔候〕」。「さ在らば、宗盛やがて御伴に参れ」と仰せけれ共、父の禅門の気色《きしよく》に畏れを成して不レ被レ参《まゐられず》。「哀れ、是に付ても兄の内府《だいふ》[8]に事の外に劣りたる者哉。一年《ひととせ》も懸る御目に可レ逢《あふべかり》しを、内府が身に換《か》へて制し停《とどめ》てこそ、今日迄も心安かりつれ。諫る者もなしとて、加様にする⑩〔に〕こそ。行末とても不レ憑《たのもしからず》」とて、御涙を流させ給ぞ忝《かたじけ》なき。

5 蔵人の唐名。
6 当時の、後白河上皇の御所。
7 それもいけないのなら。
8 内大臣重盛。

①原本欠脱。
②諸本「共せられけり」
③原本なし。
④諸本「帰り」
⑤諸本、これにて切り、以下「法皇被流」とする。
⑥諸本「局の……物をだに」を、「上下の女房めのわらは物をだに」とする。
⑦原本なし。
⑧原本なし。
⑨原本なし。
⑩原本なし。

去《さ》て御車に被《めさ》レ召《れ》けり。公卿殿上人一人《いちにん》も不二①〔供《ぐぶ》奉《せず》一〕。只北面の下﨟、去《さ》ては金行《こんぎやう》と云御力者計《りきしやばかり》[1]②〔ぞ〕参りける。御くるまの後《しり》には、あまぜ一人被《いちにんまゐら》レ参《れ》たり。
中 此尼ぜと申すは、法皇の御乳《おんち》の人、紀伊二位[2]の事也。七条を西へ朱雀《しゆしやか》を南へ御幸成る。怪しの賤《しづ》の男《を》賤《しづ》の女《め》に至まで、「哀れ法皇の被《なが》レ流《され》させましますぞや」とて、涙を流し、袖を不《しぼ》レ絞《らぬ》は無りけり。初「去《さん》ぬる七日の夜の大地震も、懸るべかりける先表《ぜんべう》にて、十六洛叉《しや》[3]の底までも答へ、堅牢地神《けんらうぢじん》の驚き噪《さわ》ぎ給けんも理《ことわり》哉」とぞ、人申ける。
白 去て鳥羽殿へ入せ給たるに、大膳大夫信成[4]が、何として紛れ参たりけるや③〔らむ〕、御前近く成④けるを召して、「如何様にも今夜被《うしな》レ失《はれ》なんずと思食《おぼしめす》ぞ。御《おん》行水《ぎやうずい》を召さばやと思召すは如何せんずるぞ」と仰ければ、さらぬだに信成、自二今朝《けさより》一肝も魂も身に不《そ》レ副《はず》、あきれたる様にて在けるが、此仰せ承る忝なさに、狩衣に玉匣《たまだすき》あげ、小柴垣[5]壊《こぼ》ち、大床[6]の束柱《つかばしら》破《わ》りな〔ン〕どして水汲入《くみいれ》、如《かたの》レ形《ごとく》御湯《おんゆ》参せたり。
口 又静憲《じやうけん》法印、入道相国の西八条の亭に行て、「法皇の鳥羽殿へ御幸成て候なるに、御前に人一人《ひといちにん》も無二御入一由承《おんいりなきよしうけたまはる》が余りに浅間《あさま》敷《しく》覚候。何かは苦しう可《さうらふ》レ候《べき》、

1 力者法師。剃髪していて、力わざをもって奉仕したもの。
2 信西の妻。
3 梵語。洛叉は十万。したがって十六洛叉は百六十万由旬の深さ。
4 信業が正しい。
5 小さな雑木で作った垣。
6 広縁を支えている短い柱。

静憲計《ばかり》被二御許一《おんゆるされ》候へかし。参り候はん」と申ければ、「疾疾《とうとう》。御房〔は〕⑤事あやまつまじき人なれば」とて被レ許《ゆるされ》けり。法印鳥羽殿へ参て、門前《もんぜん》にて車より下《おり》、門の中へ指《さし》入給へば、中 折しも、法皇御経《おんきやう》を打上《うちあげ》被レ遊《あそばされ》ける。御声も殊にすごう[7]ぞ聞《きこえ》させ給ける。法印つ(ッ)と被レ参《まゐられ》たれば、被レ遊《あそばされ》ける御経に御涙のはらはらと被レ懸《かから》せ給を見参せて、法印余りの悲しさに、きうたい[8]の袖を顔に押当て、泣泣御前へぞ被レ参《まゐられ》ける。指 御前には尼ぜ計ぞ被レ参《まゐられ》ける。「如何にや法印御房、君は昨日の朝《あした》法住寺殿にて供御《ぐご》被二聞食一《きこしめされ》て後《のち》は、夜辺《ゆふべ》も今朝も聞食《きこしめし》も不レ入《いれず》。長き夜終《よすがら》御寝も不レ成《ならず》。御命の既に危く見えさせおはしませ」と曰《のたま》へば、口 法印涙を押へて被レ申《まうされ》けるは、「何事も有レ限《かぎりある》事にて候へば、平家楽み盛《さか》えて二十余年、去れ共悪行《あくぎやう》法に過て既に滅び候なんず。折 天照大神・正八幡宮争《いかで》か捨まゐらさせ可レ給《たまふべき》。中にも君の御憑み在《ある》日吉山王七社、[9]一乗守護の御誓ひ不レ改《あらたまらず》んば、[10]彼《かの》法華八軸《はちぢく》にたちかけてこそ、君をば守りまゐらさせ給ふらめ。指 然れば、政務は君の御代《おんよ》となり、凶徒は水の泡と消失《きえうせ》候べし」な(ン)ど被レ申《まうされ》ければ、此詞に少し慰さませおはします。

白 主上は関白の被レ流《ながされ》給ひ、臣下の多く滅ぬる事をこそ御嘆き在けるに、剰《あまつさへ》法

7　さびしく。

8　裘代。皮のかわりに綿や布で作った服。出家した貴人が着た。

9　一乗の教え、即ち法華経の教えを守護しようとの誓い。

10　法華経八巻読誦の功徳。

①原本「奉供」
②原本なし。
③原本なし。
④諸本「候」
⑤原本「の」

皇鳥羽殿に被㆓押籠㆒《おしこめられ》させ給と被㆓聞召㆒《きこしめされ》て後は、つやつや供御《ぐご》も不㆓聞食㆒《きこしめさず》。御悩とて常は夜るのおとどにのみぞ入せ給。

ロ

法皇鳥羽殿に被㆓押籠㆒《おしこめられ》させ給て後は、内裡には臨時の御神事《ごじんじ》とて、主上夜ごとに清涼殿の石灰《いしばひ》[1]の壇にて伊勢太神宮をぞ有㆓御拝㆒《ごはいあり》ける。是は唯一向《いつかう》法皇の御祈也。二条院は賢王にて被㆑渡《わたらせ》給しか共、「天子に無㆓父母㆒《ふぼなし》[2]」とて、常は法皇の仰せをも申替させましましける故にや、継体《けいたい》[3]の君にてもましまさず。去れば御譲りを受させ給たりし六条院も、安元二年七月十四日、御歳《とし》十三にて崩御成ぬ。浅増《あさま》しかりし御事也。①

城《せい》南《なんの》離《り》宮《きゆう》

中

「百行《はくかう》[4]の中《なか》には孝行を以て為㆑先《さきとす》。明王は以㆑孝治㆓天下㆒《かうをもっててんかををさむ》」と云。去れば唐堯《たうげう》は老い衰たる母を尊とび、②虞舜《ぐしゆん》[5]は頑《かたく》なる父を敬《うやまふ》と見えたり。③

初

彼の賢王聖主《せいしゆ》の先規を追せましましけん、叡慮の程こそ目出度《めでた》けれ。

シロ

其比自㆓内裡㆒《だいりより》竊《ひそか》に鳥羽殿へ御書《ごしよ》在り。「斯らん世には、雲井に跡を留《とど》めても

1　天皇が伊勢大神宮を遙拝するための壇。板敷と同じ高さに土をもり、石灰でぬりかためてある。
2　巻一の二五頁にも見える。
3　その血をうけた子孫が永く続く。
4　古文孝経の玄宗の序および孝治章に類句が見える。
5　尚書の虞典に見える。

何にかはせん。[6]寛平《くわんぺい》の昔をも訪《とぶら》ひ、花山《くわさん》の古《いにしへ》をも尋て、出㆑家《いへをで》、遁㆑世《よをのがれ》、山林流浪の行者《ぎやうじや》共可㆑成《なるべう》こそ候へ」と被㆑遊《あそばされ》たりければ、法皇御返事には、折「さな被㆓思《おぼし》召《めされ》㆒そ。[7]さて被㆑渡《わたら》せ給こそ、一つの憑みにても候へ。無㆑跡《あとなく》思召成せ給なん後は、何んの憑か可㆑候《さうらふべき》。指唯愚老《ぐらう》が兎《と》も角《かう》も成らん様を聞召果させ可㆑給《たまふべし》」と被㆑遊《あそば》されければ、初主上此御返事を龍顔《りようがん》に推当《おしあて》て、御涙に沈ませ給。重[8]君は舟、臣は水、水能《よく》舟を浮べ、水又舟を覆《くつがへ》す。臣能《よく》君をたもち、臣又君を覆へす。下保元・平治の比は、入道相国君をたもち奉ると云へ共、安元・治承《ぢしよう》の今は又君を無《なみ》し奉る。史書《ししよ》の文に不㆑違《たがはず》。

初[9]大宮大相国《おほみやのだいしやうこく》・[10]三条内大臣・[11]葉室《はむろ》大納言・[12]中山中納言も被㆑失《うせられ》ぬ。今は古き人とては、成頼《せいらい》・親範計《しんばんばかり》也。折此人人も「懸らん世には、朝《てう》に仕へ身を立て、大中納言経ても何かはせん」とて、いまだ盛《さかん》な(ッ)し人人の、家を出て世を遁れ、指民部卿入道親範《しんばん》は大原の霜に伴なひ、宰相入道成頼は高野の霧〔に〕④交はり、一向後世菩提の営なみの外は無㆓他事《たじなし》㆒とぞ聞《きこえ》し。初[13]昔も商山の雲に蔵《かく》れ、[14]潁川《えいせん》の月に心を澄す人も在ければ、是豈博覧清潔《あにはくらんせいけつ》にして世を遁れたるに非ずや。指中にも高野におはしける宰相入道成頼《せいらい》は、加様の事共を伝聞て、色「哀れ、[15]心とうも

6 宇多天皇。
7 そのようにして。
8 荀子の王制篇に見える。
9 藤原伊通。
10 藤原公教。
11 藤原光頼。
12 藤原顕時。
13 漢の商山の四皓をさす。
14 許由の故事をさす。
15 心疾くも。

①語り本「此跡百行ノ中音ヨリ目出度ノ初重マテカタルヘシ」とあり。
②竜大本など「父」
③竜大本など「母」
④原本なし。

世を遁れたる者哉《ものかな》。初聞《きく》も同じ事なれ共、目《ま》のあたり立《たち》まじり見ましかば、如何に心うからん。初中保元・平治の乱《みだれ》をこそ浅間しと思しに、世末に成れば懸る事も在けり。此後、猶如何計の事か出こんずらん。雲を分ても上《のぼ》り、山を隔てても入なばや」とこそ曰《のたまひ》けれ。初げに心あらん程の人の、可レ留レ跡《あとをとどむべきよ》世共不レ見《ともみえず》。

白同二十三日、天台座主覚快法親王、頻《しきりに》依レ有二御辞退一《ごじたいあるによつて》、前座主明雲《めいうん》大僧正被二還《くわん》着《ちやくせらる》一。入道相国はかく散散にし被レ散《ちらされ》たれ共、御娘中宮にてまします。関白殿と申も聟也。万づ心安うや被レ思《おもはれ》けん、「政務は只一向主上《しゆしやう》の可レ為二御計一《おんぱからひたるべし》」とて、福原へ被レ下《くだられ》け〔り〕①。口前右大将宗盛卿、急ぎ参内して此由被二奏聞一《そうもんせられ》ければ、主上は、「法皇の譲りましましたる世ならばこそ。只疾疾《とうとう》[1]執柄に云ひ合せて宗盛兎《と》も角《かう》も計らへ」とて、聞召《きこし》②も不レ入《いれざり》けり。

中法皇は城南の離宮にして、冬も半《なかば》過させ給へば、野山《やさん》[2]の嵐の音のみ烈くて、寒庭の月の光ぞさやけき。初庭には雪のみ降積れども、痕踏著《あとふみつく》る人も無し。池にはつらら閉重なつて、戯れ居し鳥も不レ見《みえざり》けり。重大寺《おほてら》[3]の鐘の声、遺愛寺[4]の聞《きき》を驚かし、西山《にしやま》の雪の色、香爐峰《かうろほう》の望《のぞみ》を催《もよほ》す。下夜《よ》るの霜に寒き砧《きぬた》の〔響〕③、幽《かすか》に御枕に伝ひ、暁氷《こほり》を碾《きし》る車の跡、遥[5]に門前に横〔だ〕④はれり。初巷《ちまた》[6]を過《すぐ》る行人征《かうじんせい》

1 関白。
2 射山。法皇の御所。
3 勝光明院のこと。
4 白氏文集十六の「遺愛寺鐘欹レ枕聴、香爐峰雪撥レ簾看」による。
5 門前を遥か遠くまでひびかせて行く。
6 本朝文粋の源順の「南望則有二関路之長一、行人征馬、駱二駅於翠簾之下一」をふまえるか。

7 宮門を守る警士。古く、薩摩隼人や東国の人がこの任に当ったので、蛮夷と言った。

馬《ば》の忩《いそがは》しげなる気色《けしき》、浮世を度《わた》る有様も、思食被レ知《おぼしめししられ》て哀な〔り〕⑤。「宮門を7守る蛮夷の、夜昼《よるひる》警衛を勤《つとむ》るも、先の世の如何なる契りにて今縁を結らん」と仰せ在けるぞ忝なき。中凡《およそ》物に触〔れ〕⑥事に随て、御心を痛ましめずと云こと無し。さるままには、彼折折《かのをりをり》の御遊覧、処処《ところどころ》の御参詣、御賀《おんが》の目出度《めでた》かりし事共、思召続けて、懐旧の御涙難レ押《おさへがたし》。年去《さり》年来《きたつ》て、治承も四年《しねん》に成にけり。

平家巻第三

①原本「る」
②原本「のみ」あり。
③原本「闇」
④原本「に」
⑤原本「る」
⑥原本「る」

高倉院厳島御幸《①たかくらゐんいつくしまごかう》

ロ 治承四年正月一日、鳥羽殿に〔は〕②、相国[1]も不ν許《ゆるさず》、法皇も恐れさせ在《まし》ましければ、元日《ぐわんにち》元三《ぐわんさん》[2]の間、参入《さんにふ》する人も無し。去《さ》れ共故少納言入道信西《しんせい》の子息、桜町の中納言重教《しげのり》[3]卿、其弟左京大夫《だいぶ》長教《ながのり》[4]計《ばかり》ぞ被ν許《ゆるされ》て被ν参《まゐられ》ける。同正月二十日、春宮[5]御袴着《はかまぎ》并《ならび》[6]に御まな始めとて、目出度《めでたき》事共在しか共、法皇は鳥羽殿にて御耳の余所《よそ》にぞ聞召《きこしめ》す。

二月二十一日、主上《しゆしやう》異《こと》なる〔御〕③恙《つつが》も渡せ給ぬを、押下し奉る。春宮践祚在り。是は入道相国万《よろ》づ思ふさまなるが所ν致《いたすところ》也。時好く成ぬとてひしめきあへり。内侍所・神璽《しんし》・宝劒渡し奉る。上達部《かんだちめ》陣[7]に聚《あつまつ》て、故事《ふるき》共先例に任《まか》せて行ひしに、④弁内侍御劒と（ッ）て歩み出づ。清涼殿の西面にて、泰道《やすみち》[8]中将請取《うけと》る。備中の内侍[9]しるしの御箱取り出づ。隆房《たかふさ》[10]の少将請取《うけと》る。内侍所璽《しるし》の御箱《みはこ》、今夜計や手をも懸んと思ひあへりけん、内侍の心の中共、さこそは⑤と覚て哀れ多か

1 太政大臣の唐名。ここは清盛のこと。
2 正月三が日。
3 成範が正しい。
4 脩範が正しい。
5 高倉天皇の第一皇子、言仁。後の安徳天皇。
6 誕生後、はじめて魚肉などを食べさせる儀式。
7 宮中にて、公事・儀式などを行う場所。陣の座とも。
8 藤原泰通。
9 神霊を入れてある箱。
10 藤原隆房。

①原本なし。目録による。
②原本欠脱。
③原本なし。
④語り本、これより次頁八行目「左大臣陣に」の前までなし。
⑤原本「と」あり。

りける中《なか》に、璽《しるし》の御箱をば少納言内侍取出づべかりしを、今夜是に手をも懸ては長く新しき内侍には成まじき由、人の申けるを聞て、其期《そのご》に辞し申て取出《とりいで》ざりけり。年既に長《たけ》たり、二度盛《ふたたびさかり》を可《ごすべき》レ①〔期〕にも不《あらず》レ在とて、人人悪《にく》②みあへりしに、備中内侍③〔と〕て、生年十六歳、未だ幼《いとけ》なき身ながら、其期に態《わざ》と望み申て取出でける、優《やさ》しかりし様《ためし》也。伝はれる御物共、[1]科科司司《しなじなつかさづかさ》請取て、④新帝の皇居[2]五条の内裡へ渡し奉る。[3]閑院殿には、火の影も幽《かすか》に[4]鶏人の声も留り、滝口の[5]文籍《もんじやく》も絶《たえ》にければ、故《ふる》き人人心細く覚えて、目出度き祝ひの中に涙を流し、心を痛ましむ。[6]左大臣陣に出でて、御位譲りの事共仰せしを聞て、心在る人人は、涙を流し袖を湿《うるほ》す。中 我れと御位を儲《まうけの》君に奉《ゆづりたてまつり》レ譲、⑤[7]麻姑射《はこや》の山の中《うち》も閑《しづか》にな〔ン〕ど思《おぼ》食《しめ》す先先[8]だにも哀れは多き習ひぞかし。況んや是は、心ならず押下されさせ給ひけん哀さ、申も中中愚か也。⑥ロ新帝今年《こんねん》三歳《ざい》、哀れ、何《いつ》しかなる譲位かなと、時の人人申合れけり。平大納言時忠卿は、内の御乳母帥《そつ》の⑦〔すけの〕夫たるに依て、「今度の譲位何鹿《いつしか》な⑧〔り〕と、誰か傾け可《まうすべき》レ申。折 異国には、周の成王三歳《せいわうさんざい》、晋《しん》の穆帝《ぼくてい》二歳《さい》、吾朝には、近衛院《このゑの》三歳、六条院二歳、是皆襁褓《きやうほう》の中《なか》に被《つつまれ》レ裹て、衣帯を正しうせざつしかども、或は摂政おうて位に即《つき》、或は母后いだいて朝《てう》に望

1 品々を各役人がうけとって。
2 邦綱の邸に設けられた五条の里内裡。
3 高倉天皇が移っておられた御所。
4 時をしらせる役人。
5 問籍が正しい。名のりをして出勤を奏上すること。
6 藤原経宗。
7 荘子の逍遙遊に見える。仙人の住む山。転じて上皇の御所。
8 先先の上皇ら。
9 孝殤が正しい。

むと見えたり。指後漢の高上[9]《かうしやう》皇帝は、生れて百日と云に践祚在り。天子位を践む先蹤、和漢如《かくのごとし》レ此」と被《まうされ》レ申ければ、初其時の有職[10]の人人、「あな怖《おそろし》足、物な被《まうされ》レ申そ。去れば其れは好き例共かや」とつ〔ぶ〕⑨やきあはれける。口春宮位に即せ給しかば、入道相国夫婦共に外祖父外祖母《も》とて、准三宮[11]《じゆんさんぐう》の宣旨《せんじ》を蒙り、年官年爵《じやく》を給て、上日[12]《じやうにち》の者を召し使ひ、絵かき花つけたる侍共出入て、偏へに院宮[13]《ゐんぐう》の如くにてぞ在ける。出家入道の〔後も栄耀〕⑩は不《つきず》レ尽⑪とぞ見えし。出家の人の准三宮の宣旨を蒙る事は、〔法興《ほご》〕⑫院《の》大入道殿兼家《かねいへ》公の御例也。

同三月上旬に、上皇《しやうくわう》安芸国厳島へ御幸成るべしと聞えけり。帝王位をすべらせ給て、諸社の御幸の始めには、八幡《やはた》・賀茂・春日な〔ン〕どへこそ成せ給ふに、安芸国迄の御幸は如何にと、人不審を成す。或人の申けるは、折「白河院は熊野へ御幸、後白河は日吉社《ひよしのやしろ》へ御幸成る。既に知《し》んぬ、叡慮に在りと云事を。御心中に深き御立願《りふぐわん》在り。指其上此厳島をば、平家不《なのめならず》レ斜崇《あが》め敬《うや》まひ給ふ間、上《うへ》には平家に御同心、下《した》には法皇⑬のいつと[14]無う鳥羽殿に被《おしこめられ》ニ押籠一渡らせ給《たまふ》、入道相国の謀叛の心をも和げ給へとの御祈念の為」[15]とぞ聞えし。口山門大衆憤り申、「石清水・賀茂・春日御幸ならずは、我山の山王へこそ御幸は可《なる》レ成《べ》けれ。安芸国へ

10 有職故実に詳しい人々。
11 大皇太后・皇太后・皇后に準ずる人。これら三后に準じた年給を受けた。
12 宮中に仕える人。
13 院や宮様。
14 いつまでとなく。
15 日吉山王。

①原本「歟」
②原本「に」あり。
③原本なし。
④原本「ける」あり。
⑤原本「は」あり。
⑥語り本、ここに「初伝はれる御宝物どもしな〳〵つかさ〳〵請取て新帝の皇居五条内裏へわたし奉る重閑院殿には火の影かすかに鶏人の声もとまり滝口の文籍も絶にしかはふるき人々かかるめでたき祝の中にも今更あわれにおほえて皆涙を流し袖をぬらさぬはなかりけり」あり。
⑦原本なし。
⑧原本「る」
⑨原本「つ」
⑩原本「莫雅」
⑪原本「こそ」
⑫原本「保護」
⑬原本「と」あり。

1 山槐記によれば、三月十六日に翌十七日の出発としたところ、山門の動きがあった。結局十九日の出発となった。
2 なんのさしつかえがございましょう。
3 上皇との対面を非常に望んでおられたことなので。
4 隆季が正しい。
5 越路。

の御幸はいつの習ひぞや。其儀ならば、神輿を振降《くだ》し奉て、御幸を停め奉れ」と僉議しければ、白 是に依て暫く[1]御延引在けり。太政入道やうやうに宥め給へば、山門の大衆静まりぬ。

同十八日、厳島御幸の御門出とて、入道相国の西八条の亭へ入《いら》せ給。其日の暮方に、前右大将宗盛卿を召して、「明日《みやうにち》御幸の次《ついで》に鳥羽殿へ参て、法皇の見《げん》参《ざん》に入《いら》ばやと思食《おぼしめ》すはいかに。相国禅門に不レ知《しらせず》しては悪《あし》かりなんや」と仰せければ、宗盛卿涙を波羅波羅《はらはら》と流いて、「[2]何条《なんでう》事か可レ候《さうらふべき》」と被レ申《まうされ》ければ、「去ては其の様を軈《やが》て今夜鳥羽殿へ申せかし」とぞ仰せける。前右大将宗盛卿、急ぎ鳥羽殿へ参て此由被二奏聞一《そうもんせられ》ければ、法皇は余りに[3]思食す御事にて、「夢やらん」とぞ仰せける。

ロ 同十九日、大宮大納言[4]高季《たかすゑ》卿、未だ夜深《よぶか》に参て御幸被レ催《もよほされ》けり。此日比《ごろ》聞えさせ給つる厳島の御幸、西八条より既にとげさせおはします。中 三月《やよひ》も半《なかば》過ぬれど、霞に曇る在明の月は猶《なほ》おぼろなり。[5]塞《こしぢ》を差て帰る雁の雲居に音信《おとづれ》行も、折節哀れに聞召《きこしめ》す。初 未だ夜の中に鳥羽殿へ御幸成る。門前にて御車より下《おり》させ給ひ、門中《もんのうち》へ差入《さしいら》せ給ふに、人稀れにして木暗《こぐら》くて①、物さびしげなる御栖居、先づ哀にぞ思食《おぼしめ》す。重 春既に暮なんとす、夏木立ちにも成にけり。梢の花色衰へて、宮の鶯声老け〔り〕②。去年《きよねん》の正月六日、朝覲《てうきん》の為に法住寺殿へ行幸《ぎやうがう》在しには、下 楽屋に[6]乱声《らんじやう》を奏し、諸卿〔列〕③に立て、諸衛《しよゑ》陣を引き、院司《ゐんじ》の公卿参り向て、[7]幔門《まんもん》を開き、掃部寮《かもんれう》[8]縁道をしき、正しかりし儀式一事も無し。今〔日〕④は只夢と而已《のみ》ぞ思食す。指[9] 重教中納言、[10]御気色《ごきしよく》申たりければ、法皇寝殿の橋隠《がく》しの間へ御幸成て、待参らさせ給けり。上皇は今年御歳二十《はたち》、明方の月の光にはえさせ給て、玉体も苦美《いとどうつくし》敷く見えさせおはしましける。シロ 御母儀《ぼぎ》建春門院にいた[11]くに参らさせ給たりければ、法皇、先《まづ》故女院の御事思食出て、御涙せきあへさせ不レ給《たまはず》。両院の御座近くしつらはれたり。御問答は、人承《うけ》たまはるに不レ及《およばず》。御前には尼ぜ計ぞ候はれける。良久《ややひさ》しう御物語せさせ給。遙に日高《た》けて御暇申させ給ひ、鳥羽の草津《くさつ》より御舟に被レ召《めされ》けり。中 上皇《しやうくわう》は法皇の離宮、[12]故亭《こてい》幽閑寂《せき》寞《ばく》の御栖居、御心苦しく御覧じおかせ給へば、法皇は又上皇の旅泊《りよはく》の行宮《かうきゆうの》浪の上、舟の中の御在様、無二覚束一《おぼつかなく》ぞ思食す。初 誠に[13]宗廟《そうべう》、八幡《やはた》・賀茂な（ン）どを指置て、遙〔々〕⑤と安芸国迄の御幸をば、神明《しんめい》もなどか御納受《ごなうじゆ》無《なかる》べき。御願成就無レ疑《うたがひなし》とぞ見え⑥ける。

6 はじめに、諸楽器を一せいに合奏すること。
7 幔幕を張った門。
8 筵道が正しい。貴人の通行のために道に敷く筵。
9 成範が正しい。
10 それとなく、上皇の到着を奏上する。
11 似。
12 古くなった御殿。
13 祖先のみたまや。伊勢神宮。

①原本「さ」
②原本「る」
③原本「烈」
④原本なし。
⑤原本「に」
⑥諸本「たり」あり。

1 経を写し、読誦する儀。
2 公顕が正しい。
3 本社。
4 摂社。
5 隅岡宮とも云う。摂社の一つ。背後に滝がある。
6 位を上げて。
7 院の御所への昇殿。
8 厳島の別当。

①口 同二十六日、厳島へ御参着、入道相国の最愛の内侍が宿所御所になる。中二日御《おん》逗留在て、経会《きやうゑ》[1]・舞楽被レ行《おこなはれ》け〔り〕②。導師には、三井寺の公兼[2]僧正とぞ聞えし。高座に上り鐘打鳴し、表白《へうびやく》の詞に云《いはく》、折「九重《ここのへ》の宮古《みやこ》を出でて、八重の塩路を分きも（ツ）て参らせ給ふ御心ざしの忝《かたじ》けなさ」と、高らかに被レ申《まうされ》たりければ、君も臣も感涙を被レ催《もよほされ》けり。指 大宮[3]より客人[4]《まらうど》を始め参らせて、社社所所《やしろやしろところどころ》へ皆御幸なる。大宮より五町計、山をまはり、滝[5]の宮へ参らせ給。公兼僧正一首歌読《よう》で、拝殿の柱に被二書付一《かきつけられ》たり。

歌 雲居より落くる滝の白糸にちぎりを結ぶ事ぞ嬉敷《うれし》き

口 神主佐伯景広《さいきかげひろ》、加階[6]従上《じゆじやう》の五位、国司藤原有綱《ありつな》、しな被レ上《あげられ》て加階従下の四品《しほん》、院[7]の殿上被レ許《ゆるさる》。座主[8]尊永、法印に被レ成《なさる》。神慮も動き、太政入道の心も和《やはら》ぎぬらんとぞ見えし。

同二十九日、上皇御舟飾て還御成る。風烈しかりければ御舟漕もどし、厳島のうちありの浦に被レ留《とどまらせ》給ふ。上皇「大明神の御名残惜みに歌仕れ」と仰せければ、隆房少将

歌③ 〔た〕ちかへる名残もありの浦なれば神も恵《めぐみ》をかくる白浪

白夜半計に浪も静に風も静まりければ、御舟漕出し、其日は備後国敷名泊《しきなのとまり》[9]に着せ給ふ。此所は、去ぬる応保の比ほひ、一院御幸の時、国司藤原の為成が造〔り〕④た〔る〕⑤御所の在けるを、入道相国御まうけ[10]にしつらはれたりしか共、上皇其れへは上《あが》らせ不《たまはず》レ給。「今日は卯月一日《ひとひ》、衣更《ころもがへ》と云事の在るぞかし」とて、各都の方を想像《おもひやり》遊《あそび》給に、岸に色深き藤の松に咲懸りたりけるを、上皇叡覧在て、隆季大納言を召て、「あの花折りに遣《つかは》せ」と仰ければ、左史生中原康定《やすさだ》[11]橋舟に乗て、御前を漕通りけるを召て、折りに遣す。藤の花を手折、松の枝に付けながら持て参りたり。「心ばせ在り」な〔ン〕ど被《おほせられ》レ仰て、御感在けり。ロ「此花にて歌可《あるべし》レ在」と仰ければ、隆季大納言

歌 千《ち》歳歴《とせへ》ん君が齢《よはひ》に藤浪の松の枝にも懸りぬる哉

⑥其後御前に人人余《あま》た候はせ給て、御戯《たはぶ》れごとの在りしに、上皇「白き衣着たる内侍が、国綱卿に心を懸たるな」とて、笑はせおはしましければ、大納言大に争《あら》がひ被《まうさるる》レ申所に、文持たる便女[12]が参て、「五条大納言殿〔へ〕⑦」とて指上《さしあげ》たり。「去ればこそ」とて、満座興在《ある》事に申しあはれけり。大納言是を取て見給へば、

9 広島県沼隈郡沼隈町にある。

10 今回の御幸の休息所として。

11 端舟。小舟のこと。

12 召使いの女。

①諸本・語り本、これより「還御」

②原本「る」

③原本「を」

④原本「る」

⑤原本補入。

⑥語り本、これより次頁四行目までなし。

⑦原本「の」

白浪の衣《ころも》の袖を絞りつつ君故にこそ立もまはれね

上皇「優敷《やさし》うこそ思食せ。此返事は可《あるべき》レ在ぞ」とて、軈て御硯を下《くだ》させ給。大納言返事には、

想像《おもひや》れ君が面影立つ浪のよせくる度に湿《ぬ》るる袂を

初其より備前国小島の泊《とまり》に着せ給。

中五日、天晴《てんはれ》風静に、海上も長閑《のど》けかりければ、御所の御船を始め参《まゐ》らせて、人人の舟共皆出しつつ、雲の波煙の浪をも分け過ぎさせ給て、其日の酉刻《とりのこく》に、播磨国山田浦[1]に着せ給。其より御輿に召て福原へ入せおはします。**口**供奉《ぐぶ》の人人今一日も都へ疾《とく》と被《いそがれ》レ急けれ共、中《なか》一日新院御逗留在て、福原の所所歴覧在けり。池中納言頼盛卿の山庄あら田[2]迄被《ごらんぜらる》二御覧一。七日、福原を出させ給に、隆季《たかすゑ》大納言勅定を承つて、入道相国の家の賞を被《おこなはる》レ行。入道の養子《やうじ》丹波守清国[3]正下《じやうげ》の五位、同入道の孫越前少将資盛四位の従上《じゆじやう》とぞ聞えし。其日寺井[4]に着せ給に、御迎ひの公卿殿上人、鳥羽の深草へぞ被《まゐられ》レ参ける。**拾**還御の時は鳥羽殿へは御幸もならず、入道相国の西八条の亭へ入らせ給。

1　神戸市垂水区の海岸。
2　神戸市兵庫区荒田町。
3　清邦が正しい。
4　大阪市西淀川区の神崎川の河口か。

①先《せん》帝《てい》御《ご》即《そく》位《ゐ》

ロ　同四月二十二日、新帝の御《ご》即位在り。大極殿《だいこくでん》にて在べかりしか共、一年炎上《ひとゝせえんしやう》〔の〕②後は未だ造りも出されず。太政官の庁にて可レ被レ行《おこなはるべし》と被レ定《さだめられ》たりけるを、其時の九条殿5申させ給けるは、「太政官の庁は、凡人《ぼんにん》の家にとらば公文所《くもんじよ》6ていの処也。大極殿無《なか》らんには、③紫宸殿《ししんでん》にてこそ御即位は可レ在《あるべ》けれ」と申させ給ければ、紫宸殿にて〔ぞ〕④御即位は在ける。「去《いん》〔じ〕⑤康保四《し》年《ねん》十一月一日、冷泉院《れんぜいゐん》の御即位紫宸殿にて在しは、主上御邪気《7ごじやけ》に依て、大極殿へ⑥行幸不レ叶故《かなはざりしゆえ》也。其例如何可レ在《あるべから》ん。只後三条院の延久の佳例に任《まか》せて、太政官の庁にて可レ被レ行者《おこなはるべきもの》を」と人人申あはれけれ共、九条殿御計《ばか》らひの上は、左右に不レ及《およばず》。拾 中宮は弘《こう》徽《き》殿《でん》より仁寿殿《じじゆでん》へ被レ移《うつらせ》給て、たかみくら8へ参せ給ける在様《ありさま》目出度かりけり。平家の人人皆被二出仕一《しゆつしせられ》ける中に、小松殿の公達は、去年《こぞ》〔大臣〕⑦失《う》せ給し間、9色にて籠居せられたり。

5 藤原兼実。
6 国衙や摂関家などに置かれた。荘園や所領などの文書を処理する所。
7 御病気。
8 天皇の玉座。
9 喪に服していて。

①諸本・語り本、ここで句をたてず。
②原本なし。
③諸本「上」
④原本なし。
⑤原本なし。
⑥原本「ぞ」あり。
⑦原本「乙人」とする。改める。以下同じ。

①高《たか》倉宮《くらのみや》謀《む》叛《ほん》

ロ蔵人左衛門権佐《ごんのすけ》定長、今度の御即位に無₂違乱《ゐらんなく》₁目出度き様《やう》を、厚紙《こうし》十〔枚〕②計に細細《こまごま》と記いて、入道相国の北の方八条の二位殿へ参らせたりければ、笑《ゑみ》を含みてぞ被レ悦《よろこばれ》ける。加様に花か《はなや》に目出度き事共在しか共、世間は猶静まらず。

其比一院第二の皇子1茂仁《もちひと》の王と申せしは、御母加賀大納言季成《すゑなり》卿の御娘なり。三条高倉にましませば、高倉の宮とぞ申ける。去じ永万元年十二月十六日、御歳十五にて、忍つつ2近衛河原《がはら》の大宮の御所にて御元服在けり。御手跡《しゆせき》を美しう遊ばし、御才覚勝《すぐ》れてましましければ、位にも即せ給べきに、故建春門院の御猜《そねみ》にて被₂3押籠《おしこめられ》₁させ給つつ、中花の③庭の春の遊には、4紫毫《しがう》を揮《ふるつ》て手づから5御作《ごさく》を書き、月の前の秋の宴には、玉笛を吹て自《みづから》6雅音《がいん》をあやつり給。角《かく》して明し暮し給程に、治承四年には、御歳三十にぞ成せましまして〔ン〕げる。

1　以仁王が正しい。
2　二代后多子のいた邸。
3　不遇な扱いを受けて。
4　筆をふるって。
5　漢詩。
6　優雅な音楽。

源《げん》④氏《じ》汰《ぞろへ》

白 其比《そのころ》近衛河原に候ける源三位入道頼政、或夜竊《ひそ》かに此宮の御所に参て申ける事こそ怖しけれ。「君は天照大神四十八世《てんせうだいじんしじふはつせ》の御末、神武天皇より七十八代に当らせ給ふ。太子にも立ち位にも即せ可ㇾ給《たまふべき》に、三十迄宮にて渡らせ給御事をば、心うしとは不二思食一《おぼしめさず》や。当世の体《てい》を見候に、上には従《したがひ》たる様なれ共、内内は平家を猜《そね》まぬ者や候。ロ 御謀叛を起させ給て、平家を滅し、法皇のいつと無く鳥羽殿に被二押籠一《おしこめられ》て渡せ給ふ御心をも息《やす》め参らせ、君も位に即せ可ㇾ給《たまふべし》。是御孝行《ごかうかう》の至りにてこそ候はんずれ。若し思召立せ給て令旨《りやうじ》7を下させ給ふ者ならば、悦を成して参らんずる源氏共こそ⑤〔多う〕候へ」とて申つづく。拾 「先づ京都には、出羽前司《せんじ》光信《みつのぶ》が子共伊賀守光基《みつもと》・出羽判官光長《みつなが》・出羽蔵人光重《みつしげ》・出羽冠者光能《みつよし》、熊野には、故六条判官為義《ためよし》が末子《ばつし》十郎義盛《よしもり》とて隠て候。摂津《つの》国には、多田蔵人行綱《ゆきつな》こそ候へ共、新大納言成親《なりちか》卿の謀叛の時、同心しながら回《かへ》り忠したる不当《ふたう》人《じん》で候へば、申に8不ㇾ及《およばず》。乍ㇾ去《さりながら》も、其弟に多田次郎朝実《ともざね》・手島の冠者高頼《たかより》・大《おほ》

7 本来、皇太子または三后の命を伝えるために出された公文書。ここはそれを拡大使用したもの。
8 これは問題になりません。

①諸本、これより「源氏揃」
②原本「数」と誤る。
③諸本「もと」
④諸本、語り本、ここでは句をたてず。
⑤原本なし。

田《た》[1]大郎頼基《よりもと》、河内国には、武蔵権守入道義基《よしもと》・子息石河判官代義兼《よしかね》、大和国には、宇野七郎親治《ちかはる》が子共、太郎有治《ありはる》・次郎清治《きよはる》・三郎成治《なりはる》・四郎義治《よしはる》、近江国には、山本・柏木・錦古里《にしごり》、美濃・尾張には、山田次郎重広《しげひろ》・河辺太郎重直《しげなほ》・泉太郎重光《しげみつ》・浦野四郎重遠《しげとほ》・安食《あじき》次郎重頼《しげより》・其子太郎重資《しげすけ》、木太三郎重長《しげなが》・開田《かいでん》判官代重国《しげくに》・矢島先生重高《せんじやうしげたか》・其子太郎重行《しげゆき》、甲斐国には、逸見《へんみ》の冠者義清《よしきよ》・其子太郎清光《きよみつ》・武田《たけた》太郎信義《のぶよし》・加賀見《かがみ》次郎遠光《とほみつ》・同小次郎長清《ながきよ》・一条次郎忠頼《ただより》・板垣三郎兼信《かねのぶ》・逸見《へんみの》兵衛有義《ありよし》・武田五郎信光《のぶみつ》・安田三郎義定《よしさだ》、信濃国には、大内太郎維義《これよし》・岡田冠者親義《ちかよし》・平賀《の》冠者盛義《もりよし》・其子四郎義信《よしのぶ》・帯刀《たてはきの》先生義賢《よしかた》が次男木曽冠者義仲《よしなか》、伊豆国には、流《る》人《にん》先《さきの》右兵衛佐頼朝《よりとも》、常陸国には、信太《しだの》三郎先《せん》生《じやう》義教《よしのり》・佐竹冠者正義《まさよし》・其子太郎忠義《ただよし》・同三郎義宗《よしむね》・四郎高義《たかよし》・五郎義季《よしすゑ》、陸奥国には、故左馬頭義朝が末子九郎冠者義経《ぎけい》、是皆六孫王の苗裔《べうえい》、多田新発満《しんぼちまん》仲《ぢゆう》が後胤也。折朝敵をも平げ、[2]宿望《とげ》を遂し事は、源平何れ無《なかり》二勝劣《しようれつ》一しか共、今は雲泥《うんでい》交りを隔てて、主従の礼にも猶劣れり。ロ国には国司に従がひ、庄には[3]預《あづか》り所《しよ》につかはれ、公事《くじ》雑事《ざふじ》に被二馳立《かりたてられ》一て、安い思ひも候はず。如何計か心憂く候らん。君若《もし》思召立せ給て、令旨《りやうじ》を給《た》うづる者ならば、夜を日に継《つい》で馳上

1 太郎が正しい。

2 昇進をとげようとの、かねてからの望み。

3 下級荘官を指揮して、荘園の管理、年貢の収納などを行う役所。

り、平家を滅さん事、時日《じじつ》を不ㇾ可ㇾ回《めぐらすべからず》。入道こそ年寄つて候《さうらへ》共《ども》、子共引具して参り可ㇾ候《さうらふべし》」とぞ申け〔る〕①。

宮は此事如何可ㇾ在《あるべか》らんとて、暫しは御承引《しよういん》も無りけるが、阿古丸《あこまる》大納言宗通《むねみち》卿の孫、備後前司《せんじ》季通《すゑみち》が子、少納言惟長《これなが》と申せしは勝《すぐれ》たる相人《さうにん》4也ければ、時の人相少納《さうせうな》言《ごん》とぞ申ける。其人此宮を見参らせて、「位に即せ可ㇾ給《たまふべき》相まします。天下《てんが》の事思食《おぼしめし》放〔た〕②せ不ㇾ可ㇾ給《たまふべからず》」と申ける上、源三位入道も加様に被ㇾ申《まうされ》ければ、「去ては可ㇾ然《しかるべき》天照大神の御告げやらん」とて、ひしひし5と思召立せ給けり。③熊野に候《さうらふ》十郎義盛を召て、蔵人《くらんど》に被ㇾ成《なされ》、行家と改名《かいめい》して、令旨の御使に東国へぞ下ける。

⑧那《な》智《ち》軍《いくさ》

同四月二十八日、都を立て、近江国より始めて、美濃・尾張の源氏共に次第に触て行程に、五月十日、伊豆の北条に下り着き、④令旨奉る。信太《しだの》三郎先生義教《よしのり》は、兄なれば取せんとて、常陸国信太浮島6へ下る。木曽冠者義仲は甥なればた

4 人相を見る人。
5 てきぱきと。
6 霞が浦にある島。

①原本「り」
②原本「さ」
③諸本・語り本、ここで句を立てず。
④諸本「流人前兵衛佐殿に」あり。

1 中仙道。
2 天山が正しい。天や山のように大きく。
3 義盛らの動きを。
4 全員が甲をかぶり武装して。
5 下の「角」と呼応する。と、かく、の意。
6 矢を射る時に発する叫び声。
7 鏑矢。合戦開始の合図などに射る。

ばんとて、[1]山道《せんだう》へぞ趣きける。
□其比《そのころ》熊野の別当湛増《たんぞう》は、平家に志《こころざ》し深かりけるが、何としてか漏れ聞えたり①けん、「新宮の十郎義盛こそ、高倉宮の令旨を給て、美濃・尾張の源氏共触れ催し、既に謀叛を起《おこ》すなれば、那智・新宮《しんぐう》の者共は、定めて源氏の方《かた》う人《ど》をぜんずらん。湛増は平家の御恩を[2]雨山《あめやま》と蒙たれば、争でか可レ奉レ背《そむきたてまつるべき》。那智・新宮の者共に、矢一つ射懸て、平家へ[3]子細を申さん」とて、[4]直甲《ひたかぶと》一千人、新宮の湊へ発向す。拾新宮には鳥井の法眼・高望《たかばう》の法眼、侍には宇ゐ・すずき・水屋《みづや》・かめのこう、那智には執行《しゆぎやう》法眼以下《いげ》、都合其勢二千余人也。時つくり矢合して、源氏の方には[5]とこそ射れ、平家の方には、角《かう》こそ射れとて、[6]矢叫びの声の退転も無く、[7]鏑の鳴り止《や》む隙も無く、三日が程こそ戦たれ。熊野別当湛増、家の子郎等多く被レ討《うたせ》、我身手負ひ、からき命を生つつ、本宮《ほんぐう》へこそ北上《にげのぼ》りけ〔れ〕②。

鳥《と》羽《ば》殿《どの》鼬《いたちの》沙《さ》汰《た》

□去程に、法皇は「遠き国へも被レ流《ながされ》、遙《はるか》の島へも被レ移《うつされん》ずるにや」と仰せけれ共、城南《せいなん》の離宮にして、今年は二年《ふたとせ》に成せ給。同五月十二日午刻計《ばかり》、御所中には、鼬《いたち》生便敷《おびたたし》う走り噪《さわ》ぐ。法皇大に驚き思食《おぼしめし》、御占形を遊ばいて、近江守仲兼、其比は未だ鶴蔵人[8]と被ㇾ召《めされ》けるを召て、「此占形持て、泰親《やすちか》が許へ行け。急《きつ》度《と》勘がへさせて、勘状を取て参れ」とぞ仰せける。仲兼是《これ》を給て、陰陽頭安〔倍〕③泰親が許《もと》へ行く。折節宿所には無りけり。「白河なる所へ」と云ければ、其へ尋行、泰親に逢て勅定《ちよくぢやう》の趣きを〔仰〕④すれば、軈《やが》て勘状を参せけり。仲兼鳥羽殿に帰り参て、門より参らうどすれば、守護の武士共不ㇾ許《ゆるさず》。案内[9]は知たり、築地を越え、大床《おほゆか》の下を這《はう》で、切り板[10]より、泰親《やすちか》が勘状をこそ参せたれ。白明て御覧ずれば、「今三日が中《うち》の御悦《よろこび》、并《ならび》に御難⑤」とぞ申ける。法皇「御悦は可ㇾ然《しかるべし》。是程の御身〔に〕⑥成て⑦、又如何なる御難⑧の在んずらん」とぞ仰せける。

去程に、前右大将宗盛卿、法皇の御事をたりふし[11]被ㇾ申《まうされ》ければ、入道相国ややう⑨思《おもひ》なほいて、同十三日、鳥羽殿を出し奉り、八条烏丸美福門院の〔御所〕⑩へ、御幸成し奉る。今三日が中の御悦とは、泰親《やすちか》是をぞ申ける。拾かかりける処に、熊野別当湛増飛脚を以て、高倉宮の御謀叛の由、都へ申たりければ、前右大将宗盛卿大に噪で、入道相国折節福原におはしけるに、此由被ㇾ申《まうされ》たりけれ

8 未詳。鶴は童名か。

9 御殿の中の勝手。

10 板じきのすのこ。

11 しきりに。

①諸本「え」を「い」とする。
②原本「り」
③原本「隆」
④原本「ひ」
⑤諸本「歎」。原本も、後には〈木下〉「歎」とあり。
⑥原本なし。
⑦原本「に」あり。
⑧諸本「歎」
⑨原本「と」あり。
⑩原本なし。

ば、聞きもあへず驄て都へ馳上り、「是非に不レ可レ及《およぶべからず》。高倉宮搦捕て、[1]土佐畑《とさのはた》へ流せ」とこそ宣ひけれ。[2]上卿《しやうけい》は三条大納言実房《さねふさ》、[3]職事《しきじ》は頭弁《の》光雅《みつまさ》とぞ聞えし。源大夫判官兼綱・出羽判官光長承て、宮の御所へぞ向ける。此源大夫判官と申は、三位入道の次男也。然《しかる》を此人数《にんじゆ》〔に〕①被レ入《いれられ》けるは、高倉宮の御謀叛を三位入道被二勧申一《すすめまうされ》たりと、平家未だ不レ知《しらざり》けるに依て也。

②長《ちやう》衛《ゐ》門《もん》

ロ

宮は五月《さつき》十五夜の雲間の月を詠《なが》めさせ給ひ、[4]何の行末《ゆくへ》も思食《おぼしめし》不レ寄《よらざり》けるに、源三位入道の使者とて、文持て急がしげにて出で〔来〕③たり。宮の御乳母子《めのとご》、六条のすけの大夫宗信《むねのぶ》、是を取て御前へ参り、開いて見るに、「君の御謀叛既に露はれさせ給て、土佐畑《とさのはた》へ流し可レ参《まゐらすべし》とて、官人共御迎へに参り候。急ぎ御所を出させ給て、三井寺へおはしませ。入道も驄て参り可レ候《さうらふべし》」とぞ申ける。「こは如何がせん」とて、噪がせおはします処に、宮の侍[5]長兵衛尉信連《ちやうひやうゑのじようのぶつら》と云者在《あり》。「[6]只別の様候まじ。女房装束にて出させ給へ」と申ければ、「可レ然《しかるべし》」とて、御

1　高知県幡多郡。
2　公事を行う、その首席者。
3　公事を行う蔵人。
4　この後、どのような事が起こるかわからないでおられるところへ。
5　長谷部兵衛尉信連の略。
6　どういうこともございません。

7ぐしを乱し、重ねたる御衣《ぎよい》に8一目笠《いちめがさ》をぞ被レ召《めされ》ける。六条のすけの大夫宗信、9唐笠持て御伴《おんとも》仕る。鶴丸と云童、袋に物入れて戴いたり。10青侍《せいし》の女を迎へて行《ゆく》やうに出《いで》たたせ給て、高倉を北へ落させ給に、溝の在けるを、苦《いと》物軽う越させ給へば、路行き人立留て、「はしたなの11女坊の溝の越《こえ》やうや」とて、恠しげに見参《まゐら》せければ、いとど足〔④ばや〕に過させ給ふ。

中 長兵衛尉信連は、御所の留守《るす》にぞ被レ置《おかれ》たる。女房達の少少おはしけるを、彼《かし》此《ここ》へ立忍《しの》ばせて、見苦敷物《みぐるしきもの》あらば取認《したた》めんとて見る程に、宮のさしも御秘蔵在ける小枝《こえだ》と聞えし御笛の、12只今しもつねの御所の御枕に取忘れさせ給たりけるぞ、立帰りても取《とら》まほしう思食す。ロ 信連是を見着《みつけ》て、「あな浅増《あさまし》。君のさしも御秘蔵在る御笛を」と申て、五町が内に追着て参せたり。宮不レ斜《なのめならず》御感在て、「我れ死なば、此笛をば御棺に入よ」とぞ仰ける。「13聽て御伴に候へ」と仰ければ、信連申けるは、「只今御所へ官人共が御迎へに参り候なるに、御前に人一人《いちにん》も候はざらんが、無下《むげ》に転手敷《うたてし》う覚候。信連が此御所に候とは、上下《じやうげ》皆被レ知《しられ》たる事にて候に、今夜候はざらんは、其れも其夜は逃たりけりな〔ン〕ど被レ云《いはれ》ん事、弓矢取る身〔⑤は〕、仮りにも名こそ惜しう候へ。官人共暫く会尺《あひしらひ》候

7 髪。
8 もと、市で物をあきなう女がかぶった笠。当時、婦人の外出用にも用いた。
9 長い柄のついた笠。
10 公家に仕えた若い侍。青色の上衣を着たので言う。
11 女房。
12 時も時。
13 そのまま、ただちに。

①原本「て」
②諸本「信連」
③原本なし。
④原本「は疾」
⑤原本なし。

1　腹巻鎧。
2　六衛府の役人の帯びる太刀。儀仗用のもの。
3　表の大門。
4　検非違使別当（長官）の命令。
5　広縁。
6　検非違使庁。
7　同隷。同僚。

て、打破て、軈て参り候はん」とて、走り帰る。拾　長兵衛が其夜の装束には、薄《うす》青狩衣《あをのかりぎぬ》の下に、萠黄威《もよぎをどし》の腹巻[1]を着て、衛府《ゑふ》[2]の太刀をぞ帯《はい》たりける。三条面の惣[3]門をも、高倉面の小門《こもん》をも、共に開いて待懸たり。

源大夫判官兼綱・出羽①判官光長、都合其勢三百余騎、十五日の夜の子刻《ねのこく》に、宮《の》御所へぞ押寄たる。白　源大夫判官は、存ずる旨在りと覚えて、遙の門前に引《ひか》へたり。出羽判官光長は、馬に乗ながら門の中に打入、庭に引《ひか》へて大音②〔声〕を揚て申けるは、「御謀叛の聞え候に依て、官人ども別当宣[4]を承はり、御迎へに参て候。急ぎ御出候へ」と申ければ、長兵衛尉大床《おほゆか》[5]に立て、「是は当時は御所にても不レ候《さうらはず》。御物③詣《まうで》で候ぞ。何事ぞ、事の子細を被レ申《まうされ》よ」と云ければ、「何条《なんでう》此御所ならでは何《いづ》くへか渡らせ給ふべかんなる。さな④云《いは》せそ。下部《しもべ》共参てさがし奉れ」とぞ云ける。ロ　長兵衛是を聞て、「物も覚えぬ官人《くわんにん》共が申し様かな。馬に乗ながら門の内へ参るだにも奇怪《きつくわい》なるに、下部共参ってさがし参せよとはいかで申ぞ。左兵衛⑤〔尉〕長谷《はせ》⑥〔部《べ》〕信連が候ぞ。近う寄って過《あやまち》すな」とぞ申ける。拾　庁[6]の下部《しもべ》の中に、金武《かなたけ》と云大力《だいぢから》の剛《かう》の者、長兵衛に目を懸て、大床の上へ飛上る。是を見て、どうれい[7]共十四五人ぞ継《つづ》いたる。長兵衛は狩衣の帯紐引て捨《すつ》るままに、衛府の太刀なれ共、身をば心得て被レ造《つくらせ》たるを抜合せて、散散《さんざん》にこそ切たりけれ。敵《かたき》は大太刀・大長刀で振舞へ共、信連が衛府の太刀に被ニ切立一《きつたてられ》て、嵐に木《こ》の葉の散る様に、庭へ颯《さつ》とぞ下《お》りたりける。口吟五月《さつき》十五夜の雲間の月の顕れ出でて明かりけるに、敵は無案内なり、信連は案内者也。あそこの面道[8]《めんだう》に追懸けてははたと切る、爰《ここ》のつまりに追詰てはちやうど切る。「如何に宣旨の御使をばかうはするぞ」と云ひければ、「宣旨とは何んぞ」とて、太刀⑦斜《ゆが》めばを〔ど〕⑧りのき、押しなほし、踏直し、立ち処に好《よ》き者共十四五人こそ切臥せたれ。口吟太刀のさき三寸計打折て、腹を切んと腰を探れば、鞘巻[9]《さやまき》落て無りけり。力不レ及《およばず》大手を広げて、高倉面《おもて》の小門《こもん》より走り出んとする処に、大長刀持たる男一人寄り合たり。信連長刀に乗らんと飛《とん》で懸るが、乗り損じて股を〔ぬ〕⑨ひ様《さま》に被レ貫《つらぬかれ》て、心は猛く思へ共、大勢の中に被ニ取籠一《とりこめられ》て、生捕にこそせられけれ。口其後御所をさがせ共、宮渡せ不レ給《たまはず》。信連計《ばかり》搦めて、六波羅へ[10]ゐて参る。

入道相国は簾中に居給へり。前右大将宗盛卿大床に立て、信連を大庭に引居《ひきすゑ》させ、「誠にわ男は、『宣旨《せんじ》とは何んぞ』とて〔きつた〕⑩りけるか。多《おほく》の庁の下

8 馬道が正しい。

9 短刀。

10 率て。

①原本「御」あり。
②原本「老」あり。
③原本「に」あり。
④原本「て」あり。
⑤原本なし。
⑥原本なし。
⑦原本「に」あり。
⑧原本「取」
⑨原本「ゆ」
⑩原本「来」

部を刃傷殺害《にんじやうせつがい》した〔ん也〕①。所《せんずるところ》レ詮、[1]きう問して能能《よくよく》事の子細を尋ね問ひ、其後河原に引出て、首べを〔刎〕②候へ」とぞ宣ける。信連少しも不レ噪《さわがず》あざ笑て申けるは、「[白]此程《このほど》夜な夜なあの御所を物が窺ひ候時に、何事の可レ在《あるべき》と存じて、用心も仕り候ぬ処に、鎧きたる者共が討入て候を、『何者ぞ』と問候へば、『宣旨の御使』と名乗り候。山賊・海賊・強盗《がうだう》な〔ン〕ど申奴原《やつばら》は、或は『公達の入せ給ふぞ』、或は『宣旨の御使』な〔ン〕ど名乗りけると、兼兼《かねがね》承て候へば、『宣旨とは何んぞ』とて、き〔ッ〕て候。凡《およそ》物具をも思ふさ〔ま〕③に仕り、鉄《かね》好き太刀を以て候はば、官人《くわんにん》共はよも一人も安穏《あんをん》では返し候はじ。[口]又宮の御在所は、何くにか渡らせ給らん、知り参せ候はず。縦ひ知参せて候共、[2]侍ほんの者の、申さじと思ひき〔ッ〕てん事、きう問に〔及で〕④可レ申《まうすべし》や」とて、其後は物も不レ申《まうさず》。[中]幾等も並居たりける平家の侍共、「哀れ剛《あつぱかう》の者哉。あたら男《をと》こを被レ切《きられん》ずらん無慚さよ」と申あへり。其中に或人の申けるは、「あれは先年《せんねん》[3]所《ところ》に在し時も、[4]大番衆《おほばんじゆ》が留《とど》めかねたりし強盗六人、只一人《いちにん》追懸つて、四人切臥せ、二人生捕にして、其時被レ成《なされ》ける左兵衛尉ぞかし。[指]是をこそ一人当千の兵者共《つはものとも》可レ云《いふべけれ》」とて、口口に惜みあへりければ、[口]入道相国如何思はれけん、[5]伯耆《はうき》の日野《ひの》へぞ被レ流《ながされ》ける。源氏の

1 糺問。

2 侍品の者。品は身分。

3 武者所。警士のつめ所。

4 地方から三年交代で上京し、宮中などの警護に当たるもの。

5 鳥取県日野郡にある。

代《よ》に成て、東国へ下り、初梶原平三景時に着て、事の[6]根源一一次《つい》第に申ければ、[7]鎌倉殿、「神妙也」と感じ思食《おぼしめし》て、能登国に[8]御恩蒙りけるとぞ聞えし。⑤

ロ 宮は高倉を北へ、近衛《このゑ》を東《ひんがし》へ、賀茂河を渡せ給て、如意山《によいのやま》へ入せおはします。昔[9]清見原《きよみばら》天皇の未だ東宮の御時、賊徒に被レ襲《おそはれ》させ給ひ、吉野山へ入せ給けるにこそ、乙女《をとめ》の姿をばか〔ら〕⑥せ給けるなれ。今此君の御在様も、其には違《たが》はせ不レ給《たまはず》。中 知ぬ山路を夜も終《すが》ら分け入せ給ふに、何《いつ》習はしの御事なれば、御足より出る血は、沙《いさご》を染て紅の如し。夏草の茂みが中の露気《つゆけ》さも、さこそは[10]ところせう思食《おぼしめさ》れけめ。初角《かく》して暁方《あかつきがた》に三井寺へ入せおはします。「無二甲斐一《かひなき》命の惜しさに、衆徒を憑んで入御在《じゆぎよある》ぞ」と、仰せければ、大衆畏悦《かしこまり》て、法輪院に御所を〔しつらひ〕⑦、其に入奉て、供御《ぐご》認《したた》め参せけり。

木⑧《この》下《した》

ロ 明れば十六日、高倉の宮御謀叛被レ起《おこさせ》給て、失させ給ぬと申程こそ在けれ、京中《ちゆう》の騒動不レ斜《なのめならず》。法皇是を聞食て、「鳥羽殿を御出在《ある》は御悦也。并《ならび》に御歎と泰

6 事件の始終。
7 源頼朝。
8 所領を賜った。
9 天武天皇。
10 所せく。つらく。

①原本「りなん」
②原本「劇」。以下改める。
③原本「様」
④原本「於て」
⑤諸本、これにて切り、以下「競」とする。語り本は「高倉宮園城寺入御」とする。
⑥原本「か」
⑦原本「随理」
⑧語り本、これより句を立て、「競」とする。

親が勘状を参せたるは、是れを申けり」とぞ仰せける。

抑《そも〳〵》源三位入道、年比日比[1]もあればこそ在けめ、今年何《い》かなる心にて謀叛をば起しけるぞと云に、平家の次男前の大将宗盛卿、すまじき事をも為《し》〔給へり。①されば、人の世[2]にあればとて、すずろ[3]にすまじき事をもし、」云まじき事をも云は、能能《よくよく》可レ有二思慮一者《しりよあるべきもの》也。譬[4]へば、源三位入道の嫡子仲綱の許《もと》に、九重《くぢゆう》[5]に聞えたる名馬在り。鹿毛馬の無レ双逸物《ならびなきいちもつ》、乗り走り、心むき[6]、又可レ在不レ覚《あるべしともおぼえず》。名をば木《こ》の下《した》とぞ被レ云《いはれ》ける。前右大将是を伝聞、仲綱の許へ使者を立《たて》、「聞え[7]候名馬を見候ばや」と宣被レ遣《つかはされ》ければ、伊豆守の返事には、「去る馬は持て候つれ共、此程余りに乗り損じて候つる間、暫く被レ労《いたはら》せ候はんとて田舎へ遣して候」。「〔さ〕②らんには、力無し」とて、其後沙汰も無りしを、多く並居たりける平家の侍共、「哀れ其馬は、一昨日《をととひ》迄は候し者を。昨日も候し、今朝も庭乗りし候つる」な〔ン〕ど申ければ、「去ては惜[8]しむごさんなれ。悪《にく》し、乞へ」とて、侍して馳《はせ》させ、文な〔ン〕どしても、一日が中に五六度、七八度な〔ン〕ど被レ乞《こはれ》ければ、三位入道是を聞き、伊豆守喚寄せ、「縦《たとひ》金《こがね》を丸《ま》ろめたる馬成共《なりとも》、其程人の乞はう物を可レ惜様《をしむべきやう》や在る。速に其馬六波羅へ遣せ」とぞ宣ひける。伊豆守力及ば

1 年来、永く無事に過ごして来たものを、今年どのような所存で。
2 世に時めいているからといって。
3 わけもなく。
4 というわけで具体的に示すと。
5 宮中。
6 性質。
7 噂に聞きます。
8 惜しむにこそあるなれ。

で、一首の歌を書副《そへ》て六波羅へ遣す。

歌 恋敷《こひしく》はきても見よかし身にそふる[9]かげをば如何が放ちやるべき

指 宗盛卿歌の返事をば為《し》給〔は〕③で、「哀《あつぱ》れ馬や。馬は誠に好い馬で在けり。去れ共余りに主が惜みつるがにくさに、軈て主が名乗を[10]印焼《かなやき》にせよ」とて、仲綱と云印焼をして、厩《むまや》に被レ立《たてられ》たり。口 客人来《まらうどきたつ》て、「聞え候名馬を見候ばや」と申ければ、「其仲綱めに鞍置て引き出せ、仲綱め乗れ、仲綱め打《うて》、はれ」な(ン)ど宣ければ、伊豆守是を伝聞き、「身に替て思ふ馬なれ共、[11]権威に付《つい》て被レ取《とらるる》だにも在《ある》に、馬故《ゆゑ》仲綱が天下《てんが》の被レ笑《わらはれ》ぐさと成んずるこそ安からね」とて、大に被レ憤《いきどほられ》ければ、三位入道是を聞、伊豆守に向て、「[12]何事の可レ在《あるべき》と思ひ侮《あなどつ》て、平家の人人が、左様の〔しれ〕④事《こと》を云《いふ》にこそあんなれ。其儀ならば、命生ても何かせん。[13]便宜《びんぎ》を伺てこそあらめ」とて、私《わたくし》には思も不レ起《おこさず》、宮を勧め申けるとぞ、後には聞えし。

是に付けても、天下の人、小松〔大臣〕⑤の御事をぞ[14]忍び申ける。白 或時小松殿参内の次《ついで》に、[15]中宮の御方へ被レ参《まゐらせ》給けるに、八尺計在ける蛇《くちなは》が、大臣の差貫《さしぬき》の左の[16]輪《りん》を這回《はひまはり》けるを、重盛噪《さわ》がば、女房達も〔さわぎ、中宮も〕⑥驚かせ給なん

9 鹿毛と、身の影とをかける。
10 焼印をおすこと。
11 権力をかさに。
12 どうせ抵抗はしまいと軽く見て。
13 時機。きっかけ。
14 おしたいした。
15 建礼門院。
16 はかまの裾のへりどりをしたところ。

①原本誤脱。
②原本「つ」
③原本「つ」
④原本「忍び」
⑤原本「乙人」とある。ただす。以下同じ。
⑥原本誤脱。

ずと思食し、左《ひだん》の手にて蛇の尾を支《おさ》へ、右の手にて首《かしら》を取り、直衣《なほし》の袖の中に引入れ、少共《ちつとも》不レ噪《さわがず》つい立て、「[1]六位や候、六位や候」と被レ召《めされ》ければ、伊豆守、其比は未だ[2]衛府蔵人でおはしけるが、「仲綱」と名乗て被レ参《まゐられ》たりけるに、此蛇を給ぶ。給て[3]弓場殿《ゆば》を歴《へ》て、殿上の小庭《こには》に出つつ、[4]御倉の小舎人《ことねり》を召て、「是給れ」と云《いは》れければ、大に頭《かしら》を掉《ふつ》て逃去ぬ。力及ばで、わが郎等競滝口を召て、是れを給ぶ。給て捨《すて》て(ン)げり。口 其朝《あした》小松殿善馬《よい》に鞍置て、伊豆守の許へ遣すと て、「去《さて》も昨日の振舞こそ、いうに候しか。是は[5]乗り一《いち》の馬にて候。①夜陰に及んで、[6]陣下《ちんげ》②より[7]傾城の許へ被レ通《かよはるる》時、可レ被レ用《もちひらるべし》」とて被レ遣《つかはさる》。伊豆守、大臣の御返事なれば、「御馬③ 畏て給り候ぬ。昨日の振舞は、[8]還城楽《げんじやうらく》にこそ[9]にて候しか」とぞ被レ申《まうされ》ける。中 如何なれば、小松大臣はかうこそ由由敷《ゆゆし》うおはせしに、宗盛卿はさこそなからめ、剰《あまつさへ》人の惜む馬乞取て、天下の大事に及ぬるこそ転手《うたて》けれ。

競④《きほふ》

怒口 同十六日の夜に入て、源三位入道頼政・拾 嫡子伊豆守仲綱・次男源大夫判官兼《かね》

1 雑事を行う六位の蔵人。
2 衛府の役人で蔵人を兼ねる。
3 校書殿の東。
4 宜陽殿納殿の品物の出納などを行う蔵人所の役人。
5 乗り心地のよい馬。
6 警士の詰め所。
7 美人。
8 教訓抄四に「還城楽……此舞本者蛇ヲ取テ舞」と見える。
9 似て。

綱《つな》・六条蔵人仲家《なかいへ》・其子蔵人太郎仲光《なかみつ》以下《いげ》、都合其勢三百余騎、館《たち》に火懸焼挙て、三井寺へこそ被レ参《まゐられ》けれ。

ロ 三位入道の侍に、渡辺源三滝口競と云者在り。馳後《はせおく》れて留まりたりけるを、前右大将競を召て、「如何に汝は三位入道の伴をばせで留まりたるぞ」と宣へば、競畏《かしこまつ》て申けるは、「[10]自然《しぜん》の事候はば、ま〔ッ〕先き懸て命を上《たてまつ》らんと〔こ〕⑤その日比は存て候つれ共、何と被レ思《おもはれ》候けるやらん、[11]かう共被レ仰不レ候《おほせられさうらはず》」。「抑朝敵頼政に同心せんとや思ふ。又是にも[12]兼参《けんざん》の者ぞかし、[13]先途《せんど》後栄を存じて、当家に奉公致さんとや思ふ。在りのままに申せ」とこそ宣けれ。競涙を波羅波羅《はらはら》と流いて、折「相伝の好しみは去る事で候へ共、争《いかん》が朝敵と成れる人に同心をばし候可《さうらふべ》き。殿中に奉公仕うずる〔候〕⑥」と申ければ、「去らば奉公せよ。頼政法師がしけん恩には、少共《ちつとも》劣るまじきぞ」とて、入給ぬ。指 侍に「競は在か」。「候」。「競はあるか」。「候」とて、自レ朝《あしたより》夕べ迄伺候す。ロ 漸漸《やうやう》日も暮ければ、大将[14]被《いで》レ出《られ》たり。競畏て申けるは、「三位入道殿三井寺にと聞え候。定而《さだめて》討手被レ向《むけられ》候はんずらん。[15]心にくうも不レ候《さうらはず》。三井法師、去ては渡辺のしたしい奴原こそ候らめ。[16]えりうちな〔ン〕どもし可レ候《さうらふべき》に、の〔ッ〕て事に合ふ可き馬の候つるを、したしい奴

10 万一、事のあった時には。
11 これこれと、事の次第を御相談にも預りません。
12 二人の主人に仕える。
13 今後の昇進栄花。
14 宮中より退出された。
15 恐れるに足りません。
16 選り討ち。

①原本「の」あり。
②諸本「外」
③原本「か」あり。
④諸本ここで句を立てず。
⑤原本なし。
⑥原本「か」

めに被レ竊《ぬすまれ》て候。御馬一疋下《くだ》し可レ頂《あづかるべう》や候らん」と申ければ、大将「尤もさるべし」とて、[1]白葦毛《しらあしげ》なる馬の煖廷《なんれう》とて被二秘蔵一《ひざうせられ》たりけるに、好い鞍置てぞ給《た》うだりける。競屋形に帰て、「早や日暮よかし。此馬に打乗て三井寺へ馳参り、三位入道殿のま（ッ）先き懸て討死せん」とぞ申ける。[重]日も漸漸暮《くれ》①〔けれ〕ば、妻子共、彼《か》しこ此《ここ》へ②立忍ばせて、三井寺へと出立ける心の中こそ無慚《むざん》なれ。[拾]平紋《ひやうもん》の狩衣[2]菊とぢ大きらかにしたるに、重代《ちゆうだい》の[3]着せ長、火威の鎧に星白の甲の緒を点《しめ》、いか物造③の大太刀帯《は》き、二十四差《しさい》たる大中黒《おほなかぐろ》の矢負ひ、滝口の骨法[4]不レ被レ忘《わすられじ》と[走重]や、鷹の羽にては④〔い〕だりける[拾]的矢《まとや》[5]一手《ひとて》ぞ差副《さしそへ》たる。[6]重藤《しげどう》の弓持て煖廷に打乗り、乗替《のりかへ》一騎打具し、舎人男にもたて脇挟《わきばさ》ませ、屋形に火懸け焼き挙て、三井寺へこそ馳たりけれ。[ロ]六波羅には、競の宿所より火出きたりとてひしめきけり。大将《だいしやう》急ぎ出でて、「競は在か」と尋ね給ふに、「候はず」と申す。「すは、きやつを手延《の》べにして、⑤被二方便一《たばかられ》ぬるは。追懸けて討て」と宣へ共、[白]競は本より勝《すぐ》れたる[7]強弓精兵《つよゆみせいびやう》、矢つぎばやの手きき、大力の剛の者、「二十四差たる矢で、先づ二十四人は被二射殺一《いころされ》なんず。音なせそ」とて、向ふ者こそ無りけれ。三井寺には折節《をりふし》競が沙汰在りけり。渡辺党「競は可二召具一《めしぐすべう》候つる者を。六波

1 白に、黒や褐色の毛のまじったものを葦毛と言い、その全体に白っぽいものを白葦毛と言う。
2 縫い目に、菊模様に組んだ紐をつける。
3 鎧。
4 武士の作法。布衣記に「斎藤の家には上ざし四筋たりといへども、滝口の時は的矢一手さしそへたるによりて、上指其まで四筋に用也、滝口おさなきによて禁中にても君の御ゆるされ有て的をも仕なり。依レ之的矢をさすなり」とある。
5 練習用の矢二本。
6 籐をしげく巻いた弓。
7 強い弓をひく兵。精兵も同じ。

羅に残り留まって、如何なる浮目[8]にか逢候らん」と申ければ、三位入道心を知て、「よも其者、無体《むげ》に囚へ被レ搦《からめられ》はせじ。入道に志深い者也。今看《み》よ、只今参らうずるぞ」と宣ひも果ねば、競つ(ッ)といで来て、「去《され》ばこそ」とぞ宣ける。口「伊豆守殿の木《こ》の下《した》がかはりに、六波羅の煖廷《なんれう》をこそ取て参て候へ。参せ候はん」とて、伊豆守にたてまつる。伊豆守不レ斜《ななめならず》悦で、拾軈て尾[9]を髪《かみ》を切り、印焼《かなやき》して、次の夜六波羅へ遣し、夜半計《ばかり》門の内へぞ追入たる。厩に入て馬共に食合ければ、舎人驚きあひ、「煖廷が参って候」と申す。大将急ぎ出でて見給へば、「昔は煖廷、今は平の宗盛入道」と云印焼《かなやき》をぞ為《し》たりける。口大将「安からず。競めを手延《てのべ》にして被二方便《たばかられ》一ぬる事こそ遺恨なれ。今度三井寺へ寄せたらんに、如何にもして先づ競めを生捕にせよ。[10]中鋸で頸切らん」とて、跳上跳上《をどりあがり》被レ怒《いかられ》けれ共、南丁《なんれう》が尾髪もおひず、印焼も又不レ失《うせざり》けり。

自二三井寺一到二山門牒状一并同返二南都牒一《みゐでらよりさんもんのてふじやういたるならびにおなじくなんとのてふをかへす》

口三井寺には、[11]⑥〔貝〕《かひ》鐘鳴《かねなら》いて大衆僉議す。「近日世上《きんじつせじやう》の体を案ずるに、仏法の衰

8 憂き目。

9 尾の毛とたてがみ。

10 大旋律型は、東大国語研究室本による。

11 ホラ貝を吹き鐘をならし。

①原本「候へ」

②原本「来り」あり。

③原本「の」あり。

④原本「作」

⑤原本「ひ」あり。

⑥原本「具」

微、王法《わうぼふ》の牢籠《ろうろう》[1]、正《まさ》に此時に当れり。今度清盛入道が暴悪を不レ戒《いましめず》ば、何《いづれ》の日をか可レ期《ごすべき》。宮爰《ここ》に入御《じゆぎよ》の御事、正八幡宮の衛護《ゑご》、新羅[2]大明神の冥助《めいじよ》に非ずや。天《てん》衆地類《じゆぢるい》も影向《やうがう》を垂れ、仏力《ぶつりき》神力も降《がう》[3]〔伏《ぶく》〕①を加へまします事などか可レ無《なかるべき》。抑北《ほく》嶺《れい》は円宗《ゑんしゆう》一味の学地《がくち》、南都は夏《げ》[4]臘得度《らうとくど》の戒定《かいぢやう》[5]也。牒奏の処に、などか可レ不レ与《くみせざるべき》」と、一味同心に僉議して、山へも奈良へも牒状をこそ送りけれ。先づ山への状に云《いはく》、

読 園城寺牒す、延〔暦〕②寺の衙《が》　殊に合力《かふりよく》を致して、当寺の破滅を被レ助《たすけられん》と思ふ状。

右入道浄海、恣《ほしいまま》に王法を失なひ、仏法を欲レ滅《ほろぼさんとす》。愁嘆無レ極処《きはまりなき》に、去る十五日の夜、一院[6]第二の王子、竊に令二入寺一《にふじせしめ》給ふ。爰《ここ》に院宣と号《かう》して可レ奉レ出由《いだしたてまつるべきよし》、責《せめ》雖レ在《ありといへども》、奉レ出《いだしたてまつる》に不レ能《あたはず》。仍《よつて》官軍を放ち可レ遣旨《つかはすべきむね》、其聞え在り。当寺の破滅、正に此時に当れり。諸衆何んぞ不二愁歎一《しうたんせざらん》や。就レ中《なかんづく》延暦・園城両寺は、門跡《もんぜき》二《ふたつ》に雖二相分一《あひわかつといへども》、学する処は是円頓《あんどん》[7]一味の教門に同じ。譬へば、鳥の左右の翅の如し。又車の二《ふたつ》の輪に似たり。一方闕けんに於ては、争か其歎無らんや。者《てへ》れば殊に合力を致して、当寺の破滅を被レ助《たすけられれば》、

1　ゆきづまり。
2　三井寺の守護神。素戔嗚命。
3　敵を降伏させるのに合力を加え。
4　夏安居の修行をして僧の資格を与える。
5　戒場が正しい。
6　後白河院。
7　天台宗の法門。円満で、これに入ればたちまち成仏すると言う。

早く年来の遺恨を忘て、[8]住山《ちゅうせん》の昔に復せん。拾 衆徒の僉議如《かくのごとし》レ此。仍《よって》牒奏如《くだん》レ件《のごとし》。

治承四《し》年《ねん》五月十八日　　大衆等

とぞ書たりける。③

口 山門の大衆《だいしゅ》此状を披見《ひけん》して、「こは如何に、当山の末寺として乍《ありながら》レ在、鳥の左右の翅の如し、又車の二《ふたつ》の輪に似たりと、[9]押へて書く条奇怪也」とて、不レ送《へんてふを》ニ返牒《おくらず》一。其上入道相国、天台座主明雲大僧正に衆徒《しゅと》を可《しずめらるべき》レ被レ静由《よし》宣ければ、座主急ぎ登山《とうざん》して、大衆を靖《しづ》め給ふ。懸《かかり》し間、宮の御方へ[10]不定の由をぞ申ける。又入道相国、近江米《ごめ》二万石、北国の[11]織延絹《おりのべぎぬ》三千匹、[12]往来に被レ寄《よせらる》。是を谷谷峯峯に被レ引《ひかれ》けるに、俄の事では在り、一人《いちにん》して余《あま》たを取《とる》大衆も在り、又手を空《むなしう》して一も取《とら》ぬ衆徒も在り。何者の為態《しわざ》にや在けん、落書《らくしょ》をぞ為《し》たりける。

歌 山法師織のべ衣《ごろも》薄くして恥をばえこそ隠さざりけれ

指 又絹にも当らぬ大衆の読たりけるやらん、

歌 織のべを一きれも得ぬ我等さへ薄恥をかく数に入《いる》哉《かな》

又南都への状〔に〕④云、

8 ともに比叡山に住んだ。
9 低くおさえて書く。
10 味方するかどうかは未定。
11 普通より長い絹を言うか。
12 訪問の際の贈答品として。

①原本「汰」
②原本「歴」。以下同じ。
③諸本・語り本これにて句を切り、以下「南都牒状」とする。
④原本なし。

1 私にし。

2 唐の武宗。
3 中国三大霊場の一つ、五台山。
4 八虐罪。謀叛はその第一。
5 ここは南都の興福寺。
6 藤原氏の氏の長者基房。

読 園城寺牒す、興福寺《こうふくじ》の衙《が》 殊に合力《かふりよく》を致して、当寺の破滅を被レ助《たすけられん》乞《とこふ》状
右仏法の殊勝なる事は、王法を守らんが為、王法又長久なる事は、即《すなはち》仏法に依る。爰《ここ》に入道前《さきの》太政大臣平朝臣清盛公、法名浄海、恣《ほしいまま》に国威を竊《ひそか》[1]にし朝政を乱り、内《ない》につけ、外《げ》につけ、恨を成し歎を成す間、今月十五日の夜、一院第二の王子、不慮の難を逃れんが為に、俄に令ニ入寺一《にふじせしめ》給。爰《ここ》に号ニ《ゐんぜ》院宣ニ可レ奉レ出旨《んとかうしいだしたてまつるべきむね》、責《せめ》在りと云へ共、衆徒一向是を奉レ惜《をしみたてまつる》。仍《よつて》彼禅門武士を当寺に入れんとす。仏法と云、王法と云、一時に当《ま》さに破滅せんとす。昔唐[2]の会昌《ゑしやう》天子、軍兵を以て仏法を滅さしめし時、清涼山《せいりやうざん》[3]の衆、合戦を致して是を防ぐ。王権猶如レ此《かくのごとし》。何 況《なんぞいはん》や謀叛八逆[4]の輩《ともがら》に於てをや。就レ中《なかんづく》に南[5]京は無レ例《れいなく》て無レ罪《つみなき》長者[6]を被ニ配流一《はいるせらる》。今度に不レ在《あらず》は、何《いづれ》の日か会稽の恥をと①げん。願くは、衆徒、内《うち》には仏法の破滅を助け、外《ほか》には悪逆の伴類を退けば、同心の至り本懐に足《たん》②〔ぬ〕べし。拾 衆徒の僉議如レ此《かくのごとし》。仍《よつて》牒奏如レ件《くだんのごとし》。

治承四年《しねん》五月十八日　　大衆等

とぞ書たりける。③

ロ 南都の大衆、此状を披見して、聽《やが》て返牒を送る。其返牒④〔に〕云《いはく》、

読

興福寺牒す、園城寺衙来牒《をんじやうじのがらいてふ》一紙に被レ載《のせられ》たり。右入道〔浄〕⑤海が為に、貴寺の仏法を滅さんとする由の事。

牒す、玉泉玉花[7]、両家の宗義《しゆうぎ》を立《たつ》と云へ共、金章金句同じく一代の教門より出たり。南京・北京共に以て如来の〔弟〕⑥子たり。自寺他寺互に調達[8]が魔障を可レ伏《ふくすべし》。抑清盛入道は平氏の糟糠《さうかう》、武家の塵芥《ちんがい》也。祖父《そぶ》正盛蔵人五位の家に仕へて、諸国受領の鞭を執る。大蔵卿為房《ためふさ》、賀州刺史《かしうし》の古へ検非所に被レ補《ふせられ》、修理大夫《だいぶ》顕季《あきすゑ》為二播磨太守一《はりまのたいしゆたつし》昔、厩の別〔当〕⑦職に任ず。然《しかる》を親父《しんぶ》忠盛昇殿を被レ許《ゆるされ》し時、都鄙の老少皆蓬戸[9]《の》瑕瑾ををしみ、内外《ないげ》の栄[10]幸各各馬台[11]《ばたい》の晨門《しんもん》に啼く。忠盛青雲の翅を刷《かいつくろふ》と云へ共、世の民猶《なほ》白屋[12]の種《たね》を軽んず。名を惜む青侍《せいし》、其家に望事《のぞむこと》無し。然《しかる》を去⑧平治元年十二月、太上天皇一戦の〔功〕⑨を感じて、不次《ふじ》の賞を授け給しより以降《このかた》、高く相国に上り、兼て兵杖を給る。男子或は台階[13]《たいかい》を忝《かたじけなう》し、或は羽林[14]《うりん》に連る。女子《によし》或は中宮職《しき》に具《そなはり》、或は准后《じゆんごう》の宣を蒙る。群弟庶子《くんていしよし》皆棘路[15]《きよくろ》に歩み、其孫彼甥《そのまごかのをひ》悉く竹符[16]を割《さ》く。加レ之《しかのみならず》、九州を統領し、百司を進退《しんだい》して、奴婢《ぬび》皆僕従と成す。一毛心に違へば、王侯と云へ共是を囚へ、片言耳に逆ふれば、公卿と云へ

7 天台宗と法相宗をさす。
8 調婆達多。
9 蓬壷が正しい。院の御所。
10 栄豪が正しい。
11 邪馬台の詩の予言。「晨門」は讖文が正しい。日本の将来について悪い予言をする。
12 卑しい生まれ。
13 大臣。
14 近衛府の唐名。ここはその高官。
15 公卿。
16 国司として赴任する。

①諸本「の恥」なし。
②原本「す」
③語り本、これにて切り、以下「南都返牒」とする。
④原本なし。
⑤原本「海」
⑥原本「第」
⑦原本なし。
⑧原本「年」あり。
⑨原本「切」

共是をからむ。是に依て、或は一旦の身命《しんみやう》を逃れんが為、或は片時《へんし》の凌躁[1]を遁れんと思て、万乗の聖主猶面諂《めんてん》の媚《こび》を成《なし》、重代の家君、却て膝行《しつかう》の礼を致す。代代相伝の家領《けりやう》を奪《うばふ》と云へ共、上裁も恐れて舌を巻き、宮宮相承の庄園を取《とる》と云へ共、権威に憚かつて言ふ事①無し。勝《かち》に乗る余り、去年の冬十一月、太上皇《だいしやうくわう》[2]の棲家《すみか》を追《つい》②〔捕《ふ》〕し、博陸《はくりく》[3]公の身を押流す。叛逆《ほんぎやく》の甚しい事、誠に古今に絶たり。其時我等須《すべか》らく賊衆に行き向て、其罪を可《とふべし》レ問と云へ共、或は神慮に相憚り、或は綸言と称するに依て、鬱陶を押へ光陰を送る間、重て軍兵を起して、一院第二の親王宮を打囲む処に、八幡三所[4]・春日大明神、竊に影向《やうがう》を垂れ、仙蹕《せんひつ》[5]を捧げ奉り、貴寺に送り着けて、新羅《しんら》[6]のとぼそに預け奉る。王法不レ可レ尽旨《つくべからざるむね》明《あきら》けし。随て又貴寺身命を捨てて奉二守護一条《しゆごしたてまつるでう》、含識《がんじき》の類ひ、誰不二随喜一《かずいきせざら》ん。我等遠域に在て、其情を感ずる処に、清盛入道猶胸気[7]を起して、貴寺に入らんとする由、仄《ほのか》に承り及《およぶ》を以て、兼て用意を致す。十八日辰の一点に大衆を起し、諸③〔寺に〕牒送し、末寺に下知し、軍士を得て後、案内を達せんとする処に、青鳥《せいてう》[8]飛来て芳翰を投たり。数日《すじつ》の鬱念一時に解散《げさん》す。彼《かの》唐家清涼一山の苾蒭《ひつしゆ》[9]、猶ぶそ[10]

1　凌躁が正しい。はずかしめ。
2　後白河院。
3　関白。
4　応神天皇・神功皇后・玉依姫の三神より成る八幡宮。
5　天皇の乗り物。
6　三井寺の守護神の新羅大明神。
7　凶気か。
8　東方朔が青い鳥の来るのを見て西王母からの使いだといったと言う故事により、転じて使者のこと。
9　出家者。
10　武宗。

うの官兵を帰へす。況や和国南北両門の衆徒、何んぞ謀臣の邪類を不レ掃《はらはざらん》や。よ《拾》くりやうゐん[11]左右の陣を固めて、宜《よろし》く我等が進発の告げを可レ待《まつべし》。状を察して疑貽《ぎたい》を成す事無れ。以牒《もつててふ》す。

治承四年五月二十一日　　　大衆等

とぞ書たりける。

大④《だい》衆《しゆ》汰《ぞろへ》

ロ三井寺には又大衆起て僉議す。「山門は心替《がはり》しつ。南都⑤〔は〕未レ参《いまだまゐらず》。此事延《のび》ては悪《あし》かりなん。六波羅に押寄せて夜討《ようち》にせん。其儀ならば、老少二手に分《わかつ》て、老僧共は如意嶺《にょいがみね》より搦手⑥〔へ〕可レ向《むかふべし》。足軽《あしが》る共四五百人先立て、白河の在家に火を懸て焼き⑦〔あ〕げば、在京人六波羅の武士、「あはや事出きたり」とて、馳向《はせむかは》んずらん。其時岩坂[12]・桜本[13]に引懸引懸、暫《しんば》し支へて戦はん間《ま》に、大手は伊豆守を大将軍にて、悪僧共六波羅に押寄せ、風上《うへ》⑧〔に〕火懸け、一揉《も》み揉《もう》で攻んに、などか太政入道焼出いて可レ不レ討《うたざるべき》」とぞ僉議しける。

11 梁園。親王家のこと。
12 未詳。
13 吉田山の東ふもと。

①原本「の」あり。
②原本「補」
③原本「事」
④諸本「永僉議」
⑤原本なし。
⑥原本なし。
⑦原本「明」
⑧原本なし。

其中に、平家の祈りしける一如房《いちによばう》の阿闍梨真海、①弟子同宿数十人《すじふ》引具し、僉議の庭に勧み出でて申けるは、「角申せば平家の方人《かたうど》とや被二思食一《おぼしめされ》候《さうらふ》らん。縦《たとひ》さも候へ、如何《いかでか》衆徒の儀[1]をも破り、我寺の名をも惜までは可レ候《さうらふべき》。昔は源平左右に争て朝家《てうか》の御守りたりしか共、近来《ちかごろ》は源氏の運傾き、平家世を取て二十余年、天下《てんが》に靡《なびか》ぬ草木も不レ候《さうらはず》。内内のたち[2]の在様も、小勢《こせい》にては輙《たやす》う難二攻落一《せめおとしがたし》。去れば能能《よくよく》外に策《はかりこと》を運《めぐら》②〔し〕て勢を催し、後日《ごにち》に寄せさせ可レ給《たまふべう》や候らん」と、程を延さんが為に長長とぞ僉議したる。

白　爰《ここ》に乗円房の阿闍梨慶秀《きやうしう》と云老僧在り。衣の下に③腹巻[3]を着、大なる打刀前《まへ》④垂《だれ》に差し、法師⑤〔が〕首《かし》ら包んで白柄《しらえ》の大長刀杖に杖き、僉議の庭に進み出でて申けるは、「証拠を外《ほか》に不レ可レ引《ひくべからず》。我等の本願天武天皇は、未だ春宮の御時、大友の皇子に⑥被レ襲《おそはれ》させ給て、吉野の奥を出させ給ひ、大和国宇多郡を過させ給けるには、其勢僅に十七騎、去れ共伊賀・伊勢に打越え、美濃・尾張の勢を以て大友王子《おほとものわうじ》を滅ぼして、終に位に即《つか》せ給き。口[4]『窮鳥《きゆうてう》懐に入《いる》。人倫是を哀む』と云本文《ほんもん》在り。自余は不レ知《しらず》、慶秀が門徒に於ては、今夜六波羅に押寄せて、討死せよや」とぞ僉議しける。円満院大輔《たいふ》源覚、進出でて申けるは、「僉議はし[5]多

1　道義。
2　館。
3　腹巻鎧。
4　顔氏家訓の省事篇に見える。
5　多岐にわたっている。多端。語り本「はし」と澄んで読む。

し。夜の深《ふく》るに、急げや進め」とぞ申ける。⑦

拾 搦手に向ふ老僧共、大将軍には、源三位入道頼政・乗円房阿闍梨慶秀《きやうしう》・律成《りつじやう》房《ばう》阿闍梨日胤《にちいん》・帥《そつの》法印禅智《ぜんち》、禅智が弟子義宝《ぎほう》・禅永《ぜんやう》を始として、都合其勢一千人、手手《てんで》に焼松《たいまつ》持て如意峯へぞ向ひける。大手の大将軍には、嫡子伊豆守仲《なか》綱《つな》・次男源大夫判官兼綱《かねつな》・六条蔵人仲家《なかいへ》⑧・其子蔵人太郎仲光《なかみつ》、大衆には、円満院大輔源覚・成喜院《じやうきゐん》のあら土佐《どさ》・律成房《りつじやうばう》の伊賀《いが》の公《きみ》・法輪院の鬼佐渡《おにさど》、是等は力の強さ、打物持ては鬼にも神にも逢《あは》うど云一人当千の兵者也。平等院には、因幡竪者荒大夫《りつしやくわうだいふ》・角《すみ》六郎房・島の阿闍梨・筒井法師に卿《きやう》の阿闍梨、悪少納言、6北の院には、金光院の六天狗、式部・大輔・能登・加賀・佐渡・備後等也。松井の肥後・証南院⑨〔の〕筑後・賀屋筑前・大矢俊長《しゆんちやう》・五智院の但馬・乗円房阿闍梨慶秀が7房人《ばうにん》六十人之《の》内、加賀光乗《くわうじよう》・刑部春秀《しゆんしう》、8法師原には、一来法師に9不レ如《しかざり》けり。堂衆には筒井浄妙明秀《めいしう》・小蔵《をぐら》の尊月《そんげつ》・尊永《そんえい》・慈慶《じけい》・楽住《かくぢゆう》・鉄拳《かなこぶし》⑩〔の〕玄永《げんやう》、武士には、渡辺省《はぶく》・播磨の次郎授《さづく》・薩摩の兵衛・長七唱《となふ》・競《きほふ》⑪〔の〕滝口・与《あたふ》⑫〔の〕右馬允・続《つづく》⑬〔の〕源太・清《きよし》・勧《すすむ》を先として、都合其勢一千五百余人、三井寺をこそ討立ちけれ。

6 三井寺の三院の一。
7 同じ房に住む住人。
8 下級の僧。
9 及ぶ者はいなかった。

①原本「の」あり。
②原本「れ」
③原本「た」あり。
④原本「に」あり。
⑤原本なし。
⑥諸本「はばからせ」
⑦諸本、これにて切り、以下「大衆揃」とする。
⑧原本「其子蔵人仲家」あり。
⑨原本なし。
⑩原本なし。
⑪原本なし。
⑫原本なし。
⑬原本なし。

1　史記の孟嘗君伝に見える。

2　洛陽から潼関に至る途中にある関所。

3　古く某甲（なにがし）とあったのを誤り伝えたものか。

4　何とか、事もなろうとは思ったけれども。

5　未詳。

ロ

宮入せ給て後は、大関小関《おほぜきこぜき》掘切《はりきつ》て、堀掘逆茂木《さかもぎ》引たれば、堀に橋渡し、逆茂木引除《ひきのけ》な（ン）どしける程に、時刻を移して①関路《せきぢ》の庭鳥鳴あへり。伊豆守宣け〔る〕②は、「爰《ここ》で鳥鳴て〔は〕③、六波羅へは白昼にこそ寄せんずれ。如何せん」と宣へば、円満院大輔源覚、又如レ先《さきのごとく》進出でて僉議しける。④「昔秦の昭王の時、[1]孟嘗君《まうしやうくんを》被二召戒一《めしいましめられ》しに、后の御〔扶〕⑤《たす》けに依て、兵三千人を引具して、逃免かれけるに、[2]函《かん》谷関《こくくわん》に到れり。鶏の鳴《なか》ぬ限りは、⑥戸を開く事無し。孟嘗君が三千の客《かく》の中《なか》に、[3]てんかつと云兵在《あり》。鶏の鳴まねを難レ在《ありがたく》しければ、鶏鳴《けいめい》共被レ云《いはれ》けり。彼鶏鳴高き所に走り上り、鶏の鳴まねをしければ、関路の鶏聞伝へて皆鳴ぬ。其時関守鳥の空音にばかされて、関の戸開《あけ》てぞ通しける。是も敵の謀にや鳴すらん。只寄よ」とぞ申ける。初懸《かかり》し程に五月の短夜の末明末明《ほのぼの》とこそ明にけれ。白伊豆守宣けるは、「夜討にこそ[4]さり共と思つれ共、昼軍《ひるいくさ》には叶まじ。あれ喚返《よびかへ》せや」とて、搦手は如意嶺より喚返す。大手は[5]松坂より取て返す。若大衆共、「是は一如房阿闍梨が長《な》が僉議にこそ夜は明たれ。押寄せ、其坊切れ」とて、坊を散散に切《きる》。〔防〕⑦く所の弟子、同宿数十人討れぬ。一如房阿闍梨、這這《はうはう》六波羅に参て、老眼より涙を流いて此由訴へ申けれ共、六波羅には軍兵数万騎馳集て噪事《さわぐこと》も無りけり。

口　同二十三日の暁、宮は「此寺計《ばかり》では叶まじ。山門は心替《がはり》しつ。南都は未《いまだまゐらず》ㇾ参。後日に成ては悪《あし》かりなん」とて、三井寺を出させ給て、南都へぞ入せおはします。此宮は蟬折《せみをれ》・小枝《こえだ》と聞えし[6]漢竹《かんちく》の笛を二つ持せ給けり⑧。彼蟬折と申は、

初　昔鳥羽院の御時、金を千両宋朝の御門へ被《おくられ》ㇾ送給たりければ、初中　返報と覚しくて、生たる蟬の如くに節《ふし》の付《つい》たる笛竹《ふえたけ》を一《ひと》よ被《おくられ》ㇾ贈給。初「如何が是程の重宝をば無《さう》二左《な》右《く》一はゐらすべき」とて、三井寺の大進僧正[7]覚宗《かくしゆう》に仰せて、壇上に立て、七《しち》日加持《にちかぢ》してゐらせ給へる御笛也。中　或時、高松の中納言[8]実平卿参て、此御笛を被《ふか》ㇾ吹《れ》けるが、尋常《よのつね》の笛の様に思忘れて膝より下《し》もに被《おかれ》ㇾ置たりければ、笛や咎めけん、其時蟬折れにけり。去てこそ蟬折〔れ〕⑨とは被《つけられ》ㇾ付たれ。初　笛の御器量[9]たるに依て、此宮御相伝在けり。去れ共今を限りとや被《おぼしめされ》二思食一けん、金堂の弥勒《みろく》に被《まゐら》ㇾ参させおはします。[10]龍華《りゆうげ》の暁値遇《ちぐ》の御為かと覚えて哀な（ッ）し事共也。

白　老僧共には皆暇給《たう》で、留《とど》めさせおはします。可《しかるべき》ㇾ然若大衆悪僧共は参りけり。源三位入道の一類引具して、其勢一千人とぞ聞えし。乗円房の阿闍梨慶秀《きやうしう》、[11]鳩の杖に携《すがり》て宮の御前に参り、老眼より涙を波羅波羅《はらはら》と流いて申けるは、口「何《い》づ

6　未詳。中国渡来の竹の意で漢竹としたものか。
7　三井寺の長吏になった僧。
8　実衡が正しい。
9　御才能があるので。
10　弥勒菩薩が五十六億七千万年の後、この世に再来し、龍華の木の下で成道するのに会う。
11　老人の用いる、頭に鳩の作り物のついた杖。

①諸本「おしうつって」
②原本「れ」
③原本「候」
④諸本「は」あり。
⑤原本「技」
⑥原本「に」あり。
⑦原本「坊」
⑧諸本「へ」
⑨原本「り」

くまでも御伴仕〔る〕①べう候へ共、齢《よはひ》既に八旬に長《たけ》て、行歩《ぎやうぶ》に難《かなひがたう》レ叶候。弟子にて候刑部房俊秀《しゆんしう》を参《まゐら》せ候。是は一年《ひととせ》平治の合戦の時、故左馬頭義朝が手に候て、六条河原で討死仕《し》候し、相模国住人山内須藤《すどう》刑部丞俊通《としみち》が子で候。聯《いささか》ゆかり候間、[1]跡懐《あとふところ》②でおほしたてて、心の底までよくよく知て候。何《いつ》くまでも可《めしぐ》レ被《せらるべう》二召具一候」とて、涙を押へて留まりぬ。初 宮も哀れに思食《おぼしめし》て、「何《いつ》の好《よし》みにか角《かく》申らん」とて、御涙せきあへさせ不《たまはず》レ給。

橋《はし》合《がつ》戦《せん》

ロ③去程に、宮は宇治と寺との間にて六度まで御落馬在けり。是は去《さん》ぬる夜、御寝の不《ならざりし》レ成故也とて、宇治橋三間引はづし、平等院に奉《いれたてまつつ》レ入て、暫く御休息在りけり。六波羅には、「すはや、宮こそ南都へ落させ給なれ。追懸て奉《うちたてまつれ》レ討」とて、拾 大将軍には、左兵衛督知盛《とももり》・頭中将重衡《しげひら》・左馬頭行盛《ゆきもり》・薩摩守忠教《ただのり》[2]、侍大将には、上総守忠清《ただきよ》・其子上総太郎判官忠綱《ただつな》・飛騨守景家《かげいへ》・其子飛騨太郎判官景高《かげたか》・高橋判官長綱《ながつな》・河内判官秀国《ひでくに》・武蔵三郎左衛門有国《ありくに》・越中次郎兵衛尉

1 実父の後懐にだいて育てる意から、養父のもとで養いたてて。慶秀が養父として育てたことを言う。

2 忠度が正しい。

盛継《もりつぎ》・上総五郎兵衛忠光《ただみつ》・悪七兵衛景清《かげきよ》を先として、都合其勢二万八千余騎、木幡山《こはたやま》3打越て、宇治橋のつめ4にぞ押寄せたる。強 敵平等院にと見てんげれば、時を作る事三か度、宮の御方《おんかた》にも鬨《とき》をぞ合たる。ロ 先陣が「橋を引たぞ、過《あやまち》すな」④と、どよみ5けれ共、後陣《ごぢん》は是を不二聞付一《ききつけず》、我先にと進むほどに、先陣二百余騎被二押落一《おしおとされ》、水に溺れて流けり。橋の両方《りやうばう》のつめにう(ッ)た(ッ)て矢合す。

宮の御方には、大矢俊長《しゆんちやう》、五智院但馬、渡辺の省・授・続の源太が射ける矢ぞ、鎧もかけず6、楯もたまらず通りけ〔る〕⑤。源三位入道は、長絹《ちやうけん》7の鎧の直垂に品革威《しながはをどし》8の鎧也。其日を最後とや被レ思《おもはれ》けん、態《わざ》と甲⑥《かぶと》は着《き》不レ給《たまはず》。嫡子伊豆守仲綱は、赤地の錦の直垂に、黒糸威の鎧也。弓を強《つよう》引んとて、是も甲は不レ着《きざり》けり。拾 爰に五智院の但馬、大長刀の鞘《さや》を外《はづい》て只一人《いちにん》橋の上にぞ進んだる。平家の方には是を見て、「あれ射取れや者共」とて、究竟《くつきやう》の弓の上手共が矢先を汰《そろ》へて、指詰《さしつめ》引詰散散に射《いる》。但馬少しも不レ噪《さわがず》、上《あが》る矢をばつい潜り、下《さが》る矢をば跳り越え、向て来るをば長刀で切て落す。敵《かたき》も御方も見物す。其よりしてこそ、矢切⑦〔の〕但馬とは被レ云《いはれ》けれ。

ロ 堂衆の中に、筒井の浄妙明秀《めいしう》は、かちん9の直垂に黒皮威の鎧着て、五枚甲《ごまいかぶと》10の

3 伏見区にある。
4 端。たもと。
5 大声でわめく。
6 とめないで。
7 絹織物の一種。かたく張りがあり、光沢がある。
8 歯朶革おどしのなまり。藍色の革でおどし、歯朶の葉の模様を白くそめぬいたもの。
9 褐。
10 五枚のしころを有する甲。

①原本「り」
②原本「ふ」あり。
③諸本「去程に」なし。
④諸本「橋を引たぞ、過すな」とくり返す。
⑤原本「り」
⑥原本「は」あり。
⑦原本なし。

緒を点《しめ》、黒漆《こくしつ》の太刀を帯き、二十四差たる[1]黒緹《くろぼろ》の箭《や》負《おひ》、[2]塗籠藤《ぬりごめどう》の弓に好む白柄の大長刀取副《とりそへ》て、橋の上にぞ進んだる。大音声を揚て名乗りけるは、強「日来は音にも聞つらん、今は目にも見給へ。白三井寺には其隠れ無し、堂衆の中に筒井の浄妙明秀と云一人当千の兵者ぞや。口我れと思はん人人は寄り合《あへ》や、見参せん」とて、二十四差たる箭を、指詰《さしつめ》引詰散散に射る。拾矢庭に十二人射殺して、十一人に手負せたれば、箙《えびら》に一つぞ残したる。弓をばからと投《なげ》①〔棄《すて》〕、箙も解て②〔棄《すて》〕て（ン）げり。[3]つらぬき脱で跣《はだし》に成り、橋の行桁《ゆきげた》をさらさら③と走り渡る。人は怖れて渡らね共、浄妙房が心地には、一条二条の大路《おほち》とこそ振舞たれ。長刀で向ふ敵五人なぎ臥せ、六人に当る敵に逢て、長刀中より打折④〔て〕棄《すて》て（ン）げり。其後太刀を抜て戦かふに、敵は大勢也、[4]蛛手《くもで》・角縄《かくなは》・十文字・蜻 回《とんばうがへり》・水車《みづぐるま》・[5]八方不レ洗《すかさず》切《きつ》たりけり。矢庭に、⑤八人切臥せ、九人に当る敵が甲の鉢に余りに強《つよう》打当てて、[6]目貫本《めぬきもと》より⑥〔ちやう〕ど折れ、く（ッ）と抜けて、河へざぶと入にけり。憑む処は[7]腰刀、偏へに死なんとぞ狂ひける。

怒口
爰に乗円房阿闍梨慶秀が召仕《めしつかひ》ける一来法師と云大力《だいぢから》の早態《はやわざ》在けり。続いて後に戦かふが、行桁《ゆきげた》は狭し、外端《そば》可レ通様《とほるべきやう》は無し。浄妙房が甲の手先に手をおい

1　黒いほろ羽（ワシの腋羽）をはいだ矢。
2　滋籐を漆でぬりかためた弓。
3　毛皮のくつ。
4　以下、戦闘の様を様式的に描いたもの。蛛手は、太刀をくもの手のように八方にふり廻すこと。角縄は、ねじれ菓子。
5　あらゆる方向に透き間なく。
6　刀身を柄にとめる金具。
7　腰に差す鞘巻。

て、「悪《あし》う候、浄妙房」とて、肩をつつと跳り越えてぞ戦ひける。一来法師討死してんげり。ロ 浄妙房這這《はうはう》帰て、平等院の門の前なる芝の上に、物具脱棄《ぬぎすて》、鎧に立たる箭目《8やめ》を数へたりければ六十三、うらかく矢五処《ところ》、去れ共大事の手ならねば、所所に灸治《9かし》して、首からげ⑦浄衣衣《き》て、弓打切り杖に杖き、平履《ひらあしだ》着、阿弥陀仏申て、奈良の方《かた》へぞ罷りける。

白 浄妙房が渡るを手本にして、三井寺の大衆、渡辺党、走り続《つづき》、走続き、我も我もと行桁《ゆきげた》をこそ渡りけれ。或は⑧ぶん取して帰る者も在り、或は痛手負て腹かき切《きり》、河へ飛入《とびいる》者も在り。橋の上の軍《いくさ》、火出る程ぞ戦ける。ロ 是を見て平家の方の侍大将上総守忠清、大将軍の御前に参りて、「あれ御覧候へ。橋の上の軍手《いくさて》痛《いた》う候。今は河を可ㇾ渡《わたすべき》にて候が、折節《をりふし》五月雨の比で、水上《まさつ》て候。渡さば馬人多く失《うしなひ》候なんず。淀《よど》・芋洗《いもあらひ》へや向ひ可ㇾ候《さうらふべき》。河内路へや⑨〔廻〕り可ㇾ候《さうらふべき》」と申処に、下野《しもつけ》国住人足利又太郎忠綱進出て申けるは、強「淀・芋洗・河内路をば、天竺・震旦《しんだん》の武士を召て被ㇾ向《むけられ》候はんずるか。其れも我等こそ向ひ候はんずれ。白 目に懸たる敵を不ㇾ討《うたず》して、南都へ入《いれ》参せ候なば、吉野・戸津河の勢共馳聚《あつまつ》て、弥《いよいよ》御大事でこそ候はんずらめ。武蔵と上野の境に戸《10と》禰《ね》河《がは》と申候大河《だいが》候。秩父・

8 矢による傷跡。
9 頭を白布でつつむ。僧兵のいでたち。
10 利根川。

①②原本「弄」。以下同じ。
③諸本「さら」をくり返す。
④原本「方」
⑤原本「は」あり。
⑥原本「ちう」
⑦原本「る」あり。
⑧原本「人」あり。
⑨原本「参」

足利中を違《たがひ》、常は合戦を為《し》候しに、大手は長井の渡《わたり》[1]、搦手は故我《こが》杉渡《のわたり》[2]より寄《よせ》候しに、上野国住人新田入道、足利に被レ語《かたらはれ》、杉渡《すぎのわたり》より寄せんとて設けたる舟共を、秩父が方より皆被レ破《わら》申候しは、「只今爰を不レ渡《わたさず》〔は〕①、長き弓矢の疵成《なる》べし。水に溺て死なば死ね。いざ渡さん」とて、馬筏[3]を造て渡せばこそ渡しけめ。「坂東武者《むしゃ》の習ひとして、敵を目に懸け河を隔つる軍に、淵瀬《ふちせ》嫌ふ様や在る。拾此河の深さ疾さ②、戸禰河に幾程劣り勝《まさ》りはよも不レ在《あらじ》。続けや殿原」とて、驀先《まっさき》にこそ被二打入一《うちいれられ》たれ。続人《つづくひと》共、大胡《おほご》・大室《おほむろ》・深須《ふかず》・山上《やまがみ》・那波太郎、佐貫《さぬき》広綱四郎大夫・小野寺の禅師太郎・辺屋子《へやこ》四郎、郎等には、宇夫方《うぶかた》次郎・切生《きりふ》六郎・田中宗太《そうだ》を始として、三百余騎ぞ続きける。怒口足利大音声を揚て、「強馬《つよき》をば上手《うはて》に立てて③、弱き馬をば下手《したて》に成せ。馬の足の及ばう程は、手〔綱〕④をくれて歩ませよ。利《はつ》まばかき繰《くっ》て泳せよ。下《さが》らう者をば、弓の筈に取付〔かせ〕⑤よ。手を取組、肩を比《なら》べて可レ渡《わたすべし》。鞍壺に能く乗り定《さだまっ》て、鐙《あぶみ》を強《つよう》踏め。馬の首《かしら》沈まば引上よ。いたう引てひ〔ッ〕かづくな。水しとまば[4]、さんづ[5]の上に乗り懸れ。馬に弱う、水には強可レ当《つようあたるべし》。河中で弓引《ひく》な。敵引共相引《あひびき》すな。常に鞆《しころ》を傾《かたむけ》よ。いたう傾いて手便《てへん》射さすな。かねに[6]渡いて推落さるな。水にしなうて

1　今の埼玉県大里郡妻沼町にある。
2　今の群馬県館林市に杉の渡りがある。
3　太平記に「十万騎ノ兵同時ニ馬ヲ河水ニ打入サセ、馬筏ヲ組デ打渡ス」（四・備後三郎高徳事）と見える。この後の足利の下知「強キ馬は……」がその実態を示すか。
4　深くなって水につかる。
5　三頭。
6　直角に。

渡せや渡せ」とおきてて、[7]三百余騎、一騎も不レ流《ながさず》、向ひの岸へ颯《さつ》と渡す。⑥

口足利は[8]朽葉《くちば》の綾《あや》の直垂に、赤皮威の鎧着て、[9]高角《たかづの》打たる甲の緒を点《しめ》、金造《こがねづくり》の太刀を帯き、[10]切《きり》⑦〔斑《ふ》〕の矢負《おひ》、重藤《しげどう》の弓持て、[11]連銭葦毛なる馬に、[12]柏木に耳づく打たる金覆輪の鞍置てぞ乗たりける。鐙踏張《ふんばり》立ち上り、大音声揚て名乗りけるは、強「遠くは音にも聞き、近くは目にも見給へ。昔朝敵将門を滅し、勧賞蒙りし俵藤太秀里[13]に十代、足利の太郎俊⑧〔綱〕が子又太郎忠綱、生年《しやうねん》十七歳、白加様に無官無位なる者の、宮に向ひ参《まゐら》せて、弓を引、矢を放つ事、天の恐れ不レ少《すくなからず》候へ共、弓も箭《や》も冥加《みやうが》の程も、平家の御身の上にこそ候らめ。三位入道殿の御方に、我れと思はん人人は寄り合《あへ》や、見参せん」とて、平等院の門の内へ、責入《せめいり》責入戦ひけり。

是を見て、大将軍左兵衛督知盛、「渡せや渡せ」と被二下知《げちせられ》一ければ、二万八千余騎、皆打入れて渡しけり。馬や人にせかれて、さばかり疾《はや》き宇治河の水は、上《かみ》にぞ湛《たた》へたる。口[14]自《おのづから》も外《はづ》るる水には、何もたまらず流けり。雑人共は馬の下手⑨〔に〕取着《とりつき》取着渡りければ、膝より上《かみ》をば湿さぬ者も多かりけり。如何したりけん、伊賀・伊勢両国の官兵、馬筏推被《おしやぶられ》レ破、水に溺れて六百余騎ぞ流⑩〔され〕

7 命令して。
8 赤みをおびた黄色。
9 長い角を、かぶとの前立物として高く打った。
10 ワシ羽の黒白の斑（ふ）の別のはっきりしたもの。
11 葦毛に銭を並べたようなまだらのある毛。
12 柏の木にみみづくのとまった模様を描いた鞍。
13 秀郷が正しい。
14 たまたま。

①原本なし。
②原本「は」あり。
③諸本「よ」
④原本「網」
⑤原本「け」
⑥諸本・語り本、これにて切り、以下「宮御最期」とする。
⑦原本「羽」
⑧原本「網」
⑨原本なし。
⑩原本なし。

ける。重 萌黄・火威・赤威、色色の鎧の浮ぬ沈ぬゆられけるは、神なび山[1]の紅葉の、嶺の嵐に被ニ誘《さそ》引一《はれ》て、下 龍田河の秋暮《あきのくれ》、[2]井塞《ゐせき》に懸て流れもやらぬに不レ異《ことならず》。指 其中に火威《の》鎧着たる武者が三人、網代《あじろ》に流れ懸てゆられけるを、伊豆守見給て、

歌 伊勢武者は皆火威の鎧着て宇治の網代《あじろ》に懸《かかり》ぬる哉

是等は三人ながら伊勢国の住人也。折 黒田後平《のごへい》四郎・日野十郎・乙部弥七《をとべやしち》と云者也。其中に日野十郎は、ふる者[3]にて在ければ、弓の筈を岩の狭間《はざま》にねぢ立ててかき上り、二人《ににん》の者共を引上て扶《たすけ》たりけるとぞ聞えし。

口 大勢渡して、平等院の門の内へ入替《いれかへ》入替戦けり。此紛れに、宮をば南都へ先《さき》立参《だてまゐら》せ、源三位入道の一類残て防き矢射給《いたまふ》。

三位入道七十に余て軍して、弓手の膝口を射させ、痛《いた》でなれば、心静に自害せんとす。①平等院の門の内へ引退く。②敵《かた》き襲ひ懸りければ、次男源大夫判官兼綱、紺地の錦の直垂に、唐綾威の鎧着て、白葦毛なる馬に乗り、父を延さんと回合《かへしあはせ》回合防き戦ふ。白 上総太郎判官が射ける矢に、兼〔綱〕③内甲[4]を射させて疼処《ひるむ》に、上総守が童《わらは》次郎丸と云したたか者、押並べて引組でどうど落つ。源大夫判官は、内甲も痛手なれ共、聞《きこゆ》る大力《だいぢから》なりければ、童を取て押へて頸《くび》をかき、立

1 奈良県生駒郡にある三室山。

2 川をせきとめるところ。

3 古兵。経験の豊かな兵。

4 かぶとをかぶった正面の内側。

挙らんとする処に、平家の兵者共十四五騎、ひしひしと落重て、兼綱をば討て(ン)げり。伊豆守仲綱も痛手余《あま》た負ひ、平等院の釣殿にて自害す。其頸をば下河辺《しもかはべ》藤三郎清親、と(ッ)て大床下《おほゆかの》へぞ投入ける。口 六条蔵人仲家・其子蔵人太郎仲光も、散散に戦ひ分捕《ぶんどり》余《あま》たして、遂に討死して(ン)げり。中 此仲家と申は、帯刀先生《たちはきのせんじやう》[5]義方が嫡子也。孤《みなしご》にて在しを、三位入道養子《やうし》にして不便《ふびん》にし給しが、日比の契を不レ変《へんぜず》、一所にて死にけるこそ無慚なれ。指 三位入道は、渡辺の長七唱を召て、「我頸討て」と宣ければ、口 主《しゆ》の生頸《いけくび》討ん事の悲しさ〔に〕④、涙を波羅波羅《はらはら》と流て、「仕《つかま》(ッ)共覚《おぼえ》候はず。御《おん》自害候はば、其後こそ給候《たまはり》はめ」と申ければ、「誠にも」とて、西に向ひ高声《かうしやう》に十念[6]唱へ、最後の詞《ことば》ぞ哀なる。

歌 埋木《むもれぎ》の花咲《さく》事も無りしに身のなる果《はて》ぞ悲しかりける

初 是を最後の詞にて、太刀の先を腹に衝立臥《つきたてうつ》ぶ(ッ)様《さま》に貫《つらぬかつ》てぞ失られける。其時に歌読《よむ》べうは無りしかども、若《わかき》より強《あながち》にすいたる道なれば、最後の時も忘れ不レ給《たまはず》。指 其頸をば唱取て、泣泣石に括合《くくりあは》せ、敵の中を紛れ出て、宇治河の深き処に沈て⑤(ン)げり。

口 競滝口をば、平家の侍共、如何にもして生捕にせんと伺ひけれ共、競も先に

5 義賢が正しい。

6 十反の念仏。

①諸本「て」
②諸本「て」
③原本「網」
④原本「よ」
⑤諸本「て」なし。

心得て散散に戦ひ、大事の手負ひ腹かき切てぞ死にける。円満院大輔源覚、今は宮も遙に延させ給ぬらんとや思けん、大太刀・大長刀左右に持て、敵の中《なか》を打破り、宇治河へ飛で入り、物具一つも不ㇾ棄《すてず》水の底を潜り、向への岸に渡り着き、高処《たかき》に登り上《あがり》、大音声を揚て、強「如何に平家の君達、是迄は御大事かよう」とて、三井寺へこそ帰りけれ。

拾 飛騨守景家は、ふる兵者《つはもの》にて在ければ、此紛れに、宮は南都へや先立せ給らんとて、軍をばせず、其勢五百余騎、鞭鐙[1]を合せて追懸け奉る。案の如く、宮は三十騎計にて落させ給けるを、光明山《くわうみやうせん》[2]の鳥居の前にて追着き奉り、雨の降る様に射参せければ、何れが矢とは覚えねど、宮の左のそば腹[3]に矢一筋立ければ、御馬より落させ給て、御頸被ㇾ捕《とられ》させ給けり。白 是を見て御伴に候ける鬼佐渡・あら土左・あら太夫・理智城房の伊豆公・刑部俊秀・金光院〔の〕①六天狗、いつの為に命をば可ㇾ惜《をしむべき》とて、をめき叫んで討死す。

②其中に宮の御乳母子、六条助大夫宗信《むねのぶ》、敵は続く馬は弱し、二井野《にゐの》[4]の池へ飛で入て、浮草《うきくさ》顔に取掩ひ振ひ居たれば、敵《かたき》は前を打過ぬ。暫し在て兵者共の四五百騎ざざめいて[5]、打帰ける中《なか》に、浄衣《じやうえ》着たる死人の頸も無いを、蔀《しとみ》の下に

1 むちを打つ速さに合わせてあぶみをあおり、馬を急がせるさま。
2 相楽郡綺田にあった光明山寺。
3 わき腹。
4 綴喜郡井手町にあった贄野の池か。
5 ざわざわ話し合いながら。

舁《かい》て出きたりけるを、誰やらんと奉レ見《みたてまつ》れば、宮にてぞましましける。ロ「我死なば此笛をば棺に入よ」と仰ける、小枝と聞し御笛も、未だ御腰に被レ差《さされ》たり。走り出ても取りも着き奉《まゐらせ》ばやと思へ共、怖しければ其れも不レ叶《かなはず》。敵《かたき》皆帰て後、池より上り、湿《ぬれ》たる物共絞り着て、泣泣《なくなく》京へ上りたれば、憎まぬ者こそ無りけれ。

拾 去《さる》程に、南都の大衆直甲《ひたかぶと》七千余人、宮の御迎に参る。先陣は粉津[6]に進み、後陣は未だ興福寺《こうぶくじ》の南大門《なんだいもん》にゆらへたり。宮ははや光明山の鳥居の前にて被レ討《うたれ》させ給ぬと聞えしかば、大衆皆力不レ及《およばず》、涙を押へて留まりぬ。今五十町計待着《つけ》[③]させ給はで、討れさせ給けん、宮の御運の程こそ転手《うたて》けれ。

若《わか》宮《みやの》沙《さ》汰《た》

ロ 平家の人人は、宮幷《ならび》に三位入道の一族、三井寺の衆徒、都合五百余人〔が〕[④]頸を取り、太刀長刀の先に貫き高く指挙《さしあげ》、夕《ゆふべ》に及で六波羅へ帰り入る。兵者《つはもの》共勇み訇《ののしる》事怖しな（ン）ども愚也。其中に源三位入道の頸は、長七唱が取て宇治川

6 今の木津。古くはコヅと言った。

①原本なし。
②原本、ここに一字分空白あり。
③諸本「させ」なし。
④原本「は」

の深き処に沈めて（ン）げれば不レ見《みえざり》けり。子共の頸はあそこ爰より皆被二尋出《たづねいだされ》一たり。中に宮の御頸は、年来参り寄る人も無れば、見知《みしり》参せたる人も無し。先年[1]典薬頭定成《さだなり》こそ、御療治の為に被レ召《めされ》たりしかば、其ぞ見知《みしり》参らせたるらんとて、被レ召《めされ》けれ共、[2]現所労《げんじょらう》とて不レ参《まゐらず》。宮の常に被レ召《めされ》ける女房とて、六波羅より被二尋出《たづねいだされ》一たり。さしも不レ浅被二思食《あさからずおぼしめされ》一て、御子を産《うみ》参せ御最愛在しかば、争か可レ奉二見損《みそんじたてまつるべき》一。一目《ひとめ》見参らせて、初袖を顔に押当てて涙を被レ流《ながされ》①たるにこそ、みやの御頸共知て（ン）げれ。

口　此みやは方方に御子の宮達余《あま》た渡らせ給けり。[3]八条の女院に、[4]伊予守盛教が娘、三位つぼねとて候はれける女房の腹に、七歳の若宮、五歳の姫宮在在《ましまし》けり。入道相国、弟池の中納言頼盛卿を以て、八条女院へ被レ申《まうされ》けるは、「高倉宮の御子達の余た渡らせ給候なる、姫宮の御事は申に不レ及《およばず》、若宮をば疾疾《とくとく》出し参らさせ給へ」と被レ申《まうされ》たりければ、女院の御返事《おんぺんじ》には、折「かかる聞えの在し暁、御乳《おち》の人な（ン）どが、[5]心をさなうぐし奉て失せにけるにや、全く此御所には渡らせ不レ給《たまはず》」と仰ければ、[6]口白頼盛卿力及ばで此由を入道相国に被レ申《まうされ》けり。「何条其御所ならでは、何くへか渡給《わたり》べかんなる。其儀ならば武士共参りてさがし奉れ」

1　医療と薬種のことを司る典薬寮の長官。
2　現在病臥中と言って。
3　鳥羽院の皇女。暲子。
4　盛章が正しい。高階家。
5　軽率にも。
6　口説を右、白声を左に記す。口説もしくは白声で語るを示すか。

とぞ宣ける。ロ此中納言は、女院の御乳母子宰相殿と申女房に相具して、常に参り被レ通《かよはれ》ければ、日来は馴《なつか》しうこそ被二思食一《おぼしめされ》けるに、此宮の御事申に被レ参《まゐられ》たれば、今はあら〔ぬ〕7②人の様に疎《うとま》しうぞ被二思召一《おぼしめされ》ける。若宮、女院に申させ給けるは、「折是程の御大事に及候上は、終に逃れ候まじ。疾疾《はやはや》出させおはしませ」と申させ給ければ、女院御涙を波羅波羅《はらはら》と流させ給て、「人の七八《ななつやつ》は何事をも未だ思ひも分《わか》ぬ程ぞかし。指其に我れ故《ゆゑ》大事の出きたる事を、片腹痛く思て加様に宣ふいとほしさよ。初無レ由《よしなき》人を此六七年手ならして、懸《かか》る浮目8を見るよ」とて、御涙せきあへず。③白頼盛卿、宮出し参らさせ可レ給《たまふべき》由重て被レ申《まうされ》ければ、女院力及ばせ給はで、終に宮を出させ給《たまふ》。御母三位局、今を限りの別なれば、さこそは御名残惜う被レ思《おもはれ》けめ。泣泣御衣着せ奉り、御ぐしかき撫《なで》出し参せ給も、只夢とのみぞ被レ思《おもはれ》ける。ロ女院を始め参せて、局の女房、女《め》9の童《わらは》④に至る迄、涙を流し袖を絞らぬは無けり。頼盛卿宮請取《うけ》参せ、御車に載《のせ》奉て、六波羅へ渡し奉る。

前右大将宗盛卿、此宮を見参せて、父の相国禅門の御前におはし在《まし》て、「何と候やらん、此宮を奉レ見《みたてまつ》るが、余りにいとほしう思参せ候。理を枉《まげ》てこのみ

7 別人のようによそよそしく。

8 憂き目。

9 下部の女。

①諸本「け」

②原本「ず」

③諸本「ず」を「させ給はず」とする。

④原本「母」あり。

やの御命をば宗盛に給《たび》候へ」と被《まうされ》レ申ければ、入道「去《さ》らば疾疾《とうとう》出家をせさせ奉れ」とぞ宣ける。宗盛卿此由を八条院に被《まうされ》レ申ければ、女院「[1]何の様も在べからず。只疾疾《とうとう》」とて、法師に奉《なしたてまつり》レ成、中[2]釈子に被《さだまらせ》レ定給て、[3]仁和寺御室の御弟子《みでし》に成し参らさせ給けり。後には[4]東寺の一の長者、安井の宮の僧正道尊《だうそん》と申せしは、此宮の御事也。①ロ 又奈良にも一所《いつしよ》在在《ましまし》けり②。御乳母讃岐守重秀《しげひで》が御出家せさせ奉り、具し参らせて北国へ落下りしを、木曽義仲上洛の時、主に為《し》参らせんとて具し奉て都へ上り、御元服せさせ参らせたりしかば、木曽が宮共《とも》申けり。又還俗宮《げんぞくの》共申けり。後には嵯峨の辺野依《のより》に渡らせ給しかば、野依宮《のよりの》共申けり。

重 [5]昔通乗《とうじよう》と云相人《さうにん》在り。宇治殿[6]・二条殿[7]をば、「君三代[8]の関白、共に御年八十」と申たりしも不《たがはず》レ違。帥[9]の③〔うちの大臣《おとど》〕をば、「流罪の相在《まし》ます」と申たりしも不《たがはず》レ違。下 聖徳太子の崇峻《しゆじゆん》天皇を、「横死《わうし》[10]の相在《まし》ます」と申させ給たりしが、馬子の右大臣に殺され給にき。さも可《しかるべき》レ然人人は、[11]必ず相人としも在ね共、角《かう》こそ目出度かりしか。[12]是は相《さう》少納言が不覚には在ずや。初 中比《なかごろ》兼明《けんめい》親王・具平《ぐへい》親王と申せしは、前中書王《ぜんちゆうしよわう》・後中書王とて、共に賢王聖主の王子にて渡らせ給し

1　何の異存もありません。
2　釈氏が正しい。釈迦。ここは僧侶。
3　当時の御室は守覚法親王。
4　東寺の業務を総括しておさめる長者四人の中の首席。
5　古事談六に洞昭として見える。
6　藤原頼通。
7　藤原教通。
8　天皇三代に仕える関白。
9　藤原伊周。太宰権帥で内大臣にもなった。
10　不慮の死。
11　聖徳太子らを指す。
12　相性がよかった。

か共、位にも即せ不レ給《たまはず》。去れ共いつかは謀叛を起させ給し。白 又後三条院の第三の王子、資仁《すけひとの》[13]親王も御才学勝れて在在《ましまし》ければ、白河院未だ東宮にて在在《ましまし》時、「御位の後は、此宮を位には即《つけ》参らさせ給へ」と、後三条院、御遺詔《ごゆいぜう》ありしか共、白河院如何思食《おぼしめ》されけん、終に位にも即参らさせ不レ給《たまはず》。せめての御事には、資仁親王の御子に源氏の姓《しやう》を授け参らさせ給て、無位より一度に三位に叙して、軈て中将に成し被レ参《まゐら》させ給けり。一世《いつせ》の源氏、無位より三位する事、嵯峨の皇帝の御子、陽成院の大納言定《さだむの》卿の外は、是始めとぞ承はる。ロ 花園左大臣有仁《ありひと》[14]公の御事也。

高倉宮の御謀叛の間、〔調〕④伏の法承て被レ修《しゆせられ》ける高僧達に、勧賞被レ行《おこなはる》。前右大将宗盛卿の子息侍従清宗《きよむね》三位して三位侍従とぞ申ける。今年纔《わづか》に十二歳、父の卿も此齢《よはひ》では兵衛佐にてこそおはせしか。忽に上達部《かんだちめ》[15]に上《あがり》給事、一《いち》[16]の人《ひと》の公達の外は、未だ承り不レ及《およばず》。初 源の茂仁《もちひと》・頼政法師父子追討の賞とぞ除書《ききがき》[17]には在ける。源の茂仁とは高倉宮を申けり。正《まさ》しい太上《だいじやう》法皇の王子を奉レ討《うちたてまつる》だに在に、凡人に〔さへ〕⑤奉レ成《なしたてまつる》ぞ浅間敷《あさまし》き。

13 輔仁が正しい。
14 後三条源氏。仁和寺の花園に住んだ。
15 関白・大臣・大中納言・参議。位は三位以上の者。
16 摂政関白。
17 除目の次第を記したもの。

①諸本、これにて切り、以下「通乗之沙汰」
②原本「て」あり。
③原本「宇治の乙人」
④原本「朝」
⑤原本なし。

頼政昇殿《よりまさしようでん》幷《ならびに》三位《さんみ》射レ鵼《ぬえをいる》事《こと》

口 抑《そもそも》源三位入道と申は、摂津《つの》守頼光《らいくわう》に五代、三河守頼綱《よりつな》が孫、兵庫頭仲正《かみなかまさ》が子也。保元の合戦の時御方[1]にて先を懸たりしか共、指《させ》る賞にも不レ預《あづからず》。又平治の逆乱《げきらん》にも、親類[2]を棄て参じ為《たり》しか共、恩賞是疎《おろそか》也〔き〕①。〔大〕②内守⑧護にて年久《ひさ》敷《しく》在しか共、昇殿[3]をば不レ被レ許《ゆるされず》。年高《とした》け齢傾て後、述懐の和歌一首読うでこそ、昇殿をば被レ許《ゆるされ》け〔れ〕④。

歌 人知れず大内山の山守りは木隠れてのみ月を見かな

指 此歌〔に〕⑤依て昇殿被レ許《ゆるされ》、正下《じやうげ》の四位にて暫く在しが、三位を心に懸つつ、

歌 上《のぼ》るべき便《たよ》り無《なき》身は木の下《もと》にしい[4]を拾ひて世を渡哉《わたるかな》

白 去てこそ三位は〔し〕⑥たりけれ。軈て出家して源三位入道とて、今年《こんねん》は七十五にぞ被レ成《なられ》ける。

此人一期《いちご》の高名《かうみやう》と覚えし事は、近衛院《こんゑの》御在位の時、仁平の比ほひ、主上夜な夜なおびえたまぎらせ[5]〔給〕⑦事在けり。有験《うげん》の高僧貴僧に仰せて大法秘法を

1 後白河天皇の御方。
2 一族の源義朝ら。
3 清涼殿の殿上の間への昇殿。
4 椎と四位とをかける。
5 気絶する。

被《しゆせられ》レ修けれ共、其験《しる》し無し。御悩は丑の刻計《ばかり》で在けるに、東三条の森の方より、黒雲一村立来て御殿の上に掩《おほ》へば、必ずおびえさせ給けり。口是に依て公卿僉議在り。去寛治の比ほひ、堀河天皇御在位の時、如《しかのごとく》レ然主上夜な夜なおびえさせ給事在りけり。其時の将軍義《ぎ》家《かの》朝臣、南殿の大床《おほゆか》に候はれけるが、御悩の刻限に及で、鳴絃《めいげん》6する事三度の後、強高声《かうしやう》に「前《さきの》陸奥守源義家《よしいへ》」と名乗たりければ、人人皆身の毛よだ(ッ)て、御悩怠らせ給けり。白然れば即先例に任《まか》せて、武士に仰せて警固可《あるべし》レ在とて、源平両家の兵共の中を被《えらばれ》レ撰けるに、頼政を被《えらびいだされ》ニ撰出一たりけるとぞ聞えし。其時は未だ兵庫頭7とぞ申ける。頼政申けるは、「昔より朝《てう》家《か》に武士を被《おかるる》レ置事は、叛逆の者を退け、違勅の者を滅さんが為也。目にも見えぬ変化《へんげ》の物仕れと被《おほせくださるる》ニ仰下一事、未だ承り不《およばず》レ及」と申ながら、勅定なれば召しに応じて参内す。拾頼政は憑み切た⑧〔る〕郎等、遠江国住人井早太《ゐのはやた》に、母衣《ほろ》8のかざぎりはいだる矢負せて、只一人《いちにん》ぞ具したりける。我身は二重《ふたへ》の狩衣に、山鳥9の尾を以て作《はい》だるとがり矢10二筋、重藤の弓に取副《とりそへ》て、南殿の大床に伺候す。頼政矢を二つ手挟《たばさ》みける事は、雅頼卿其時は未だ左少弁にておはしけるが、「変化《へんげ》の物仕らんずる仁は、頼政ぞ候」と撰び被《まうされ》レ申たる間、一の矢に変化の

6 弓の弦をはじいて、その音で魔障の接近を退けること。
7 兵器を司る兵庫寮の長官。
8 腋羽の短い毛。
9 キジなどの山鳥の尾羽。
10 狩猟や実戦に用いる尖矢。

①原本「幾」
②原本「太」
③原本「の」あり。
④原本「り」
⑤原本「て」
⑥原本「へ」
⑦原本「終」
⑧原本「り」

物を射損ずる者ならば、二[1]の矢には雅頼《の》弁のしや[2]頸《くび》の骨を射んと也。ロ日比人の申に不レ違《たがはず》、御悩の刻限に及で、東《とう》三条の森の方より、黒雲一村立来〔て〕①、御殿の上に靉靆《たなびい》たり。頼政きつと見挙たれば、雲の中に怪しき物の姿在り。是を射損ずる者ならば、世に可レ在《あるべし》とは不レ思《おもはざり》けり。拾乍レ去《さりながら》も箭取て番《つが》ひ、南無八幡大菩薩と心の中に祈念し、よ(ッ)射《びい》て兵《ひやう》ど射る。手答へしてはたと当る。「得たりやおう」と箭叫《やさけび》をぞしたりける。井早太《ゐのはやた》つ(ッ)と寄り、落る処を押へて続け様に九刀《ここのかたな》ぞ差たる。②其時上下手手《てんで》に火を燃《とも》いて、是を御覧じ見給に、首《かしら》は猿、むくろは狸、尾は蛇《くちなは》、手足は虎の姿也。啼声《なくこゑ》、鵼《ぬえ》にぞ似たりける。怖ろしな(ン)ども愚也。ロ主上御感の余りに、獅子王と云御剱を被レ下《くだされ》けり。[3]宇治左大臣殿是を給り次《つい》で、頼政に給《た》ばんとて、御前の[4]鴈歯《きざはし》を半計《なかばばかり》下させ給へる処に、ころは卯《う》月《づき》十日余りの事なれば、雲井に郭公《ほととぎす》二声三声音信《おとづれ》てぞ通ける。其時左大臣殿、

歌　時鳥《ほととぎす》名をも雲井に揚《あぐ》る哉《かな》

指　と被レ仰《おほせられ》たりければ、頼政右の膝をつき、左《ひだん》の袖を広げ、月を少《すこし》そば目に懸《かけ》つつ、

[5]歌　弓張月《ゆみはりづき》の[6]いるに任せて

1 一の矢に続けて射る矢。
2 相手の頸をののしって言うことば。
3 藤原頼長。
4 階。紫宸殿への正面の階段。
5 語り本「下」とあり。下歌のことか。
6 射ると入るとをかける。

初 と仕り、御剱を給て罷出づ。白「弓矢を取て無ㇾ双《ならびなき》のみならず、歌道も勝れたりけり」と〔ぞ〕③、君も臣も御感在ける。さて彼変化の物をば、7空舟《うつほぶね》に入て被ㇾ流《ながされ》けるとぞ聞えし。

ロ 又去応保《おうほう》の比ほひ、二条院御在位の時、鵼と云化鳥《けてう》禁中に鳴て屢《しばしば》宸襟を悩す事在き。先例を以て頼政を被ㇾ召《めされ》けり。重 ころは五月《さつき》二十日余《あまり》のまだ宵《よ》ひの事なるに、鵼只一声音信《おとづれ》て、二声共不ㇾ鳴《なかざり》けり。目指共《めざすとも》知ぬ暗では在り、姿形も不ㇾ《みえ》見《ざ》れば、矢つぼを8何《いづ》く共難ㇾ定《さだめがたし》。拾 頼政策《はかりこと》に、先づ大鏑を取て番《つがひ》、鵼の声しつる内裡の上にぞ射上たる。鏑の音に驚て、虚空に暫しひひめいたり。ロ 二の矢に小鏑取て番ひ、ふつと射切て、鵼と鏑と並べて前にぞ落したる。ロ 禁中ざざめきあへり。御感不ㇾ斜《ななめならず》、御衣を覆《かづけ》させ給ひけるに、其時は大炊御門の右大臣公《きん》能《よし》公、是を給り次《つい》で、頼政に覆《かづけ》させ給ふとて、折「昔の9養由《やういう》は雲の外《ほか》の鴈を射き。今の頼政は、雨の中に鵼を射たりとぞ」被ㇾ感《かんぜられ》ける。

歌 五月暗《さつきやみ》名を顕《あらは》せる今夜《こよひ》哉《かな》

白 と被ㇾ仰《おほせられ》たりければ、頼政

歌 たそかれ時《どき》も過ぬと思ふに

7 木をくりぬいて作った舟。

8 矢のねらいどころ。

9 楚の弓の名人。

①原本「に」
②諸本「りける」
③原本「て」

初と仕り、御衣を肩に懸て退出す。中其後伊豆国①給り、子息仲②〔綱〕受領に成し、我身三位し③〔て〕、丹波の五箇庄[1]、若狭とう宮河[2]④〔を〕知行して、さておはすべかりし人の、無レ由《よしなき》謀叛起《おこ》いて、宮をも失なひ、我身も、⑤子孫も、滅《ほろび》ぬるこそ転手《うたて》けれ。

三井寺《みゐでら》炎上《えんしやう》

口日比《ひごろ》は山門の大衆こそ乱⑥〔り〕がはしき訴へ仕るに、今度は穏便《をんびん》を存じて音もせず。「南都・三井寺、或は宮請《うけ》取奉り、或は宮の御迎へに参る、是以て朝敵也。去《され》ば三井寺をも南都をも可レ被レ責《せめらるべし》」とて、同五月二十七日、大将軍には入道の四男頭《とうの》中将重衡、副将軍には、薩摩守忠度、都合其勢一万余騎で、園城寺へ発向す。拾寺[3]にも堀掘り、かき楯[4]かき、逆茂木引て待懸たり。卯刻《うのこく》に矢合して、一日戦ひ暮す。防く所の大衆以下《いげ》の法師原、三百余人迄被レ討《うたれ》にけり。夜《よ》軍《いく》さに成て、暗さは暗し、官軍寺中に責入て、火を放つ。焼処《やくるところ》、本覚院・成喜院[5]《じやうき》・真如院・華園院[6]《けをん》・普賢堂・大宝院・清瀧院《しやうりゆう》・教大和尚[7]《けうだいくわしやう》の本坊、幷《ならび》に本尊等、八

1 京都府船井郡日吉町五ケ荘。
2 未詳。
3 三井寺。
4 搔楯。垣根のようにたて並べた楯。
5 常喜院が正しい。
6 桂園院か。
7 教待が正しい。

間四面の大講堂・鐘楼《しゆろう》・経蔵《きやうざう》・灌頂堂・護法善神の社壇、新熊野《いまぐまの》の御宝殿、惣《すべ》て堂舎塔廟六百三十七宇《う》、大津の在家《ざいけ》一千八百五十三宇、[8]智証の渡し給へる一切経七千余巻、仏像二千余体、⑦〔忽《たちまち》〕烟に成こそ哀《かな》しけれ。中 [9]諸天五妙の楽みも此時長く尽き、[10]龍神三熱の苦も弥《いよいよ》盛んなるらんとぞ見えし。

初 其れ三井寺は、近江の[11]義大領が私の寺為《たり》しを、天武天皇に寄せ奉て、[12]御願と成す。[13]本仏も彼御門《かのみかど》の御本尊、然《しかる》を生身《しやうじん》の弥勒《みろく》と聞え給し教大和尚、百六十年行なうて、[14]大師に付嘱《ふぞく》し給へり。初中 [15]都士多天上摩尼《としたてんじやうまに》宝殿より天降《あまくだ》り⑧遙に[16]竜華下生《りゆうげげしやう》の暁を待せ給ふとこそ聞つるに、こは如何にしつる事共ぞや。初 大師此処を伝法灌頂の霊迹として、[17]ゐけすいの三[18]つを結び給し故にこそ、三井寺とは名付たれ。懸る目出度き聖迹《せいぜき》なれ共、今は何ならず。重 顕密須臾《しゆゆ》に滅びて、伽藍更に迹も無し。三密道場も無れば、鈴《れい》の声も不レ聞《きこえず》。下 一夏《いちげ》⑨〔の〕花も無れば、閼伽⑩〔の〕音もせず。初 宿老碩徳《せきとく》の名師《めいし》は行学《ぎやうがく》に怠り、受法相承《さうじよう》の弟子は又経教《きやうげう》に別れたり。ロ 寺の長吏[19]園慶法親王、天王寺の別当を被レ留《とどめらる》。其外《そのほか》僧綱十三人被二闕官《けつくわんぜられ》一、皆検非違使に被レ預《あづけらる》。悪僧⑪〔筒〕井の浄妙明秀に至《いたる》迄三十余人被レ流《ながされ》けり。「懸《かか》る天下の乱れ、国土の噪ぎ、ただ事共不レ覚《おぼえず》。初 平家の世の末に成ぬる先表《ぜんぺう》やらん」

8 智証大師円珍。
9 宮商角徴羽の五つの調子により構成される音楽。五妙音楽。
10 長阿含経などに説かれる、龍の受ける三つの苦しみ。
11 擬大領が正しい。郡司に擬せられる者。
12 御願寺。
13 本尊。
14 智証大師。
15 弥勒菩薩は都土多天の摩尼宝殿から下ると言われる。
16 龍華樹の下に生れ変る。
17 井花水。早朝汲む清浄な水。
18 水の誤り。
19 円恵が正しい。

①原本「守」あり。
②原本「網」
③原本「き」
④原本なし。
⑤諸本「子孫も」なし。
⑥原本「れ」
⑦原本「忽忽」
⑧原本「ける」あり。
⑨原本「も」
⑩原本「も」
⑪原本「箇」

とぞ申ける。

平家巻第四

平家巻第五

都《みやこ》遷《うつり》

口

治承四《ぢしようし》年《ねん》六月三日、福原へ行幸《ぎやうがう》在べしとて、京中ひしめきあへり。[1]此日来[2]都遷り可レ在《あるべし》と聞《きこえ》しかども、忽に今明《[3]きんみやう》の程〔と〕[①]は不レ思《おもはざり》つるに、こは如何にと上下噪《さわ》ぎあへり。剰《あまつさへ》三日と被レ定《さだめられ》たりしが、今一日《ひとひ》引上て二日[4]に成にけり。二日の卯刻《うのこく》に、既に行幸の御輿を寄たりければ、主上《[5]しゆしやう》は今〔年三〕[②]歳、未だ幼《いとけ》なう在《まし》ましければ、何心も無う被レ召《めされ》けり。主上少《をさ》なう渡せ給時の御同輿《ごとうよ》には、母后〔こそ〕[③]被レ参《まゐら》せ給ふに、是は其儀無し。御乳母平大納言時忠卿の北の方〔帥〕[④]のすけ殿ぞ、一つ御輿に被レ参《まゐられ》ける。中宮[6]・一院[7]・上皇[8]御幸なる。摂[9]政殿を奉レ始《はじめたてまつり》、[10]太政大臣以下《いげ》の公卿殿上人、我も我もと被ニ供奉一《ぐぶせらる》白。三日福原へ被レ入《いらせ》給。池中納言頼盛の卿の宿所、皇居に成る。同四日、頼盛家の賞として、[11]正二位し給。[12]九条殿《の》御子、右大将能通卿[13]被レ越《こえられ》給け〔り〕[⑤]。[14]摂禄《せつろく》の臣の御子息、[15]凡人《ぼんにん》の次男に加階被レ越《こえられ》給事、是れ始とぞ聞えし。

1 騒然とした。
2 近く。
3 今日明日。
4 玉葉の同日の条に行幸の儀が見える。
5 安徳天皇。
6 建礼門院。
7 後白河院。
8 高倉上皇。
9 藤原基通。
10 当時、太政大臣は闕。
11 頼盛は、それ迄従二位であった。
12 藤原兼実。
13 良通が正しい。当時従二位だった。
14 摂関家。
15 凡人である平氏の次男頼盛。当時、たとえば藤原良通が権中納言従二位であった。

①原本なし。
②原本なし。
③原本「御そ」
④原本「輔」
⑤原本「る」

口 去程《さるほど》に、法皇を入道相国やうやう思《おもひ》[1]なほいて、鳥羽殿を出し奉り、都へ入れ被《まゐらせ》レ参たり〔し〕①が、高倉宮[2]の御謀叛に依て、又大に憤り、福原へ御幸成し奉る。四面に鰭板《はたいた》[3]して、口一つ明《あき》たる内に、二間《の》板屋を造て押籠被《まゐらす》レ参。守護の武士には、原田大夫種直《たねなほ》[4]ぞ候ける。輙《たやすう》人の参り通ふ事も無ければ、童部《わらはべ》[5]は、籠[6]の御所とぞ申ける。聞《きく》[7]もいまいましう怖しかりし事共也。折 法皇「今は世の政《まつりごと》聞食《きこしめさ》ばやとは、露も思食不《おぼしめしよらず》レ寄。只山山寺寺修行して、御心のままに慰まばや」とぞ〔おほ〕②せける。口 凡平家の悪行《あくぎやう》に於ては極り[8]ぬ。「去《さん》ぬる安元より以降《このかた》、多《おほく》の卿相雲客、或《あるひは》流し、或《あるひ》は失なひ、関白奉《くわんばくながしたてまつり》レ流、[9]吾聟を関白に成し、法皇を城南《せいなん》の離宮に奉《うつしたてまつり》レ遷、第二の皇子高倉宮を奉《うちたてまつる》レ討。今残る所都遷りなれば、加様にし給にや」とぞ人申しける。

中 都遷りは非《せんじようなきにあらず》レ無二先蹤一。神武天皇と申は、地神《ちじん》[10]五代の帝、彦波瀲武鸕鷀草不《ひこなぎさたけうかやふき》二葺合《あはせずのみこと》一尊の第四の皇子、御母は玉より姫[11]、海人《かいじん》の娘也。神の代十二代[12]の迹を承《う》け、人代《にんだい》[13]百王の帝祖也。怒口 辛酉歳《かのとのとりのとし》、日向国宮崎郡にして、皇王《くわうわう》の宝祚を継ぎ、五十九年と云(ッ)し己未歳《つちのとひつじのとし》十月に東征して、豊葦原《とよあしはら》中津国に留まり、拾 此比《このころ》大和国と名付たる畝火《うねび》[14]の山を点じて〔帝都をたて、〕③柏原の地を伐掃《きりはらつ》て、宮室を造

1 考えなおして。
2 巻四に見える以仁王の叛乱。
3 板がこい。
4 大蔵氏。太宰大監種平の子。その先祖は今の福岡県筑紫郡筑紫野町原田の出身。
5 京の町に住む人々。京童。
6 牢に同じ。
7 聞くのもつつしむべき、おそろしいことだ。
8 極に達した。
9 藤原基通。
10 天神に対する、天照大神以下五代。その五代目の帝である彦波瀲武鸕鷀草不葺合尊。
11 玉依姫。海神の娘と言う。
12 天神七代と、上述の地神五代、都合十二代。
13 神代に対し、神武天皇以下の天皇。
14 畝傍山。

り給へり。是を柏原宮《かしはらのみや》と名付たり。怒口自レ其以降《それよりこのかた》、代代の帝王都を他国他所へ被《うつさ》レ移《るる》事、三十度に余り、四十度に及べり。初神武天皇より景行天皇迄十二代は、大和国郡郡《こほりごほり》に都を立て、他国へは終《つひ》に不レ被レ移《うつされず》。中然《しかる》を、成務《せいむ》天皇元年に近江国にうつ④〔つ〕て、志賀郡に都を立《たつ》。拾仲哀天皇二年に、長門国に⑤〔移〕て、15豊《とよ》良《らの》郡に都を立《たつ》。其国の彼都にて、御門隠れさせ給しかば、⑥〔后〕16神宮皇后御世《おんよ》を被二請取一給《うけとらせたまひ》、17女体として、鬼界・18高麗《かうらい》・契丹《けいたん》迄責《せめ》従へさせ給けり。異国の軍を靖《しづめ》させ給て後、筑前国三笠郡19にして、皇子御誕生、其処をば宇美《うみの》宮とぞ申たる。かけまくも忝なく、20やはたの御事是也。⑦怒口位に即《つか》せ給ては応神天皇とぞ申。其後神宮皇后は、大和国にうつ⑧〔つ〕て、21岩根稚桜《いはねわかざくら》宮におはし在《ま》す。初応神天皇は、22軽島明宮《あけのみや》に住せ給《たまふ》。重仁徳天皇元年に、摂津国《つのくに》難波にうつ⑨〔つ〕て、高津《たかつ》宮《に》おはします。履中天皇二年に、大和国に移て、十市《とをちの》郡に都を立《たつ》。拾反正《はんせい》天皇元年に、河内国に移て、23柴垣《しばがき》宮に住せ給。允恭《いんぎよう》天皇四十二年に、又大和国にうつ⑩〔つ〕て、飛鳥《とぶとり》のあすか宮におはします。口雄略天皇二十一年に、同国泊瀬《はつせ》24あさくらに宮居し給。継体天皇五年に、山城国綴喜《つづき》にうつ⑪〔つ〕て十二年、其後、乙訓《をとぐに》に宮居し給。宣化天皇元年に、又大和国に帰て、25桧隈《ひのくま》の入野《いるのの》宮におは

15 豊浦郡が正しい。
16 神功皇后が正しい。
17 女帝が正しい。
18 新羅征伐を誇示したもの。
19 現在の糟屋郡。古く御笠と書く。
20 八幡宮。
21 磐余が正しい。
22 現在の橿原市大軽町。
23 現在の大阪府松原市上田町。
24 朝倉。
25 高市郡明日香村。

①原本なし。
②原本「思」
③原本なし。
④・⑧・⑨・⑩・⑪原本、いずれも「し」
⑤原本「傍」
⑥原本「姫」
⑦原本「雄略天皇」あり。

します。孝徳天皇大化元年に摂津国長良[1]《ながら》にうつ①〔つ〕て、豊崎の宮に住せ給。斉明《さいめい》天皇二年又大和国に帰て、岡本[2]宮におはします。天智天皇六年に、近江国にうつ②〔つ〕て、大津宮に住せ給。天武天皇元年に猶《なほ》大和国に帰て、岡本の南の宮に住せ給。是を清見原御門《きよみばらのみかど》と申き。持統《ぢとう》・文武《もんむ》二代の聖③〔朝〕は、同国[3]藤原宮におはします。初元明《げんめい》天皇より光仁皇后迄七代は、奈良都《の》に住せ給。

口然《しかる》を桓武天皇、延暦三年十月二日、奈良京春日《かすがの》里より山城国長岡[4]にうつ④〔つ〕て、十年と云し正月に、大納言藤原小黒丸《をぐるまる》・参議左大弁紀[5]のこさみ・大僧都玄[6]《げん》慶《けい》等を遣して、当国賀殿[7]《かどの》郡宇多村を見せらるるに、両人共に奏して云、折「此地の体を見るに、[8]左青龍《さしやうりゆう》・右白虎《うびやくこ》・前朱雀《ぜんしゆしやく》・後玄武《ごげんむ》・四神《しじん》相応の地也。尤《もつとも》帝都を定むるに足れり」と申。白仍《よつて》乙城《をたぎ》郡におはします賀茂大明神に告げ申させ給て、延暦十三年十一月二十一日、長岡京より此京へ被レ移《うつされ》て後、帝王⑤〔三十二代、星霜は三百八十余歳の春秋をおくりむかふ。口「昔より代々の帝王、」国国所所に多《おほく》の都を被レ立《たてられ》しか共、如レ此《かくのごとき》の勝地[9]は無《なし》」とて、桓武天皇殊に執し思《おぼし》食《め》し、大臣公卿諸道の才人に仰せ合せ、長久なるべき様とて、土にて八尺の人形を作り、鉄の鎧甲を着せ、同じう鉄の弓矢を持せて、東山嶺《ひがしやまのみね》に西向《にしむき》に立て

1　長柄が正しい。現在の大阪市東区にある。
2　明日香村。
3　明日香村。
4　長岡京市。
5　紀古佐美。
6　賢璟が正しい。
7　葛野郡が正しい。今は京都市。
8　東に流水（賀茂川）あるを左青龍、西に大道（西大道）あるを右白虎、南に沢畔（南鳥羽の田地）あるを前朱雀、北に高山（比叡山）あるを後玄武とする。
9　すぐれた土地。

て[10]被レ埋《うづまれ》けり。「末代に此都を他国へうつす事あらば守護神と可レ成《なるべし》」とぞ御約束在ける。初去れば天下《てんが》に事出こんとては、此塚必《かならず》鳴動す。将軍が塚とて今に在り。⑥口桓武天皇と申は、平家の曩祖《なうそ》[11]にておはします。中にも此京をば平安城と名付《かけ》て、平き安き都と書り。尤《もつとも》平家の可レ崇《あがむべき》都也。先祖の御門のさしも執し被二思《おぼしめ》食一《され》たる都を、指《させ》る無レ故《ゆゑなく》他国他所へ被レ遷《うつさるる》こそ浅間しけれ。嵯峨皇帝の御時、平城《の》先帝、内侍[12]のかみの勧めに依て、世を乱り給し時、既に此京を他国[13]へ移さんとせさせ給しを、大臣公卿、諸国の人民《にんみん》背き申《まうし》しかば、不レ被レ移《うつされず》して止《やみ》にき。一天の君、万乗の主だにもうつしえ給ぬ都を、入道相国、人臣《じんしん》の身として被レ移《うつされ》けるぞ怖敷《おそろし》き。

旧都は哀れ目出度《めでた》かりつる都ぞかし。重王城守護の領守は四方[14]《しはう》に光を和げ、⑦〔霊〕《れい》験《げん》殊勝の寺寺は、上下に⑧〔甍〕《いらか》を並べ給ひ、下百姓万民無レ煩《わづらひなく》、[15]五畿七道も有レ《たより》便《あり》。去共《されども》、今は辻辻を皆掘切て、車な〔ン〕ど輒《たやすく》行通《ゆきかよふ》事もなし。[16]薢苢《たまさか》に行人も、小車に乗り道を歴《へ》てこそ通りけれ。初[17]軒を争ひし人の栖居《すまゐ》、日を歴《へ》つつ荒行《あれゆく》。家家は賀茂河・桂河に壊《こぼち》入れ、筏に組み浮べ、初中資財雑具舟に積み、福原へとて運《はこび》下《くだ》す。唯成りに花の都[18]夷中《ゐなか》に成《なる》こそ哀《かな》しけれ。⑨指何者の為態《しわざ》にや在けん、故き都

10 長楽寺の東にあたる。
11 先祖。
12 内侍は尚侍が正しい。藤原薬子とその兄仲成のすすめにより、平城天皇、重祚を志して果たさなかった。
13 平城の京に移そうとした。
14 仏が光を和らげて神となって現れ。
15 日本全国。
16 まれに。
17 軒の高さを争ってほこっていた。
18 田舎。

①・②・④原本「し」
③原本「庿」
⑤原本誤脱。
⑥語り本、これより「新都沙汰」をたつ。
⑦原本「聖」
⑧原本「薨」
⑨原本、一字分の空白あり。

の内裏の柱に、二首の歌をぞ書たりける。

歌　百歳《ももとせ》を[1]四回《よかへ》り迄に過ぎきにし乙城《をたぎ》の里の荒や果なん

①歌　笑《さ》き出る花の都を振弃《すて》て風[2]ふく原の末ぞ危き

ロ　同六月九日、新都の事始め可レ在《あるべし》とて、[3]上卿《しやうけい》徳大寺左大将実定の卿、土御門宰相中将[4]通信《とうしん》卿、[5]奉行の弁には蔵人左《の》少弁行隆、官人共召具して、和田の松原の西の野を点じて[6]九城《くじやう》の地を被レ破《わられ》けるに、一条より下五条迄は其所在て、五条より下は無りけり。[7]行事官帰り参て此由を奏聞す。さらば播磨の[8]印南野《いなみの》か、猶摂津国の[9]児屋野《こやの》かな（ン）ど云公卿僉議在しか共、[10]事可レ行《ゆくべし》共不レ見《ともみえざり》けり。

中　旧都をば既にうかれぬ、新都は未だ事不レ行《ゆかず》。在りとし在人《あるひと》は、身を浮雲の思ひをなす。本《もと》此所に栖者《すむもの》は、地を失て愁《うれ》へ　今移る人人は、土木《とぼく》の煩ひを歎きあへり。惣《すべ》て只夢の様なりし事共也。指　土御門宰相通信《とうしん》卿被レ申《まうされ》けるは、色「異国には、[11]三条の広路を開て十二[12]洞門《とうもん》を立《たつ》と見えたり。ロ　況や五条まで在ん都に、などか内裏を可レ不レ立《たてざるべき》。[13]且且《かつがつ》さと[14]内裏可レ造《つくるべき》」由議定在て、五条大納言[15]国綱卿、臨時に周防の国を給て、可レ被二造進一《ざうしんせらるべき》由《よし》、入道相国計ひ被レ申《まうされ》けり。此国綱卿は、[16]大福長者にておはすれば、造被レ出《つくりいだされ》んこと、左右《さう》に及ばね共、如何《いかん》が国の費《つひ》え、

1 平安遷都以来、約四百年。
2 風が吹くと、福原の福とをかける。
3 納言以上を以て補任する、公事担当の上席の公卿。
4 通親が正しい。村上源氏。
5 上卿に対し、その命をうけて事務を行う弁官。
6 九条が正しい。
7 事を行う官人。
8 兵庫県の加古郡・印南郡にまたがる平野。
9 今の伊丹市の西。
10 事をはこぶ。
11 文選の西都賦に「披二三条之広路一、立二十二之通門一」とある。
12 通門が正しい。
13 不十分ながら、とりあえず。
14 里内裡。
15 邦綱が正しい。
16 大変豊かな人。

民の煩ひ可《なかるべき》レ無。指し②〔当つたる〕大事、大嘗会な(ン)どの可《おこなはるべき》レ被レ行を差置て、かかる世の遷都造内裏、少しも不《さうおうせず》二相応一。「[中17]古へ賢こき御代には、即《すなはち》内裏に茨《かや》を葺き軒をだにも不《ととのへず》レ調。烟の乏《とぼ》しきを見給時は、有《かぎりある》レ限御つぎ物をも被《ゆるされ》レ許き。是則《すなはち》民を恵み国を扶《たす》け給ふに依て也。[初18]楚の章華の台を立てて、黎民《れいみん》あらけ、秦[19]の阿房殿《あはうでん》を起して、天下《てんが》乱ると云へり。[20]茅茨不《ばうしきらず》レ剪、采椽不《さいてんけづらず》レ削、周車不《かざらず》レ巾、[21]衣服無《あやなかり》レ文ける世も在けん者を。[初中]されば唐太宗は、離[22]③〔山宮〕を為《つくつ》て、民の費をや④〔はばからせ〕給けん、遂に無《りんかうなくして》二臨幸一[23]瓦に松生《まつおひ》、墻《かき》に蔦《つた》茂りて止にけるには、相違哉」とぞ⑤〔人〕申ける。

月《つき》見《み》

ロ 六月九日、新都の事始め[24]、八月十日上棟、十一月十三日遷幸と被《さだめらる》レ定。旧き都は荒行けば、今の都は繁昌す。あさましかりつる夏も過ぎ、秋にも既に成にけり。やうやう秋も半《なかば》に成行けば、福原の新都に在在《ましします》人人、名所の月を見んとて、[重]或は源氏の大将の昔の迹を忍つつ、須磨より明石の浦伝ひ、淡路の節《せ》度《と》[25]を

17 仁徳天皇の故事を言う。このあたり方丈記の「伝へ聞く、古の賢き御世には、憐みを以て国を治め給ふ……」による。
18 文選の東都賦に「楚築二章華於前一、趙建二叢台於役一」とある。
19 秦の始皇帝が華美を尽くして建てた。
20 この句、帝範に見える。
21 舟車が正しい。
22 驪山宮が正しい。
23 白氏文集に「翠華不レ来歳月久、墻有レ衣兮瓦有レ松」とある。
24 造営始め。
25 瀬戸。海峡。

① 語り本「下」とある。「下歌」の意か。
② 原本「当る」
③ 原本「宮山」
④ 原本「わらかせ」
⑤ 原本なし。

推渡り、絵島[1]が礒の月を見る。下 或は白良《しらら》[2]・吹上・和歌の浦・住吉[3]・難波・高[4]砂・尾上の①〔月のあけぼの〕を詠《なが》めて帰る人も在り。ふるき都に残る人人は、伏見・広沢②〔の〕月を見る。

初 其中にも徳大寺の左大将実定卿は、旧き都の月を恋て、八月十日余《あまり》に福原よりぞ上り給。何事も皆替《かは》り果てて、稀に残る家は、門前草深して、庭上露滋《ていしやうつゆしげ》し。蓬《よもぎ》[5]が杣《そま》、浅茅[6]が原、鳥のふしどと荒果て、むしの声声恨みつつ、黄菊紫蘭の野辺とぞ成にける。指 故郷の名残とては、近衛河原の大宮[7]計り③〔ぞ〕在在《ましまし》ける。大将其御所に参て、先づ随身に惣門[8]を被レ扣《たたかせらるる》に、内より女の声して、色「誰そや、蓬生《よもぎふ》の露打掃ふ人も無き処に」④〔と〕咎《とがむ》れば、白「福原より大将殿の御参り候」と申。「惣門は鎖のさされて候《さぶらふ》ぞ。東面《ひんがしおもて》の小門《こもん》より入せ給へ」と申ければ、大将さらばとて東の門より被レ参《まゐられ》け⑤〔り〕。シロ 大宮は御連連《つれづれ》に、昔をや思食《おぼしめし》出でさせ給けん、南面の御格子⑥〔あげ〕させて、御琵琶被レ遊《あそばされ》ける処に、大将被レ参《まゐられ》たりければ、「如何に、夢かや現か。是へ是へ」とぞ仰せける。中 源氏の宇治巻[9]には、うばそく[10]の宮の御娘[11]、秋の名残りを惜み、びはを調《しら》めて夜も終《すが》ら、心を澄し給しに、在明の月出けるを、たえずや思ぼしけん、ばちにて招き給けんも、今こそ

1 今の津名郡淡路町の海岸。
2 いずれも紀伊の月の名所。
3 今の大阪市住吉区。
4 兵庫県加古川市から高砂市にかけての地。
5 蓬がおい繁って杣山のようになっていること。
6 たけの低いチガヤがおい繁る原。以下、いずれも荒れ果てている様。
7 藤原多子。「二代后」の主人公。
8 一番外側の大門。
9 源氏物語の宇治十帖。特にその橋姫の巻。
10 優婆塞宮。光源氏の弟、第八皇子。仏門に入ってかく称す。
11 その姉娘の大君。

思ひ被《しら》レ知《れ》けれ。指[12]待宵小侍従《こじじゅう》と云女房も此御所にて⑦ぞ候ける。此女房を待宵と申けることは、或時御所にて「待宵、帰る朝《あした》、何れか哀れは勝《まされ》る」と御尋在ければ、

歌[13] 待よひの深行《ふけゆく》鐘の声聞けば帰る朝《あした》の鳥は物かは

と読たりけるに依てこそ、まつよひとは被《めされ》レ召けれ。ロ 大将彼女房呼出し、昔今の物語りして、小《さ》夜もやうやうふけ行けば、⑧〔ふるき都の荒行くを、今様にこそうたはれけれ〕。

重 旧き都を来《きて》みれば、浅茅原《あさぢが》とぞ荒にける
月の光は曇無《くまなく》て、秋風のみぞ身には染《しむ》

下 と、三反歌ひ⑨〔すまさ〕れければ、大宮を始め参せて、御所中の女房達、皆袖をぞ被《ぬらされ》レ湿ける。

初 去程に夜も明ければ、大将暇申て福原へこそ被《かへられ》レ帰けれ。ロ 御伴に候蔵人[14]を召して、「侍従が余《あまり》に名残惜げに思たる。汝帰て何共《なにとも》云てこよ」と仰せければ、蔵人走り帰て、「『畏り申せ』[15]と候」とて、

歌[16] 物かはと君が云けん鳥の音《ね》の今朝しもなどか⑩〔悲〕しかるらん

12 石清水八幡宮別当光清の女。二条天皇、二代后の多子、更に高倉天皇にも仕えた。
13 この歌、新古今集十三にも題不知として見える。
14 新拾遺集八によると藤原経尹。
15 御挨拶申せ。
16 この歌、新拾遺集八にも見える。

①原本「明反」
②原本なし。
③原本なし。
④原本なし。
⑤原本「る」
⑥原本「明」
⑦諸本「て」なし。
⑧原本なし。
⑨原本「すさま」
⑩原本「同」

白 女房涙を押へて、

歌 またばこそ深行鐘もつ①らからめ帰る朝《あした》の鳥の音ぞ憂き

初 蔵人かへり参て此由を申したりければ、初中「去ればこそ汝をば遣しつれ」とて、大将大に被《かんぜられ》レ感けり。其よりしてこそ物かはの蔵人と被《いはれ》レ云けれ。

福《ふく》原《はら》物《もっ》怪《け》

口 福原へ都を被《うつされ》レ移て後、平家〔の〕②人人夢見も悪《あしう》、常には心噪ぎのみして変化《へんげ》のもの共多かりけり。或夜入道の臥給《ふしたまへ》る所に、一間《ひとま》[1]に憚る程の物の面《おもて》出きて、望《のぞ》[2]き奉る。入道相国少《ちっ》共不《さわがず》レ噪、ちやうどにらまへおはしければ、只消《ぎえ》に消失せぬ。岡御所と申は、新敷《あたらしく》被《つくられ》レ造たれば、可《しかるべき》レ然③〔大木《たいぼく》もなかりけるに、或夜〕大木の仆《たふ》るる音して、人ならば二三十人が声して、吐《どっ》と笑事在ければ、是は如何様にも天狗の所為《しょゐ》[3]と云沙汰[4]にて、蟇《ひき》[5]目の当番と名付て、夜《よ》る百人昼《ひ》る五十人、番衆《ばんじゅ》を汰《そろへ》て蟇目《ひきめ》を射させらるるに、天狗の在る方へ向て射たる時は音もせず、無い方へ向て射たる時は、は〔ッ〕と笑な〔ン〕どしけり。又或朝、入道相国帳台[6]より

1 柱と柱との間を間と言う。

2 のぞく。

3 しわざ。

4 うわさ。

5 ひびき目の略と言う。鏑に似たやじり。木で作り、中空にしてその穴の中に風をはらませて音をたてる。その音で以て魔物を恐れさせるのに用いた。

6 貴人の寝所。台を設け、とばりを垂れた。

出でて、妻戸を排《おしひら》いて[7]坪内《つぼのうち》を見給へば、死人の髑髏《しやれかうべ》共が幾等と④云数も不レ知《しらず》庭に満満て、上に成り下に成り、辷《ころ》び合《あひ》辷《の》離き、端《はし》なるは中へころび入り、中なるは端へ出づ。生便敷《おびたたし》うが[8]ら⑤〔め〕きあひければ、入道相国「人や在る、人や在る」と被レ召《めされ》けれ共、折節人も不レ参《まゐらず》。角して多《おほく》の髑髏《どくろ》共が一つに固まり、つぼの内に憚かる程に成て、高さ十四丈も在らんと覚ゆる山の如に成にけり。彼《かの》一つの大頭《おほがしら》に、生たる人の眼⑥共が千万出きて、入道相国をちやうどにらまへて、目扣《まだたき》もせず。入道少《ちつと》も不レ噪《さわがず》、はたとにらまへて暫く被レ立《たたれ》たり。彼大頭余りに強く奉レ睨《にらまれたてまつり》初、霜露な〔ン〕どの日に当《あたつ》て消る様に、迹も無く成にけり。ロ其外に、[9]一《いち》の御厩《みまや》に立てて舎人余《あま》た被レ付《つけられ》、朝夕無レ隙撫《あさゆふひまなくな》で被レ飼《かはれ》ける馬の尾に、一夜の中に鼠巣をくひ、子をぞ生だる。「是《これ》唯事にあらず」とて、[10]陰陽師に被レ占《うらなはせられ》ければ、「重き御慎しみ」とぞ申ける。此御馬は、相模国の住人大庭[11]三郎景親《かげちか》が、東[12]八か国一の馬とて、入道相国に被レ参《まゐらせ》たり。黒き馬の額白かりけり。名をば望月とぞ被レ名付《なづけられ》たる。陰陽頭[13]安陪泰親給《たまはり》けり。中 昔天智天皇御《の》時、[14]龍《りよう》の御馬の尾に鼠巣をくひ、子を生けるには、異国《の》凶賊蜂起したりけるとぞ、[15]日本紀には見えたる。

7 中庭。
8 がらがらと音をたてる。
9 入口のわきにある厩。本朝軍記考は、端と奥の厩を上等とする。
10 もと天文などを司ったが、次第に諸現象の吉凶などを判じた。
11 今の藤沢市大庭に住んだ桓武平氏の一人。
12 坂東八か国。
13 安倍が正しい。
14 寮が正しい。馬寮の馬。
15 天智紀の天智元年の条に「夏四月に、鼠、馬の尾に産む。釈道顕占ひて日はく、北国の人、南国に附かむとす。蓋し高麗破れて、日本に属かむかといふ」とある。

①諸本「物ならめあかぬ わかれの」
②原本なし。
③原本誤脱。
④原本「も」あり。
⑤原本「ぬ」
⑥諸本「まなこの様に大の」あり。

①青《せい》侍《しが》夢《ゆめ》

白
又源中納言[1]雅頼卿《がらい》の許《もと》に候ける[2]青侍《せいし》が見たりける夢も怖しかりけ〔り〕②。譬《たと》へば大内《たいだい》の[3]神祇館と覚しきところに、束帯正しき[4]上臈達余《あま》たおはして、議定の様なる事ありしに、末座《ばつざ》なる人の、平家の方人《かたうど》すると覚しきを、其中より逐被《おつたてらるる》レ立が、彼《かの》青侍夢の心に「あれは如何なる上臘にて、在在《まし
ます》やらん」と、或老翁に奉《とひたて》レ問《まつ》れば、〔厳島大明神〕③と答へ給。其後座上にけだかげなる[5]宿老の在在《ましまし》けるは、「此日来《ひごろ》平家の預りたりつる[6]節斗をば、今は伊豆国の流人頼朝に給ばうずる也」と被《おほせられ》レ仰ければ、其御傍《そば》に猶宿老の在在《ましまし》けるが、「其後は我孫にも給《た》び候へ」と被《おほせらるる》レ仰と云夢を見て、是を次第に奉《とひたてまつる》レ問。「節斗を頼朝に給ばうと被《おほせられ》レ仰つるは八幡大菩薩、其後には我孫にも給び候へと被《おほせられ》レ仰つるは春日大明神、〔か〕④う申老翁は[7]武内《たけうち》大明神」と被《おほせらるる》レ仰と云ゆめを見て、是を人に語る程に、入道相国もれ聞いて、源大夫判官季貞を以て雅頼卿《がらい》の所へ、「夢見の青侍《せいし》、急ぎ是へ給べ」と宣ひ被《つかはされ》レ遣たりければ、彼《かの》ゆめみたる青侍聽て逐電してんげり。ロ　雅頼

1　村上源氏。
2　若ざむらい。
3　神祇官が正しい。
4　上臈が正しい。年功を積んだ高官。
5　年功を積んだ老人。
6　節刀が正しい。出征将軍のしるしとして天皇より賜る刀。軍防令に定める。
7　石清水八幡の高良社にまつられる武内宿禰。

卿急ぎ入道相国の許へ行向て、「全たく去る事不レ候《さうらはず》」と陳じ被レ申《まうされ》ければ、其後沙汰も無りけり。中 平家日比は朝家《てうか》の御堅《かた》めにて、天下《てんが》を守護せしか共、今勅命に背《そむ》けば、節⑤〔刀〕をも被二召返一《めしかへさるる》にや、心細《こころぼそう》ぞ聞えし。

口⑥ 中にも高野におはしける宰相入道[8]成頼《なりより》、加様の事共を伝へ聞て、「すは平家の代《よ》はやうやう末に成《なり》ぬるは。厳島大明神の平家の方人《かたうど》をし給けると云は、其云《いは》れ在り。但し其れは[9]沙竭羅龍王の第三の[10]姫宮なれば、女神《ぢよじん》とこそ承はれ。八幡大菩薩の、節⑦〔刀〕を頼朝に給ぶと被レ仰《おほせられ》けるは理《ことわり》也。春日大明神の、其後は我孫にも給び候へと被レ仰《おほせられ》けるこそ心得ね。其れも平家滅び、源氏の世尽なん後、[11]大織冠《たいしよくくわん》の御末、[12]執柄家《しつぺいけ》の[13]天下の将軍に可二成給一《なりたまふべき》歟《か》」な(ン)どぞ宣ける。

又或僧の折節《をりふし》来りけるが申けるは、折「夫《それ》神明は[14]和光垂跡の[15]方便まちまちに在在《ましま》せば、或時は俗体共《とも》現じ、或時は女神共《とも》成り給ふ。誠に厳島明神は、女神とは申ながら、[16]三明六通《さんみやうろくつう》の霊神《れいしん》にて在在《ましま》せば、俗体に現じ給はんも非レ可レ被レ難《かたかるべきにあらず》」とぞ申ける。初 浮世を厭ひ、実の道に入ぬれば、偏に後世菩提の外は世の営み在まじき事なれ共、[17]善政《ぜんせい》を聞ては感じ、愁へを聞ては歎く、是皆人間の習也。

8 藤原成頼。
9 八大龍王の第三番目の龍王。
10 厳島神社祭神の中の市杵島姫命。
11 藤原鎌足の尊称。
12 摂関家。
13 後日、承久元年に、摂関家の頼経が将軍として下った。その事実を予見したもの。
14 仏が衆生を済度するために神として光を和らげて現れる。
15 手段。
16 三明は、過去・現在・未来の生死の相を知る知恵。六通は三明に天耳通（衆生の声を聞く）知他心通（衆生の心を知る）身如意通（神変を現ずる）を加えた通力。
17 語り本「せんせい」とすむ。

①諸本・語り本、ここにて句を立てず。
②原本「る」
③原本「厳島」
④原本「や」
⑤原本「計」
⑥語り本、これより「大庭早馬」をたつ。
⑦原本「計」

①大《おほ》庭《ば》早《はや》馬《うま》

拾

同九月二日、相模国住人大庭《おほば》三郎景親《かげちか》、福原へ早馬を以て申けるは、「去《さんぬる》八月十七日、伊豆国流人前《さきの》兵衛佐頼朝、舅北条四郎時政を遣して、伊豆の目代[1]、和泉判官兼高[2]をやまき[3]の館にて夜討に〔②うち〕候ぬ。其後土肥《とひ》・土屋・岡崎を始として三百余き、石橋山[4]に楯《たて》籠りて候処に、景親、御方[5]に志を存ずる者共一千余きを引卒して、押寄せ責候《さうらふ》程に、兵衛佐七八騎に被二討成一《うちなされ》、大童《おほわらは》[6]に戦な〔ッ〕て、土肥杉山《とひの》[7]へ逃籠り候ぬ。其後畠山[8]五百余きで御方を仕り、三浦[9]大介《おほすけ》義明が子共、三百余きで源氏方をして、湯井《ゆゐ》[10]・小坪《こつぼ》[11]の浦で戦ふに、畠山軍《いくさ》に負て武蔵国へ引退く。其後畠山が一族、河越・稲毛・小山田《をやまだ》・江戸・笠井、其外七党[12]の兵者《つはもの》共三千余騎を相具して、三浦衣笠《きぬがさ》[13]城に押寄て攻戦ふ。大介義明被レ討《うたれ》候ぬ。子共は栗浜《くりはま》[14]の浦より舟に乗り、安房・上総《かづさ》へ渡り候ぬ」とこそ申たれ。

1　国司の代官。
2　兼隆。桓武平氏。
3　山木。今の静岡県田方郡韮山町にある。
4　今の小田原市にある。
5　平氏の御方として。
6　髪をふり乱して童形の髪形になること。
7　今の神奈川県足柄下郡湯河原町の辺りの杉の茂った山。
8　秩父に住した桓武平氏。
9　三浦半島に住した桓武平氏。
10　由井。今の鎌倉の南方海岸由比が浜。
11　由比が浜の南。
12　武蔵七党。
13　今の横須賀市にある。
14　横須賀市の久里浜。

朝敵汰《てうてきぞろへ》③并《ならびに》延喜帝《えんぎのみかど》鷺之事《さぎのこと》

ロ 平家の人人都移《みやこうつり》もはや興さめぬ。若き公卿殿上人は、「哀れ、疾《とく》事の出《いで》こよかし。打手に向はう」な〔ン〕ど云ぞ墓《はか》なき。畠山庄司重能《しげよし》・[15]小山田《をやまだ》別当有重《ありしげ》・[16]宇津宮左衛門朝綱《ともつな》、[17]大番役《おほばんやく》にて、折節《をりふし》在京したりけり。畠山申けるは、「僻事《ひがこと》にてぞ候らん。親しう成て候なれば、北条は知り候はず、自余《じよ》の輩は、よも朝敵が方人《かたうど》をば仕《つかまつり》候はじ。今聞召《きこしめし》なほさんずる者を」と申ければ、[18]げにもと云人も在り。「いやいや只今天下の大事に及《およひ》なん」④と囁《ささや》く者共多かりけり。**白** 入道相国、被レ怒《いかられ》ける様不レ斜《なのめならず》。「頼朝をば既に死罪に可レ被レ行《おこなはるべかり》しを、故《こ》[19]池殿の強《あながち》歎き宣し間、流罪に申宥《なだ》めたり。然《しかる》に其恩忘れて、当家に向て弓を引《ひく》にこそあんなれ。**ロ**[20]神明三宝も争でか被レ許《ゆるさせ》可レ給《たまふべき》。只今天の責めを蒙らんずる頼朝也」とぞ宣ける。

中 ⑤夫《それ》我朝に〔⑥朝〕敵の始めを尋れば、[21]やまといはれみことの御宇四年、紀州名《な》草《ぐさ》郡、高雄村〔⑦に〕一つの[22]蜘《ち》蛛《ちゅ》在り。身短かく、足手長くて、力人に勝れた

15 畠山重能の弟。
16 藤原氏。宇都宮に住した。
17 地方より、荘園の主もしくは内裡を警護のため上洛する役。
18 その通り。
19 池の禅尼。清盛の継母。その間の事情は平治物語に詳しい。
20 神や仏。
21 神武天皇。
22 神武紀に見える。

① 語り本、ここにて句をたてず。二四七ページ⑥を見よ。
② 原本なし。
③ 諸本・語り本「延喜帝鷺之事」なし。
④ 諸本「ず」あり。
⑤ 諸本これより「朝敵揃」
⑥ 原本なし。
⑦ 原本なし。

り。人民《にんみん》多く被二損害《そこなはれ》一しかば、官軍発向して、宣旨《せんじ》をよみかけ、葛《かつら》の網を結で、終に是を掩《おほ》ひ殺す。自レ其以降《それよりこのかた》、野心を挾《さしはさ》んで朝威を滅《めつ》せんとする輩、拾[1]大石の山丸・[2]大山王子・守屋大臣・山田の石河・[3]曽我の入鹿《いるか》・大友のまとり・文《ふん》屋《や》の宮田《みやた》・橘の逸成《いつせい》・氷上《ひがみ》の河次《かはつぐ》・[4]伊予の親王・太宰《だざい》少弐藤原広嗣《ひろつぐ》・[5]江見の押勝・[6]佐あらの太子・井上《ゐがみ》の[7]広公・藤原仲成・平将門《まさかど》・藤原純友《すみとも》・[8]安陪の貞任・対馬守源義親・[9]悪左府《あくさふ》・[10]悪衛門督に至る迄、惣《すべ》て二十余人、去れ共一人《いちにん》として、素懐を遂《とぐ》る者なし。尸《かばね》を山野にさらし、頭《かう》べを獄門に被レ懸《かけらる》。

ロ　此世にこそ、王位も無下《むげ》に軽けれ、昔は[11]宣旨を向て読ければ、枯たる草木も花咲《さ》き、実生《みなり》、飛鳥《とぶとり》も随がひけり。[12]中比の事ぞかし。[13]延喜御門《えんぎのみかど》、[14]神泉苑《しんぜんゑん》に行幸《ぎやうがう》在て、池のみぎはに鷺のゐたりけるを、[15]六位を召て、「あのさぎ取て参らせよ」と仰ければ、争《いか》でか取らんと思けれ共、[16]綸言《りんげん》なれば歩み向ふ。さぎも羽《はね》づくろひしてたたんとす。「宣旨ぞ」と仰すれば、ひらんで不二飛去《とびさらず》一。是を取て参りたり。「汝が宣旨に随て参りたるこそ〔①神妙なれ〕。聴て五位に成せ」とて、さぎを五位にぞ被レ成《なされ》ける。「今日より後は、さぎの〔②中の〕可レ為レ王《わうたるべし》」と云札を遊《あそば》し、頸に懸て放たせ給ふ。初　全くさぎの[17]御れうにはあらず、唯王威の程を知《しろ》

1 文石小麻呂の誤りか。
2 応神天皇の皇子。
3 蘇我が正しい。
4 桓武天皇の皇子。
5 恵美が正しい。
6 早良が正しい。
7 皇后が正しい。光仁天皇の皇后。
8 安倍が正しい。
9 藤原頼長。
10 藤原信頼。
11 天皇の勅を伝える公文書。
12 昔と近頃との中間。少し昔。
13 醍醐天皇。
14 大宮西にあった、桓武天皇以来天皇遊宴の苑。今の中京区にその遺跡がある。
15 六位の蔵人。六位の者では、この官の者のみが殿上に昇ることを許された。宮中の雑事に従事した。
16 天皇のことば。
17 御入用。

し被レ召《めされんが》が為也。

咸《かん》陽《やう》宮《きゆう》

ロ又先蹤を異国に尋《たつぬ》るに、[18]燕の太子丹《たん》と云者、秦の始皇に被レ囚《とらはれ》[19]戒《いま》しめを蒙る事十二年、太子丹涙を流いて申けるは、「吾れ本国に老母在り。暇を給て彼れを見ん」と申せば、始皇帝あざ笑て、「汝に暇を給《たば》ん事は、馬に角生《つのおひ》、烏の頭《かしら》の白く成らん時を可レ待《まつべし》」。燕丹天に仰ぎ地に臥て、「願くは、馬に角生、烏の頭白くなし給へ。故郷に帰て、今一度母を見ん」とぞ祈ける。重彼[20]妙音菩薩は、[21]霊《りやう》山浄《ぜん》土に詣《けい》して不孝《ふけう》の輩を戒め、孔子[22]・顔回[23]は、[24]支那震旦《しんだん》に出て忠孝の道を始め給。下[25]冥顕《みやうけん》の三宝孝行志《の》を哀み給事なれば、馬に角生《おひ》て宮中に来り、烏の頭《かしら》白く成て庭前《ていぜん》の木に栖《すめ》りけり。初始皇帝、烏頭馬角の変に驚き、綸言不レ返《かへらざる》事を信じて、太子丹を宥めつつ、本国へこそ被レ帰《かへされ》けれ。ロ始皇猶悔《くや》しみて、秦の国と燕の国のさかひに[26]楚国と云国在り。大《おほき》なる河流れたり。彼河に渡せる橋をば楚国の橋と云《いへ》り。始皇官軍を遣《つかはし》て、燕丹が渡る時、河中の橋を踏まば落る

18 以下、この話は史記の荊軻伝に見える。
19 禁錮に処せられること。
20 法華経妙音菩薩品に見える。
21 霊鷲山。
22 春秋時代の聖人。字は仲尼。
23 孔子の弟子十哲の一人。
24 震旦も支那。止観輔行に「清浄法行経云、月光菩薩彼称二顔回一光浄菩薩彼称二仲尼一迦葉菩薩彼称二老子一」とある。
25 妙音菩薩など冥界(あの世)にある仏と、孔子、顔回など現世に顕れた仏。
26 揚子江の南の地域で、事実は秦と燕との境ではない。
①原本なし。
②原本「流れ」と誤る。

様に認《したた》めて、燕丹を被レ渡《わたらせ》けるに、なじかは可レ不ニ落入一《おちいらざるべき》、河中へおち入ぬ。去れ共、少共《ちつとも》水にも不レ溺《おぼれず》、平地《へいち》を行如《ゆくがごと》くして、向への岸へ著にけり。こは如何にと思て後《うし》ろを顧みければ、亀[1]共が幾等と云数も不レ分《わかず》[2]、水の上に浮《うか》れ来て、甲《かふ》を並べてぞ歩ませたりける。初是も孝行の志を冥顕哀み給に依て也。

ロ太子丹怨《うらみ》を含んで又始皇帝に不レ随《したがはず》。始皇官軍を遣して、燕丹を生《う》[3]立《た》んとし給に、燕丹怖れ慄《をのの》き、荊軻《けいか》と云兵者《つはもの》を語らうて大臣に成す。荊軻又田光《てんくわう》[4]先生と云兵者を語らふ。①〔彼〕先生申けるは、折「君は此身が若盛《わかく》な〔ツ〕し事を被ニ知食《しろしめされ》一憑み被レ仰《おほせらるる》か。騏驎[5]も千里を飛共《とべども》、老ぬれば駑馬《どば》[6]にも劣れり。指今は如何にも叶ひ候まじ。兵者をこそ語らうて被レ参《まゐらせ》め」とて、欲レ帰《かへらんとする》処に、荊軻白「此事穴賢《あなかしこ》人に披露すな」と云。先生申けるは、「人に被レ疑《うたがはれ》ぬるに過たる恥こそ無《なけ》れ。此事漏ぬる者ならば、我れ被レ疑《うたがはれ》なんず」とて、門前なる②李《すもも》の樹《き》に首《かしら》を突当打砕てぞ死にける。

ロ又范於期《はんよき》と云兵者在り。是は秦の国の者也。始皇の為におや・をぢ・兄弟を被レ滅《ほろぼされ》て燕の国に逃こもれり。秦皇四海[7]に宣旨を下て、「范於期が頭③〔刎〕て被レ参《まゐらせ》たらん者には、五百斤《こん》の金を与へん」と被ニ披露《ひろうせらる》一。荊軻是を聞き、范於期

1　この亀のこと、今昔物語集十九29の山蔭中納言の話とも関連があるか。
2　知らず。
3　討たんが正しい。
4　せんじやうとよむ。
5　一日に千里を走るという駿馬。
6　下等な馬。
7　天下。

が許《もと》に行て、「我れ聞く、汝が頭《かうべ》を五百斤の金に[8]被レ報《はうぜらる》。汝が首、我に借せ。取て始皇帝に奉ん。悦で[9]叡覧被レ歴《へられん》時、剣を抜き胸をささん〔に〕④、安かりなん」と云ければ、范於期跳《をどり》上り、大息ついて申けるは、折「われ、親・をぢ・兄弟を始皇の為に被レ滅《ほろぼされ》て、夜《よ》る昼《ひ》る是を思ふに、骨髄に透て[10]難レ忍《しのびがたし》。げにも始皇帝を可レ滅《ほろぼすべく》は、首を与へん事塵芥《ちりあくた》よりも尚《なほ》安し」とて、手づから首を切てぞ死にける。

ロ　又秦舞陽《しんぶやう》と云兵者在り。是も秦の国の者也。十三の歳、敵を討て燕の国に逃げ籠れり。無レ双《ならびなき》兵者也。彼が嗔《いかつ》て向ふ時は、大の男も絶入す。又笑て向ふ時は、[11]若子《みどりこ》も被レ懐《いだかれ》けり。白 是を秦の都の案内者に語らうて、具して行《ゆく》程に、在る片山の辺に宿したりける夜、其辺近き里に管絃をするを聞て、[12]調子を以て、本意の事を占ふに、敵《かたき》の方は水也、我方は火也。去程に天も明ぬ。[13]白虹貫レ日《ひをつらぬいて》とほらず。「我等が本意遂ん事難レ在《ありがたし》」とぞ申ける。

ロ　乍レ去可レ帰《さりながらかへるべき》にもあらねば、始皇の都咸陽宮に至《いたり》ぬ。燕の差図并范於期《さしづならびにはんよき》が首持て参たる由奏しければ、臣下を以て、請取《うけとら》んと為《し》給。「全《まつ》たく人しては不レ参《まゐらせじ》。直《ぢき》に上《たて》まつらん」と奏する間、さらばとて、[14]節会の儀を調《ととの》へて、燕の使を被レ召《めされ》けり。中 咸陽宮は都の匝《めぐり》一万八千三百八十里に積れり。拾 内裡をば地《ぢ》より三里高く

8 賞金がかけられる。
9 御覧になられる時。
10 たえがたい。
11 乳のみ子。
12 音楽の調子（宮商角徴羽）を五行説にあてはめて。
13 白虹は兵器、日は君。白虹が日を貫通しない。兵が君を貫かない。つまり君を殺し得ない。
14 公事の行われる日に持たれる宴会。

①原本「待」
②原本「の」あり。
③原本「劇」
④原本「よ」

1 和漢朗詠集に「長生殿裏春秋富、不老門前日月遅」とある。長生殿は唐帝の寝殿の名、不老門は漢帝の宮門の名。
2 死の世界からの使者。
3 越路すなわち北陸地方。ここは北国の意。
4 先に旗を付けたほこ。宮殿の威容を示すための飾り。
5 大床の下が五丈の、旗ぼこもとどかない程の高さ。
6 玉の石で美しく作った階段。
7 礼記の曲礼篇に見える。
8 公羊伝の襄公二十九年に見える。
9 ただちに。

築上て、其上に立たり。[1]長生殿《ちやうせいでん》・不老門在り。金《こがね》を以て日を作り、銀《しろかね》を以て月を作れり。真珠の沙《いさご》・瑠璃の砂《いさご》・金《こがね》の沙《いさご》を敷き満てり。四方《しはう》には高さ四十丈の鉄の築地《くろがねついぢ》を築き、殿の上にも同鉄《くろがね》の網をぞ張たりける。是は冥途[2]の使を入れじと①〔なり〕。初秋の田の②〔もの〕鴈、春は塞帰《こしぢへか》[3]へるにも、飛行《ひぎやう》自在の障《さは》りあれば、築地には鴈門と名付て、くろがねの門を明てぞ通しける。口其中にも阿房殿とて、始皇の常は行幸成て、政道《せいたう》行はせ給殿《てん》在。高さは三十六丈、東西へ九町、南北へ五町、大床《おほゆか》の下は③〔五丈の〕旗[4]④〔ぼこ〕を立たるが、猶[5]不レ及《およばざる》程也。上は瑠璃の瓦を以て葺き、下は金銀《こんごん》にて磨けり。荊軻は燕の差図を持ち、秦舞陽は范於期が首を持て、玉の[6]階《きざはし》を上り登る。余に内裡の生便《おびたた》しさに、秦舞陽わななと振《ふるひ》ければ、臣下怪みて、強「舞陽謀叛の心在り。[7]刑人《けいじん》をば君の側《かたはら》に不レ⑤〔置〕《おかず》、君[8]子は刑人に不レ近《ちかづかず》、口刑人に近《ちかづ》くは則《すなはち》死を軽んずる道也」と云へり。荊軻立帰て、折「舞陽全《まつ》たく謀叛の心なし。只田舎《でんじや》の賤しきにのみ習つて、皇居に不レ馴《なれざる》故に心迷惑す」と申ければ、臣下⑥先づ静まりぬ。口仍《よつて》王に奉レ近《ちかづきたてまつる》。燕の差図⑦〔ならびに樊於期が首見参《げんざん》に入るところに、差図〕の入たる櫃の底に、氷の様なる剣の見えければ、始皇帝是を見て軈《やが》[9]て逃んとし給。拾荊軻王の御袖をむずと引《ひか》へて、剣を胸に差当たり。[10]今は角《かう》とぞ見えたりける。数万の兵者庭上に袖を列ぬと云へ共、欲《すくはんとする》ㇾ救に無《ちからなし》ㇾ力。只君逆臣《ぎやくしん》に被《をかされ》ㇾ侵給はん事をのみ悲みあへり。白始皇の曰《のたまはく》、「朕に暫時《ざんじ》の暇を得させよ。朕が最愛の后の琴《きん》の音を今一度聞ん」と曰《のたま》へば、荊軻暫し不《をかしたてまつらず》ㇾ奉ㇾ侵。始皇は三千人の后をもち給へり。其中に[11]華陽夫人《ぶにん》とて勝れたる琴《こと》の上手おはしけり。凡此后の琴の音を聞ては、[12]武き物夫《もののふ》の怒れるも和《やはら》ぎ、飛鳥《とぶとり》も落ち、草木も[13]颱《ゆるぐ》程也。口況や今を限りの叡聞に備へんと泣泣《なくなく》弾《ひき》給けん、さこそは面白かりけめ。荊軻も頭を低《うなだ》れ耳を欹《そばだて》て、⑧〔殆んど〕謀臣の思ひも怠《たゆ》みにけり。[14]后⑨始めて更に一曲を奏す。重「七尺《しつせき》の屏風《へいふう》は高く共、跳《をど》らばなどか不《こえざら》ㇾ越ん。[15]一条の羅縠《らこく》はつよく共、引かばなどか絶⑩〔え〕ざらん」とぞ弾給ふ。怒口荊軻は不《ききしらず》ㇾ聞知ㇾ、始皇は聞知て、御袖を引切《ひききつ》たり。拾七尺の屏風を飛超えて、銅《あかがね》の柱の影[16]に逃げ隠れさせ給ぬ。荊軻怒て、剣《つるぎ》を投懸け奉る。折節御前に[17]番の医師の候けるが、薬の袋を荊軻が剣に投合せたり。剣薬袋を被《かけられ》ㇾ懸ながら、[18]口六尺の銅の柱を半《なから》迄こそ切たりけれ。[19]荊軻又剣も持ねば継いても不《なげ》ㇾ投《ず》。王立帰《たちかへつ》て朕《わ》がつるぎを召寄て、荊軻を八つ裂《ざき》にこそ為《し》給けれ。秦舞陽も被《うたれ》ㇾ討にけり。官軍を遣して燕丹を被《ほろぼさる》ㇾ滅。[20]蒼天縦《さうてんゆる》し給ねば、白虹日を貫いて

10 今が最期だと。
11 伝未詳。なお最愛の后の琴により難を避けたことは、史記には見えない。
12 武きもののふ。兵。
13 なびく。
14 屋代本に「重テ」とある。
15 一すじの薄い絹。
16 かげ。後。
17 当番として出仕している医師。
18 口径。
19 重ねて二本の。
20 深遠な天。

①原本なし。
②原本なし。
③原本なし。
④原本「弟」
⑤原本「在」
⑥諸本「先づ」を「みな」とする。
⑦原本なし。誤脱。
⑧原本なし。
⑨原本「を」あり。
⑩原本「さ」

不《とほらず》レ通。秦始皇は逃《のがれ》て、燕丹終に滅にけり。初「されば、今〔の〕①頼朝も、さこそは在んずらめ」と、1色代《しきだい》する人人も在りけるとかや。

文覚荒行《もんがくあらぎやう》②并《ならびに》勧進帳《くわんじんちやう》

間口 抑彼頼朝と申は、③去《さんぬる》平治元年十二月、父左馬頭義朝が謀叛に依て、年十四歳と申せし永暦元年三月二十日、伊豆国蛭嶋《2ひるがしま》へ被《ながされ》レ流て、二十余年の春秋《しゆんしう》を送り迎ふ。年比も在ればこそ在けめ、今年如何なる心〔にて〕④謀叛をば被《おこされ》レ起けるぞと言に、3高雄の文覚上人の申被《すすめられ》レ勧たりけるとかや。是迄間

口 彼文覚と申は、本は4渡辺の遠藤左近将監茂遠《しやうげんもちとほ》が子、遠藤武者盛遠《もりとほ》とて、上西《5しやうさい》門院の衆《6しゆ》也。十九の歳《とし》道心を発《おこ》し出家して、修行に出でんとしけるが、「修行と云は幾程の大事やらん、ためいて見ん」とて、六月の日の草も7不《ゆるがず》レ颭光《てつ》たるに、片山の籔の中に這入《はいり》、仰《あふの》けに臥し、虻ぞ、蚊ぞ、蜂、蟻な〔ン〕ど云毒虫《どくちゆう》共が身にひしと取付て、螫食《きしく》ひな〔ン〕どしけれ共、少《ちつと》共《も》、身をも8不《はたらかさず》レ働。七日迄は起《おきあがら》不レ白揚《ず》、八日と云に起揚て、「修行と云は是程の大事か」と人に問へば、「其程なら

1 追従する。
2 静岡県田方郡韮山町にある。
3 京都市右京区の郊外。
4 摂津国渡辺の有力者であったことからこの称がある。
5 鳥羽天皇の皇女。
6 所の衆。殿上の雑役に従事する者。
7 無風状態で草もなびかない。
8 身動きもしない。

んに争か命も可レ生《いくべき》」と云間、「さては安平《あんぺい》[9]ごさんなれ」とて、修行にぞ出にける。

ロ 熊野へ参り那智籠《ごもり》せんとしけるが、行《ぎやう》の試みに、聞ゆる瀑に暫く被レ打《うたれ》て見んとて、瀑下《たきもと》へぞ参りける。中 比は十二月十日余《あまり》の事なれば、雪降り積りつらら[10]いて、谷小河⑤《の》も音もせず。嶺の嵐吹き凍り、瀑の白糸垂氷《たるひ》と成り、皆白妙に押並《おしな》めて、四方《よも》の梢も見え⑥不レ分《わかず》。然るに文覚瀑《たき》つぼに下浸《おりひた》り、拾 頸ぎは漬《つか》つて[11]慈救呪《じくのしゆ》を[12]みて(ソ)げるが、二三日こそありけれ、四五日にも成ければ、不レ忍《こらへず》して文覚浮き上《あがり》にけり。数千丈張《すせんぢやうみな》ぎり落る瀑《たき》なれば、なにか⑦は[13]たまるべき、ざつと被二押流一《おしながされ》て[14]刀の刃《は》の如くに、さしも緊しき岩⑧〔角〕の中を、浮ぬ沈ぬ五六町こそ流れたれ。ロ 時に美敷気《うつくしげ》なる童子一人来て、文覚が左右の手を取て引上《ひきあげ》給。[15]人奇特の思ひを成し、火を焼炙《たきあぶ》りな(ソ)どしければ、[16]定業《ぢやうごふ》ならぬ命では在り、無レ程《ほどなく》息出でにけり。文覚少《すこし》人心地出きて大《だい》の眼《まなこ》を見怒《みいから》かし、強「我れ此瀑に[17]三七日被レ打《うたれ》て[18]慈救の[19]三洛叉をみてうど思ふ大願在り。白 今日僅に五日に成り、七日にだにも不レ過《すぎざ》るに、何者か爰《ここ》へはと(ツ)て来るぞ」と云ければ、見る人身の毛よだち物不レ云《いはず》。又瀑つぼに帰り立て被レ打《うたれ》けり。

9 たやすいことだ。
10 凍って。
11 不動明王の呪。
12 満て。
13 たえられよう。
14 刀の刃の如くにきびしく切りたった岩角。
15 この様子を見た人が。
16 定められた業因。
17 二十一日。
18 不動明王が災患を除いてやろうと思われる慈愛に満ちた。
19 洛叉は十万。三十万回の陀羅尼。

①原本なし。
②諸本・語り本「幷勧進帳」なし。
③諸本「申」なし。
④原本なし。
⑤原本「の」あり。
⑥語り本「コハリサケクトキ吟」とあり。
⑦諸本「じ」
⑧原本「本」

1 息がたえた。

2 八大童子の中の、智徳と福徳の神。矜羯羅・制吒迦が正しい。

3 都史多天。欲界六天の第四天で、内院に弥勒菩薩が説法する。

4 吉野山中にある。

5 葛城山。

6 吉野の高峯。

7 「検者」は「験者」が正しい。効験のやいばのように鋭い修験者。

第二日と云に、八人の童子来《きたつ》て引上んとし給へ共、散散に抓合《つかみあう》て不レ上《あがらず》。三日と云に文覚終に無レ墓《はかなく》[1]成にけり。口瀑つぼを不レ汚《けがさじ》とや、鬢《びんづら》結たる天童二人、瀑の上より下降《おりくだ》り、文覚が頂上より手足の瓜先・手表《たなごころ》に至《いたる》迄、世に暖かに香敷《かうばし》き御手を以て、撫で下《くだし》給と覚えければ、夢の心地して息出ぬ。「抑如何なる人にて在《まし》在《ま》せば、角は怜《あはれ》み給らん」と奉レ問《とひたてまつる》。折「我れは是大聖《だいしやう》不動明王の御使に、金伽《こんが》[2]羅《ら》・逝多迦《せいたか》と云二童子也。文覚無上の願を発《おこ》して、勇猛《ゆうみやう》の行を企たつ。行て可レ合レ力《ちからをあはすべし》と明王の勅に依て来れる也」と答へ給。口文覚声を怒らかして、「さて明王は何くに在在《ましま》すぞ」初「兜率天《とそつてん》[3]に」と答て、雲井遙に上《あが》り給ぬ。指掌を合せて是を奉レ拝《をがみたてまつる》。「去れば、我《わが》行をば大聖不動明王までも知被レ召《しろしめされ》たるにこそ」と憑《たの》敷《もし》う覚えて、猶瀑つぼに帰り立てぞ被レ打《うたれ》け〔る〕①。中誠に目出度き瑞相共在ければ、吹来る風も身に不レ染《しまず》、おち来る水も湯の如し。拾角て三七日の大願終に遂げにければ、那智に千日籠り、大峯[4]三度、葛城[5]二度、高野・粉河・金峯山《きんぶうぜん》[6]・白山・立山・富士の嵩・信濃の戸隠し・出羽の羽黒、惣じて日本国無二残処一行回《のこるところなうおこなひまはつ》て、有繋《さすが》猶故郷や恋しかりけん、②③都へ上りたりければ、凡そ飛鳥も祈りおとす程のやいばの検者《げんじや》[7]とぞ聞えし。

勧《くわん》進《じん》帳《ちやう》

ロ 後には高雄と云山の奥に[8]行なひ住《すま》してぞ居たりける。④ 彼高雄に神護寺《じんごじ》と云《いふ》山寺在り。昔[9]称徳天王の御時、和気《わけ》清麻呂が被レ建《たてられし》伽藍也。重 久敷《ひさしく》修造無りしかば、春は霞に被ニ立籠一《たちこめられ》、秋は霧に交はり、扉は風に倒れて落葉の下に朽《くち》、甍は雨《う》露《ろ》に被レ侵《をかされ》て、仏壇更に顕は也。下 住持の僧も無れば、稀れに差入《さしいる》物とては、月日の光計《ばかり》也。白 文覚是を如何にもして修造せんと云大願を発《おこ》し、勧進帳を捧げて、[10]十方檀那を勧《すす》めありきける程に、或時院御所法住寺殿へぞ参りたりける。ロ 御俸加可レ在《あるべき》之由《よし》奏聞しけれ共、御遊の折節で、聞召《きこしめし》も不レ被レ入《いれられず》。文覚は天性《てんぜい》不敵[11]第一の荒聖也。御前の[12]骨内証⑤をば不レ知《しらず》、只申入ぬぞと心得て、無ニ是非一《ぜひなく》御坪の内へ破入《やぶりいり》、大音声《だいおんじやう》を揚て申けるは、強「大慈大悲の君にておはし在《ま》す。などか聞召《きこしめし》可レ不レ入《いれざるべき》」とて、勧進帳を引広げ、高らかにこそ読《よう》だりけれ。

読 沙弥文覚敬白《うやまつてまうす》。殊には⑥貴賤[13]道俗の助成《じよじやう》を蒙て、高雄山の霊地に、一院を建立し、[14]二世安楽の大利《だいり》を勤行《ごんぎやう》せんと請《こふ》勧進の状。

8 修行に専念する。
9 類聚三代格ニにのせる天長元年九月の官符に「清麿……至ニ延暦年中一、私建ニ伽藍一名曰ニ神願寺一……」と見え、「桓武天皇の御時」が正しい。
10 四方、四隅と上下。
11 程度の著しいこと。
12 骨は作法。内証は内々の事情。宮中内のしきたり、慣例。
13 僧と俗。
14 現世と来世。

①原本「り」
②原本これにて句を終わるを、改む。
③原本これより「勧進帳」をたてるを、改む。
④原本「が」あり。
⑤諸本「やう」
⑥諸本「は」なし。

夫以《それおもんみ》れば真如[1]広大なり。生仏《しやうぶつ》[2]の仮名《けみやう》をたつと云へ共、法性[3]随妄の雲厚く覆て、十二因縁の峯に並び居しより以降《このかた》、本有《ほんう》[4]心蓮の月の光幽《かすか》にして、未だ三毒四慢[5]の大虚に不レ現《あらはれず》。悲哉《かなしいかな》、仏日早く没して、生死流転の衢冥冥《ちまたみやうみやう》たり。只色に耽り、酒に耽る、誰か狂象《きやうざう》[6]重淵《ちようえん》の迷ひを謝せん。徒《いたづら》に人を謗じ法を謗ず、豈《あに》閻羅獄卒の責めを〔免〕①れんや。爰《ここ》に文覚適《たまたま》俗塵を打払て法衣を飾《かざる》と云へ共、悪行猶心に逞《たくましう》して日夜に造り、善苗[7]又耳に逆《さかつ》て朝暮に廃《すた》る。痛哉《いたましいかな》再〔度〕②三〔途〕③の火坑《くわきやう》に帰て、永く四生[8]の苦輪に廻らん。④此故に無二[9]の顕章千万軸、〔軸〕⑤軸に仏種の因を明す。随縁〔至〕⑥誠の法一《ひとつ》として菩提の彼岸に無レ不レ到《いたらざるはなし》。故《かるがゆゑ》に文覚無常の観門に涙を落し、上下の親俗を勧めて上品蓮台に歩みを運《はこび》、⑦等妙覚王の霊場を立んと也。抑高雄⑧推《うつたか》くして鷲峯《じゆぶう》山《ぜん》の梢を表《へう》し、谷閑《しづか》にして商山洞の苔を敷り。岩泉咽《むせ》んで布を引、嶺猿《れいゑん》叫で枝に遊ぶ。人里《じんり》遠して器塵[10]無し。咫尺好《ことなう》して信心のみ在。地形勝れたり。尤も仏天を可レ崇《あがむべし》。俸加少しき也、誰か不二助成一《じよじやうせざらん》。夙　聞《ほのかにきく》[11]聚沙為仏塔《じゆしやゐぶつたふ》功徳《くどく》、忽に仏因を感ず。況や一紙半銭の宝財に於てをや。願くは建立成就して、金闕鳳暦御願円満〔乃〕⑨至《ないし》都鄙遠近、隣民親疎、堯舜無為の化をうた

1　永久不変の真理である仏の教え。
2　衆生と仏。
3　法性（真如）を随妄（妄縁に従う）の雲が厚く覆て。
4　本来所有する、蓮のように清らかな仏性。
5　三徳円慢が正しい。
6　跳猿が正しい。
7　善因。
8　この世のあらゆる生き物はその出生について四つの種類があるという、その種別。
9　（釈迦）牟尼の誤り。
10　囂塵が正しい。かまびすしさと塵。
11　法華経方便品に「若於二曠野中一積レ土成二仏廟一乃至童子戯聚レ沙為二仏塔一如レ是諸人等皆已成二仏道一」とある。

ひ、椿葉《ちんえふ》12再会の笑《ゑみ》を開ん。殊には聖霊幽儀先後大小、速かに一仏真門の台《うてな》
に至り、必《かならず》三身万徳の月を玩《もてあそ》ばん。仍《よつて》勧進修行の趣き、蓋《けだし》⑩〔以《もつて》〕如レ此《かくのごとし》。

治承三年三月日　　文　覚

とこそ読上⑪〔たれ〕。

文《もん》覚《がく》流《ながされ》

ロ　折節御前には太政大臣妙音院13、琵琶掻鳴し朗詠目出度うせさせ給。按察《あぜちの》大納言資方卿14、拍子と〔ッ〕て風俗催馬楽被レ歌《うたはれ》けり。右馬頭資時15・四位⑫〔侍従〕盛定、和琴《わごん》掻鳴し、今様取取《とりどり》に歌ひ、玉の簾、錦の帳ざざめき合ひ、誠に面白かりければ、法皇も付け歌せさせおはし在《ます》。其れに文覚が大音声出きて、調子も違ひ、拍子も皆乱にけり。「何者ぞ。そくびつけ16」と被レ仰下《おほせくださるる》17程こそ在りけれ、はやりをの若者共、我も我もと進みける中に、資行判官と云者走出でて、「何条事申ぞ。罷出よ」と云ければ、「高雄の神護寺に庄を一所《いつしよ》不レ被レ寄《よせられざらん》程は、全たく文覚出づまじ」とて不レ働《はたらかず》。寄てそくびをつかうどしければ、勧進帳を取なほ

12 再会は再改が正しい。本朝文粋の大江朝綱の詩序に「徳是北辰、椿葉之影再改、尊猶南面、松花之色十廻」とある。
13 師長。
14 資賢が正しい。
15 資賢の子。
16 首をののしって言うことば。
17 仰せ下されるやいなや。

①原本「兎」
②原本なし。
③原本「塗」
④諸本「事を」あり。
⑤原本「万」
⑥原本「常」
⑦原本「山は山ひ」あり。
⑧諸本「は山」あり。
⑨原本「の」
⑩原本なし。
⑪原本「たり」
⑫原本「侍徒」

し、資行判官が烏帽子をはたと打て打落し、拳《こぶし》を握てしや胸を築[1]《つい》てのけに撞倒《つきたふ》す。拾 資行判官髻放ておめおめと大床のうへへ逃上る。其後文覚懐より馬の尾で柄《つか》巻たる刀の、氷の様なる〔を〕①抜出いて、寄り来ん者を突《つか》うどこそ待懸たれ。左の手《ひだん》には勧進帳、右の手には刀を抜て走り〔回〕②《まは》る間、思ひ設けぬ俄か事では在り、左右の手に刀を持たる様にぞ見えたりける。公卿殿上人も、「こは如何に如何に」と被レ噪《さわがれ》ければ、御遊もはや荒にけり。院中の騒動不レ斜《なのめならず》。怒口 信濃国の住人安藤武者右宗《みぎむね》、其比当職[2]《たうしよく》の武者所《むしやどころ》で在けるが、「何事ぞ」とて、太刀をぬいて走出《はしりいで》たり。文覚よろこんで懸《かか》る所を、切ては悪しかりなんとや思けん、太刀のみねを取なほし、文覚が刀持たるかひなをしたたかに打。被レ打《うたれ》てちつと疼処《ひるむ》を太刀を捨てて、「得たりおう」[3]とてくんだりけ〔り〕③。被レ組《くまれ》ながら文覚、安藤武者が右のかひなを突く。被レ突《つかれ》ながらしめたりけり。互に劣らぬ〔大〕④力成ければ、上に成り下《し》たに成り、辷合処《ころびあふ》に、かしこがほに上下寄つて、文覚が、[4]働く処のぢやうをがうして[5]〔ゾ〕げり。去れ共、是を事共せず弥《いよいよ》悪口謗言す。口 門外へ引出て庁の下部《しもべ》にひつぱられて、乍レ立《たちながら》御所の方《かた》を睨《にら》まへ、大音声を揚て、強「俸加をこそ不二為給一《したまはざらめ》、是程文覚に辛い目を見せ給つれば、思ひ知せ申さん⑤

1 突てが正しい。
2 現職。
3 しめた。矢の当たった時にもこのかけごえが見られる。
4 「ぢやう」は、範囲。動くところをかたはしから。
5 拷す。打つ。

ずる者を。ロ[6]三界は皆火宅也。王宮《わうぐう》と云共、其難を不レ可レ逃《のがるべからず》。十善の帝位にほこ[7]
(ツ)たう共、黄泉の旅に出《いで》なん後は、牛頭《ごづ》・馬頭《めづ》の責めをば免《まぬか》れ不レ給《たまはじ》者を」と、
跳上《をどりあがり》跳上ぞ申ける。「此法師奇怪《きつくわい》なり」とて、軈《やが》て被ニ獄定《ごくぢやうせられ》一けり。資行判官は、
烏帽子⑥〔被ニ〕打落《うちおとされ》一て恥がましさに、暫しは出仕もせず。安藤武者、文覚くん
だる勧賞に、当座に一﨟[8]を不レ歴《へず》して、右馬允にぞ被レ成《なされ》ける。去程に、其比美[9]⑦
福門院被レ隠《かくれ》させ給て、有ニ大赦《だいしやあり》一しかば、文覚無レ程《ほどなく》被レ赦《ゆるされ》けり。白 暫くは何くに
も可レ行《ゆくべかり》しが、さは無して又勧進帳を捧て勧めけるが、去らば只も無して、「あ
つぱれ、此世の中は只今乱れて、君も臣も皆滅び失せんずる者を」な(ン)ど、
怖敷《おそろし》き事をのみ申ありく間、「此法師都に⑧〔置〕ては叶まじ。遠流せよ」とて、
伊豆国へぞ被レ流《ながされ》ける。

源三位入道の嫡子仲綱の、其比伊豆守にておはしければ、其沙汰として、
ロ東海道より舟にて可レ下《くだすべし》とて、伊勢国へ⑨〔率《ゐ》〕て罷りけるに、[10]法便《ほふべん》両三人ぞ被レ付《つけ》
付《られ》たる。是等が申けるは、折「庁の下部《しもべ》の習[11]ひ、加様の事に付てこそ、自《おのづから》の依怙《えこ》も
候へ。如何に聖の御房、是程の事に逢て遠国へ被レ流《ながされ》給に、知人は持不レ給《もちたまはぬ》か。
土《と》産《さん》粮料《らうれう》如きの物をも乞《こひ》給へかし」と云ければ、指 文覚は「左様の要事可レ云《いふべき》[12]とく

6 法華経譬喩品に「三界無レ安、猶如ニ火宅一、衆苦充満、甚可ニ怖畏一」とある。
7 「誇り給ふとも」の音便形。
8 一﨟が正しい。ここは武者所の首席。
9 史実は、永暦元年十一月二十三日の崩御で、この文覚の赦免の時期とは合わない。門院は、鳥羽天皇の皇后得子。
10 放免が正しい。庁の下役人。
11 慣例。
12 知り合い。

①原本「ぞ」
②原本「舞」
③原本「る」
④原本「太」
⑤原本「申」を重ねて記す。
⑥原本なし。
⑦原本「後」あり。
⑧原本「於」
⑨原本「出」

いも不レ持《もたず》。東山の辺にぞとくいは在る。いで去らば文を遣《やら》う」ど云ければ、[1]けしかる紙を尋て得させたり。[2]口白「加様の紙で物書様無《ものかくやうなし》」とて、投返す。去らばとて、[3]厚紙《こうし》を尋て得させたり。文覚笑て、「法師は物を得不レ書《えかかぬ》ぞ。去らば己等《おのれら》書け」とて、書《かか》する様、「文覚こそ高雄の神護寺造立供養の志在て、勧め候つる程に、かかる君の代にしも逢て、所願をこそ[4]不レ成就《じやうじゆせざ》らめ、被レ禁獄《きんごくせられ》て、剰《あまつさへ》伊豆国へ被レ流罪《るざいせらる》。遠路の間で候。土産粮料如きの物も大切《たいせつ》に候。此使に可レ給《たぶべし》と書け」と云ければ、云ままに書て「去て、誰殿《たれどの》へと書候はうぞ」「清水の観音房へと書け」「是は庁の下部を欺くにこそ」[5]と申せば、「去りとては、文覚は観音をこそ深う奉レ憑《たのみたてまつ》たれ。さらでは誰に①〔か〕用事をば可レ云《いふべき》とぞ申ける。

口

伊勢国[6]阿野津《あののつ》より舟に乗て下けるが、遠江の天龍難《な》だにて、俄に大風吹き大波立て、[7]既に此舟を打返さんとす。水手梶取《すいしゆかんどり》共、如何にもして扶《たすか》らんとしけれ共、波風弥荒《いよいよあら》ければ、或は観音の名号《みやうがう》を唱へ、或は最後の[8]十念に及ぶ。去《さ》れ共《ども》文覚是を事共せず、高いびきかいて臥たりけるが、何とか思けん、今は角と覚えける時、か(ッ)ぱと起、舟の舳《へ》に立て、奥の方を睨《にら》まへ、大音声を上て、[強]「龍

1 粗末な。
2 語り本、「口」を右、「白」を左に傍書する。二様の語りようのあるを示すものか。
3 鳥の子の厚い紙。
4 成就しないどころか、更に。
5 ばかにする。
6 安濃の津。今の津市の海岸。
7 あぶなく。
8 十遍の念仏。

王や在る、龍王や在る」とぞ喚《よう》だりける。[9]口白「如何に是程の大願発《おこし》たる聖が乗たる舟をば、誤たうどはするぞ。只今天の責《せめ》蒙らんずる龍神共哉《かな》」とぞ申ける。

口 其故にや、波風無《ほどなく》レ程静まつて、伊豆国へ着に②〔けり〕。中 文覚京を出ける日より祈誓する事在③〔り〕。「我れ都に帰て高雄山の神護寺造立供養すべくは、死ぬべからず。其願可《むなしかるべく》レ空は、道にて可《しぬべし》レ死」とて、京より伊豆へ着《つき》ける迄、折節順風無りければ、浦伝ひ嶋伝ひして、三十一日が間は一向断食にてぞ在ける。初 去れ共気力少も不《おとらず》レ劣[10]行なひうちして居たり。実《まこと》に唯人共不《おぼえぬ》レ覚事共多かりけり。

④頼《より》朝《とも》院《ゐん》宣《ぜん》

口 近藤四郎国高と云者に被《あづけられ》レ預て、伊豆国奈古屋[11]が奥にぞ住《すみ》ける。去程に、兵衛佐殿へ常は参りて、昔今の物語共申て慰む程に、或時文覚申けるは、「平家には小松おほいとの[12]こそ心も剛《かう》[13]に、策《はかりこと》も勝《すぐ》れておはせしか、平家の運命が末に成やらん、去年《こぞ》八月薨ぜられぬ。今は源平の中に⑤〔わ〕どの程将軍の相《さう》持たる人はなし。早早謀叛を起して、日本国を随がへ給へ」。兵衛佐「思ひも寄ぬ事

9 2に同じ。
10 流布本は「衰へず」
11 今の静岡県田方郡韮山町にある。
12 平重盛。
13 強くて勇敢で。

①原本なし。
②原本「ける」
③原本「る」
④諸本「福原院宣」
⑤原本「つ」

宣《のたまふ》聖御房哉《かな》。我れは故池尼御前[1]《の》に無二甲斐一《かひなき》命を奉レ被レ扶《たすけられたてまつて》候へば、其後世を吊《とぶら》はん為に、毎日に法華経一部転読[2]する外は無二他事一《たじなし》と①〔こそ〕宣けれ。文覚重ねて申けるは、強[3]「天の与るを取ざれば却て其咎を受く。時到て不レ行《おこなはざ》れば却て其殃《わざはひ》を受と云本文あり。口角申せば、御辺の心を見んとて申な〔ン〕ど思ひ給か。御辺に志の深い色を見給へかし」とて、懐より白布《しろいぬの》に包だる髑髏《どくろ》を一つ取出す。兵衛佐「あれは如何に」と宣へば、「是②〔こそ〕わどのの父故左馬頭殿[4]の頭《かうべ》よ。折平治の後、獄舎の前なる苔の下に埋れて、後世吊人《とぶらふ》もなきを、文覚存ずる旨在て、獄《ごく》③守《もり》に乞て、此十余年頸に懸け、山山寺寺拝参り奉レ吊《とぶらひたてまつ》れば、今は一劫[5]《いちごふ》も扶《たすか》り給ぬらん。口去れば文覚は頭守殿《とうのかうのとの》の為にも奉公の者で④〔こそ〕候へ」と申ければ、初兵衛佐殿、一定[6]《いちぢやう》とは覚えね共、父の頭《かう》べと聞く馴しさに、先づ涙をぞ被レ流《ながされ》ける。白其後は打解《うちとけ》て物語し給。「抑頼朝勅勘を許《ゆ》りずしては、争か謀叛をば可《おこす》レ起《べき》」と宣へば、「其れ安い事、軈て上て申⑤〔許〕いて奉らん」。「さもさうず[7]、御辺も勅勘の身で人を申許さうど宣まふあてがひ[8]様こそ、⑥〔大〕きに実《まこと》しからね」。「我身の勅勘を許《ゆりう》ど申さばこそ僻事ならめ。わどのの事申さうを、何か可レ被レ苦《くるしかるべき》。今の都福原の新都へ上らうに、三日⑦〔に〕過まじ⑧。院宣窺ふ[9]に一日

1　頼盛の母。

2　真読の対。経文の経紙をくったり、一部を読誦する略式の読誦。

3　史記の准陰侯列伝に見える。

4　源義朝。

5　仏語で、長い時間。ここは地獄で長い間苦しむのをたすかることを言う。

6　本当。

7　とんでもない。

8　うけあう。

9　承る。

が逗留ぞ在んずる。都合七日八日には不レ過《すぎじ》」とてつき出ぬ。[10] 奈古屋に帰て、弟子共には、「伊豆御山《の》に、人に忍んで、七日参籠の志あ〔り〕⑨」とて、出にけり。げにも三日と云に、福原の新都へ上りつつ、前右兵衛督光能卿の許に聊《いささか》ゆかり在ければ、其れに行いて、「伊豆国流人、前兵衛佐頼朝こそ勅勘を被レ許《ゆるされ》て院宣をだにも給はらば、[11]八ケ国の家人《けにん》共催し集めて、平家を滅し、天下を静めんと申候へ」。兵衛督「いさとよ、我身も当時は[12]三官共に被レ留《とどめられ》て心苦しい折節也。法皇も被二押籠一《おしこめられ》て渡せ給へば、如何あらんずらん。乍レ去《さりながら》も窺てこそ見め」とて、此由竊に被レ奏《そうせられ》ければ、法皇聽て院宣をこそ被レ下《くだされ》けれ。⑩口 聖是を頸に懸け、又三日と云に、伊豆国へ下着《くだりつ》く。兵衛佐「あつぱれ、此聖御房は慭《なまじひ》に無レ《よし》由《なき》事申出して、頼朝又如何なる憂目にか合んずらん」と、[13]思は〔じ〕⑪事なう案じつづけておはしける処に、八日と云午の刻計に下り着て、「すは院宣〔よ〕⑫」とて上《たてまつ》る。兵衛佐、院宣と聞く忝なさに、手水《てうづ》鵜飼《うがひ》をし、新しき烏帽子・浄衣《き》て、院宣を三度拝して被レ開《ひらかれ》け〔り〕⑬。

読 [14]頻《しきり》の年より以降《このかた》、平氏王皇《わうくわう》蔑如して政道に無レ憚《はばかりなし》。仏法を破滅して、朝威を亡さんとす。夫吾朝は神国也。[15]宗廟《そうべう》相並んで、神徳惟新也《これあらたなり》。故に朝廷開

10 「出づ」を強めたことば。さっと出る。
11 関東八か国。
12 光能が前についていた三つの官職。
13 あらゆることをとやかく思って。
14 近年。「頃年」とも。
15 先祖を祭る神殿。

①原本「ぞ」
②原本「去年」
③原本「も」あり。
④原本なし。
⑤原本「計」
⑥原本「多」
⑦原本なし。
⑧原本「そ」あり。
⑨原本「る」
⑩原本「ば」あり。
⑪原本「ん」
⑫原本なし。
⑬原本「る」

基之《の》後《のち》、数千余歳の間、[1]帝猷《ていいう》を傾け、国家を危ぶめんとする者、皆以無レ《みなもつてはい》不レ敗北《ぼくせざるはなし》。然ば、①〔則〕《すなはち》且は神道の冥助[2]に任《まか》せ、且は勅宣の旨趣《しいしゅ》を守て、早く平氏の一類を誅して、朝家の怨敵《をんでき》を退よ。譜代[3]弓箭の兵略をつぎ、累祖奉公の忠勤を抽《ぬきん》で、身を立て、家を興すべし。者《てい》れば、院宣如レ此《かくのごとし》。

拾 仍《よつて》執達如レ件《くだんのごとし》。

治承四年七月十四日　前右兵衛督[4]充能《みつよし》が承はり

謹上前右兵衛佐殿へ

とぞ被レ書《かかれ》た②〔る〕。初 此院宣をば錦の袋に入て、石橋山の合戦の時も、兵衛佐殿頸に被レ懸《かけられ》たりけるとかや。

③薩摩守東国発向《さつまのかみとうごくはつかう》

ロ 去程に、福原には、勢の[5]不レ着《つかぬ》先に急ぎ討手を可レ下《くだすべし》と、公卿僉議在て、大将軍には小松権亮少将《ぜうしやう》維盛、副将軍には薩摩守忠教[6]、都合其勢三万余騎、九月十八日に都を立て、十九日には旧都に着き、軈て二十日東国へこそ被レ討立《うつたたれ》④〔け

1 天皇の政道。
2 深遠な助け。
3 代々。
4 光能が正しい。
5 敵に同心する軍勢。
6 忠度が正しい。
7 帯佩が正しい。武装した姿。
8 よろいの異名。
9 葦毛に、灰色の斑文のある毛なみの馬。
10 金覆輪が正しい。
11 沃懸地。うるしぬりに金粉をふりかけたもの。
12 皇女が生んだ女官。

れ」。中大将軍権亮少将《ぜうしやう》維盛は、生年《しやうねん》二十三、容儀[7]体拝《たいはい》絵にかく共筆も難レ及《およびがたし》。

拾重代の鎧唐皮と云着《き》[8]せ長《なが》をば、唐櫃《からびつ》に入て被レ昇《かかせらる》。路中《みちうち》には、赤地の錦の直垂に、萠黄《もよぎ》⑤糸威の鎧著て、[9]連銭葦毛《れんぜんあしげ》なる馬に、[10]金幅輪《きんぷくりん》の鞍置て乗給へり。副将軍薩摩守忠教は、紺地の錦の直垂に、火威の鎧著て、黒き馬の太逞《ふとうたくましい》[11]に（ツ）かけ地の鞍置て乗給へり。馬・鎧・甲・弓矢・太刀・刀に至迄、光耀《てりかかや》く程に被二出立一《いでたたれ》しかば、目出度かりし見物也。

口薩摩守忠教は、年比或[12]宮腹の女房の許《もと》へ被レ通《かよはれ》けるが、或時おはしたりけるに、其女房の許へ[13]無二止事一《やんごとなき》女房[14]儘卒度《まらうど》⑥に来りて、良久《やや》しうぞ⑦物語し給ふ。小《さ》夜も遙に深行まで客人帰不レ給《たまはず》。忠教軒端《のきば》に暫しやすらひて、扇を荒く被レ使《つかはれ》ければ、宮腹の女房、歌[15]「野もせにすだく虫の音よ」と、指⑧〔優に〕、優敷口号《やさしくくちずさみ》給へば、薩摩守軈《やが》て使ひ止て被レ帰《かへられ》けり。[16]口白其後又おはしたりけるに、宮腹の女房「去ても、一日《ひとひ》、何とて扇をば使止《つかひやみ》⑨にしぞや」と被レ問《とはれ》ければ、「いさ、苦《かし》[17]がましな（ン）ど聞え候しかば、さてこそ使止《つかひやみ》候しか」とぞ宣ける。口彼女房の許より忠教の許へ、[18]小袖一重遣すとて、[19]千里の名残の悲しさに、一首の歌をぞ被レ送《おくられ》ける。

歌[20]東路の草葉を分けん袖よりも絶《たえ》ぬ袂の露ぞ翻《こぼ》るる

13 高貴な。
14 客人。
15 新撰朗詠集上に「かしがまし野もせにすだく虫の音やわれだにものを言はでこそ思へ」とある。この話は今物語、十訓抄にも見える。
16 口説、白声二様に語り様のあるを示すか。
17 語り本、「か」に清点がある。
18 礼服などの下に着た、袖口の小さい衣。
19 遠い旅に出かける別れの。
20 拾遺集六にある「東路の草葉を分けむ人よりも後るる袖ぞまづは露けき」の改作。

①原本「奥」
②原本「り」
③諸本「富士川」
④原本「ける」
⑤諸本「糸威」を「にほひ」とする。
⑥諸本「に」なし。
⑦諸本「ぞ」なし。
⑧原本「言に」
⑨諸本「に」なし。

薩摩守返事〔に〕①は、

歌　別路を何か歎かん越て行関も昔の跡と思へば

指「関も昔の跡」と読《よめ》る事は、平将軍貞盛、将門追討の為に東国へ下向せし事を思出でて読たりけるにや、②苦優敷《いとやさし》う〔ぞ〕③聞えし。

重　昔は朝敵を平げに外土《ぐわいと》へ向ふ将軍は、先参内して切刀[1]を給る。宸儀[2]南殿[3]に出御し、[4]近衛《こんゑ》階下《かいか》に陣を引き、下　内弁外《げ》弁の公卿参列して、誅儀[5]の節会を被ㇾ行《おこなはる》。大将軍・副将軍、各礼儀を正して是を給る。承平・天慶《てんぎやう》の蹤跡《しようせき》も、年久しう成て④〔難《なぞらへが》〕ㇾ准《たし》とて、初　今度は讃岐守正盛が前対馬守源義親追討の為に出雲国へ下向せし例とて、鈴計《ばかり》給て、皮の袋に入て、雑色《ざつしき》が頸に懸させてぞ被ㇾ下《くだられ》ける。指　古へ、朝敵を滅さんとて都を出る将軍は、三つの存知《ぞんぢ》あり。切刀を給る日家を忘れ、家を出るとて妻子を忘れ、戦場にして敵《かたき》に戦ふ時、身を忘る。初　去れば、今の平氏の大将軍維盛・忠教も、定めて加様の事をば被二存知《ぞんぢせられ》一たりけん。哀れ成し事共也。

⑤重而《かさねて》　高倉院厳嶋御幸《たかくらゐんいつくしまごかう》

1　節刀が正しい。節（しるし）の刀の意。
2　天皇。
3　紫宸殿。
4　近衛の官人が紫宸殿の階の下に。
5　中儀が正しい。節会の儀の中の白馬・端午・豊明などを中儀と言う。

同二十三日、新院又安芸国《の》厳嶋へ御幸成る。去三月にも御幸在き。其故に⑥や、中一両⑦〔月〕世も目出《めで》度《たう》治つて、民の煩も無りしが、高倉宮の謀叛に依て、又天下乱れて、世上も不レ静《しづかならず》。是に依て、且は天下静謐《せいひつ》の為、且は聖代《せいたい》[6]不予《ふよ》の御祈念の為とぞ聞えし。今度は福原よりの御幸なれば、斗藪《とそう》[7]の煩ひも無りけり。手《て》づから自《みづ》から御願文を遊《あそば》いて清書をば摂政殿[8]せさせおはします。

蓋《けだ》し聞く、法性雲閑《くもしづか》なり、⑧〔十四十五〕の月高く晴れ、権化智深く[9]、一陰一陽の風旁《かたはら》に扇《あふ》ぐ。夫《それ》厳嶋の社は称名普く聞るには効験無双の砌也。遙に嶺の社壇を繞《めぐ》る、自《おのづから》大慈の高く⑨〔峙〕《そばだつる》を彰し、巨海[10]の祠宇に及ぶ。空に弘誓《ぐぜい》[11]の深広なる事を表す。夫以《それおもんみ》れば、初[12]⑩〔庸〕《よう》昧《まい》の身を以て、忝なく皇王の位を践む。今賢猷《けんいう》[13]を霊境の群に玩《もてあそん》で閑坊射山《をやさん》[14]の居に⑪〔楽〕しむ。然るに、竊に一心の精誠を抽《ぬきん》で孤嶋の幽祠に詣《まうで》、御瑞離の下に明恩を仰ぎ、懇念を凝《こら》して汗を流し、[15]宝宮の内に霊託を垂《たる》。其告げの心に銘ずる在り。就レ中《なかんづく》特に怖畏謹慎の期《ご》をさすに専ら季夏初秋の候に当る。病痾忽に侵し、医術の験を⑫〔施〕す事なし。[16]平計頻に転ず、弥《いよいよ》神感の不レ空《むなしからざる》事を知ぬ。祈禱を求と云へ共⑬〔霧露難レ散〕《さんじがたし》。⑭〔如〕《しか》じ心符の志を抽でて重て斗藪の行を企《くはた》てんと思ふ。

6 上皇御病気の平癒の祈念。
7 行脚。
8 藤原基通。
9 権現（厳島明神）。
10 大海が社殿のそばまでのぞむ。
11 弘く人を救おうとの誓い。
12 凡庸で愚かな自分。
13 賢人のはかりごと、考え。
14 静かな月日を仙洞に楽しむ。
15 この社殿。
16 萍桂。月日。

①原本なし。
②原本「ぞ」あり。
③原本なし。
④原本「巨」
⑤諸本ここにて句をたてず。語り本、この句を有さず。
⑥原本「か」あり。
⑦原本「年」
⑧原本「十四日十五日」
⑨原本「岐」
⑩原本「虚」
⑪原本「条」
⑫原本「絶」
⑬原本「霧難落散」
⑭原本「然」

漠漠たる寒嵐の底、旅泊に臥て夢を破り、〔凄々〕①たる微陽の前、遠路に臨《のぞん》で眼を究む。遂に[1]粉楡の砌に着《つい》て敬て清浄の席をのべ、書写し奉る色紙墨字の妙法蓮華経一部、[2]開結二経、阿弥陀・般若心経等の経各一巻、手《てつ》から自《みづ》から奉二書写一《しよしやしたてまつる》金泥の提婆《だいば》品《ほん》一巻。時に蒼松蒼柏の陰、共に善理の種を添《そへ》、潮去潮来響《てうきよてうらいの》、空に梵唄の声に和す。弟子《ていし》[3]北闕の雲を辞して八〔日〕②、涼燠の多く廻る事なしと云へ共、西海の浪を凌ぐ事二度、深く機縁の不レ浅《あさからざる》事を知《しん》ぬ。朝に祈る客一つに不レ在《あらず》、夕に賽《かへりまう》しする者且千《ちぢばかり》也。但《ただし》尊貴の帰仰雖レ多《おほしといへども》、院宮の往詣未レ聞《いまだきかず》。禅定法皇初めて其儀を[4]のこい給。彼[5]嵩高山《すうかうざん》の月の前には漢武未だ和光の影不レ弁《わきまへず》。蓬萊洞の雲の底にも天仙空《むなし》く垂跡《すいしやく》の塵を隔つ。仰願くは大明神、伏乞《ふしてこふ》らくは一乗経、新に丹祈を照して唯一の玄応を垂給へ。

治承四年九月二十八日　　太上天皇

とぞ被レ遊《あそばされ》たる。

1　粉楡が正しい。神域。
2　法華経を本経とし、その前に読む無量義経と、結びに読む普賢観経。
3　宮城。
4　残い。「残し」の音便形。
5　中国五岳の一。

③富《ふ》士《じ》河《がは》

初 去程《さるほど》に、此人人は九重の都を立て千里《せんり》の東海に趣き給ふ。平かに帰り上らん事も危き在様共にて、初中 或は野原の露に宿を借、或高峯《あるひはたかね》の苔に旅寝をし、山を越え河を重ね、日数歴《ふ》れば、十月十六日には、駿河国清見関[6]にぞ着給ふ。初 都をば三万余騎で出しかど、路次《ろし》の兵者《つはもの》召具して、七万余騎とぞ聞えし。先陣は神《かん》[7]原《ばら》・富士河に進み、後陣は未だ手《て》[8]越《ごし》・宇津《うつ》[9]の屋に支へたり[10]。④口 大将軍権亮少将維盛、侍大将上総守忠清を召て、「口只維盛が存知には、足柄を打越えて坂東にて軍をせん」と被レ疾《はやられ》けるを、上総守申けるは、「福原を立せ給し時、入道殿の御《ご》定《ぢやう》には、軍は忠清に任《まか》せさせ給へと仰せ候しぞかし。八箇国の兵者共皆兵衛佐に随がひ付て候なれば、なん十万余騎か候らん。御方《みかた》の御勢《おんせい》は七万余騎とは申せ共、国国の借《かり》武者共也。馬も人も責め伏せて候[11]。伊豆・駿河の勢の可レ参《まゐるべき》だに〔も〕⑤未ニ見候一《いまだみさうらはず》。口只富士河を前に当てて、御方の御勢を待せ可レ給《たまふべう》や候らん」と申ければ、力及ばで[12]⑥〔ゆ〕らへたり。

6 今の静岡県清水市興津清見寺町にある。
7 蒲原が正しい。
8 今の静岡市にある。
9 宇津谷が正しい。
10 はやる気持をおさえてとどまる。
11 疲れている。
12 とどまっている。

①原本「さいさい」
②原本「亥」
③諸本、これにて句をたてず。語り本、「東国下向」の続き。
④語り本、これより「富士川」。
⑤原本なし。
⑥原本「こ」

1 黄瀬川。
2 今の沼津市の東部、黄瀬川の東岸にある。
3 さしつかえあるまい。
4 屋代本では、薩摩守のことばとして見える。
5 関東八箇国。
6 強弓も勢兵（精兵）も同義の語。強い弓をひく兵。

拾 去程に、兵衛佐は足柄山を打越えて、駿河国きせ河[1]にこそ着給へ。甲斐・信濃の国《の》源氏共馳来て一つになる。浮嶋原[2]にて勢汰《せいぞろ》へ在。二十万騎とぞ記《しるい》たる。

白 常陸源氏佐竹太郎が雑色、主の使に文持て京へ上るを、平家の先陣上総守忠清是を留て、持たる文を奪取り、明て見れば、女房の許への文也。苦しかるまじ[3]とて、取《とら》せて〔ン〕げり。「抑兵衛佐殿の勢、幾程在ぞ」と問へば、「凡《およそ》八日九日の道にはたとつづいて、野も山も海も河も武者で候。下﨟は四五〔百〕①千迄こそ物の数をば知て候へ共、其より上は不二知候《しりさうらはず》一。多いやらう、少ないやらうをば知不レ候《しりさうらはず》。昨日きせ河で人の申〔候〕②つるは、源氏の御勢二十万騎とこそ申候つれ」。上総守[4]是を聞て、「あつぱれ、大将軍の御心の延《のび》させ給たる程口惜い事不レ候《さうらはず》。今一日も先に討手を下させ給たらば、足柄の山打越えて、八箇国[5]へ御出候はば、畠山が一族、大庭《おほば》兄弟などか被レ参《まゐら》で候べき。是等だにも参りなば、坂東には不レ靡《なびかぬ》草木も候まじ」と、後悔すれども甲斐ぞなき。

口 又大将軍権亮少将維盛、東国の案内者とて、長井斎藤別当実盛を召て、「やや実盛、汝程の強弓勢兵《つよゆみせいびやう》[6]、八箇国に如何程在ぞ」と問給へば、斎藤別当あざ笑て申けるは、「さ候へば、君は実盛を大矢と思召候歟《か》。僅に十三束こそ仕《つかまつり》候へ。

実盛程《ほどい》射候者は、八箇国に幾等も候。大矢と申ぢやう[7]の者の、十五束に劣て引は不レ候《さうらはず》。弓の強《つよき》もしたたか成者五六人して張候。懸る精兵共が射候へば、鎧の二三両をも重ねて輙《たやすく》射透《いとほし》候也。大名一人と申は、勢の少定《すくないぢやう》、五百騎に劣るは不レ候《さうらはず》。馬に乗つれば落る道を不レ知《しらず》、悪処を馳れ共馬を不レ倒《たふさず》。軍《いくさ》は又親も討れよ、子も討れよ、死《しぬ》ればのり越え乗越戦《たたかひ》③〔候〕。西国の軍と申は、親被レ討《うたれ》ぬれば孝養《けうやう》[8]し、忌み明て寄せ、子被レ討《うたれ》ぬれば、其の思ひ歎き④〔に〕寄せ不レ候《さうらはず》。兵粮米尽ぬれば、田作り狩りをさめて寄せ、夏は熱《あつし》と云ひ、冬は寒しと嫌候。東国には惣《すべ》て其儀不レ候《さうらはず》。甲斐・信濃の源氏共、案内は知て候。富士腰《の》[9]より搦手にや⑤〔廻〕候らん。角申せば君を臆せさせ参らせんとて申には不レ候《さうらはず》。軍《いくさ》は勢には不レ依《よらず》、策《はかりこと》に依《よる》とこそ申伝て候へ。実盛今度の軍に、命生て再《ふたたび》都へ可レ参共《まゐるべしとも》覚不レ候《おぼえさうらはず》」と申ければ、平家の兵者共是聞て、皆振ひわななきけり。

強 去程に、十月二十三日にも成ぬ。明日は源⑥〔平〕富士河にて矢合せと定めたりけるに、口 夜に入て、平家の方より源氏の陣を見渡せば、伊豆・駿河の人民《にんみん》百姓等が軍《いくさ》に怖れて、或は野に入り、山に隠れ、或は舟に取乗て海河に浮び、営[10]の火見えけるを、平家の兵者共、「あな生便敷《おびたたし》の源氏の陣の遠火の多さよ。

7 条・定。範囲。
8 仏事を行い死者をとむらう。
9 山のすそ。
10 生活を営む火。

①原本なし。
②原本なし。
③原本なし。
④原本なし。
⑤原本「参」
⑥原本「氏」

1 木曽川。

2 岐阜県安八郡墨俣町。

3 陣のまわりにめぐらした大きな幕。

げにも誠に野も山も海も河も皆敵でありけり。如何せん」とぞあわてける。拾其夜の夜半計《ばかり》、富士の沼に幾等も戯居《たはむれゐ》たる水鳥共が、何にか驚きたりけん、只一度に①〔ば〕つと立ける羽音《はおと》の、大風雷《いかづち》なんどの様に聞えければ、平家の兵者共、「すはや源氏の大勢の寄するは。斎藤別当が申つる様に、定めて搦手もまはるらん。被二取籠《とりこめられ》一ては叶まじ。爰《ここ》をば引て尾張河[1]洲俣《すのまた》[2]を防げや」とて、取者不二取《とるものもとりあへ》敢《ず》一、我先に②〔とぞ〕落行ける。余りに遽噪《あわてさわい》で、弓取者は矢を不レ知《しらず》、矢取者は弓を不レ知《しらず》、人の馬には我れ乗り、我《わが》馬をば人に被レ乗《のらる》。或は繋《つない》だる馬に乗て株《くひ》を繞《めぐる》事無レ限《かぎりなし》。口近き③〔宿より〕迎へと（ッ）て遊びける遊君遊女共、或首《あるひはかし》ら被二蹴《けわら》破《れ》一、腰被二踏折《ふみをられ》一、喚叫者《をめきさけぶもの》多かりけり。

強 明る二十四日卯刻に、源氏大勢二十万騎、富士河に押寄せて、天も響き大地《だいち》も颻《ゆる》ぐ程に鬨《とき》をぞ三ケ度作ける。④白平家の方には音もせず、人を遣して見せければ、「皆落て候」と申。或は敵《かたき》の忘たる鎧と（ッ）て参たる者もあり、或は敵の捨たる大幕[3]と（ッ）て参たる者もあり。「敵の陣には蝿だにもかけり不レ候《さうらはず》」と申。兵衛佐馬より下、甲を脱《ぬぎ》、手水《てうづ》鵜飼《うがひ》をして、王城の方《かた》を伏拝み、「是《これ》全く頼朝が私の高名に不レ在《あらず》。八幡大菩薩の御計《ばか》らひ也」とぞ宣ける。軈て討取《うちとる》所なればとて、駿河国をば一条次郎忠頼、遠江をば安田三郎義定に被レ預《あづけらる》。平家⑤〔をば〕つづいても可レ攻共《せむべけれども》、4後も有繫《さすが》無ニ覚束一《おぼつかなし》とて、浮嶋原より引退き、相模国へぞ帰られける。

口 海道宿宿の遊君遊女共、「あな5忌忌《いまいま》し。討手の大将軍の矢一つだにも不レ射《いず》して、逃上給《にげのぼりたまふ》⑥転手《うたて》さよ。軍《いくさ》には見逃げと云事をだに、心憂き事にこそするに、是は聞《きき》にげし給たり」と笑あへり。落書共多かりけり。指 都の大将軍をば宗盛と云ひ、討手の大将をば権亮《ごんのすけ》と云間、平家をひらやと読成て、

歌 ひらやなる宗盛如何に噪《さわぐ》らん柱と憑むすけを落して

歌 富士河のせぜの岩こす水よりも早くも落《おつ》るいせ平氏哉

指 上総守が富士河に鎧を弃《すて》たりけるを読り。

⑦歌 富士河に鎧は弃《すて》つ墨染の衣ただきよ後の世の為

歌 忠清はにげの馬にぞ乗⑧〔に〕ける上総6鞦懸《しりがい》てかひなし

⑨五《ご》節《せちの》沙《さ》汰《た》

口 同十一月八日、大将軍権亮少将維盛、福原の新都へ上⑩〔つく〕。入道相国大に

---

4 背後にした関東の情勢。

5 ああ、あきれた。

6 上総で産する「しりがい」。忠清が上総守であったことを諷刺する。

①原本「わ」
②原本「そと」
③原本「宿に寄り」
④諸本、これより「五節之沙汰」をたつ。語り本は底本のまま。
⑤原本なし。
⑥諸本「うたてしさよ」
⑦語り本「下」とする。下歌のことか。
⑧原本「て」
⑨諸本、これにて句をたてず。
⑩原本「つつ」

怒て、「大将軍権亮少将維盛をば、鬼界嶋へ可レ流《ながすべし》。侍大将上総守忠清をば、死罪に行へ」とぞ宣ける。同九日、平家侍共老少参会して、忠清が死罪の事如何在んと評定す。中に主馬《しゆめの》判官盛国進《み》出でて申けるは、「忠清は自レ昔《むかしより》[1]不覚人《ふかくじん》とは承り〔①及不レ候《およびさうらはず》〕。あれが十八〔②の〕歳と覚候。鳥羽殿の宝蔵に五畿内一の悪党二人、逃籠て候しを、寄て搦めうど申者〔③も〕不レ候《さうらはざり》しに、此忠清、白昼に唯一人、築地を越《こえ》はね入て、一人《いちにん》をば討取り、一人をば生捕て、後代に名を揚たりし者にて候。今度の不覚は只事共覚不レ候《おぼえさうらはず》。是に就ても能能《よくよく》[2]兵乱《ひやうらん》の御慎しみ可レ候《さうらふべし》」とぞ申ける。白[3]同十日大将軍権亮少将維盛、右近衛中将に成給《なりたまふ》。討手の大将と聞えしか共、させる為出《しいだし》たる事もおはせず。「是は何事の勧賞ぞや」と、人人[4]囁《ささやき》あへり。

口
昔将門追討の為に、平将軍貞盛・田原藤太秀里[5]承て、坂東へ発向したりしか共、将門輙難レ滅《たやすくほろびがたかりし》かば、重て討手可レ下《くだすべし》と公卿僉議在て、宇治民部卿[6]忠文《ただふん》、清原[7]重藤《しげふぢ》、[8]軍監《ぐんけん》と云官を給て被レ下《くだられ》けり。駿河国清見関に宿《しゆく》したりける夜、彼《かの》重藤、漫漫たる海上《かいしやう》を遠見して、中[9]「漁舟《ぎよしう》の火《ほ》の影寒して焼レ浪《なみをやき》、駅路鈴声《のすずのこゑ》夜過レ《やまを》山《すぐ》」と云から歌を高らかに口号《くちずさみ》給へば、忠文《ただふん》〔④優〕に覚て感涙をぞ被レ流《ながされ》ける。

1　おくれをとる人。
2　兵乱をしずめるよう祈りを行わるべし。
3　史実は、治承五年六月十日に権中将になった。
4　かげ口を言う。
5　秀郷が正しい。
6　藤原枝良の子。宇治に邸を持つ。
7　滋藤が正しい。
8　副将軍の次の官。
9　和漢朗詠集下に見える。

口白
去程に、将門をば貞盛・秀里終に討取て〔ン〕げり。其首《かうべ》を持せて上る程に、清見
関にて行合たり。自《それより》レ其前後の大将軍打つれて上洛す。貞盛・秀里に勧賞被《おこなはれ》レ行
ける時、忠文・重藤にも勧賞可《あるべき》レ在歟《か》と公卿僉議あり。九条[10]右丞相《うしやうじやう》[11]師資公の申さ
せ給けるは、「坂東へ討手は雖《むかうたりといへども》レ為レ向、将門輙《たやすうほろびがたき》難レ滅処に、此人共仰せを蒙て、
関の東へ趣く時、朝敵既に滅びたり。口 去ればなどか可《けんじやうなかるべき》レ無二勧賞一」と申させ給
へ共、其時の執柄[12]《しつぺい》[13]小野宮殿、「[14]疑しきをば、成す事⑤〔なかれ〕」と礼記《らいき》の文《もん》に候
へば」とて、終に成させ不《たまはず》レ給。初 忠文是を口惜き事にして、「[15]小野宮殿の御末を
ば、[16]やつこにみなさん。九条殿の御末をば何れの世迄も守護神と成らん」と誓
ひつつひ[17]死にこそし給けれ。去れば九条殿の御末は目出度う栄えさせ給へ共、
小野宮殿の御末には可《しかるべき》レ然人もましまさず、今は絶果《たえはて》給けるにこそ。
口
去程に、入道相国の四男頭の中将重衡、左近衛中⑥〔将〕に成給ふ。同十一月
十三日、福原には内裡造り出して、主上御遷幸あり。⑦〔大〕嘗会あるべかりし
か共、大嘗会は十月の末[18]東河《とうか》に御幸《みゆき》して[19]御禊《ごけい》在り。重 大内《たいだい》の北の野に、⑧〔斎場所〕
を造て、神服神《じんぶくじ》⑨〔具《ぐ》〕を調《とと》のふ。大極殿《だいこくでん》の前、[20]龍尾道《りようび》の壇下《だんか》に[21]廻立殿を立て、御《お》
湯《ゆ》を召す。同壇《おなじき》の並びに[22]太政宮を造て、神膳を具《そな》ふ。下 [23]宸宴あり、御遊あり、大

10 丞相は大臣の唐名。
11 師輔が正しい。
12 摂政関白。
13 藤原実頼。
14 礼記の曲礼篇に見える。
15 この話、古事談四などに見える。
16 奴。
17 干死。
18 賀茂川。
19 みそぎ。
20 龍尾壇の下にが正しい。
21 儀式に先だち、主上が湯を使って神服に召しかえる所。
22 大嘗宮が正しい。悠紀・主基二殿の二棟から成る。
23 神宴。神楽のこと。

①原本「不レ及」
②原本なし。
③原本なし。
④原本「言」
⑤原本「なし」
⑥原本「相」
⑦原本「太」
⑧原本「税庁所」
⑨原本「供」

1 天武天皇の時。

2 破られしが正しい。

3 騒然とした。

極殿にて大礼《たいれい》あり、清暑堂にて御神楽在《あり》、豊楽《ぶらく》院にて宴会在。然《しかる》を此福原の新都には大極殿もなければ、大礼可レ行《おこなふべき》処もなし。清暑堂①〔も〕無れば、御神楽可レ奏《そうすべき》様もなし。豊楽院も無れば、宴会②〔も〕不レ被レ行《おこなはれず》。今年は③只新嘗会五節計可レ在《ばかりあるべき》之由公卿僉議在て、猶新嘗の祭りをば、旧都④〔の〕神祇官にして被レ遂《とげられ》けり。五節は[1]清御《きよみ》原《ばら》のそのかみ、拾吉野の宮にして、月白く風烈かりし夜、御心を澄しつつ、琴を弾《ひき》給しに、神女降て五度《いつたび》袖を飄《ひるがへ》す。是⑤〔ぞ〕五節の始めなる。

⑥口今度の都遷りをば、君も臣も御歎きあり。山・奈良を始めて諸寺諸社に至《いたる》迄、不レ可レ然《しかるべからざる》之由一同に訴へ申間、さしもよこ紙を[2]被レ遣《やられし》太政入道も、「去らば都帰り可レ在《あるべし》」とて、京中[3]ひしめきあへり。同十二月二日、俄に都帰《みやこがへり》在⑦〔けり〕。中新都は北は山に⑧〔そひ〕て高く、南は海近くして下れり。波の音常は喧敷《かまびすしく》、塩風烈敷《はげしき》処也。されば、新院いつとなく御悩のみ繁かりければ、急ぎ福原を出させ給。白摂政殿を始め奉て、太政大臣以下の公卿殿上人、我も我もと被二供奉一《ぐぶせらる》。入道相国を始として平家一門の公卿殿上人、我先に⑨〔とぞ〕被レ上《のぼられ》ける。誰か心憂かりつる新都に片時も可レ残《のこるべき》。去《いんじ》口六月より⑬〔屋ども〕壊《こぼ》ちよせ、資財雑具

運び下し、如《かたのごとく》レ形取立たりつるに、又物狂しう都帰り在ければ、何の沙汰にも
不《およばず》レ及、打弃《うちすて》打弃被《のぼられ》レ上け〔り〕⑪。折各栖《すむ》家もなくして、八幡・賀茂・嵯峨・太秦《うづまさ》・
西山・東山〔の〕⑫方辺《かたほとり》に付て、御堂の廻廊、社の拝殿な〔ン〕どに立やど〔ッ〕て〔ぞ〕⑬、
可《しかるべき》レ然人人もましましける。

ロ　今度の都遷の本意を如何にと云に、旧都は南都・北嶺4近くして、聊《いささか》の事にも春日《かすが》の神木、日吉の神輿な〔ン〕ど云て乱〔り〕⑭がはし。福原は山へだたり江《え》重て、程も有繋《さすが》遠ければ、左様の事不《たやすからじ》レ輙とて、入道相国の計らひ被《いだされ》レ出たりけるとかや。

拾5　同十二月二十三日、近江源氏の背《そむ》きしを攻んとて、大将軍には左兵衛督知盛・薩摩守忠教6、都合其勢二万余騎で近江国へ発向して、山本・柏木・錦古里《にしごり》な〔ン〕ど云あぶれ源氏共7、一一に皆攻落して、軈て美濃・尾張へ越給ふ。

南《なん》都《と》炎《えん》上《しやう》

ロ　都には又「高倉宮園城寺へ入御《じゆぎよの》時、南都の大衆同心して、剰《あまつさ》へ8御迎へに参る条、是以《もつて》朝敵也。去れば南都をも三井寺をも可《せめらるべし》レ被レ攻」と云程こそ在けれ、奈

4　比叡山。
5　史実は十二月二日。
6　忠度が正しい。
7　各地に散らばって住んでいる源氏。
8　言うやいなや忽ち。

①原本なし。
②原本なし。
③語り本「是ヨリ下クトキ吟」とあり。
④原本なし。
⑤原本「を」
⑥諸本・語り本、これより「都帰」をたつ。
⑦原本「ける」
⑧原本「傍」
⑨原本「ぞと」
⑩原本「宿も」
⑪原本「る」
⑫原本なし。
⑬原本なし。
⑭原本「れ」

良の大衆生便敷《おびたたしく》蜂起す。摂政殿より「存[1]知の旨あらば、幾度も奏聞にこそ及ばめ」と被二仰下《おほせくだされ》一けれ共、一切不レ奉レ用《もちひたてまつらず》。右[2]官の別当忠成を御使に被レ下《くだされ》たりければ、「し[3]や乗物より取て引落せ、髻切れ」と騒動する間、忠成色を失て逃上る。次に右衛門佐親雅を被レ下《くださる》。是をも「髻切れ」と大衆ひしめきければ、取者も不二取敢《とりあへず》一逃上る。其時は勧学院の雑色《ざつしき》二人が髻被レ切《きられ》けり。又南都には大なる[4]球丁《ぎつちやう》の玉を作て、是は平相国の首と名付て、「打て、踏め」なんどぞ申ける。

中[5]①「〔詞〕の漏れやすきは殃《わざはひ》を招く媒《なかだち》也。②〔詞〕の不レ慎《つつしまざる》は破れを取る道也」と云へり。此入道相国と申は、かけまくも忝なく当[6]③君の外祖にておはします。其を加様に申ける南都の大衆、凡は天魔の所為とぞ見えたりける。

ロ

入道相国加様の事共伝《つたへ》聞給て、争か好しと可レ被レ思《おもはるべき》。[7]且且《かつかつ》南都の狼籍を静めんとて、備中国の住人瀬尾太郎兼康、大和国の検[8]非所に被レ補《ほせらる》。兼康五百余騎で南都へ発向す。「相[9]構て、衆徒は狼藉を致す共、汝等は不レ可レ致《いたすべからず》。物の具なせそ。弓箭④〔な〕帯しそ」とて被レ向《むけられ》たりけるに、大衆《だいしゅ》懸る内[10]儀をば不レ知《しらず》、兼康が余[11]勢六十余人搦取て、一一に皆頸を切て猿沢の池の端にぞかけ双《ならべ》たる。入道相国大に怒て、「去らば南都を攻よや」とて、大将軍には頭中将重衡、副将

1 考えること。

2 有官が正しい。西宮記に「勧学院、藤氏学生別曹、長者及公卿別当弁、有官無官別当行二院事一」とある。

3 相手をののしることば。

4 毬杖が正しい。正月の遊戯として、これで毬を打った。

5 臣軌の慎密章に見える。

6 今の主上。安徳天皇。

7 さっそく。

8 検非所の長官の意。

9 「汝等……」にかかる。十分心がけて。

10 内々のうち合わせ。

11 一部の勢。

軍には中宮亮通盛、都合其勢四万余騎で南都へ発向す。拾大衆⑤〔も〕老少不ㇾ嫌《きらはず》七千余人、甲の緒⑥〔を〕点《し》⑦〔め〕、奈良坂・般若寺二箇所、路を掘切て堀掘《ほり》、搔楯《かいだて》12搔き、逆茂木引て待懸けたり。平家四万余騎を二手に分て、奈良坂・般若寺二箇所の城墎に押寄せて、鬨《とき》を吐《どつ》と作る。大衆は皆歩立《かちだち》13打物《うちもの》也。官軍は馬にて懸け廻て、あそこ爰に追懸追懸《おつかけ》、指詰引詰《さしつめひきつめ》散散に射ければ、所ㇾ防《ふせくところ》⑧〔の〕大衆、数を尽いて被ㇾ討《うたれ》にけり。卯刻に矢合して、一日戦ひくらす。夜に入て奈良坂・般若寺二箇所の城墎共に破れぬ。落行《おちゆく》衆徒の中に、坂《さかの》四郎永覚《やうかく》と云悪僧在り。打物持ても、弓矢を取ても、力の強さも、七大寺、14十五寺に勝《すぐ》れたり。萠黄威の腹巻の上に黒糸威の鎧を重ねてぞ着たりける。15帽子甲に五枚甲《かぶと》の緒を点《し》めて、左右の手には、茅《ち》の葉の様にそつたる白柄の大長刀、黒漆《こくしつ》の大太刀持《もつ》ままに、同宿十四人⑨、前後⑩〔に〕立て、16てがいの門より打て出たり。是⑪〔ぞ〕暫く支へたる。多くの官兵、馬の足ながれて被ㇾ討《うたれ》にけり、去れ共官軍は大勢にて、入替《いれかへ》入替攻ければ、永覚《やうかく》が前後左右に防処《ふせく》の同宿皆被ㇾ討《うたれ》ぬ。永覚只独《ひとり》猛《たけ》けれ共、後頭《うしろあら》はに成りければ、南を指《さし》て落《おち》ぞ行く。

白 夜軍に成つて、暗さは暗し、大将軍頭中将、般若寺の門の前にう(ッ)た(ッ)て

12 垣のように並べたてて。

13 刀。

14 東大寺以下、奈良の七大寺、それに畿内の大寺を加える。

15 飾りのない略式のかぶと。

16 碾磑門。

①②原本「祠」

③諸本「当今」

④原本「は」

⑤原本なし。

⑥原本なし。

⑦原本なし。

⑧原本なし。

⑨諸本「四」を「余」とす。

⑩原本なし。

⑪原本「を」

1 中世に見える、シク活用形容詞の終止形。特殊な語法。
2 興福寺。
3 階段。
4 以下、八大地獄に数えられる。
5 藤原不比等。
6 地中から自然にわき出た。
7 天台宗で云う四土の中の、実報土と寂光土。
8 仏の頭の上のもり上がった肉。

「火を出せ」と宣ふ程こそ在けれ、平家の勢の中に、播磨国住人福井の庄の下司《げし》、二郎大夫友方と云者、楯《たて》を破《わ》り焼松《たいまつ》にして在家《ざいけ》に火をぞ懸たりける。口 十二月二十八日の夜なりければ、風は烈しし[1]火《ほ》もとは一つなりけれ共、吹迷ふ風に、多くの伽藍に火懸けたり。恥をも思ひ、名をも惜む程の者《もの》は、奈良坂にて討死《うちじ》にし、般若寺にて被《うたれ》レ討にけり。行歩《ぎやうぶ》に叶へる物は、吉野十津河の方へ落行。折 歩みも得ぬ老僧や、尋常成る修学者、児共《ちごども》、女童部は、大仏殿・山科寺《やましなでら》[2]の内へ、我先にとぞ逃行ける。指 大仏殿の二階の上には、千余人上《のぼ》りあがり、敵のつづくを上《のぼ》せじと、橋[3]をば引て(ン)げり。猛火《みやうくわ》は正《まさ》しう押懸たり。喚叫《をめきさけぶ》声、焦熱[4]・大焦熱・無間阿鼻《むげんあび》の焔の底の罪人も、是には不《すぎじ》レ過とぞ見えし。

中 興福寺は淡海公[5]の御願、藤氏累代《の》寺也。東金堂におはします仏法最初の釈迦の像、西金堂におはします自然涌出《じねんゆじゆつ》[6]の観世音、初 瑠璃を並べし四面の廊、朱丹《しゆたん》を交《まじふ》る二階楼、初中 九輪空に耀《かかや》きし二基の塔、忽に烟と成こそ悲しけれ。初 東大寺は、常在不滅、実報《じつぽう》寂光[7]の生身《しやうじん》の御仏と思準《なぞら》へて、聖武皇帝、手づから自《みづか》ら瑩《みが》き給し金銅十六丈の盧舎那仏《るしやなぶつ》、烏瑟《うしつ》[8]高く顕《あらは》れて半天《はんでん》の雲に蔵《かく》れ、重音 白毫新たに拝まれ給し満月の尊容も、御《み》ぐしは焼落て大地にあり、御身は湧《わ》き合て如《やまのごとし》レ山。

重 八万四千の相好《さうがう》は、秋の月早く五重《ごぢゆう》の雲に掩《おほ》れ9、四十一地《ち》の瓔珞《やうらく》は、夜の星空《むな》しく十悪の風に漂ふ。下 烟は中天に充満《みちみち》、焰は虚空に隙もなし。目のあたりに奉《みたて》レ見者《まつる》、更に眼を不《あてず》レ当。遙に伝聞人《つたへきく》は、肝魂を失へり。初10 法相・三論の法門聖教《しやうげう》、惣て一巻不《のこらず》レ残。吾朝は不《いふにおよばず》レ及レ云、天竺・震旦にも是程の法滅可《あるべし》レ在共不《ともおぼえず》レ覚。優《う》11塡《でん》大王の紫磨金《しまごん》を琢《みが》き、毘《び》12首羯末《しゆかつま》が赤栴檀《しやくせんだん》を刻みしも、僅に等身《とうじん》の御仏也。況や是は南閻浮提の中には唯一無双の御仏、永朽損《ながくきうそん》の期《ご》可《あるべし》レ在共不《ともおぼえざり》レ覚しに、今毒縁の塵に雑《まじはつ》て、久敷《ひさしく》悲をのこし給へり。初中 梵釈《ぼんじやく》13四王・龍神八部・冥官冥衆14も驚き噪ぎ給らんとぞ見えし。法相擁護の春日大明神、如何なる事をか思しけん。去れば春日野の露も色変り、三笠山の嵐の音恨《うらむ》る様にぞ聞えける。

折 烟①の中にて焼死《しぬ》る人数《にんじゆ》を記《しるい》たりければ、大仏殿の二階の上に一千七百余人、山階寺《やましなでら》には八百余人、或御堂には五百余人、或御堂には三百余人、具《つぶさ》に記いたりければ、三千五百余人也。白 戦場にして被《うたるる》レ討大衆千余人、少少は般若寺の門前に切懸け、少少持せて都②へ上給《のぼりたまふ》。

二十九日、頭中将、南都滅ぼして北京へ帰り至る③。入道相国計《ばかり》ぞ、いきどほりはれて被《よろこばれ》レ悦ける。中宮・一院・上皇・摂政殿以下の人々は、「悪僧をこそ滅す

9 かくされ。
10 興福寺に伝わる法相宗、東大寺に伝わる三論宗。
11 優塡大王が赤栴檀を刻み、毘須羯磨が紫磨金をみがきの誤り。
12 毘須羯磨が正しい。
13 梵天・帝釈天と四天王。
14 冥界にいる官人や鬼神。

①諸本「炎」
②原本「頭」を傍書。
③「至る」諸本は「いらる」

共、伽藍を可ニ破滅一《はめつすべし》や」とぞ御歎き在ける。ロ衆徒の頸共、本は大路を渡して獄[1]門の木に可レ被レ懸《かけらるべし》と聞えしか共、東大寺・興福寺の滅ぬる浅間敷《あさまし》さ〔に〕①、沙汰にも不レ及《およばず》。あそこ爰《ここ》の溝や堀や②にぞ弃置《すてお》ける。中[2]聖武皇帝宸筆《しんぴつ》の御記文には、「我寺興福せば天下《てんが》も興福し、吾寺衰微せば天下も衰微すべし」と被レ遊《あそばされ》たり。去れば天下の衰微せん事も無レ疑《うたがひなし》とぞ見えたりける。あさましかりつる年も暮れ、治承も五年に成にけり。

平家巻第五

1　獄舎の門のそばの樗の木。
2　天平勝宝元年の銅板詔書などに見える。

①原本「よ」
②諸本「や」なし。

平家巻第六

高倉院崩御《たかくらゐんほうぎよ》

ロ 治承五年正月一日、内裡には、東国の兵革《ひやうがく》[1]、南都の火災に依て朝拝[2]被《とどめられ》レ停、主上《しゆしやう》出御もなし。物の音《ね》も不《ふきならさず》ニ吹鳴一、舞楽①〔も〕不《そうさず》レ奏、吉野のくず[3]も不《まゐらず》レ参、藤氏《とうじ》の公卿一人も不《まゐらず》レ参。氏寺依ニ焼失一《うぢてらぜうしつによつて》也。二日、殿上の宴酔[4]もなし。男女打ひそめいて②禁中忌忌敷《いまいましく》ぞ見えける。仏法王法共に尽ぬる事ぞ浅猿《あさまし》き。一院[5]仰せなりけるは、折「我れ十善の余薫に依て万乗の宝位を保つ。四代[6]の帝王を思へば子也、孫也。如何なれば万機の政務を被《とどめられ》レ停て、年月を送るらん」と③〔ぞ〕御歎き在ける。

白 同五日、南都④〔の〕僧綱等被ニ闕官《けつくわんぜられ》[7]一、公請《くじやう》を停止《ちやうじ》し、所職[8]を被ニ没収一《もつしゆせらる》。ロ 衆徒は老たるも若きも、或被ニ射殺一《あるひはいころされ》⑤〔斬り殺され〕、或は烟の内を不《いでず》レ出、炎に咽んで多く滅びにしかば、僅に残る輩は山林に交り、跡を止《とどむ》る者一人もなし。興福寺別当花林《けりん》院僧正⑥〔永縁《やうえん》〕は、仏像経巻の烟と上りけるを見て、あな浅間《あさまし》敷と胸

1 富士川などでの合戦。
2 殿上人以上の人々が天皇に拝賀する儀式。
3 元日に吉野の国栖の住民が参上して歌笛を奏した。
4 淵酔が正しい。二日もしくは三日に殿上の間で行われる酒宴。
5 後白河院。
6 二条・六条・高倉・安徳の四代の天皇。
7 公の法会に出席する資格。
8 朝廷から任ぜられた官以外に各寺々にて有する職務。

①原本なし。
②諸本「い」なし。
③原本「て」
④原本なし。
⑤原本なし。
⑥原本「永因」

打噪ぎ心被レ摧《くだかれ》けるにより①病付て、幾程もなく終に失《うせ》たまひぬ。此僧正は、いうに情深き人也。或時[1]郭公《ほととぎす》の鳴《なく》を聞て、

歌　聞度《きくたび》に珍敷《めづらし》ければ時鳥いつも初音の心地こそすれ

指　と云歌を誦《よう》で、初音《はつね》の僧正とぞ云《いは》れ給ける。

②但しかたのやうにても御斎会[2]《さいゑ》は在べきにて、僧名《そうみやう》の沙汰在しに、南都の僧綱は被二闕官《けつくわんぜられぬ》一。北京の僧綱を以て可レ被レ行《おこなはるべき》かと、公卿僉議あり。さればとて、南都をも捨果《すてはて》させたまふべきならねば、三論宗の学生《がくしやう》③成法已講[3]が勧修寺[4]《くわんじゆじ》に忍つつ隠れ居たりけるを、被二召出《めしいだされ》一て、御斎会如レ形被レ行《かたのごとくおこなはる》。

口　上皇[5]《しやうくわう》は、をとどし法皇の鳥羽殿に被二押籠《おしこめられ》一させ給し御事、去年《こぞ》高倉宮の被レ打《うた》れさせ給し御在様、宮こうつりとて浅間しかりし天下の乱れ、加様の事共御心苦う被二思食《おぼしめされ》一けるより、御悩付せたまひて、常は煩《わづらは》しう聞させ給しが、東大寺・興福寺の滅ぬる由被二聞食《きこしめされ》一て、御悩弥被レ重《いよいよおもらせ》給ふ。法皇なのめならず御歎き在し程に、同正月十四日、六波羅池殿[6]にて、上皇遂に崩御なりぬ。中　御宇十二年、徳政千万端、詩書仁義[7]の廃《すたれ》たる道を興し、理世安楽[8]〔の〕④絶たる迹を継《つぎ》たまふ。三明六通[9]の羅漢も免かれたまはず、現術変化[10]《へんげ》の権者《ごんじや》も逃れぬ道なれば、

1　この話、袋草子二に見える。

2　八日より十四日まで大極殿で行われる法会。

3　維摩・御斎・最勝会の講師を勤めた者に対する称号。

4　山科にある。

5　高倉上皇。

6　平頼盛の邸。

7　詩経・書経に説かれた仁義の道。

8　世を理（おさ）め、民を安楽にする政治。

9　小乗教にて、修行者の最高位。

10　幻術が正しい。不思議な術によってこの世に現れた菩薩。

有為無常の習ひなれ共、理《ことわり》過ぎてぞ覚ける。初 軈て其夜 東山の麓、清閑寺[11]へ奉《うつし》レ移《たてまつり》、夕の烟にたぐへ⑤、春の霞と上らせたまひぬ。指 澄憲法印、御葬送にまゐり逢《あは》んと、急ぎ山より被《くだられ》レ下けるが、はや空しき烟と成せ給ふを見参せて、

歌[12] 常に見し君が御幸《みゆき》を今日問へば帰らぬ旅と聞ぞ悲敷《かなしき》

指[13] 又或女房、君隠させ給ぬと承て、かうぞ思つづけける。

歌 雲の上に行末遠く見し月の光消ぬと聞ぞ悲敷《かなしき》

中 御歳二十一、内には十戒を持《たも》ち、外《ほか》には五常を不《みだらず》レ乱、礼儀を正しうせさせ給けり。末代の賢王にて⑥〔まし〕ましければ、世の惜み奉る事、月日の光を失なへるが如し。加様に人の願も不《かなはず》レ叶、民の果報も拙《つたな》き[14]人間のさかひこそ悲しけれ。

紅《こう》葉《えふ》⑦

ロ いうに優敷《やさし》う人の思ひ付まゐらする方も、恐らくは延喜・天暦の帝[15]と申共、争か是には勝《まさ》るべきとぞ人申ける。大方賢王の名を揚《あげ》、仁徳《じんとく》の孝[16]を施させましマす事も、君の御成人の後、清濁[17]を分たせ給て⑧〔の〕上の事にてこそ在に、此

11 清水寺の東南にある。
12 千載集によれば、この歌は二条院の崩御を悲しんで詠んだ歌である。
13 建礼門院右京大夫集に見える。
14 六道の中の人間界。
15 醍醐・村上両天皇。
16 行とあるべきか。
17 善悪の判断。

①諸本「に」なし。
②語り本、これより四行後までなし。
③諸本「成法」を「成宝」とする
④原本なし。
⑤諸本「に」を「と」とする。
⑥原本「あら」
⑦語り本「前ニツケテカタルトキハ高倉院御在位ノ御時をヌク」とあり、本文は「高倉院御在位の御時」で始まる。
⑧原本なし。

君は無下に幼主の時より性を柔和《にうわ》に承《うけ》させ給へり。去《さん》ぬる承安の比ほひ御在位の始つかた、御歳十歳計にも成せ給けん、余に紅葉を愛せさせ給て、北の陣[1]に小山を築《つか》せ、〔はじ・かへで〕①の色うつくし〔う〕②紅葉《もみぢ》したるを植させて、紅葉の山と名付て終日《ひねもす》に叡覧あるに、猶飽足《だら》せ給はず。中然るを、或夜野分はしたな[2]う吹て、紅葉を皆吹散し落葉頗る狼藉[3]也。殿守[4]のとものみやづこ朝ぎよめすとて、是を悉く掃捨て〔ゝ〕げり。残る枝、散れる木葉《このは》をば掻集て、風冷《すさ》まじ〔か〕③りける〕明方④なれば、縫殿の陣[5]にて酒煖《あたため》て給《た》べ〔ける〕⑤薪にこそしてんげれ。口奉行蔵人、行幸より先にと急ぎ行て見るに、迹方なし。如何にと問へば、しかじかと云。蔵人大きに驚き、「あな浅間し。君のさしも執《しつ》し思食《おぼしめし》つる紅葉を、加様にしける浅間しさよ。しらず、汝等只今禁獄流罪に及び、我身も如何なる逆鱗《げきりん》にか預《あづから》んずらん」と、歎く所に、主上いとど[6]しく夜るのおとどを出させ給ひもあへず、彼《かし》こへ行幸なつて紅葉を叡覧なるに無りければ、如何にと御尋在《ある》に、蔵人奏すべき方はなし、在《あり》の儘《まま》に奏聞す。天気殊に[7]御心好げに打笑《ゑま》せ給て、折「林間[8]煖レ酒焼ニ紅葉一《さけをあたためてもみぢをたく》」と云詩の心をば、初それらには誰が教へけるぞや。初中優敷《やさしく》も仕りける者哉《かな》」とて、却《かへつ》て御感に預《あづかつ》し上は、敢て勅勘無りけり。

1 内裡外郭門の一。内裡の北正面。警士の詰め所がある。
2 無情に。
3 ひどく乱れている。
4 主殿寮の下役人で、宮中の清掃を行う。
5 北の陣。縫殿寮に近いのでこの名がある。
6 とりわけ早く。
7 天皇の御きげん。
8 白楽天の詩。和漢朗詠集に見える。

又安元の比ほひ、御方違《かたたがへ》の行幸《ぎやうがう》在しに、さらでだに鶏人《けいじん》[9]暁を唱声《となふるこゑ》、明王の眠《ねむり》を驚かす程にも成しかば、いつも御寝覚《ねざめ》がちにて、つやつや御寝《ぎよしん》も無りけり。況〔や〕[⑥]さゆる霜夜の烈しきには、延喜の聖代《せいたい》[10]、国土の民共如何に寒かるらんとて、夜るのおとどにして御衣を脱がせ給ける事な〔ン〕ど迄も、思食出《おぼしめし》して、我帝徳の至らぬ事をぞ御歎《おんなげき》在ける。良《やや》深更に及で、程遠く人の叫声《さけぶ》しけ〔り〕[⑦]。供《ぐ》奉《ぶ》の人人は聞付られざりけれ共、主上聞召て、「今叫《さけぶ》者は何者ぞと、急度《きつと》見て参れ」と仰ければ、[11]〔上臥《うへぶ》し〕[⑧]たる殿上人《てんじやうびと》、上日《じやうにち》[12]の者〔に〕[⑨]仰す。走り散て尋ぬれば、或辻に恠《あや》しの女の童《め》の、長持《ながもち》の蓋《ふた》さげて啼《なく》にてぞ在ける。「如何に」[⑩]と問へば、「主《しゆ》の女房の、院の御所にさぶらはせ給が、此程やうやうしてしたてられたる御装束持て参る程に、只今男の二三人まうで来て、奪取て罷《まかり》ぬるぞや。今は御装束が在ばこそ、御所にもさぶらはせ給はめ。又[13]〔はかばか〕[⑪]しうたちやどらせ給べき親しい御方もましまさず。此事思つづくるに啼《なく》なり」とぞ申ける。さて彼女《かのめ》の童を具して参り、此由奏聞しければ、主上聞食《きこしめし》て、「あな無慚《むざん》や。如何なる者のしわざにてか在らん。[14]尭《げう》の代《よ》の民は、尭の心のすなほなるを以て心とする故に、皆すなほ也。今の世の民は、朕が心を以て心とする

9 和漢朗詠集に見える。
10 この話、大鏡などに見える。
11 宿直していた蔵人。
12 その日任にあった滝口の者。
13 頼りにして身を寄せられる。
14 説苑に「禹曰、尭舜之民、皆以㆓尭舜之心㆒為㆑心、今寡人為㆑君也、百姓各自以㆓其心㆒為㆑心、是以痛㆑之也」とある。

①原本「橘紅葉」
②原本「き」
③原本「なる」
④諸本「明方」を「朝」とする。
⑤原本「けり」
⑥原本なし。
⑦原本「る」
⑧原本「餓臥」
⑨原本「と」
⑩原本「ぞ」あり。
⑪原本「はるばる」

故に、かだましき[1]者朝[2]に在て罪を犯す。是我恥に非ずや」とぞ仰せける。指「さて被レ取《とられ》つらん衣は何色ぞ」と御尋あれば、しかじかの色と奏す。ロ[3]建礼門院の未《いまだ》中宮にて在《まし》ましける時也。其御方へ、「さ様の色したる御衣《ぎよい》や候」と仰ければ、先のより遙に美敷《うつくしき》〔が〕①参たりけるを、件《くだん》の女の童にぞ給はらせける。色「未だ夜深し、又さる〔め〕③にこそ逢《あへ》」とて、中上日《じやうにち》の者を付て、主の女房の局《つぼね》迄送らせましましけるぞ忝なき。されば、恠しの賤男賤女《しづのをしづのめ》に至るまで、只此君千秋万歳《ばんぜい》の宝算[4]〔を〕④ぞ奉レ祈《いのりたてまつる》。

葵前《あふひのまへ》

ロ中にも哀なりし御事は、中宮の御方に候はせ給女房の召仕ける上童《しやうとう》[5]、不レ思《おもはざる》外《ほか》、龍顔に咫尺《しせき》[6]する事在けり。唯尋常《よのつね》のあからさまにてもなくして、主上常はめされけり。真《まめやか》に御志《こころざ》し深かりければ、主の女房も不二召仕一《めしつかはず》、却て主の如くに〔ぞ〕⑤いつきもてなしける。謡詠⑥にい〔へ〕⑦る事あり。折「女を生でもひいさんする事無れ。男《なん》を生んでも喜歓する事無れ。男《なん》は功にだにも不レ被レ報《ほうぜられず》[8]、女《ちよ》[7]は妃た

1　心のねじけた。
2　市中。
3　平徳子。
4　天皇の年齢。
5　皇居や貴族の邸に仕われる少年少女。
6　側近く仕える。
7　長恨歌伝に「故当時謡詠有レ云、生レ女勿二悲酸一生レ男勿二喜歓一、又日男不レ封レ侯女作レ妃」とある。
8　侯が正しい。

9　女院に同じ。
10　もの思いに沈まれる。
11　藤原基房。
12　養子。
13　薄い鳥の子紙。
14　拾遺集などに見える。平兼盛の歌。
15　病い。

①原本なし。
②諸本「給はらせける」を「たまはせける」とする。
③原本「女」
④原本「と」
⑤原本なし。
⑥諸本「そのかみ」あり。
⑦原本「つ」
⑧原本「舞」
⑨諸本「常は」なし。
⑩原本なし。
⑪原本なし。
⑫原本なし。
⑬原本「ける」
⑭原本なし。

り」とて、后に立《たつ》と云《いへ》り。指「此人、女御后共被㆓持成《ともてなされ》㆒、国母仙院共[9]被㆑仰《あふがれ》なんず。目出かりける幸哉《さいはひかな》」とて、其名をば葵の⑧〔前〕と云ければ、内内葵の女御な〔ン〕どぞ囁《ささやき》ける。白主上是を聞召て、其後は不㆑召《めさざり》けり。御志の尽ぬるにはあらず、唯世の謗《そし》りを被㆑憚《はばからせ》給ふに依て也。されば⑨常は[10]御詠《なが》めがちにて、夜るのおとど⑩〔に〕のみぞ入せ給ふ。其時関[11]白松殿、「御心苦《ぐるしき》事に⑪〔こ〕そあんなれ。申慰さめ参せん」とて、急ぎ御参内在て、「さやうに叡慮にかからせましまさん事、何条事か候べき。件の女房とくとく可㆑被㆑召《めさるべし》と⑫〔覚え候〕。しな被㆑尋《たづねらるる》に不㆑及《およばず》。基房聴て猶[12]子に仕《つかまつり》候はん」と奏せさせ給へば、主上「いさとよ。そこに申事はさる事なれ共、位を退て後は儘《まま》さるためしもあんなり。まさしう在位の時、左様の事は後の代のそしりなるべし」とて、聞食《きこしめし》も不㆑入《いれざり》けり。関白殿力に及ばせ不㆑給《たまはず》、御涙を押へて御退出あり。口其後、主上緑の薄[13]様の匂《にほひ》殊に深かりけるに、古き事なれ共、思食出《おぼしめしいだ》して、被㆑遊《あそばされ》⑬〔けり〕。

歌[14]　忍ぶれど色に出⑭〔に〕けり我恋は物や思ふと人の問迄《とふまで》

中　此御手習を、冷泉《れんぜい》少将隆房給り続《つい》で、件の葵の前に給《たば》はせたれば、顔打あかめ、「例[15]ならぬ心地出きたり」とて、里へ帰り、打臥《うちふす》事五六日して、竟《つひ》に無㆑墓《はかなく》成にけり。「君[1]①〔が〕一日の恩の為に妾《せふ》が百年の身を誤まつ」とは加様の事をや申べき。初 昔唐の太宗[2]、鄭②仁基《ていじんき》が娘を元観殿に入れんと云給しを、魏徴《ぎちょう》「彼娘已《すで》に陸氏《りくし》が約せり」と諫申《いさめまうし》しかば、殿《てん》に入事を被レ止《やめられ》けるには、少も違はせたまはぬ御心ばせ也。

小《こ》督《がう》殿《どの》

ロ 主上恋慕の御思に沈ませおはします。申慰め参せんとて、中宮《の》御方より小督殿と申女房を参らせたり。此女房は桜町中納言重教卿[3]の御娘、宮中一の美人、琴《こと》の上手にておはしける。冷泉大納言隆房卿の、[4]未だ少将なりし時、見《み》初《そめ》たりし女房也。少将は初は歌をよみ、文を尽し恋悲《こひ》③〔しみ〕給へ共、なびく気色も無りしが、さすが④〔情〕によわる心にや、遂にはなびき給けり。去れ共今は君に被レ召《めされ》参らせて、無ニ為方一《せんかたなく》悲《かなし》さに、飽《あか》ぬ別《わかれ》の涙には、袖しほ垂《たれ》てほしあへず。白 少将余所《よそ》ながらも小督殿奉レ見《みたてまつる》見事もやと、常は参内せられけ⑤〔り〕。おはしける局《つぼね》の辺、御簾《みす》のあたりを、あなたこなたへ行透《とほ》り、たたずみありき

1　白氏文集に見える。
2　この話は、貞観政要の直諫篇に見える。
3　成範が正しい。
4　隆房は、仁安元年に右少将、治承三年に右中将に転じている。

給へ共、小督殿「我れ君に被レ召上《めさるる》は、如何《いかに》云共、詞をもかはし、文を見べきにもあらず」とて、[5]つての情をだにも不レ被レ懸《かけられず》。口 少将若《もし》やと一首の歌を誦《よう》で、小督殿のおはしける御簾の内へぞ投入たる。

歌 思かね心は空に[6]みちのく[7]のちかの塩がま近きかひなし

指 小督殿やがて返事もせばやと被レ思《おもはれ》けめ共、君の御為御⑥〔後〕めたうや被レ思《おもはれ》けん、手にだに執《とつ》て見たまはず。口 上童《うへわらは》に被レ執《とら》せて[8]坪の内へぞ投出す。少将無レ情《なさけな》う恨めしけれ共、人もこそ見れと空恐しう被レ思《おもはれ》ければ、色 急ぎ是執て懐に入てぞ出られける。白 猶立帰て、

歌 玉章《たまづさ》を今は手にだに執らじとやさこそ心に思捨共《おもひすつとも》

初 今は此世にて逢見ん事も難ければ、生て物を思はんより、死なんとのみぞ被レ《ねが》願《はれ》ける。

口 入道相国是を聞き、中宮と申も御娘也、[9]冷泉少将聟也。小督殿に両《ふたり》の聟を被レ執《とられ》て、「いやいや、小督が在ん限りは世中好《よのなかよか》るまじ。召出して失なはん」と⑦〔ぞ〕曰《のたまひ》ける。小督殿漏聞て、「我身の事は争《いか》でも在なん。君の御為御心苦《おんこころぐるし》」とて、或暮方に内裡を出て、行末《ゆくへ》も不レ知《しらず》失たまひぬ。中 主上御歎きなのめなら

5 人づての。

6 「満ち」と「陸奥」の「みち」をかける。

7 千賀の塩釜。

8 中庭。

9 巻一の「我身栄花」に見えるように、隆房の北の方は、清盛の女。

①原本なし。
②原本「の」あり。
③原本「しめ」
④原本「歎き」
⑤原本「る」
⑥原本「心」
⑦原本なし。

ず、昼は夜《よ》るのおとどに入せ給て御涙にのみ咽び、夜は南殿[1]に出御なつて、月の光を御覧じてぞ慰ませ給ける。ロ入道相国是を聞き、「君は小督が故に思食《おぼしめし》沈ませ給ひ〔た〕①ん也。さらんには」とて、御介錯[2]の女房達をも参《まゐら》せず、参内し給臣下をも嫉《そねみ》給へば、入道の権威に憚て通ふ人もなし。禁中弥[3]忌忌敷《いまいましう》ぞ見えける。

折角て八月十日余りに成にけり。さしもくまなき空なれど、主上は御涙にくもりつつ、月の光もおぼろにぞ御覧ぜられける。白良深更《やや》に及で、「人や在」②と被《めさ》レ召《れ》けれ共、御いらへ申者もなし。弾正少弼《せうひつ》[4]③〔仲国其夜しもまゐ〔ッ〕てはるかに遠う候が〕「仲国」と御いらへ申たれば、ロ「近う参れ、可レ被二仰下一《おほせくださるべき》事あり」。何事やらんとて、御前近う参じたれば、ロ「汝若《もし》小督が行末《ゆくへ》や知たる」。仲国「争か知参らせ候べき。努努《ゆめゆめ》知り不レ参《まゐらせず》候」。「実やらん、小督は嵯峨の辺に、片織戸《かたをりど》[5]とかやしたる内に在と申者の在ぞとよ。主が名は不レ知《しらず》共《とも》、尋て参せ〔な〕④んや」と仰ければ、「主が名を知候はでは、争か尋参《たづねまゐら》せ候べき」と申せば、「実《げ》にも」とて、龍顔より御涙を流させ給ふ。折仲国つくづくと物を案ずるに、実《まこと》や、小督〔殿〕⑤は琴引たまひしぞかし。此月の明《あか》さに、君の御事思出まゐらせて、琴引たまは

1 紫宸殿。
2 天皇の側にあって雑用を行う。
3 陰湿に見えた。
4 弾正台の次官。弾正台は、古く警察の事務を担当したが、この時代には、その任は検非違使庁に移って有名無実の役所になっていた。
5 民家に見られる、片扉の粗末な門。

ぬ事はよもあらじ。指 御所にて引たまひしには、仲国笛の役に被《めさ》レ召《れ》しかば、其琴の音はいづくなり共聞知んずる者を。白 嵯峨の在家[6]《ざいけ》幾程か可《あるべき》レ在。打廻て尋ねんに、などか不ニ聞出一《ききいださざる》べきと思ければ、「さ候はば、主が名は不レ知《しらず》共、若《もし》やと尋まゐらせて見候はん。但し尋逢まゐらせて候《さうらは》んに、御書《ごしよ》を給はらで申さんには、上[7]《うは》の空にや被ニ思食一《おぼしめされ》候はんずらん。御書を給て向ひ候はん」と申ければ、「誠にも」とて、御書を遊《あそば》いて給《た》うだりけり。口「龍[8]《りよう》の御馬に乗て行け」とぞ仰ける。仲国龍の御馬給て、明月に鞭を挙げ、そことも不レ知《しらず》ぞ[9]あくがれ行《ゆく》。

中 小鹿[10]《をしか》鳴[⑥]此山里と詠じけん、嵯峨のあたりの秋の比、さこそは哀れにも覚えけめ。片折戸したる屋を見付ては、此内にやおはすらんと、[11]ひかへひかへ聞けれ共、ことひく所も無りけり。初 御堂な(ン)どへ参りたまへる事もやと、釈迦堂を始めて、堂堂見まはれ共、小督殿に似たる女房だにも見えたまはず。空しう帰り参りたらんは、中中不レ参《まゐらざら》んよりは可レ悪《あしかるべし》。何地へも迷行ばやと思へ共、何くか[12]王地ならぬ、身を可レ蔵《かくすべき》宿もなし。如何せんと思ひ煩ふ。指 誠や、法輪[13]は〔程〕[⑦]近ければ、月の光に被ニ誘引一《さそはれて》参り給へる事もやと、そなた〔に〕[⑧]むいてぞ歩ませける。

6 人家。
7 うそだと。
8 寮の御馬が正しい。
9 さまよい行く。
10 藤原基俊集の「小鹿なくこの山里のさがなれば悲しかりける秋の夕暮」による。
11 馬の手綱をひきとどめて。
12 孟子の万章上に「普天之下、莫レ非ニ王土一、率土之浜、莫レ非ニ王臣一」とある。
13 法輪寺。

①原本「な」
②諸本「人や在」をくり返す。
③原本なし。
④原本なし。
⑤原本なし。
⑥原本「鳴」を重ね記す。
⑦原本「京」
⑧原本なし。

重

亀山のあたり近く、松の一村在方《あるかた》に、幽《かす》かにことぞ聞えける。峯[1]の嵐か、松風か、尋ぬる人のことの音《ね》か。無㆓覚束㆒《おぼつかなく》は思へども、駒を疾《はや》めて行程に、下片折戸したる内に、ことをぞ[2]①〔ひきすまされ〕たる。引《ひか》へて是を聞ければ、②〔少しも〕まがふべうも無き小督殿の爪音也。楽は何んぞと聞たれば、夫を想て恋③〔ふ〕と読[3]想夫恋《さうぶれん》と云楽《がく》也。ロされぱこそ、君の御事思出して、楽こそ④〔おほ〕けれ、此楽を引たまひける優敷《やさし》さよ。在《あり》難う覚て、腰よりやうでう[4]抜出し、ち(ッ)とならいて門をほとほと扣けば、軈て引やみたまひぬ。高声《かうしやう》に、折「是は内裏より仲国が御使に参て候。開《あけ》させたまへ」とて、たたけ共たたけ共、咎[5]むる人も無りけり。白良《やや》在て、内より人の出る音のしければ、嬉敷《うれしく》思て待処に、鎖子《ちやう》をはづし、門《かど》を細目に開《あけ》、[6]いたいけしたる小《こ》女房、顔計《ばかり》差出《さしいだ》いて、「門違《たが》へにてぞ候《さぶらふ》らん。是には内裡より御使な(ン)ど可㆑給《たまはるべき》所にても候《さぶ》らはず」と申せば、中中返事して、門被㆑立《たてられ》鎖子《ちやう》さされては悪かりなんと思て、推開《おしあけ》てぞ入にける。妻戸のきはの縁に居て、「いかに加様の所には御渡り候やらん。君は御故に思食沈《おぼしめし》ませ給て、御命も既に危うこそ見《みえ》させおはしまし候へ。只上《うは》の空に申とや被㆓思《おぼしめさ》食㆒《れ》候はん。御書を給て参て候」とて、御書取出いて上《たてまつ》る。在つる女房取次《とりつい》

1　拾遺集八に「琴の音に峰の松風かよふらしいづれの緒より調べそめけむ」とある。
2　心を統一してひく。
3　古くは相府蓮。白楽天がよみ改めたと言う。
4　横笛。
5　返事をする。
6　まだ幼い。

で、小督殿に参せたり。折開て見たまへば、誠に君の御書也けり。軈て返事書き
[7]引結び、女房の装束一[8]重《かさ》ね添て被レ出《いだされ》たり。指仲国、女房の装束をば肩にかけ申けるは、「余《よ》の御使で候はば、御返事の上は、兎角《とか》う申すに及候はね共、月比内裡にて御琴遊《あそばつ》し候時、仲国笛の役に被レ召《めされ》候し奉公をば、争か御忘《おんわすれ》候べき。直《ちき》の御返事を承はらで帰り参候はん事こそ、世に口惜《くちをしう》候へ」と申ければ、口小督殿げにもとや被レ思《おもはれ》けん、自《みづから》返事したまひけり。「[9]其《そこ》にも聞せ給つらん、入道相国の余《あまり》に恐敷《おそろしき》事をのみ申すと聞しが浅間しさに、内裡をば北《にげ》出て、此程はかかる栖居なれば、琴な（ン）ど引事無りつれ共、さても可レ有《あるべき》ならねば、明日よりは大原の奥に思立事のさぶらへば、主《あるじ》の女房の、今夜計《ばかり》の名残を惜て、『今は夜も深《ふけ》ぬ、立聞人《たちきく》もあらじ』な（ン）ど進《すすむ》れば、中[10]さぞな昔の名残もさすが床敷《ゆかし》うて、手馴し琴を引程に、安《やすう》も被二聞出一《ききいだされ》けりな」⑤とて、涙もせきあへ給《たまは》ねば、仲国も袖をぞ湿《ぬら》しける。口良在《やや》て、仲国涙を押《おさへ》て申けるは、「明日より大原の奥に思食立《おぼしめしたつ》事と候は、御様《さま》な（ン）どを替させ可レ給《たまふべき》にこそ。努努可レ有《ゆめゆめあるべう》も候〔は〕⑥ず。さて君の御歎きをば、何とかし参せ給べき。是ばし出し参らす[11]な」とて、供に召具したる⑦[12]〔めぶ・きつじやうな（ン）どとどめおき〕、拾其屋を守護せさせ、龍《りよう》の御馬に打乗て

7 結び文にして。
8 仲国への引出物として。
9 あなたも。
10 ほんに。本当に。
11 下の「参らすな」の打消と呼応して、強調の意。
12 馬部・吉上。馬部は馬寮の下役人。吉上は、衛府の下役人。

①原本「ひきすさまれ」
②原本「小し」
③原本「る」
④原本「覚」
⑤原本「と」を重ねる。
⑥原本「へ」
⑦原本「女にはきつしへ」。誤脱あるか。

内裡に帰り参りたれば、ほの〴〵とあけにけり。「今は入御《じゆぎよ》もなりぬらん、口 誰して申①べき」とて、龍の御馬繋《つな》がせ、ありつる女房の装束をば[1]はね馬の障子に投懸け、南殿の方へ参れば、主上は未だ夜部《ゆふべ》の御座にぞましましける。折[2]「南に翔《かけ》り北に嚮《むか》ふ、寒②〔雲〕を秋の鴈に付《つけ》難し。東に出で西に流れ、只瞻望《せんばう》を中 暁の月に寄す」と打詠《なが》めさせ給ふ所に、仲国つ〔ッ〕と参りたり。小督殿の返事をぞ参らせたる。白 君なのめならず御感なつて、「軈て[3]夜去《よさ》り具して参れ」と仰せければ、入道相国のかへり聞給はん処恐しけれ共、是又綸言なれば、雑色・牛・車清げに沙汰して、嵯峨へ行向ひ、参るまじき由やうやうに曰《のたま》へ共、様様《やうやう》に拵《こしらへ》て、車に取乗せ奉り、内裏へ参たりければ、幽《かすか》なる所に忍ばせて夜な夜なめされけるほどに、姫宮③〔一〕所出き④させたまひけり。此姫宮と申は、[4]坊門⑤〔の〕女院の御事也。

口 入道相国、何としてか漏れ聞たりけん、「小督が失たりと云事は、迹方《あとかた》もなき虚言《そらごと》なりけり」とて、小督殿を捕《とらへ》つつ尼に成《なし》てぞ追放つ。小督殿出家は本よりの望み也けれ共、心ならず尼に被《なさ》レ成《れ》て、歳二十三、[5]濃《こき》墨染に窶《やつ》れ果て、嵯峨の辺にぞ被《すま》レ栖《れ》ける。[6]うたてかりし事共也。加様の事共に御悩付せ給て、遂

1 清涼殿の殿上の間の入口にある馬の絵をかいたついたて。
2 和漢朗詠集に見える。大江朝綱の詩。
3 夜。
4 範子内親王。
5 出家姿の、濃い黒染の衣。
6 胸のいたむことどもだ。気の毒なことだ。

に御蔵《かく》れ在けるとぞ聞えし。

中 法皇は打続き御歎きのみぞ繁かりける。去《さんぬ》る永万には、第一の御子《みこ》二条院⑥〔崩御なりぬ。安元二年の七月には、御孫六条院かくれさせ給ひぬ。折[7]天にすまば〕比翼鳥《の》、地にすまば連理の枝と成んと、[8]漢《あま》の河《がは》の星を指《さし》て、御契り不《あさか》レ浅《らざ》りし建春門院[9]、秋の霧に被《をかされ》レ侵て、朝《あした》の霧と消させ給ぬ。初 年月は重なれ共、昨日今日の御別のやうに思食《おぼしめし》て御涙も未だ尽せぬに、治承四年五月には第二の皇子高倉宮討れさせ給ぬ。初中 現世後生《げんぜごしやう》被《たのみおぼしめされ》ニ憑思食一つる新院さへ先立せ給ぬれば、[10]兎《と》に角《かく》にかこつ方無き御涙のみぞ進ける。「[11]重 悲の至て悲歎《かなしき》は、老て後《のち》子に後《おく》れたるよりも悲歎はなし。恨の至て恨めしきは、若《わかく》して親に先立よりも恨めしきは無し」と、下 彼朝綱《あさつな》の相公《しやうこう》の子息澄明《すみあきら》に後《おく》れて書たりけん筆の迹、今こそ思食《おぼしめし》被《いだされ》レ出けれ。初 さるま⑦〔ま〕には彼[12]一乗妙典⑧〔の〕御読誦《ごどくじゆ》も怠せたまはず。[13]三密《さんみつ》行法《ぎやうほふ》の御薫修《ごくんじゆ》も積らせ給けり。初中 天下《てんが》諒闇に成しかば、大宮人も推並《おしな》べて、[14]花の袂や窶《やつ》れけん。

口⑨ 入道相国、加様にいたく無《なさけな》レ情う振舞おかれし事を、さすが恐しとや被《おもはれ》レ思けん、法皇慰さめ参せんとて、安芸の厳島の内侍が腹の御娘、生年《しやうねん》十八に成給ふ

7 長恨歌にこの句が見える。
8 七夕の夜、天の河をさして。
9 平時信の女。高倉天皇の母。
10 以仁王。
11 本朝文粋十四 の大江朝綱の願文に見える。
12 法華経。
13 真言密教の行法。
14 華美な衣を喪服に着がえる。

①諸本「入」あり。
②原本「温」
③原本なし。
④原本「の」あり。
⑤原本なし。
⑥原本「蔵させ給ぬ。天に栖まば」とあるのみ。誤脱あるか。
⑦原本「し」
⑧原本なし。
⑨諸本・語り本、これより「廻文」をたつ。

が、いうに花やかにおはしけるを、法皇へ被レ参《まゐらせらる》。上﨟女房達余た被レ撰《えらばれ》て被《まゐ》レ参《られ》①〔けり〕。公卿殿上人多く供奉《ぐぶ》して、偏《ひとへ》に女御参りの如《ごとく》にてぞ在ける。上皇蔵《かく》れさせ給て後、僅に二七日にだにも不レ過《すぎざる》に、不レ可レ然《しかるべからず》とて、人人内には囁《ささ》やきあはれける。

強　去程に、其比信濃国に木曽冠者義仲と云源氏在りと聞え②〔けり〕。白　故六条判官為義[1]が次男、帯刀先生《たちはきのせんじやう》義方[2]が子也。父義方は久寿二年八月十六日、鎌倉悪源太義平[3]が為に被レ誅《ちゆうせらる》。其時義仲二歳なりしを、母泣泣かかへて信濃へ越え、木曽中三兼遠《かねとほ》[4]が許《もと》に行き、「是③如何にもしてそだてて人に成して見せ給へ」と云ければ、兼遠請取て、かひがひしう二十余年養育す。拾　やうやう長大する儘《まま》に、力も世に勝れ心も無レ双甲《ならびなくかう》也けり。「難レ有《ありがたき》強弓勢兵、馬の上、かちだち[5]、都《すべ》て上古《しやうこ》の田村[6]・利仁《としひと》・与五将軍[7]・知頼《ちらい》[8]・保《ほう》④〔昌《しやう》〕、先祖頼光《らいくわう》・義家《ぎか》朝臣と云共、争てか是には可レ勝《まさるべき》」とぞ人申ける。

ロ⑤　或時、乳母の兼遠を召て曰《のたまひ》ける⑥〔は〕、「兵衛佐頼朝既に謀叛を起して、東八箇国を討随へて、東海道より上り、平家を追落さんとする也⑦。義仲は東山《とうせん》・北《ほく》陸《ろく》⑧〔両〕道を随へ、今一日も先に平家を責《せめ》落し、たとへば[9]日本国に両⑨〔人〕の

1　源為義。義朝の父。
2　義賢が正しい。
3　義朝の長男。
4　中三の中は中原か。伝未詳。
5　徒歩での合戦。
6　坂上田村麿。
7　余五が正しい。平維茂。
8　致頼が正しい。
9　あえて言えば。

将軍と被レ云《いはれ》ばや」とほのめか[10]⑩〔し〕ければ、中三兼遠大きに畏り悦で、「⑪其にこそ君をば今迄養育しけれ。⑫角被レ仰《かくおほせらるる》こそ誠に[11]八幡殿の御末共《とも》覚えさせ給へ」とて、軈て謀叛を企てけり。兼遠に被レ具《ぐせられ》て常は都へ上り、平家の人人の振舞、在様をも見伺けり。十三で元服しけるも、⑬八幡大菩薩の御前にて、「我が四代《しだい》の祖父義家朝臣は、此御神《おんかみ》の御子と成て、名をば八幡太郎と号《かう》しき。且《か》つは其跡を⑭〔追ふ〕べし」とて、八幡大菩薩の御宝前にて髻《もとどり》取て上《あげ》、木曽次郎義仲とこそ付たりけれ。拾 兼遠「先づ[12]廻《めぐら》し文候べし」とて、信濃国には、禰《ね》の井小野太《こやた》、⑮滋野《しげの》の行親を語らふに背事《そむくこと》なし。是を初めて、信濃一国の兵者共、なびかぬ草木も無りけり。上野《かうづけ》国には故帯刀先生義方《よし》が好みに依て、[13]田子郡《の》の兵共、皆随ひ付にけり。平家末になる折りを《を》得て、源氏の年来《ねんらい》の素懐を遂んとす。

飛《ひ》脚《きやく》到《たう》来《らい》

口 木曽と云所は、信濃に取ても南の端、美濃境なれば、都も無下に程近し。平家の人人漏れ聞て、「東国の背《そむく》だに在に、こは如何に」と⑯〔ぞ〕被レ噪《さわがれ》ける。入

10 さりげなく意志表示する。
11 義家。
12 廻状。同文の文を多く廻すこと、またその文。
13 多胡郡が正しい。

①原本「ける」
②原本「ける」
③原本「は」あり。
④原本「畠」
⑤語り本、これより三〇三頁四行目「見伺けり」まで、順序が異なり、七行目「付たりけれ」の後にある。
⑥原本なし。
⑦諸本「する」を「す」とする。
⑧原本「友」
⑨原本なし。
⑩原本「れ」
⑪原本「等」あり。
⑫諸本「け」を「奉」とする。
⑬諸本「八幡へ参り」あり。
⑭原本「歴」
⑮諸本「滋」を「海」とする。
⑯原本「て」

1　気にかけるほどのこともない。

2　史実は養和元年八月十五日に平助職が越前守に任ぜられている。

3　ときの声。

4　合戦の合図に、矢を射合わすこと。

5　手の及ぶ限り。

道相国被レ仰《おほせられ》けるは、「其者心にくからず。[1]思へば信濃一国の兵共こそ随ひ付と云共《いふとも》、越後国には与五将軍の末葉《ばちえふ》、城《じやう》の太郎助長《すけなが》・同四郎助茂《すけもち》、是等は兄弟共に多勢の者共也。仰下《おほせくだ》したらんずるに安う打て参らせてんず」と曰《のたまひ》ければ、如何在んずらんと、内内は囁《ささや》く者も多かりけり。

白[2]

二月一日、越後国住人城太郎助長、越後守に任ず。是は木曽追討せられんずる策《はかりこと》とぞ聞えし。同七日、大臣以下《いげ》、家家にて尊勝陀羅尼・不動明王被二書《かきくやう》供養《ぜらる》一。是は又兵乱の慎しみの為也。口 同九日、河内国石河郡に居住したりける武蔵権守入道義基《よしもと》・子息石河判官代義兼《よしかね》、平家を背て兵衛佐頼朝に心を通はし、既に東国へ可二落行《おちゆくべき》一由聞えしかば、入道相国聴て討手を差遣《さしつかは》す。討手の大将には、源大夫判官季定《すゑさだ》・摂津《つの》国判官盛澄《もりずみ》、都合其勢三千余騎にて発向す。城内《じやうのうち》には武蔵権守入道義基・子息判官代義兼を先として、其勢百騎計には不レ過《すぎざり》〔けり〕①。時作り[3]矢合《やあはせ》[4]して、入替《いれかへ》入替数刻相戦《あひたたかふ》。城の内の兵共、手のきは[5]戦ひ、打死する者多かり〔けり〕②。武蔵権守入道義基討死す。子息石河判官代義兼は、痛手を負て生捕にせらる。口 同十一日、義基法師〔が〕③頸都へ入て、大路を被レ《わたさ》渡《る》。諒闇に賊《ぞく》〔首〕④《しゆ》を被レ渡《わたさるる》事は、堀河天皇崩御の時、前対馬守源義親〔が〕⑤頸を被レ渡《わたされ》し例とぞ聞えし。

　同十二日、[6]鎮西国より飛脚到来、[7]宇佐大宮司《だいぐうじ》公通《きんみち》が申けるは、「九州の者共、緒方三郎を初として、臼杵《うすき》・戸《へ》次《つぎ》・松浦党に至《いたる》まで、一向平家を背て源氏に同心」の由申たりければ、「東国北国の背くだに在に、こは如何」とて[8]手を打て[9]あさみあへり。

拾

　同十六日に、伊予国より飛脚到来。去年《こぞ》の冬比より、河野四郎[10]道清を初として、四国の者共皆平家を背て、源氏に同心の間、備後国の住人[11]ぬかの入道西《さい》寂《じやく》、平家に志深かりければ、伊予国へ推渡り、道前《だうぜん》・道後《だうご》の⑥〔境〕高直城《たかなほの》にて、河野四郎道清を討候ぬ。子息河野四郎[12]道信⑦〔は〕父が被レ討《うたれ》ける時、安芸国の住人奴《ぬ》田《たの》次郎は母方の伯父也ければ、其へ越えて在不レ逢《ありあはず》。道信父を討せて、「安からぬ者也。如何にもして西寂を討取らん」とぞ窺ける。額《ぬか》の入道西寂、河野四郎道清を討て後、四国の狼藉を静め、今年《こんねん》正月十五日、備後の[13]鞆《とも》へ推渡り、遊君遊女共聚《あつ》めて遊び戯れ酒盛《さかもり》しけるが、前後も不レ知《しらず》酔臥《ゑひふし》たる処に、河野四郎思切たる者共百余人相語らひて、ば〔ッ〕と推寄《おしよす》。西寂が方にも、三百余人在ける者共、俄の事なれば、思も不レ設《まうけず》遽《あわ》てふためきけるを、た〔ッ〕てあふ者を

6　北九州。
7　宇佐八幡宮の長官。
8　くやしがって。
9　おどろき、あきれあった。
10　通清が正しい。
11　額。奴可。
12　通信が正しい。
13　広島県福山市にある。

①原本「ける」
②原本「ける」
③原本なし。
④原本「衆」
⑤原本なし。
⑥原本なし。
⑦原本なし。

ば射臥せ截《きり》臥せ、先づ西寂を生捕にして、伊予国へ推渡り、父が被《うたれ》レ討たる高直城へ持て行き、鋸で頸を切つたり共聞えけり。又磔《はつつけ》[1]にしたり共聞えけり。

□①其後四国の兵共、皆河野四郎に随つ〔く〕②。熊野別当湛僧[2]も平家の重恩の身なりしが、其も背て源氏に同心の由聞えけり。凡《およそ》東国北国悉く背きぬ、南海西[3]海如《かくのごとし》レ此。初 夷狄の蜂起耳を驚し、逆乱《げきらん》の先表[4]頻《しきり》に奏す。四夷忽に起れり、世は唯今失《うせ》なんずとて、必《かならず》平家の一門ならね共、有《こころある》レ心人人の歎き悲しまぬは無りけり。

③浄《じやう》海《かい》死《し》去《きよ》

□同二十三日、公卿僉議あり。前右《さきの》大将宗盛卿被《まうされ》レ申けるは、「坂東《ばんどう》へ討手は向うたりと云へ共、指《させ》る為出《し》したる事も候はず。今度は宗盛大将軍を承はつて可《むかふべき》レ向」由被《まうされ》レ申ければ、諸卿色代《しきだい》[5]して、「ゆゆしう候なん」と被《まうされ》レ申けり。公卿殿上人も、武官備《に》り弓箭に携はり候はん人々は、宗盛卿を大将軍にて、東国北国の凶徒等可ニ追討《ついたうすべき》一由被ニ仰下《よしおほせくださる》一。

1 はりつけ。木に、手足を釘で打ちつけておいて殺す刑。
2 湛増が正しい。
3 四国・九州。
4 前兆。
5 追従して。

同二十七日、前右大将宗盛卿、源氏追討の為に東国へ既に門出と聞えしが、入道相国違例[6]の心地とて留まりたまひぬ。明る二十八日より、重病を受《うけ》たまへりとて、京中、六波羅「すは、しつる事を[7]」と〔ぞ〕[④]囁《ささやき》ける。白[8]入道相国、病付《つき》たまひし日よりして、水をだに喉《のど》へ入《いれ》たまはず。身の内の熱事《あつき》、火を焼《たく》が如し。臥したまへる所、四五間が内へ入者《いるもの》は、熱さ難《たへがたし》レ堪。唯曰《のたまふ》事とては、「あた〔あ〕[⑤]た」と計也。少しも只事とは不《みえざり》レ見けり。比叡山より千手井[9]の水を汲下《くみくだ》し、石の舟に湛《たた》へて、其に下《おり》て冷《ひ》へたまへば、水おびたた敷沸揚《しくわきあがつ》て、無《ほどなく》レ程湯にぞ成にける。口若《もし》や扶《たす》かり給ふと筧《かけひ》の水をまかせたれば、石や鉄《くろがね》な（ン）どの焼《やけ》たるやうに、水迸《ほどばしつ》て不《よりつかず》二寄付一。自《おのづから》当《あた》る水はほむらと成て燃ければ、黒烟殿中に満満て、炎〔うづまい〕[⑥]て上《あが》りけり。中是や昔《むか》し法蔵僧都[10]と云《いつ》し人、閻王の請《しやう》に趣《おもむい》て、母の生所《しやうじよ》を尋しに、閻王怜《あはれ》みたまひて、獄率を相副《あひそへ》、焦熱地獄へ被《つかはさる》レ遣。鉄の門の内へ差入《さしいれ》ば、流星《りうせい》な（ン）どの如くに炎空へ上て、〔多〕[⑦][11]百由旬《ゆじゆん》に及びけんも、今こそ思被《しられ》レ知けれ。口入道相国の北方、二位殿夢に見給ひける事こそ恐しけれ。猛火《みやうくわ》のおびたた敷《しく》燃たる車を門の内へやり入《いれ》たり。前後に立たる者の、或は馬の面の様なる者もあり、或は牛の面の様なる者もありけり。[⑧]車の前には

6 病い。
7 そら、見たことか。
8 百錬抄の養和元年閏二月四日の条に「入道太政大臣、清盛公法名浄海、薨。年六十四。天下走騒。日来有二所悩一、身熱如レ火。世以為下焼二東大興福一之現報上、八日葬礼、寄レ車之間、東方有二今様乱舞声一、三十人許声、以レ人令レ見レ之、聞二最勝光院中一云々」と当時の伝承を伝えている。
9 山王院、千手観音に供する水を汲む井戸。弁慶水と今は言う。
10 この話、元亨釈書四に見える。
11 由旬はインドでの、長さ・距離の単位。多百は多数。

①諸本、これより「入道死去」
②原本「つ」
③諸本については①を見よ。
④原本なし。
⑤原本なし。
⑥原本「薄す舞」
⑦原本「両」
⑧原本「車の前には或は牛の面の様なる者もありけり」を重ね記す。

無と云文字計《ばかり》見えたる鉄《くろがね》の札をぞ立たりける。二位殿夢の心に、「あれは何くよりぞ」と御尋あれば、「閻魔の庁より、平家の太政入道殿の御迎に参て候」と申。「さて其札は何と云《いふ》ふだ[1]ぞ」と問せ給へば、「南閻浮提《なんえんぶだい》金銅十六丈の盧遮《るしや》那《な》仏《ぶつ》焼滅し給へる罪に依て、無間[2]の底に堕《おち》給ふべき由、閻魔の庁に御定《ごぢやう》候が、①〔無間の〕無をば②〔か〕かれて間の字を未だ書《かか》れぬ也」とぞ申ける。二位殿打驚き汗水に成り、是を人人に語り給へば、聞《きく》人皆身の毛を竪《よだち》けり。**折**霊仏霊社③〔に〕金銀《こんごん》七宝をなげ、馬鞍・鐙・鎧冑・弓矢・太刀・刀に至《いたる》迄取出し運《はこび》出し被《いのられ》レ祈けれ共、其験《しるし》も無りけり。男女君達《の》跡枕[3]にさしつどひて、如何にせんと歎き悲しみ給へ共、叶べし共見えざりけり。

白同④〔閏《うるふ》〕二月二日、二位殿熱う難《たえがた》レ堪けれ共、御枕の上《うへ》[4]に⑤〔寄〕て、泣泣曰《のたまひ》けるは、「御在様奉《みたてまつ》レ見るに⑥〔日に〕添て憑《たの》み少なうこそ見えさせ給へ。此世に思食《おぼしめし》置事あらば、少し物の覚させ給ふ時、被《おほせられ》レ仰おけ」とぞ曰《のたまひ》ける。入道相国さしも日比はゆゆしげ[5]におはせしか共、誠に苦しげにて、息の下に曰《のたまひ》ける⑦〔は〕、「我れ保元平治より以来《このかた》、度度の朝敵を平げ、勧賞身に余り、忝くも帝祖、太政大臣に至り、栄華子孫に及ぶ。今生《こんじやう》の望み一事も残《のこる》所なし。

1　札。
2　八大地獄の一つの、無間地獄。
3　足もとおよび枕もと。
4　枕もと。
5　気強く。

但し思置事とては、伊豆国の流人、前右兵衛佐頼朝が頸を不レ見《みざ》りつるこそ安からね。ロ我れ如何にも成なん後は、堂塔をも立《たて》、6孝養をもすべからず。軈て打手を遣し、頼朝が頸を⑧〔刎〕て、我墓の前に⑨おくべし。其ぞ孝養《けうやう》にて在んずる」と曰《のたまひ》けるこそ罪深けれ。

同四日、病に被レ責《せめられ》、7せめての事に石の舟に水を入て其に臥《まろび》給へ共、扶《たす》かる心ちもし給はず、悶絶躃地《びやくち》して遂にあつち死《じ》にぞし給ひける。中馬車の馳ちがふ音、天も響き大地も颭《ゆるぐ》ほど也。一天の君、万乗の主のいかなる御事在《まし》ます共、是には不レ過《すぎ》じとぞ見えし。今年《こんねん》は六十四にぞ成給ふ。老死《おいじに》と云べきには在ね共、8宿運忽に尽給へば、大法秘法の効験もなく、神明三宝の威光も消え、9諸天も擁護《おうご》したまはず。況や10凡慮に於てをや。重命に替り身に替らんと忠を存ぜし数《す》万《まん》の11軍旅は、堂上堂下《たうしやうたうか》に並居たれ共、是は目にも見えず、力にも不レ拘《かかはらぬ》無常の殺鬼《せつき》をば、暫時《ざんじ》もたたかひかへさず。下又帰り来ぬ死出《しで》の山、三瀬川《みつせがは》、黄泉中有《ちゆうう》の旅の空、只一所こそ⑩〔おもむき〕給ひけめ。日比被二造置《つくりおかれ》一し罪業計や獄率と作《なつ》て迎ひに来けん、哀なりし事共也。初さても在べきならねば、同七日に、12をたぎにて烟⑪〔に〕成し奉り、骨《こつ》をば円実法眼頸に懸て摂津国《つのくに》へ下り、13経の島にぞ

6 仏事の供養。
7 究極の手段として。
8 前世から定められた運命。
9 天上界にあって仏教を守るもろもろの神。
10 平凡な人間の考え。力。
11 軍兵。
12 愛宕。
13 今の神戸市兵庫区築島。

①原本なし。
②原本「を」
③原本なし。
④原本なし。
⑤原本「依」
⑥原本なし。
⑦原本なし。
⑧原本「劓」
⑨諸本「か」
⑩原本「思」
⑪原本なし。

納ける。重音 さしも日本一州に名を上《あげ》、威を振し人なれ共、身〔は〕①一時の烟と成て都の空に立上り、屍《かばね》は暫しやすらひて、浜の砂《まさご》に戯つつ、空しき土とぞ成たまふ。

福《ふく》原《はら》経《きやうの》島《しま》

ロ 軈て[1]葬送の夜、不思議の事余《あま》たあり。玉を磨き金銀を鏤《ちりば》めて被《つくられ》レ造し西八条〔殿〕②其夜俄に焼《やけ》ぬ。人の家の焼るは、常の習なれ共、浅間しかりし事也。何物のしわざにや在けん、放火とぞ聞えし。又其夜六波羅の南に当て、人ならば二三十人が声して、「嬉しや[2]〔水〕③、なる〔は〕④滝の水」と云拍子を⑤致して舞跳《まひをど》り、吐《どつ》と笑ふ声しけ〔り〕⑥。白 去ぬる正月には上皇蔵《かくれ》させ給ひて天下諒闇に成ぬ。僅に中一両月を隔てて、入道相国被《こうぜられ》レ薨ぬ。怪しの賤の男《を》賤の女《め》に至《いたる》迄、如何可レ不レ愁《うれへざるべき》。是は如何様《いかさま》にも天狗の所為と云沙汰にて、平家の侍の中に、はやりをの若者《わかもの》共百余人、笑声に付て尋行て見れば、院の御所法住寺殿に、此二三年は院も渡らせたまはず、御所預り備前の前司基宗と云者在。彼《かの》基宗が相知たる

1 百錬抄の閏二月六日の条に「今夜、故入道大相国八条坊門第炎上」と見える。

2 梁塵秘抄二に類歌が見える。当時、延年舞の歌詞として行われた。

者共二三十人、夜に紛れ来り集り、酒を呑みけるが、初はかかる折節におとなせそとて呑《のむ》程に、次第に呑酔て、加様に舞跳ける也。ロ ば(ッ)と押寄て、酒に酔たる者共、一人も不レ漏《もらさず》三十人計搦めて六波羅へ〔ゐて〕⑦参り、前右大将宗盛卿のおはしける坪の内にぞ引居《ひつすゑ》たる。⑧事の子細を能能《よくよく》尋聞給ひ「げにも其程に酔たらん者をば、可レ截《きるべき》にもあらず」とて、皆被レ許《ゆるされ》けり。中 人の失ぬる迹には、怪しの者も朝夕鐘打鳴し、例時《[3]れいじ》懺法読事《せんぼふよむこと》は常の習なれ共、此禅門被レ薨《こうぜられ》ぬる後は、供仏《[4]くぶつ》施僧の営なみと云事もなし。朝夕は只軍《いくさ》合戦の策《はかりこと》より外は無二他事《たじなし》一。

ロ 凡〔そ〕⑨最後〔の〕⑩所労の分野《ありさま》こそうたてけれ共、ただ人共覚えぬ事共多かりけり。折 日吉社《ひよしの》へ参給ひしにも、当家他家の公卿多く供奉《ぐぶ》して、「摂禄《せふろく》の臣の春日の参宮、宇治入り[5]な(ン)ど云共、是には争《いかで》か勝《まさ》るべき」とぞ人申ける。指 又何事よりも、福原の経島《きやうのしま》築て、今の世に至迄、上下往来の船の煩ひ無こそ目出けれ。

ロ 彼《かの》島は去ぬる応保元年二月上旬に築《つ》き初《はじめ》られたりける〔が〕⑪、同年の八月に、俄に大風吹て大浪起て、皆淘《ゆり》失てき。初 又同三月下旬に阿波民部重能を奉行にて被レ築《つかせられ》けるが、人柱可レ被レ立《たてらるべし》な(ン)ど、公卿御僉議在しかども、罪業なりとて、石の面に一切経[6]を書て被レ築《つかれ》たりける故にこそ、経の島とは名付たれ。

3 例時作法、法華懺法の略。天台宗では、夕に阿弥陀経、朝に法華懺法をよむ。
4 仏に供養し、僧に布施をひいて仏事を営むこと。
5 藤原氏で、関白新任後、はじめて宇治の平等院に参る儀。
6 大蔵経。

①原本なし。
②原本なし。
③原本「冰」
④原本なし。
⑤諸本「致」を「出」とする。
⑥原本「る」
⑦原本「出」
⑧諸本「ける」を「たる」とする。
⑨原本「は」
⑩原本なし。
⑪原本なし。

慈《じ》心《しん》坊《ばう》

口 [1]古い人の被レ申《まうされ》けるは、清盛公は悪人とこそ思へども、誠は[2]慈恵《じゑ》僧正の再誕也。其故は、摂州[3]清澄寺《せいちようじ》と云山寺在《あり》。彼寺の住僧慈心房尊慧《そんゑ》と申ける〔は〕①、本は叡山の学侶、多年[4]法華の持者也。然るに、道心を発《おこ》し離山して、此寺に年月を送りければ、皆人是を帰依し〔けり〕②。去ぬる承安二年十二月二十二日の夜、脇足《けふそく》に倚懸《よりかかつ》て法華経奉レ読《よみたてまつり》けるに、丑刻計《ばかり》に夢共無く、現《うつつ》共無く、年五十計なる男の、浄衣に立烏帽子着て、鞋《わらんづ》布[5]行纏《はばき》したるが、[6]立文《たてぶみ》を持て来れり。尊慧「[7]あれは何くよりの人ぞ」と問ければ、「閻魔王宮よりの御使也。宣旨候」とて、立文を尊慧に渡す。尊慧是を開て見れば、

折 [8]屈請《くつしやう》、閻浮提大日本国摂津国清澄寺の慈心房尊慧、来《きたる》二十六日閻魔羅城大《だい》極殿《こくでん》にして、十万人の[9]持経者を以て、十万部の法華経を可レ被二転読一《てんどくせらるべき》也。仍《よつて》可レ被二参勤一《さんぎんせらるべし》。指 閻王宣に依て、屈請如レ件《くつしやうくだんのごとし》。

承安二年十二月二十二日　　閻魔の庁

1 古老。
2 第十八代天台座主良源のおくり名。
3 この話は清澄寺の冥途蘇生記に見える。この寺は、今、宝塚市内にある。俗に清荒神と言う。
4 法華経を読みとなえた人。
5 脚絆。
6 たてのまま上包に包んだ正式の文。
7 あなたさま。
8 嘱請が正しい。僧を招き迎えること。
9 法華の持者。

とぞ被《かかれ》レ書たる。口 尊慧いなみ可《まうすべき》レ申事ならねば、無《さうなく》ニ左右一領掌《10りやうじやう》の請文《うけぶみ》を書て奉《たてまつる》と覚えて覚《さめ》にけり。偏《ひとへに》死去の思を成て、院主の光影房《くわうやうばう》に此事語り、皆人奇特の思を成す。尊慧口には弥陀の名号《みやうがう》を唱へ、心には引接《いんぜふ》の悲願〔を〕③念ず。やうやう二十五日〔の〕④夜陰に及で、常住の仏前に至り、如《れいのごとく》レ例脇足に倚懸て念仏読経す。子の刻に及で睡り切なるが故に、住房に帰て打臥《うちふす》。丑刻計《ばかん》に又先の如くに浄衣装束なる鬼二人来て、「はやはや可《まゐらるべし》レ被レ参」と進《すすむ》る間、折 閻王宣《せん》を辞せんとすれば甚《はなはだ》其恐れあり、参詣せんとすれば更に無《11えはちなし》ニ衣鉢一。中 此思を成《なす》時、法衣自然に身に纒《まとつ》て肩に懸り、天より金の鉢下る。二人の童子、二人の従僧《じゆぞう》、十人の下僧《げそう》、七宝の大車《だいしや》、寺坊《じばう》の前に現《げん》ず。尊慧なのめならず悦で、即時に車に乗る。従僧等西北《さいほく》の方に向て空をかけて、程無く閻魔王宮に至りぬ。

重 王宮《わうぐう》の体《てい》を見るに、外槨渺渺《12べうべう》として、其内曠曠《くわうくわう》たり。其内に七宝所成の大極殿在《あり》。高広金色《かうくわうこんじき》にして、凡夫《ぼんぶ》の褒《ほむ》る所にあらず。口 其日の法会《ほふゑ》を〔終〕⑤て後、請《しやう》僧《そう》皆帰る時、尊慧南方の中門に立て、遥に大極殿を見渡せば、冥官《みやうくわん》・冥衆《みやうしゆ》皆閻魔法王の御前に畏《かしこ》まる。尊慧「難《ありがたき》レ在参詣也。此次でに後生の事尋申さん」とて、大極殿へ参る。拾 其間に二人の童子蓋《かい》を指し、二人従僧《じゆぞう》箱を持、十人下僧烈13

10 領状。宣をうけとったという状。

11 けさと鉢。

12 はてしもなく広いさま。

13 列が正しい。

①原本なし。
②原本「ける」
③原本なし。
④原本なし。
⑤原本「得」

を引てやうやう歩み近付く時、閻魔法王、冥官・冥衆皆悉く下迎《おりむかふ》。多聞・持国二人童子《の》に現じ、薬王菩薩・勇施《ゆぜ》菩薩、二人の従僧に変ず。[1]十羅刹女《せつによ》、十人の下僧に現じて、[2]随逐《ずいちく》給仕し給へり。口 閻王問①〔て〕曰《のたまはく》、「[3]余僧皆帰り去んぬ。御房来事如何《きたることいかん》」。「後生の在所、承はらん為也」。「但し往生不往生は、人の信不信に在とす」。中 閻王又冥官に勅して曰《のたまはく》、「此房[4]作《さ》善《ぜん》の笈《ふばこ》南方の宝蔵にあり。取出して一生の行、[5]化《け》他《た》の碑文見せ奉れ」。冥官承て、南方の宝蔵に行て、一の文箱を取て参たり。即《すなはち》蓋《ふた》を開て、是を悉く読聞《よみきか》す。口 尊慧悲歎啼泣して、「只願くは我を哀愍して出離《しゆつり》生死《しやうじ》の方法を教へ、[6]証大菩提の直道《ぢきだう》を示し給へ」。其時閻王哀愍教化《けうけ》して、種種の偈《げ》を誦《じゆ》ず。冥官筆を染て一一に是を書。

[7]妻子王位財眷属　[8]死去《しこ》無一来相親《きうしん》
[9]常随業鬼《ごふき》繋《け》縛我《ばくが》　受苦叫喚《じゆくけうくわんむ》無辺際《へんざい》

閻王此偈を誦《じゆ》じ終て、即彼文を尊慧に[10]属《ぞく》す。尊慧なのめならず悦で、「日本の大相国と申人、摂津国和田御崎《わだのみさき》を点じて、四面十余町に屋を作り、今日の十万僧会《そうゑ》の如く持経者を多②〔く〕[11]屈請《くつしやう》じて、坊ごとに一面に座に着き、説法読経丁寧に被レ致二勤行《ごんぎやうをいたされ》一候」と申ければ、閻王随喜感歎して、「件の入道は只人にあら

1 十人の鬼子。
2 おともについて世話をする。
3 ほかの僧。
4 行った善行を記録した文を入れた箱。
5 「碑文」は秘文の誤りか。他人を教化した事実を記録した秘密の文書。
6 悟りを得るための近道。
7 波多野流譜本では、この偈も口説で語られるが、平家正節では折声で語られる。
8 死去すれば一つとして来たりて相親しむものなしの意。
9 常に随って業の鬼我を繋縛す。
10 与えた。
11 啒請が正しい。

ず。慈慧僧正化身《の》也。天台仏法護持《の》為に日本に再誕す。③故《かるがゆゑに》毎日に三度彼《かの》人を礼《らい》する文在《あり》。則此文を以て彼人に可レ奉《たてまつるべ》し」とて、

折 敬礼《きやうらい》慈慧大僧正　天台仏法擁護《おうご》者
示現最初将軍身《しやうぐんしん》　12悪業衆生同利益《どうりやく》

尊慧是を給て、白 大極殿の南方の中門を出る時、官士《くわんじ》等十人門外に立て車に乗せ、前後に随ふ。又空をかけて帰り来る。夢の心地して④生出《いで》きにけり。尊慧是を以て13西八条へ参り、入道相国に参せたりければ、不レ斜《なのめならず》悦でやうやう持成《もてな》し、様様の引出物共給《た》うで、其勧賞に律師に被レ成《なされ》けるとぞ聞えし。ロ さてこそ清盛公は慈慧僧正の再誕⑤〔也〕と人被レ知《しられ》け⑥〔れ〕。⑦

祇園女御《ぎをんにようご》⑧幷《ならびに》定恵和尚《ちやうゑくわしやう》

ロ 又或人の申けるは、清盛は忠盛が子にはあらず、誠には白河院の皇子也。其故は、永久の比ほひ、祇園女御と聞えしさいは14ひ人《びと》おはしけり。件の女房の栖《すま》居所《ゐどころ》は、東山の麓祇園の辺《ほと》りにてぞ在ける。白河院常は御幸《ごかう》なりけり。或時殿

12 悪業は積んでも、その罪業たることを衆生に示し導くことで、大僧正として衆生を利益するのと同じ意味を果たしている。
13 持参して。
14 帝の寵愛を専らにした人。

①原本なし。
②原本「多」
③諸本「我」あり。
④諸本「生き出にけり」
⑤原本なし。
⑥原本「る」
⑦語り本「中持経上人は弘法大師の化身白河院はまた持経上人の再誕なりされは此君は功徳の林をなし善根の徳をかさねさせおはします末代にも清盛公まことには慈恵僧正の化身にて悪業をも善根をもともに功をつんで自他の利益をなすとぞ見えしかの達多と釈尊の同衆生の利益にことならず」あり。
⑧諸本なし。

上人一両人、北面少少召具して、忍《しのび》の御幸在しに、比は五月《さつき》二十日余《あまり》のまだ宵の事なれば、目ざす共知ぬ闇ではあり、五月雨《さみだれ》さへかき暗《く》れて、誠《まこと》1ものいぶせかりけるに、件《くだん》の女房の宿所近く御堂《みだう》在。御堂の傍《かたはら》に光り物出《いで》きたり。強首《かしら》は銀《しろかね》の針を磨きたてたるやうにきらめき、左右の手と覚しきを差上《さしあげ》たるが、片手にはつちの様なる物を持、片手には光る物をぞ持たりける。白君も「あな恐ろし、是は実《まこと》の鬼と覚ゆる。手にもちたる物は、聞ゆる打手《うちで》の小づちなるべし。如何せん」と噪がせおはします処に、忠盛其比は未だ北面の下臈《げらふ》にて供奉《ぐぶ》したりけるを召て、「此中には汝ぞ在らん。あの物射も停《とど》め、截《きり》も停めなんや」と仰ければ、忠盛畏承て行向ふ。内内思けるは、「此ものさしも猛きものとは不レ見《みえず》。狐狸《きつねたぬき》な(ン)どにてぞ在らん。是を射も殺し、切《きり》も殺したらんは、無下に2可レ無レ念《ねんなかるべし》。生捕にせん」と思て歩み倚《よ》る。ロと計《ばかり》在てはさ(ッ)と光り、とばかり在てはさ(ッ)と光り、二三度しけるを、忠盛走り倚《よつ》てむずと組。被レ組《くまれ》て「こは如何に」と噪ぐ。変化《へんげ》の物にては無りけり。3はや人にてぞ在ける。其時上下手手《てんで》に火を持て、是を御覧じ見たまふに、六十計《ばかん》の法師也。4譬へば御堂の5承仕《じようじ》法師で在けるが、御明《みあか》し参せんとて、手瓶《てがめ》と云物に油を入て、片手には土器《かはらけ》に火を入てぞ持

1　無気味であった。

2　残念なことだろう。

3　もともと、人であったのだ。

4　具体的に言うと。

5　仏具の用意などの雑事を行う僧。

たりける。雨はふる、①不レ湿《ぬれじ》とて、首には小麦の藁を笠の様に引結びてかづいたり。土器の火に小麦の藁が耀《かかやい》て、銀《しろかね》の針の様には見えける也。事の体《てい》一一に露《あらは》れぬ。折「是を射も殺し〔きりも殺し〕②たらんは、如何に無レ念《ねんなか》らん。忠盛が振《ふる》舞様《まひやう》こそ思慮深けれ。指弓箭《ゆみや》取る身は優敷《やさし》かりけり」とて、其勧賞に、さしも御最愛と聞えし祇園の女御を忠盛にこそ給《た》だりけれ。

中さて彼《かの》女房、院の御子孕《はら》み奉しかば、「産《うめ》らん子、女子《によし》ならば朕《ちん》が子にせん。男子《なんし》ならば、忠盛が子にして、弓矢取身にしたてよ」と仰けるに、即《すなはち》男子を産《うめ》り。ロ此事奏聞せんと伺ひけれども、可レ然《しかるべき》6便宜《びんぎ》も無りけるに、或時白河院、熊野へ御幸成けるが、紀伊国7糸鹿坂《いとがざか》と云所に、御輿《おんこし》舁居《かきすゑ》させ、暫く御休息在けり。籔にむかご8幾等も在けるを、忠盛袖にもり入て御前へ参《まゐり》、

歌9 いもが子ははふ程にこそ成にけれ

と申たりければ、指院やがて御心得在て、

歌10 ただもり取て養なひにせよ

とぞ付させましける。初其よりしてこそ我子とは持て成《なし》〔けれ〕③。指此若君余《あまり》に夜泣し給ければ、院被ニ聞食《きこしめされ》ニて一首の詠を遊ばし被レ下《くだされ》けるに、

6 機会。
7 和歌山県有田市にある。
8 山いもの子。
9 この連歌を今物語は、八幡別当光清と小大進との唱和によるものとする。
10 語り本に「下」とある。下歌のことか。ただ盛り採てと、忠盛取て、栄養と養子とをかける。

①諸本「ゐにいて」あり。
②原本なし。
③原本「けれ」

歌 夜泣すとただもり立《たて》よ末の代は清く盛る事もこそあれ①

ロ さてこそ、清盛とは被ニ名《な》乗《のられ》一けれ。十二〔の〕②歳兵衛佐に成る。十八の歳四品《しほん》③して四位の兵衛佐と申しを、子細[1]存知せぬ人は、「華族《くわぞく》[2]の人こそかうは」と申せば、鳥羽院も被ニ知召《しろしめされ》一て、「清盛が華族[3]は、人に不レ劣《おとらじ》」とぞ仰ける。

中 昔も天智[4]天皇孕《はら》み給へる女御を大織冠《たいしよくくわん》[5]に給《たぶ》とて、「此女御の産《うめ》らん子、女子ならば朕が子にせん、男ならば臣が子にせ〔よ〕④」と仰けるに、即男《なん》を産《うみ》給へり。多武峯《たふのみね》の本願定慧和尚是《ぢやうゑくわしやうこれ》[6]也。初 上代にもかかるためし在ければ、末代にも平《の》大相国、誠に白河院の御子にておはしければにや、さばかりの天下の大事、都移りな〔ン〕ど云輙《たやす》からぬ事共思被レ立《たたれ》けるにこそ。

須《すの》⑤俣《また》合《かつ》戦《せん》

ロ 同閏《うるふ》[7]二月二十日、五条の大納言国綱[8]卿失《うせ》給ぬ。平大相国とさしも契り深う、志し不レ浅《あさからざ》りし人也。せめての契の深《ふかき》にや、同日に病付て、同月にぞ被レ失《うせられ》ける。

⑥此大納言と申は、兼資[9]中納言より八代の末葉、前右馬助守国[10]が子也。蔵人に

1 事情。
2 大臣になり得る家柄。
3 華族にも匹敵するその生まれ。
4 この話は、大鏡などに見える。
5 藤原鎌足。
6 定恵が正しい。
7 閏二月二十三日が正しい。
8 邦綱が正しい。
9 兼輔が正しい。
10 盛国が正しい。

だに不レ成《ならず》、進士[11]の雑色とて候はれし〔が〕⑦、近衛院御在位の時、仁平の比ほひ内裡に俄に焼亡出きたり。主上南殿に出御在しか共、近衛の司一人も不レ被《まゐられ》参《ず》。あきれて立せおはしましたる処に、此国綱、要輿[12]《えうよ》を舁《かか》せて参り、「加様の時は、かかる御輿にこそ被レ召《めされ》候へ」と奏しければ、主上是に召て出御在り。「何者ぞ」と御尋在ければ、「進士《しんじ》の雑色藤原国綱」と名乗り申。「かかるさかざかしき者こそあれ。可二召仕一《めしつかふべし》」と、其時[13]の殿下法性寺殿へ被二仰合一《おほせあはせられ》ければ、御領余《あま》た給《た》びな〔ン〕どして被二召仕一《めしつかはれ》ける程に、同帝の御代に八幡へ行幸在しに、人丁[14]《にんぢやう》が酒に酔て水に倒れ入、装束を湿《ぬら》し、御神楽に遅参したりけるに、此国綱、「神妙にこそ候はね共、人丁が装束は持せて候」とて、一具被二取出一《とりいだされ》たりければ、是を着て御神楽調《ととの》へ奏しけり。程こそ少しも推移《おしうつ》たりけれ共、歌の声もすみ上り、舞の袖、拍子に合て面白かりけり。物[15]の身にし〔み〕⑧て面白事は、神も人も同心也。昔天[16]の岩戸を被レ排《おしひらかれ》けん神代の事〔わざまで〕⑨も、今こそ被二思食知一《おぼしめししられ》けれ。

やがて[17]此国綱の先祖に、山陰[18]《やまかげ》中納言と云人おはしき。其子に助務[19]《じよむ》僧都とて、智慧才覚身に余り、徳⑩行持律の僧おはしけり。昌泰の比ほひ、寛平[20]《くわんぺい》法王大井河

11 文章生であって蔵人所の雑役をつとめる人。
12 腰輿が正しい。
13 時の関白、藤原忠通。
14 人長が正しい。神楽の行事を勤める役人。
15 ここは神楽のこと。
16 天照大神の天の岩戸神話。
17 ほかでもない。
18 邦綱は、山陰中納言の子孫ではない。
19 如無が正しい。
20 醍醐天皇。

①諸本「は」を「に」とする。
②原本なし。
③原本「と」あり。
④原本「う」
⑤諸本これにて句をたてず。
⑥これより三二一頁十五行目まで、語り本なし。
⑦原本なし。
⑧原本なし。
⑨原本「はさ迄」
⑩諸本「徳」を「浄」とする。

へ御幸在しに、勧修寺《くわんじゆじ》の内大臣高藤《たかふぢ》公の御子、冷泉の大将①貞国《さだくに》、小倉山の嵐に烏帽子を河へ被㆓吹入㆒《ふきいれられ》、袖にて髪を押へ、無㆓為方㆒《せんかたなく》て立《たつ》②たりけるに、此助務僧都、[1]三衣《さんえ》の箱の中より烏帽子一つ被㆑出《いだされ》けるとかや。彼[2]僧都は、父山陰中納言、太宰大弐に成て鎮西へ被㆑下《くだられ》ける時、二歳なりしを、継母悪《にくん》で、[3]あからさまに抱くやうにして海に落し入《いれ》殺さんとしけるを、死《しに》にける誠の母存生《ぞんじやう》の時、桂の鵜飼が鵜の餌にせんとて亀を取て殺さんとしけるを、〔き〕③給へる小袖を脱ぎ亀④〔にかへ〕被㆑放《はなされ》たりしが、其恩を報ぜんと、此⑤君を落し入けるを、水の上に浮れ来て甲《かふ》に乗せてぞ扶けたりける。其れは上代の事なれば如何在けん、末代に国綱卿⑥〔の〕高名難㆑在《ありがた》き事共也。[4]法性寺殿⑦〔の〕御世に中納言になる。

法性寺殿[5]蔵《かく》れさせ給て後、入道相国存ずる旨ありとて、此人に語らひより給へり。大福長者にておはしければ、何《なにに》ても必ず毎日に一種をば入道相国の許《もと》へ被㆑贈《おくられ》けり。現世の[6]とくい不㆑可㆑過㆓此人㆒《このひとにすぐべからず》とて、子息一人養子にして、[7]清国と被㆓名乗㆒《なのらせらる》。又入道相国の四男頭中納言重衡は、彼大納言の聟也⑧。

治承四年の五節は、福原にて被㆑行《おこなはれ》けるに、殿上人、中宮の御方へ推参在しが、或雲客の「竹湘浦《しやうほ》に斑《まだら》なり」と云朗詠をせられたりければ、此大納言立聞

1　三種類の袈裟。
2　この話、今昔物語集十九に見える。
3　一寸だくようにして。
4　忠通。ただし邦綱が中納言になったのは仁安三年十二月十三日。
5　隠れるが正しい。
6　親しい友だち。
7　清邦が正しい。
8　詳しく説明すると。
9　共にが正しい。二人とも。

して、「あな浅間《あさま》し、是は禁忌とこそ承はれ。かかる事⑨〔きく〕共不レ聞《きかじ》」とて、ぬき足して被二遁出一《にげいでられ》ぬ。[8]譬ば此朗詠の心は、昔堯の帝に二人姫宮ましましき。姉を娥黄《がくわう》と云《いひ》、妹をば女英《ぢよえい》と云。[9]供に舜の⑩后の名也。舜の帝蔵れ給て⑪後蒼梧の野辺へ送り奉り烟となし奉る時、二人の后名残を惜み奉り、湘浦と云所迄⑫随ひつつ泣悲しみたまひしに、其涙岸の竹に懸て斑にぞ染《そみ》たりける。其後も常には彼所におはして瑟《しつ》を引て慰み給へり。今彼所を見⑬ければ、岸の竹は斑にて立⑭けり。琴を調べし迹には雲たなびいて物哀《あはれ》なる心を、[10]橘相公《きつしやうこう》の賦《ふ》に作れる也。此大納言は、させる文才詩歌麗《うるは》しうはおはせざりしか共、かかるさかざかしき人にて、加様の事までも聞咎められけるにこそ。此⑮〔人〕大納言まで思も不レ寄《よらざり》し⑯〔を〕、母上、賀茂大明神に歩みを運び、「願くは我子の国綱一日でも候へ、蔵人頭歴《へ》させたまへ」と、百日肝胆を砕て被二祈申一《いのりまうされ》けるが、或夜の夢に、[11]びりやうの車をゐて来て、我家の車寄《くるまよせ》に立《たつ》と夢を見て、是を人に語り給へば、「其れは公卿の北方に成せ給ふべきにこそ」⑰〔と〕あはせたりければ、「我年已に闌《たけ》たり、今更左様の振舞在べし共不レ覚《おぼえず》」と曰《のたまひ》けるが、御子国綱、蔵人頭は事も宜《よろ》し、正二位大納言に上り給ふこそ目出けれ。

10 橘広相のこと。ただしこれは張読の作の誤り。和漢朗詠集に「竹斑二湘浦一雲凝二鼓瑟之蹤一鳳去二秦台一月老二吹簫之地一」とある。

11 檳榔。檳榔の葉で屋根をふいた牛車。上皇・親王・大臣・公卿らが使用する。

①諸本「冷泉」を「泉」とする。
②原本「ぞ」あり。
③原本「見」
④原本「を」
⑤原本「岩」あり。「若」のつもりか。
⑥原本なし。
⑦原本なし。
⑧諸本「也」を「になる」とする。
⑨原本なし。
⑩諸本「后の名也」を「御門の后也」とする。
⑪諸本「後」を「彼」とする。
⑫諸本「随」を「慕」とする。
⑬諸本「ければ」を「るなれば」とする。
⑭諸本「けり」を「てり」とする。
⑮原本なし。
⑯原本なし。
⑰原本なし。

①口
同二十二日、法皇は院の御所法住寺殿へ御幸なる。彼御所は、去ぬる応保《おうほう》三年四月十五日に造り被レ出《いだされ》て、新比叡《いまびえ》・新熊野《いまぐまの》な（ン）ども間近う奉二勧賞一《くわんじやうしたてまつり》、山《せん》水木《ずいこ》立《だち》に至迄思食様《おぼしめすさま》なりしが、此二三年は平家の悪行に依て御幸もならず。御所の破壊《はゑ》したるを修理《しゆり》して、御幸なし奉るべき由、前右大将宗盛卿被レ奏《そうせられ》たりければ、「何《な》んの様も不レ可レ在《あるべからず》。只とうとう」とて御幸なる。中 先づ故建春門院の御方を御覧ずれば、岸の松、汀の柳、年歴《へ》にけりと覚て、木高く成れるに付ても、太掖[1]の芙蓉、未央《びあう》の柳、是に向ふに如何んが涙進まざらん。彼南内西宮《なんだいせいくう》[2]の昔の跡、今こそ思食知《おぼしめし》〔られ〕②けれ。

[3]白口
三月一日《ひとひのひ》、南都の僧綱等本官に復して、末寺庄園如レ元可二知行一由被二仰下一《もとのごとくちぎやうせらるべきよしおほせくださる》。同三日《みつかのひ》、大仏殿被二造始一《つくりはじめらる》。事始《ことはじめ》の奉行[4]には、蔵人左少弁行隆《ゆきたか》とぞ聞えし。口 此行隆、先年八幡へ参り被二通夜一《つやせられ》たりけるが、夢に御宝殿の内よりびんづら[5]ゆうたる天童の出て、「是は大菩薩の使也。大仏殿奉行の時、是を可レ持《もつべし》」と笏を給③〔は〕ると云夢を見て、覚《さめ》て後見給へば、現《うつつ》に在けり。「あな不思議や、当④〔時〕何事在てか大仏殿奉行に可レ参《まゐるべき》」とて、懐中して宿所へ帰り、深う収て被レ置《おかれ》たりけるが、平家の悪行に依て南都炎上の間、此行隆弁[6]の中に被レ択《えらばれ》て事始めの奉

1 長恨歌に「太液芙蓉未央柳、芙蓉如レ面柳如レ眉、対此如何不二涙垂一」とある。
2 長恨歌に「西宮南内多二秋草一」とある。
3 白声もしくは口説で語るか。
4 長官。
5 少年の髪形。
6 弁官の中から選ばれて。

行に被レ参《まゐられ》ける、宿縁の程こそ目出けれ。

拾 同三月十日、美濃国の目代、都へ早馬を以て申けるは、東国の源氏共、〔すでに〕⑤尾張国迄責上る。道塞ぎ人を通さぬ由申たりければ、軈て討手を差遣す。大将軍には、左兵衛督知盛《とももり》・左中将清経《きよつね》・小松少将有盛《ありもり》、都合其勢三万余騎で発向す。入道相国失《うせ》たまひて後、僅に五旬《ごじゆん》7をだにも不レ過《すぎざる》に、さこそ乱たる代《よ》なり共、浅間《あさま》しかりし事共也。下 源氏の方には、大将軍十郎蔵人行家《ゆきいへ》、兵衛佐の弟卿公義円《きやうのきみぎゑん》、都合其勢六千余騎、尾張の河8を中に隔てて、源平両方陣を取《とる》。

拾 同十六日夜半計に、源氏の六千余騎河を渡て、平家三万騎が中へをめいてかけ入《いる》。明ぬれば十七日の寅の刻より矢合して、夜明る迄戦《たたかふ》に、平家の方にはちつとも不レ噪《さわがず》、「敵《かたき》は河を渡いたれば、馬物具も皆湿《ぬれ》たるぞ。其を験《しる》しにて討てや」とて、大勢の中に取籠《とりこめ》て、「余すな漏〔す〕⑥な」とて責め給へば、源氏の勢残少《のこりずく》⑦なに討被レ成《なさる》。大将軍行家、辛《から》き命生て、河より東へ引退《しり》ぞく。卿公義円は深入して被レ討《うたれ》にけり。平家軈《やが》て河を渡いて、源氏を追犬射《おものい》9に射て行。源氏あそこ爰《ここ》で帰し合せ帰し合せ、防きけれ共、敵は大勢、見方は無勢也。可レ戦共不レ見《たたかふべしともみえざり》けり。「水駅10を後にする事無れとこそ云に、今度の源氏の策《はかりこと》愚《おろか》也」

7 五十日。人の死後、四十九日までは中陰として謹慎した。

8 木曽川。

9 おいものい。武技の一。馬上から相手を追いながら射る。

10 史記の准陰侯伝に「諸問信曰、兵法右ニ倍山陵一、前ニ左水沢一今将軍令ニ臣等反レ水陣一」とあり、「水沢」が正しい。

①三一九ページ⑥参照。
②原本なし。
③原本「へ」
④原本「寺」
⑤原本なし。
⑥原本なし。
⑦原本「の」あり。

とぞ人申ける。
ロ 去程に大将軍十郎蔵人行家、三河国に打越えて、矢矧《やはぎ》河の橋を引、[1]かいだてかいて待懸たり。平家聽て押寄責給へば、こらへずしてそこをも又責め被レ落《おとされ》ぬ。平家聽て続いてせめ給はば、三河・遠江の勢は可二随続一《したがひつくべかりし》に、大将軍①右兵衛督知盛、[2]いたはりあつて従二三河一《みかはより》被二帰上一《かへりのぼらる》。今度も僅に一陣を破ると云へ共、残党をせめねば、為出《しいだ》したる事無《なき》が如し。中 平家は、去去年《きよきよねん》小松大臣被レ薨《こうぜられ》ぬ。今年《こんねん》又入道相国失《うせ》たまひぬ。運命の末に成事あらはなりしかば、年来[3]おんこの輩の外は、随付《したがひつく》者無りけり。初 東国には草も木も皆源氏にぞ靡きける。

②城《じやうの》太《た》郎《らう》

ロ 去程に、越後国の住人城太郎助長、越後守に任ずる朝恩の忝《かたじけ》なさに、木曽追討の為に、都合三万余騎、同六月十五日門出《かどいで》して、明《あく》る十六日の卯刻に③〔うつたた〕んとしけるに、夜半計俄に大風吹《ふき》、大雨降り、雷生便敷《おびたたしう》鳴《なつ》て、天晴て後雲井に大なる声のしはがれ④〔たる〕を以て、強「南閻浮提、[4]金銅十六丈の盧遮那《るしやな》

1 垣楯。楯を垣のようにたてならべたもの。
2 病。
3 恩顧。
4 東大寺の大仏。

仏《ぶつ》、焼滅《やきほろぼ》し奉る平家の方人《かたうど》する者爰《ここ》にあり。召取れや」と、三声叫んでぞ通りける。ロ城太郎を初として、是を聞者《きくもの》皆身の毛よだちけり。郎僮《らうどう》共「是程恐しい天の告《つげ》の候に、只理を枉《まげ》て被レ止《とどまら》せたまへ」と申けれ共、「弓矢取者の、其によるべき様無《やうなし》」とて、明〔る〕⑤十六日卯刻に城を出て、僅に十余町ぞ行たりける。黒雲一村立来て、助長が上に掩《おほ》ふとこそ見えけれ、⑥俄に身すくみ心耄《ほれ》て落馬して〔ン〕げり。輿に舁乗せ館《たち》へ帰り、打臥《うちふす》事三時計[5]して遂に死に〔けり〕⑦。飛脚を以て此由都へ申たりければ、平家の人人大に被レ噪《さわがれ》けり。

⑧殿《てん》下《が》松《まつ》殿《どの》

白 同七月十四日、改元在て養和と号《かう》す。其日、筑後守貞能《さだよし》、筑前・肥後両国を給て、鎮西〔の〕⑨謀叛平げに西国へ発向す。其日又非常の大赦被レ行《おこなはれ》て、去ぬる治承三年に被レ流《ながされ》たまひし人人皆被ニ召返一《めしかへさる》。ロ[6]松殿《まつどの》入道殿下、備前国より御上洛、太政大臣妙音院、[7]尾張国より被レ上《のぼらせ》たまふ。按察大納言資方卿、[8]信濃国より帰洛とぞ聞えし。

5 六時間ばかり。
6 藤原基房。
7 藤原師長。
8 資賢が正しい。

①諸本「右」を「左」とする。
②諸本・語り本「嗄声」
③原本「討」
④原本なし。
⑤原本「日」
⑥原本「て」あり。
⑦原本「り」
⑧諸本・語り本ここで句をたてず。
⑨原本なし。

院《ゐん》①参《ざん》

同二十八日、妙音院殿御院参。重 去ぬる長寛の帰洛には、御前の簀子《すのこ》[1]にして賀王恩・還城楽《げんじやうらく》を引せたまひしに、養和の今の帰京に〔は〕②、仙洞《せんとう》にして秋風楽をぞ遊ばしける。下 何《いづれ》も何《いづれ》も風情《ふぜい》[2]折を思召被レ寄《おぼしめしよらせ》給けん、御心の程こそ目出度けれ。

口 按察大納言資方卿も、其日院参せらる。法皇「如何にや、夢の様にこそ思食《おぼしめせ》。習はぬ夷《ひな》の栖居して、詠曲な〔ン〕ども今は[3]迹方あらじと思食せ共、今様一つ在ばや」と仰せければ、大納言拍子を取て、中「信濃にあん[4]なる木曽〔路〕③河」と云《いふ》今様を、是は見給たりし間、「信濃に在し木曽〔路〕④河」と被レ歌《うたはれ》けるぞ、時に取ての高名《かうみやう》なる。

横《よこ》田《た》合《かつ》戦《せん》

口 八月七日、官の庁[5]にて大仁王会《だいにんわうゑ》被レ行《おこなはる》。是は将門追討の例とぞ聞えし。九月

1 廂の外側の縁。
2 その時々にふさわしい曲。
3 すっかり忘れたろうけれど。
4 伝聞の「なり」。あると言う。
5 太政官庁。

一日、純友《すみとも》追討の例とて、鉄《くろがね》の鎧甲を伊勢大神宮へ被《まゐらせらる》レ参。勅使は祭主神祇権大副《たいふ》大中臣定高[6]、都を立て近江国甲賀《かふが》[7]の駅《むまや》より病付き、伊勢《の》離宮にして死にけり。謀叛の輩調伏の為に、五壇[8]の法承て被《おこなはれ》レ行ける降三世《がうざんぜ》[9]の大阿闍梨、大行事[10]彼岸所《ひがんじよ》にして〔ね死に〕⑤〔死んぬ〕⑥。神明も三宝も御納受なしと云事いちじるし[11]。又大元[12]の法承て被《しゆせられ》レ修ける安祥寺《あんじやうじ》[13]の実玄阿闍梨〔が〕⑦御巻数《くわんじゆ》[14]を進じたりけるを被《ひけんせられ》二披見一ければ、平家調伏の由注〔進〕⑧したりけるぞ怖《おそろし》敷き。「こは如何に」と仰せければ、「朝敵調伏せよと被《おほせくださる》二仰下一。当世の体《てい》を見候に、平家専ら朝敵と見え給へり。仍《よつて》是を調伏す⑨。何〔の〕⑩とがや候べき」とぞ申ける。「此法師奇怪也。死罪耶《か》流罪〔か〕⑪」と在しが、大小事の忩劇《そうげき》に打紛《うちまぎ》れて、其後沙汰も無りけり。源氏の代と成て後、鎌倉殿[15]「神妙なり」と感じ思食《おぼしめし》て、其勧賞に大僧正に被《なされ》レ成けるとぞ聞えし。

同十二月二十四日、中宮院号被《かうむら》レ蒙せたまひて、建礼門院とぞ申ける。未だ幼〔主〕⑫の御時、母后の院号是《これ》始めとぞ承はる。去程に養和も二年に成にけ〔り〕⑬。

白
二月二十一日、太白《たいはく》[16]昴星《ばうせい》[17]を犯す。天文要録《に》云、「太白昴星を侵《をか》せば、四夷起る」と云り。又、「将軍勅命を蒙て、国の境を出《いづ》」共見えたり。

6 定隆が正しい。
7 今の甲賀郡水口町。
8 五大明王を修する法。
9 五大尊の中、降三世明王の法を担当する阿闍梨。
10 山王七社の中の大行事権現の春秋彼岸会を行う所。
11 語り本、「し」に清点。
12 大元帥明王を修する法。
13 京都市東山区山科にある。
14 修法した読経の部数などを記したもの。
15 源頼朝。
16 金星。
17 七星からなる「すばる」の星座。

①諸本・語り本ここで句をたてず。
②原本なし。
③④原本「洛」
⑤原本なし。
⑥原本「被死」
⑦原本なし。
⑧原本「を」
⑨原本「と」あり。
⑩原本なし。
⑪原本なし。
⑫原本「生」
⑬原本「る」

三月十日除目被レ行《おこなはれ》て、平家の人人大略官加階したまふ。四月十日、前権少僧都顕真、日吉社にして如法《にょほふ》[1]に法華経一万部転読する事在けり。御結縁の為に法皇も御幸なる。何者の申出したりけるやらん、一院山門の大衆に仰て、平家を追討せらるべしと聞えし程に、軍兵内裡へ参て四方の陣頭を警固す。平氏《へいじ》の一類皆六波羅へ馳集る。本三位中将重衡卿、法皇の御迎に、其勢三千余騎で、日吉の社へ参向す。ロ山門に又聞えけるは、平家山責《せめ》んとて、数百騎の勢を卒《そつ》[2]して登山すと聞えしかば、大衆皆東《ひんがし》坂本へおり下て、「こは如何に」と僉議す。山上洛中の騒動不レ斜《なのめならず》。供奉の公卿殿上人色を失なひ、北面の者の中には余にあわて噪ぎ、黄水《わうずい》[3]をつく者多かりけり。本三位中将重衡卿、穴太《あなふ》[4]の辺にて法皇迎へ取参せて、還御なし奉る。折「かくのみ在らんには、御物詣でな〈ン〉ども、今は御心に任《まか》すまじき事やらん」〔①とぞ仰ける。ロまことには、山門大衆平家を追討せんといふ事もなし。平家山せめんといふ事もなし。是跡形なき事共也」。「天魔のよく荒れたるにこそ」と人申けり。

同四月二十日、臨時に〔②二十二社に〕[5]官幣《くわんぺい》あり。是《これ》は、飢饉疾疫《しつやく》に依て也。

五月二十四日、改元在て寿永と号《かう》す。其日又越後国の住人城《じやう》の四郎助茂《すけもち》[6]、越後

1 法式に従って。
2 率して。
3 胃からはき出す水。へど。
4 大津市坂本にある。
5 朝廷より奉幣の対象として定められた伊勢神宮、石清水など二十二の神社。
6 玉葉によれば、治承五年八月十五日の条に助職の越後守に任じたことが見える。

守に任ず。兄の助長逝去の間、不吉也とて頻に被㆓辞申《じしまうされ》㆒けれ共、勅命なれば力不㆑及《およばず》。助茂を長茂と改名す。

同九月二日、城四郎長茂《ながもち》、木曽追討の為に、越後・出羽・相津《あひづ》四郡の兵共を引卒《いんぞつ》して、都合其勢四万余騎、木曽追討の為に信濃国へ発向す。同九日、当国横田河原[7]に陣を取。拾 木曽は依田城[8]《よだのじやう》に在けるに、是を聞て依田城を出て三千余騎で馳向ふ。信濃源氏、井上九郎光盛〔がはかり事〕③に、俄に赤旗を七流れ作り、三千余騎を七手に分ち、あそこの岸、爰《ここ》の洞《ほら》より赤旗共、手手[9]《てんで》に指揚《さしあげ》て寄せければ、城四郎是を見て、「あはや此国にも平家の方人《かたうど》する人在〔けり〕④と力付ぬ」とて、勇み訇《ののしる》処に、次第に近う成ければ、相図《あひづ》を定めて、七手が一つに成り、一度に時を吐《どつ》とぞ作ける。用意したる白旗ざつと差揚たり。越後の勢共是を見て、「敵なん十万騎在ん。如何せん」と色を失なひ、あわてふためき、或は河に追《おつ》ぱめられ、或は悪所に被㆑落《おとされ》、扶《たす》かる者は少なう、被㆑討《うたるる》者ぞ多かりける。口 城四郎が頼み切たる越後の山の太郎、相津《あひづ》の乗丹房《じやうたんぼう》と云聞ゆる兵者《つはもの》共、そこにて皆討れぬ。我身手《て》負《おひ》、辛《から》き命生つつ、河に伝うて越後国へ引退く。

7 長野市篠井の千曲川西岸の地。
8 長野県更級郡にある。
9 語り本、「てんて」に清点。

①原本「もなし。是無㆓迹方㆒事共也」とのみ。誤脱あるか。
②原本なし。
③原本「河狩事」
④原本「ける」

同十六日、都には平家是をば事共したまはず、前右大将宗盛卿、大納言に還《くわん》着《ちやく》して、十月三日内大臣に成給ふ。同七日[1]悦《よろこび》申《まうし》あり。当家の公卿十二人[2]こしようして、蔵人頭以下の殿上人十六人前駈《せんぐ》す。東国北国の源氏共、蜂の如くに起《おこり》あひ、只今都へ責上らんとするに、加様に波の立《たつ》やらん、風の吹《ふく》やらんも知ぬ体《てい》にて華やかなりし事共、[3]中中云甲斐無うぞ見えたりける。

去程に、寿永二年に成にけり。[4]節会以下《いげ》常の如し。[5]内弁を平家の内大臣宗盛公被レ勤《つとめらる》。正月六日、主上朝覲《てうきん》の為に、院御所法住寺殿へ行幸なる。鳥羽院六歳にて朝覲行幸、其例とぞ聞えし。二月二十二日、宗盛公従一位したまふ。軈て其日内大臣をば[6]被二上表一《じやうへうせらる》。兵乱《ひやうらん》慎しみの故とぞ聞えし。中南都北嶺の大衆、熊野金峯山《きんぶうぜん》の僧〔徒〕①、伊勢太神宮の祭主神官《じんぐわん》に至迄《いたるまで》、一向平家を背《そむい》て源氏に心を通はしける。四方に宣旨《せんじ》を成下《なしくだ》し、諸国に院宣遣せ共、院宣・宣旨も皆平家の下知とのみ心得て、随付者無《したがひつくものなかり》けり。

平家巻第六

1 内大臣拝賀の儀。
2 扈従。
3 かえって現実に即していないように見えた。
4 正月の種々の宴会。
5 承明門内で儀式をつかさどる第一の大臣。
6 辞表を提出する。

①原本「従」

解説

一 はじめに

平家物語は、一口で言って、古代末期から中世初頭にかけての一大変革期である源平動乱期を、その激動に即して描いた歴史文学であると言ってよい。同じ時代を対象としながら、方丈記・愚管抄などとは、この時代のとりあげようにおいて決定的に異なる。その成立については諸説があり、なお不明の点が多いけれども、おそらく、古代王朝の崩壊が決定的となる承久の頃には成立していたろう。作者についても諸説があるが、後述するように、摂関家の九条兼実に家司として仕え、東国の国司をもつとめたことのある受領層の葉室行長と見る説が有力である。もっとも、成立当初の原平家物語は現在伝わらず、複雑な過程を経て生み出された、複数の多様な平家物語が伝わる。それらの諸本の中、十四世紀の中頃、琵琶法師の名匠覚一の語り定めた十二巻形態の覚一本があり、更にこれに語りの場での細かい整理・雕琢を加えつつ江戸時代の流布本に及ぶ諸本があり、この系統の諸本を一般には平家物語と呼んでいる。本書の底本としてとりあげた東京芸術大学蔵本も、この覚一本の一本である。想定される原平家物語と、現存の諸本との間には、かなりの隔たりが想像されるけれども、ある意味では、このように語りなどを通して変化を重ねた、その流動の相にこそ、平家物語の世界があるとも言い得る。中でも覚一本は、その流動する世界の一応の到達点、完成形態であると言ってよい。

二　内容

「祇園精舎の鐘の声、諸行無常の響あり。娑羅双樹の花の色、盛者必衰の理を顕す」に始まる序章が、物語の主題を明確に示している。京を舞台にひきおこされ、ごく短時日で決着を見た保元・平治の乱とは異なり、全国を戦乱にまき込み、古代王朝社会を根底から揺がした治承・寿永の動乱を、その動乱の主役として劇的に体験した平氏一門の滅びを、その平氏の公達をはじめ、その動乱をおし進めた人々をとらえることで描き、そこに無常の摂理を、単なる仏教上の理念としてではなく、歴史観として確認しようとしたものと言える。

内容としては、天承年間の忠盛昇殿から建久年間の平氏断絶に至るまで約六十年にわたる時代を、ほぼ年次の経過に従い、編年体で以て描いて行く叙事文学である。

もっとも、十二巻から成る物語の、その巻一は、構成が複雑である。平氏の栄花を描いて後、後白河院と二条天皇との対立、以下、山門と興福寺、摂関家と平氏、院側近と平氏、更には山門と院との対立などが重ねられていて、あたかも作者が物語の構想を模索した軌跡を示すかのように錯綜している。しかし、やはりこのような動乱期の事件を積み重ねていること自体が、物語本来の叙事的な性格を明瞭に物語っているものと言える。

巻二以後、物語の主題は、ようやく平氏の動きにしぼられ、清盛を軸に、おそらく作者の理念としての世界観を代弁する重盛と対比しつつ、清盛の行動を批判的に描いて行くのであるが、しかも現実には古代末期の諸矛盾を背後に、この清盛の言語を絶する行動が大きく時代を動かして行くのであり、物語は、この点を十分にとらえ切っている。又、この平氏にかかわる形で動乱をおし進める山門の大衆をはじめ、競・信連・頼政一家の面々、更には東国武士の行動をも、それらの人々に即して躍動的に描いている。

清盛の凄絶な死を転機として、物語は平氏一門の滅び行く過程を主題に設定し、この滅びに対処する平氏一門の各公達の滅びの受けとめようを描くが、その一方で、木曾義仲や源義経をはじめ、東国武士の躍動的な動きを描き、多面的な叙事を展開する。そして、壇浦の合戦から、平氏生き残りの最期、特に平氏の嫡孫六代の最期を描いて「それよりしてこそ平家の子孫は、長く絶にけれ」と結ぶのが、物語本来の構成であったようで、このように平氏の滅びを軸に、時代の烈しい変化を描くことで、そこに作者の歴史観を確認するものであった。

ただ、本書の底本とした、南北朝期の成立にかかる覚一本にあっては、必ずしもこのような歴史観の確認にとどまらず、「祇王」や「小宰相」の女房説話の増補が端的に物語っているように、時代の変遷に寄せる抒情や宗教性を増幅することで、物語のふくらみを増している。特に、十二巻の巻末に別置された、建礼門院を主人公とする、そのいわば往生談の形態をとる灌頂巻は、やはり覚一本に及んで確立されたものであるが、主人公である女院の、平氏一門の亡魂を浄土荘厳の世界へと導く宗教色の濃い物語で、しかもこれをきわめて抒情的に描いたものである。この灌頂巻や上述の女房説話をはじめ、もともと叙事的な傾向の強かった世界を、量的にも質的にも塗りかえようとする動きが覚一本には顕著に見られる。

平家物語は、その原作当初から南北朝期の覚一本に至るまで、その間、質的にも量的にもかなりの変化を見せたことが明らかであるけれども、しかもはじめにも述べたように、物語が治承・寿永という中世の一大変革期の動きを描いた歴史文学であることに変わりはなかった。歴史文学と言えば、官撰の国史に代わり、王朝物語の世界を踏まえた歴史物語があるが、それは、官撰の国史を受けて、将来へのかがみとして王朝社会の記録を志すもので、この点、動乱そのものに即して、言いかえれば合戦談を中軸に時代の動きを描く平家物語とは決定的に異なっている。この点、院政期から鎌倉期へと、あくまでも王朝人として一大変革期を体験することで王朝の歴史を展望しようとする、歴史評論とも言うべき慈鎮の愚管抄が、歴史物語とは異質でありながら、しかもその動乱のとらえようは、きわめて王朝的であって、やはり平家物語とは決定的に異なる。この平家物語をはじめ一連の作品を、軍記物とか、軍記物語と呼称するゆえんがここにあるだろう。

ここで、平家物語に及ぶ軍記物ジャンルの歴史を展望しておくことが、平家物語の特質をその成り立ちからとらえる上で有効であろう。

合戦談を軸とする、いわゆる軍記物としては、おそらくかなりの数に上る作品が早くから存在したものと思われるが、多くが湮滅したこともあって文学史に登録される作品はごく限られている。

東国に起こった天慶年間の平将門の乱のてんまつを描いた将門記がある。それは、関東の土豪たちの内紛に始まりながら、中央権力の介入、特に東国在地の利害に反する興世王らの介入によって乱が拡大を見たことを言い、当初その地域の利害を背景に、いわば東国の英雄として登場した将門を躍動的にとらえる。しかし、追討将軍としての平貞盛が登場するに及んで、将門はこの貞盛とは対照的に思慮の浅さのゆえに、興世王らにまきこまれ朝敵として最期を遂げる。同じ将門を描きながら、京の側の記録や今昔物語集の将門説話は、将門記と異なり一貫して将門を逆賊として描く。おそらく将門記は、東国在住の僧が、東国在地の将門に関する伝承を軸として書かれたもので、その意味で東国の軍記物であったと思われ、これが京を中心とする文学史には登らなかったようである。

将門の乱から約百二十年後、世を騒がせたいわゆる前九年の役について、これは、一貫して中央の側からの、東北の俘囚安倍一族の追討の次第を記録したのが、陸奥話記である。これは、源頼義を鎮守府将軍に、特に清原武則の武勲談を中心として、比較的構成上のまとまりがよく、厨川の戦闘など合戦談にも見るべき所が少なくない。特に都大路をひかれる賊の首をめぐって見られる、賊の主従間の愛を記録する場面は、衆人をして感涙を注がしめるものであった。

この陸奥話記は、国司から中央への公の報告書である国解の文と衆口の話を素材に、全体を追討記として構成するために、まとまりはよいけれども、その構想のゆえに、将軍頼義像を美化するのをはじめ、将軍の腹臣茂頼の描きようを見ても、しばしば観念的になるのを免れない。そして公の追討記であるという構想が、その文体をも規定している。漢文体としては、かなり正調に近く整えられているけれども、それだけ躍動感に欠ける。そして登場する武将たちの人間像も、将門記の将門に見るような人間性やその苦悩に欠け平板である。しかしながら、京の文学史上、合戦談を軸に動乱を描くという軍記物のジャンルの上で、一つの時期を画したことは確かで、それにその成り立ちを考える場合、上述したように、国解の文を読み得る一官人が、衆口の話にも関心を払うことで、この軍記物は成り立った。つまり、記録と衆口（伝承）との合流の上に成り立つ軍記物の一典型を示したことに注目したい。

その武士に関する衆口を「恠キ者共ノ心バヘ也カシ、兵ノ心バヘハ此クゾ有ケル」（今昔物記集・二十五の十二）として、自らの生活からは別の次元にとらえながら、武士の主従、父子の結び付きなど武士の生態に、行動の文学をとらえたのが、説話文学における武士説話である。しかし個々の話がそれぞれ短篇にとどまり、それらの説話を軸に動乱を展望する歴史観にまで高められるに至らず、所詮は消閑の対象にとどまらざるを得なかった。

この武士説話に支えられながら、王朝内の内乱である保元の乱を描こうとしたのが保元物語である。おそらく何らかの記録を踏まえながら王朝の内紛を描き、その内紛に巻きこまれる源義朝らの行動を描く。その一方で物語の構想からははみ出る、説話性の濃い為朝談をとり込んでいる。この保元物語は、続く平治物語とともに、鎌倉末期には琵琶法師によって語り物として語られていたことが明らかで、文学史上注目すべき作品であるが、問題の王朝の内紛を歴史物語の手法を借りて描く部分と、為朝談とが分裂した状態にとどまっている。

それが平治物語になると、平治の乱をめぐって、その乱の因をなした藤原信頼の増上慢に対する批判を、愚管抄とも重なる王朝内的な視角を以て描き、その謀叛にかかわる義朝およびその妻子の悲話と、その後の源氏再興を併せ記す。そして、この義朝らの悲話を語ることが、一方の主題である信頼を批判的に描くこととからみ合っていて、保元物語に見るような主題の分裂を見ない。現存の保元・平治物語の成立については疑問があるにしても、おそらくその原形が、保元・平治の乱後、間もなく成立していたと思われ、それらの軍記物としての伝統が、平家物語の成立にはたらきかけたことは認め得よう。これら軍記物は、同じ歴史文学でも、歴史物語とは違って、時代の変化を進める合戦に、大きくその物語の世界を決定されている。そのために、その素材となった合戦そのものの社会的な規模が、それを記録する軍記物の世界を決定すると言ってよいだろう。治承・寿永の乱という、全国を動乱にまきこんだ大変革の期は、その動乱を語る語り物や説話・伝承を、保元・平治の乱とは比べものにならない大きなものにし、この事が保元・平治物語とは、質・量ともにより拡がりのある平家物語を生み出した。

三　成立と作者

平家物語の成立と作者については、なお十分には明らかでない。それは、成立と作者を推定する確かな資料が伝わらないということもさることながら、後に述べるように、物語が口承文学として行われたという、他の文学作品とは全く異なる事情があり、このことが成立・作者の究明を妨げていると言ってよいだろう。ただし、推定の手がかりが全く無いわけではない。その資料の中でも最も示唆に富むのが徒然草二二六段に記される、南北朝期に行われた伝承である。その全文は次の通りである。

後鳥羽院の御時、信濃前司行長、稽古の誉ありけるが、楽府の御論義の番にめされて、七徳の舞をふたつ忘れたりければ、五徳の冠者と異名をつきにけるを、心うき事にして、学問をすてて遁世したりけるを、慈鎮和尚、一芸あるものをば下部までも召しおきて、不便にせさせ給ければ、この信濃入道を扶持し給けり。

この行長入道、平家物語を作りて、生仏といひける盲目に教て語らせけり。さて、山門のことを、ことにゆゝしく書けり。九郎判官の事はくはしく知て書のせたり。蒲冠者の事は、よく知らざりけるにや、多くのことどもをしるしもらせり。武士の事、弓馬のわざは、生仏、東国の者にて、武士に問聞て書かせけり。かの生仏が生れつきの声を、今の琵琶法師は学びたるなり。

天台座主の官にも着いたことのある慈鎮の扶持により、もと信濃の国司であった行長が、盲法師生仏の協力をえて書いたと言う。問題の行長については、慈鎮の兄の九条兼実の家司、葉室行長であることが確かで、その行長が学問上の挫折が因となって出家し、慈鎮の保護下に入ったと言う。その出家の原因はとにかくとして、人間関係として、これら人物の結び付きはあり得ることである。それに注目すべきことは、その行長が、おそらくもと寺院に所属しながら芸能を行った、遊芸の徒の盲法師の語りに触発されつつ作品を書いた。そしてそれが生仏の語りに供され、以後、その語りを琵琶法師が語り伝えた、とすることである。この事実は、物語が、単なる一知識人の筆によって成ったものではなく、作者個人を越えた集団の創造力、共同の意識の所産としての語りに深くかかわりつつ成立し、成立後も語りに還元された、ということを物語っている。

ただ、行長を原作者と見てよいものかどうかは、問題の資料が南北朝期の伝承なので、疑問の余地がある。現に同じ南北朝期に編まれた尊卑分脈では、行長の従兄弟の時長を「書平家物語其一也」とか「平家物語作者随一云々」としている。この尊卑分脈の伝承には、行長ならぬ時長を作者に擬するとともに、その時長を作者の「其一」とか「随一」とかしていて、複数の作者があったかのような書きぶりを見せている。この伝承とかかわりを有するものと思われるが、応永年間に醍醐寺の僧隆源が編んだ醍醐雑抄には、盲法師了義坊如一の伝える所として、

吉大弐入道輔常作レ之。平家物語民部少輔時長書レ之。合戦之事。依レ無二才学一源光行誂レ之。十二巻平家ハ資経卿書レ之。

としている。吉田輔常（資経）・葉室時長・源光行がどのような形で物語の成立にかかわったというのか、明らかでないけれども、この伝承によれば、物語は、あるいは数次の段階を経て成った、それにこの点は徒然草の所伝にも通ずるのだが、合戦談については、京都の知識人である原作者以外の東国人、もしくは東国にゆかりのある人が参画したというものであるらしい。こうした状況は、例えば左記に言う、御室の守覚法親王が義経を召して合戦の次第を聴いたこともあるので、物語もしくはその芽生えとも言うべき作品については、現実にあり得たはずだ。更に、文安年間の五山の禅僧瑞溪周鳳の日記を抄出した臥雲日件録抜尤が、おそらく当時の口誦芸能の世界がかかわるものと思われるが、盲人最一の聞き伝えとして、藤原為長や悪七兵衛景清を作者に擬しているし、又、成立年代などは未詳であるが、盲人の座、当道座に伝わる伝承を記す平家勘文録が、安居院の唱導家に玄恵をも加える六人の作者をあげ、複数の物語が存在し

た、としている。

これらの伝承のいずれが事実を伝えるものであるかは、決定しがたいけれども、物語の内容から言っても、鎌倉政権に近く、院政とはいささか意志の疎通を欠きがちであった九条家を中心とする政治圏とのかかわりが想定され、その傾向が古本と呼ばれる諸本に一層濃く見られるので、その九条兼実の家司であった行長あたりが、やはり有力である。しかもこのように多様な伝承が伝わる事実を見れば、物語が数次の段階を経て、いわば合作の形で作り出され、一たん成立して後も、複雑な過程を経て手が加えられたのではないかと思わせる。そうした複雑な過程は、上述の徒然草の伝承をめぐって想像したように、やはり物語が、成立当初から語りと密接な関係にあったことを思わせる。もっともその原作の形態が、語りのための台本としてあったかどうかは明らかでないけれども、一たん成立して後も、確実に、語りとのかかわりを有して行われたと想定するのが、上述の諸伝承を理解する上で自然な推定であろう。

ともあれ、こうした複雑な生成の過程を物語るように、現在、多様な本文が伝わる。

四　諸　本

現存の諸本は、質的にも量的にも多様で、それらの最も根底に語りが活発に行われたことを思わせるが、それらの諸本を、その形態・内容からそれぞれの成立を促した背景を想定するならば、次の三つの諸本本文成立の状況が考えられる。勿論これら三つの場は、相互にからまり合っていたはずで、現存の個々の諸本をそのいずれかの場に限定してとらえることは、諸本の実態に即さないのであるが、一応の分類を試みることは可能である。

1　治承・寿永の動乱を記録する史書として。史書としての要請から、記録に一般の真字書きの形態が本来の形かと思われる。現存の諸本の中では、おそらく**四部合戦状本・源平闘諍録**がその成立の状況を最も濃く伝える（現存の両本には、後述の説教・語りの場との交流が見られ、現存本そのものを史書本としてとらえるには問題があるが）ものかと思われる。これらの諸本が伝える記録や、ほとんど敷き写しにした先行文献のとり込みようがその特色をなす。それに外部徴証にてらしても、例えば日記の玉蘂が、その承久二年四月二十日の条に

（お方違えの行幸のために）可レ問ニ忌禁有無於在継朝臣一者以ニ有長一為レ使平家記事仰ニ遣光盛卿許一彼卿多持ニ平家一也

と記録する。問題の玉蘂は、あの有力な作者に擬される行長が仕えた主家九条家の、兼実の孫、道家の日記であり、「平家記事」「平家」を多く蔵したと言う光盛は、頼朝の庇護により生き残った平頼盛の息である。その光盛が蔵し、道家が借覧に及んだと言う「平家記事」「平家」は、おそらく平氏一門の滅亡をめぐる記録と見るべきで、こうした記録の延長線上に、記録・史書としての平家物語の一形態は、

十分にあり得たはずである。又、藤原定家の手になるという御物兵範記紙背の仁治年間の記録に見える「治承物語」という、これはおそらく平家物語の一形態と見られるその書名も、この記録・史書としての性格を物語るものと解し得よう。

2 内容的に、前掲の史書としての形態を継承しつつ、物語を仏教家の説教にとり込む形で成った本文があったと思われる。寺院の要請から、物語に関連する説教を多くとり込み、個々の話をもそれらの説教に一層ひきつけたあり方を示す。現存の諸本では、その識語から、高野信仰圏の新義真言の根来寺で書写されたことが明らかな**延慶本**がその典型であろう。なお、本書は六巻形態の痕跡を伝えるが、前述の兵範記紙背文書にも見られるように、古くは六巻形態であったらしく、本書は巻立ての上で、その形態を伝えるのだろう。また、伝承の過程はなお明らかでないが、延慶本と関連を有しつつ遊行説教の台本としての性格を濃く示す**長門本**（二十巻）、この長門本に近い**南都異本**（巻十のみの一冊）があるし、性格的にはこれらの諸本とは異質なものを示しながら、やはり寺院の説教とかかわりを有したと思われる**源平盛衰記**（四十八巻）がある。

3 語りの台本として。盲人の語りであるから、もともとどのように台本が行われたか（盲人の語り以外に語りがなかったかどうかも今のところ明らかでないが）は明らかでないけれども、盲人たちの座が確立するに及んで、早くも一方・八坂流の二派が分裂を見た頃に、十二巻本形態にまとめられた諸本が伝わる。一方流の古本とも言うべき**屋代本**がそれで、当時はもう一つの流派の八坂流と同じく灌頂巻を立てなかった。それを南北朝期に及んで、灌頂巻を立てるなど構成・内容とも大きく改編したのが**覚一本**で、以後、細かい整理と雕琢の過程を経て**葉子十行本**から**下村刊本**、更に**流布本**へと展開するが、その過程で、相互に複雑な交流を経た多様な本文も伝わる。そして室町時代から、晴眼者に平曲をたしなむ者があったが、特に江戸時代に、文人や茶人に平曲の愛好者をえて、それら素人のための平曲の台本である**譜本**が成立する。いずれも一方流に属するが、波多野流の譜本と前田流の譜本、更に前田流に属しながら波多野流の大旋律型（曲節）をもとり入れた平家正節などの諸譜本がそれである。

もう一方の八坂流では、一方流の屋代本に相当する古本が伝わらないけれども、あるいはその古本とかかわりを有したかと思われる**南都本**が伝わる。この八坂流直系の本文として、その第一類本の**文禄本**・**東寺執行本**（巻八・十・十一・十二のみ）・**三条西本**・**中院本**・**烏丸本**・**加藤本**（巻二・五・六・七・十一）など、第二類本の**京都本**・**彰考館本**・**秘閣粘葉本**・**城方本**・**那須本**がある。八坂流の語り系直系の本文としては、この二種の諸本をあげるべきだろう。そして、形態的には、この八坂流の形を伝えながら、一方流の影響をも受けて複雑な変化を見せる八坂流第三類本の**加藤本**（巻一・三・四・八）・**大山寺本**（巻一より巻四までの四冊）など、第四類本の**如白本**・**建仁寺両足院本**・**大前神社本**・**南部本**・**米沢本**（これら第三・四類本については、更に細かい分類も可能である）、第五類本の**城一本**がある。

以上見て来たような、多様な諸本の比較を通して気付くことは、諸本の間に、内容上の異同の烈しいのは、史書系、説教系の諸本と、語り系の中の覚一本までのいわゆる古本で、それ以後の語り本は、一応上述のような分類がなされるにしても、内容的には、覚一本以前の諸本に見たような決定的な異同を見ない。これら史書、説教本および覚一本以前の古本については、覚一本が南北朝期の成立であり、説教系諸本の中でも成立が最も下ると思われる盛衰記が、十三世紀後半に編まれた吾妻鏡の巻一、二と重なる面のあること、又、太平記とも重なる面のあることから、これら古態諸本の本文が、南北朝期以前の成立になるものであることは確かであろう。そして、上述のように、これらの諸本は、一部を除き大部分の諸本が、とうてい単純な書承の関係においてはとらえ難い程、相互の異同が烈しいこと、それに盛衰記にはしばしば異本や異説などの加筆が見られて、盛衰記の成立当時、多様な伝承が行われていたものと思われる。これらを併せ考えると、鎌倉後期から南北朝期にかけては、物語が大きく揺れ動いていた、その意味で現代文学的な作品としてあったものと思われる。勿論その最も根底には、語りの活発に行われていたことがあったはずで、この語りを背景として、史書としても、又説教本としても多様な本文を生み出して行ったものと思われる。それが南北朝期以後、大きな変化が見られなくなり固定を見るに至ったことは、この頃から公卿たちの日記にこれら琵琶法師の芸に関する記録の見られることも物語っているように、それが貴紳の間にもてはやされたようで、物語はようやく古典としての傾向を強めて行ったものと考えられる。そして、琵琶法師の芸能としての語りは、農村に行われる土俗的な語りや、あるいはこれに室町時代の京の人人の夢を託する、義経個人に関する伝奇的な世界の形成へと向かう。義経記はその所産であるし、又、農村芸能としての中世舞曲や浄瑠璃も、こうした中に登場する。

五　平曲

物語が成立の当時、又成立以後南北朝期に至るまで、どのように語られたかは明らかにし難い。けれども、本文研究の成果から推して、覚一の時代に、その内容とともに平曲としても一応の完成を見たものと思われる。その覚一以後については、以後、近世の流布本に至るまで、内容的には決定的な意味での変化を見せていないことから考えて、現在伝わる近世の前田流平曲、更には波多野流の譜本をも比較検討することによって、少なくとも南北朝期の平曲については、かなりの推測を行うことが可能である。もっとも、世阿弥の申楽談儀に、

平家に心得ぬ節のつけ様あり。「この馬、主の別れを惜しむと見えて」と云所を、三重に繰る。かやうの所をば言葉にて云て、たとへなどを三重に言うはよし。「頃は卯月二十日余りのことなれば」など、三重なる、悪し。かやうのことは、人に詰められては言葉なし。知りたる同志、うなづき合うこ

と也。

としているが、その問題の三重を付すのに疑いありとした「知章最期」「大原御幸」の一節が、江戸期の譜本では中音になっていること、それに前田流に比べて波多野流の方が、より内容に即して音曲的には華美なありようを示していること、前田流ではそうしたあり方をややおさえてかかったらしいこと、などを思えば、あるいは、南北朝期の平曲は、現行の平曲よりも、やや華美なものであったかも知れない。この点については、なお今後の検討をまたねばならない。以下、さしあたっては、江戸期の平曲（井野川氏ら名古屋在住の三氏の平曲を主に、館山甲午氏のそれをも参照）を通して、平曲のいかなるものであるかを簡単に解説しておく。

四絃五柱の平家琵琶は、王朝の雅楽琵琶と土俗の盲僧琵琶（九州の筑前・薩摩琵琶がその形態を伝える）とを折衷した形の琵琶である。現在、平家琵琶の伝承者として、江戸初期の前田九一の系統の語りを伝える、仙台の館山甲午氏、名古屋の井野川・三品・土居崎の三検校（検校は、盲人の私制の官）と、それらの門人がある。この系統を前田流と言う。同じく江戸初期の波多野孝一の流れを汲む波多野流が、最近まで京都に伝わっていたが、これは滅んでしまったようである。

同じ口誦芸能でありながら、カタリはハナシと異なり音曲性を有する。とは言っても平家ガタリの音曲性はきわめて稀薄であると言ってよい。すなわち、その楽器琵琶の演奏を見ても、口説・中音・三重・折声・歌・拾・強声などの大旋律型にそれぞれ定まった前奏と、これも型の定まった、語りの間にはさまれる単調な間の手があるに過ぎず、語りと同時の伴奏は、中音の間の手の部分などに見られるのみで、一般には見られない。つまり、琵琶が伴奏楽器としての機能を果たしていない。それに各大旋律型の前に奏される前撥も、相互に類似する所が多く、又、一曲の中の二度目以後の同じ大旋律型の前撥は、簡略化された略撥を使用していて、一口で言って変化にとぼしい。このことは、天台の声明との関連が想定されている語りの大旋律型のあり方とも見合っている。すなわち、大旋律型は、大別して音曲としての旋律を伴わない朗読調の語り句（白声と言う）と、旋律を伴う引き句とに分かれるが、その引き句の中でも、原則として一音ずつ切って語り、声を引くことのない、その点で白声に通う口説があるが、この口説と白声とが各曲の大部分を占めて、いわば平曲の基調をなしている。それに、中音・三重など、抒情性の濃い大旋律型にあっても、その大旋律型の特色を示すのは、それぞれの初めの部分であって、次第に口説・初重の音程に下って行く。このように音曲と言いながら、音曲性の稀薄な語り物としてのありようは、その叙事文学としての内容とも見合っていると言えよう。

引き句については、口説をその基調として、

1　抒情性の濃い、初重・中音・三重を基本型として、その変型とも言うべき指声・折声・歌など。

2　劇的な烈しさを示す拾《ひろい》、その変型としての強声《こうのこえ》

に大別される。以下個々の大旋律型について簡単にその特色を述べると、

口説《くどき》・ホを核音とし、一音ずつ切って語り、そのためテンポは軽快。曲によりその変型としての**位口説**《くらいくどき》・**しおり口説**などを用いる。**怒口説**《いかりくどき》は、後述の拾の下音に近いもののようである。なお、この口説から他の大旋律型へ移る直前に、下ゲ・半下ゲ・コワリ下ゲ、などという、長く声を引いて語る抒情性の濃い旋律型が現れて、口説を終わるが、これら三種の下ゲは、口説に附属の旋律型と言うべきであろう。

初重《しよじゆう》・ホを核音として、ゆるやか。初重を重ねる場合を**重初重**《かさねしよじゆう》と言う。その特色は初重に同じ。

中音《ちゆうおん》・ロを核音として華やか。初重の直後に現れる場合を**初重中音**と言う。なお、波多野流に**重音**があるが、この中音に近いものか。

三重《さんじゆう》 その甲は、・・ホを核音とし、平曲の中、最高音域に達し、声を揺ってうたい、優艶。なお、この三重の後には、大てい**三重下り**が来るが、これは中音に同じ。又、拾の中にごく一部分に三重甲を挿んでいろどりを添えることがあるが、これを**走り三重**と言う。

指声《さしごえ》 核音は口説に近いが、その楽型は初重と口説との中間的な形。

折声《おりごえ》 三重に近く、しかも声を折るようにうたい、悲痛。

峰声《みねごえ》 折声に近い。

歌《うた》 **上歌**《あげうた》・**下歌**《さげうた》・**曲歌**《きよくうた》の三種があるが、上歌は・ロ、下歌は・ホを核音とし、下歌・曲歌は二首、三首と

歌が並んだ際、その二、三首目の歌にこれらの大旋律型を用いる。一首の歌の場合は、上歌でうたう。なお曲歌の大旋律型については、名古屋の三検校が語らないのでわからない。譜点などから推測しなければならない。

拾《ひろい》　これに拾上音と拾下音とがある。上音は、・・ニまで上ることがあるが、・イを核音とし、下音は、その直前に、・ニを核音とし、ロまでさがる変調の呂《りょ》を伴うことが多い、拾は全体にテンポが速く、勇壮で、合戦談などに見られる。

強声《こうのこえ》　拾に近く、更に抑揚が烈しく、名のりなどの一部に、サワリとして見られる。

これらの大旋律型には、それぞれを構成する約五十種の節博士があるが、煩雑になるので今はふれない。

各曲の叙事の内容に応じて、これらの大旋律型を適宜組み合わせて曲を構成するが、その曲種から、ごく一般的な平物《ひらもの》、抒情性の濃い節物《ふしもの》（「竹生島詣」「横笛」など）、勇壮な拾物《ひろいもの》（「那須与一」「宇治川」など）、更に曲と曲とのつなぎ目に便宜的に置かれる間《あい》の物、に分類される。これらとは別に、伝承上の秘曲として読物《よみもの》（「南都牒状」など）・灌頂（灌頂巻）・小秘事（「祇園精舎」「延喜聖代」）・大秘事（「剣巻」「鏡巻」「宗論」）がある。拾物を除くこれら秘曲は、一般の曲が口説で始めるのと異なり、中音などで始まる特異な構成と、位口説・しおり口説など特殊な口説を付す特異なあり方を示す。ただしこれらの秘曲は、少なくとも江戸時代には、全二百曲の中、五十曲を伝習した者のみに教えられたが、こうしたあり方は、おそらく室町時代から見られたもので、平曲が古典芸能として固定化を見せた時代以後の所産であろう。

六　参考文献（主要な単行本に限る）

1　本　文

平家物語（四部合戦状本）上下　大安　昭和42
源平闘諍録と研究　未刊国文資料刊行会　昭和38
平家物語（延慶本）上中下　古典研究会　昭和39
平家物語（延慶本）白帝社　昭和36
平家物語（長門本）国書刊行会　明治39
平家物語（長門本）　芸林社　昭和46～
源平盛衰記　国民文庫刊行会　明治43
源平盛衰記　汲古書院　昭和48～
平家物語（南都本・南都異本）上下　汲古書院　昭和46

屋代本平家物語　角川書店　昭和41　昭和48
屋代本平家物語 上中下　桜楓社　昭和48
平松家旧蔵本平家物語　古典刊行会　昭和40
斯道文庫蔵百二十句本平家物語　汲古書院　昭和45
平家物語（百二十句本）一〜六　古典文庫　昭和43
平家物語（百二十句本）　思文閣　昭和48
平家物語（覚一本）　日本古典文学大系 上下　岩波書店　昭和35
平家物語（葉子本）　日本古典全書 上中下　朝日新聞社　昭和45
平家物語（下村時房刊本）上下　日本古典全集刊行会　大正15
昭和校訂平家物語流布本　武蔵野書院　昭和25
平家物語（文禄本）　日本古典文学会　昭和48〜昭和50
平家物語（中院本）と研究 一〜四　未刊国文資料刊行会　昭和36
平家物語（八坂本）　国民文庫刊行会　明治44
平曲正節　臨川書店　昭和46

2 注　釈

平家物語略解　御橋悳言　宝文館　昭和４（芸林社　昭和48再刊）
新註平家物語　石村貞吉　修文館　昭和６
平家物語　上下　日本古典文学大系　高木・金田一・小沢・渥美　昭和35
平家物語評講　上下　佐々木八郎　明治書院　昭和38
平家物語全注釈　上中下(一)下(二)　冨倉徳次郎　角川書店　昭和41～昭和43
平家物語　一・二　日本古典文学全集　市古貞次　小学館　昭和48～昭和50

3　索引・辞典

平家物語総索引　笠　栄治　昭和48
平家物語総索引　金田一・清水・近藤　学習研究社　昭和48
平家物語辞典　市古貞次　明治書院　昭和48

4　研究書

平家物語考　山田孝雄　国定教科書共同販売所　明治44（勉誠社　昭和43再刊）
平家物語の語法　山田孝雄　国定教科書共同販売所　大正３（宝文館　昭和29再刊）
平家音楽史　館山漸之進　明治43
軍記物語研究　五十嵐　力　早稲田大学出版部　昭和６

日本盲人史正続　中山太郎　昭和書房　昭11（八木書店　昭和40再刊）
戦記物語の研究　後藤丹治　筑波書店　昭和11（大学堂書店　昭和47再刊）
平家物語講説　佐々木八郎　三省堂　昭和13
平家物語　永積安明　日本評論社　昭和15（福村書店　昭和32再刊）
平家物語の説話的考察　阪口玄章　昭森社　昭和18
平家物語諸本の研究　高橋貞一　富山房　昭和18
中世文学論　永積安明　日本評論社　昭和19（同心社　昭和28再刊）
無常といふ事　小林秀雄　創元社　昭和21
平家物語の研究　佐々木八郎　早稲田大学出版部　昭和24（早稲田大学出版部　昭和42再刊）
語り物の系譜　佐々木八郎　講談社　昭和22
平家物語と琵琶法師　むしゃこうじ・みのる　淡路書房新社　昭和32
平家物語　石母田　正　岩波書店　昭和32
平家物語　谷　宏　三一書房　昭和32
中世文学の展望　永積安明　東京大学出版会　昭和31
平家物語　国語国文学研究史大成　高木・市古・永積・渥美　三省堂　昭和35

平家物語の基礎的研究　渥美かをる　三省堂　昭和37
中世文学の達成　谷　宏　三一書房　昭和37
中世文学の成立　永積安明　岩波書店　昭和38
中世文学の思想　小林智昭　至文堂　昭和39
平家物語研究　冨倉徳次郎　角川書店　昭和39
隠者の風貌　桜井好朗　塙書房　昭和42
平家物語における死と運命　大野順一　創文社　昭和41
中世軍記物の研究正続　小松茂人　桜楓社　昭和46
平家物語の形成　水原　一　加藤中道館　昭和46
平家物語流伝考　今成元昭　風間書房　昭和46
平家物語研究序説　山下宏明　明治書院　昭和47
軍記物語と語り物文芸　山下宏明　塙書房　昭和47
平家物語の達成　佐々木八郎　明治書院　昭和49
延暦本平家物語論考　水原　一　加藤中道館　昭和54
平家物語の生成　山下宏明　明治書院　昭和59

平家物語

平家物語論究　松尾葦江　明治書院　昭和60
語り物序説　兵藤裕巳　有精堂　昭和60
平家物語生成論　小林美和　三弥井書店　昭和61
平家物語成立過程考　武久　堅　桜楓社　昭和61

平家物語関係系図

皇室略系図

おおよそ、『本朝皇胤紹運録』による。
アラビア数字は、歴代を示す。

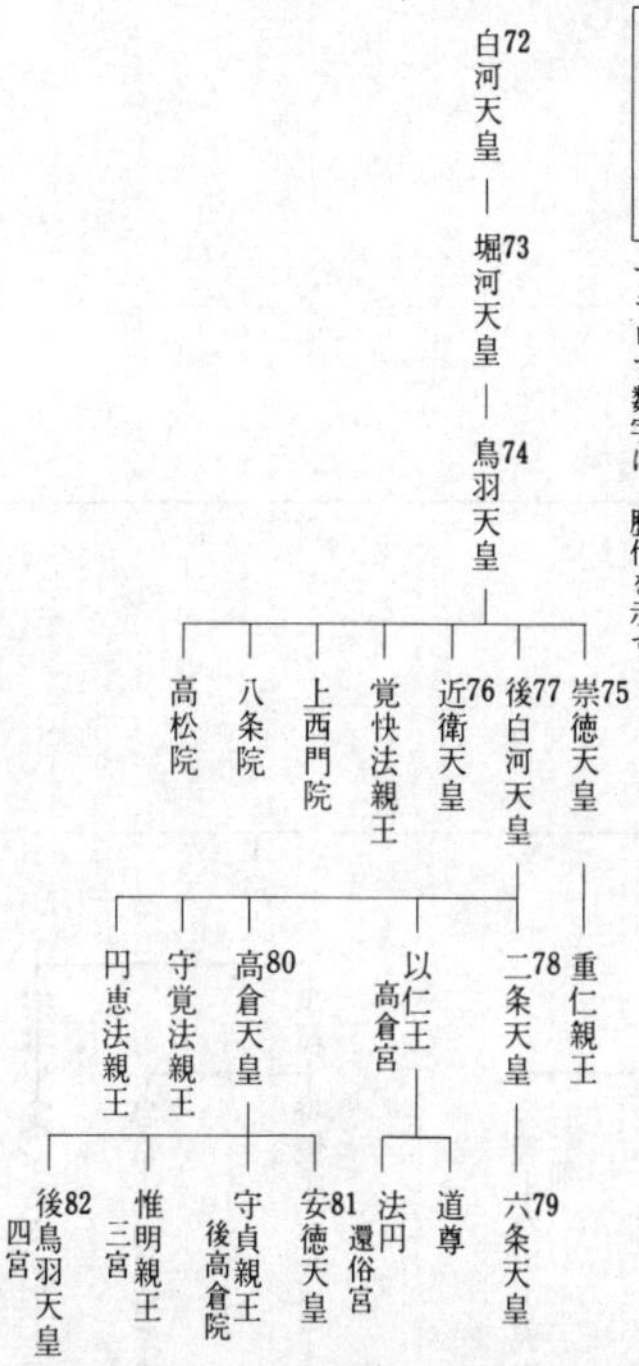

藤原・源・平氏略系図

以下、三氏系図は尊卑分脈による。
物語に関連する部分を中心に掲げたので、省略した部分が多い。

(**藤原氏**)

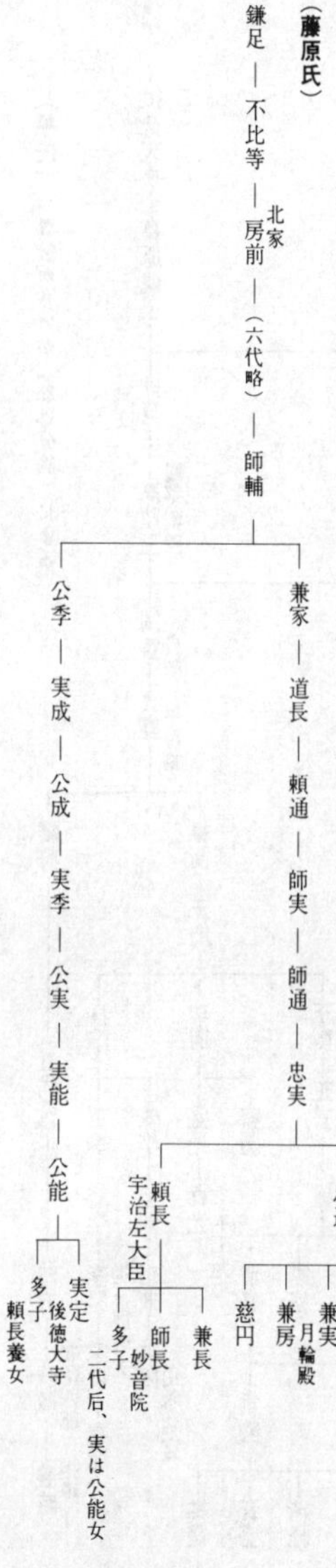

（平氏）　異伝が多いが、『尊卑分脈』による。

桓武天皇—葛原親王—高見王（無位）—高望王（賜平朝臣）

- 高望王—国香（良望）—貞盛（平将軍）
  - 貞盛—維将—（五代略）—時方—時政（北条四郎）—義時（相模守）
  - 貞盛—維衡—正度
    - 正度—貞季
      - 貞季—正季—範季—季房（進三郎大夫）—家貞—貞能
      - 貞季—兼季—盛兼—信兼—兼隆（山木判官）
    - 正度—季衡
      - 季衡—盛光—貞光（木工允）
      - 季衡—盛国
    - 正度—正衡—正盛—忠盛
      - 忠盛—清盛
        - 清盛—重盛
          - 重盛—維盛
            - 維盛—妙覚（六代丸）
            - 維盛—女子
          - 重盛—資盛
          - 重盛—清経
          - 重盛—有盛
          - 重盛—師盛
          - 重盛—忠房
          - 重盛—宗実（土佐守）
        - 清盛—基盛—行盛
        - 清盛—宗盛
          - 宗盛—清宗
          - 宗盛—能宗
          - 宗盛—宗親
        - 清盛—知盛
          - 知盛—知章
          - 知盛—知忠（伊賀守）
        - 清盛—重衡
        - 清盛—維俊
        - 清盛—知度
      - 忠盛—家盛
      - 忠盛—経盛
- 高望王—良文
  - 良文—宗平—（略があるか）—実平（土肥次郎）—遠平
  - 良文—忠頼
    - 忠頼—忠常—（四代略）—常胤（千葉）
    - 忠頼—将恒—（三代略）—重弘
      - 重弘—有重（小山田別当）
      - 重弘—重能（畠山庄司）—重忠
- 高望王—良茂—良正
  - 良正—公義（三浦）—為次—義次—義明
    - 義明—義宗—義盛（和田小太郎）
    - 義明—義澄—義村
  - 景忠（大庭太郎）—景親

平家物語関係系図

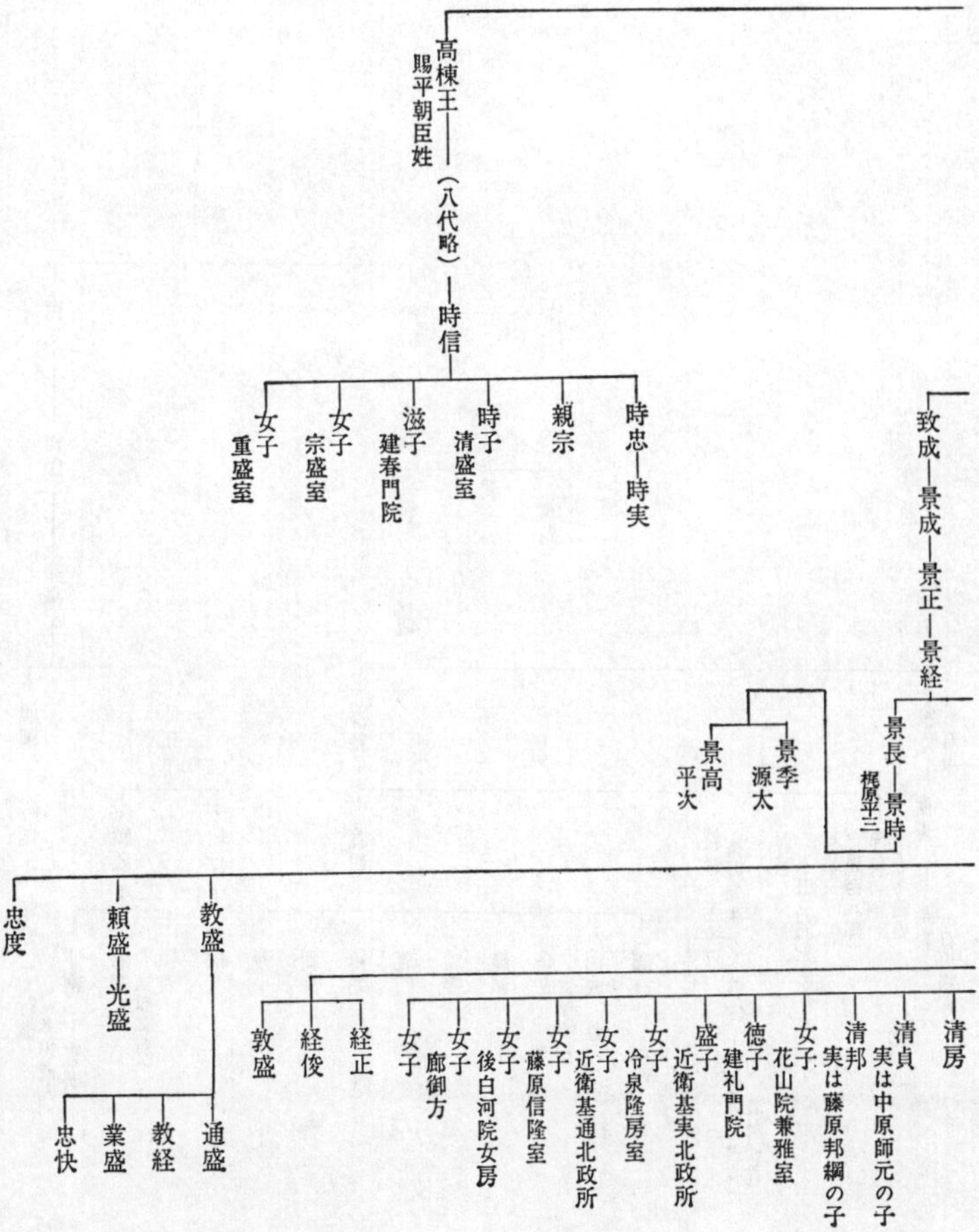

高棟王 賜平朝臣姓
（八代略）
時信
時忠
時実
親宗
時子 清盛室
滋子 建春門院
女子 宗盛室
女子 重盛室
致成
景成
景正
景経
景長
景時 梶原平三
景季 源太
景高 平次
清房
清貞 実は中原師元の子
清邦 実は藤原邦綱の子
女子 花山院兼雅室
徳子 建礼門院
盛子 近衛基実北政所
女子 冷泉隆房室
女子 近衛基通北政所
女子 藤原信隆室
女子 後白河院女房
女子 廊御方
女子
経正
経俊
敦盛
教盛
通盛
教経
業盛
忠快
頼盛
光盛
忠度

（源氏）

- 清和天皇 ― 貞純親王 ― 経基王（六孫王）― 満仲（多田）
  - 頼光 ― 頼国 ― 頼綱
    - 明国 ― 行国 ― 頼盛 ― 行綱（多田蔵人）
    - 仲正
      - 頼政
        - 仲綱 ― 有綱
        - 兼綱（実は頼行の子）
        - 頼兼
      - 頼行 ― 兼綱
  - 頼信 ― 頼義
    - 義家 ― 義親
      - 為義
        - 義朝
          - 義平（悪源太）
          - 朝長
          - 頼朝
          - 義門
          - 希義
          - 範頼
          - 全成（悪禅師）
          - 円成（義円）（卿公）
          - 義経
        - 義賢（帯刀先生）
          - 仲家
          - 義仲 ― 義基（義高）（清水冠者）
        - 義憲（志田三郎先生）
        - 為朝（鎮西八郎）
        - 行家（もと義盛）
      - 義時（石川）― 義基 ― 義兼（石川判官代）
    - 義光

索引

一　項目は、物語を理解する上で重要な語にとどめた。
一　一話中に同一語がくり返し使用されていても、原則としてはじめの一箇所の所在ページを示すにとどめた。
一　配列の順序は、歴史的かなづかいによる五十音順にした。
一　活用のある語は、原則としてその終止形の形で示した。
一　見出しは、都合で表記を変えたものがある。

こ

さ

し

著者略歴

山《やま》下《した》宏《ひろ》明《あき》

昭和 六 年 兵庫県生まれ
昭和三二年 神戸大学文学部卒業
昭和三九年 東京大学大学院博士課程修了
現在 愛知淑徳大学教授 文学博士
住所 名古屋市緑区神の倉一―六二
著書 平家物語研究序説(昭47)
軍記物語と語り物文芸(昭47)
日本古典集成 太平記(一)~(二)(昭52~55)
平家物語の生成(昭59)

校注古典叢書
平家物語 上

昭和五十年二月二十五日 初 版 発 行
平成十四年二月二〇日 新装版初版発行

著者 山 下 宏 明
発行者 株式会社 明 治 書 院 代表者 三 樹 讓
印刷者 精文堂印刷株式会社 代表者 西村正彦
製本 精 光 堂 製 本

発行所 株式会社 明 治 書 院
東京都新宿区大久保一―一―七
電話 〇三(五二九二)〇一一七(代)
郵便番号 一六九―〇〇七二
振替口座 〇〇一三〇―七―四九九一

ISBN 4-625-71319-6
表紙・扉 阿部 壽